政协委员文库

Zhengxie Weiyuan Wenku

政协委员文库

青史可鉴

朱增泉 著

中国文史出版社

政协委员文库

编辑委员会

目　录

中国西部

中国西部是什么概念？中国地图上印有许多带“西”字的地名，但江西不在西部，广西、山西也不算西部。中国西部通常是指黄河与秦岭相连一线以西。《史记》中说战国时代“河山以东强国六”，这里的“河”即黄河，“山”即秦岭。中国的东部与西部，自古以此为界。

中国的东部与西部，究竟哪边比哪边更重要？古人似乎也一直在考虑这个问题。殷商的统治中心在东部，西周将统治中心移至西部。东周始于周平王东迁，又将统治中心迁回了东部。秦统一中国后建都咸阳，重新把统治中心选定在西部。汉朝，西汉在西部，东汉在东部。隋朝，隋文帝在西部，隋炀帝在东部。到了唐朝，再度将统治中心西移，定都长安；武则天又一度将洛阳定为东都。这是很有意思的历史现象。它说明，中国的东部与西部，好比一个人的右手与左手，走起路来一左一右、一前一后地来回摆动，很正常，很自然。但是，倘若非要在“东”与“西”之间分出哪边比哪边更为重要，挺难。有时似乎觉得右手比左手更重要，那好，保右手，弃左手。但一旦缺了左手，吃起饭来右手拿筷，却没了左手拿碗，这碗饭吃起来就别扭。有时又觉得似乎左手比右手更重要，那好，再试试保左手，弃右手。结果会怎样？一旦缺了右手，只剩一条左胳膊来回甩动，脚下走路都很难保持平衡。好在我们的老祖宗极富哲学智慧，干脆把“东西”二字合二为一，造出一个形而上的词汇。当人们用“东西”一词来指某一事物时，其中既包括“东”，也包括“西”，在这里“东”与“西”是同一的。

宋以后，虽然全国的统治中心一直在东部游移，再没有返回西部，但在东部建都的每一个朝代都在密切关注着西部。例如，西安、西宁，一眼就能看出这是两个后起的地名，是统治中心东移后才有的。这两个地名的确取得很有深意，它们一直在提醒后人，保持一个安宁的西部，历来是治国安邦的深层次问题。古代如此，当今之世也莫不如此。

西部有白雪皑皑的青藏高原，有山高水急的云贵高原，有布满冰川的祁连山脉。百川东流，江河入海，自从盘古开天辟地以来，灌溉和滋润华夏大地的水源都来自西部。西部是长江、黄河的源头。人类进化的脚步是顺着水边走的。华夏祖先最早是喝着西部的乳汁长大的。长江、黄河这两条伟大河流哺育了华夏文明，西部是华夏文明的源头。长江上游出土过元谋人牙齿化石，距今一百七十万年；黄河中游出土过蓝田人头盖骨，距今七十万年。这两处猿人化石，都比北京猿人资格更老。从古至今，长江、黄河拖儿带女，养育着中华民族人丁兴旺的一大家子，任劳任怨，万古长流，实在太不容易了。亘古以来，为了这片华夏大地，这两条伟大的母亲河泪也流了，汗也流了，血也流了，乳汁似乎被孩子们吸吮得超量了。正当今日之中国要向现代化进发的时候，长江、黄河却显得疲惫了，衰老了。长江水正在变得越来越浑，特大洪峰泛滥成灾；黄河水变得越来越少，一次又一次发生断流。华夏子孙不能不严重关注这两条母亲河的健康，人们不能不把目光移向西部。西部人的生存状态，西部的雪原，西部的森林，西部的草原，西部的沙漠，西部的矿山，这一切都给长江、黄河带来了什么重大影响？换言之，东部的高速发展，究竟给西部带来了什么重大影响？很显然，事情已经到了需要认真关注一下西部的时候了。一个国家、一个民族的文明进步，永远需要母亲河为之灌溉和滋润，永远需要母亲河的日夜涛声为之相伴相随。长江、黄河之于中国，恰如密西西比河之于美利坚，多瑙河、莱茵河之于欧洲，伏尔加河之于俄罗斯。如果没有长江、黄河这两条母亲河的健康，中国要想真正搞成现代化是不可能的。开发西部，治理西部，养护西部，是中华民族的“饮水思源”工程。

悠悠华夏，既光辉灿烂，又多灾多难。华夏之邦能够历尽万劫而不灭的重要原因，就是因为中国有一个广阔的西部，回旋余地大。西部对于华夏子孙的恩泽是难以说尽的。西部拥有宽阔的胸怀、博大的包容精神。旧时西部地广人稀，河东的青壮年活不下去时就往河西走，到西部去逃生，一曲《走西口》唱得让人撕心裂肺。不仅苦命的老百姓如此，甚至连封建帝王、民国独裁者也如此。八国联军打进北京，慈禧太后带着光绪皇帝狼狈逃出北京城，直奔西安去避难。慈禧在逃难路上饿急了，饥不择食吃了一个窝窝头，回京后还时时想起这个窝窝头，过些日子就嚷嚷要尝一口，这可能是西部留给她的难忘印象。日本侵略中国，铁蹄踏遍半壁河山，蒋介石躲避到重庆；于是导致在西部发生了震惊中外的西安事变，这件事对中国当代历史的走向也曾产生过重要影响。这是外族入侵、民族遭殃之际，西部以博大胸怀为不肖子孙提供庇护的两个例子。回顾中国当代革命史，想当年蒋介石杀气腾腾，对红军连续发起五次大“围剿”，极欲一举消灭之。红军撤离江西根据地，一路往西走，在西部找到了广阔的回旋余地。长征两万五千里，爬雪山，过草地，到陕北，在西部扎下根来。经过休养生息，发展壮大，最终夺取了革命胜利。

从归根结蒂的意义上说，西部是炎黄的故乡。炎帝和黄帝的原籍都在西部。黄帝死后就葬在他的故乡陕北。黄帝陵上，至今古柏参天，郁郁葱葱，浓荫蔽日，森森然一派古意，豪气长存。普天之下的炎黄子孙，平时浪迹天涯，各谋生计，每年春季都要派出代表，不远千里万里会聚到黄帝陵来寻根拜祖。黄帝陵下，有轩辕手植巨柏，根深叶茂，气度非凡，树身需十来人合抱。两棵巨柏虽历经旷世风雨，却至今仍生机盎然，昭示华夏之邦生生不息，源远流长。数典不能忘祖，搞现代化不能忘记老祖宗。后人只有认真干出几件彪炳史册的大事业，才能对得起炎黄祖先。西部大开发若能干出实实在在的业绩，可算其中一件。

纵观上下五千年，西部的历史传统全在一个“大”字。秦始皇东向扫六合，挥剑决浮云，开创了中国空前统一的大格局。书同文、车同轨、统一度量衡，这些统一措施的深远影响，直至今日还在对中国的文明进步起着积极作用。汉高祖刘邦虽是东部人氏，帝业却成于西部，一曲大风歌豪情万丈，流传千古。汉武帝雄韬大略，一生开拓，将广阔西域归入中华版图，建立了丰功伟业。大唐盛世，更是中国古代史上的精彩华章，长安道上各国使节纷至沓来，都要来亲眼看一看世界东方这个泱泱大国的风采。西部的广阔地域和历史文化传统，养育了影响中国历史进程的大气魄。历史上，西部兴起过几个大朝代，这些大朝代都干成了一系列大事业。西部大开发，只一个“大”字好生了得，气魄直追古人。

新千年伊始，中国大地上呼啦啦传遍西部大开发的热烈话题，使人精神为之一振。一个国家，一个民族，如果长时间缺少提神的举措，人们长时间找不到提神的话题，生活将会变得平平淡淡，琐琐碎碎，人们的精神世界将会渐渐被平庸所销蚀，日子虽也一天一天过，可是总觉得不怎么能够提起精神来。要是那样，对一个国家、一个民族保持强劲的发展势头是很不利的。眼下，西部大开发已经成为媒体的一个宣传热点，接下去的事情是需要脚踏实地去干，干出实实在在的业绩来。但愿将来，子孙后代翻阅历史时，西部大开发真正能够成为照亮后人眼睛的一个亮点。

2000 年 3 月

凭吊一处古战场

一

提起韩信这个悲剧人物，不由得你不为他发出深长感慨：他的战绩何其辉煌，他的命运何其多舛，他的结局何其惨烈！上苍以强烈的色彩反差，为韩信绘就了一张悲愤脸谱，让他横刀立马长天一呼，然后永远背水而立，面对每一位来者发问："你们从背水之阵中看懂了什么？"

韩信创造的不朽战例背水之战，作为历史故事，我是在小学课堂上就已听过的。"背水一战"作为一句成语，后来在各类政治的、历史的、军事的、文学的书籍中屡屡见到，但往往只注意它所表达的特定含义，再不去过问它发生的具体地点。这几年，断断续续地听说，背水之战的古战场遗址，就在离我现在居住的这座城市西去不远的那片山里，而且正在成为一处旅游景观，但我一直没有时间去看。最近，我领着两个女儿去看了一次背水之战古战场，那是因为大女儿面临高考，小女儿要考高中，压力山大。我只能以军人独有的方式，激励她们"背水一战"！

背水一战，自古以来就是一道军事学命题，但它何尝不是一道人生命题？

二

背水之战的古战场遗址，湮没在太行山东麓井陉县境内那片苍茫的荒山野岭之间。井陉为“太行八陉”之一，“陉”即山间通道，井陉是古代秦晋与燕赵间的咽喉要道。秦始皇所修的驰道中，通向燕赵之地的一条就从井陉隘口通过。

井陉古关，地处要冲，为历代兵家必争之地。除了韩信在此创造过背水之战的辉煌战例外，唐朝的郭子仪、李克用，北宋爱国将领种师闵，北魏将军于栗磾，明朝开国大将徐达，明末农民起义领袖李自成等等，都在这里打过仗。值得一提的是，1900 年八国联军侵华时，京津陷落，慈禧、光绪西亡长安，保定、正定相继失守，获鹿驻军退守井陉，晋东防务吃紧。清末将领刘光才正在前去大同就任总督的途中，于河北栾城顷接上司来电，命其驻守井陉督防。他在井陉就地组织防御，顽强阻击法寇于关前，坚决制止联军西进，史称“庚子之役”，这是清末抗击外侮的少数几次胜仗之一。当时的石垒防御工事尚存，称“庚子长墙”。

井陉关终于成为一种象征。清末壮士谭嗣同曾写过一首寄托情怀的《井陉关》：

平生慷慨悲歌士，
今日驱车燕赵间。
无限苍茫怀古意，
题诗独上井陉关。

从韩信到刘光才，茫茫两千余年间，有多少将领士卒，为社稷，为朝廷，为民族，在井陉关慷慨拼杀，血写春秋。雄哉井陉关！壮哉井陉关！

自从清末修筑了正太铁路，以后又修通了公路，铁路公路都绕关西去，沟通了冀晋交通，繁忙了两千多年的井陉古关狭窄孔道终于沉寂荒废，渐渐被荒草淹没，断了人迹。唯其荒废得杳无人迹，这些沧桑陈迹才得以残存至今。

井陉县是河北省贫困山区之一。井陉人千百年来安贫说古，祖祖辈辈守着这座古战场，给孩子们讲述悠悠往事，说古国之兴衰存亡，讲古人之得失成败。改革开放以来，被搞活经济的大潮所推动，井陉人一夜间有了“背水一战”的紧迫感。他们深知韩信背水之战的历史知名度，决定将此古战场作为旅游资源加以开发。从此，沉寂已久的井陉古道上重新有了人迹。人们踏着陈迹斑驳的石板路拾级而上，登临远眺，凭吊往事，感悟人生。

三

背水之战古战场的中心位置，名叫白石岭。白石岭两峰夹峙，鞍部即为古代井陉隘口孔道，现存城堡式关门一座，为清代重造，称“东天门”，真乃“一夫当关，万夫莫开”。登岭西望，居高临下，白石岭西山坡谷底是一条狭长的带状盆地，韩信背水为阵的绵水河自南向北流过。绵水西岸，便是太行山主脉，崇山峻岭。当年，韩信的军队就从太行山以西一路向东征战过来。他从陕西夏阳强渡黄河，安邑一仗平定了魏国，阏与一仗又平定了代国。现在，他要越过太行山，前来平定赵国了。但是，这时他的精锐主力已被刘邦调往荥阳前线去抗击项羽，只让他带领号称“数万”、实际仅有几千人能作战的杂牌部队前来击赵，而赵王歇和辅佐他的安成君陈余，急调二十万兵力扼守井陉关隘口，以白石岭为主阵地，凭险向西组织防御，迎击韩信。韩信一路疲惫征战，精锐已被抽走，横在他面前的关隘却是那么险要，双方兵力又是那么悬殊，此仗还能否打胜？不必为古人担忧，韩信恰恰要在这里展现他的非凡军事才能，创造出中国古代战争史上的辉煌战例。

汉楚相争之时，双方为了争夺地盘，每打下一地就封一个诸侯王，然后继续进军。地方势力却往往见风使舵，反复无常，今天刘邦占上风就倒向刘邦，明天项羽占上风就倒向项羽。有的干脆在混乱之际自立为王。故，刘、项在分兵合进击败秦军之后，双方都陷入了两面作战的困难境地：一方面双方要在正面战场展开决战，另一方面又要各自回马扫平地方叛乱势力，巩固各自的战略后方。双方你争我夺，此起彼伏，刘邦几至绝境。而韩信，这位善于指挥大兵团连续作战的天才军事家，在刘、项之间何去何从，具有非同寻常的决定性意义。虽然韩信本人曾从超军事角度对刘邦阐述过他的精辟见解：得人心者得天下。韩信所说的“人心”，包括民心、将心两个方面，刘邦听后大加赞赏。但是，在这风起云涌的军争之际，决定谁胜谁负的最高手段却是军事斗争。就这一点而言，刘、项双方却是“得韩信者得天下”。

最早能以远见卓识看透这一点的，是刘邦的谋臣萧何。起初，韩信是项羽帐下的一名侍卫，为项羽执戟站岗，常好在项羽面前发表一点军事见解。项羽此人刚愎自用，不屑一听，免不了还要呵斥他几句。韩信不得见用，转而投奔刘邦。但刘邦也只让他当了一名粮秣管理员，怀才不遇的韩信再一次愤而离去，于是有了“萧何月下追韩信”，于是有了刘邦破格拜韩信为大将之举，并积极采纳了韩信的战略性建议：挥师东征。

刘、项相争之初，刘邦采纳韩信的计谋，乘项羽忙于镇压关东诸侯叛乱之际，明修栈道，暗度陈仓，迅速打出汉中，出兵关中，击败雍王章邯，降伏塞王司马欣、翟王董翳，一举平定了三秦。接着，刘邦集中五六十万大军直取长江下游之彭城，欲端项羽老巢，企图一举夺取天下。项羽从齐国地面疾速回师，亲率三万精兵直击灵璧，睢水大战，汉军死伤之多竟使睢水为之不流。刘邦惨败，逃回荥阳。彭城失利后，刘邦改变策略，兵分两路：南路由他自己率军继续在正面战场与项羽周旋；北路任命韩信为左丞相，前去平定关中以北、以东的诸侯各国，巩固和扩大自己的战略后方。韩信不辱使命，强渡黄河，连克魏、代，势如破竹，连战皆捷。

现在，韩信来到井陉关前，他又将如何运筹？韩信不急。他命令队伍在井陉关三十里外停下，亲自抵近前沿勘察地形，侦察敌情。知己知彼、深思熟虑之后，他一反作战常规，连夜派出两千轻骑先头出发，直插赵军侧后，每人带小旗一面，准备偷袭赵营。他自己率领正面部队背水列阵，身先士卒，冲锋陷阵，命人摇旗擂鼓，诱敌出阵。赵军讥笑韩信不懂兵法，犯了背水列阵之兵家大忌，必败无疑，遂倾巢而出。韩信佯败，退回水上；忽地回马力战，勇不可当，与先头派出的两千轻骑前后夹击，一举攻陷井陉险关，射杀赵军主帅陈余，生擒赵王歇，赵地又告克复。背水之战终成韩信杰作，传颂千古。

韩信破赵后，又采纳李左车建议，挟余威“不战而屈人之兵”，威服了燕国。然后继续挥师东向，攻陷齐国。韩信挥师东征三年，连克魏、代、赵、燕、齐五国诸侯，横扫千军如卷席，气吞山河，威震天下。一连串的大战役，一连串的大胜利。战略进攻的大箭头，从今陕西中部成弧形直插今山东腹地至胶东半岛，伟乎壮哉！而这时刘邦自己在正面战场上却屡屡受挫，毫无起色。但韩信已为刘邦的汉家王朝廓清了地基，摆好了柱础，只待泗水亭长为营造大汉宫殿选定吉日了。

当巍峨高山的一面阳光耀眼时，它的另一面却在漫起浓重阴影。正如老子所言：“祸兮福所倚，福兮祸所伏。”恰恰是韩信为刘邦建立的盖世奇功，成了他同刘邦恩怨的缘起。

四

我在这片古战场上踏看寻觅，力图找到某些同韩信直接有关的历史陈迹。最后只在白石岭西山坡上找到一块断碑，刻有六字：淮阴侯谈兵处。碑为明末崇祯年间范志完所题，断裂处的款识已很难辨认。此碑“文革”中被毁，断成两截，被当地农民埋入土中，后挖出，用水泥拼接重立。

我如慰抚韩信般抚摩着这块灰黑的断碑。伟哉韩大将军，你应该站在这里，这里是你的一块福地。当你摆出背水之阵时，连那些跟随你南征北战多年的老部下，都不信这一仗能打胜，埋怨你今天摆的是什么鬼阵。你却对大家说："打败赵国，傍晚会餐！"他们到底服了你的神算，战斗竟进展得那么神速，胜利来得那么不可思议！战斗结束后，你就坐在这片山坡上同大家一起会餐。在一片欢庆声中，部将们才敢把刚才的担心和埋怨向你倾吐出来，你批评他们没有读懂"陷之死地而后生，置之亡地而后存"的兵法要义。你说完放声大笑，你的笑声震响了四围群山，在绵水河上久久回荡……

哦，韩大将军！他们在这块碑上却不应该将你刻成淮阴侯，那时刘邦还没有封你为淮阴侯；你后来也不应该去做什么齐王、楚王、淮阴侯，命运注定你只有在驰骋拼杀的疆场上，才能放射出夺目的光彩。你一旦离开疆场，走到哪里都像鱼儿离了水一样，蹦跳无济，不得要领……

整个古战场上，同韩信直接有关的遗物，只有这么一块断碑。它孤零零地立在衰草萋萋的荒山坡上，那么凄凉，那么孤独。

不无讽刺意味的是，白石岭的东山坡上却有一座"白面将军祠"。"白面将军"即陈余，他是被韩信在背水之战中射杀于阵前的手下败将。此次战役，他作为赵军主帅，指挥无方，不堪一击，关隘失守，赵王被擒，赵国沦陷，何来为他建祠纪念之理？自古世事胜败论英雄，但中国传统文化中偏偏又有"不以胜败论英雄"一说，故历朝历代均有不重功臣重败将之怪现象。我进祠去看了一下修祠年代和纪念陈余的理由，令我又大长见识。据介绍称，该祠初建于宋，后几经重修，断断续续，香火未绝。纪念陈余的理由是"感念"他在背水之战中"乱箭射身而躯体不倒"，"其志难夺，其节可嘉"。这里又涉及中国传统文化中同一个问题的另一个层面：重"气节"而不重其行为效果。

更让人感慨莫名的是，曾在"庚子之役"中击退了法寇西进企图的清将刘光才，战斗胜利后，特意为这位葬身白石岭上的陈余立了一块"忠碣碑"，由其副将李永钦撰写的碑文竟称：他们之所以能在"敌炮累累"的井陉保卫战中击退法寇，全赖陈余将军"神灵保佑"之故！打了胜仗的将领，居然不敢相信自己能打胜仗，而相信两千年前一位丧国败将的亡灵在冥冥中“保佑”了他们。这反映了什么呢？它充分反映出晚清这个没落朝廷已完全丧失了自信力，它们手中那支军队已完全丧失了自信力。刘光才他们虽能偶获小胜，但从根本上说，已于江山无补，朝廷最终还得在《辛丑条约》上签字画押。这样的朝廷，这样的军队，竭力推崇所谓的“气节”，恰恰反映了这个朝廷气数已尽，亡相毕露；这支军队也已毫无“元气”可言。这同韩信靠弱兵之旅背水为阵，一举攻陷以十倍于己兵力把守的井陉险关所表现出的强大自信力，形成了多么鲜明的对照！但胜利者韩信在这里所得到的，仅仅是西山坡上那块孤独凄凉的断碑而已；失败者陈余却在东山坡上拥有一座避风雨、享香火的祠堂，这又是另一种多么鲜明的对照？中国的许多事情，历来就这么怪！

五

在白石岭新设的一间简陋无比的展览室里，墙上抄录有刘禹锡感怀韩信的一首短诗：

将略兵机命世雄，
苍黄钟室叹良弓。
遂令后代登坛者，
每一寻思怕立功。

一个人的某种天赋、才能过于出众，功劳太大，究竟是祸是福？这的确是个电子计算机也无法算清的复杂问题。刘邦与韩信之间的关系，始终是那么微妙。萧何向刘邦力荐韩信时，韩信的军事才能尚未得到任何证实，但刘邦相信萧何的政治眼光和对人才的鉴别能力，故他敢于破格拜韩信为大将，令三军为之惊愕。刘邦的纳谏如流、用人气量，也真够气派，这是他性格的一面。刘邦作为封建政治家，他的性格还有另一面。当韩信在实战中显露出非凡军事才能后，刘邦却开始了对韩信的提防，韩信的战功越大，他的提防也越紧。因为刘邦深知，非凡的军事才能，再加上兵权、战功、声威，这些都足以成为略地为王的资本。他需要韩信，但绝不能让韩信壮大到驾驭不住的地步。

彭城失利后，刘邦任命韩信为左丞相，让他独当一面，去完成平定诸侯的战略任务；而同项羽较量的正面战场，则仍由他亲自领军。他这时已明知韩信的军事才能强于自己，但他仍如此分配任务，从中不难窥见刘邦用心之精细。韩信强渡黄河，连克魏、代之后，刘邦又立刻将他的精锐调归自己指挥的荥阳前线，只让他带残弱之旅去完成任重道远的东征后续任务。而韩信却并未因此放慢东进速度，胜利一个接一个，队伍愈战愈勇，兵力愈益壮大。相反，刘邦自己虽然调去了韩信的精锐，却依然不敌项羽，兵败荥阳，逃往成皋，又被项羽围困。他只身逃出成皋，潜入韩信驻地，乘韩信兵营内尚未起床，伪称“汉使”，骑马驰进韩信军帐，夺去了韩信的印信和兵符。回头又捎话过来，让张耳留守赵地，命韩信收拾残部继续进攻齐国。这等于明白告诉韩信：一、你必须为我多打胜仗，越多越好。二、你的兵权不能太大，拥兵不能太多。三、你打下的地盘必须交给别人看守，你的任务只是打仗。

韩信的军事天才也的确过于出众了。他一路打了那么多大仗，不但一次也没有得到过刘邦的增援，反而一次又一次被刘邦调走了精锐。但韩信从未流露半点灰心情绪，也从未发过牢骚。似乎越是给他设置障碍、增加困难，越能激发他的骁战之勇。他收拾整顿了一下残存部队，就地征集了一批新兵，又继续向齐国进发了。这一次，对方除了齐国本土军队，项羽又派大将龙且前来增援齐国。交战结果，龙且被杀，齐王田广逃跑，韩信又获全胜，齐国又告平定。对此，刘邦将作何感想？

正是从这时起，韩信自己却为刘邦对他的担心一次又一次提供了“把柄”。从此，他将用军事上的一连串胜利，去换取政治上的一连串失败。

一败请立齐王。

韩信攻下齐国后，劳苦功高，人也觉得有些累了，于是想到自己的地位、名分也该有个着落了。也许他倒真是为刘邦巩固已经打下的地盘着想，也许两者兼而有之。他派人给刘邦送去一信，信中分析说：齐国伪诈多变，反复无常，又与南边的楚国接壤，如果不立一个齐王，恐怕齐国的形势不会稳定。信末，请求刘邦恩准他自立为“假齐王”，以便在此稳定齐国局势。客观，真诚，战战兢兢。但是，这时刘邦已同项羽在荥阳争战相持长达三年，胸部还带着项羽的箭伤，心烦意乱。他拆信一看，破口大骂：“浑蛋！我被围困在此，天天盼望他来增援，他却想自立为王！”陈平在桌子底下踩他的脚，张良附耳对他说：“这里形势严峻，不如同意立他为齐王，让他稳住齐国。要是激怒了韩信，说不定会有不测。”刘邦毕竟是刘邦，马上改口骂道：“他妈的，他韩信大丈夫南征北战，平定了诸侯各国，要做就做个真齐王，哪有做假齐王之理，封他为齐王！”

封王就坏。韩信一封王，刘、项的矛盾焦点就向他身上交会。如果说，在韩信拜将之前，只有萧何看到了刘、项双方“得韩信者得天下”；那么现在，连项羽也清楚地看到了这一点。项羽派说客武涉前往齐国，劝说韩信与项羽联合，争取与刘邦三分天下。韩信则表明自己“忠汉之心，虽死不变”，将武涉斥去。但他从此再不会有清静日子。齐人蒯通又来劝说韩信：“当今两主之命悬于足下。足下为汉则汉胜，与楚则楚胜。”并告诉他说，你现在已经摆脱不了两难境地，归附哪一方都有危险。自古“勇略震主者身危，功盖天下者不赏”。你渡黄河，虏魏王，擒夏说，下井陉，杀陈余，下燕，定齐，南摧楚军二十万，东杀大将龙且，功劳盖世，无人能比，威名压倒了刘邦。你是“戴震主之威，挟不赏之功”之人。归楚，楚国不会信任你；归汉，连刘邦都害怕你。

“有什么办法吗?”

“与汉楚三分天下，鼎足而居。”

“汉王待我甚厚。”

“人心难测。”

蒯通向他讲了一系列初为“刎颈之交”，后来反目成仇、互相残杀的例子。最后，蒯通对韩信说：“天与弗取，反受其咎；时至不行，反受其殃。愿足下熟虑之。”韩信脑子里闪过一丝犹豫动摇：“让我再考虑考虑吧。”不祥之兆已经出现。但刘邦知道，这时对韩信下手为时过早，不能惊动他。

再败于改封楚王。

刘邦为了争取韩信参加垓下会战，欲擒故纵，干脆与韩信、彭越来个“共分天下”，把自河南淮阳至东海的广大地域全划给韩信。你不是想要地盘吗？先让你过把虚瘾。韩信得到地盘，非常高兴，很快和彭越一起挥师南下。垓下会战，韩信是主力，刘邦大获全胜，项羽全军覆没。刘邦大功告成，立即削去韩信兵权，将他改封为楚王。这又一次显示了刘邦作为一位封建政治家的治人之术。韩信是为他打下江山的大功臣，不封韩信为王，失人心，天下不允。那好，我封你。但封你为王，又必须被我牢牢控制在手里。你想要齐国不可能，齐国是一片农业土壤和文化土壤都很深厚的土地，要是让你韩信在那里扎下根去，你很快就能长成一棵参天大树，想砍伐你就难了。楚国是项羽旧地，我将你韩信从齐国这片沃土上拔出来，移栽到项羽新亡的这片瓦砾堆上，不能让你长得根深叶茂。另外，西楚霸王不是曾经不可一世吗，现在他怎么样了？把你韩信封为楚王，其中意味你自己去琢磨吧！

三年后，刘邦当皇帝的登基大礼也举行过了，朝廷政务也理出了头绪，汉朝天下算是大定了。这时，他可以回过头来瞄一眼韩信了。终于被他抓到一个把柄：项羽有个老部下钟离昧，大概有些谋略，刘邦忌恨之，却与韩信有私交，项羽死后投奔了韩信。刘邦要韩信将他抓起来，韩信不理。违抗君命，如何了得！刘邦正在咬牙，马上有人上书诬告韩信谋反。先传旨：皇上要到云梦泽游猎，顺便会见诸侯，请韩信前往迎驾。韩信猜出刘邦用意，心里有些不安。他面前有两步棋可走：要么反抗，要么就擒。又一想，自己没有什么对不起刘邦，反抗不好；但也不能束手就擒。他想走另外一步棋：刘邦讨厌钟离眛，我把他的头提去交给刘邦，他还能说什么？于是，他去找钟离眛商量，请他自动献出脑袋。钟离眛大骂韩信不够丈夫，拔剑自刎。韩信持钟首级往见刘邦，以表忠心。刘邦喝令将韩信拿下，带上刑具，装上囚车，押回洛阳。到了洛阳又确实找不出韩信身上有多少谋反的过硬证据，又赦了他，降为淮阴侯。事出有因，证据不足，宽大为怀，降职使用，这已经是"皇恩浩荡"了。先威后恩，权术也。此时之韩信，已如断爪之虎、拔羽之鹰，威风已经煞尽，一边待着去吧。刘邦制服韩信，也是做给各地诸侯们看的：韩信功高盖世都能动得，你们诸位还在话下吗？权术也。

韩信被降为淮阴侯之后，刘邦知道他内心不服，找他谈过一次话。谈话的中心内容是关于他们两人的能力谁强谁弱问题。刘邦同他谈这个题目，可以说抓住了要害。你韩信不是总觉得能力高过我刘邦吗，我倒先要问问你韩信，在军事能力之上，还有另外一种能力你韩信有吗？刘邦问他："你看像我这样的人能带多少兵？"韩答："陛下至多能带兵十万。"又问："你能带多少？"答："多多益善。"刘邦放声大笑："那你为何能被我擒住？"韩答："陛下不善带兵，却善带将。"韩信这句话说对了，刘邦笑而不答。但韩信下面这句话却大错而特错："陛下靠的是天意，不是靠你的能力。"既然他承认自己只善于"带兵"，而刘邦却善于"带将"，哪种能力层次更高，不是很清楚了吗？但韩信始终没有弄懂：刘邦是在同他谈政治，而他的思维却钻在军事范畴内出不来。因此，他在军事上不愧是雄才大略的盖世英雄，在政治上却永远是侏儒，处处碰壁，直至被杀，不足为怪。即使他被杀前呼天抢地也无用，苍天不会来救他。这天下应该是刘邦的，不可能给你韩信，给了你也治不了。

韩信在军事上的思维是如此超群，而在政治上的思维是如此之幼稚。他越是战战兢兢，刘邦越是觉得他心怀叵测。他先是容留刘邦忌恨之人钟离眛，将私人友情置于皇命之上，授人以柄。大祸临头时，韩信又去求私友钟离眛之头，欲解自己之危，这不仅是他政治上的幼稚，更是他人格上的一次失败。

三败长乐宫。

韩信经云梦一劫，威风扫地，对他的身心打击可想而知。这时他才真正明白过来，由于自己的军事才能、战绩、声威超过了刘邦，成了刘邦的一块心病。进而明白，刘邦同他的怨结，自此之后，已经再也无法解开。他回顾一生，少年落泊，漂母赐食，胯裆之辱，坎坎坷坷，之所以没有丧失鸿鹄之志，皆为求一展雄才，不枉此生矣。不错，是你刘邦给了我机会，知遇之恩何尝忘怀？武涉说项，我斥去之；蒯通献计，我不用之。我韩信何罪之有？他越想越不平静，常常称病不朝，懒得再见到你刘邦。他终于消沉了。

消沉，就有鬼来敲门。伴君之人，根本不容你有消沉的资格。有个叫陈豨的，被委派到赵地去任相国，离开洛阳前去向韩信告别。此人心怀不轨，他知道韩信痛恨刘邦整他，便在他面前挑唆了一番，同韩密谋反刘。当时韩信如何表态，史无详载。但可断定，这时的韩信已不可能像回绝武涉、蒯通那样回绝陈豨，更不可能再从他嘴里说出什么“汉王对我不薄”“忠汉之心，虽死不变”这样的话来了。

陈豨反，刘邦欲带韩信同去征讨。韩称病，不去。暗中派人给陈稀送信：“你举兵，我在此策应。”并同家臣密谋，乘刘邦不在，准备在宫中起事，要出出心中这口恶气，这是真正的谋反了！但他韩信能在战场上叱咤风云，却压根儿不是搞政治的手儿。先就从家里泄露风声，被告发。吕后这老娘儿们根本不用请示报告，决心来得异常果断和迅速：“杀掉韩信！”于是萧何假传消息，将韩信骗至长乐宫，被斩，夷三族。

“存亡一知己，生死两妇人。”知己者，萧何也；两妇人，一为漂母，一为吕后。历来的后人均感叹：“成也萧何，败也萧何。”应当说萧何无罪。韩信只懂军事，而萧何搞的是政治。他把萧何看作生死知己，当时他本意不愿进宫去，但别人的面子能驳，唯独萧老相的面子不能驳的。再说别人可能对他有诈，萧老相能对他韩信使诈吗？不可能。就这样，韩信按照超政治的思维习惯想问题、搞分析、做判断，服服帖帖跟随萧何走向断头台。而萧何的思维方式就根本不同于韩信了，他当年月下追韩信，把韩信追回来，是为了刘邦王业；今天他把韩信领上断头台，也是为了刘邦王业。怪不得萧何的。

吕后这老娘儿们，长期同刘邦在一起耳濡目染，政治手腕也好生了得。她得悉韩信密谋造反，真有点“山崩于前而色不变”的沉着，周密布置，不动声色。她让萧何去将韩信骗进宫来，实在是非常精明而关键的一招。别人不可能“请”动韩信，只有他萧何了；同时，叫你萧何去“请”韩信，也是在脑壳上敲你萧何一棒；当初不是由你月下追韩信追回来的这个孽种吗？如今他想谋反，是不是你在背后支持他呀？萧何老谋深算之人，怎能揣摩不到吕后这妇道想说而未说的意思？如果他不把韩信“请”来，在刘邦面前脱得了这干系吗？他把韩信骗进宫来，吕后喝令下刀，韩信一命呜呼之后，老萧何这才转过身去悄悄擦拭额头的冷汗和满脸的泪水。冷汗是被吕后吓出来的，满脸泪水是为韩信流的。

呜呼，韩大将军！

1994 年 10 月

寻访赵王城

一

天下人知邯郸者众，知赵王城者寡焉。

赵都邯郸，是秦始皇的出生地、外婆家。仅此一点，你敢小觑邯郸吗？邯郸是这样一座城市：随便找一处城郊的山岗坡地，或是城内残存的某处老墙根边挖下去，都可能挖出层层相叠的古文化遗存来。上至新石器时代邯郸“磁山文化”特有的石搓板（碾粟工具）、支架陶罐（炊具），时代稍后的红顶陶碗；下至春秋时代的各种青铜乐器、王侯印玺、大小酒器、玉璧、铜镜、织物，铸有“甘单”（邯郸）字样的一枚枚锈蚀斑驳的古币……面对这样一座史前文化源远流长，战国时代的赵国国都、军争重地，两汉时代闻名华夏的五大繁华商都之一，你能对邯郸漠然视之吗？

漫步邯郸，百步有典。流经城内的沁河之上，有小石桥一座，桥头立有石碑：学步桥。踏上小桥，我不无感慨：鼎盛时期的邯郸，真可谓领天下风气之先，居然外地人来到这里，都竞相模仿邯郸人走路的步态，以至“邯郸学步”成了一句流传到今的成语。当我看完石桥栏板上的一幅幅人物浮雕，顺着石阶走下桥来，立刻又想：如何学会用双脚走路，竟是一道十分古老又非常切近的重大哲学命题。于是提醒自己：还是学会走自己的路吧。

在挤挤挨挨开满了时髦商店的那条街上，保留下一条古老小巷，陈砖土瓦，矮房老墙，很不起眼。巷口赫然一座石碑：回车巷。伫立碑前，浏览碑文，我仿佛见到那位驰骋疆场，功高豪迈，一度闹过思想情绪，后来又主动负荆前来向蔺相如请罪的老将军廉颇，烈士暮年，垂垂老矣。我似乎听见“患难思良将”的赵王在向人打听：“廉颇老矣，尚能饭否?”廉颇的仇人乘机贬毁他说，廉颇已老得不中用了，赵王“遂不召。”这分明是一个凶兆：赵氏王朝鼎盛将逝，衰亡将至……

“其兴也勃，其亡也忽。”

邯郸，这座典故之城，堪称一部古中国兴衰史的袖珍版百科全书。如今，市内正耸立起一座座玻璃大厦，铲土机正在铲走一堆堆陈砖旧瓦。玻璃大厦的反光里映照出满街车流如梭、人影匆匆，铲土机的轰鸣中正扬起阵阵千年陈土。一想到这里的每一块断砖里都有一个悲愤灵魂，每一片碎瓦里都有一段惊心动魄的历史故事片段，心中不免感叹“兴衰沧桑千古事，而今朝夕换人间”。

赵王城，你在哪里?

二

这些年，因工作关系，我每年都要来一两次邯郸。每次来邯郸，都不免要想起实行“胡服骑射”的赵武灵王。如同我回到阔别几十年的故乡时，总要悠悠想起伍子胥和孙武子等先贤们一般。他们都是些给人以沧桑感的历史人物。像邯郸这样的城市、赵武灵王这样的人物，是足可借以解读出“存亡之道”这句兵法要义的。因此，我每次来邯郸，都要一次次打听：赵王城遗址的确切位置在哪里?被问者每每用茫然的眼神向我作答。我一次次谅解了他们。的确，比我年轻得多的每一个人，应该更多地面向未来、关注未来，而我总向他们打听遥远的过去，我应该谅解他们。

兴盛一时的赵国灭亡得实在太久了。

赵王城湮没得实在太久了。

“听说只剩下一个土堆，什么也没有了。”

偶然遇到能这样作答的人，也仅仅是“听说”而已。就像我从史书的字缝里“听说”古都邯郸“袨服成市”的繁华景象一般，遥远而朦胧。

大幸。这次他们终于为我寻访到一位满头白发、掉了门牙、业已退休的赵文化考古专家陈光唐教授。陈教授原籍福建，却在这里搞了一辈子赵文化发掘研究工作，以至在此落户生根，再不肯离开这座古都。在酷夏暴雨刚过的泥泞中，陈老欣然领我登上了赵王城遗址，登上了那座荒凉土丘。的确连废墟都称不上，只是一座荒凉土丘。我随他转身四顾，他向我指点陈迹，纵论往昔。

当年，是他亲自主持了对赵王城遗址的部分动土发掘工作，有一系列重要发现。但他亲自撰写的发掘报告上送后，据说因为一个学术观点的独到见解，被冷落搁置了多年。看来不只官场有“官僚主义”，学术界也有“学僚主义”。倒是海外的一些有识学者，后来终于从刊物上读到了他那洋洋三万余言的发掘报告，于是远涉重洋，不远万里，纷至沓来。每次都由陈教授亲自陪同，前往访谒这座荒凉土丘；回到下榻处热烈讨论交流，苍茫史事，探微钩沉，高士宏论。

“国内特意前来寻访赵王城遗址的，不多。”

老教授站在荒丘上，不无寂寞感慨。我忙用玩笑安慰了他一句：“我代表赵武灵王感谢你！”他满头白发秋草般在野风中飘动起伏，笑得满脸皱纹，满脸沧桑。

赵王城遗址位于今邯郸西南四公里。由西城、东城、北城三部分组成，各有城墙，自成单元，又呈“品”字形相连。每座城内都荒废得只剩几个长满荒草，或被当地农民种上了庄稼的夯土台基。三座小城的四围城墙轮廓尚存，城门位置依稀可见，因是迁都后新建王城，白手起家，耗资巨大。据分析，当时是先建西城，再建东城，后建北城，分步实施，逐步扩大，终成规模。因怕敌国放水淹城，故先高筑台基，在台基上建筑殿宇。最大的一座夯土台基在西城，这是王宫所在位置，民间称“龙台”。基座每边长约三百米，呈台阶状向上层层叠升，顶部宽广平坦。东城内有“南将台”“北将台”，与西城的“龙台”呈相守相望之势。东、西两城构成昔日赵都政治中心。北城似是王侯贵族们的家居之所，存夯土台基数座。

古籍中称，古时邯郸有“十二连城”。但现在除上述三座“连城”外，仅发现它的东北面是一座范围大得多的“大北城”。那是建赵王城之前就有居民聚居，赵都迁来后迅速扩大的繁华商业区和居民区。它与现在的邯郸市西半部重叠，大多遗址均已埋入地下。赵武灵王修筑的阅兵台，即著名的“丛台”，位于“大北城”东侧，估计当时那里尚是郊外。丛台现存，位于今邯郸市中心。

我们在“龙台”上盘桓良久，从各个方位向四周瞭望，竭力寻找冥冥中的赵王城往昔声威。在被农民翻耕过的、长满庄稼的台基地里，我俯身拾到几块小小战国碎瓦。据陈教授向我介绍，在他们对“龙台”进行的部分动土发掘中，曾在台基东侧清理出两排气势恢宏的回廊柱础，因无力投资保护，只得重新用土覆盖起来。闻而不得见，比未闻时更觉遗憾。

那么，让我们从三国文学家刘劭那篇《赵都赋》中，去领略当年赵都宫殿的雄伟和富丽吧：

> 且敝邑者，固灵州之敞宇，而天下之雄国。……尔乃都城万雉，百里周回，九冲交错，三门旁开，层楼疏阁，连栋结阶。峙华爵以表甍，若翔凤之将飞。正殿俨其造天，朱棂赫以舒光。盘虬螭之蜿蜒，承雄虹之飞梁。结云阁于南宇，立丛台于少阳……

我终于在邯郸市博物馆内，见到了赵王城出土的几件实物：铺设在城墙排水槽上的一节节槽瓦，每张瓦片竟有五十多公分见方。王城内出土了几口大井，都是用整圈烧制的陶井圈从井底一节节套接至地面。博物馆内展出了几节井圈原物，竟像一座粮囤似的。还有一方硕大的赵都王侯大印……凭此，你去想象这座王城当年的气派吧！

古人论治，概括出“天时、地利、人和”三大要素，时间空间、主观客观，均已顾及了。赵氏立国，始于“三室分晋”，自赵敬侯将都邑由中牟迁往邯郸建都起，至秦国灭赵，传八代而亡，历一百五十八年，盛衰兴亡何其匆促短暂。

东周衰微，诸侯并起，逐鹿中原，乃其时天下大势。赵氏分室立国，乘势而起，得于天时。

邯郸西依太行山脉，东向冀豫鲁平原，域内有滏阳河、漳河、洺河、沁河灌溉土地，粮食丰足。粮食，是当时群雄征战天下的基本战略资源。陈教授他们在发掘“磁山文化”遗址时，竟发现了八十八座地窖式粮仓，最深的一座深达六米。窖内储满粟子，均已炭化，插进探针时瞬即塌缩陷落；市内博物馆中就有一瓶当时出土的炭化粟子标本。同时发现的还有三百四十余座较浅的粮窖。其粮窖之多，藏粮数目之大，实为我国考古发现中罕见。由此可见古代赵国境内土地之肥沃，产粮之丰稔。在赵敬侯迁都邯郸之前，其实他的前辈赵襄子就曾酝酿过迁都邯郸之事，下臣向他力陈的主要理由就是“邯郸之仓廪实”。后来赵国终于据“富冠平原”的邯郸为都，从此有了足够的粮食资源繁衍人口，扩充军队。邯郸以西的太行山区矿藏富集，足供冶炼锻造，改善装备。又凭借“关天下之形胜，绝天下之传输”的有利战略位置，西可借太行屏障以抗强秦，东可纵横驰骋向弱小诸国扩张疆土。此乃得地利之便。

而“完璧归赵”“负荆请罪”“毛遂自荐”等著名典故，则表明赵国得“人和”之利又在列国之上，使其天时、地利之便收到倍增之效，故能迅速崛起，终成“山东六国之强”。

三

赵国由勃兴至鼎盛，关键人物是赵武灵王，关键因素是他发动的那场“胡服骑射”改革。那时，他年富力强，思想活跃，壮志凌云，治国执政已有足够经验，不愿守成无为，而思开拓图强。

赵武灵王首先是一位具有战略眼光的政治家，其次才是一位善于治军征战的军事家。他深入分析了当时诸侯林立的“国际形势”，以及赵国的现状：“今中山在我腹心，北有燕，东有胡，西有林胡、楼烦、秦、韩之边。”当时又未发明和平共处五项原则，诸侯各国争战不休，天下远未大定。他得出的结论是：“无强兵之救，是亡社稷，奈何？”他在苦苦寻找开拓图强的根本出路。

春秋时，东吴的伟大军事家孙武便指出：“兵者，国之大事，死生之地，存亡之道，不可不察也。”军事问题，是国家存亡的关键所在，这一点当时的诸侯各国均已懂得。但赵武灵王进一步洞察到：强兵之术，远未穷尽。同样数量的军队，谁家的军队战斗力超过别人，谁就能占得上风。

赵武灵王深知，要想推行改革图强之策，必须首先闯过“统一思想”这一关。为此，他在执政第十九年的春天，“大朝信宫”，亲自主持召开了一次非常重要的干部扩大会议，为改革进行思想舆论准备。又亲召大臣肥义，“与议天下，五日而毕”。君臣相对而坐，促膝长谈，足足讨论了五天。他向肥义和盘托出了自己的战略意图：我一心想继承祖先赵襄子的业绩，继承他的遗愿，消灭中山，征服胡人，但长期不能实现。为了取得“用力少而功多，可以毋尽百姓之劳”，又能继往开来，强盛称霸，“今吾将胡服骑射以教百姓”，但担心“世必议寡人，奈何?”肥义打消他的顾虑说：“王既定负遗俗之虑，殆无顾天下之议矣。”战国初期是新兴地主阶级上升时期，诸侯各国都有不同程度的改革。如：魏国的李悝，赵国的公仲连，楚国的吴起，韩国的申不害，齐国的邹忌，秦国的商鞅，都先后发动了变法或改革。但他们进行的这些变法与改革，都是在本土文化范围内的“变”与“改”，而赵武灵王所进行的改革，却是要突破本土文化的框框，大胆吸纳“异族文化”优长的改革，其意义是前所未有的。他的改革主张虽然得到了以肥义为代表的改革派大臣们的积极支持，却遇到了以公子成为代表的贵族保守势力的竭力反对。而公子成又是他的叔叔，阻力之大，可想而知。

这场拥护与反对改革的大争论，思想分歧的焦点是：一、如何看待本土文化与“异族文化”的优劣？二、如何看待祖宗留下的文化传统？以公子成为首的保守派认为：脱下长袍改穿胡人短装，学习胡人骑射，这是舍近求远，弃优取劣。并且进一步上纲说，这是“变古之教，易古之道，逆人之心”的叛道行为。赵武灵王对这种思想反弹早有精神准备，心想改革只是“逆”保守派之心而已。他成竹在胸，对各种异议一一据理驳斥。他对祖传遗产亮出独到见解：“夫有高世之功者，负遗俗之累；有独智之虑者，任骜民之怨。”高屋建瓴，力排众议，不同凡响。

第二年，改革开始付诸实施。赵武灵王先让近臣王緤去给公子成传达了一个通知：我明天将改穿胡服临朝，请叔叔务必也穿胡服上朝。家听于亲，国听于君，这件事你必须听从我的。接着又对他晓以大义："治国有常，利民为本；从政有经，令行为上"，希望叔叔以强国富民大局为重，"故愿慕公叔之义，以成胡服之功"。他威恩并用，终于说服了公子成，争取到了他对改革的支持。第二天，公子成果然改穿胡服来朝，并"再拜稽首"，检讨了自己思想认识上的错误。于是赵武灵王"始出胡服令"，改革由此全面推开。这场以革新军事体制为主要内容，实际上对赵国政治、经济、文化产生全面重大影响的改革，为赵国的迅速崛起注入了强大活力。赵王城北去十余里，在赵武灵王阅兵台以西不远有铸箭炉遗址，铸箭炉以西的那座山称"插箭岭"，以上广阔地幅构成了赵武灵王的浩大练兵场。旗幡猎猎，烟尘滚滚，人喊马嘶，热气腾腾。一支装备一新、战法高超、战斗力极强的新型骑兵之旅，很快就要从中原腹地出发，以迅雷不及掩耳之势向北杀去。

经过短短几年征战，赵国终于"灭中山，北地方从，代道大通"，西北疆域一直扩展到河套以北。至此，"山东诸国足可抗秦者，赵国也"，声威盛极一时。

四

"得闲访古迹，聊忆兴亡事。"

我终于寻访到了赵王城遗址，了却了萦绕于胸多年之一愿，有一种难言的满足。

但当我从荒废得一无所存的赵王城遗址归来，心中却平添了几分莫名的惆怅。闪念间感情用事地胡思乱想：地理条件如此优越，又诞生了像赵武灵王这样伟大改革家的赵国，凭其改革思想之先进，也应由它来完成统一中国之大业，而不应当是秦国。但盛极一时的赵国，最终为何反被秦国所灭？

归途中，我就赵国何以速兴速亡的问题，向陈教授请教。

陈教授回答得异常干脆而简捷："用人问题。"

赵武灵王死后，自孝成王之后的几代国君都很昏庸，他们听信谗言，重用奸臣，排斥甚至错杀忠良，在用人问题上一错再错，导致国家迅速走向衰亡。他举例说，孝成王六年的长平之战，实际上是秦、赵两国最终决定谁兴谁衰、谁存谁亡的生死大决战。两军对垒于长平旷日持久，长达三年，当时双方各有胜负。但在这生死关头，孝成王听信奸臣谗言，说廉颇年高胆怯，并有投秦之意。孝成王于是罢免了富有实战经验的沙场老将廉颇，委任只会纸上谈兵的青年竖子赵括前去接替指挥，结果被秦将白起大败，赵括丧命，赵国损失四十五万大军于一役，从此国力大损，一蹶不振。以后虽然苦苦抗秦挣扎达三十二年，但毕竟亡相已露，难有起色。后来，在秦国灭赵之战的最后一仗中，赵国最后一位君王赵迁，在兵临城下之际，竟又听信间谍谗言，错杀大将李牧，终被秦将王翦攻陷赵都邯郸，赵国至此而终。

陈教授紧紧抓住用人问题论析赵国败因，见地精当。但除此之外，我想恐怕还有另外几个原因，不可不察。

其一，赵武灵王虽无愧于伟大改革家称号，但是，任何人都是有局限性的，古今都是如此。一方面，赵武灵王具有非凡治国才能，使国势大盛；另一方面，他却处理不好家政，种下内乱祸根。他因宠爱姬妾吴娃，便早早地将王位传给了吴娃所生的次子赵何（惠文王），自称"主父"，退居二线。吴娃死后，他复又怜悯起长子赵章来了，居然想让两个儿子"二王而国"。这一荒唐主张虽然未能通过，但已引起满朝思想混乱。最后，终于导致贵族大臣间对立的两派分别挟其二子相争，发生沙丘之乱。长子赵章作乱兵败，逃进父亲宫中，贵族公子成和大臣李兑以此为借口，将赵武灵王围困在沙丘行宫内长达三月有余，将他活活饿死。一代英主，一位伟大的古代改革家竟然落此下场，岂不令人扼腕！不管人们怎么看，怎么说，怎么评论，怎么呼吁，政治这东西，它本质上是残酷的。赵武灵王当初是因为怜爱次子赵何，早早把王位传给了他，但因他在二子相争中站到了长子赵章一边，赵何便再也不念父子之情和传位之恩。让他们去围就围吧，让老子饿死就饿死吧——政治的残酷性只能使赵何做出这样的抉择。

由于赵武灵王自己一念之差引起的这场内乱和灭身之祸，对赵国政治遗下的不良影响，是绝不能低估的。

其二，赵国初兴之时，的确得了西依太行、东向平原、地肥粮丰的地理之便。但是，在这场诸侯各国争夺天下的激烈竞争中，一旦西方秦国日益强盛起来，国力超过赵国，那么，赵国的地理优势也就即刻转化为劣势。太行山成全了赵国从初兴到鼎盛的百年基业，太行山也局限了历代赵国统治者的战略眼光。赵国鼎盛时期的疆域，也就是与太行山大致平行的一条狭长地带。赵武灵王敢于超越祖先的文化传统，却未能超越得了祖先的战略眼光。他对父王赵肃侯筑南长城之举历来是很赞赏的："我先王因势之变……属阻漳、滏之险立长城。"因而他在击败胡人之后，遵循祖上遗训，又在大青山麓修筑了一条北长城。历代赵国统治者的战略思想，始终是围绕太行山来构想的：背靠太行山，南长城与北长城好比张开的双臂，企图依靠这簸箕形的屏障围守而安，始终未脱战略上的小家子气。殊不知，从更高层次的战略全局上看，赵国恰恰处在最无安全可言的群雄逐鹿中原的旋涡中心，守则四面受敌，攻需四面出击，战略地位十分脆弱。

秦国则不同了，它的战略思想则是沿着浩荡东去的黄河流向来构思的，要比赵国大气得多。秦始皇上溯六代的秦孝公，就"有席卷天下，包举宇内，囊括四海之意，并吞八荒之心"。它的西面，广阔的战略后方总的说来相对稳定和安宁，后顾之忧不大，可以集中精力东向以图。秦国的统治者们放眼东望，那道赵国命脉根基所系的太行山，仅仅是横在他们家门口的一道小山岗而已，远不像秦国西去路上的万里群山那么难以逾越。秦国大军一旦越过太行山，再向东进军，简直就是一马平川了。赵国眼里的漳滏之水固然可以浇灌一个殷富小国；秦国眼里的黄河长江却能灌溉万里河山。华夏大地在历经春秋战国五百余年群雄纷争之后，注定要有秦国这样能够孕育出大气派统治者的国度来统一天下了。因而"及至秦王（嬴政），续六世之余烈，振长策而御宇内，吞二周而亡诸侯，履至尊而制六合……威震四海"。此一时，彼一时。故赵国之亡，亦是变化了的时势所必然。

这时，陈教授在饭桌上端起啤酒同我碰了一下杯："你讲得很好。"

我马上意识到，陈教授是位忠诚得像程婴似的“赵国不该灭亡论”者。我慌忙笑着伸过杯子去说：“全是酒话，教授别见笑。”

五

赵国是被秦国灭亡的。那么，赵王城是被谁夷平的？

《史记》载：“赵氏之先，与秦共祖。”都是颛顼帝高阳氏的后裔。一脉两支，从源头分流而下，经过一段漫长的激荡回旋，重又会合，秦灭赵，又归一。

赵国强盛之时，与秦国激烈争战，秦昭王的一名王孙即子楚，被押在赵国当人质，以防秦国攻赵。子楚娶吕不韦门下舞女赵姬为妻，生嬴政，嬴政在邯郸度过了他的童年。后来秦赵开战，子楚逃回秦国，扔下赵姬与嬴政母子。吕不韦恐赵国将赵姬母子杀害，买通城卒，使其母子得以潜出城外，藏于民间。战场形势不利于赵，赵国为了求和，将赵姬母子找回，送往秦国。再后来，一位大帝在秦国横空出世，他就是长大了的嬴政。秦始皇童年和母亲在邯郸历险之事，陈教授一路上讲得精彩，我们一行人听得兴趣盎然。

秦国灭赵后，秦始皇巡幸邯郸。可能是他对童年历险之事记忆犹新吧，将他母亲家的仇人统统活埋，但他并未夷平赵王城。

夷平赵王城，是在秦始皇死后，秦二世二年，天下开始大乱，陈胜、吴广的部下陈余、张耳在邯郸拥立赵王后代赵歇为王，秦将章邯引兵攻陷邯郸。章邯比秦始皇的手段更厉害，“皆徙其民河内，夷其城廓”。在赵王城遗址发掘调查中，发现“龙台”西侧夯土基址上有大面积灰烬层，为火烧宫殿痕迹；四周城墙两侧滚满夯土土块，亦属人工毁城所致。

赵王城被秦将章邯夷平不久，秦国自己的阿房宫也被项羽的一把大火烧了。至此，同出一宗的秦、赵两家两国的恩恩怨怨才算彻底了结。但是，中国依然存在，恩恩怨怨、兴衰存亡仍在永无休止地继续……

正是这连绵不断的恩恩怨怨、兴衰存亡，激荡着历代文人墨客的丰富情感。历朝历代有关邯郸的诗文连篇累牍。唐代大诗人李白就是这样写邯郸的：

醉骑白花骆，
西走邯郸城。
……
平原三千客，
谈笑皆豪英。
毛君能颖脱，
二国且同盟。
皆为黄泉土，
使我涕纵横。
……

1994 年 10 月

秦皇驰道

一

秦皇驰道是什么意思？两千二百多年前，横贯中国大地的高速公路！

古井陉关秦皇驰道遗迹，仅存约一公里，位于河北省井陉县井陉古关白石岭关隘口。这是秦皇驰道北方干线中最险最窄的路段。《史记》中称“井陉之道，车不得方轨，骑不得列阵”，指的就是这一段。

我是从关隘东侧新修的简易便道走上坡去的。路旁站着几尊元代石雕人像，浑朴敦厚模样。看样子是从别处移来的，想必原来在某处守墓站岗，一站就是几百年，从未擅离岗位一步。如今也来这里赶时髦，竟敢离开旧主人，前来为游人们当仪仗。看得出他们脸上也隐隐洋溢出一丝含蓄的笑意，连他们也在为时代的进步而高兴。但这几尊元代石像的存在，同秦皇驰道毫不相干。

顺坡往上走，见路旁有座“白马告状庙”，一间简陋小屋，里面站着一匹泥塑白马。倒是这座小庙，最先给了我一些关于这条古道昔时繁忙景象的确切信息。井陉关为古时秦晋与燕赵间通衢，关险路窄，商贾往来，十分繁忙。繁忙到什么程度呢？这里聚集了一群靠帮人推车上坡谋生的人。相传有位商贩赶车载物途经此关，由于车轻马壮，无须帮推，不想多花那几个钱。但这群古时的推车汉们，车主不叫推，就在后面暗使伎俩，叫他拉不上去。那商贩一时性急，用刀子往马腚上猛扎几下，白马剧痛之下猛冲上坡，倒地而死。不久，那几位恶作剧的推车人相继死去，死时都学马叫。说是白马到阴间去告了一状，让那几人造孽报应，来生也变驴作马，受人驱使。剔除这则民间传说的迷信成分，它真实而生动地反映了当时这条关隘古道的陡险和繁忙。

再往上坡走，来到一座古驿站。三间石砌小屋，正中门楣上方，有石刻“立鄙守路”四字。经考，此驿站建于清嘉庆辛未年（1811 年），有清道光年间陕甘总督那彦撰写的《平定州东路修治石道碑》碑文佐证。路旁崖壁上另镶有清雍正十三年间（1735 年）的修路碑刻一块。诸多实物史料都足以证明，这条秦皇驰道自开辟以来，两千余年间始终作为一条交通干线，一直沿用至清。自秦以降的历朝历代，只是对它不断做些修缮维护而已；修路碑刻众多，又足见此处关隘古代交通繁忙。驿站建立至今一百八十余年，与秦皇驰道相比，它的资历实在太新了一点。但由于战争频繁，世道变迁，连这样的驿站，全国也仅存两处；另一处在苏州横塘，为砖木结构。这两处古驿站，均被研究古代交通邮政史的学者视为至宝，倍加珍惜。过去我一直认为，驿站，是古代信使交接邮件的中转站而已。但这座驿站门楣上那“立鄙守路”四字应作何解？查阅古驿史学者许锡良先生文章得知，它语出《国语・周语》：“列树以表道，立鄙食以守路。”栽树成行，标明道路，途中置馆舍，以待过往信使和官员，这是周朝就已制定的交通法规。如此说来，这是一处古代邮政所兼官方招待所。鄙，是离国都很远的地方，古时称五十里为近郊，百里为远郊，“鄙，距国（都）五百里”，这当然只是个大概数。鄙从“邑”，即有人居住的偏远小地方。在远离大城市的交通要道旁，设站接待信使和来往官员，这便是“立鄙守路”的意思了。秦始皇在修筑驰道的同时，也进一步发展完善了馆驿制度，“十里设亭，三十里设驿”。

古驿站现已被当作临时展览室。唯一的一件实物展品，竟是一块被磨得光光的石头，中间有一道尺把深的光滑凹槽，我不识其为何物。一看说明，大吃一惊：秦皇驰道上千百年车轮碾出的车辙！

急问："哪里出土的?"

答："山上一路全是，上去看吧。"

我急步上山，看到了！从山体上凿出的石头路面上，两道深深的车辙，像铁路路轨似的，向西穿过关门，延伸到山坡那边缓缓下坡西去。看到如此年代久远、见所未见的历史陈迹，连我的两个女儿也惊叹不已："呀，呀……"车辙上，按照西安秦兵马俑坑出土的战车原大尺寸，复制了一辆战车，由四匹骏马驾驭，轮子压在车辙内，栩栩如生，欲驰欲奔。井陉古关隘口的狭窄孔道，的确只能容纳这样的驷马单车通过，我终于弄明白了古时候这段路程"车不得方轨，骑不得列阵"的意思。

见到秦皇驰道悠悠陈迹，就像见到了这位封建大帝。这里也确有一处秦始皇路过井陉关的遗迹：路边平缓处有一块小石坪，名曰秦始皇"歇灵台"。公元前210年，秦始皇第五次出巡，于南巡道中得病，从北路返回，病死沙丘（今河北广宗，即赵武灵王被围困饿死的地方，那里有帝王行宫）。当时秦始皇的长子扶苏正随蒙恬在北方戍边，秦始皇临终前写好遗诏，命扶苏赶回咸阳料理他的丧事，并继位。遗诏写好并已加封，交给宦官赵高命他发出。赵高与扶苏、蒙恬有隙，怕扶苏继位后没有他的好果子吃，便串通李斯密不发丧，毁掉秦始皇给扶苏的遗诏，设下阴谋。李斯是位有贡献的大臣，但他也担心扶苏即位后启用其亲信蒙恬取代他的丞相位，私心驱使他加入了赵高的阴谋集团。他们将秦始皇遗体装在温凉车内，车上装鲍鱼以乱其臭，匆匆地向咸阳道上往回赶。车队行至井陉关，因关险路窄，只得将秦始皇的灵车在路边停下，重新组织，拉长队形，缓慢过关。秦始皇的灵车"遂从井陉抵九原，直道至咸阳，发丧"。

将春秋战国纷乱了五百多年的中国归为一统，创造了空前伟业，也留下了千古遗恨的这位封建大帝，就这样经过他一生中最后一道狭路险关，向着西沉夕阳烧红了天空的方向，踏上了他冥冥西去的归路……

一个伟大的封建朝代结束了。

交通，是人类文明进步的重要标志之一。当你想到这一点，你就会校正视角，以挥之不去的激动心情，来认真看待这条在当时规模空前的秦皇驰道了。

战国时代，“战”字当头，诸侯列国你来我往打得不可开交。而战争，也曾是推动人类文明进步的动力之一，这是推不翻的结论。记得恩格斯曾经说过，人类最先进的科学成果，总是首先在军队里得到应用，借助战火硝烟将最新科技扩散到民间去。不管你同意这个说法也罢，不同意也罢，反正这条规律至今未变。战国时代，随着战车的广泛使用，推动了中国古代交通大发展。史料记载：孔子在世的春秋时代，从吴都（苏州）至郰国（曲阜东南南陬村），最快的行军速度也要走三个月。到了战国初年，从鲁国国都（曲阜）到楚国鄢郢（现荆州纪南城），十几天就可以到达了。但由于诸侯割据和互相封锁，列国所修的道路，规模、距离都受到极大限制；路制也各不相同。

秦始皇统一中国后，就为兴建空前规模的交通大工程创造了条件。他统一中国的第二年（前220年），立即着手修筑沟通全国的秦皇驰道。秦皇驰道有南北两大干线：南方干线从咸阳至吴、楚；北方干线从咸阳至燕、齐。道路宽度统一规定为五十步，若按现代军人的标准步幅每步0.75米计，驰道宽达37.5米，要比现在的一般公路宽一倍多。当时的驷马战车至少能以四辆方队前进，骑兵成十路纵队前进当不成问题，这是多么壮阔的行军场面！驰道旁每隔三丈种一棵青松，容易塌方的地段，路旁打下铜桩。当你想到这么一项宏大的交通工程，完成于两千二百多年之前，你甚至会觉得目前建造高速公路的进度似乎太慢了一点。

秦始皇姓姬，名嬴政。他十三岁继位（那时他称秦王），在位三十七年。其中，统一中国后称秦始皇，在位十二年。他的一生并不长，享年五十岁。但能像他那样干成那么多大事业、兴建了那么多大工程的封建帝王，历史上并不多见。他统一六国前在位已经二十五年，这二十五年间他干出了哪些政绩，史载不详。但至少可以下这么一个结论：在秦国历代君王苦心经营的基础上，他即位后的二十五年间，从军事、政治、经济、文化各个方面，为统一六国做好了全面准备，积蓄了足够力量。假如他没有训练养育出一支良将如云、兵强马壮的强大军队，他就不可能横扫千军，势如破竹，一举平定山东六国；假如他没有积蓄足够的经济实力，他就无力保障供给这样一支庞大军队去完成这么一场规模空前的统一战争；假如他不曾从政治上对春秋战国几百年混战不休的历史教训做过深入分析总结，他就不可能在统一六国后果断实行与中央集权制相配套的“废分封，置郡县”的全新政治制度；假如他继位后秦国没有文化上的涵养发育，他在统一中国后绝对提不出车同轨、书同文、统一度量衡这样先进的经济文化政策。

清王朝修的颐和园、圆明园能算什么？现在不是流行讲人类文明成果吗？就推动社会生产力发展的意义而言，无论是昔日豪华辉煌而被彻底焚毁的圆明园，还是至今尚完好无损、华丽宜人的颐和园，同秦皇驰道这样的古代伟大交通工程相比，哪一种文明成果的文明含量更高一些呢？早在两千二百多年前，就能组织营造如此浩大社会公共工程的民族，近代为何竟沦落到被大洋彼岸的强梁们渡海而来，放火烧掉皇家园林的地步？俯身摸一摸秦皇驰道上的深深车辙，想一想被洋人烧掉皇家园林的朝代，都干了些什么像样的、称得上社会大工程的伟业，难道不比仰望圆明园的几根断柱所获得的思索，要深远得多、沉重得多吗？

二

秦始皇统一中国时年仅三十九岁，精力充沛，意志坚强。他的车舆沿着新开辟的浩荡驰道，辚辚驰过新亡诸侯各国的一座座都城废墟，车轮下免不了硌着断砖碎瓦，颠得他在车内一阵阵摇晃。如何使脚下这个空前辽阔的大帝国不被颠覆？这是他出巡路上始终萦绕于心的最大问题。他当然要下决心好生经营纵横驰骋打出的一统天下。

秦始皇并不荒淫。相反，他的励精图治、刻苦勤政，是历代君王中罕见的。当时天下初定，各地需要奏请的问题数不胜数，“日夜有呈”。而那时尚未发明纸张，官方文牍都写在一捆捆竹简上，审读批阅相当吃力。但他不敢懈怠，国事无论大小都要由他亲自裁决。他“衡石量书”，每夜称出一堆文牍秉烛披阅，看不完决不肯休息。生活上也不搞特殊，甚至有些吝啬。大梁人尉缭前来向他献计，被他采纳。为了对尉缭表示奖赏，他同尉缭吃一样的饭，穿一样的衣。尉缭未得重赏，非常失望，不辞而别，走了。他称帝十二年，五年在外巡行，到处视察，刻石铭功，宣扬皇威。他出巡途中在博浪沙遇险，微服夜访咸阳遇盗，都不能使他停止外出视察活动，一切为了巩固这个大帝国。

现在，让我们来看看秦始皇统一中国后的短短十年多一点时间内，他采取了一系列什么样的重大举措，干成了一系列什么样的大事业；再看看他得在哪里，又失在哪里？

一曰“废分封，置郡县”。封建制度（分封制）的显著特征在一个“封”字，皇亲贵族，到处划地封侯。结果，天下就慢慢变得驾驭不住了。周朝的灭亡，就是被不断膨胀的地方诸侯势力取而代之造成的。春秋五霸、战国七雄，分裂对抗最终取代了集中统一，东周王朝终于“不战而亡”了。战国时代，最终闹到了“八百诸侯”的地步。这虽然有些夸张，但据史学家们研究，当时全国至少分成了一百三十多个小国。群雄纷争，战乱不息。这样的“全面内战”不打则已，一打起来谁都劝不住，谁也不听谁的，都想争雄称霸。那时又没有什么“国际维持和平部队”前来出面调停，春秋战国一打打了五百多年，仍未打出结果。怎么办？只能靠战争去平息战争了。秦始皇发动的统一战争，就起到了这样的历史作用。这在当时，你说秦始皇的统一战争到底是进步的，还是反动的？统一后，如何有效管理好这个大帝国，防止战乱再起，这是首先要解决的问题。出现了两种主张：丞相王绾主张仿照周朝的办法，分封皇子；李斯反对。秦始皇采纳李斯的主张，决定废分封，置郡县，连自己的儿子也不封，一个也不封。就这一点而言，你说秦始皇这位封建大帝，在当时是进步的，还是落后的？最后决定将全国分置三十六郡，每郡设三名地方长官：守、尉、史。郡守管民政，都尉管军事，御史管监察，编制也精干得很哩。他为什么要这样做？峄山始皇石刻里说：

追念乱世，分土建邦，以开争理。攻战日作，流血于野……迤及五帝，莫能禁止。

乃今皇帝，壹家天下。兵不复起，灾害灭除，黔首康定，利泽长久。

这说明，秦始皇是想结束战争的。他决定废分封、置郡县，的确是对春秋战国几百年战乱不休这一深刻教训的反拨，是对政治制度的一次重大改革，是当时社会政治制度的一大进步。后来刘邦得了天下，却又大封刘姓王，剪灭异姓王，这恐怕同他从反面吸取秦朝速亡的教训有关，不能不说它是社会政治制度的一种倒退。

二曰“收兵器，迁富户”。他下令没收民间一切兵器，运到咸阳，铸成无数大钟和十二个巨大的“金人”，作为宫廷摆设。又强迫全国十二万户富豪迁往咸阳，置于中央政权的直接监视之下，防止他们在地方滋事作乱。他这两项措施的用意也是为了防止内战再起、巩固帝国。但他想得过于简单，尤其是后一项办法过于粗鲁笨拙。从社会经济角度讲，他收禁天下一切兵器（可能还包括某些重要铁器），客观上严重影响了各地冶炼、制铁业的发展。这两项措施在政治上也是极不成功的，它反倒告诉后人：要是将老百姓逼到了活不下去的地步，即使把一切兵器都熔化成了铁水，铸成了挂在宫廷、庙宇里的大钟，也不一定就能阻止得了他们揭竿而起造反。

三曰“修驰道，筑长城”。他广修驰道，初衷同样是出于军事目的。防止战乱再起的其他措施，能想到的都想到了，但一旦战乱突发又怎么办？这么广阔的疆域，分兵把守则分不胜分。他找到一条办法：修驰道。这样，一旦哪里有事，他随时可以做出快速反应，迅速派出军队驰往平定。可以说，历代开国之君做出的军事部署，没有比秦始皇更为精明的了。甚至可以毫不夸张地说，他的这一军事思想，直到今天仍称得上是先进的！内地的部署大体完成以后，他把注意力转向北部边防，又干了两件大事：一是把原先秦、燕、赵所修长城全面整修连接起来，终成万里长城。二是从河套外的九原郡治（今包头市西）起，向南筑了一条全长一千八百里的“直道”，直达关内云阳（今陕西淳化县西北）。从这里再向南，有泾、渭水道可通咸阳。在南方，他征服百越后，则着手发展水路交通。他委派官员监凿灵渠，沟通湘水、漓水，以便运输。早在他统一六国前，他在关中还兴建了一项重大水利工程“郑国渠”，长达三百多里，灌溉面积相当于现在的二百八十万亩，秦国富足与此有很大关系。秦始皇修驰道、筑直道、凿灵渠，虽然大多是出于军事目的，但更重要的社会意义在于：这些浩大的水陆交通工程和水利工程，为社会生产力的发展，为商业、文化的广泛交流，创造了空前方便的条件。

中国的万里长城，可以说是人类历史上最浩大的一项国防工程。万里长城所反映的防御思想，用现代军事战略的眼光去看，无疑是保守的、消极的、落后的。但是，长城的发明者并不是秦始皇，他是从他的前辈那里继承了这份遗产，继承了这种战略上的消极防御思想。秦始皇修万里长城这件事，已被孟姜女哭骂了两千多年了。近几年，又被几位新潮派文人像模像样地骂了好几回。不仅我们中国人自己骂，连外国人也插进嘴来议论，日本的一位政界要人访华，就写了这样一首诗：

长城绵延六千里
汲尽苍生苦汗泉
始皇坚信城内泰
不知抵抗在民心
山峦城塞默不语
荣枯盛衰恍如梦

这位日本要人的这番议论无可无不可。我不知他说的“六千里”是公里还是华里？我们中国人自己测量统计的确切数字是：长城总长一万三千四百华里，合六千七百公里，绝对不止“六千里”，我觉得有必要特此说明一下。因为时下不少中国人有个小小的心理障碍，凭是什么事，都相信外国人说的每一句话都要比本国人说的正确一万倍。我因此担心，他们本来也许并不清楚长城的总长度，却拿日本要人不知什么原因给我们打了折扣的数字去误传子孙。即使当年秦始皇修长城真的修错了，我们后人却不应该再把长城的确切长度搞错，弄得错上加错。我总觉得，即使想要从历史陈迹中看看祖先的得失成败，登上万里长城极目远眺，远比站在圆明园的乱石堆上看得更开阔些。另外，中国人除了吃过当年本国皇帝下令修长城的劳役之苦，历史上吃过的来自“城外”、海外的苦头多着呢！

四曰“焚书坑儒”。这是早有定论的暴政，谁也无法为他翻这铁案。但他先焚书、后坑儒的起因又何在？他在位的第三十四年，置酒咸阳宫过生日，一班儒生（博士七十人）前往祝寿。有位仆射叫周青臣的，对他的空前伟业大大地阿谀奉承了一番，秦始皇听了当然高兴。而另一位博士淳于越则不识相，正在秦始皇高兴头上，却站起来反驳周青臣，说了一番既不是时候也很不在理的话。他尖锐地批评秦始皇实行的郡县制，说他连自己的儿子都不肯分封，实在太说不过去，完全违背了古上的规矩。他引经据典，话说得异常尖刻：“事不师古而能长久者，非所闻也。”话锋一转又攻击周青臣“面谀以重陛下之过，非忠臣”。你秦始皇搞郡县制，已经是极大的错误了，他周青臣还拍你马屁，加重了你的错误，他这样的人还能算忠臣吗？这里首先让人看到的，是古已有之的“文人相轻”的老毛病。周青臣是为了讨好秦始皇，而淳于越却在很大程度上是为了攻击周青臣，在其他儒生面前表现自己。

实行郡县制到底对不对？这个大是大非问题必须搞清楚，“始皇下其议”，秦始皇让大家好好讨论讨论。丞相李斯说：“五帝不相复，三代不相袭，各以治，非其相反，时变异也。”应该说，李斯的这段分析完全正确。他接着说：“今诸生不师今，而学古，以非当世，惑乱黔首！”他认为这些儒学书生们简直太成问题了，皇上每一道政令下去，他们都要套用古书上的陈词滥调非议一番，“入则心非，出则巷议”，极尽造谣诽谤之能事，这样下去还了得！李斯在这里对儒生们的批评虽然严厉了一点，也不算太过分。但他越说越激动，甚至把春秋以来天下混乱不堪的主要原因，都归罪到书生们“道古害今”上，这就是很大的片面性了。问题大就大在他提出的建议上：“臣请史官非秦记皆烧之。”秦始皇耐住性子将他的话听完，只说了一个字：“可。”于是诗书皆烧，纸灰乱飞，“所不去者，医药卜巫种树之书”。秦始皇没有学过马列，他不懂得思想的武器只能用思想的力量去摧毁，他更没有这份耐心对书生们去搞什么说服教育。“坑灰未冷山东乱，刘项原来不读书”，教训是极为深刻的。

至于“坑儒”之举，起因则是有个经常搬神弄鬼叫卢生的人物，先是欺骗秦始皇说，皇上若能听他言，行踪诡秘，无人知其起居，便能修成“真人”，这样便可“天长地久”。秦始皇听信了他。但卢生不久却同另一位儒生一起潜逃了。秦始皇联想到其他一些事情，怒气不打一处来。比如有个叫徐福（徐市）的，他对秦始皇吹牛说，自己能到蓬莱岛上去找到长生不死药。秦始皇拨出巨款让他去办，结果“费以巨万计，终不得药”。他越想越生气，下令追查这帮文人术士在背地里都搞了些什么鬼名堂。结果书生们又暴露出他们固有的弱点，互相乱咬，越咬越多，最后竟株连到四百六十多人。秦始皇这次说了两个字：“埋了。”他的长子扶苏不禁打了一个寒战，跪劝父皇说：“天下初定，远方黔首未集，诸生皆诵法孔子，今上皆重法绳之，臣恐天下不安，唯上察之。”结果非但没有劝动，反而被父皇一气之下呵斥到北方去监督蒙恬戍边：京中的事用不着你这没出息的软弱小子乱插嘴，边防上要是出了事，小心你的脑袋！残忍，粗暴，这就是秦始皇处理意识形态问题的简单化做法，产生的恶果，最终只能以他打出的大秦江山去偿还，这代价太惨重了！

秦始皇轻信卢生、徐福这类术士的一派胡言，想要修成什么“真人”，寻找什么“长生不死药”，这不能过分责怪他，因为他没有学过唯物论。而现代的卢生、徐福式的“术士”们，毕竟要比两千二百多年前的卢生、徐福“聪明”多了，他们知道“真人”是根本修不成的，“长生不死药”也是根本找不到的。但他们可以变出别的花招，他们可以用肉眼“看到”你的五脏六腑哪里有病，可以用“意念”抓出你肚子里的恶性肿瘤，可以“隐身穿墙”……愚人在此奉劝诸君，对这类“超人”，要多加小心呢！

五曰“拆旧城，盖新宫”。秦始皇是一位出色的建筑欣赏家，但他的做法却实在够呛。他东征中每灭一国，都让人把该国的宫殿描下图来，带回咸阳，在渭水边划出一片地皮一座座按图重建，在那里营造起一个“万国公园”。另外还有两项大工程：一是嫌秦国原来的朝宫（礼堂）太小了，决定另造一座，于是动工兴建阿房宫。据说仅是他生前完工的前殿，上层能坐一万人，下层能竖起五丈高的大旗。二是在骊山营造他自己的浩大陵墓。仅仅这两项大工程，就动用了“刑徒七十万”。

秦始皇统一中国后的短短十年当中，修驰道，筑长城，治直道，开灵渠，营造阿房宫、骊山陵，等等，需要多少劳动力？除了战争中各国的战俘外，便大量征用徭役。他征用徭役的方法，到了无所不用其极的地步。最初征发的还只是犯罪的官吏，这倒还不算什么，老百姓对此不会有多大意见，但让这些犯罪官吏们去干粗重苦活肯定是不大行的。接下去就征发商贾，包括一切从事过经商活动的人，这对社会发展就大有其害了。秦始皇的这一做法，同他推行极不利于生产力发展的“上农除末”政策直接有关。在当时社会条件下，实行“上农”政策是对的，但“除末”政策却其弊极大。我们今天从有限的史料中得知，本来战国时代的工商业已有相当发展，如吕不韦，担任秦国丞相前就是在邯郸做大买卖的一位珠宝商。还有如经营谷米和丝绸的洛阳大贾白圭、制盐起家的猗顿、“富埒王侯”的邯郸冶铁大王郭纵，等等。由于秦始皇实行重农抑商政策，在他进行统一战争期间和战后，工商业受到极大压制和破坏。秦始皇只对两位企业家发生过兴趣，一位是“畜牧大王”乌氏倮，他的牛马多得不能以头计，而用山谷来估算。秦始皇的军队需要大量马匹，因而他给了乌氏倮特殊的礼遇，过年时请他同大臣们一起进朝赴宴。另一位是巴蜀寡妇清，经营炼丹业，秦始皇迷信“长生不死药”，敬仰这位炼丹寡妇，为她修筑了一座“女怀清坛”。至于其他一切商人，对不起，统统要征发去服徭役。商人征发完了，还不够，接着征发“赘婿”和“闾左”。“赘婿”是上门女婿；所谓“闾左”，就是相邻的居民中住在左边的那一家，看来秦始皇倒是“反左”的。南征北伐，浩繁工程，大大超过了老百姓的承受能力和国家的财力，苛征之猛也就不难想象了。

如此这般，民怨如何不沸腾起来！

三

秦皇驰道，本应成为秦始皇驾驭他的庞大帝国驰向辉煌大治的坦途；然而不幸，他和他的大秦帝国沿着这条宽广驰道，迅速驰向了穷途末路。

秦始皇的灵车返抵咸阳正式发丧时，赵高勾结胡亥、李斯伪造的两封“遗诏”也出笼了：一封传位于次子胡亥；另一封赐长子扶苏、大将蒙恬死。这样，他们在咸阳宫为秦始皇举行盛大葬礼时，皇皇撞响的却是大秦帝国的丧钟。

历史长河的必然性流向，犹如黄河之水浩荡东去途中，常常会撞上偶然性礁石，掀起惊涛骇浪，河道因此变得迂回曲折，有时甚至会发生泛滥改道。春秋以降，诸侯纷争，四分五裂，战乱不休。结束战乱，走向统一，这是战国末期人心所向的历史大势。秦始皇完成了统一大业，本应为华夏之邦开创空前辉煌的发展时期。但是，秦朝为何竟这么短暂就灭亡了呢？这是一代又一代的史学家、政治家们分外注目的历史大课题。

贾谊和司马迁是第一批详细论析秦帝国速亡原因的伟大史学家。司马迁在《史记·秦始皇本纪》中大段引述贾谊的《过秦论》，发出了“前事不忘，后事之师”① 的千古警言。贾谊和司马迁都带着极大的遗憾心情，

---

① “前事不忘，后事之师”这句话，我在很长一段时间内一直误认为是司马迁在《史记》中最先提出来的。后来，批评家张宗刚在《文学报》发表题为《名家散文的硬伤与不足》长文，专门对我的散文挑错，指出我对这句话的“张冠李戴”。这的确是我的一处“硬伤”，伤得鲜血淋淋。我忽略了司马迁笔下“善哉乎贾生推言之也！曰：……”这句话，以下是司马迁大段引用了贾谊《过秦论》原文。“前事不忘，后事之师”这句话应归属贾谊。后来我进一步查证，发现这句话也不是贾谊原创。“前事不忘，后事之师”最早出自《战国策·赵策一》，是谋臣张孟谈对赵襄子说的，原话是“前事之不忘，后事之师”。这次编集，我对几篇写秦朝从成功到速亡经验教训的文章中与此相关的一些议论，都一并作了修改。

评说着秦始皇的大得大失。至于秦始皇的继承者秦二世，则已“本末皆失”。贾谊和司马迁的这种遗憾心情，突出地表现在他们在论述过程中提出了一连串的“假设”。

司马迁引用贾谊的分析认为，周室衰微，诸侯纷争，兵革不休，士民罢敝，“近古之无王者久矣”。而秦始皇兼并海内，南面称帝以令天下，“是上有天子也”。深受天下连绵战乱之苦的黎民百姓，对秦始皇曾寄予莫大希望，“元元之民冀得安其性命，莫不虚心而仰上”。也就是说，当时的民心所向，是秦始皇治国安邦的最大政治资本，“守威定功，安危之本在于此矣”。假设秦始皇能够让人民休养生息，“以养四海”，使“天下之士斐然乡风”，“若是者何也?”秦帝国的前途命运将会是另一种什么样的兴盛景象呢?

司马迁引用贾谊之言提出的第二个假设，我们今天读来不能不说它是一种惊人之见：假如秦始皇统一中国之后，在大政策上不出现那么多大失误，则“虽有淫骄之主而未有倾危之患也!”（当然，贾谊和司马迁没有提到若是文臣武将也都“淫骄”起来，又将会怎样?）总而言之，失察民意，拂逆民心，乃秦始皇的根本性失误。

退而论之，再假设当初长子扶苏跪劝缓行“坑儒”酷刑时，秦始皇能稍为耐心地听一听，即使不听其谏也别将他斥去戍边，而将他带在身边一起出巡。那么，秦始皇驾崩前便可向扶苏面命传位，赵高、李斯也就不会有机会策划改立胡亥的政治阴谋。因为秦始皇虽然不大喜欢长子扶苏，但王位继承权还是明确地留给他的。扶苏是位“蔼然仁者”，又有关系亲密的大将蒙恬支持他，假如他继位，站住脚跟不会有多大问题。进而可以断言，扶苏定会着手矫正父皇的酷政。那么，秦王朝的命运便可能向好的方向发展。

再退而论之，胡亥继位，虽非秦始皇所命，但黎民百姓对这位“新主”还是抱有一线期待的，“今秦二世立，天下莫不引领而观其政”。其时之秦朝百姓，正处在“寒者利短褐，饥者甘糟糠”的境地，假设秦二世能为他们创造获得起码温饱的条件，便可收到“劳民易为仁”的施政效果。

“天下之嗷嗷，新主之资也”，胡亥面前是存在着扭转危局、稳住天下的机遇的。但“胡亥极愚”，是位彻底的庸主，根本不懂得去利用这些条件。

《秦始皇本纪》中甚至提出了这样一个最后的假设：胡亥自己平庸也不怕，假设他能够任用忠良，“臣主一心而忧海内之患”，不负“万民之望”，则仍有可能稳住天下。但胡亥除了各方面的才能远远逊于始皇，唯独残暴这一点却有过之而无不及。在形势危急之际，右丞相去疾、左丞相李斯、将军冯劫联名向他进谏：鉴于“关东群盗并起”，形势严峻，建议停建阿房宫，减轻徭役苛征，以缓解矛盾，扭转危局。他不但不听，反而严责他们三人“不为朕尽忠力”，统统罢官罹罪，去疾、冯劫被逼自杀，李斯被五马分尸。从此，他只信赵高一人，“与高决诸事”。赵高小人得志，胡作非为，指鹿为马，弄得满朝文武人人自危，人心散乱。胡亥到了这种时候甚至还继续大兴土木，“骊山未毕，复作阿房”，繁刑严诛，赋敛无度，“刑戮相望于道”。胡亥终于将天下百姓的最后一点期待也彻底毁灭了，天下怎能不反？陈涉一介草民，而能“奋臂大泽而天下响应者，其民危也”。

秦始皇这样的伟业隆主，身边钻进赵高这样的宦官小人，最终被他坏了大事，这亦属不可忽略的历史教训之一。赵高胡作非为，把大秦江山折腾得彻底散了架子之后，还妄想取而代之。他乘天下大乱之际，策划他的女婿咸阳令闫毅及其弟赵成起兵谋反，进宫逼杀秦二世。昏庸之极的胡亥，死到临头还同闫毅讨价还价，“吾愿得一郡为王”，闫不允；“愿为万户侯”，不允；“愿与妻子为黔首，比诸公子”（注：秦始皇的“诸公子”都是普通老百姓）。闫毅告诉他说：“我是受丞相赵高之命前来杀你的，你什么废话也不用说了！”闫毅说完一挥手，外面的士兵呼啦一声持刀挺矛涌了进来，胡亥只得自己拔刀结束了自己。胡亥死后，赵高倒是真的给了他一个“黔首”身份，“以黔首葬二世”，胡亥是历史上少有的“死无葬身之陵”的帝王。

赵高又立胡亥的侄子子婴为秦王，子婴头脑还算清醒，他并不感激赵高，与自己的两个儿子商量好计谋，将作恶多端的赵高杀了，夷其三族，除掉了这位亡秦大奸。但大秦王朝已经无救，子婴即位仅四十六天，就向攻陷咸阳的刘邦献玺投降了。又过了个把月，项羽攻进咸阳，将子婴及秦始皇宗族子孙全部杀光……呜呼，哀哉大秦！

四

哦！只因秦皇驰道遗迹仅存约一公里，缰绳一抖，我的思路冲出秦皇驰道，跑到大秦帝国的万里原野上去了。好在这片广阔大地都是大秦帝国传下的疆域，我这不能算跑野马吧？

1995 年 4 月

长平之战

我终于找到一个机会，迎着萧瑟秋风，从黄河南岸一路驱车向北，过黄河，过沁河，进入晋东南太行山区，踏上长平之战古战场，去看了一项非同寻常的考古新发现……

司马迁："四十余万尽杀之"

长平之战，是战国末期秦国与赵国之间进行的一次规模空前的大战役，它对随后中国历史的走向和进程，产生了重大影响。

> （秦昭襄王）四十七年（前260），秦攻韩上党，上党降赵。秦因攻赵，赵发兵击秦，相距。秦使武安君白起击，大破赵于长平，四十余万尽杀之。
>
> ——《史记·秦本纪》

一个"杀"字，好生了得！联想起来，人类社会的连绵战争，真是残酷。但战争却并不会因为它过于残酷，人们对它普遍厌恶，它就会从人类文明活动中自动销声匿迹。至少到目前为止，还看不到战争消失的前景。也许有人会说，如今人类正在依靠不断进步的科学技术，创造着崭新的文明时代。此话诚然不错。但很不幸，每当人类取得一项最新科技成果，往往首先被应用于军事领域。以往如此，未来也将如此。如若不信，请读读大名鼎鼎的未来学家托夫勒夫妇的《第三次浪潮战争》[1] 一书，书中所描绘的未来的高科技战争的种种手段和景象，令你触目惊心。他们的预见性描述虽然不一定条条兑现，但因为有几千年人类文明史（或曰战争史）的发展轨迹做参照，他们做出的总体判断，使人不得不信。

长平之战规模之大，“杀人”之多，影响之深远，是中国古代战争史上罕见的。

秦、赵两国在长平之战中一共投入了多少兵力？司马迁没有记下总数。我们不妨以被杀的赵国战俘为基数，去做些推算。《秦本纪》中说是“四十余万尽杀之”，《赵世家》中也说“四十余万皆坑之”。如嫌这两说较笼统，另有两处则说得明确而肯定。《白起王翦列传》中说“前后斩首虏四十五万人”，《廉颇蔺相如列传》中也说“赵前后所亡凡四十五万”。综合这四种说法，可以肯定，被杀的赵国战俘在四十至四十五万之间。根据常识，赵国的参战兵力肯定大于被杀的战俘数，当超过四十五万无疑。再根据常识，由于秦国对赵军采取的是围歼战术，它的参战兵力只能多于赵国，绝不会少于赵国。更何况，在战役进程中，秦国还有增援兵力开往前线，这是有明确记载的。

战役进展到关键阶段，秦昭襄王得到前线战报，得知白起已将赵军围困在长平地区，“闻赵食道绝”，赵军的补给线也被切断了。秦昭襄王是个军事嗅觉异常灵敏的人，他立刻做出准确判断：将赵军死死围困下去就是胜利，已被切断的赵军粮道千万不能让它重新打通。他兴奋得禁不住打了一个寒战：“好啊，这时再去加一把火，这一大锅肉肯定就焖熟啦!”他于是劳驾亲征，从咸阳赶往河内（今河南省黄河以北、太行山南麓地区），就地征发十五岁以上壮丁火速增援前线，“悉指长平，遮绝赵救兵粮食”。看来，秦昭襄王在军事上真是很有一套，他很善于抓住敌方要害，给以致命一击。正面交战自有大将白起在指挥厮杀，他不必操心。他亲自派出的

---

[1] 托夫勒夫妇曾因《第三次浪潮》一书轰动世界。《第三次浪潮战争》是托夫勒夫妇随后出版的另一本著作，书中描绘的未来战争种种新样式、新手段，有许多已经迅速变成现实。但在若干年前，有的编辑还不知道《第三次浪潮战争》这本书，将我文章中引用的这本书名擅改成《第三次浪潮》，令我哭笑不得。

增援兵力，专门去截断赵军粮道，阻止赵国援兵。这无异于死死掐住一头困兽的喉管，任它嚎叫挣扎，咽气只在转瞬之间。“赵卒不得食四十六日，皆内阴相杀食。”那个只会“纸上谈兵”的赵军统帅赵括，绝望之际企图率军突围，“出锐卒自搏杀”。但他纵有困兽犹斗之心，却无饿虎扑食之能，刚刚冲到阵前，就被秦军射杀，赵军顿时大乱，大败，败得惨不忍睹，“数十万之众遂降秦……”。

秦国夺得这个大胜利，也付出了大代价。秦军统帅白起战后说：“今秦虽破长平军，而秦卒死者过半，国内空。”这一点也可以用来解释这样一个问题：秦国在长平之战胜利后，为什么未能趁热打铁、一鼓作气彻底征服赵国？不是秦国不想，而是军力来不及恢复。秦昭襄王太想一鼓作气吃掉赵国了，长平之战胜利后第二年，他就派王陵领兵进攻赵都邯郸，结果攻了一年多攻不下来。这就不难看出，秦军进攻的锐势已远不如前，组织大兵团连续进攻显得力不从心。但这时的秦昭襄王被长平之战的胜利冲昏了头脑，他认为邯郸久攻不下，主要是前线统帅王陵无能。他马上想到打胜长平之战的大将白起，想要他再次挂帅出征。白起深知量力用兵之理，如实对秦昭襄王说，秦国为夺取长平之战的胜利，付出了重大代价，现在秦军迫切需要休整，切不可轻率地连续劳师远征。秦昭襄王哪里听得进白起的劝告，生气地将袖子一拂，“使王龁代陵将，八九月围邯郸”。但事与愿违，“不能拔”，楚、魏来救，解赵都邯郸之围。

长平之战，秦、赵两国打得如此激烈残酷，双方投入的总兵力当在百万上下。百万大军交战于野，那是何等波澜壮阔的战争场面！须知，这是发生在距今两千两百五十八年之前的一次大战役，那时的交通条件、运输工具、补给能力等等，都根本无法与现代相比，这就更显得这次古代大战役非同小可。对于交战双方秦、赵两国来说，进行如此规模的大战役，都是倾其国力而为之，明显地带有“决一死战”性质。长平之战，是战国后期秦、赵两个军事强国最终决定谁兴谁衰、谁存谁亡的生死大决战。

长平之战对胜负双方产生的影响都是决定性的。有一个很突出的例子：北方弱小的燕国，一向仰赵国的马首是瞻。赵国长平战败后，它居然也想来欺负赵国了。燕王派相国栗腹到赵国去送礼，“以五百金为赵王酒”，说，一点小意思，这五百金请赵王您老人家买点酒喝吧。燕王的真实用意，是要栗腹去探听一下赵国的虚实。那时长平之战已经过去五六年了，但赵国的战败景象仍未改观。栗腹从赵国回去，高兴得了不得，对燕王说：“赵氏壮者皆死长平，其孤未壮，可伐也。”他鼓动燕王说，赵国的战争孤儿都还没有长大，没有壮丁补充军队，赶快打吧！于是燕王“举兵击赵”。由此可见，长平之战对赵国影响之深远。长平一败，已注定了赵国最终灭亡的命运。对于秦国来说，长平之战虽然也使它付出了沉重代价，但它付出的是胜利的代价。它的元气不难恢复，恢复之后将会变得比长平之战前更加强大。经过长平决战，秦国已将山东六国中唯一能“西抗强秦”的赵国锐气挫尽，这就决定了最终要由秦国来统一中国，这个历史走向已经不可逆转。

杜甫：“古来白骨无人收”

司马迁不愧为记录中国历史的第一大家，如本文开头所引，他在《秦本纪》中用大手笔寥寥数语，便将长平之战发生的时间、地点、过程、结局，交代得一清二楚。但是，由于他只记下了这次大战役的主干脉络，具体细节一概从略。这样一来，使得长平之战留下了诸多历史之谜。例如“四十余万尽杀之”这件事，就有许多说不清的问题。

也许，司马迁历数前朝史事，战争和杀戮已司空见惯，记不胜记。因此，在他笔下，虽然秦国与诸侯各国间的历次重要战役战斗均可找到线索，但记得都很简约，大致只记下每次战事发生的年份、地点及“斩首”（歼敌）数目。在《秦本纪》中，长平之战前就有如下一串记录：

秦献公二十一年，“与晋战石门，斩首六万”；

秦惠文王七年，“与魏战，虏其将龙贾，斩首八万”；

秦惠文王更元七年，“韩、赵、魏、燕、齐帅匈奴共攻秦。秦使庶长疾与战修鱼，虏其将申差，败赵公子渴、韩太子奂，斩首八万二千”；

秦惠文王更元十一年，“败韩岸门，斩首万”；

秦惠文王更元十三年，“击楚于丹阳……斩首八万”；

秦武王四年，“拔宜阳，斩首六万”；

秦昭襄王六年，“伐楚，斩首二万”；

秦昭襄王十四年，“攻韩、魏于伊阙，斩首二十四万，虏公孙喜，拔五城”；

秦昭襄王三十二年，“攻魏……斩首四万”；

秦昭襄王三十三年，“攻魏卷（卷是地名）、蔡阳、长社，取之。击芒卯（魏将名）华阳，破之，斩首十五万”；

秦昭襄王四十三年，“白起攻韩，拔九城，斩首五万”；

以上是从公元前364年至公元前264年的一百年间，秦国与诸侯各国的主要交战记录。接下来，就是秦昭襄王四十七年（前260）的长平之战。

司马迁一路记将下来，记到长平之战时，也感到秦国这一次坑杀赵国战俘的数目实在太大了，前所未有，骇人听闻。但他仍坚持他的一贯治史原则，只记重大历史事件的主干脉络，具体细节一概从略，因而仍以“四十余万尽杀之”一笔带过，只是多用了一个“尽”字来加重一下语气。司马迁一从略不要紧，在历经两千两百多年风雨沧桑之后，后人再想从他的字里行间去追索长平之战的有关细节，变得难上加难。于是，信史中的这句话也变得有些“难以置信”起来。

比如有人会问：

“四十余万尽杀之”，究竟是怎么个杀法？为什么史籍中有的地方说是“坑杀”，有的地方说是“斩首”，还有的地方说是“挟诈”诱杀？

杀掉四十多万赵国战俘，秦国自己需要动用多少人去操刀，这可能吗？

杀掉一只鸡还要扑腾一阵呢，人非鸡犬，何况赵国战俘都是带甲士卒，更何况赵军具有“胡服骑射”传统，在山东六国军队中战斗力是最强的，为何四十余万赵卒被斩尽杀绝，竟毫无反抗，这可能吗？

四十余万尸体堆积可以成山，投河足以断流，究竟是埋了还是烧了？上古的殷商甲骨还不断出土呢，为何四十余万赵国战俘的尸骨至今一根未见……

诸如此类，疑窦丛生，迷雾重重。

考古学之所以成为一门重要科学，它的妙处就在于常常会使看来永远找不到答案的某个历史之谜，突然之间找到了答案，给人以莫大惊喜。单从当代军事考古学大事记而言，如银雀山汉墓《孙子兵法》竹简的出土，骊山秦兵马俑的出土，都莫不如此。这一次，我怀着极大的兴趣，要到长平之战古战场来看新发现的赵卒尸骨坑，就是因为它对于廓清上述种种疑案，具有不可动摇的说服力。

关注战争是军人的天性。

我先是从 1996 年 9 月 17 日的《人民日报·海外版》上读到一则消息，说是山西学者对长平之战的研究取得了重大突破，弄清了长平之战的全貌，并且绘制出了第一张完整的长平之战古战场地图。后来，又从 1997 年 2 月 15 日的《文艺报》和 2 月 18 日的《北京日报》上读到另一则消息：在山西省高平市西北山区，即长平之战古战场遗址，当地农民李珠孩与李有金父子俩在地里劳动时，偶然间发现了两千两百五十多年前“白起坑赵”的赵国战俘尸骨坑。这一重大考古发现，证明古籍中有关秦国坑杀赵国四十余万战俘的记载绝非子虚乌有，它终于使这一历史悬案有了实物见证。这两则消息，勾起了我对长平之战的浓厚兴趣。

随后，又遇见在老山作战期间曾与我一起工作过、目前正在山西省军区担任领导职务的一位战友。此人虽然在大学学的是新闻专业，却对历史颇有研究。闲谈中，他向我兴致勃勃地介绍了亲眼看到正在发掘清理的赵卒尸骨坑的情形，并热情邀请我无论如何找个机会去看看，到时他一定陪同我前往。他的介绍和邀请，更激起了我想去长平之战古战场看看的强烈念头，苦于一时找不到顺道前往的机会。

这一次，我因公来到黄河之滨，机会难得，决心顺道去看看长平之战古战场，去看看新发现的赵卒尸骨坑。由于我此行事先并无计划，我的那位战友接到我的电话时，已来不及从太原赶到高平去陪我。但他用电话紧忙张罗，为我们的行程作了周到安排，并通过晋城军分区的同志帮忙，找到了赵卒尸骨坑的发现者——高平永录村农民李珠孩，请他到现场去为我们做些介绍。

永录村位于高平市西北十多公里处，村子不小，也是永录乡乡政府所在地。我们的车子到达时，李珠孩和另外几个人都在乡政府门口等候多时了。

李珠孩，长脸，薄唇，黑瘦，面有古相。

我与他交谈时，他很少眨眼，直愣愣地看着我，但态度友善、诚恳。他告诉我说，赵卒尸骨坑是他和他的儿子李有金共同发现的，刚才他儿子也在这里等候我们，由于久等不来，现在已到小铁矿井下去上班了。我对他说，我早就在报纸上见过他们父子的合影，他儿子我已“认得”。他听后一笑，皱纹很深。

“走吧。”他说。

我们一行人跟着他出村，向村子北面的山里走去。他一直将我们领到他家的承包地里，这是一条宽阔山谷里的一块平缓坡地。他在一个长形土堆前站定，用脚踩踩土堆说：“就在这下面，全是，满满的全是白骨。”

白骨，是中国古代军旅诗中的常见词汇。只消随便翻翻任何一本唐诗选，边关荒野间的战亡者白骨便俯拾皆是。如李颀的“年年战骨埋荒外”；王昌龄的“黄尘足今古，白骨乱蓬蒿”；岑参的“战场白骨缠草根”；陈陶的“可怜无定河边骨”。更如杜甫的“君不见，青海头，古来白骨无人收，新鬼烦冤旧鬼哭，天阴雨湿声啾啾”。这些诗句，感情色彩强烈，内涵也很丰富。“白骨”一词，可以说是唐朝诗人的一个创造。他们用它来表达对战争的复杂情感，营造出一种抑之也悲切、扬之也悲壮的深沉意境。诗人们既用“白骨”一词来表达对残酷战争的诅咒，寄托对深受连年战乱之苦的黎民百姓的满腔同情；有时又用“白骨”一词来传达热血沃青山、黄土埋忠骨的壮怀激烈、阳刚之气，也不无壮美情怀。不过，唐朝诗人们写的“白骨”，多数是在写本朝的开边战争，虽然如李白在著名诗篇《古风五十九首》中曾追怀到秦国发动的统一战争，但唐诗中写秦始皇统一中国之前的战事毕竟为数甚少。因此可以说，这片古战场上埋着的四十余万赵国战俘的白骨，比唐诗中的“白骨”资历要老得多了。

我猜想，这些深埋在地下的老资格的赵卒尸骨，他们的亡灵两千多年来一直在冥冥之中责备着自己：作为赵武灵王之后，枉有“胡服骑射”创造过的辉煌军事传统，长平一战竟会遭到如此惨败，四十余万大军竟被秦军斩尽杀绝，蒙此奇耻大辱，何颜面对苍天和国人？他们越追悔越内疚，沉睡地下，不肯露头。他们在痛苦的深渊中经过了千年忏悔，又经过了千年思过，这才渐渐平静下来，再渐渐冷静下来，于是有了重见天日的愿望，要想出来对后人说些什么了。

他们一直在苦苦等待着，要找一个恰当的机遇来同后人见面。

机遇终于来了：1995 年 5 月 12 日上午，李珠孩、李有金父子俩照常去地里劳作，铲地坎。李有金一铲下去，土层“呼通”一声坍塌成一个土坑，坑中露出叠压交错的森森白骨。李有金大惊，叫父亲。李珠孩走了过来，将坍塌的土层小心翼翼地向两边挖开，尸骨越挖越多。于尸骨堆中得刀币一串，共十七枚。又见一根粗大的胯骨上，有一个钻入骨头的锈蚀箭头（这个箭头后来被考古工作者命名为“铁头铜尾镞”），还有一些盔甲束带上的环扣等物。父子俩已隐约觉得事关重大，不敢再挖。当晚，李珠孩命儿子赶进城去，叫回在高平市国税局工作的妹夫田贵生，翔实告之。田贵生系军队转业干部，有军事常识。他认定那十七枚刀币是战国货币，胯骨上嵌入的锈蚀箭头乃古代作战物证，坑中尸骨乃古代军人遗骨无疑。他不无兴奋地冒了一句：“说不定与长平之战有关!”

三人商定：速报。

次日，田贵生回城，当面报知高平市文化局局长。局长于当日下午即派出考察组赶赴现场。很快，山西省文物局局长、副局长一行也火速赶到。结论：此乃长平之战秦国坑杀赵国战俘尸骨坑无疑。同年 10 月开始，由山西省文物局主持，对 1 号坑进行了发掘清理。坑宽五米，长十一米，清理出赵卒尸骨百余具。经测定，相邻的 2 号坑比 1 号坑更大，宽三至四米，长五十五米，所埋尸骨更多，但未敢动土发掘。两个尸骨坑的具体位置，均在地面做了标记。

国内传媒于 1997 年 2 月向外披露这一重大发现时，已是李氏父子发现赵卒尸骨坑将近两年之后了。考古是一门科学，科学需要严肃认真。发掘、清理、分析研究、整理发掘报告，这些都需要冷静和时间。其中令人难堪之处，往往还有一个经费问题。据说，山西省文物局在现场发掘清理时，为了谋求经费支持，慷慨允许日本某机构的人员在发掘现场摄录了全部资料。结果，反映赵卒尸骨坑千古之谜的珍贵录像资料已被带往日本，而经费却未谈成。下一步怎么办，经费无着，方案未妥。他们只得将清理过的1号坑中的尸骨作了防止风化的技术处理，然后重新用土掩埋了起来……

从初步发掘来看，尸骨坑乃天然雨裂沟壑，当初是将尸体抛入沟壑中掩埋的。经千百年雨水冲积覆盖，愈埋愈深；沧海桑田，又经过千百年翻耕冲刷，土层渐薄，尸骨日近地表，终于露头。据李珠孩向我们介绍说，由于当年是将赵国战俘的尸体抛进沟壑而埋，所以顺着这条山谷走势一路向下，尸骨坑一个接一个，一直延伸到村口的地下都有。他指着山坡地里一个个长满了荒草的土堆说，那些荒土堆下面都有白骨，挖下去就能见到。过去村里人耕地时耕出一根根白骨，有的人家盖房子挖地基时挖出一层层白骨，由于不知底细，都不当回事。现在才知道这些无名尸骨都是“白起坑赵”的赵卒遗骨，印证了老辈传下来的传说，老人们都知道古时候秦国和赵国在这里打过大仗。

李珠孩将我们领回到村口，在最西边的一户人家墙根边停下。这一家的房子新盖不久。由于村子不断向外扩大，新屋的地基是将一个长满树丛的土岗挖掉了一半向外拓展出来的。李珠孩领我们顺着墙边向外看那被切开的土岗剖面，那纠纠结结的树根里，全是一层层白骨，我的心不由得微微一颤。岑参说“战场白骨缠草根”，我今天看到的却是“战场白骨缠树根”。我很佩服这家主人的胆量和气魄，他将新屋建在了古战场的尸骨堆上。他是否听到了“新鬼烦冤旧鬼哭，天阴雨湿声啾啾”，我不得而知，但他的胆量和气魄却分明在提醒我：我们人类一直想要走出战争，可是转来转去，始终转不出脚下这片人类古战场的废墟。我们人类也一直在努力创造着新的生活，但人们今天所创造的一切，又何尝不是统统建筑在先人的尸骨堆上？

我从树根缝隙中抽出一根赵卒的胫骨，拿在手里细看。我不知道他姓甚名谁，但我知道他死的时候非常年轻，知道他这根骨头来源于他父母的血肉和情感。我不知道他被坑杀的时候是否有过叫喊，但我知道他作为战士走向战场时心中曾有过神圣，战斗激烈时他曾有过热血奔涌，他冲锋时嗓子里曾发出过喊杀声声，他的最后时刻经历过绝望的煎熬。而让一个如此年轻并充满血性的生命经受如此绝望的煎熬，也许是人类互相残杀时最最残酷的事情……

我将这根胫骨放在车上，带出上党，带到了豫北。如果这位古代士兵当年是被秦昭襄王从河内地区临时征召开赴长平前线的，那么但愿他的灵魂已随我回到了他阔别已久的故乡……

赵卒尸骨坑内的森森白骨，看得我惊心动魄。

杜甫那句“古来白骨无人收”的诗句，一直在我耳边回响着……

毛泽东：“杀降不可，杀俘尤不可”

我曾站在那片古战场上回首南望，观察方位地形。李珠孩告诉我，东面那座山叫韩王山，西面那一座叫将军岭。将军岭以西是丹河。丹河源出太行，由北南流，汇入沁河，沁河再向南汇入黄河。我从有关资料中得知，当年长平之战的主战场，就在丹河两岸的广阔地域内摆开。战役相持阶段，秦、赵两军隔河对峙，丹河西岸为秦军，丹河东岸为赵军。交战双方都拥有深远的战役纵深。秦军的前沿阵地直抵丹河西岸，后方阵地一直延伸到沁河以西，前后相距百余里。赵军的前沿在丹河东岸，后方阵地向东延伸至壶关一带，同样前后相距百余里。我们盘桓的丹河东岸韩王山至将军岭一线，这里是赵军的主要防御地带，也是后来决定战役胜负的核心地带。当地民间传说，廉颇老将军的营帐就扎在将军岭上，与丹河西岸的秦军对垒坚守，将军岭因廉颇而得名。如是，则将军岭为廉颇任统帅时赵军的指挥所位置。但赵军不是败在廉颇手里，而是败在赵括取代廉颇之后。从大量赵卒尸骨在此出土的情况看，这里是秦军最后围歼赵军之地。至于赵括本人命丧何处，无从考证。

长平之战已经过去两千两百五十八年了。长平之战的许多细节，在史书中已经无法找到，而在这片广阔的古战场，却至今仍活生生地流传在民间。李珠孩和乡里、县里来的几个人，站在山坡地里向我们介绍了一串当地的地名，每一个地名都是从古时候传下来的，都与长平之战有关。如将军岭南去不远有个“三军村”，相传曾是赵军正规布阵之处，分中军、左军、右军。有个“箭头村”，因交战中箭头如飞蝗般聚落于此而得名。至于“围城”“王降”等村落，使人听之如闻赵军大势已去。再如“徘徊村”“三甲村”（据说“三甲村”由“卸甲村”演化而来），听后更觉得是赵军降秦时的真实写照。当晚，我们一行人回到晋城军分区过夜，我向军分区郭司令员要了一份一比五万的军用地图，晚饭后一个人在房间里从图上查找这些地名。我眼睛一亮，找到了那个“徘徊村”，再一细看，它还分南徘徊、北徘徊。一看这村名，我眼前仿佛立刻浮现出一位赵国将领向秦军投降前徘徊复徘徊的身影。他就像京剧舞台上一位背对观众的悲剧人物，虽然无从知道他是在埋怨赵括的指挥无能呢，还是在喟叹自己蒙受的奇耻大辱，但能看到他的背影在痛苦万状地颤抖，一句长长的叫板，撕肝裂胆，悲怆之极……至于“杀谷”“骷髅庙”等地名，则个个在印证着古籍中“四十余万尽杀之”的记载。那条丹河，据说也是因秦军斩杀赵国战俘血流成河而得名，丹者红也，红者，血也！当地向来有“血染丹河”的传说。

韩王山，是这片古战场上最具标志性的地形物。长平之战是从“秦攻韩上党”揭开序幕的，秦国与赵国是在韩国的土地上打了这场大仗、恶仗。韩国创设的古上党郡，是太行山脉南部的一片山岳台地，海拔均在千米以上，居高临下，控制着太行山南部关隘，自古为战略要地。秦国东向图霸，非将上党地区争夺到手不可。一旦攻下上党，便可形成直逼赵都邯郸的态势。因此，秦国“攻韩上党”，是作为东征六国的重大战略步骤之一来实施的，为此苦心谋划了好多年。自秦昭襄王三十九年起，秦国就先后攻占了韩国的怀邑、南阳、陉城等地，切断了上党地区与韩国本土的联系，使上党郡“孤悬”于外。韩国知道自己不是秦国的对手，曾遣使入秦，欲献上党求和。但上党郡守宁愿抗秦战死，拒不从命。企图委曲求全的韩恒惠王，只得改派冯亭为上党守。可是，当秦国再次来攻上党时，孤立无援的冯亭同样不肯降秦，而派使者到赵国去求降。他乞求赵国说，我们韩国没有足够的力量来守住上党，“吏民皆安为赵，不欲为秦”，故愿献城邑十七座，请求“再拜入之赵”。赵国君臣经过一番讨论，纳之。于是，

“上党降赵，秦因攻赵，赵发兵击秦”，就这样揭开了长平之战的序幕。

古代上党地区官员百姓“皆安为赵，不欲为秦”，这一点看来是根深蒂固的。陪我到现地去的高平市人武部政委郭丑塔，是当地人。他给我们讲了当地民间对豆腐的一种特殊吃法，是古时流传下来的。那吃法是：将豆腐切成方块，底下一面在锅里煎黄，其余各面保持白嫩，用它沾了豆腐渣来吃，名叫“白吃”。“白吃”与“白起”音近，是“吃”白起的意思。白起是秦国名将，诸侯各国闻白起之名而丧胆。白起的战功，在秦国的征战历程中少有出其右者。但白起在长平之战中坑杀了四十多万赵国战俘，当地老百姓世世代代对他恨之入骨，要用“吃”他来解恨。而且不是一般地“吃”他，白嫩的豆腐沾上豆腐渣，恰似脑渣，老百姓形容这是吃白起的“脑子”。郭丑塔是专门从事军民关系方面工作的，他说：“看来古时候赵国军队和这里的老百姓军民关系很好，老乡们直到现在还同情赵军，痛恨杀人如麻的白起。”

这一点，对后人应该是有启发的。不杀战俘，乃军中通则。当今之世，处处在呼唤人权。而我们这支军队，在战争年代就非常尊重俘虏的人权。人民解放军将不许打骂、虐待俘虏，不许搜俘虏的腰包等，都作为严肃的军纪来执行，自然大得人心。近读毛泽东评点二十四史手迹，见他在阅读《新五代史》卷三十二《王彦章传》一文时，有一则批语：“杀降不可，杀俘尤不可。”看来，他在解放战争期间亲自颁布《三大纪律，八项注意》以约束军纪，其中包含的中国军事文化传统的底蕴极其深厚。

李白：“龙虎相啖食，兵戈逮狂秦”

次日早晨，从古战场返回。

秋天早晨金灿灿的阳光照着山头，照着村落，照着收了庄稼的山地，萧瑟中有一种特有的韵味。车子向南走了一段路程，开始不断地转弯下坡，山腰以下有一团团白色的雾气在缭绕。随着公路的高度不断下降，雾越来越浓。车子在雾中艰难地下到平原，一头钻进了浓重不散的大雾，车窗外的行人、树木、村庄、远山，都已看不清楚。眼睛闲了下来，思维却分外的活跃，古代的战争风云在我脑际翻腾涌动起来……

一路上，一直有一个声音在问我：看了新发现的赵卒尸骨坑，你是同情赵国的惨败，还是赞赏秦国的胜利？

这使我想起解放战争胜利后，毛泽东访问莫斯科，因为一个什么话头，引出斯大林对毛泽东说了一句话：胜利者是不受谴责的。并说，这是一般公理。斯大林对毛泽东说的这句话，我看也可以借用来评价两千多年前打赢长平之战的秦昭襄王，以及后来统一中国的秦始皇。秦国在长平之战中杀掉赵国战俘四十余万，毫无疑问为后人所不取，但秦国在当时是顺应历史潮流的胜利者，按公理秦国是不受谴责的。这里的问题是，应将“杀俘”与“歼敌”区分开来看。毛泽东在评论古人时不赞成杀降、杀俘；在他自己的军事实践中，不但不准杀俘，甚至不准打骂俘虏，不准搜俘虏的腰包。但他指挥作战却历来主张打歼灭战，主张歼灭敌人的有生力量，“伤其十指，不如断其一指”。为创立人民共和国，他一辈子指挥打了那么多大仗，歼灭了那么多敌人，他的心何曾“软”过？毛泽东对秦将白起坑杀四十余万赵国战俘这件事，有没有直接评论过，我不得而知。但我想，毛泽东肯定知道后来的秦始皇为统一中国打了许许多多大仗，秦军在战场上“杀”了许许多多人，可是他从未谴责过秦始皇。在他看来，秦始皇是位了不起的胜利者。毛泽东甚至不在乎有人将他本人比作秦始皇。对此，他曾讲过一句著名的话：他们说我们是秦始皇，可惜说得还不够，往往需要我们自己来补充，我们超过秦始皇一百倍！很难设想，如果毛泽东不具备这等气魄，他何以能取得这个天下。

被杀的四十余万赵国战俘是值得同情的，但赵国的惨败却不值得同情。秦统一中国，硬碰硬是靠真刀真枪打出来的一统天下。当其时也，舍此何为上？从春秋到战国，中国社会经历了五百多年诸侯纷争的战乱局面。秦国发动的统一战争，顺应了由“分久”到“必合”的历史潮流，这才是问题的本质，它在统一战争中“杀俘”只是令人遗憾的一个枝节。我们不应该用枝节去否定全局，不应该仅仅拿秦军“杀俘”这一点，去否定秦国历代君王直至秦始皇进行的统一战争在当时历史条件下的进步性质。已经铸成的历史，它是不接受任何修改意见的，无论想对历史提出修改意见的是谁。历史除了承认自身是权威，它不承认任何别的权威。历史从来不是从文弱之人的笔管中流出来的，文人只负责记录历史。历史都是武人用大刀一路砍杀出来的，所谓“杀出一条血路”是也。否则，历史深处绝不会平白无故冒出“杀声震天”“血流成河”这两句成语来。

对于战国后期秦、赵两国的生死决战，一直是我比较注意的题目。在这以前，我已在不同的篇目中谈到过赵武灵王的“胡服骑射”和赵国的最终灭亡，谈到过秦始皇统一中国的伟业和秦朝的速亡，但都是从失败的一面去议论古人教训。看过长平之战古战场，看了新发现的赵卒尸骨坑，反倒使我留下了一个强烈的印象，秦军当时能够远离关中，几十万大军从西面、南面越过黄河天险，向上党地区实施钳形包围，将四十多万赵军围歼于一役，它所显示的秦军将领的组织指挥能力、秦军士兵的战斗力、秦军军需给养的补充能力、秦国社会的动员能力、秦国的综合国力等等，都已非同小可。进而觉得，在诸侯纷争年代，秦国能将国力、军力发展到如此地步，真是很不简单。如是观之，秦国不胜谁胜，秦国不争天下谁争？

“龙虎相啖食，兵戈逮狂秦”，这是李白《古风》中的两句诗，指的就是战国七雄互相争战兼并，最后被秦国横扫一平。李白诗风雄健，毫无萎靡之气。他在这首诗里虽然也有“王风委蔓草，战国多荆榛”的感叹，但他对秦始皇的雄才大略是很赞赏的，“秦王扫六合，虎视何雄哉！挥剑决浮云，诸侯尽西来”。秦国兼并六国于战国时代，当时的时代主题就是战争。当然现在不同了，和平与发展是当今世界的两大主题。然而，古今时代主题虽有不同，有些根本道理却是相通的，曰：治国之道，顺应时代潮流为上。

1998 年 2 月

振长策而御宇内

我对秦始皇统一中国的伟业，一向是给予充分肯定的。但我以前写到秦朝，总是首先想到它的速亡；追溯秦始皇的功过得失，也总是在寻找他的失败教训。

写作《长平之战》一文，将我的视线引向了秦始皇统一中国之前的秦国。长平之战时，秦始皇还是一个两岁的婴儿，而秦国已经能打胜如此规模空前的大战役。这说明，秦国不是到秦嬴政继位当秦王后才强大起来的，秦国早就强大了。

战国时代，诸侯林立，天下纷争。秦国早先只是一个“邑于西陲”的诸侯小国，它为什么能在那样的时代背景下变得日益强盛起来，积聚起雄厚的国力、军力，最终由它来完成了统一中国的历史伟业呢？这就不能不注意到秦始皇统一中国前，作为诸侯小国的秦国所实行的大计与长策。从这里我找到一个新的视点：去看看战国七雄之一的秦国，如何经过长期奋斗终于取得巨大成功的历史经验。

秦朝是中国古代史上的一座巍峨高山。秦朝的速亡，如横断山脉，山体断裂得过于突兀和陡峭。如果只从秦朝速亡这一点去看问题，好比是在太阳落山后再去观看这座高山，即使能将目光从幽深的谷底上移至陡峭的山顶，也只是看到了它背阴的一面。“前事不忘，后事之师”，这是司马迁在《秦始皇本纪》中引用贾谊《过秦论》中的一句史论名言。后人经常引用这句话来泛指吸取历史教训，这当然没有什么不对。但细细琢磨起来，其中也不无片面意味。“前事”者，无非“成”与“败”两个方面，为什么只有失败的一面才能成为“后事之师”，而成功的一面反而不能成为“后事之师”呢？秦朝的速亡是大失败，但秦国完成统一中国的伟业却是大胜利，两者都应该成为“后事之师”。秦国历经百余年奋斗取得了巨大成功，而秦朝统一中国后却短短十几年就人亡政息，从秦国到秦朝，给后人留下了双份遗产：巨大的成功和惨重的失败，经验和教训两个方面同样应当警示千古。

后人看前朝，有时深究一人一事，细察水镜之辨，当然也不失为一种看历史的方法。而纵观历史大势，看大事件，看长过程，看一个国家的兴盛或一个朝代的上升过程，岂不是更能看出一番生气勃发的景致来！

《史记·秦始皇本纪》中有一句话使我豁然开朗：“及至秦王，续六世之余烈，振长策而御宇内。”这也是司马迁引用贾谊《过秦论》中的话。秦始皇无疑是一位有大作为的封建帝王，但在诸侯纷争的局面下，要完成统一中国这样的空前伟业，秦始皇本事再大，仅靠他一代人的奋斗是无论如何也完成不了的。贾谊和司马迁分析认为，在秦始皇之前，秦国已经过了六代人的不懈奋斗，秦始皇是在“续六世之余烈”的基础上，干成了统一中国的大事业。

有必要追溯一下秦国的图强史。

秦始皇的六位前辈是：秦孝公（在位二十四年）、秦惠文王（在位二十七年）、秦武王（在位四年）、秦昭襄王（在位五十六年）、秦孝文王（在位一年）、秦庄襄王（在位三年）。自从秦孝公元年（前 361 年）实行商鞅变法，推动秦国走上图强之路，直到秦王政二十六年（前 221 年，即秦始皇元年）最终完成统一中国大业，前后奋斗了一百四十年，近一个半世纪。在这漫长的奋斗历程中，秦始皇的六位前辈，真正有过大作为的是三位。

第一位有大作为的是秦孝公。秦始皇“续六世之余烈”，就是从秦孝公起算的。秦孝公抱负远大，贾谊对他评价极高，说他“有席卷天下，包举宇内，囊括四海之意，并吞八荒之心”。也就是说，秦国立志要统一中国的远大目标，最早就是由他确立的。为了实现这个远大目标，秦孝公知道应该从哪里入手。他在位期间全力干成了一件大事：商鞅变法。战国前期，新兴地主阶级兴起，改革图强是当时的一种历史潮流。秦孝公即位时二十一岁，“是时河山以东强国六”，秦国处在被六强排斥的地位。战国七雄，有六个在河山以东（河是黄河，山是秦岭），只有秦国在黄河以西。河山以东六强的大致情况是：魏、赵、韩三晋，魏国早先就比较强盛，赵、韩也在图谋兴起。但三晋间经常自相攻伐，这是秦国可以利用的矛盾，后来秦国也的确从中找到了东出中原的机会。最东面的齐国，正处在日益强盛起来的齐威王时代。南方的楚国，原已衰微，经过吴起变法后开始复苏，时有北侵中原举动。只有东北方向的燕国地处偏远，难有大的作为。秦国被东方六强斥之为戎狄，不得参加中原会盟。这样，战国七雄，形成了“六对一”的战略格局。虽然山东六国之间也互相争战不休，而在排斥秦国这一点上，却常常结成统一战线。不过，这反而激发了秦国历代君王的发愤图强之志。这也是矛盾规律所使然，有时对立面的作用不可小看。正是在这种战略形势的逼迫下，“孝公发愤，布德修政，欲以强秦”。他即位第二年，就发布求贤令，鼓励宾客群臣“出奇计强秦”。

商鞅此人，真有些奇才和奇谋。史书中有一段关于他出山前的故事，写得很有情致。他原是卫国的庶出公子公孙鞅①，“少好刑名之学”。由于是庶出，在本国不得志，跑到魏国的相国公叔痤手下去做事。公叔痤病重的时候，魏惠王前往探视，见他病得很厉害，怕是难有转机，当面征询他对继承者的意见，问他：谁能继承你担任魏国丞相？公叔痤向魏惠王推荐了自己手下的一名年轻幕僚卫鞅，说他“年虽少有奇才，愿王举国而听之”。魏惠王没有表态，转身要走。公叔痤马上又说：“王既不听用鞅，必杀之，毋令出境。”惠王一走，公叔痤马上把卫鞅叫来，公开告诉他说，我向惠王推荐了你，但从惠王的脸色看得出来，他不同意用你。于是我又向惠王建议说，不想用就杀了你，惠王点头而去。现在我把这些话都如实告诉你，并不是我搞两面派，我是按“先君而后臣”的原则办事，你快快

---

① 商鞅，姓公孙，名鞅，也称卫鞅。鞅入秦，秦孝公用以变法，大获成功。秦孝公封鞅为商君，今陕西商州即古时商鞅的封地，鞅封商君后才叫商鞅。司马迁是汉武帝时期人，他在《史记》中写了一篇《商君列传》，故后来的史书从卫鞅入秦主持变法起，均直接称他为商鞅。

走吧，越快越好！卫鞅听罢，毫不惊慌，对公叔痤说："惠王既然不肯听你的意见重用我，又怎么会听信你的意见来杀我呢？"他泰然得很，偏不走。果然，魏惠王回到宫里，对左右说："你们知道吧，公叔痤真是病得很厉害啊，他的神志都不清醒了，一会儿建议我重用卫鞅，一会儿又建议我杀掉卫鞅。看他病得这样神魂颠倒，我心里非常难过。"可见，魏惠王压根儿没有把公叔痤的话当真，以为他说的是病中昏话。

正在这时，卫鞅闻知秦孝公发布求贤令，便离开魏国，西行入秦，见孝公，说以富国强兵之策。孝公大悦，任命卫鞅为左庶长，着手变法之事。

纵观中国几千年悠悠史事，古往今来，凡改革者都有一个共同特点，坚决反对因循守旧。卫鞅的变革理论是："三王不同礼而王，五霸不同法而霸。当时而立法，因时而制礼。礼法以时而定，制令各循其宜。故曰治世不一道，便国不必法古。"像这样富有生命力的思想，是千古不会湮灭的。这些古代的先进思想，从源头注入了中国思想文化长河，沿途不断有一股股新的溪流与之汇合，源源不断，长流不息，只是时而潮低波缓，时而浪阔奔涌。我们今天常说的"一切从实际出发""因时、因地制宜""没有固定不变的模式""反对僵化"等等，难道与卫鞅等古代改革家的先进思想之间，真的没有一丝一毫本土文化传统意义上的渊源关系吗？

商鞅变法，可以概括为"四重"：重农、重战、重法、重刑。他将散漫的民众严密地组织起来，五家为伍，二伍为什，"令民为什伍，而相收司连坐"。古代法家的变革措施，都是带点"严酷"性的。他奖励农耕，以富财源。他建立的兵役制度极为周密，从二十岁算起，先劳动三年，可以积下一年余粮，然后从二十三岁开始服役。两年后复员，再轮流征调训练，至五十六岁方可免服兵役。秦国通过这种办法，训练出一支庞大后备军，可供随时征调。他奖励公战，严惩私斗，"有军功者，以律受上爵"，"私斗者，各依轻重被刑"。秦国军民英勇善战的传统，就是从这时打下的基础。他实行论功致仕的制度，首先从秦宗室贵族做起，"无功者，不得列入宗室之属籍"，"有功者显荣，无功者虽富无所芬华"。在秦国，这个制度一直贯彻了下来，直到一百多年后，在秦始皇手里都没有改变。秦始皇统一中国后，置郡县，废分封，他连自己的儿子都不分封。后来有些儒生竟抓住这一条攻击秦始皇，迂腐之极。商鞅变法十年，见大效，“道不拾遗，山无盗贼，夜不闭户，民勇于公战，怯于私斗，乡邑大治，国以富强”。接着，商鞅于公元前350年又发动第二次变法，着重建立与新经济制度相适应的上层建筑。其中有一项主要内容，便是创立县制，“划秦国为三十一县”。由此秦国政令统一，有了中央集权制雏形。进一步采取的经济措施有：废井田，开阡陌，制定赋税法，统一秦国的度量衡等。总之，秦孝公重用商鞅，通过前后两次变法，使秦国实现了第一步战略目标：在战国七雄中“富强冠六国”。

大处着眼阅青史，成败得失百年论。虽然从商鞅变法到长平之战，其间相隔一百零一年，到秦始皇统一中国相隔一百四十年，但我认为，秦昭襄王能够打赢长平之战，秦始皇能够统一中国，都同秦国在百年前实行的商鞅变法获得巨大成功有关。这是不是扯得远了点？非也！足以强大的国力、军力，没有上百年的积累是根本不行的。而要积聚起足以强大的国力、军力，不给整个社会肌体注入强大而持久的活力也是根本不行的。任何一种社会变革，近期效果在当世就能见到，远期效果却往往要几代、十几代人之后才能看得出来。否则，还讲什么“百年大计”呢！

凡立国之大计，深谋远虑，得于一策，百年后能看出巨大的远期效应。相反，若失于一策，百年后也会看出严重的远期后果。秦国能在长平之战中获胜，尤其是能够打赢平定六国的统一战争，可以看出百年前商鞅变法的远期效应。同样的道理，1840年中国在鸦片战争中的惨败，它远期的灾难性根源，也要上溯到它百年前的清朝前期，甚至到更早的明朝中晚期闭关锁国的误国方略中去寻找。故曰：治国之策，失误不得。

商鞅变法，比后来赵武灵王的“胡服骑射”早了半个世纪。“胡服骑射”也是一场著名改革，赵国从中收到过显著效果，一度成为山东六国中唯一有能力“西抗强秦”的强国。但是，最后赵国还是被秦国所灭。原因是多方面的，其中不可忽略的一点是，赵国变法图强的起步时间，比秦国的商鞅变法晚了半个世纪。这半个世纪的时间差，也是难以追赶的，更不要说超越了。故又曰，富国强兵之大业，延误不起。

第二位有过大作为的是秦惠文王，他的功绩表现在对内、对外两个方面。对内，他巩固了商鞅变法的成果，维护了政策的连续性，这一点极为重要。如果因君主更易，导致国家政策动摇多变，不但先前取得的改革成果可能前功尽弃，而且可能导致严重的混乱和倒退。对外，他顶住了六国联合抗秦的压力。由于商鞅变法使秦国国力大盛，中原诸侯各国都已很难单独抗秦，于是出现了洛阳人苏秦游说合纵，山东六国结盟抗秦的局面。秦惠文王派出相国公孙衍游说魏、齐联合伐赵，产生效果，瓦解了六国合纵之谋。接着，秦惠文王起用张仪为相，施连衡之谋，定远交近攻之策，纵横捭阖，文攻武略，成功地转守为攻，扩大了秦国疆域。他东削三晋，南击楚国，北灭义渠，使秦国地域东扩至黄河为界，中路控制了函谷关，南路兼并了汉中、巴蜀，开始形成虎视中原之势。也就是说，经秦惠文王这一代，秦国完成了一个重大的战略过渡——从实行内部变法以增强国力为主要目标，过渡到了举兵东进为统一中国而战。这是两个互相衔接的战略阶段，统一于谋求“席卷天下，包举宇内”的长远战略目标。

秦惠文王之后的秦武王只在位四年，时间太短，未有大的作为。

第三位有过大作为的是秦昭襄王。他在位长达五十六年，为了实现“席卷天下，包举宇内”的最终目标，他举兵东出中原，连年征战，几乎打了一辈子仗。秦昭襄王发动的东征，是分方向、分阶段实施的。始则南进伐楚，武关一战，将昏庸的楚怀王诱擒为俘。楚怀王从秦国逃到赵国，赵国不敢收留，又想逃往魏国，被秦兵追上，最后客死于秦。继而中路伐魏、韩，伊阙之战全歼魏、韩军二十四万人。南路再次伐楚，攻克楚国都城郢，楚顷襄王东徙入陈。中路再次伐魏，大梁之战，逼魏割地求和。北路伐赵，打得最为艰难。先是被赵国在阏与之战中重创秦军，而后秦国在长平之战中全歼赵军四十余万。长平之战是一个战略转折点。山东六国中唯一能“西抗强秦”的赵国，长平一败，大势已去。秦国通过长平之战夺取上党战略要地后，已将“楔子”打进黄河以东，继续举兵东进已有前进基地，彻底摧垮山东六国只是时间问题了。长平之战，是秦昭襄王生前策划的最后一个也是最重大的一个决定性战役。但十分遗憾，在他手里没有能够完成统一中国的历史伟业。原因之一是他当时年事已高；原因之二是秦军在长平之战中伤亡过大，一时后续力量不足；原因之三是长平之战胜利后，秦国内部将相失和，政策分歧，使统一中国的伟业走了一段弯路。

秦昭襄王之后的秦孝文王只在位一年，秦庄襄王只在位三年，两位都是匆匆过客，不足论列。

最终完成统一中国大业的，是“大略驾雄才”的秦始皇。他十三岁继位当秦王，这是当今孩子报考初中的年龄。一个十三岁的孩子，当然不能苛求他一继位就干出惊天动地的大事业来。他是一只雄鹰，也还需要有一段时间等待羽翼丰满，方可翱翔苍穹。“王年少，初即位，委国事大臣”，当时大权旁落于相国吕不韦和宦官嫪毐之手，宫内时有丑闻传出，常使小小年纪的秦王政显得有些忧郁。由于他幼年曾跟随生母在赵国受人奚落，父王（庄襄王）又死得过早，以后又传他是吕不韦的私生子，等等，这一切决定了秦王政是个早熟的、性格倔强的孩子。他继位第九年，二十二岁，终于亲政，平定了嫪毐叛乱，罢免了吕不韦，先把王位坐稳。接着起用李斯，开始对平定山东六国做出战略部署。继位第十一年（前236年），二十四岁，他成熟了，雄鹰要展翅飞翔了。从这一年开始，他以挥剑决浮云、东向扫六合的大气魄，开始举兵东进。

长平之战胜利时，秦王政才两岁。现在，当他作为一代新主举兵东进时，长平之战胜利的远期效应也就显示出来了。他的曾祖秦昭襄王通过长平之战夺取了上党这个战略要地，早早为他在黄河以东准备好了一个居高临下的出发阵地。现在，秦王政决定以上党地区为依托，要在这里作举兵东进的战略展开，首攻赵国。从这个进攻部署可以看出，秦王政的战略思维，与当年秦昭襄王打长平之战的意图很好地衔接了起来。在秦王政看来，赵国凭借黄河、太行天然屏障与秦国抗衡，是雄踞在秦国东出中原战略通道上的一只拦路虎，赵国不灭，这条战略通道就打不通。同时，赵国又毕竟是赵武灵王发动过“胡服骑射”军事改革的国度，赵军在山东六国军队中战斗力是最强的，只要啃下这块硬骨头，再去攻克其他五国，将成破竹之势。还有，直逼赵都邯郸的有利态势，早在二十多年前长平之战胜利后就形成了，只是由于当时秦国的连续进攻能力跟不上，攻过一次没有攻下，暂时搁下了。现在，秦国又经过了二十多年的养精蓄锐，灭赵之战这篇大文章，也到了该接着做完它的时候了。因此，秦王政举兵东进的序幕一拉开，他就命令王翦为主将，率杨瑞和、桓齮二将，分别屯兵上党、南阳，从西路和南路两个方向，对赵都邯郸形成合围态势。从秦王政十一年开始，先后经过阏与、缭阳、邺、安阳、井陉等一系列大小战役战斗，终于在秦王政十九年攻陷邯郸，赵国灭亡。

在秦国全力伐赵过程中，韩国慑于秦军威力，于秦王政十七年主动降秦，韩国先于赵国灭亡。

赵国一亡，接下来就真正成了破竹之势：秦王政二十二年，灭魏；二十四年，灭楚；二十五年，灭燕；二十六年，灭齐。至此，秦统一六国的历史伟业终告完成，打出了大秦帝国的一统天下，使一百四十年前秦孝公“席卷天下，包举宇内”的宏愿变成了现实，秦王政也成了秦始皇。

追溯秦国图强史，自有至理在。立国目标之远大，政策之一贯，奋斗之恒久，大事方可成也。

1998 年 4 月

楚汉相争一局棋

楚汉相争一局棋。中国象棋把楚汉战争作为经典战例，博弈双方围绕“楚河汉界”进行攻杀，从中解读出军事斗争的无穷变化、无穷奥妙。胜败无常，无尽感叹。

楚汉相争，项羽执红，刘邦执黑，项羽明明占得先手，明明应该是他赢的，可是他最终偏偏就输了。世世代代都有人为项羽扼腕叹息。年年复年年，每到夏日傍晚，全中国的城市乡村，路灯下，石碾上，到处都摆开了一局一局的棋，围着一堆一堆的人，人们一代接一代地想帮助项羽把这盘棋翻过来。可是下过来下过去，下到最后，项羽只差一步棋，硬是输了。刘邦一直处于被动，一直疲于奔命，可是最终偏偏是他赢了。

人们常说，一着不慎，满盘皆输。项羽走错的何止是一步棋？他一次又一次，眼看胜机已在自己两指间夹着了，只要把这颗子儿往该放的地方放下去，他就赢定了。可是，每到节骨眼上，他都把关键的一步棋走错了。落子无悔，这是规则。下到最后，垓下会战，项羽的棋子被刘邦吃得精光，只剩一枚老将。项羽拔剑自刎，以谢江东父老。汉军一位小头目王翳上来一刀把项羽的头割了下来，他提起项羽那颗鲜血淋淋的头颅一看，发现项羽两只双瞳仁的眼睛仍然怒睁着，他死不瞑目啊！

战争不是下棋，战争要比下棋复杂得多。但下棋演绎的是一套最基本的战争机理，胜负之间的许多玄机奥妙与战争是相通的。

鸿门宴，楚汉战争序幕

我把鸿门宴作为楚汉战争的序幕来写，这与各种版本的中国古代战争史有所不同。按照中国古代战争史的通常写法，楚汉战争的爆发过程如下：项羽在关中封了十八位诸侯王，自立为西楚霸王，然后引军东归，定都彭城，号令天下。不久，齐国田荣叛乱，攻灭项羽封在齐国地面上的三位诸侯王（齐王田都、济北王田安、胶东王田市）。项羽亲率大军前往齐国平定，陷入了与田荣的战争泥淖，难以脱身。汉王刘邦抓住机会，从汉中杀回关中，迅速平定三秦（项羽封在关中的雍王章邯、塞王司马欣、翟王董翳），接着东出武关，占领中原，继续东进，攻克了楚都彭城。项羽从齐国回救彭城，就此爆发了长达四年半的楚汉战争。战争史学家们这样叙述，自有他们学术上的严谨。

在我看来，楚汉战争的序幕应该往前提，把鸿门宴作为楚汉战争的起点。因为在鸿门宴之前，项羽和刘邦是集合在同一面“楚怀王”旗帜下的反秦同盟军，他们都称“楚军”。鸿门宴上，刘、项关系彻底破裂，两人转眼成为争夺天下的主要对手，由此拉开了楚汉战争的序幕。把鸿门宴作为楚汉战争的序幕来写，这场战争的前因后果就更加连贯了，项羽命运中的悲剧气氛也被烘托得更加浓烈了。

楚汉战争从鸿门宴喝酒开始，别开生面，极具戏剧性。

叙述楚汉战争，遇到一个历史纪年问题。从秦朝灭亡到刘邦称帝，中间相隔四年半楚汉战争时间。秦朝灭亡于公元前206 年10 月，而刘邦“即皇帝位于汜水之阳”是公元前202 年2 月。这四年半时间，中国没有皇帝，中国的“头头”是西楚霸王项羽，汉王刘邦仅仅是项羽分封的十八位诸侯王之一。在《史记》中，《项羽本纪》是排在《高祖本纪》之前的，原因就在这里。但司马光编撰《资治通鉴》时，却把“高祖元年”直接与秦亡时间衔接了起来，其实这与刘邦真正称帝的时间不符。

本文叙述楚汉战争，采用“楚汉元年”至“楚汉五年”的特定概念。

鸿门宴的背景如下：

刘邦于楚汉元年（前206年）十月入关至霸上接受子婴投降。项羽入关比刘邦晚了两个月。项羽的先头部队于楚汉元年十二月才到达关中戏西（今陕西临潼县东北戏水西岸）。项羽对刘邦抢先入关这一点极为不满，他埋怨楚怀王有偏心，让他去啃硬骨头，让刘邦去捡便宜。他对刘邦一路上遇坚不攻、见缝就钻这一点非常瞧不起，认为刘邦没有打过一次真正像样的大仗、硬仗，完全是靠投机取巧抢先入关。项羽心中的一股怒气，像井喷似的要喷发。

鸿门宴就在这样的背景下开席。

司马迁写鸿门宴，总共才千把字，人物、情节、对话、表情、动作、心理活动，写得跌宕起伏，惊险万分，精彩至极。先是一段铺垫，由于项羽对刘邦抢先入关极为不满、极不服气，他在西进入关途中已经两次大怒。项羽第一次大怒，是因为刘邦派兵扼守函谷关，想阻止他入关。刘邦身边有个鲰生对刘邦说，项羽一旦入关，关中恐怕就不是你刘邦的了，应该赶快派兵去守住函谷关，把项羽挡在关外。刘邦真的派兵去扼守函谷关，真的想把项羽挡在关外。项羽的先头部队到达函谷关，发现刘邦派兵挡关，“羽大怒”，指挥大军破关而入。项羽第二次大怒，是他到达关中戏西之后，刘邦手下有位名叫曹无伤的人给项羽捎过话来说：“沛公欲王关中，使子婴为相，珍宝尽有之。”这句话又一次点燃了项羽心中的怒火，“羽大怒，曰：‘旦日飨士卒，为击沛公军！’”其时，项羽驻军鸿门，刘邦驻军霸上，两军相距四十里，跨上马背抽一鞭子就到了。双方的兵力对比，“项羽兵四十万，号百万。沛公兵十万，号二十万”（《史记·高祖本纪》）。项羽在兵力上占有绝对优势，刘邦兵力“不能敌”。项羽的谋士范增建议项羽对刘邦“急击勿失”！

可是项羽营垒内部出了问题。项羽的叔父项伯，这是个只考虑个人友情不考虑天下得失的人。他过去曾杀过人，是张良保住了他的性命。他得知项羽准备急攻刘邦，连夜赶到刘邦营中去找好友张良，将项羽的计划和盘托出，叫张良立即跟他走，不要在这里等死。张良却是重大节、讲大义的人，他对项伯说，我是奉韩王之命护送沛公入关的，如今沛公遇到这样万分危急的情况，我不去告诉他一声，自己溜之大吉，这太不仗义了。张良把项伯的话全都告诉了刘邦。刘邦大惊，急问张良：“为之奈何？”张良反问刘邦：“谁让你派兵到函谷关去阻挡项羽入关的？”刘邦答：“鲰生。”张良又问：“你自己估量一下，你能打得过项羽吗？”刘邦沉默了一会儿，说了实话：“不能。”张良说：“那就请项伯给项羽传话，说你绝对不敢背叛项王。”刘邦为了摸清底细，盘问张良：“你是怎么同项伯结下生死之交的？”张良把来龙去脉说了一遍。刘邦又问：“你和项伯谁年长？”张良答：“项伯年长。”刘邦就说：“那好，你请他进来。”刘邦的应变能力是说来就来的，他立即摆开酒席，举起酒杯为项伯祝寿，认项伯为兄长。推杯换盏间，又同项伯结成了儿女亲家。刘邦话锋一转，对项伯正言道：“我进入关中后同关中父老约法三章，秋毫无犯，并封存了秦室府库。我派兵去守函谷关，只是防止盗贼进关抢劫。我日日夜夜都在等待项王进关，‘岂敢反乎’！”项伯答应回去一定照实传话。项伯临走时，嘱咐刘邦第二天务必早一点过去亲自拜谢项王。

项伯连夜返回项羽军中，将刘邦的话如实转告了项羽，并对项羽说：“如果不是沛公先入关中，你能这么容易入关吗？人家刘邦立了大功，你却想消灭人家，这是不义之举，还不如善待人家的好。”几句话就把项羽说软了，项王“诺”。看来，项伯为刘邦说情这一节，瞒过了范增。《史记》中找不到当晚项羽找范增商量明天如何应对刘邦的记载。所以，在第二天的鸿门宴上，项羽、项伯、范增三个人的想法和行动很不一致，协调不到一起。

第二天，刘邦带上张良、樊哙、夏侯婴、靳彊、纪信以及随行步兵一百来人，来到项羽营帐，解释，表白，谢罪。项羽听后随口说：“嗐，都怪你手下那个左司马曹无伤传的话，否则我也不至于发那么大的火。”说完立刻转过脸去大声喊道：“宴请客人！”

范增辈分最高，项羽尊他为“亚父”，坐北朝南。项羽和项伯叔侄俩并排坐西朝东。刘邦坐南朝北。张良坐东朝西，侍候在刘邦右侧。请，喝酒。席间，范增几次目扫项羽示意：下手！快下手啊！项羽却“默然不应”。范增忍耐不住了，起身离座，出去找项庄。项庄是项羽的堂弟。范增对项庄说：“项王的心肠太软了，你进去给刘邦敬酒，然后舞剑助兴，借机把刘邦杀了，否则将来我们都要被他收拾!”项庄遵命，进去敬完酒，“舞剑助兴”。项伯一看苗头不对，“亦拔剑起舞，常以身翼蔽沛公，庄不得击”。

你看看，项伯、项羽、项庄，叔侄三人三条心，根本想不到一起，项家怎能夺取天下?

张良在一旁也急了，到门口去找刘邦带来的卫将樊哙。樊哙急问：“里面情况如何?”张良说：“项庄舞剑，意在沛公!”樊哙“带剑拥盾入军门”，项羽的卫士想阻止他入内，被他用盾牌一推击倒在地。樊哙闯入军帐，“披帷西向立，瞋目视项王，头发上指，目眦尽裂”，司马迁的形容词也是够丰富的。

项羽盘腿坐在席上，见这么一位鲁莽人物闯了进来，双膝一并，“按剑而跽”。这是项羽的一个本能反应，他挺直身子，准备起立拔剑自卫，问刘邦：“这位客人是谁?”张良答道：“他是沛公的参乘樊哙。”参乘就是负责驾驭马车的。项羽对樊哙的举动小小吃了一惊，同时又对他有些赏识，便说：“壮士，赐酒!”侍者捧给樊哙一斗酒，“哙拜谢，起，立而饮之”。项羽又吩咐：“赐之彘肩。”彘，古时对猪的称呼，彘肩就是猪的一条前腿。项羽的侍者对樊哙的无礼举动很不满，端给他的是一条生猪腿。樊哙哪里管它生的熟的，将盾牌往地上一扣，拔剑在盾牌上割而食之，吃生肉。

项羽又问樊哙：“壮士还能喝酒吗?”樊哙的话里立刻迸出了火星：“死都不怕，还怕喝酒!”樊哙借着酒劲，当面痛批项羽道：“秦王有虎狼之心，所以天下人都起来反他。楚怀王与诸将有约在先，先入关中者王之。如今沛公先入关中，秋毫无犯，封存府库，还军霸上，以待项王来。沛公派兵去守函谷关，只是为了防盗贼。沛公如此劳苦功高，不但没有得到你封赏，你反而听了小人的挑拨，要想谋害沛公，你忘了秦王朝为什么会灭亡吗?”樊哙对项羽的这一通狠批痛揭，竟使项羽一时语塞，只对樊哙说了一个字：“坐。”樊哙在张良身边坐下。

刘邦乘项羽一时回不过神来，躬着腰溜出去上厕所，走到门口又转身向樊哙招手，要他出去。

项羽见刘邦迟迟不进来，让陈平去请，张良也跟了出去。刘邦见了他们二人说："我刚才出来没有向项王告别一下，这不太礼貌，怎么办?"樊哙说："大行不顾细谨，大礼不辞小让，今天人家是刀俎，咱们是鱼肉，还辞什么行，快走，剩下的事都交给张良去应付。"张良问刘邦："来的时候可曾带些礼物?"刘邦说："有的。我给项王带了一对白璧，给范增带了一对玉斗，怕范增动怒，不敢献，都交给你去处理吧。"张良说："好的。"刘邦又对张良说："我们走小道，翻过骊山二十来里就到自己营中，你在帐外稍等片刻，等我们走远了你再进去。"

刘邦单身独骑，一路狂奔。樊哙、夏侯婴、靳彊、纪信四人持剑执盾，与一百来名步兵在后步行跟进，负责断后。

张良估计刘邦已奔出较远，才回到项羽军帐，对项羽说："真是对不起，沛公不胜酒力，醉得不成样子，无法向大王道别，他先走了，要我代他向大王道谢。"张良将一对白璧献给项羽，项羽接过白璧放在坐榻上。张良又将一对玉斗献给范增，范增接过玉斗放在地上，拔剑将它击得粉碎。他对项羽今天痛失击杀刘邦的天赐良机懊丧得无法形容，大怒曰："竖子不足与谋，夺天下者，必沛公也!"在范增眼里，项羽徒有匹夫之勇，全无天子之勇，一点血性都没得，酒糟都不如，豆腐一块!

刘邦回到营中，立即把曹无伤杀了。

历史上，有许多重要的历史瞬间，转眼之间就有可能改写历史。鸿门宴就是这样一个历史瞬间，项羽只消使个眼色，历史就可能改写。但项羽却错失了这步千载难逢的"杀"棋，留下千古遗恨。项羽这个人，在战场上杀人如麻，眼睛都不眨一下。但到了鸿门宴这样的节骨眼上，他却起不了杀心。在这一点上，韩信非常瞧不起项羽，他曾对刘邦说，项羽徒有"妇人之仁"，毫无王者气概，他成不了大事，最终一定可以打败他。

项羽一连走错四步棋

项羽在鸿门宴上错失了杀机，但鸿门宴之后，他的称霸之心却变得急不可耐。项羽在战场上玩"武"的一套天下无敌，但他玩"文"的一套往往一出手就是错招。鸿门宴之后，项羽一连走了四步错棋。

第一步错棋：引兵西屠咸阳。

本来，咸阳的事情已由刘邦处理完毕，而且处理得比较稳妥。刘邦赦免了主动投降的秦王子婴，封存了秦王室府库，清查了咸阳户籍，与关中父老约法三章，然后回军霸上，咸阳的人心已经基本稳定。可是鸿门宴之后，楚汉元年十二月，项羽率领楚军开进咸阳，杀掉早已向刘邦投降的秦王子婴，放纵军队抢掠，放火烧毁秦宫秦陵，大火三月不灭。这与刘邦的做法形成了鲜明对照，关中父老对项羽大失所望，心向刘邦。

第二步错棋：废黜楚怀王。

项羽西屠咸阳后，回兵戏下，派人去向楚怀王报告，本来想以此向楚怀王讨回一个公道：巨鹿决战是我项羽打胜的，秦军主力是我项羽消灭的，子婴也是我项羽杀掉的，灭秦的最大功臣是我项羽，“王关中者”应当是我项羽，不应该是刘邦。不料，楚怀王当头给他泼了一瓢冷水，回答得非常干脆：“如约!”也就是说，“先入关中者王关中”这一条不能变。

有一个背景，项羽不知道。当初楚怀王在部署灭秦之战的时候，面临两大任务，一要歼灭河北战场上章邯指挥的秦军主力，二要打进关中去攻占秦都咸阳。楚国有一批当年的老将，都提醒楚怀王，派谁去占领关中这件事要慎重。秦国百姓在秦始皇的暴政下生活太久了，应该派一位有仁义之心的将领去占领关中。他们对项羽和刘邦两人做了一番比较，认为“项羽为人剽悍猾贼”，他攻下襄阳后把投降的秦军士卒和老百姓“皆坑之”，“所过无不残灭”，派项羽去关中安定不了秦人之心；“独沛公素宽大长者，可遣”。因此，楚怀王命令项羽和范增跟随宋义去河北“救赵”，同章邯指挥的秦军主力进行巨鹿决战；而让刘邦从河南西进，收集陈胜、项梁失败后的散兵，相机进入关中。楚怀王这样安排，明显是要为刘邦抢先入关创造条件，希望刘邦尽快能拿下关中，并把关中的人心稳住。

项羽不了解这一背景，对楚怀王坚持“如约”极为不满。项羽对周围的人说，他楚怀王也是我们项家把他扶立起来的，他一点战功都没有，凭什么要当天下之主？于是，项羽“尊怀王为义帝，实不用其命”，把楚怀王架空了。项羽自封为西楚霸王，定都彭城，取而代之，号令天下。项羽这样做，忽略了一个极大的政治性问题。当年陈胜、吴广起义打的是“大楚”“张楚”的旗号。项羽跟着叔父项梁起兵反秦时，同样打的是“大楚”旗号。当时项梁为了增强对各路义军的凝聚力、号召力，扶立了楚怀王，使各路义军都集合在了楚怀王这面旗帜下。现在，他废黜楚怀王，等于自毁旗帜。项羽的队伍都是楚国子弟兵，他废黜楚怀王，队伍马上就人心涣散了。

第三步错棋：乱封诸侯王。

项羽废黜了楚怀王，自立为西楚霸王，并由他分封了十八位诸侯王：汉王刘邦、雍王章邯、塞王司马欣、翟王董翳、西魏王魏豹、河南王申阳、韩王成、殷王司马卬、代王赵歇、常山王张耳、九江王英布、衡山王吴芮、临江王共敖、辽东王韩广、燕王臧荼、齐王田都、胶东王田市、济北王田安。当年秦始皇废分封、置郡县是一个历史大进步，项羽灭秦后又大封诸侯王，这是一次历史大倒退。秦始皇好不容易把战国七雄归为一统，项羽却重新分封了十八位诸侯王，加上义帝（楚怀王）和他自己，全国形成了二十个政治实体，搞得比战国时期还要四分五裂。

由于项羽对许多复杂的政治因素一概作简单化处理，分封中封出了一大堆矛盾，埋下了许多战火重起的导火索。最大的问题在西部。他把刘邦挤出关中、赶往汉中之后，自己理应留下来占据关中，经略天下，这才是与刘邦争夺天下的大气魄、大动作。但他却把关中一分为三，封给了三位秦军降将章邯、司马欣和董翳（简称“三秦”），这是项羽最大的失策。关中老百姓都痛恨这三个人，他们带出去的几十万关中子弟都没有回来，秦王朝灭亡了，他们却重新回到关中来称王称霸，毫无人心基础。刘邦被迫去了汉中，但汉中绝对困不住刘邦争夺天下的雄心，他迟早要杀回关中来，项羽对这一点根本没有看透。

项羽对东部的问题也没有处理好。东部有两位重要人物没有得到项羽的分封，一位是活跃在齐国地面上的田荣，另一位是活跃在梁国地面上的彭越。田荣是原齐国诸侯王族的后裔，在秦末的起义风潮中，田荣、田横兄弟俩跟随堂兄田儋在山东狄邑起兵，杀掉秦廷命官，一度曾与项梁联合抗击秦军。由于巨鹿决战、进军关中时田荣都没有派兵参加，项羽记恨在心，不封田荣，也不能说没有一点理由。但田荣对自己被排除在分封之外极为不满，第一个跳出来反抗项羽，以武力攻打项羽分封在齐国地面上的三位田姓王。另一位彭越，原来是活动在巨野泽一带的土匪头子，秦末陈胜吴广起义之际，乘机收集散兵游勇，发展实力，一度投靠刘邦。刘邦西进入关时，他没有去，留在开封一带打游击，对抗击秦军有过一定贡献。但彭越同样没有得到分封，使他很快与田荣合流，成为东部反对项羽的主要力量。

第四步错棋：定都彭城。

如果项羽把刘邦挤出关中之后，自己留下来占据关中，定都咸阳，那么他前面的种种失当举措也许还有补救的机会。可是，他偏偏在定都问题上犯了一个更加致命的错误。当时有一位读书人韩生，很有见识，一片好心，他建议项羽说："关中阻山河四塞，地肥饶，可都以霸。"这是一个很大的战略眼光。在当时的历史条件下，"得关中者得天下"。关中刚好位于中国之中，土地肥沃，旱涝保收，四周又有山河之险作为屏障，东有函谷关，南有武关，西有大散关，北有萧关，故称关中。可是，项羽不具备这样的战略眼光，看来他也没有重新统一中国的战略胃口。他一心只想衣锦还乡、荣归故里，十足的土老鳖思想。他回答韩生说："富贵不归故乡，如衣绣夜行，谁知之者？"韩生万万没有想到，在战场上叱咤风云的项羽，他的政治见识竟浅薄到如此地步！项羽把关中这样一块战略要地拱手让给三位秦朝降将，无异于在围棋棋盘上丢失了一个生死点位。韩生忍不住在背后对人说："人们都说楚人沐猴而冠，果然。"有人向项羽告发了韩生这句刻薄话，项羽把韩生下油锅"烹"了。从此以后，还有谁肯向项羽献计献策？

项羽这个人，他的言行中有许多十分矛盾的地方。从他废黜楚怀王、大封诸侯王、把刘邦挤出关中等举动来看，他似乎大有取代秦始皇重新统一天下的鸿鹄之志。但从他自封为西楚霸王、定都彭城这两条来看，却又暴露出他胸膛里跳动的压根儿就不是一颗帝王之心。秦以前的楚国，地域广阔，依各地风俗不同，分为南楚、东楚、西楚。项羽自封为西楚霸王，说明他的胸腔内不仅没有装下整个中国，甚至没有装下整个楚国，他的目标仅仅是楚国地盘"三分天下有其一"，其心已足矣。彭城是项羽的家乡，他定都彭城，纯粹是为了实现“衣锦还乡，荣归故里”的狭隘目标，说到底，项羽骨子里还是封建割据那一套。

项羽走出的上述四步错棋，把他在战场上生死搏杀取得的胜利、打出的威名，一点一点全都输得精光。

彭城会战

楚汉元年二月，项羽在戏下分封完诸侯王，四月“兵罢戏下，诸侯各就国”。项羽本人“荣归故里”，回到彭城，一心做他的西楚霸王去了。他原以为从此天下都会听他西楚霸王的了，谁知他回到彭城未出一月，天下就乱了起来。

东部的齐、燕、赵三国先乱。

齐国，项羽分封的新齐王田都前往临淄就国，未得分封的田荣举兵攻打田都；田都兵败，逃往楚国。田荣原来拥立的齐王田市，被项羽降为胶东王，田市只想保个平安，自动前往胶东就国去了。田荣认为田市毫无骨气，追到即墨，把他杀了。田荣回军途中，授予彭越将军大印，两人联合起来攻打济北王田安，把田安也杀了。田荣除掉了项羽所封的齐地三王，自立为齐王，公开与项羽对抗。

燕国，项羽把原来的燕王韩广降为辽东王，韩广不服，举兵抗击项羽新封的燕王臧荼。经过几个月交战，臧荼杀了韩广，把辽东也收为燕地。

赵国，项羽把原来的赵王赵歇降为代王，封张耳为常山王，封陈余为三县侯。陈余对这三项分封都极为不满，派夏说去齐国联络田荣，联合攻打张耳。张耳兵败，逃往关中，投靠了刘邦。陈余迎回赵歇，仍为赵王。赵歇感激陈余，封陈余为代王。陈余留在赵歇身边辅佐他，派夏说代替他去管理代国。

这样，田荣、彭越、陈余在东部结成了反对项羽的联盟。

楚汉元年八月，刘邦乘项羽忙于应付关东齐、燕、赵三国叛乱，采纳韩信“明修栈道，暗度陈仓”之计，以迅雷不及掩耳之势，从汉中杀回关中，平定三秦。主要战斗只进行了个把月，司马欣和董翳就向刘邦投降。

只有章邯退入废丘（今陕西咸阳以西）死守，坚持了十个月，汉军引水灌废丘，章邯自杀，汉军收复关中全境。

项羽对东部和西部遥相呼应的反楚势力，反应非常迟钝。他对东部田荣、彭越、陈余的联合反楚迟迟没有采取强有力的反击措施，直到彭越攻打楚军，项羽才派出了一位毫无战功军威的萧公角去同彭越作战，结果被彭越打败。西部，刘邦迅速出汉中，回关中，平定三秦，章邯在废丘苦苦支撑了十个月，项羽既没有派兵阻击刘邦进入关中，也没有派兵去关中救援章邯。直到刘邦的军队东出武关，进入南阳地区，与王陵的军队会合后继续东进，项羽才发兵至阳夏（今河南太康）拒汉军。

这时，项羽两面受敌：东部田荣、彭越和陈余联合反楚；西部刘邦正在迅速东下。哪一边是他的主要战略对手？项羽在战略判断上又发生了一个重大错误：他竟置刘邦领兵东进于不顾，亲率楚军主力去讨伐齐国的田荣。

楚汉二年十月，项羽鉴于形势吃紧，对义帝（楚怀王）说“古之帝者广地千里，必居上游”，逼义帝（楚怀王）迁往长沙郴县（今湖南郴州市），密令九江王英布、临江王共敖击杀义帝（楚怀王）于江上。

楚汉二年一月，项羽引兵伐齐，攻田荣。至城阳（今山东鄄城东南），击败田荣，田荣向北逃至平原（今山东平原）。由于田荣一连杀掉了好几位齐王，齐国百姓视田荣为一害，将他捉住杀掉。项羽恢复田假为齐王，本来齐国后面的问题可以让田假自己去收拾，但项羽又犯了一个错误，继续向齐国北部进军，把战争矛头对准齐国百姓，“烧夷齐城郭屋室”，所过之处，“多所残灭”。项羽的行为激起了齐国百姓的愤怒，田荣之弟田横收集田荣几千残兵，百姓响应，群起反抗项羽。田横打败了田假，田假再次逃往楚国，项羽怒其不争，将田假杀了。田横立田荣之子田广为齐王，展开了对项羽的长期抵抗。项羽深陷齐国战事，难以脱身。

楚汉二年三月，已经东出武关、抵达中原的刘邦，乘项羽在齐国难以脱身的机会，征服了项羽封在中原的五位诸侯王（河南王申阳、韩王郑昌、西魏王魏豹、殷王司马卬、常山王张耳），控制了中原这片广阔的战略枢纽之地。并于当月采纳洛阳董公的建议，为义帝（楚怀王）举行公祭，刘邦“袒而大哭”，临江祭奠三日，“三军之众为之素服”，并派出使者遍告各国诸侯，号召诸侯各国共同发兵讨伐项羽，为义帝（楚怀王）复仇。刘邦这一手，极具煽动性、号召力，使项羽陷入了极大被动。

楚汉二年四月，刘邦率五十六万大军，兵分三路，三箭齐发，进攻彭城。北路，由曹参、樊哙率领，下梁，入齐，从左翼进攻彭城；中路，刘邦亲率主力，从洛阳东下，正面突击彭城；南路，由张良、周勃率领，出南阳，从右翼合围彭城。不久，在梁地活动的彭越也率领三万人加入对楚军的战斗，汉军声势更盛。

项羽仍然留在齐国与田横纠缠，只派出部分兵力在阳夏和曲遇（今河南中牟东）阻击汉军，派大将龙且驻守定陶。首都彭城空虚，他竟置之不顾。

刘邦于当月就夺取了彭城。刘邦夺取彭城后，尽情享受项羽留在都城的“美人货赂”，天天“置酒高会”，放松了对项羽反击的警惕。

刘邦攻占彭城的当月，项羽亲率三万精骑，从鲁北南下，回救彭城。途中遇到前来阻击的汉将樊哙，根本不是项羽对手，被他一举击垮。项羽率领楚军追击樊哙一直追到彭城，与汉军大战于彭城城下。从早晨打到中午，仅用半天时间，就将汉军压缩在彭城东郊谷水与泗水汇合处，汉军被歼和落水溺毙者十余万。汉军急往彭城西南山区败逃，楚军紧追，又将汉军压缩至灵璧以东的睢水边。楚军再次发起猛攻，汉军争渡睢水而逃，被歼十余万，“睢水为之不流”。

刘邦被围，眼看将被项羽俘获，西北方向突然刮来一阵沙尘暴，遮天蔽日，刘邦乘机率十余骑突围而出，刘邦父亲、妻子吕氏被项羽俘虏。刘邦的大舅子周吕侯（吕后之兄即吕泽）指挥所属部队阻击楚军，延缓了楚军的行动，掩护刘邦狂奔西逃至下邑，又逃往荥阳。败逃中，刘邦的儿子（即后来的汉惠帝刘盈）和女儿在途中与刘邦相遇，爬上了他的车子。刘邦为了自己逃命，竟把两个孩子几次推下车去，多亏夏侯婴将这两个孩子保护了下来。

彭城会战，项羽神速反击，大胜显威，慑服了诸侯，形势为之一变。殷王司马卬战死；塞王司马欣、翟王董翳重新投降了项羽。陈余发现张耳未死，觉得受了刘邦的欺骗，也投楚背汉。西魏王魏豹“绝河反汉”，与楚和好。田横也与楚军停战结盟。彭越也放弃了在梁地攻占的十多座城邑，北撤至河上（今河南滑县北）。经过彭城会战，项羽基本上收复了西楚的全部失地。

项羽以三万精骑长途奔袭，一举打败刘邦几十万大军，创造了古代战争史上以少胜多的奇迹。只可惜，项羽战术上是巨人，战略上永远是侏儒。

荥阳、成皋争夺战

刘邦兵败彭城，狼狈西逃。他逃到下邑（今安徽砀山），跳下马背，一只脚还没有从马镫中拔出来，急忙回头“踞鞍而问”张良：“哪些人能帮助我共同打败项羽?”张良点了三个人：英布、彭越、韩信。张良说：“英布和彭越‘可急使’；韩信可独当一面，干成大事。你只要肯重赏这三人，‘楚可破也’。”刘邦说，好。他派人前去策反英布，去鼓动彭越加紧袭扰项羽后方粮道，交给陈平大量黄金去分化项羽领导集团。

刘邦逃到中原荥阳和成皋一线，停了下来，不逃了。中原是战略枢纽之地，荥阳、成皋这两个战略要点，历来兵家必争。荥阳在东，成皋在西，两地相距不远，互为呼应。成皋即春秋时的虎牢关，今汜水镇。刘邦在荥阳、成皋一带与项羽对峙、周旋，你来我往，反复争夺，度过了他一生中最为艰难的时刻。

荥阳、成皋争夺战长达两年多，大致经历了三个回合，胜负几经易手。

第一回合，项羽急攻荥阳、成皋，刘邦用离间计化解了项羽的攻势。

楚汉三年春，项羽对汉军发动猛攻，荥阳以东的汉军据点全部被他扫平，接着派兵袭击荥阳与敖仓之间的粮道，切断了汉军的粮食供应。四月，项羽包围了荥阳，刘邦眼看难以顶住，主动向项羽请和，愿以荥阳为界，荥阳以东的地盘都让给项羽。刘邦的意图十分明显，只要能保住荥阳这个战略要点，在中原就有立足之点，就不怕找不到转机。项羽准备接受刘邦的求和条件，范增一眼识破刘邦的缓兵之计，竭力反对议和。他对项羽说："彻底击败刘邦的机会又一次出现在你眼前，'今释弗取，后必悔之'。"于是，项羽对荥阳继续加强进攻。刘邦分析，项羽不肯议和停战，肯定是范增的主意。他命令陈平花重金买通项羽左右，散布流言说范增、钟离眛由于一直没有得到项羽的封地，两人已另有所图，准备投降刘邦，里应外合打败楚军，刘邦准备给他俩"裂地封王"。项羽起了疑心，派使者到刘邦军中去摸底。陈平设下一计，请刘邦亲自出面接待。先端上一桌好菜，项羽的使者一到，故意说："哦，搞错了，我们以为是亚父（项羽尊称范增为亚父）派来的使者，原来是项王派来的使者，换菜!"把一桌好菜撤走，换上一桌便菜。使者回去向项羽如此这般报告了换菜情节，项羽越发疑心，从此再也不听范增的任何建议。范增伤心至极，对项羽说："天下事大定矣，君王自为之，请赐骸骨归卒伍。"范增拂袖而去，负气回彭城，气死在半路上。项羽逼走了范增，急攻荥阳，刘邦危急。五月，陈平等使出诈降之计，让纪信装扮成刘邦，夜间打开荥阳东门，声称荥阳城内"食尽，汉王降楚"。项羽信以为真，准备接受刘邦投降。陈平派两千名女子组成大队，走在纪信乘坐的"王车"前面，正在攻城的楚兵都停止了攻城，拥向前去观看那两千名女子组成的大队。就在这时，刘邦率数十骑从荥阳西门逃之夭夭。"王车"一到跟前，项羽一看车上坐的是纪信，知道上了大当，下令将纪信烧死，再攻荥阳。可是荥阳的城门已经紧闭，急攻不下。荥阳以西就是成皋，项羽估计刘邦极可能逃往成皋。他留下主力继续攻打荥阳，分出部分兵力迂回到西边急攻成皋，这时刘邦刚刚离开。楚军虽然攻下了成皋，刘邦却已逃往关中。这时荥阳仍未攻下，项羽的主力被牵制，无法西追刘邦。

刘邦逃到关中，准备迅速调集关中的后备兵力前去夺回成皋。谋士辕生向他建议说，汉楚双方已在荥阳、成皋一线长期对峙、反复争夺，这样下去不是办法。他建议刘邦改变一下思路，率军南下，出武关，到南阳一带活动。项羽必会率军南下来攻，这时可坚壁深垒，不同项羽交战，把他的兵力拖住，以缓解荥阳、成皋前线的压力。同时，让韩信在北线加强对魏、赵、燕、齐等国的进攻；让彭越加紧楚军后方的袭扰；让英布在南方向楚军发起进攻。刘邦依计行事，果然调动项羽来回奔突，疲于奔命。先是彭越攻占下邳，楚将薛公战死。项羽千里回师东下，反击彭越。刘邦乘机北上，夺回了成皋，解了荥阳之围。

第二回合，项羽攻克荥阳、成皋，占领敖仓；刘邦大败，逃往巩县，然后在极端困难的条件下组织反击。

楚汉三年六月，项羽刚刚东下击退了彭越，忽闻刘邦乘机夺回了成皋，立马回师，对汉军进行第二次大规模进攻，一举攻下荥阳、成皋，刘邦败逃到巩县。但刘邦韧性十足，败而不馁。他从巩县北渡黄河，到韩信营中去搬兵。当时韩信已一连扫平了魏、代、赵、燕四国，正和张耳一起，率领大军在黄河北岸的修武休整。刘邦是个诡计多端的人，他深知自己的军事指挥才能与韩信无法相比，韩信在北方战场连战皆捷，自己在中原战场一败再败，焦头烂额。他担心韩信手握重兵会起变心，为了以防万一，他和夏侯婴假装成汉军使者，乘黎明前韩信军营尚未起床，两人骑马驰入韩信军帐，先把兵符抢夺到手，然后再坐下来同韩信和张耳两人说话。刘邦见韩信与张耳混在一起，更增添了一分担心，一人成事，两人成祸，必须把他们分开。他命张耳回赵国去留守，宣布拜韩信为汉相，提拔了韩信。然后对韩信说："你把这支军队留下，我荥阳前线急用。你到赵国再去征发新兵，另组一支新军去攻打齐国，从左翼策应荥阳正面战场。"韩信二话没说，遵命。刘邦将韩信的大军抓到手后，先派出一部分兵力去加强巩县的防御，以阻止楚军继续西进威胁关中。然后派遣卢绾、刘贾率领二万步兵，灌婴率领一支精锐骑兵，从白马津南渡黄河，去配合在梁国地面活动的彭越，加强对楚军后方的袭扰，"烧楚积聚"，使荥阳前线的楚军得不到粮食。彭越得到刘邦派来的汉军增援，一连攻占了梁国地面的睢阳、外黄等十七座城邑，搞得项羽后方风声鹤唳，鸡犬不宁。

楚汉三年九月，项羽深感后方问题严重，被迫第二次挥师东下，前去平定彭越的游击势力，留下大司马曹咎和司马欣守卫成皋。项羽临走时再三告诫曹咎"谨守成皋"，即使刘邦来挑战，"慎勿与战"，并说："我十五天内肯定击败彭越，马上回来。"

刘邦的谋士郦食其向刘邦献计说，项羽这次夺取了敖仓，却不明白占据敖仓的极端重要性，自己又挥师东下去攻打彭越，只留下一些弱兵在成皋留守，这是舍本逐末之举，“天赐汉也”。他建议刘邦“急复进兵，收取荥阳，据敖仓之粟，塞成皋之险，杜太行之道，距飞狐之口，守白马之津，以示诸侯形势，则天下知所归矣”。

楚汉四年十月，刘邦采纳郦食其建议，从修武南渡黄河，向成皋发起进攻。曹咎起初还牢记项羽的告诫，坚守不出。但经不住汉军的一再辱骂挑战，一怒之下，轻率出击。汉军佯败，渡汜水而退。曹咎和司马欣中计，率楚军渡汜水追击。渡到一半，汉军突然反击，楚军大败，成皋失陷。曹咎和司马欣违令出击，丢失成皋，自知罪责难逃，两人均自杀于汜水之上。刘邦夺回成皋，占据敖仓，并在荥阳以东包围了楚将钟离眜的部队。

第三回合，项羽回救成皋，久攻不下，被迫与刘邦议和，以鸿沟为界，楚汉平分天下。

项羽东下，按预定计划，仅用十几天时间就将彭越击败。彭越北逃，项羽收复了梁国地面十余座城池。可是，当项羽进军至睢阳时，得到了两条极坏的消息：一是成皋与敖仓失守，曹咎和司马欣均自杀于汜水之上；二是韩信已经攻下齐国，正在南来，对楚军后方构成了严重威胁。项羽深感局势严重，但他却做出了分兵出击的错误决策。他派大将龙且率二十万楚军开赴齐国去阻击韩信南进；亲率楚军主力重返荥阳前线，在正面战场对汉军发起第三次大规模进攻。

刘邦驻守广武（荥阳东北），坚守敖仓，使楚军得不到军粮。项羽率楚军进抵广武，刘邦坚守不出。项羽无法从敖仓得到军粮，大急，把彭城会战时俘获在手的刘邦父亲押到阵前，威胁刘邦说：“你今天再不出来交战，‘吾烹太公’。”刘邦回答说：“起义之初，我与你结为兄弟，我的父亲也是你的父亲，你果真要烹我老父，‘则幸分我一杯羹’。”项羽每到这种时候，都嘴硬心软，他对刘邦父亲下不了杀手。

这时，项羽对刘邦说了一句动心的话：“天下匈匈数岁，徒以吾两人耳，愿与汉王挑战决雌雄，毋徒苦天下之民父子。”刘邦却回答说：“我只想同你斗智，不想同你斗力。”项羽大怒，命令弓箭手射刘邦，刘邦胸部中了一箭，他却一弯腰掩饰道：“啊，这畜生射中了我的手指。”项羽挑战未成，退入营中。刘邦这一箭也伤得不轻，为了防止汉军产生恐慌，张良逼着刘邦忍住剧痛去看望部队，“强请汉王起劳军，以安士卒”，先把军心稳住，然后急送刘邦进入成皋城中疗伤。

双方对峙数月，呈胶着状态。不久，项羽又得到一个极坏的消息，龙且率领的二十万楚军被韩信全歼，韩信的军队正在继续南下，进攻矛头直指楚都彭城。项羽深感危机逼近。

这时，刘邦的箭伤基本痊愈，他迅速采取了三条措施：第一，自己回关中去了一趟，只停留了四天，从关中调出一批新锐，重返广武前线，增强了与项羽对峙的实力。第二，命令彭越在项羽后方加强袭扰攻势，“往来苦楚兵，绝其粮食”。第三，封英布为淮南王，命他开辟南方战场，向楚军发动进攻。这样，项羽四面受敌，陷入了极端困难的境地。

双方在广武相持到楚汉四年九月，楚军兵断粮，马缺草，实在支撑不下去了。无奈之下，项羽主动将彭城会战时俘获的刘邦父亲、妻子送回刘邦军营，与刘邦议和，以鸿沟为界，平分天下，西为汉，东为楚。

议和毕，项羽于当月引兵东归。由于梁地都被彭越占领，他无法从荥阳直接东归，只能向东南绕道阳夏、固陵（今河南淮阳北），返回楚都彭城。他骑在马上，郁郁而行，抬头望天，发现自己心里的一团团愁云全都涌到了天上，阴霾满天，不见阳光。

垓下会战

天下已经分了，项羽也引兵东归了，战争终于停止了。刘邦准备罢兵西归，返回关中。他的两位谋士张良和陈平却说，不！应该乘项羽郁郁东归的机会，立马对他发起追击，一举将他消灭，“天赐汉王，机不可失!”一句话提醒了刘邦，对啊，追杀项羽他狗日的!

项羽前脚东归，刘邦后脚就追了上来。楚汉五年十月，刘邦追击项羽至固陵（今河南太康南）。这时离项羽东归只相隔一个月。项羽大怒，竖子也太不讲信义了，回身反击，刘邦大败。

这时，韩信、彭越、英布还没有前来与刘邦会师，刘邦孤军冒进，哪里是项羽的对手。刘邦在固陵地区转入防御，再次问计于张良，怎样才能使韩信、彭越尽快前来会师，共同打败项羽？张良说："你原来向他们许过愿，打败楚军后要封给他们土地。现在项羽已经兵败东归，韩信和彭越却尚未得到封地，他们都在等待观望。如果你现在就把淮阳以东直到海边的土地都封给韩信，把梁国的土地封给彭越，他们马上就会领兵前来攻打项羽，天下唾手可得矣。"刘邦依计行事，将上述地盘分封给了韩信、彭越，将淮南封给了英布。上述三人得到了封地，果然立即领兵前来与刘邦会师，战场形势急转直下。

向项羽发起猛烈进攻的主力是韩信。韩信命曹参留守齐国，他自己亲率大军一路南下，以灌婴的骑兵为前锋，逢城必克。由于项羽的主力都在荥阳前线，后方空虚，韩信的军队进展异常神速，连克薛、沛、留（均在今江苏境内），只个把月时间，就攻克了楚都彭城。这对项羽是最为致命的一击，从此他已难有回天之力。接着，韩信又马不停蹄向西发动进攻，从今安徽境内攻至今河南境内，很快就与刘邦会师于颐乡（今河南鹿邑东）。南方的英布和刘贾也于十一月渡过淮水，围攻寿春，诱降了楚大司马周殷，然后向北发展进攻，攻克了城父，然后向西与刘邦会师。彭越从梁地南下，也在这时与刘邦会师。刘邦的四路大军全部会合，对项羽形成强大压力。

项羽于楚汉五年十二月从固陵向东撤退至垓下（今安徽灵璧东南），汉军追击而至。这时楚军后方已被韩信全部占领，项羽再无退路，只能孤注一掷，在垓下与汉军决一死战。

这时的兵力对比，汉军的各路人马共约五六十万人（其中韩信的部队就达三十万人），楚军只剩不足十万人。韩信充当合围项羽的汉军总指挥，"淮阴侯将三十万自当之，孔将军居左，费将军居右，皇帝（刘邦）在后，绛侯、柴将军在皇帝后"（《史记·高祖本纪》）。韩信下令对项羽发起攻击，项羽绝地反击，凶猛剧烈，韩信失利，后撤，项羽挥军追击。

正当项羽奋力追击韩信时，孔将军、费将军从左右两翼合击项羽，韩信回身反击。三军合围，将项羽击垮。

项羽率残军退入营垒，被汉军四面围困。入夜，项羽闻“四面楚歌”，这是刘邦向项羽发动的心理战，刘邦用这把软刀子将项羽和楚军将士从心理上彻底摧垮了。

项羽感到大势已去，突围而逃。

这时的项羽狼狈至极，“项王乃上马骑”，这个“骑”字，《项羽本纪》有注：“单乘曰骑。”说明项羽是只身突围，已经顾不得指挥部下了。从军事层面说，项羽只顾自己逃命，不去指挥自己的残存部属同敌军做最后的拼死搏杀，这并不是军事领袖的光彩举动；但从情感层面说，却是很悲壮的一幕，他并不指望别人为掩护他逃命而死，他谁也不想“连累”，就靠自己去杀开一条血路，逃得出逃不出，全靠“天命”了。不过，追随项羽的勇士还是有的，“麾下壮士骑从者八百余人，直夜溃围南出，驰走”。

天亮后，汉军发现项羽已突围，刘邦派灌婴率五千精骑追击。项羽自垓下向东南方向溃逃，渡过淮水，逃至阴陵（今安徽定远西北），身边仅剩百余人。

这时迷路，问一农夫：“前方哪里有路?”农夫答：“左。”项羽等一干人马急向左，上当，陷进沼泽，被汉军追上。

项羽返身向东，再次突围而出，逃至东城（今安徽定远东南），身边只剩二十八骑。又有数千汉军追来，“项王自度不得脱”，但他决不屈服，决不投降。

这时，项羽对身边这些至死追随他的将士们讲了一段话。他说：“吾起兵至今八岁矣，身七十余战，所当者破，所击者服，未尝败北，遂霸有天下。然今卒困于此，此天亡我也，非战之罪也。今日固决死，愿为诸君快战，必三胜之，为诸君溃围，斩将，刈旗，令诸君知天亡我，非战之罪也!”

从这段话中，可以窥见一点项羽当时的心态。言语中，他既有身先士卒浴血拼杀视死如归的英雄豪气，也有瞻前顾后为自己解脱兵败之责的沽名钓誉。他反复说的一句话就是“天亡我也，非战之罪也”，他希望天下人都知道，他项羽不是不能打胜仗的人，他之所以失败，责任不在他自己，是“天命”使然，老天爷再不肯帮他的忙了。其实人到了这种地步，什么辩解、辩白都已无用。更何况，任何人一旦站到历史面前，都是不容为自己的悲剧结局辩白的。项羽与刘邦，各有何长，各有何短，历史全明白。

项羽将二十八骑分成四队，从四个方向对汉军发起突击，然后聚为三处，展开最后的决死战斗。他率领二十八骑反复冲击三次，“斩汉一将”，“复斩汉一都尉，杀数十百人”，自己一方仅亡两骑。

最后，项羽率仅剩的二十六骑突围南走，来到长江边上的乌江渡口（乌江不是江，是地名，在今安徽和县东北、长江西岸），乌江亭长已将渡船停歇在江边等候项羽，项羽一到，亭长劝他急渡。他对项羽说：“江东虽小，地方千里，众数十万人，亦足王也。”

乌江亭长不说这句话还好，一说这句话，顿时勾起项羽的另一种心情，他忽然决定不过江了。他回答乌江亭长说：“天之亡我，我何渡为！且籍与江东子弟八千人渡江而西，今无一人还，纵江东父兄怜而王我，我何面目见之？纵彼不言，籍独不愧于心乎？”充满愧意，充满自责，一位悲剧英雄的情长气短，动天地，泣鬼神。

这时的项羽，已不图什么东山再起，只图为自己的人格战斗到底。项羽这位悲剧英雄的这种性格，获得了后世许多人的同情。一般地说，老百姓都喜欢耿直不阿、性率情真之人，都讨厌玩弄权术、奸诈刁钻的人。项羽不像勾践，勾践为了求生和复仇，可以屈身为奴，甚至去吃夫差的粪便。项羽也不像刘邦，刘邦一次又一次以“一时之权变”摆脱困境、绝境，最终“以诈力成功”（《汉书·韩彭英卢吴传》），夺取了天下。项羽认输，认命，决不贪生怕死。但项羽这种情长气短的性格，从根本上说不是搞政治、打天下的性格，他最终只能成为一位摆脱不了“人情味”的悲剧英雄。

项羽把自己的爱骑送给了乌江亭长，以谢他的一片好意。他命令追随他到最后一刻的部属们一律下马步行，持短兵器接敌。“独籍所杀汉军数百人”（司马迁这句话有些夸张），“项王亦身被十余创”。这时，围攻他的人都上来了，项羽“乃自刎而死”。

刘邦悬赏斩得项羽头颅者得千金、邑万户，项羽被汉军中的吕马童、王翳、杨喜、杨武、吕胜五人抢夺分尸，五人皆得封侯。

项羽死后，他的脑袋还被刘邦派了一次用场。《项羽本纪》中说，项羽死后，西楚地面很快都向汉军投降了，由于起兵之初楚怀王曾封项羽为鲁公，鲁国百姓忠于项羽，唯独鲁国百姓不肯向刘邦的军队投降。刘邦本想“引天下兵屠之”，有感于鲁国人“守礼义，为主死节”，于是“乃持项王头视鲁，鲁父兄乃降”，刘邦用项羽的人头去招降了鲁国。

为了争取鲁国人心，刘邦“以礼葬项王”于鲁国的榖城。刘邦安葬这位曾经结为兄弟的死敌时，居然也哭了，“汉王为发哀，泣之而去”。哭归哭，刘邦将项羽的碎尸安葬完毕，于楚汉五年二月“即皇帝位于氾水之阳”（《资治通鉴·汉纪三》），天下毕竟已经到手了。

我曾在一首诗中这样形容刘、项相争的结局：

韩信东渡黄河
将项羽一步步逼到乌江
楚霸王拥别虞姬
仰天浩叹
只见他身子一晃
手中那把利剑当啷落地
刘邦一笑
他赢了

2009 年 4 月

汉武帝与匈奴的战争

导　语

汉武帝刘彻，雄才大略。他一生与匈奴的交战，是西汉最重要的战事。

在中国历史领域，以往一直有一个旧观念，或者说，中国存在着一个两千多年的历史现象。诚如明代宋濂所说："自古帝王临御天下，皆中国居内以制'夷狄'，'夷狄'居外以奉中国。"今天看来，这一旧观念反映的是大汉族主义历史观，是值得反思的。但是，它却是中国古代两千多年间无法回避的历史现象。秦汉时，北方主要有匈奴、突厥、东胡三大族系（林幹《中国古代北方民族通论》）。它们顽强不息地以扰边南侵的方式，要参与到与中原汉族共同缔造中国历史的进程中来。怎样才能参与进来，并最终融为一体？一个字：打！好比两块铁，互相击打，火花四溅，但老这么碰下去总不是办法。把两块铁放到同一只打铁炉内烧红，再叠放到一起锻打，把铁碴打掉，纯铁留下，于是你中有我，我中有你，融为一体了，牢固了。

秦汉时，这种"参与愿望"表现得最为强烈的是匈奴。由于中原本身长期处于战乱动荡之中，因此，秦始皇统一中国之后，修了一道万里长城，对北方匈奴采取了"隔离"政策。秦始皇希望"闹中取静"，但秦汉之际的中国北方，由于匈奴不断南侵，一直"静"不下来。刘邦建立西汉之初，为平定韩王信叛乱，在白登山（今山西阳高县南）遭受过匈奴军包围，史称“白登之围”。刘邦鉴于内乱未平，政权尚不巩固，对匈奴采取了退让妥协政策。但这种政策只能缓解一时，不能从根本上解决问题。西汉时期，匈奴南侵达到高潮。

因此，万里长城实际上是为北方游牧民族建立的一座伟大纪念碑，纪念他们顽强不息地要参与到缔造中国历史进程中来的伟大精神。

汉武帝的尚武政策

汉武帝继位时，西汉已开国六十多年，经历了高祖、惠帝、吕后、文帝、景帝五代，完成了由乱到治的过程。文、景两朝，实行“与民休息”“轻徭薄赋”政策，史称“文景之治”。尤其汉景帝时期，周亚夫平定吴楚七国之乱是一个转折点，表明西汉政权内部的不稳定因素得到彻底解决，国运进入和平发展轨道。文景之治，使西汉政权出现了“京师之钱累巨万”“太仓之粟露于外”的富裕景象，老百姓日子好过多了，国力也有极大提升。这时，西汉朝廷对北方匈奴不断入侵扰边越来越不能容忍，雄才大略的汉武帝下决心要解决这个问题。

汉武帝于建元元年（前 140 年）登基，当时他十六岁。他登上皇位后考虑的第一件大事，就是“欲事灭胡”。他登基第一年，就派博士公孙弘出使匈奴刺探情况。第二年，又派张骞出使西域，准备联合大月氏共击匈奴，“以断匈奴右臂”。但是，当时朝政还受到汉武帝老祖母窦太后的制约，朝中老臣也都安于现状，主张继续对匈奴奉行“和亲加送礼”的政策（陈序经著《匈奴史稿》）。汉武帝知道不能操之过急，头几年继续沿用这种政策。

但汉武帝胸中自有打算，他着手进行抗击匈奴的各项准备。他把长期在边境与匈奴作战的两位名将李广、程不识调入京内，分别担任未央宫和长乐宫卫尉，一方面通过他们了解匈奴情况，一方面向他们灌输抗击匈奴的意图，也亲自考察他们的军事才能。元光四年（前 134 年），汉武帝提拔李广为骁骑将军派往云中（今内蒙古托克托县东北），将程不识提升为车骑将军派往雁门（今山西右玉县南），驻防抗击匈奴第一线。

随后，就发生了马邑伏击战和边市袭击战，这两次汉匈交战，是汉武帝小试牛刀。

马邑伏击战发生在元光二年（前 133 年），汉武帝二十三岁。雁门关外有座重要的边城马邑（今山西朔州市东北三十里马邑村）。马邑城里有位土豪聂壹，通过王恢向汉武帝献计道，他可以利用与匈奴边市贸易的机会，用假投降的方法吸引匈奴单于领兵前来，我们提前设伏，一定可以击败匈奴。汉武帝打击匈奴的心情已经压抑了很久，这一次，他借聂壹所献之计为由头，召集群臣讨论，先说出了自己的意图：“朕饰子女以配单于，币帛文锦，赂之甚厚”，但单于仍“侵盗无已”，边境百姓不得安宁，“今欲举兵攻之，何如”？大臣中分两派，王恢竭力支持，韩安国竭力反对。汉武帝下决心要打，采纳王恢意见，利用聂壹吸引匈奴，决定打一次马邑伏击战。汉武帝不知是出于什么考虑，让一位反战派头面人物韩安国担任马邑伏击战的统帅，明显失策。部署既毕，聂壹“逃”往匈奴，对军臣单于说，我准备杀掉马邑长史，举城投降匈奴，妇女财物尽归匈奴，请单于派兵接应。军臣单于一听有利可夺，允诺之。聂壹回到马邑，从监狱里拉出一个犯人杀掉，把他的人头挂在马邑北门城楼上，对军臣单于的使者说，马邑长史已被杀掉，“可急来”。军臣单于领兵十万前来，行至离马邑百余里，只见牛羊遍野，不见牧人，顿生疑惑，停止前进。这时匈奴抓到一名巡边的雁门尉史，用长矛对准他的心窝，尉史把汉军埋伏的情况全盘供出，军臣单于大惊，庆幸自己没有中计，迅速退兵。军臣单于认为这名雁门尉史救了匈奴，封他为“天王”。马邑伏击战计划全部落空。汉武帝盛怒之下，把王恢逮捕，投进监狱，迫他自杀，以谢天下。马邑伏击战后，军臣单于进行报复性扰边入侵，袭杀边郡官吏，掳掠百姓，汉匈进入全面战争状态。

边市袭击战发生在元光六年（前 129 年），汉武帝二十七岁。由于匈奴各种生活物资对内地的依赖性很大，边市贸易仍在正常进行。当年春天，匈奴又入侵上谷郡掳掠杀人。入秋，汉武帝命令公孙贺、公孙敖、李广、卫青四将各率万骑左右的兵力，乘边市赶集之日，兵分四路同时出击。但这次作战出师不利。公孙贺出云中事前缺乏侦察，判断有误，未遇匈奴，空手而归。公孙敖出代郡（郡治在今河北省蔚县西南），反被匈奴打败，损兵七千。名将李广出雁门，寡不敌众，全军覆没，本人负伤被俘。“飞将军”李广在匈奴名声很大，匈奴俘获李广后如获至宝，用布络将负伤的李广挂在两匹马中间驮着他走。李广斜眼瞄见近旁有位少年骑着一匹好马，他运足力气，翻身跃上少年马背，抱住少年飞奔，一路逃了回来。按西汉军律，吃了败仗的公孙敖和李广当斩，他俩花钱赎为庶人。

这一仗，有位年轻将领卫青却一战成名。卫青出上谷（今河北怀来县东南），对匈奴勇猛直追，一举攻破了匈奴的龙城（今内蒙古正镶白旗附近），歼敌七百，得胜凯旋。龙城是匈奴单于大会下属诸王、祭祀天地祖先的圣地。卫青攻破匈奴龙城，对匈奴震动极大，而对汉武帝则是一次鼓舞。

卫青是个私生子。卫青生父郑季是位县一级的小官，在汉武帝姐姐平阳公主家当差。平阳公主原先叫阳信长公主，嫁给曹参的后代曹寿为妻，曹寿是平阳侯，随夫改称平阳公主。郑季与平阳公主家的奴婢卫媪私通，生卫青。卫青小时候被送回郑季家抚养，郑季的嫡妻和嫡子们都歧视卫青。卫青稍大，平阳公主很喜欢这孩子，又让他回到母亲身边来，做平阳公主的侍从骑奴。卫媪生有一男三女，卫青有两个同母异父的姐姐，大姐叫少儿，二姐叫子夫。子夫能歌善舞，汉武帝有一次在姐姐家看上了子夫，被选入宫中，很快得宠，子夫的弟弟卫青也被召入建章宫去当差。汉武帝的陈皇后无子，得悉子夫怀孕，心生嫉妒，拿卫青出气报复，编个理由将他下狱，准备杀死卫青。汉武帝的侍从公孙敖与卫青是一起练习骑射的骑友，约了几位壮士劫狱救出卫青。这件事被汉武帝知道，他不仅没有责备这几个年轻人，反而任命卫青为建章宫宫监，做自己的侍中。子夫生下儿子后，封为皇后，卫青升为太中大夫。卫青没有辜负汉武帝对他的关爱栽培，初次领兵出战就立下显赫战功，被封为关内侯。从此，卫青成为汉武帝手中的一张王牌，成了抗击匈奴的主将。

河套战役

万里黄河，唯富一套。黄河全长五千余公里，最为富庶的是河套地区。河套以南，史书上称“河南地”，水网密布，农牧皆宜，离长安又很近，成为汉匈争夺的核心地带。秦始皇“使将军蒙恬发兵三十万击北胡，掠取河南地”，夺回的就是这一地区。

汉武帝大举反击匈奴，最先取得突破性胜利的也是在这一地区，史称“河南之战”。这与现代人概念中的“河南”相去十万八千里，我将它改称“河套战役”，使读者看了更明白。

发动河套战役时汉武帝二十八岁。河套战役的主将是卫青，战役持续时间长达两年，分前后两个阶段。

第一阶段，汉武帝元朔元年（前128年）秋天，匈奴兵分三路扰边。左路两万余骑攻辽西郡（今辽宁义县西），杀死辽西太守；中路攻入渔阳郡（今北京密云西南）；右路攻入雁门郡（今山西右玉县南）。卫青率三万骑出雁门，李息率兵一部出代郡，将匈奴军击退。

第二阶段，汉武帝元朔二年（前127年）春天，匈奴左贤王又大举进攻上谷郡（今河北怀来）、渔阳郡。汉军采取正面牵制、右翼远距离迂回包围战术，取得极大成功。正面由御史大夫韩安国率七百人迎击匈奴，韩安国负伤，退入营垒坚守不出，匈奴掠千余人及大批牲畜而去，继续向东侵扰。汉武帝命韩安国移师右北平（今辽宁凌源西南）坚守，阻击匈奴东进。汉军主力由卫青、李息二将率领，出云中，直插至高阙要塞（今内蒙古杭锦旗黄河北岸，阴山山脉中段大青山与狼山相连处的石兰计山口），切断了盘踞在河套内的白羊、楼烦二王与匈奴腹地的联系。卫青从这里南渡黄河，返身对河套内的白羊、楼烦二王发起突然袭击。白羊、楼烦二王没有料到汉军会从背后袭来，仓促应战，溃不成军，率少数亲兵逃遁。汉军杀敌数千，俘敌三千，缴获牛羊百万余头，收复河套内全部失地。

河套战役，是西汉开国以来同匈奴作战取得的第一次重大胜利。河套战役获胜后，中大夫主父偃向汉武帝提了一条重要建议，他说，河套地区水丰地肥，蒙恬逐匈奴，筑长城，首先争夺的就是这片战略要地。河套地区被黄河环绕着，全国各地运输来的军需物资都可以通过这里转往边境前线。把河套地区建设好，这是灭胡根本大计。汉武帝采纳他的建议，在河套地区新置五原、朔方二郡。将原来的九原旧城（今内蒙古包头西）改为五原郡治；汉武帝把南方沟通西南夷的工程停下来，动用十多万人在此筑朔方城（今内蒙古乌拉特前旗东南），并从内地招募十余万移民至朔方实边。这样，就把河套地区建设成了与匈奴作战的前进基地，从这里可以向北、东、西三个方向出击。

夺取河套地区，是一个战略态势的重大转换。匈奴占据河套时，在西汉北方防线中央部位打开了一个大缺口，进攻矛头可以直指长安，西汉朝廷心里一直发虚。西汉夺取河套，并把它建设成为进攻匈奴的前进基地后，好比转过身去向匈奴伸出了一根坚挺的长矛，匈奴心里开始发虚。

阴山战役

阴山山脉东段称大青山，西段称狼山。阴山山脉是匈奴单于王庭所在地，是匈奴的心脏地带。阴山山脉对于匈奴的重要性，《汉书·匈奴传下》中记录下了郎中官侯应给汉元帝上书中的一段话，他是这样说的："臣闻北边塞至辽东，外有阴山，东西千余里，草木茂盛，多禽兽，本冒顿单于依阻其中，治作弓矢，来出为寇，是其苑囿也。至孝武世（汉武帝），出师征伐，斥夺此地，攘之于漠北。建塞徼，起亭燧，筑外城，设屯戍，以守之，然后边境得用少安。漠北地平，少草木，多大沙，匈奴来寇，少所蔽隐，从塞以南，径深山谷，往来差难。"因此，"匈奴失阴山之后，过之未尝不哭也"。

阴山战役史称"漠南之战"，我这里把它改称阴山战役，道理同河套战役，让读者一看就明白。匈奴失去河套地区后，匈奴王庭所在地阴山山脉就失去了屏障，汉军的攻击目标直指匈奴心腹。匈奴在焦虑不安之下，对边郡的入侵活动连续不断。汉武帝元朔二年（前 127 年），匈奴乘汉军忙于巩固河套地区，攻占了上谷郡造阳地（今河北省赤城至独石口一带）。元朔三年（前 126 年），汉武帝三十岁。年初，军臣单于死，他的弟弟左谷蠡王伊稚斜与军臣单于太子於丹争立，於丹兵败降汉，西汉封於丹为涉安侯，但於丹一个月后就病死了。伊稚斜单于对汉边发动疯狂的报复性入侵，杀死代郡太守，又攻入雁门关杀掠，接着又率九万骑攻入代郡（今河北蔚县西南)、定襄（今内蒙和林格尔县西北)、上郡（今陕西榆林县东南)。匈奴右贤王则对失去的河套地区反复入侵抢掠。

面对匈奴的频繁进攻，汉武帝决定全力反击，将匈奴单于王庭逐出阴山山脉。

阴山战役第一阶段，打击的主要目标锁定为匈奴右贤王，先损其一翼。元朔五年（前124年）春，西路由卫青亲率主力出高阙，苏建为游击将军，李沮为强弩将军，公孙贺为骑将军，李蔡为轻车将军，七八万人“俱出朔方”。东路由李息、张次公二将“俱出右北平”，以牵制匈奴东部兵力，策应西路卫青以主力对匈奴右贤王的围歼。卫青挥师北出高阙，长驱直入六七百里，于夜间抵达右贤王王庭所在地，立即发起突然袭击。匈奴右贤王没有料到汉军能深入塞外这么远，当晚喝醉了酒。遭到突袭后仅带一名爱妾和数百亲兵，在夜幕掩护下仓皇北逃。卫青俘获右贤王以下俾小王十余人、部众一万五千人、牲畜“数十百万”。卫青凯旋时，“至塞，天子使使者持大将军印，即军中拜车骑将军青为大将军，诸将皆以兵属大将军，大将军立号而归”（《史记·卫将军骠骑列传》)。历史上，大将军这一职务是从卫青开始才有的，这是西汉最高军阶，高于太尉。这是一项殊荣，不是常设职务，因人因功而设。卫青回到长安，汉武帝又封卫青六千户。

阴山战役第二阶段，打击目标直指伊稚斜单于本部。匈奴右贤王遭受沉重打击后，同年秋天又出万骑南下侵袭代郡，杀死代郡都尉，掳走边民千余人。为了进一步打击匈奴气焰，元朔六年（前123年）二月，汉武帝决定再次对金匈奴反击。以大将军卫青为统帅，率领公孙敖、公孙贺、赵信、苏建、李广、李沮六将，以十万余骑出定襄，寻找匈奴主力决战。年仅十八岁的小将霍去病（卫少儿之子）第一次跟随舅舅卫青上战场，卫青任命他为校尉。大军出定襄后，途中与匈奴骑兵打了一场猝不及防的遭遇战，汉军击退匈奴，斩首三千余级。由于目标已暴露，塞外早春，气候还十分寒冷，不宜北出更远。卫青决定将汉军后撤至定襄、云中、雁门一线休整待机。四月，气候渐暖，卫青再次出击，向北挺进数百里，遇匈奴伏兵。右将军苏建、前将军赵信率领的三千余骑全军覆没。苏建只身逃回卫青大本营；赵信原来就是匈奴俾小王，归汉后被封为翕侯，战败后带领八百骑重新投降了匈奴。卫青率领主力全力反击，歼敌一万九千余人，将匈奴击溃，反败为胜。初次参战的霍去病神勇无比，他见伊稚斜单于兵败逃窜，率领八百轻骑穷追数百里，歼敌两千余人，“斩单于大父行藉若侯产”（伊稚斜单于的伯祖父），俘获匈奴相国、当户和伊稚斜单于之叔罗姑比等，功居全军之冠。霍去病一战成名，凯旋后，汉武帝封这位青年将领为冠军侯。

阴山战役，有胜有败，有得有失，但实现了逐匈奴出阴山的战略目标，伊稚斜单于将匈奴的大本营从阴山地区迁至漠北。从此，阴山方向的战事明显减少，匈奴频繁侵袭边境的势头得到了初步遏制。

河西战役

夺取河西走廊，沟通西域，联合大月氏共击匈奴，“以断匈奴右臂”，这是汉武帝登基之初就形成的战略构想。由于当时条件尚未成熟，一直未能付诸实施。经过十七年对匈奴的不断进攻，尤其是取得河套战役、阴山战役胜利之后，终于可以把这一战略构想付诸实施了。

河西走廊是中原沟通西域的战略通道，全长一千多公里，南有祁连山，北有合黎山、龙首山。祁连山终年积雪，河西走廊水源丰富，是游牧民族天堂般的天然牧场。合黎山、龙首山以北是浩瀚的巴丹吉林大沙漠。河西走廊原先是月氏人的牧地，汉文帝时，匈奴逐走了河西走廊的月氏人。匈奴占据河西走廊后，就通过祁连山把蒙古高原与青藏高原连通了起来，广阔的西域都成了匈奴的势力范围。

汉军取得阴山战役胜利后，已将匈奴单于王庭逐至漠北。匈奴在漠南地区的残余势力在东西两头：东北方向剩下左贤王；西北河西走廊则有浑邪、休屠二王占据着。东北方向的左贤王构不成主要威胁；河西走廊的浑邪、休屠二王则北连匈奴单于腹地，西控西域各国，南控西羌诸部，沟通西南青藏，对内地构成很大威胁。显然，夺取河西走廊，已成为进一步打击匈奴势力的关键。于是，汉武帝把进攻匈奴的重点转向河西。

发动河西战役时汉武帝三十五岁。

打通河西走廊的大功臣是年轻将领霍去病。汉武帝元狩二年（前121年）是霍去病之年。那一年的春、夏、秋三季，他连续三次出征河西，把盘踞在河西走廊的休屠、浑邪二王扫荡一清。

春季攻势。

那年春天，霍去病奉命“将万骑出陇西”，向河西走廊发动初次进攻。陇西，泛指甘肃陇山以西。陇山是六盘山南段的别称。西汉时，陇西郡治在狄道（今甘肃省临洮县南）。霍去病出陇西，“逾乌盭，讨遬濮，涉孤奴”。这三句话比较费解，颜师古注：“乌盭，山名也。”盭，绿色的意思。“逾乌盭”，指翻越乌鞘岭（祁连山东段支脉）。“讨遬濮”，遬濮是匈奴所属的一个游牧部落小王国，被顺路征服之。“涉孤奴”，孤奴是石羊大河的古称，发源于祁连山，经武威地区向北流入腾格里沙漠后消失，上游滩宽水浅，故能涉水而过（《汉书·卫青霍去病传》）。

各种不同版本的军事史、战争史，对霍去病元狩二年（前121年）河西战役春季攻势的叙述颇多混乱，有些说法自相矛盾。把《史记》《汉书》《资治通鉴》中的有关记载相对照，可以发现一些引起混乱的原因。最早的版本是司马迁在《史记·卫将军骠骑列传》中的记载，各种版本的相关记载源出于此。司马迁开头只写了几句很简单的话：“元狩二年春，以冠军侯（霍去病）为骠骑将军，将万骑出陇西，有功。”下面引用了汉武帝嘉奖霍去病的一段话，原文如下：

> 天子曰：“骠骑将军率戎士逾乌盭，讨遬濮，涉狐奴，历五王国，辎重人众慑慴者弗取，冀获单于子。转战六日，过焉支山千有余里，合短兵，杀折兰，斩庐胡王，诛全甲，执浑邪王子及相国、都尉，首虏八千余级，收休屠祭天金人，益封去病二千户。”

汉武帝的这篇“嘉奖令”，综合性地讲了四层意思：一、霍去病的主要作战经过，“逾乌盭，讨遬濮，涉孤奴，历五王国（遬濮王、折兰王、庐胡王、休屠王、浑邪王）”；二、霍去病在作战中的突出表现和作战特点，即：不怕疲劳连续作战——“转战六日”，敢于长途奔袭，对敌发起深远攻击——“过焉支山千有余里”，敢于短兵相接与敌人厮杀——“合短兵”；三、霍去病取得的一系列重大战果，“杀折兰，斩庐胡王，诛全甲，执浑邪王子及相国、都尉，首虏八千余级，收休屠祭天金人”；四、对霍去病的奖励，“益封去病二千户”。

多种版本的军事书籍，把这段话中霍去病的作战经过和他获得的战果机械地对应起来演绎，结果使作战次序、作战对象、作战地点、所获战果出现了许多错位现象。

汉武帝先说到霍去病“过焉支山千有余里”，最后才说到他“收休屠祭天金人”。如果对应起来演绎，“过焉支山千有余里”，应该到了敦煌一带，而休屠王的王庭是在河西走廊东段（以武威为中心），浑邪王的王庭在河西走廊西段（以张掖为中心），霍去病怎么可能到了敦煌一带又折回千余里，再返回武威来“收休屠祭天金人”？有的书上为了自圆其说，就说休屠王是带着祭天金人跑到河西走廊西段去和浑邪王“合兵一处”抗击霍去病。不是没有这种可能，而是这样一“抹”，后面的诸多问题远未得到合理解释。

《汉书·卫青霍去病传》在引用汉武帝这段话时，在“合短兵，杀折兰”六字中间又加进了“鏖皋兰下”四字，连贯起来就成了“过焉支山千有余里，合短兵，鏖皋兰下，杀折兰，斩庐胡王”，这就带来了更大的混乱。皋兰山究竟在哪里？查阅多种古地名资料，焉支山以西至敦煌一带并无皋兰山。甘肃省境内皋兰山只有两处。一处是今兰州市区的皋兰山，兰州古名即皋兰，得名于此山。另一处是甘肃临夏县南的皋兰山，又名石门山，《中国历史地名大辞典》中《皋兰山》条目说《武帝纪》中所记霍去病“至皋兰”即此山，信然。

《汉书·武帝纪》中记载霍去病这次春季战役只有一句话：“遣骠骑将军霍去病出陇西，至皋兰，斩首八千余级。”历代注家对“皋兰”均有注。

应劭注："在陇西白石县，塞外河名也。"孟康注："山关名也。"应劭和孟康两位的注应该是可靠的。应劭注皋兰"在陇西白石县"，白石县为西汉所置，治所即今甘肃临夏东南一小古城。应劭注皋兰是"塞外河名"，孟康注皋兰是"山关名"，这两种说法并不矛盾，指的是同一个地方。皋兰山即石门山，山谷中有水流。应劭注皋兰是"河名"，偏重的是地理概念，孟康注皋兰是"关名"，偏重的是军事概念。皋兰山即临夏县南之石门山无疑，它是出陇西进入河西走廊的一个重要关隘，看来霍去病是从这里进入河西走廊的。

颜师古的注就来了问题："皋兰，山名也。霍去病传云'过焉支山千有余里，合短兵鏖皋兰下，即此山也'。"按照颜注，皋兰山应在焉支山以西千余里的地方，即敦煌一带。颜注首尾不相顾，既然霍去病已经过了焉支山千有余里，怎么会紧接着与匈奴鏖战在临夏以南的皋兰山下，"杀折兰，斩庐胡王"呢？地理位置显然对不上了。

有的书上就说"杀折兰，斩庐胡王"的战斗发生在霍去病返回途中，地点就是在临夏县东南的皋兰山下。这显然是为了"消除矛盾"的揣测附会之说了。

编撰《资治通鉴》的司马光大概发现了《汉书》这段话中某些文字容易产生歧义，所以他干脆把"合短兵，鏖皋兰下"这两句都删掉了，反倒使意思更加通达明白：

> 霍去病为骠骑将军，将万骑出陇西，击匈奴，历五王国，转战六日，过焉支山千余里，杀折兰王，斩庐侯王，执浑邪王子及相国、都尉，获首虏八千九百余级，收休屠王祭天金人。(《资治通鉴·汉纪十一》)

夏季攻势。

霍去病取得春季大捷后，汉武帝受到极大鼓舞。当年夏天，他决定对匈奴发动一场规模更大的夏季攻势。夏季攻势分西路和东路两个方向同时出击，以西路为主要进攻方向。东路由李广和张骞领兵出右北平，攻击匈奴左贤王，以掩护西部主力出击。西路由霍去病率主力，公孙敖领兵配合，再次进攻河西走廊。公孙敖领兵出陇西，从正面吸引和牵制敌人。霍去病率精骑主力，采取远距离、大迂回的方式，从北地郡（今甘肃庆阳市西北）出塞，从灵武（今宁夏银川南）渡过黄河，翻越贺兰山，“涉钧耆（水名），济居延（居延海）”，从居延海（今内蒙古额济纳旗境内）折向东南，沿弱水河进至祁连山与合黎山之间的黑水流域，出敌不意，插至匈奴侧后。公孙敖部迷失方向，没有按时与霍去病会合。霍去病当机立断，从侧后向匈奴发起猛烈突袭。匈奴军猝不及防，大败，被歼三万余人，单桓、酋涂二王所属两千余人投降，俘获单桓、酋涂、稽且、遬濮、呼子耆五王，以及诸王王子五十九人，另有相国、将军、当户、都尉六十三人。由于这些匈奴小王都是匈奴单于之子，所以被俘人员中有一位王母是单于阏氏。霍去病又获得夏季攻势大捷。

东部的李广和张骞却打得很不顺利。李广与张骞在进军途中失去联系，李广率领的四千骑兵陷入左贤王四万骑的重围。面对十倍于己方的匈奴兵力，李广并不慌乱，令其儿子李敢率数十骑发起第一次冲锋，以鼓舞士气。他命令队伍列为圆阵，四面对外。匈奴骑兵连续发动冲击，矢如雨下。激战中，汉军杀伤匈奴数千人；汉军死伤过半，箭矢将尽。李广的箭法名震匈奴，他让士兵们拉满弓，引而不发，他自己用大黄连弩射死匈奴裨将数名，这时天也黑了下来，匈奴攻势减缓。第二天继续激战，张骞率万骑赶到，左贤王退兵，汉军失利而归。西部的公孙敖、东部的张骞，都在行军时迷失方向贻误战机，按西汉军律，当斩，花钱赎为庶人。

秋季受降之战。

伊稚斜单于对河西走廊春、夏两次惨败，极为恼怒。他认为主要责任在浑邪王，准备把他召到单于王庭以罪诛杀。浑邪王惊恐之下，与休屠王密谋降汉。他们先派使者去找驻守在朔方郡的汉将李息乞降，李息派驿道快马将此事火速报告汉武帝。汉武帝既高兴又担心，怕对方诈降袭击汉军，派霍去病带兵前去受降。霍去病已领兵出发，那边休屠王反悔，浑邪王怕坏事，把休屠王杀了，收编了他的部众。霍去病率军渡过黄河后（渡河地点失考），与浑邪王部众遥遥相望。这时浑邪王部众出现躁动，有的小王见汉军阵势强大，不想投降，开始逃跑。霍去病率精骑驰入匈奴阵中，将浑邪王监护起来，斩杀不愿投降逃跑者八千余人，这才将浑邪王部众镇住。霍去病派人先将浑邪王护送去长安，自己带领部队监护四万多匈奴渡过黄河南返。朝廷发车二万辆迎接来降匈奴，最终将他们分别安置在陇西、北地、上郡、朔方、云中五郡的黄河以南、秦长城以外的地区内，“赏赐数十巨万”，“因其故俗，为属国”。这一部分最早内迁的匈奴人，渐渐与汉族人融为一体了。

浑邪王降汉后，汉武帝封他为漯阴侯，食万户。休屠王被浑邪王杀了，但休屠王的太子金日磾也在俘虏队伍中，当年只有十四岁，没入汉宫养马。汉武帝发现这小孩把马养得很好，封他为马监，对他很器重。金日磾在汉武帝关怀下逐步升迁，最终得以进入西汉朝廷的权力核心。汉武帝去世时，他最小的儿子汉昭帝刘弗陵继位时才八岁，金日磾以车骑将军头衔，与大司马大将军霍光、左将军上官桀受诏辅政。这是西汉包容大度的一个例子。

秋季受降战后，河西走廊全为西汉占领，实现了“断匈奴右臂”的战略目标。当年，汉武帝下诏将陇西郡、北地郡、上郡的戍卒减少一半，“以宽天下徭役”（《汉书·卫青霍去病传》），在河西走廊以战争换得了和平。

西汉在河西走廊设置了四个郡，筑了三座城。四个郡即武威、张掖、酒泉、敦煌。三座城即光禄城（今内蒙古乌特前旗东北）、居延城（今内蒙古额济纳旗东南）、令居城（今甘肃永登县附近）。四郡三城的设置和建造，目的是牢牢控制河西走廊，进行有效管辖和精心治理。为了填补驱走匈奴后的这片真空地带，又在居延绿洲开渠造田，驻军屯垦，移民实边。从此，从兰州以西的金城郡和整个祁连山脉一直到盐泽（罗布泊）“空无匈奴”。匈奴失去河西走廊，遭到空前沉重的打击。

史书中记载了匈奴的哀叹：“亡我祁连山，使我六畜不蕃息；失我焉支山，使我嫁妇无颜色。”

漠北会战

漠北会战，是巩固河套、阴山、河西三大战役胜利的后续行动，是汉匈双方带有战略决战性质的一次大会战。汉武帝的战略思维是敏锐的，他知道，如果不打这一仗，匈奴势力很可能不用多久就会卷土重来，汉军夺取的河套、阴山和河西地区就有可能得而复失。所以，深入漠北，进一步给匈奴势力以歼灭性打击，这是巩固胜利的必要步骤，即使消灭不了匈奴主力，也要把匈奴敢于南犯的气焰彻底压下去。

从汉武帝元朔元年至元狩二年（前128年—前122年），短短七年间，匈奴一败再败，水丰草美的河套地区失去了，谷深林茂的单于王庭所在地阴山山脉失去了，天堂般的祁连山河西走廊天然牧场失去了。

匈奴时刻伺机报复。元狩三年（前120年）春季，伊稚斜单于发数万骑入侵右北平和定襄两郡，杀掠千余人，企图引诱汉军北进反击，在漠北设伏围歼汉军。汉武帝召集大臣将领们讨论对策。汉武帝说，现在赵信（投降匈奴的汉将）成了伊稚斜单于的军师，他耍小聪明，认为汉军进入漠北路遥天寒风沙大，人困马乏食不济，必败无疑。我偏要派遣大军向漠北进军，同匈奴决一死战，看看到底谁胜谁负。在河套、阴山、河西三大战役连续取胜的形势下，大臣和将领们谁敢反对天子旨意？都同意远征漠北，出击匈奴。

为了筹集大量军费，这一年汉武帝改革币制税制，实行盐铁专卖，初算緡钱。初算緡钱就是收取商人的资产税。那时候还没有银行，有钱人都把钱一串一串串起来储存在家里，满箱满柜，储钱越多，按比例抽税越多。

发动漠北会战时汉武帝三十七岁。

元狩四年（前119年）初夏，汉武帝命卫青、霍去病各率五万骑兵远征漠北，又调集步兵数十万，民间私马四万匹，向前线运送军需辎重，沿途搞保障。按照预定计划，卫青为右路，率前将军李广、左将军公孙贺、右将军赵食其、中将军公孙敖、后将军曹襄，共五万骑出代郡，对匈奴左贤王实施歼灭性打击；骠骑将军霍去病为左路，率精骑五万出定襄，寻找伊稚斜单于主力决战。从这一战略部署可以看出，在汉武帝心目中，霍去病的统帅才能已在卫青之上。

霍去病出定襄不远，抓到一名匈奴骑哨，一审问，骑哨说单于主力已经东移。霍去病将这一情报速报汉武帝，汉武帝立即下令，卫青与霍去病交叉换位。霍去病改为右路，出代郡寻歼单于主力；卫青改为左路，出定襄全力攻击匈奴左贤王。

卫青改从右路出定襄后，从抓获的匈奴俘虏口中得知，单于主力并未东移。他搞清单于主力所在位置后，命令前将军李广与右将军赵食其合兵一处，“出东道”，从右翼迂回，掩护主力侧翼，相机攻击左贤王。李广几次恳请卫青说：“我一生与匈奴交战，这次好不容易遇上与匈奴单于主力交战的机会，请求充当大将军前卫去冲锋陷阵，‘愿先死单于’。”但卫青坚持令出不改。从兵法上讲，让李广和赵食其分兵迂回也符合战术要求，但其中却包含着复杂的感情因素。据《史记·李将军列传》记载，在这次出征之前，李广几次请战，汉武帝认为他老了，“弗许；良久乃许之”。但出发前，汉武帝又提醒卫青说，李广毕竟老了，几次出战都失利，这次不能派他与单于主力交战。另外，卫青的亲信、好友公孙敖对自己有过劫狱救命之恩，因在河西战役中迷路贻误战机当斩赎为庶人，急需再立战功，方可重新封侯。卫青以分兵为由，把李广支开，让公孙敖随同自己一起作战，为他创造立功机会。

调遣毕，卫青亲率主力穿越浩瀚的沙漠戈壁，向北挺进千余里，直插漠北伊稚斜单于主力驻地，“见单于兵阵而待”。卫青见状，采用了构筑临时阵地与骑兵游动攻击相结合的全新战术。他下令将武刚车环成圆形，构筑成临时阵地；命令五千骑兵向匈奴军发起轮番冲击。伊稚斜单于以万骑迎战。激战一天，未分胜负。日落时，突然来了沙尘暴，“大风起，沙砾击面，两军不相见”。卫青指挥汉军在沙尘暴掩护下从两翼包抄合围匈奴军。在汉军包围圈即将合拢之际，伊稚斜单于率数百骑在夜幕下向北逃遁。战至深夜，双方均有较大伤亡，汉军左校清点战俘时发现伊稚斜单于已经逃脱。卫青立即派轻骑追击，自己率大军在后跟进。匈奴军的作战特点是“来如兽聚，去如鸟散”。伊稚斜单于既已逃脱，他的部众立即溃散。卫青率军北追二百余里，斩杀、俘获敌军一万九千余人，但没有追上伊稚斜单于。卫青率军挺进至寘颜山赵信城（今蒙古国中部哈努依河中游东岸），缴获匈奴囤积在此的大批粮食和军用物资。汉军在此驻留一日，饮马造饭，补充给养，装运物资。返回时，将运不走的匈奴粮食物资全部放火烧毁。

李广、赵食其迷失方向，未能到达漠北参战。卫青率军回到大漠以南，李广、赵食其才与大军会合。卫青派人去查问李广、赵食其迷路情况，难免带有责备之意。曾经威震匈奴的名将李广觉得颜面尽失，同时对卫青心存不满，心灰意冷，对部下说：“广结发与匈奴大小七十余战，今幸从大将军出接单于兵，而大将军徙广部行回远，又迷失道，岂非天哉！”说完拔剑自刎，“广军士大夫一军皆哭”（《汉书·李广苏建传》）。

李广是名将，但不是福将。他是将门之后，先祖是秦代名将李信，“世世受射”。李广不仅有深厚的将门背景，他本人的军事实践也很丰富。周亚夫平定吴楚七国之乱时，李广就是校骑都尉，“取旗，显功名昌邑下”。之后，他几十年在北方守边抗击匈奴，先后担任过上谷、上郡、陇西、北地、雁门、代郡、云中等七个边郡的太守，与匈奴交战七十余次，“飞将军李广”威震匈奴。李广质朴，口讷，爱兵。他带兵，“乏绝之处，见水，士卒不尽饮，广不近水，士卒不尽食，广不尝食”，对士卒“宽缓不苛”，得到士卒爱戴。司马迁评价李广的品行，引用了一句名言：“其身正，不令而行；其身不正，虽令不行。”李广射技精湛，但过分拘泥于命中率，战场上情况无论多么紧急，他非要靠近敌人几十步以内，“度不中不发，发即应弦而倒”。看来他缺少一点“寸有所长，尺有所短”的辩证思维。因此，他在作战中几次被敌围困，甚至被俘。他射猛兽，虽能“射石没羽”，也几次被猛兽所伤。李广在汉武帝时期之所以负多胜少，一来是老了，二来也同他只注重射技，轻视战术创新有关。他几次在沙漠戈壁中行军迷失方向，也能看出他军事素质的局限性。他同新一代抗匈名将卫青、霍去病相比，军事谋略与战略战术显然是落后于时代了。因此，李广的悲剧结局，从本质上说，是时代前进的淘汰法则所造成的。

但是，由于其中又夹杂着人际关系的复杂因素，李广的悲剧结局影响了这个军人世家几代人的命运。李广有三个儿子，长子李当户，次子李淑，三子李敢。长子、次子均早逝。三子李敢曾是霍去病手下的一员战将。就在李广自杀的漠北会战中，李敢跟随霍去病“击胡左贤王，力战，夺左贤王鼓旗，斩首多，赐爵关内侯，食邑二百户，代广为郎中令”。李敢认为父亲之死是卫青欺逼所致，一直耿耿于怀，不能自控，以致将卫青击伤。卫青“匿讳之”，不敢说。这件事被霍去病知道了，卫青是霍去病的舅舅，他要替舅舅报复李敢。有一次，李敢、霍去病等一起随汉武帝去甘泉宫狩猎，霍去病借机一箭射死了李敢。那时霍去病正是宠极之时，汉武帝对外说，李敢是被鹿角挑死的。皇上替霍去病遮掩了过去，别人还能说什么？李广的长子李当户有个遗腹子李陵，长大后拜为骑都尉，长期在河西走廊屯田守边。后来跟随西汉另一名将领李广利出战匈奴右贤王，因寡不敌众，力战兵败，投降了匈奴。司马迁为李陵辩护，受到株连，被处以宫刑，这是后话。名将李广本人和他的儿孙都是悲剧结局。

再来说说左路霍去病的作战情况。霍去病从代郡出塞后，由于从匈奴骑哨口中得到的情报有误，并未遇到伊稚斜单于主力。霍去病率骑兵轻装疾进，“取食于敌”，长驱北进两千余里，对左贤王发动了猛烈进攻。左贤王溃败而逃，霍去病一直追到狼居胥山（今蒙古温都尔汗西北之肯特山），斩杀匈奴北车耆王，歼灭匈奴军七万余人，俘获屯头王、韩王等三人，相国、将军、当户都尉等八十三人。霍去病为了庆祝胜利，“封狼居胥山，禅于姑衍，登临瀚海（贝加尔湖）”，祭告天地，凯旋而归。

霍去病屡战屡胜的奥秘何在？其一，他胸襟博大，以灭匈奴为己任。汉武帝为了奖励他，要为他盖宅第，他拒绝说：“匈奴不灭，无以为家。”其二，他本人的军事素质出众，作战骁勇无比，“善骑射”，“有气敢往”，经常率先疾驰迎敌。其三，他平时沉默寡言，少年老成，善于思考，计谋深藏不露，“少言不泄”。其四，他用兵善于从大处着眼，战术思想先进。汉武帝想教他学习吴起和孙子兵法，他回答说：“顾方略何如耳，不至学古兵法。”他作战尤其“敢深入”，长途奔袭，深远攻击，疾速取胜。他将“破釜沉舟”之法运用到沙漠作战中，弃粮疾进，“取食于敌，卓行殊远而粮食不绝”。其五，得益于他的精兵、良将和好马。霍去病的部将、士卒、军马，都是经过严格挑选的，曰“常选”，从普通中挑选出众者。他率领的是一支真正的精锐之师，所向披靡，攻无不克，战无不胜。霍去病作战，最大特点是能够把他掌握的优势能量合成一股锐不可当的气势去冲击敌人，无坚不摧。建设精兵之重要，这是古代战争史上的一个经典例子。其六，他是汉武帝真正的心腹爱将，得到了汉武帝的莫大信任。到后来，这一条甚至超过了大将军卫青。他每次打了胜仗回来，汉武帝总是对他褒奖有加，封赏不绝，这使霍去病麾下的将士们都有一种莫大的光荣感，这种光荣感又会转化成必胜信念。一支打出了威名的部队，士兵们越打越有信心，敌人则闻风丧胆，往往能成为常胜之师。

霍去病也是一名私生子。他母亲是卫青同母异父的姐姐卫少儿（平阳公主家奴婢），其父霍仲孺，当初是在平阳公主家当差的一名小吏，与卫少儿私通，生了霍去病。卫少儿的妹妹卫子夫成了汉武帝的皇后，卫少儿嫁给詹事陈掌为妻（《汉书·卫青霍去病传》）。卫青、霍去病以卫家两代私生子的身份，得到汉武帝的宠信，而且都成为他的心腹大将，都为抗击匈奴立下了不世之功，这从一个侧面反映出，汉武帝时期的西汉，有一种包容大度的大汉气象。

《汉书》作者班固专门写了一段霍去病的缺点，难得。霍去病“少而侍中，贵不省士”，他从小入宫过惯了皇家贵族生活，带兵不懂得爱兵，这是他与从底层成长起来的将领最大的不同处。他出征河西时，汉武帝让宫廷膳房为他准备了几十车食物，等到部队返回时，他把吃剩的“粱肉”全都丢弃了，但军中却有饥饿的士兵，他不管不问。出征漠北时，士兵缺粮，有的已饿得不能自振，“而去病尚穿域蹋鞠也”，在沙漠中踢足球玩得十分开心。霍去病英年早逝，死于元狩六年（前 117 年）九月，死时只有二十四岁。他是中国古代战争史上从天际划过的一颗耀眼流星，光彩夺目，一闪而过。

漠北会战，汉军给了匈奴以歼灭性打击。伊稚斜逃亡中失去音讯，传说他已经死亡，右谷蠡王自立为单于。十几天后伊稚斜单于又重新出现，右谷蠡王只得取消单于号。遭到惨败的匈奴，狼狈和混乱到如此地步。伊稚斜单于率领残部向西北远遁，从此“漠南无王庭”。西汉百余年的匈奴边患，得到基本解决。

漠北会战，汉军同样损失巨大。士卒战死数万，损失战马十余万匹，再无法编组强大的骑兵集团。更主要的是“征发烦数，百姓贫耗”。国库空了，许多军饷也欠发了，“赋税既竭，犹不足以奉战士”，“是时财匮，战士颇不得禄”（《汉书》:《刑法志》《食货志》）。

汉匈双方都已精疲力竭，汉匈双方进入休战状态。元封五年（前106年），卫青也去世了。

西域之战

西域，是西汉才开始使用的地理概念。“西域以孝武（汉武帝）时始通，本三十六国，其后稍分至五十余，皆在匈奴之西，乌孙之南。”（《汉书·西域传》）西汉前期，西域都是匈奴的势力范围，与北方广阔无垠的蒙古大草原相连，匈奴势力对西汉构成半月形包围。汉武帝登基不久就立下“打通西域，以断匈奴右臂”的战略雄心，但迟迟未能实现。汉武帝对西域用兵，已是他在位三十年之后，这时他已接近“知天命”的年龄。他在元封元年（前110年）的一道封禅诏书中说，“南越、东瓯咸服其辜，西蛮、北夷颇未辑睦”，大有“壮志半酬，心事未了”之慨。

元封三年（前108年），汉武帝四十八岁，首次对西域用兵，打击目标是楼兰和姑师两个小国。楼兰的国都，即罗布泊腹地的楼兰古城废墟；姑师的国都，即交河古城废墟。这两个小国地处西出阳关后去西域的要冲，出使西域的汉使都要靠这两个小国接待，不堪重负。由于他们都受匈奴控制，经常劫杀汉使。汉廷以保护汉使的名义，派遣赵破奴率兵讨伐楼兰、姑师。赵破奴率领七百轻骑疾进，突袭楼兰，一举将楼兰王擒获。又乘胜挥师北上，攻克姑师。这对西域是一次震动。楼兰王向汉廷表示臣服，不久就向汉廷进贡，并送一名王子到长安充当人质。匈奴对楼兰王降汉大怒，亦发兵攻楼兰，楼兰王将另一名王子送往匈奴当人质，两面周旋。这是处在大国夹缝中的小国生存之道，只能如此。

元封六年（前 105 年），汉武帝五十一岁。乌维单于死，其子乌师庐继立，因年幼，史称儿单于。这时匈奴将王庭向西收缩，“左方兵直云中，右方兵直酒泉、敦煌”。汉武帝利用匈奴内部矛盾加剧的机会，一面派李广利远征大宛，一面加紧对匈奴进行分化瓦解。太初元年（前 104 年）秋天，李广利远征大宛。大宛国（地处今乌兹别克斯坦境内费尔干纳盆地）远离长安一万二千余里，沿途都是沙漠、戈壁、盐沼，在这样的地形条件下万里远征，耗费巨大，将士们的艰辛难以形容。这是汉武帝凭个人主观意志办事、穷兵黩武色彩十分强烈的一次军事远征，它与打击匈奴势力并无太大的直接关系。汉武帝远征大宛的直接动机有二：其一，李夫人新宠，李广利是李夫人之兄，他有意要为李广利提供一个立功受封的机会；其二，欲求大宛汗血宝马。同匈奴作战，骑兵是最强有力的兵种。由于在同匈奴连年交战中军马损失太多，急需繁殖恢复，汉武帝想求得宝马改良马种。汉武帝听说大宛汗血马出在贰师城（今吉尔吉斯斯坦境内马尔哈马特），他封李广利为贰师将军，命他率领西部属国六千名骑兵和几万名“郡国恶少年”远征大宛。

由于西域是匈奴的势力范围，风闻汉军至，均闭城不迎，拒绝为汉军提供给养。李广利只得一路攻城而进，攻破城池就得到一些给养，攻不破就绕城而过，保障难继，苦不堪言，士兵在途中死伤逃跑不计其数。到达大宛边境时，仅剩下疲惫不堪的几千人。先攻大宛东部的郁成国（今吉尔吉斯斯坦奥什东北），没有攻下来，死伤无数。李广利与左右商量说，郁成国都打不下，贰师城更打不下，回撤吧。撤回到敦煌阳关外已是第二年（前 103 年）的夏天，回来的士兵只剩下十分之一二。李广利上书汉武帝，陈述西去大宛之路途遥远和艰难，“士卒不患战而患饥”，请求罢兵。汉武帝见书大怒，遣使驰往敦煌阳关宣诏：“军有敢入，斩之！”李广利只好带领残兵在阳关外待命。

在汉廷的分化瓦解下，匈奴左大都尉准备谋杀儿单于后向汉廷投降，汉武帝下令在塞外预筑受降城（今内蒙古巴彦淖尔盟狼山西北），并于太初二年（前 103 年）派赵破奴率二万骑兵出朔方西北二千余里，至浚稽山（今蒙古国戈壁阿尔泰山中段之古尔班博克多山）接应。但匈奴左大都尉议事不密，儿单于抢先下手，将左大都尉捕杀，并发兵迎击赵破奴。赵破奴且战且退，退到距受降城还有四百里的地方，被八万匈奴军包围，激战之下，全军覆没，赵破奴被俘，投降匈奴。面对李广利和赵破奴的接连失利，朝廷大臣们都主张放弃远征大宛，集中兵力对付匈奴。汉武帝却固执地认为，连大宛这样一个西域小国都征服不了，整个西域都会讥笑汉朝，大宛非征服它不可。

太初三年（前 102 年），汉武帝五十四岁。他命李广利率领一支六万人组成的杂牌军（由西部边郡骑兵、释放的囚徒和各地恶少组成）第二次出征大宛。这次大大加强了后勤保障，调遣了十万头牛、三万匹马以及万余头骆驼毛驴等杂畜，为远征军搞运输保障。汉武帝又征发甲卒十八万屯酒泉、张掖，以为远征军后援。这一次，由于汉军声势浩荡，西域小国一反常态，纷纷开城相迎，提供给养。只有轮台国闭城不迎，李广利下令攻克，屠城而去。李广利率三万骑抵达大宛国都城贵山城下，“围其城，攻之四十余日”。大宛国贵族为了图存，杀国王毋寡向汉军乞降，并“出其马，令汉自择之”。汉军带去的相马师选得上等善马数十匹、中等马三千余匹。李广利扶立大宛亲汉贵族昧蔡为大宛新国王，与之签约结盟，凯旋而归。这次回到阳关以内，已是太初四年（前 101 年）春天。

两次远征大宛，耗时四年，“损五万之师，靡亿万之费”。在许多人看来，远征大宛得不偿失。但汉武帝看到的却是另一面，“自贰师将军（李广利）伐大宛，西域震惧，多遣使来贡献”。出使西域的西汉朝廷使者再没有人敢欺负了，自敦煌至盐泽（罗布泊）都筑起了亭障；轮台、渠犁都建起了兵站，专设田卒数百人，置使者校尉领护，专门负责接待过往使者。从此，汉朝开始逐步掌握对西域的控制权，匈奴在西域的影响开始缩小，战略上确实也有不小的收获。

但是，从总体上说，汉武帝晚年开拓疆域的雄心壮志变成了一意孤行的穷兵黩武，这使他一步步走向了胜利的反面，导致汉军在随后同匈奴争夺西域的战争中一败再败。

天汉二年（前 99 年），汉武帝五十七岁。夏五月，李广利败于天山，丧师两万余人。九月，李陵败于浚稽山，投降匈奴。天汉二年是汉军失败之年，其中有几条深刻教训。其一，汉武帝晚年好大喜功，穷兵黩武。其二，汉武帝在此前对匈奴取得的一连串胜利面前盲目乐观，决策轻敌草率。其三，军中出现将帅派系之争，君臣猜疑，军心不齐。其四，李广利和李陵孤军长途奔袭，无后勤保障，无牵制行动，无后援兵力，这样的军事行动带有冒险性，必败无疑。

天汉二年的一连串失败，使汉武帝十分震怒。这时已五十七岁的汉武帝，在位已经四十一年，可以说是一位“功盖前朝”的老皇帝了。大凡这种类型的老皇帝都会犯这样的毛病，他们固执地不肯承认失败，不愿意面对失败。为了挽回一时难以挽回的失败，他们宁肯付出十倍的代价去换来更大的失败也在所不惜。

天汉四年（前97年），汉武帝五十九岁。他又对匈奴发动了一次声势浩大的进攻。李广利率骑兵六万、步卒七万出朔方，路博德率万余人为策应；韩说率步卒三万余人出五原，公孙敖率一万骑兵、三万步兵出雁门，向匈奴发动多路出击。面对汉军二十多万人的强大攻势，匈奴且鞮侯单于立即采取相应对策。他把妇幼老弱、重要物资全部转移到余吾水（今蒙古国鄂尔浑河支流土拉河）以北，自己率领十万精骑在余吾水南岸严阵以待，以逸待劳，迎击汉军。李广利率军长途跋涉到来，与之激战十余日，无法取胜，引兵撤退。公孙敖与匈奴左贤王部相遇，也很快败退下来。韩说扑空，无功而返。主将李广利与匈奴作战，同卫青、霍去病相比，简直太低能了。

汉武帝与匈奴交战长达四十四年。由于他晚年穷兵黩武导致国库耗空，百姓穷困，怨声载道，引起朝廷内部矛盾激化，最终导致汉武帝与太子刘据父子交兵，数万人死于非命，太子刘据兵败自杀。

征和三年（前90年），汉武帝六十六岁，迎来了他与匈奴交战几十年来最大的一次失败：国舅李广利兵败燕然山（今蒙古国杭爱山），背叛朝廷，投降匈奴。这次惨败，引起了汉武帝的深刻反思。征和四年（前89年）六月，汉武帝发布了一篇著名的轮台诏（也称罪己诏），“深陈既往之悔”。他宣布：“当今务在禁苛暴，止擅赋，力本农，修马复令，以补缺，毋乏武备而已。”（《汉书·西域传》）汉武帝晚年能够光明磊落地诏示天下，自己认识错误，主动纠正对外战略与对内政策上的偏差，这在封建帝王中绝无仅有，这也是汉武帝的另一种伟大。

虽然设立西域都护府是汉武帝曾孙汉宣帝（刘询）神爵二年（前60年）的事了，但正是有了汉武帝对匈奴势力的一生征战，西域才终被收入中国版图，千秋功业，伟哉！大哉！

2008年12月

两汉鬻爵考略

一

西汉的文景之治，是后世称道的一段历史好光景。然而文景时代，却开了一个极坏的先例：公开标价卖官，交钱可以抵罪。它造成的吏治污染，两千余年难以肃清。

西汉开国之初，由于连年战争，财政严重困难。《史记·平准书》中说："汉兴，接秦之弊，丈夫从军旅，老弱转粮饷，作业剧而财匮。"意思是说，汉初财政严重困难，主要原因来自两个方面：一是"接秦之弊"，秦朝留下的窟窿太大了；二是"作业剧而财匮"，汉朝开国，百废待兴，要办的事情太多。

汉初财政困难到什么程度？"天子不能具钧驷，而将相或乘牛车，齐民无藏盖。"按古制，天子乘驷马皇辇，四匹马必须是同一种毛色的良马。但国家困难，天子带头过艰苦日子，四匹马不一定非要追求同一种颜色了，能凑够四匹就行了。皇上出行，四匹杂色马拉着皇辇在京城里匆匆路过，沿途的官员和老百姓均驻足而观，轻声慨叹。就像一个普通人穿了一件打补丁的衣服在街上行走，日子艰难哪。皇上都这样，别人还能发什么牢骚？将相乘牛车，这句话不用翻译，一看就懂。汉初的将相，都是些名垂千古的人物，但国家困难，将相们乘牛车去上朝，并不丢身份。不像现在，县是贫困县，新官上任都换豪华车。"齐民无藏盖"，齐民就是平民、良民，区别于奴婢、贱民、逃犯之类。老百姓家里没有多余的粮食和值钱的东西，瓮、缸、罐、盆，全都敞口朝天，不用盖盖，连老鼠都不用防，一个字：穷。

财政严重困难，总得想办法解决。汉文帝和他的大臣们想了不少办法。有些是治本的办法，有些是治标的办法，有些是没有办法的办法（不办）。也有一些是饮鸩止渴的办法，这方面的副作用，后患无穷。

贾谊当时很年轻，不到三十岁，有学问，有见解，敢说话，汉文帝起用他为太中大夫。贾谊针对秦朝的几条主要教训，提出了相应的建议：其一，秦朝苛征，“赋敛无度”，把老百姓都榨干了，造成财政来源涸竭——因此要予民休养生息。其二，秦朝酷刑，“繁刑严诛”，最终把老百姓都逼反了——因此要宽以待民。其三，秦朝穷兵黩武，“兵革不休，士民疲敝”——因此要尽量避免战争。贾谊特别强调：“民不足而可治者，自古及今，未之尝闻。”（《汉书·食货志》）他认为最主要的是要让老百姓先富裕起来，一切事情才有可能找到解决办法。这些都是治本的办法，汉文帝都采纳了。

“文帝即位，躬修俭节”，他一切都以节俭为原则。汉文帝继位之初，分封的列侯都集中居住在长安，供应他们吃喝拉撒，“吏卒给转费苦”。为了节省民力，汉文帝即位第二年就下了一道诏令，让受封的列侯都到各自的“食邑”去过日子，并且把“诛诸吕，安刘氏”的大功臣周勃找去谈话，要他带头。周勃是大忠臣，刘邦封他为绛侯，现在文帝要他带头去“食邑”，他就带头去了山西绛县，从此失去了相位。汉文帝这样安置周勃，也许还有别的考虑，书上没有说。

凡是治本的措施，见效都得有个过程，慢。有时远水解不了近渴，汉文帝也采纳了一些饮鸩止渴的办法。推行鬻爵赎罪之策以敛钱，就属于这一类。汉文帝时，“匈奴数侵盗北边，屯戍者多，边粟不足给食当食者”。汉文帝知道打仗要花大钱，他竭力避免同匈奴打仗。但是，仅仅增加北方的戍边人数，这笔开支就承受不了。他急了，怎么办？朝廷内有个职位不高的文官“文学太常掌故”，名叫晁错，他上了一道《论贵粟疏》，为汉文帝出主意。晁错分析了当时农民和商人的不同处境，指出，“今农夫五口之家，其服役者不下二人”，家中剩下的劳动力耕种土地，辛苦一年，所得无几；“而商贾大者积贮倍息，小者坐列贩卖，操其奇赢，日游都市，乘上之意，所卖必倍，故其男不耕耘，女不蚕织，衣必文采，食必粱肉”。他说，商人手里有钱，但他们政治地位低下，都羡慕当官的有权有势。商人的这种心理需求，可以利用。于是晁错出了一个主意，“今募天下入粟县官，得以拜爵，得以除罪。如此，富人有爵，农民有钱”。晁错认为这是“两全其美”之策，他估计不出三年，“塞下之粟必多矣”。汉文帝也顾不得许多了，马上采纳晁错的建议，公开标价卖官：“令民入粟边，六百石爵上造，稍增至四千石为五大夫，万二千石为大庶长，各以多少级数为差。”上造、五大夫、大庶长，都是汉朝官员的级别，价码一清二楚（《汉书·食货志》）。

先例已经开了，它对刺激粟价上涨、促进农业发展，起到了一定作用，但它遗害后世的副作用暂时还看不出来。于是，这套办法成了西汉朝廷的“急救方子”，一旦国家有事，财政吃紧，朝廷就推行鬻爵赎罪之策以敛钱。汉景帝时，“上郡以西旱，亦复修卖爵令”，并且“贱价以招民”，将官职降价出售，以吸引更多人来买官。交钱抵罪这一条也同时实行，“得输粟县官除罪”。文帝、景帝父子俩，靠这一手度过了财政难关。

长期以来，人们一直把晁错的鬻爵赎罪以敛钱之策，包裹在重农政策里面，混为一谈，加以美化，很少指出这一做法的严重危害。这一点，集中反映在对晁错《论贵粟疏》这篇文章的评价上。《史记·平准书》和《汉书·食货志》中都说：“至武帝之初七十年之间，国家亡（无）事，非遇水旱，则民人给家足，都鄙廪庾尽满，而府库余财。京师之钱累百巨万，贯朽而不可校，太仓之粟陈陈相因，充溢露积于外，腐败不可食。”同时还讲到汉武帝继位之初马匹漫野，甚至长安街头也到处是马，堵塞巷内行人，等等。这段记载，被广为引用。历来的评论都是怎么讲的呢？《古文观止》是一部很有权威性的选文读本，它在《论贵粟疏》编者按中说，晁错的《论贵粟疏》“论证了农业的重要性，提出了劝课务本，奖励粮食生产，促进农业发展，打击商人投机牟利，从而富国强民的主张。汉文帝采纳他的建议，经过文帝、景帝两朝的推行，农业生产有了很大的发展，到汉武帝时粮食非常充足，为发动大规模抗击匈奴的战争准备了物质条件”。编者按完全回避了晁错主张鬻爵赎罪以敛钱以及它所带来的历史性负面影响，通篇都是溢美之词，言过其实了。另有一本《秦汉史话》，作者在引用上面这条历史记载时，倒是没有回避晁错主张鬻爵赎罪以敛钱这件事，但也是从正面肯定其历史作用，认为它“对于抗击匈奴的骚扰、减省转输之苦，都有一定意义”。

这些评价，都值得商榷。这里面有两条必须加以区分：其一，晁错主张“贵粟”以重农，同他主张鬻爵赎罪以敛钱，这两者不能混在一起笼统地加以赞美。其二，汉武帝继位之初，汉朝呈现的富足景象，这是由多方面的因素决定的，并不完全是晁错《论贵粟疏》这一政策建言的功劳。最根本的原因，是几十年间“国家无事”，没有战争，没有大的灾荒。

顺便要说一下，从西汉开国到汉武帝继位，说这七十年间“国家无事”也不够准确。西汉的历史是从刘邦打进关中接受子婴投降那一年算起的（前 206 年），汉武帝继位是公元前 140 年，开国满打满算六十七年。头二十六年，国家不仅“有事”，而且事情很多。头五年，刘邦与项羽争天下，打得不可开交。刘邦在垓下会战中最后打败了项羽，他才正式称帝，那已是他接受子婴投降后第五年。其后，天下是不是从此太平了呢？没有！刘邦一直骑在马背上东征西讨，为平定异姓王叛乱而战，直到他公元前 195 年去世也没有完全平定。刘邦死后吕后专权，公元前 180 年吕后死，当年周勃、陈平联手平定诸吕集团，血溅长乐宫。这么一路走过来，怎说天下无事？真正天下无事，是文景两代至汉武帝继位这四十年间（前 180 年—前 140 年）。由此可见国家安定之重要，能够维持四十年安定局面，国家的面貌就能大变。

有些人津津乐道于汉文帝的“无为而治”，这也要做点具体分析。首先，不能把“无为而治”解释为“无所作为”。其次，一位帝王能不能靠

“无为而治”坐稳天下，要看他赶上了什么历史机遇。汉文帝继位时，国家要干的大事——开国打天下、平定异姓诸王叛乱、诛灭诸吕集团——都由前辈们干完了。汉文帝即位，历史规律赋予他的使命，就是稳住天下、发展生产、安定民生。到汉武帝继位时，“天下无事”已经四十年，这是多么宝贵的黄金岁月啊，国家怎能不富足！把汉武帝继位之初的天下富足，归结为文景之治的结果并不错；但把文景之治的功劳又归结到文帝的“无为而治”和晁错包括鬻爵赎罪以敛钱在内的《论贵粟疏》政策建言，这种认识就有很大的片面性了。

汉武帝是雄才大略的有为之君，他最大的历史功绩是打败了长期骚扰北方的匈奴，开拓并巩固了比秦朝更辽阔的疆域。但汉武帝最后也走向了巨大成功的反面——穷兵黩武。汉武帝连年用兵，北伐匈奴，南征西南夷，通西域，征大宛，求宝马，国库耗空，又连年灾荒，经济凋敝，陷入了严重财政危机。卫青和霍去病北伐匈奴打了许多大胜仗，朝廷竟拿不出钱来支付军队的奖励费用。怎么办？汉武帝只得重新启用老祖宗传下的饮鸩止渴的办法：“入物者补官，出货者除罪。”

汉武帝时期，公开标价卖官搞得比较“规范”，定出武功爵十一级，起价十七万，每提高一级增两万：一、造士；二、闲舆卫；三、良士；四、元戎士；五、官首；六、秉铎；七、千夫；八、乐卿；九、执戎；十、左庶长；十一、军卫。买得武功爵第五级“官首”的可以通过考试补吏，先试用。第七级“千夫”以上可以免除徭役及赎罪。由于买官的人太多，服徭役的人越来越少，后来只得取消。汉武帝元鼎年间，又陷入财政困难，又恢复“入谷补官，郎至六百石”。汉武帝元封年间，大司农（财政部长）桑弘羊迫于财政开支紧张，“又请令吏得入粟补官，及罪人赎罪”。

文帝、景帝、武帝祖孙三代，采取这种饮鸩止渴之策解决财政困难。由于西汉时鬻爵赎罪所敛之钱均入国库，因而它对吏治所造成的严重污染，以及这种吏治污染对政权的严重腐蚀作用，暂时还没有完全暴露。

二

到了东汉，它变成了上至皇帝、下至宦官权臣捞取私房钱的重要途径，这种毒害作用就完全暴露出来了。它致使东汉朝政迅速腐败，直至不可救药。

东汉时，皇帝一个比一个昏庸荒淫，朝政一天比一天黑暗。东汉的汉灵帝，除了荒淫，还公开标价卖官“聚钱以为私藏”。汉灵帝卖官的公开标价为：官阶二千石的卖二千万，官阶四百石的卖四百万；朝廷的三公九卿标价为“公千万，卿五百万”（《后汉书·灵帝纪》）。地方官的标价高于京官，因为地方官便于向老百姓直接搜刮。买官者，家庭富裕的先交钱，后上任；一时交不出钱的，可以先上任，上任后加倍交付。这等于公开逼迫各级官吏去向老百姓横征暴敛。

买官者先得去走门子，走门子先得花一笔钱。中平二年，有位“冀州名士”崔烈，通过汉灵帝的奶妈“入钱五百万”，买到一个司徒职位（朝廷“三公”之一）。当年三月，汉灵帝亲自为崔烈主持任命仪式，文武百官都出席了。汉灵帝对左右亲信说：“我真后悔，当时要是再慢点答应他，至少可以得到一千万。”汉灵帝的程大人在一旁讥笑道：“人家崔烈是冀州名士，他怎会花钱买官呢？这五百万还是我说了话他才肯拿出来的，你还不满足！”这句话被传了出去，人们都知道了崔烈走门子买官的路径，从此声望大跌（《资治通鉴·汉纪五十》）。

汉灵帝卖官还有一个典型例子：曹操祖上不姓曹，复姓夏侯。曹操父亲曹嵩，是夏侯惇的亲叔父，从小过继给宦官中常侍曹腾做养子，改姓曹。曹腾在宫中混了四十余年，从黄门小太监陪太子读书做起，先后“奉事四帝（顺帝、冲帝、质帝、桓帝）”，顺帝时迁中常侍，桓帝时封费亭侯。他一生所得俸禄、赏赐，加上求他说情办事之人的贿赂，积聚的钱财多得惊人。他死后，曹嵩袭其费亭侯爵位，又花了一亿万钱（以公开标价的十倍），从汉灵帝手中买到一个太尉官职。太尉是武官最高职务，位列

"三公"，除"掌四方兵事"，还与司徒、司空共行宰相之职（《后汉书·百官一》）。曹操的养祖父曹腾是宦官、父亲曹嵩花大钱买高官，这两条，经常遭人诟病。曹操与袁绍年轻时是朋友，但袁绍根本瞧不起曹操。后来两人争天下，袁绍在声讨曹操的檄文中痛骂曹操养祖父曹腾是"阉党""妖孽"，骂曹操的父亲曹嵩"因赃买位"，骂曹操是"鹰犬之才"（《后汉书·袁绍传》）。其实曹操本人雄才大略，三国君主中真正想统一中国的也就是他，但为什么在戏曲小说中曹操被百般丑化，"永世不得翻身"？恐怕同他祖上两代人的不光彩行为不无关系。

汉灵帝通过卖官敛钱，积聚了大量钱财，无处存放。中平二年（185年），"帝造万金堂于西园，引司农金钱、缯帛牣积堂中，复藏寄小黄门、常侍家钱各数千万，又于河间买田宅，起第观"（《资治通鉴·汉纪五十》）。汉灵帝这样的昏君治国，天下怎能不乱？唐朝名臣魏征主持编撰的《隋书》，总结前朝教训时讲到汉灵帝卖官之事，曰："灵帝……通卖官之路"，"天下贿成，人受其敝"，致使"道关政乱"（《隋书·食货志》）。

皇帝是这样，宦官、权臣们更加肆无忌惮。汉顺帝、汉桓帝时期，梁冀的两个妹妹分别是这两位皇帝的皇后，梁冀专权，一手遮天，鬻爵敛钱，横征暴敛，强取豪夺。大小官员任命前先要到梁府去走门子，得到任命后，赴任前先要到梁府去"道别"。各地大员进京给皇上进贡，先得给梁家送一份；送给皇上的东西，也要先拿去让梁冀"过目"。梁冀家里的财富海满山积。夫妇二人对街起高楼，富可敌国，天下发指。梁皇后死后，汉桓帝对梁冀这位国舅的专权行为已经忍无可忍。延熹二年（159年），汉桓帝在单超等几位宦官的鼓动下，痛下决心，"帝御前殿"，亲自坐镇指挥，召集"虎贲、羽林、都侯剑戟士合千余人"，搜捕诛杀梁党，梁冀夫妇自杀。梁冀的家产被抄没变卖，所得价值"合三十余万万"，相当于朝廷全年赋税收入的三分之一。汉桓帝诛灭梁冀后，天下盼望新政。谁知汉桓帝因感激单超等五名宦官诛灭梁冀有功，均封侯，世称"五侯"。宦官当道，朝政更糟。"五侯尤贪纵"，"竞为虎狼，噬食小民"，"虐遍天下，民不堪命”（《资治通鉴·汉纪四十六》）。

以上这一切，最终都转化成了底层老百姓的深重灾难。东汉末年，终于爆发了黄巾大起义。

买官卖官，危害之烈，东汉的腐败和灭亡，就是一面历史镜子。

2009年3月

居延海

一

居延海在哪里？居延海在内蒙古自治区最西端的额济纳旗。古时候，居延海有东西两个水泊，丰水时二泊相连，枯水时二泊分离。汉时统称居延泽，魏晋一称西海，一称居延海，唐时统称居延海。居延海的源流是弱水河，弱水河发源于祁连山。祁连山的冰川雪水自古孕育成条条河流，弱水河从祁连山北坡流下，流经甘肃张掖地区时称黑河，再向北流入内蒙古自治区额济纳旗境内称弱水河（当地蒙古族人称额济纳河），在弱水河沿岸形成居延绿洲，最后注入居延海。在古代，碧波浩渺的居延海很有名，史书上屡屡提到它。

可是，居延海现在已经干涸了。

居延海畔有我们的卫星发射基地，它使我有机会一次次走近干涸后的居延海，一次次目睹这里的荒漠景象。

在草原、沙漠、戈壁这一组生态系统中，水源是关键环节。有水源，这些地方便是草原牧场；水源枯断，草原很快退化成荒漠戈壁。居延海干涸，同黄河、塔里木河断流一样，是中国生态环境变化的大事件之一。它不仅对西北，而且将对更大范围的生态、人文变化产生深远影响。

这几年，北京每年春天的沙尘暴越来越严重，专家、媒体组成的联合考察队溯风而上，一路向西追查风沙之源，一追追到内蒙古自治区最西端的额济纳旗。在这里，人们发现历史上有名的居延海已经干涸了，湖底一片砂砾，广袤的居延绿洲已全部沙化，大片胡杨林在枯死，满目“大风起兮尘飞扬”的昏黄景象。终于真相大白：风起额济纳，沙落北京城。

居延海的干涸引起了普遍关注。北京人开始关注这件事，因为沙尘暴影响了北京的空气质量，进而影响了北京人的生活质量，使北京人无法舒畅地呼吸，早上出门会有沙子吹进眼睛里。内蒙古人在关注这件事，因为居延海已干涸几十年了，那里的草场早已沙漠化，许多物种已灭绝，水鸟已不再飞来，牧民的生存环境正在变得越来越艰难，可是盼水一直盼不来。现在好了，沙尘暴刮到了北京，北京人急了。只要北京人一说话，事情说不定就会有转机。甘肃人也在关注这件事，因为居延海的源头在甘肃，居延海干涸与上游截水太多有直接关系。如何解决这个矛盾，他们身在利害之中，不能不关心。中南海也在关注这件事，因为居延海干涸引起的生态恶化后果日益严重，各方面的呼声越来越强烈，是得下决心、想办法了，再不能目睹居延海继续干涸下去了。

二

居延海是不该干涸的，这一带自古就是战略要地。

祁连山—弱水河—居延海，从南向北形成一条绿色走廊，它的东面是巴丹吉林沙漠，西面是千里戈壁。这条绿色走廊是古代北方游牧民族的生命线、繁息地，从这里向南可达青藏高原，向西可至准噶尔盆地。同时，这里也是中原王朝从河西走廊前往西域的咽喉要道，两条走廊在这里交叉成一个战略上的十字路口。北方游牧民族控制了这条南北走向的绿色走廊，也就拦腰切断了东西走向的河西走廊，阻断了中原王朝通往西域的主要通道。谁控制了这一地带，谁就掌握了战略主动权，自古为兵家必争之地。汉武帝击败匈奴、开拓西域，关键之役就是派遣霍去病“入居延收河西”，牢牢控制了河西走廊这条战略通道。在这片干旱地带，一个内陆海的重大军事意义是不言而喻的。汉武帝为了防止这一战略要地得而复失，采取了一系列措施来加强对这一带的守备。如，筑外长城延伸到居延泽，又派强弩都尉路博德在居延地带修筑遮虏障，“益发戍甲卒十八万酒泉、张掖北，置居延、休屠屯兵以卫酒泉”。

可是，居延海现在已经干涸了。

居延绿洲从汉代开始就是著名的屯垦区，曾为历代固守西北做出过贡献。汉代在这里大量屯兵守备，军粮供给是个大问题。汉军发现这里水源丰沛，土地广袤，便组织士兵挖渠灌溉，垦荒种粮，就地解决了这一矛盾。屯垦戍边成为汉代实行的重要军事制度。居延垦区周围构筑有城、障、烽、台等一系列防御工程，屯垦军民有患作战，无患耕作。直到今天，这里的戈壁荒漠中仍留有大量汉代屯垦遗迹。这一次，我到现地去看了“甲渠塞”遗址，它也叫“甲渠候官”遗址。“甲渠”即总渠，“候官”是守渠官的等级职称。这是荒凉戈壁滩上的一个大土墩，土墩四周已被千百年刮向这座土塞的砂砾掩埋壅塞，土墩中央尚可看出一间间房间轮廓。大土墩前立有一块大理石石碑，标明它是国务院公布的全国重点文物保护单位。上世纪30年代和70年代，曾对这个遗址进行过两次发掘，先后出土汉简一万两千余枚。我站在大土墩上极目四望，只见四野里一片混混沌沌，苍苍茫茫，狂风乍起，飞沙走石。两千多年前，这里却是阡陌纵横，水波涟涟，稻秧油绿，蛙声四起。

可是，居延海现在已经干涸了。

又看了西南面十多公里处的“甲渠第四燧”废墟，当年它是归甲渠候官管辖的一个小塞。废燧用铁丝网围着，铁丝网里围着一圈堆得很高的新土。陪我到现地去的额济纳旗旗委副书记永红同志对我说，内蒙古自治区文物考古部门刚来这里发掘过，又从这个废燧里挖到了一批汉简。我从铁丝网的一个入口处走进去，发现四周新挖开的一圈沟壁上烟熏火燎，是当年烤火取暖的火墙。房间里有一个灶台痕迹，墙上耷拉下来的墙皮一层又一层垒加在一起，估计是住进一拨人就泥一次墙，以盖住墙上的污迹，开始新一轮屯垦生活。古人在两千多年前留下的这些生存痕迹，给人的感觉似乎他们刚刚离去，气息尚存。

经考证，在居延海周围，除了汉代的屯垦遗址，还有唐、西夏、元等不同朝代的屯垦遗址。卫星遥感图像显示，古代居延垦区的屯垦范围最大时达到四十六万亩以上。西夏时这里的屯垦经济发展到鼎盛时期，居延海畔的黑城废墟就是西夏王朝的“黑山威福军司”所在地，沙俄科兹洛夫曾从这座黑城废墟中挖走了轰动世界的大批西夏文物。“额济纳”即西夏语“黑水”的意思，因注入居延海的弱水河上游是黑河。又因远处有黑戈壁，狂风刮来空中黑云蔽日，黑城由此得名。元代在这里设立亦集乃路，“亦集乃”由“额济纳”转音而来。

三

居延海是不能干涸的，这里繁衍生息着一支土尔扈特部落的后裔，他们应该得到更多水的恩泽。

土尔扈特部落的每一页历史都富有悲壮色彩。土尔扈特是古代游牧在西北地区的西蒙古卫拉特四部之一，另外三部是杜尔伯特、和硕特、准噶尔。1628 年前后，准噶尔部在卫拉特四部中坐大，土尔扈特部落势力较弱，经常遭受其排挤、骚扰和欺凌。无奈之下，在部落首领和鄂尔勒克率领下远走他乡，向西漂泊至伏尔加河流域停留下来，在那里创建了土尔扈特汗国。在异国他乡，土尔扈特人又受尽沙皇势力的欺凌，他们的思乡之情、归乡之心一直没有泯灭。1698 年，汗国第四代汗王阿育奇，派遣他的侄子阿喇布珠尔回西藏觐佛进香，陪同阿喇布珠尔一起回来的还有他的母亲，随从五百多人。据说，阿喇布珠尔还负有一项秘密使命，顺便试探清廷对土尔扈特部落归来的态度。阿喇布珠尔在西藏居留了五年，1703 年起程返回伏尔加河流域。途经西域时，被土尔扈特宿敌准噶尔阻挡，断了归路。阿喇布珠尔遣使入京，向康熙帝“乞请内附”。康熙准奏，将嘉峪关以西至敦煌之间的地域赐封给阿喇布珠尔。阿喇珠布尔死后，其子丹忠承袭。由于他们的牧地西部靠近准噶尔，常受侵扰。雍正年间，丹忠又呈请内迁。经核准，迁进嘉峪关以内，随后进入额济纳河流域，在居延绿洲定牧，一直延续至今。陪我去看“甲渠塞”遗址的旗委副书记永红就是土尔扈特后裔。他们是土尔扈特人当中最早东归的一支。后来渥巴锡率领整个土尔扈特部落东归，那是 1771 年的事了，比他们晚了七十多年。

六年前，我第一次来到额济纳旗时，土尔扈特人按照他们的古老风俗，盛情接待了我这位远方来客。我们的车子还没有开到旗政府所在地达来呼布镇，旗领导早早远迎十几里，已站在路边等候我们了。我们一下车，就向我们献哈达，敬下马酒。中午又按他们的最高礼节，用烤全羊款待我们，由土尔扈特长者、旗政协主席割下第一块羊肉递给我，又切下肥羊尾巴上的一条白油要我吃下去。席间，用小银碗向我们一杯又一杯地敬酒。土尔扈特人的热情好客，令我久久难忘。

可是，那次他们就告诉我说，居延海已经干涸了。我听后心里沉甸甸的，不知该怎么回答他们才好。

土尔扈特人祖祖辈辈一直在寻找一片宁静的水草丰美之地，以结束部落的漂泊。居延绿洲是这支最早东归的土尔扈特人最终找到的定牧之地，他们已在这一带繁衍生息了三百年。居延海干涸，对于北京人来说意味着每年春天会从远方刮来沙尘暴，对于在这片土地上繁衍生息的土尔扈特人来说，则意味着更直接、更严重的后果。面对日益恶劣的生存环境，莫非又将使这个古老部落再次被迫迁移，远走他乡？

土尔扈特人曾漂泊了几个世纪，他们再不能漂泊了。在这个古老部落的身旁，就有人类现代文明的标志——酒泉卫星发射中心。一个日益发达的现代社会，应该有能力改变居延海的面貌，更有责任改善土尔扈特人的生存环境。

酒泉卫星发射中心实际位置不在酒泉，在酒泉以北三百公里处的一片戈壁荒漠中，是在内蒙古自治区额济纳旗境内，这里是土尔扈特人的家乡。当年，为了建造这个卫星发射场，土尔扈特牧民向北迁移了一段距离，把弱水河旁的一片草场让了出来，实际上是让出了一处水源，让给卫星发射中心在此建立生活基地。土尔扈特人则向北迁到更加靠近居延海的地方，当时居延海还有水，还有成群水鸟。

可是，居延海现在已经干涸了。

当我们重新审视这片沧海桑田、海枯石烂的古老土地，难道我们能够为居延海的干涸去责备先人吗？不能。先人们毕竟在荒漠中留下了他们曾在这片土地上创造过的文明痕迹。他们曾为这片土地带来过军事上政治上的显赫地位，带来过农事上的繁忙和稔熟，带来过文化上的喧闹和灿烂。而我们这个时代，又能在这片古老土地上留下些什么痕迹？

居延海是无论如何不应该让它干涸的。

四

居延海干涸，与天时、地利、人和三个方面都有些关系。祁连山的冰川雨雪来自天，天候变化，降水量减少，此其一；居延海地处荒漠干旱地带，蒸发量大，渗漏率高，加速了水的消耗，此其二；半个世纪以来，中国人口爆炸，弱水河上游过度垦殖，处处截流浇灌，使弱水河下游变成了无水河，此其三。

古人说，天时不如地利，地利不如人和。居延海干涸，说穿了就是甘肃、内蒙古如何分水的矛盾。要解决好这个矛盾，关键是要做好人的工作。成事在天，谋事在人。矛盾明摆着，总得有人把话挑开，又有人出面协调决断，事情才有希望办成。

初春的一个晚上，到北京来开会的内蒙古自治区党委书记刘明祖、自治区主席乌云其木格，告诉了我们一个好消息：居延海有望重新蓄水了。刘明祖说，他向朱镕基总理写了一封信，提出了解决居延海干涸问题的建议。朱镕基总理很重视，立即做了批示，要解决。

几天后，我又一次来到酒泉卫星发射基地。工作之余，又到额济纳旗去了一次。通往额济纳旗所在地达来呼布镇，已经铺设了一条柏油公路。沿途是过去被称作居延绿洲的地带，却见不到一丝绿色。荒漠中，一丛丛枯蓬全被沙尘蒙得灰头土脸，在风中摇晃。远远地，却看到了地势低洼的地方有白晃晃的水在流动。永红副书记告诉我说，今春开冻以来额济纳河的水流还没有断过，说明上游截水克制了，这是前些年没有过的。但是，他们目前还舍不得将水放到居延海里去。他们要抢在开春以前，尽可能多地将上游来的水灌到额济纳河两岸的地里去，要让居延绿洲重新绿起来。

这片土地真的渴坏了，上游放了那么多日子的水，居延海东泊还是没有水。

从卫星基地返回北京时，我们先坐车到了张掖。张掖地委的王炳书副书记热情地陪我们一起吃晚饭，半夜里又赶到火车站送我们上火车。他告诉我们说，朱总理考察甘肃时明确指示，黑河上游要下决心搞成节水农业，要为下游弱水河（额济纳河）多放水。甘肃省为了落实国务院的调水方案，对张掖地区来了个“约法三章”：不再从其他山区向张掖地区移民，张掖地区不再种水稻，浇地不再漫灌。王副书记说，他们曾组织领导干部看了一部20世纪初由德国人拍摄的、反映居延海景色的电影，那时候居延海还是一派苇绿鱼肥的水乡风光。现在居延海干涸成这个样子，大家心里觉得真有些说不过去，所以多为下游调剂一些水，大家没有意见。

看来，做“人和”的工作见效了。

回到北京后，又在4月2日人民日报《为水资源的保护管理和利用献计献策》的专栏中读到一篇文章，是专门讲黑河流域水资源调度问题的。文章说，2001年2月，国务院第九十四次总理办公会议做出决策，加大力度，加快步伐，用三年时间实现黑河流域水资源统一管理调度目标，实现东居延海“波涛汹涌”。

我想，这是居延海在新世纪第一个春天听到的好消息。

2001年4月8日

安史之乱

安史之乱，是唐朝从鼎盛走向衰落的转折点。安禄山和史思明，能在盛极一时的大唐搞出这么大乱子，他们是何许人也？

安禄山与史思明

“安禄山，营州柳城杂种胡人也。”（《旧唐书·安禄山传》）安禄山生父早亡，不知姓氏。安禄山的小名叫“轧荦山”，突厥语“战斗神”的意思。他母亲阿史德氏是突厥巫师，后来改嫁安国（都城在今乌兹别克斯坦布哈拉）突厥将军安波至的兄长安延偃。据《新唐书·安禄山传》中说，安延偃本人也是“虏将”。唐开元初，突厥内乱，安禄山与突厥将军安道买（可能是安氏家族的另一位兄弟）的儿子一起逃出突厥，逃到岚州（今山西岚县北二十五里岚城镇）。安道买的次子是岚州别驾，收留了他们。不久，安延偃举家迁往营州柳城（今辽宁省朝阳市），安禄山与安延偃的亲生儿子安思顺等“并为兄弟”，安禄山从此改姓安，取名禄山。营州是胡商云集之地，商业活动十分活跃。安禄山长大后懂六种“番语”（中亚地区的语言），在营州当“互市牙郎”（翻译），接触的全是投机钻营这一套。

“史思明，本名窣干，营州突厥杂种胡人也。”（《旧唐书·史思明传》）史思明祖籍是西域突厥史国（都城今乌兹别克斯坦沙赫里夏勃兹）。史思明是怎么来营州的，具体过程不详。新、旧唐书中说，史思明比安禄山早生一天；两人是同乡，从小“相善”，长大后同样“通六蕃译，亦为互市郎”，又是同行。安禄山白胖得出奇；史思明则“姿瘦，少须发”，“性急躁”。

后来，两人都投奔到幽州节度使张守珪门下，同为“捉生将”，类似现在的侦察兵角色，专门“抓舌头”。每次出动，必有擒获，这使张守珪很满意。《新唐书》中还说，安禄山“知山川水泉处”，经常带上三五骑去埋伏，往往能擒获前来取水的几十名契丹人，从此得到张守珪器重。

安禄山能够“飞黄腾达”，从他主观方面来分析，他从小受过各种“特殊”熏陶，为他准备了条件。其一，他母亲是突厥巫师。巫师作法，两眼往上一翻，她的“灵魂”马上能“通天”，把死的说成活的，活的说成死的，黑的说成白的，白的说成黑的。这使安禄山浑身上下充满了说鬼话骗人的遗传基因。其二，他继父家有突厥将军的家族背景，使他从小滋长了出人头地的向往。凡是朝廷来的人，不问官职大小，他都不惜血本，百般奉承、讨好、重重地贿赂。这些人回到朝廷，人人为他说好话。其三，他通晓六种番语，干过“互市牙郎”，长期接触投机钻营之术。其四，他从小好斗，以骁勇闻于乡里，他从军后很快受到幽州节度使张守珪青睐，不仅收他为养子，还使他平步青云，提拔为平卢兵马使擢特进、幽州节度副使。其五，他“性巧黠”，既聪明又狡猾，拍马功夫天下第一，这是一种非同寻常的“本事”。后来见了唐玄宗、杨贵妃，被他拍马拍得魂不附体。

盛唐背后的荒唐

安禄山的发迹史，充分暴露出盛唐深宫中的种种荒唐事。

第一件荒唐事：唐玄宗强占儿媳妇。这件事对安禄山篡权谋反的全过程起到了十分关键的作用。封建帝王都荒淫，但唐玄宗荒淫到了把儿媳妇杨玉环弄来做自己的妃子。促成这件荒唐事的荒唐人物，是宦官高力士。高力士是武则天时期的小太监，“以强悟给事左右”。他原姓冯，有位老宦官高延福收他为养子，改姓高。高力士倾心巴结唐玄宗，处事“阴巧可意”，因帮助唐玄宗诛杀意欲谋反的姑母太平公主有功，被授予右监门卫将军。四方奏请，都要通过高力士才能递进去，小事都由他“专决”。唐玄宗常说，由高力士挡着，“我寝乃安”。宰相李林甫、杨国忠，边将安禄山、安思顺等人，都是通过“厚结高力士”爬上了高位。尤其是把杨贵妃搞到唐玄宗身边，更是高力士一手策划的。唐玄宗原来宠爱杨皇后和武惠妃，自从杨皇后和武惠妃相继去世后，一直“郁郁寡欢”。高力士虽然是位阉人，却一点也不影响他捉摸唐玄宗的生理、心理需求。他打听到唐玄宗第十八子李瑁之妃杨玉环美艳绝伦，通晓音律，善解人意。他就给唐玄宗出了个荒唐主意：先把杨玉环弄进道观去当几天“道士”，拐一个弯，再弄到唐玄宗身边来。杨玉环“回眸一笑百媚生，六宫粉黛无颜色”。唐玄宗一见杨玉环，魂不守舍，已经没有心思理政，“芙蓉帐暖度春宵”，“从此君王不早朝”，把一切都交给奸相李林甫去处理。

第二件荒唐事：安禄山认杨贵妃为“干妈”。查一下他们两人的出生年月：安禄山出生于武则天长安三年（703 年），杨贵妃出生于唐玄宗开元七年（719 年）。安禄山比杨贵妃年长十八岁，按照唐朝的结婚年龄，安禄山完全可以当杨贵妃她爸。安禄山野心大，脸皮厚，双腿一跪，亲亲热热叫了杨贵妃一声“妈”，杨贵妃当时脸红不脸红，史书中查不到。唐玄宗却在一旁开心地笑了，怎么知道的？史书中有记载：安禄山每次进宫，先拜杨贵妃，后拜唐玄宗。唐玄宗“怪而问之”，安禄山回答说：“我是番人，番人先母而后父。”唐玄宗一听，非但不再生气，反而“大悦”（《新唐书·安禄山传》）。什么叫“大悦”？“大悦”就是开心得不得了，这种心情，不笑怎么表达？安禄山是狐狸精生的儿子，他心里完全明白，只要捧乐了杨贵妃，也就撂倒了唐玄宗。杨贵妃本来就是个风骚女人，否则不会把唐玄宗弄得神魂颠倒。她自从有了安禄山这个“干儿子”，怎能不在深宫中弄出一些风骚事来？有一年安禄山过生日，“上（皇帝）及贵妃赐衣服、宝器、酒馔甚厚”，这就可以了吧？不，“后三日，杨贵妃召禄山入禁中”，什么叫“禁中”？后宫中外人一律不得入内的去处，杨贵妃居然违禁把个番将安禄山叫进去了。她做了一个锦绣大襁褓，“裹禄山”。唐玄宗听到后宫嘻嘻哈哈，问什么事。左右回答说，贵妃在“三日洗禄儿”（小孩生下来第三天要洗澡）。唐玄宗“自往观之，喜，赐贵妃洗儿金银钱，复厚赐禄山，尽欢而罢”。从此以后，“禄山出入宫掖不禁，或与贵妃对食，或通宵不出，颇有丑声闻于外，上亦不疑也”（《资治通鉴·唐纪三十二》）。

第三件荒唐事：唐玄宗“遂命杨铦以下（与禄山）并约为兄弟姊妹”（《旧唐书·安禄山传》）。安禄山认杨贵妃为“干妈”，唐玄宗却命安禄山与杨贵妃的六位堂兄弟姊妹“并约为兄弟姊妹”。杨铦、杨锜、杨国忠都是杨贵妃的堂兄，虢国夫人、韩国夫人、秦国夫人是杨国忠的三位妹妹。唐玄宗荒唐到了人伦颠倒的地步，昏不昏啊？

第四件荒唐事：奸相李林甫把安禄山抓在手里当一枚棋子使，舍国保相位。安禄山究竟有多大能耐，品行如何，居心何在，李林甫看得一清二楚。安禄山谁都不怕，就怕李林甫。安禄山每次入朝奏事，与李林甫交谈，安禄山想说的事还没有说出口，李林甫都能先替他把话说出来，“禄山以为神明，每见林甫，虽盛冬亦汗洽”（《旧唐书·安禄山传》）。李林甫对他却每每“接以温言，中书厅引坐”，有时还把自己的披袍披到安禄山肩上，缓解他的紧张情绪。李林甫为何要这样做？他作为老奸巨猾的宰相，一味重用番将安禄山，可能会产生哪些严重后果，他也不可能一点没有想到。可是，李林甫为了一己私利，一味怂恿唐玄宗信任安禄山、重用安禄山。因为按照唐朝的规矩，朝廷任用高官走的是“出将入相”的路子，一般都由资深功高的大将军前来接替宰相职务。李林甫深怕汉族大将军挤掉他的相位，有意促成番将担任重要军职。这些人勉强能说几句汉话，但对汉文都不精通，入朝后要处理大量诏书文牍宗卷之类，无法胜任，不可能让他们来当宰相。这样，李林甫就能长期占住自己的宰相宝座。

朝中许多大臣、边使、宦官，凡是接触过安禄山的人，都接受过他的贿赂，都在唐玄宗面前说他的好话。安禄山讨得了杨贵妃的欢心，又有宰相李林甫为他撑腰，又有那么多人为他说好话，他还有什么得不到？唐玄宗一再提拔安禄山。安禄山飞黄腾达到什么地步呢？他身兼平卢、范阳、河东三镇节度使，又兼河北道采访处置使、御史大夫、左仆射，封东平郡王。手中握有全国三分之一兵力，管辖全国五分之一国土面积。

关于史思明的发迹史，《旧唐书 · 史思明传》有如下一段记载："天宝初，频立战功，至将军，知平卢军事。尝入奏，玄宗赐座，与语，甚奇之。问其年，曰：'四十矣。'玄宗抚其背曰：'卿贵在后，勉之。'迁大将军、北平太守。"他同样得到了唐玄宗的垂青，地位直线上升。天宝十一年（752 年），经过安禄山举荐，又"授平卢节度都知兵马使"，成为安禄山手下的一员得力大将。

安禄山叛乱经过

唐玄宗身边是不是没有任何人看出安禄山的谋反之心呢？不是的，至少有三个人看出了安禄山必反无疑，但他们的意见都被唐玄宗挡了回去。

第一位，张九龄。张九龄当时还是中书侍郎，在朝廷中地位并不高。有一次，安禄山以范阳偏校之职入朝奏事，"气骄蹇"。张九龄就对裴光庭说："乱幽州者，此胡雏也。"（《新唐书 · 张九龄传》）另一次，幽州节度使张守珪率军讨伐奚、契丹二番，安禄山轻进兵败，张守珪奏报朝廷，要以兵败罪诛杀安禄山。这时的张九龄已是中书令，说话已有分量。他在安禄山的罪状上批示道："穰苴出师而诛庄贾，孙武习战犹戮宫嫔，守珪法行于军，禄山不容免死。"但宰相李林甫兼领安西大都护、朔方节度使，番方事务以他的意见为主。在李林甫的游说下，唐玄宗对张九龄签署的意见御批"不许，赦之"。张九龄又去向唐玄宗面奏道："禄山狼子野心，有逆相，宜即事诛之，以绝后患。"唐玄宗却说："卿无以王衍知石勒而害忠良。"王衍和石勒都是十六国时前赵国的人物，王衍是汉人，石勒是羯族人。唐玄宗批评张九龄不要用种族偏见看人，言正而理歪，再次把张九龄驳了回去（《新唐书 · 张九龄传》）。安禄山死里逃生，很快青云直上。

另两位，太子李亨和杨国忠。李林甫死后，杨国忠代为右丞相。李林甫生前竭力主张废太子李亨，另立李瑁为太子，李亨对李林甫当然耿耿于怀。太子李亨与杨国忠之间虽然也有矛盾，但在对待安禄山的看法上却是一致的。李亨看透了李林甫排斥汉将、重用番将的险恶用心。李林甫一死，太子就和杨国忠多次对唐玄宗说，李林甫重用安禄山别有用心，养虎遗患，安禄山必反无疑，但唐玄宗根本不信。杨国忠建议召安禄山入朝验明真相。安禄山在朝廷有内线，他早已揣摩到杨国忠召他入朝的用意，入朝就入朝，他不怕。安禄山入朝后向唐玄宗百般表忠心，唐玄宗对他“慰勉再三”，又为他加官进爵，提拔他为尚书左仆射，然后放虎归山，让安禄山返回经营已久的反叛巢穴范阳（今北京）。

唐玄宗每次都用一副好心肠笑眯眯地看着安禄山，安禄山却满脸堆笑地用另一副心肠在看着唐玄宗。他发现唐朝有三条致命软肋：其一，唐玄宗年事已高，“颇内惧”，怕杨贵妃。其二，杨国忠为非作歹，不得人心。其三，全国武备松弛。于是，安禄山渐生“轻中国之心”，并且变得“日益骄恣”起来。入朝时，见了太子不拜。唐玄宗问他为何不拜太子，他假装不懂，反问唐玄宗：“什么叫太子?”唐玄宗告诉他，太子就是他百年之后接替他皇位的人，他又假装紧张，慌忙拜太子，说是自己不懂朝廷规矩。

安禄山早就在进行谋反的准备。他以防御北方为名，在范阳城北筑雄武城，贮积兵器。他利用兼任闲厩使、陇右群牧使等职之便，命人精心挑选牧养良种战马几万匹。他暗中聚敛钱财，私制官服、鱼袋（官服等级标识），挑选了八千名“曳落河”（壮士、近卫精兵）加紧训练，等等。除了唐玄宗没有看出他的“反迹”，许多人都看到了。安禄山原来的计划是等唐玄宗“千秋万岁之后，方图叛换”（《旧唐书·杨国忠传》）。由于杨国忠等人的不断揭发，他的狐狸尾巴已经藏不住了，不得不提前行动。

天宝十四年（755 年）春天，唐玄宗派宦官辅璆琳以送珍果为名，去范阳暗访安禄山的谋反迹象。安禄山给辅璆琳以重贿，辅璆琳回京后向唐玄宗报告说，安禄山“竭忠奉国，无有二心”。不久，辅璆琳受贿之事暴露，唐玄宗为了不惊动安禄山，以别的罪名把辅璆琳杀了。安禄山马上警觉起来，每次朝廷有人前去范阳，他都托“病”不见；有时不得不见，就“盛陈武备，然后见之”（《资治通鉴·唐纪三十三》）。

杨国忠急于得到安禄山的反叛证据，指使京兆尹李岘搜查安禄山在长安的府邸，搜出安岱、李方来等人与安禄山策划谋反的来往信件。杨国忠把这几个人都杀了。这时，唐玄宗对安禄山的谋反阴谋不再怀疑，但如何处置这件事，他却采取了一种“哄小孩”的办法：派宦官冯神威出使范阳，去给安禄山传话，“朕新为卿作一汤（浴池），十月于华清宫待卿”，想把安禄山骗到骊山华清池来，将他逮捕。安禄山是一只狡猾透顶的老狐狸，唐玄宗天真得像一位小宫女，想用一块红手绢把这只老狐狸招引过来，老狐狸肯过来吗？

杨国忠为何揭发安禄山谋反如此积极？这是一场狗咬狗的剧烈争斗，是两位大奸之间的“争风吃醋”，他们两人要争夺的是“一人之下，万人之上”的地位。

天宝十四年（755 年）十月九日，安禄山在范阳举兵叛乱，诈称唐玄宗命令他带兵进京讨伐杨国忠。杨国忠是杨贵妃的堂兄，原名杨钊，“少年嗜赌好酒，不齿于亲族”。后来从军，授新都尉。天宝初，因贵妃得宠，杨氏家族鸡犬升天。杨钊由一名小小的兵曹参军升迁为监察御史、御史中丞，并赐名国忠。李林甫死后，杨国忠接任右丞相兼礼部尚书，身兼四十余职。杨国忠和他的三个妹妹虢国夫人、韩国夫人、秦国夫人及两位兄长杨铦、杨锜五家，暴敛豪富，王侯莫比。这时的唐玄宗已经无心朝政，把一切都交给杨国忠去处理。杨国忠结党营私，“选任官吏均于私第暗定”，国人对杨国忠切齿痛恨。安禄山以讨伐杨国忠为口号举兵叛乱，足见他的奸诈，一时被他迷惑了不少人。安禄山叛军总兵力达到二十多万。他的叛乱计划是：留下部分兵力留守范阳（今北京）、平卢（今辽宁朝阳）、大同军镇（今山西朔州），这几个地方是他的根据地；他亲率大军从范阳出发，一路南下，进攻矛头直指洛阳、长安东西两京。

唐朝啊，唐朝！在太平盛世里沉醉太久了，各地的军备松弛得不成样子，安禄山叛军所过之处，唐朝官员望风而逃。十二月二日，安禄山叛军在昌北（今河南延津西北）南渡黄河，当日气温骤降，叛军用长绳系住临时找来的一些破船，连结在黄河两岸，在破船上铺上草木，一夜之间冻成一座冰桥，叛军得以顺利渡过黄河。叛军连克灵昌（今河南滑县西南）、陈留（今河南开封东南陈留镇），河南节度使张介然被俘。

安禄山在陈留得到消息，他在长安当人质的儿子安庆宗已被处死。他放声大哭，疯狂地泄愤报复，斩杀了河南节度使张介然以下及陈留官员和百姓万余人，然后率领叛军进攻荥阳。荥阳城头上的唐军守卒，一听到鼓角声起，居然纷纷晕倒，“自坠如雨”，全都摔死（《资治通鉴·唐纪三十二》），这是唐军的莫大耻辱。

天宝十四年（755 年）十二月十二日，安禄山叛军攻克东都洛阳。翌年正月，安禄山在洛阳称帝，国号大燕。

平定安史之乱的三个阶段

第一阶段是唐玄宗时期，从安史之乱爆发，到马嵬坡事件处死杨贵妃，唐玄宗逊位，时间跨度为八个月（755 年 10 月—756 年 6 月）。这一阶段经历了以下主要事件：

山西之战——安史之乱爆发后，唐玄宗免去了与安禄山有亲戚关系的安思顺朔方节度使职务，任命九原太守郭子仪为朔方节度使。郭子仪手下的主要将领有李光弼、高濬、仆固怀恩、浑释之等。郭子仪抢在安禄山叛军之前，控制了太原，击败了河东郡的几股叛军势力，打通了朔方与太原的联系，为下一步东出井陉关，向河北境内的安禄山叛军发动进攻创造了条件。

洛阳陷落——其时唐朝的武备松弛得无法想象。玄宗任命安西节度使封常清驰往洛阳，临时募集到六万兵员，抵抗安禄山叛军。同时又在长安募集兵员约五万人，由高仙芝统领出潼关，阻挡安禄山叛军入关。封常清的六万新兵没有经过训练，安禄山叛军来攻，一触即溃。天宝十四年十二月十二日，洛阳陷落。

错杀大将——高仙芝从长安领兵出潼关时，唐玄宗派了一位宦官边令诚当监军。宦官监军，他们不懂军事，却假借皇上名义干预指挥，往往与将帅发生冲突。高仙芝统领的部队都是一路收集的散兵和临时募集的官员子弟等，战斗力根本不行。洛阳失守后，封常清往西退至陕州，碰到高仙芝，他对高仙芝说，洛阳已经丢了，潼关无兵，如果叛军来攻潼关，长安就危险了，不如去守潼关。封常清和高仙芝退守潼关，立即组织防御，阻挡住了叛军进攻。负责监军的宦官边令诚，却回到长安向唐玄宗奏报说，封常清“以贼摇众，而仙芝弃陕地数百里，又盗减军士粮赐”。唐玄宗大怒，命令边令诚立即返回前线，就地处斩封常清、高仙芝二将。封、高二将是唐朝名将，过去屡立战功。将士们为二将大呼冤枉，哀哭求赦之声惊天动地。这一错误处置，导致唐军军心涣散，严重影响了唐军斗志。

常山之战——洛阳失守后，朝廷传令各地唐军从河北、河南两个方向抗击安禄山叛军。常山之战第一阶段的主角是常山郡（治今河北正定）太守颜杲卿，他是颜真卿的堂兄。安禄山叛军南进路过常山，颜杲卿无力抵抗，“伪降之”。暗中派人与平原县太守（今山东陵县，当时属河北道）堂弟颜真卿等人联络，倡议共同起兵反抗安禄山叛军，河北十七郡响应，共推颜杲卿为盟主。他们计杀了安禄山叛军的几名将领李钦凑、高邈、何千年，收其兵甲，声势大振。安禄山得到常山起兵的消息，后院起火，坐立不安，立即派史思明率大军包围常山。次年正月九日常山陷落，叛军屠杀常山军民万余人；太守颜杲卿被俘后押往洛阳被杀。常山之战第二阶段的主角是唐朝名将李光弼。常山失陷后，朝廷任命李光弼为河东节度使，领兵东出井陉关，平定河北叛军。常山军民得到李光弼率军前来河北平叛的消息，群情激奋，杀退了守城叛军，活捉了守城叛将安思义。李光弼进驻常山后，史思明率领两万叛军来攻，李光弼与史思明叛军激战四十余日。三月底，史思明断李光弼粮道，李光弼向山西郭子仪求援。郭子仪派精兵来援，使李光弼兵力达到十多万，与史思明在河北中部地区从四月战至五月，李光弼歼敌四万多人，终于打败叛军，史思明落马跛足而逃。

平原之战——平原之战的主角是颜真卿。后人只知道颜真卿是大书法家，很少有人知道他还有比书法更光辉的业绩。安禄山叛乱时，河北诸郡皆降。唐玄宗叹息道：“河北二十四郡，无一忠臣邪?”唯独平原县太守颜真卿不降，他组织修城池、储军粮，一个月共征得壮丁、勇士万余人。然后派司兵参军赴京驰奏，唐玄宗见奏大喜，对左右大臣道：“朕不议真卿何如人，所为乃若此!”颜真卿得到李光弼收复常山的消息后，主动配合西线作战，同清河郡一起攻下了魏郡（治今河北大名东北），歼敌万余人，俘获千余人、战马千余匹。河北的战况，曾使安禄山一度产生了危机感。

叛军平卢游奕使刘客奴曾遣使主动来同颜真卿联络，表示愿意归顺朝廷，并主动请战攻取范阳，为朝廷效力。为了笼住刘客奴的归顺之心，颜真卿派人运去大批粮食衣物表示慰问，并把幼子送去为人质。

潼关失守——唐玄宗下令处斩了封常清和高仙芝二将，命令在长安养病的河西、陇右节度使哥舒翰为兵马副元帅带病出师迎敌。哥舒翰领兵八万，连同高仙芝旧部和各道派来的增援部队，号称二十万大军，进驻潼关。这时，已经攻下洛阳的安禄山忙于在洛阳称帝，没有马上进攻长安。这时，郭子仪从山西向河北出击，大败史思明叛军，河北诸郡纷纷杀死叛军头目归降唐军。安禄山叛军北路已被切断，潼关有哥舒翰二十万大军把守，进退两难。安禄山感到形势对他极为不利，开始同他的两位谋主高尚、严庄商议如何退保范阳的计划。恰在这时，唐玄宗做出了一个急于求成的错误决策：天宝十五年（756 年）六月，命令哥舒翰主动出潼关向安禄山叛军发动进攻。哥舒翰深知安禄山狡诈多计，善于用兵，主张坚守潼关不出。这时，郭子仪、李光弼上奏提出了一个极好的建议，“请引兵北取范阳，覆其巢穴，质贼党妻子以招之，贼必内溃，潼关大军，唯应固守以弊之，不可轻出”（《资治通鉴·唐纪三十四》）。唐玄宗对这几位将领的正确意见全都不听。杨国忠迎合唐玄宗的心理说，目前“贼方无备，而翰逗留，将失机会”，唐玄宗居然信了，一天几次派宦官去催促哥舒翰出关反攻。不得已，哥舒翰于六月四日领兵东出潼关。从潼关至函谷关，中间要经过七十里崤函孔道，南面是壁立万仞的华山和崤山山脉，北面是波涛滚滚的黄河，自古兵家视为畏途。六月初七，哥舒翰指挥的唐军向东开进到河南境内灵宝以西的西原，与安禄山叛军崔乾祐部遭遇。叛军提前埋伏在险道高处山上，准备了大量礌石滚木，其余兵员故意做散状部署，以吸引唐军进入孔道。哥舒翰坐船从黄河上观察南岸敌情，见敌军不多，便指挥十多万部队向东发动进攻。唐军进入孔道，叛军伏兵突起，礌石滚木顷刻而下，唐军被大量砸死击伤。孔道狭窄，部队拥挤，混乱不堪。哥舒翰让部队躲在毡车内冒着礌石滚木向前冲击，打开一条通路，但没有成功。叛军却在前方点燃几十车柴草，东风劲刮，浓烟滚滚。唐军向烟雾内万箭齐发，日落箭尽，却发现烟雾内并无敌兵。叛将崔乾祐迂回到唐军侧后发起攻击，唐军大乱。部分兵员向山谷逃窜，部分兵员被挤下黄河淹死，部分兵员回头向潼关方向败逃。潼关外挖有三道堑壕，深一丈，宽二丈，本来是用来防御叛军骑兵的，这时从灵宝败逃回来的唐军兵马纷纷跌进堑壕，瞬即填满，全被后面蜂拥而来的兵员马匹踩踏而死，逃回潼关的仅八千多人。哥舒翰被部将挟持到洛阳向安禄山投降。天宝十五年（756年）六月初八，潼关失守。

长安陷落——潼关失守后，唐玄宗召集群臣商议对策，最终采纳了杨国忠的建议：逃往四川。六月十三日，唐玄宗带着杨贵妃、太子李亨、宰相杨国忠等人，在几千禁军的护驾下，逃离长安。他们出城不久，叛将孙孝哲领兵攻占了长安，先在京城大掠三日，然后又大掠郊县。

马嵬坡之变——六月十四日，唐玄宗一行逃到马嵬坡（今陕西兴平县西二十里），将士饥饿疲劳，怨声四起。由禁军将领陈玄礼和高力士合谋，利用唐军将士对杨国忠的愤怒情绪，杀掉了杨国忠及其妹韩国夫人、秦国夫人。虢国夫人和她的儿子逃到陈仓县（今陕西宝鸡），也被当地官员抓获杀掉。禁军士兵的愤怒情绪仍然难以平息，围住马嵬坡不散，要求唐玄宗对杨贵妃“割恩正法”。唐玄宗无奈，命高力士领着杨贵妃到附近寺庙佛堂内将她缢杀。六月十五日，唐玄宗下令从马嵬坡出发，禁军将士们说，杨国忠当过剑南节度使，他的心腹都在四川，大家不愿到四川去。这时的唐玄宗已经威风扫地，他只能委曲求全，答应先到扶风郡（治今陕西凤翔）。十七日到凤翔后，禁军士兵们公开对唐玄宗发牢骚，出言不逊，眼看局面随时都有失控的危险。恰在这时，四川进贡的十万匹春綵（蚕丝织品）刚好运到扶风。唐玄宗当场把这些春綵分发给禁军士兵，才把大家的情绪安定下来，把他送到了成都。

第二阶段是唐肃宗时期，从唐肃宗在灵武即位至唐肃宗去世，时间跨度为六年两个月（756 年 6 月—761 年 9 月）。这一时期经历主要事件如下：

唐肃宗在灵武即位——在马嵬坡处死杨贵妃后，老百姓拦住唐玄宗仍然不让他走，请他把太子李亨留下，统领诸将共击叛军，唐玄宗同意了。太子李亨从马嵬坡退回灵武（今宁夏灵武西南）。七月十二日，李亨在灵武即皇帝位，是为唐肃宗，遥尊唐玄宗为太上皇。唐肃宗就以灵武为基地，指挥这场平定安史之乱的战争。

组织平叛班子——唐玄宗与太子李亨分手时，只给太子李亨留下了两千人。到平凉，唐肃宗从皇家军马场得到几万匹军马，这是一批作战急用之物。又在平凉募得五百名兵员，但五百人连看管几万匹军马都不够用啊！唐肃宗身边的朝廷文武官员不到三十人，当时的困难处境可想而知。好在老皇上已不得人心，新皇上人心所向。河西节度使李嗣业，率领五千兵员赶到灵武来了；安西行军司马李栖筠，派出七千兵员赶到灵武来了；郭子仪亲率朔方五万精兵，赶到灵武来了。

制订平叛计划——唐肃宗找来了一直不肯做官的好友李泌，请他帮助出谋划策，平定叛乱。李泌为唐肃宗拟定的基本战略指导思想是不要急于求成，分三步实施：第一步，先下两刀，一刀切断常山与范阳的联系，一刀切断关中与河东的联系。这样就把叛军分割在长安、范阳、常山三地，首尾不相顾。第二步，南北夹击，端掉安禄山老巢范阳（这是郭子仪、李光弼原先向唐玄宗提过的建议）。第三步，以四方大军围攻两京（洛阳、长安），荡平叛军。但唐肃宗觉得这样时间会拖得很长，没有采纳。

内部又出乱子——唐肃宗平定安史之乱第一年，一事无成。内部一连出了三个乱子。第一个乱子，宰相房琯乱出主意，反攻长安，大败而归，打乱了平叛计划。第二个乱子，镇守江陵的永王李璘（唐玄宗养子）搞分裂，率领几万兵马顺江而下，准备攻占金陵（今南京），割据江南，“如东晋故事”。唐肃宗不得不暂停对安史之乱的平叛，先调兵遣将围攻李璘。直到至德二年（757 年）二月，才把李璘叛军消灭。第三个乱子，唐肃宗的宠妃张良娣，与宦官李辅国狼狈为奸，诬告建宁王李倓（肃宗次子）为了想当兵马元帅，想陷害广平王李俶（肃宗长子）。肃宗一怒之下将李倓赐死。这几件事，严重影响了唐肃宗精力，延误了平叛作战进程。

太原之战——至德二年（757 年）正月，史思明率十万大军进攻太原，其战略企图是：攻下太原后，长驱直入夺取朔方、河西、陇右，以巩固京都长安。否则，叛军攻取的长安只是一座孤城。李光弼的主力都部署在朔方，太原空虚。他组织团练几千人和太原民众顽强抵抗顶住了叛军进攻。

恰在这时，安禄山在洛阳被他儿子安庆绪杀掉。这一突如其来的重大变故，给李光弼保卫太原带来了极大转机。太原之战共歼灭叛军七万余人。太原之战的胜利，使唐军与叛军的力量对比发生了根本变化。

安禄山被杀——安禄山由于身体奇肥，常发痔疮，不能坐朝听事。反叛以来，眼睛又渐渐失明，可能是糖尿病晚期。他心情越发暴躁，常用斧钺瞎砍人，连他的主要谋士严庄也被他砍过。严庄“日夜谋之”，最后决定杀掉安禄山，扶立其子安庆绪。那一天，严庄让安庆绪站在门外，他持刀领着安禄山的贴身侍者李猪儿进入安禄山的营帐内。李猪儿挥起大刀朝安禄山的胖肚子上乱砍。安禄山床头经常放着一把刀，可是他眼睛瞎了，抓刀没抓着，大喊：“家贼!”肠子已经血泊狼藉流了一床，头一偏就死了。身边几个人就在他床下挖了一个坑，把他的尸体用毡毯一裹就埋了。

睢阳之战——这是一次十分壮烈的城市保卫战。安庆绪弑父篡位后，为了南下进入江淮，夺取唐朝税赋的主要来源之地，对睢阳（今河南商丘）发动了一次又一次强大攻势。唐军以河南节度副使张巡为睢阳军事指挥，睢阳太守许远负责调运军粮、维修战具。张巡指挥唐军歼灭叛军两万余人，俘获叛军将领六十余人，将叛军打退。三月中旬，叛军对睢阳发动第二次进攻。张巡坚守到四月，主动出城突袭，尹子奇被射伤左眼，差一点被活捉，再次把叛军打退。七月初，尹子奇第三次对睢阳发动进攻。这时，睢阳城中已经断粮，只剩下六百名士兵。张巡指挥唐军坚守到十月，城中的树皮、马匹、老鼠、麻雀全都吃尽，出现了吃人现象。这时将士们都主张突围而走，但张巡和许远认为睢阳是江淮门户，一旦失守，危及江淮。十月九日，睢阳陷落，张巡、南霁云、雷万春等三十六将被杀，太守许远被俘。睢阳之战，坚守了十个月，“前后大小战凡四百余，杀贼卒十二万人”。张巡是为平定安史之乱献身的英雄之一，他从指挥雍丘之战到指挥睢阳之战，一直坚持了二十一个月，直至牺牲，成功地阻止了安禄山叛军进入江淮地区的战略图谋，保卫了唐朝的税赋基地，为唐军实施最后反击争得了时间，守住了财源。

唐肃宗部署反攻——唐肃宗时期，平定安史之乱的最大功绩是收复两京。至德二年（757 年）二月，在李泌的建议下，唐肃宗从灵武移驾凤翔，部署反攻。九月，唐肃宗派豳王李守礼之子李承寀为敦煌王，命他与仆固怀恩出使回纥借兵收复两京。仆固怀恩为了完成皇命，把两个女儿都嫁给了回纥毗迦可汗的儿子为妻。李承寀与回纥达成的出兵条件是，“克城之日，土地士庶归唐，金帛子女皆归回纥”。

收复长安——至德二年（757 年）九月，回纥出动的四千精锐骑兵已经到达凤翔与唐军会合。九月十三日，元帅李俶、副元帅郭子仪统率十五万大军，从凤翔出动。二十七日抵达长安以西香积寺北、沣水以东地区，安庆绪出动十万叛军相抵抗。唐军以李嗣业为前军，郭子仪率中军，王思礼率后军，回纥骑兵迂回到叛军侧后，与唐军主力前后夹击，叛军大败，“斩首六万级，填沟堑死者甚众”，叛军退入长安城中。天明，叛军弃城而逃，唐军收复长安。入城后，回纥军准备大肆搜罗金帛女子。元帅李俶拜于叶护可汗马前说：“今始得西京，惹遽俘掠，则东京之人皆为贼固守，不可复取矣。”请求收复东京后再履约，叶护同意。

收复洛阳——唐军入长安休整三日，郭子仪统率唐军和回纥军一起向潼关发起追击，并分兵一部由王难得率领南出武关，迂回洛阳。郭子仪亲率主力连克华阴、潼关、弘农（今河南灵宝），一路向东推进。王难得率领的南路唐军攻克武关，又攻克上洛郡（今陕西商州市）。叛军退守陕州，安庆绪派出洛阳叛军主力，由严庄率领驰援陕州，陕州叛军达到十五万人。郭子仪指挥唐军猛攻，叛军大败，郭子仪命仆固怀恩等诸将分路追击。至德二年（757 年）十月十六日夜间，安庆绪撤出洛阳，逃往邺郡（治今河南安阳），唐军收复东京洛阳。元帅李俶和副帅郭子仪进入洛阳后，见回纥兵已开始大肆抢掠。李、郭紧急打开洛阳府库，以绢罗万匹赠回纥，劝阻其抢掠。

史思明投降——郭子仪攻取河阳（今河南孟州）、河内（今河南沁阳），安庆绪主将兼谋士严庄被迫投降。叛将尹子奇被陈留军民杀死。唐河南节度使张镐率鲁炅、来瑱、李嗣业、李奂诸将分头收复河南、河东失地。叛军土崩瓦解，镇守范阳的史思明向唐朝投降。

平叛出现反复——唐肃宗这时犯了一个战略性错误：他被收复两京的胜利冲昏了头脑，忙于大封功臣、整修宫殿，准备迎接太上皇唐玄宗回京。没有命令唐军一鼓作气去追剿安庆绪等叛军头目，使他们获得了喘息机会，得以收拢残部、重振旗鼓、卷土重来。安庆绪逃到邺郡时只剩下步骑千余人，由于唐军没有及时追剿，他急召叛将蔡希德、田承嗣、武令珣，分别率领本部从上党、颍川、南阳等地前来邺郡会合，并在当地征召了一批团练。不到一个月，安庆绪的总兵力又恢复到六万多人。史思明投降后，唐肃宗曾封他为归义王、范阳节度使。本来，这时应抓住主要矛盾，全力剿灭安庆绪，然后回头再处置史思明的问题。可是，唐将李光弼认定史思明绝对靠不住，劝唐肃宗任命史思明的亲信乌承恩为范阳节度副使，通过他除掉史思明。计划泄露，史思明抢先杀掉乌承恩，再次起兵反唐，另立山头。这样，一个叛乱集团变成了两个：安庆绪在河南邺郡，史思明在河北范阳。对安庆绪没有一追到底，对史思明急于处理，这是两大失策，都是由于唐肃宗及其主要将帅缺乏战略眼光，看不清全局，抓不住要害。

围剿安庆绪失利——至德三年（758 年），唐肃宗命郭子仪、李光弼等九节度使围攻邺郡安庆绪。可是唐肃宗又犯了一个荒唐的错误：他不设统帅。唐肃宗的荒唐“理由”是：郭子仪和李光弼都是元勋，不便互相统属。他派了一位专横跋扈的宦官鱼朝恩负责监军。唐朝中期以后，宦官监军打败仗的例子不胜枚举。结果，几十万唐军屯于邺郡城下，缺乏统一指挥，队形混乱，意见分歧，痛失战机，拖得师老兵疲。史思明从范阳来援，打了几仗，屡挫唐军锐气。然后，史思明狡猾地屯兵外围，观察形势。

史思明杀安庆绪，自称燕帝——史思明眼看唐军已乱，大举进攻，唐军全线崩溃。史思明占领邺郡后，计擒安庆绪，两股叛军内部火并。史思明宣布安庆绪“弑父”罪行，将他杀掉，自称大燕皇帝。

洛阳再度失守——乾元二年（759 年）七月，唐肃宗把邺郡之败的责任归罪于郭子仪，把他从洛阳召回长安罢免。唐肃宗对老将郭子仪这样处置完全不讲道理。任命李光弼接替朔方节度使、天下兵马副元帅之职。李光弼领五百人赶赴洛阳上任。九月，史思明留下次子史朝清留守范阳，亲自统兵分四路进攻洛阳。唐军交战不利，李光弼下令放弃洛阳，率两万人退守河阳（今河南孟县南十五里、黄河北岸）。史思明进入洛阳，得到的是一座空城。

宦官扰乱军事指挥——上元元年（760 年）九月，唐肃宗命郭子仪率领七万大军，自朔方直取范阳。这本来是郭子仪早就提议过的计划，这次唐肃宗终于采纳，令郭子仪兴奋不已。可是令下之日，又被宦官鱼朝恩阻挠，计划取消。唐朝的宦官，皇上的命令他们也能取消，朝政怎能不乱！上元二年（761 年）二月，唐肃宗又在鱼朝恩和仆固怀恩的鼓动下，催促李光弼从河阳反攻洛阳。李光弼奏报说："贼锋尚锐，未可轻进。"可是朝廷催促出战的兵符一道接一道送来，李光弼只得勉强出战。仆固怀恩是郭子仪的旧将，作战思想与战斗作风与李光弼风格不同，两人为排兵布阵争论不休。史思明乘机发起突袭，唐军大败，死伤无数，辎重损失殆尽。李光弼、仆固怀恩退守闻喜（今山西闻喜）。

史思明也被儿子杀掉——三月，史思明进攻潼关，命其长子史朝义为前锋，先攻陕州，被唐军多次击败。史思明大怒，认为史朝义无能，欲以军法处斩史朝义，立次子史朝清为太子。事泄，史朝义与亲信密谋，抢先把父亲史思明杀掉，自立为帝。叛军内部两派混战，数月不息，大乱。

第三阶段是唐代宗时期，从唐肃宗突然去世，到最终平定安史之乱，时间跨度七个月（762 年 4 月—762 年 10 月）。这一阶段的主要事件如下：

宫廷内乱——宝应元年（762 年）四月，唐肃宗的张皇后（张良娣）与宦官李辅国产生矛盾。张良娣召太子李俶密商，要把宦官李辅国、程元振二人杀掉。太子李俶不从。张良娣又找次子越王李系去执行这一计划。程元振探得消息，立即告诉李辅国。李辅国和程元振半夜动手，先把越王李系和张皇后杀掉。唐肃宗第三天就"病死"了，死得非常蹊跷！

唐代宗即位——宦官李辅国扶立太子李俶（已改名李豫）继位，是为唐代宗。李辅国自恃扶立之功，骄横地对唐代宗说："大家（皇上）但居禁中，外事听老奴处分。"唐代宗不愿当傀儡，罢免了李辅国的禁军兵权。不久，李辅国被人"暗杀"，同样死得蹊跷。不管其中有多少说不清的蹊跷，唐代宗的皇位总算是立住了，他开始筹划第三阶段平定安史之乱的战事。

再次向回纥借兵——唐代宗任命雍王李适（代宗长子）为天下兵马元帅，以仆固怀恩为副元帅，并派宦官刘清潭再次去向回纥借兵。谁知在前一阵唐朝内部变乱之际，史朝义已抢先派人与回纥联络，已商定联兵攻唐。宝应元年（762 年）九月，唐朝使者刘清潭到达回纥牙帐时，登里可汗却说：“人言唐已亡，安得有使邪?”这时，援助史朝义的回纥兵已经到达三座受降城一线（西受降城在今内蒙古狼山南口，中受降城在今内蒙古包头西，东受降城在今内蒙古托克托南）。刘清潭派人回朝廷密报出使情况，唐代宗大惊。朝廷再派乐子昂出使，到今山西忻州截迎登里可汗，当面劝说他改弦更张。登里可汗是唐将仆固怀恩的女婿（仆固怀恩的两个女儿都是嫁给他的），他提出要见仆固怀恩了解真假。仆固怀恩正在汾州（今山西隰县），唐代宗命仆固怀恩速赴忻州与登里可汗相见。在仆固怀恩的劝说下，登里可汗当即表示，不负大唐恩德，愿为大唐效力。

安史之乱最后平定——宝应元年（762 年）十月，唐军以太子李适、仆固怀恩为正副元帅，会攻洛阳。十月三十日，唐军与回纥军同史朝义叛军在洛阳西北激战一日，叛军丧师六万，被俘两万，史朝义仅带百余骑向东逃窜。唐军重新收复洛阳。宝应元年（762 年）十一月，朝廷命仆固怀恩为河北副元帅，统率朔方精兵，命他平定河北。唐代宗广德元年（763 年）正月，史朝义逃至今河北卢龙境内，李怀仙率领的唐军追兵赶到，史朝义走投无路，拔刀自杀。李怀仙割取其首级献仆固怀恩，仆固怀恩又传首京师。安史之乱长达八年，至此宣告平定。

酿成安史之乱的深刻教训

对于酿成安史之乱的深刻教训，这里仅从两个方面做些简要分析。

教训之一，唐朝在开元盛世的掩盖下，统治集团产生了严重的腐败倾向。借用《红楼梦》第二回里的一句话：“如今外面的架子虽没很倒，内囊却也尽上来了。”一切的“乱”，病根都先要到内囊里去寻找。唐玄宗在位长达四十三年，前期勤勉治国，选贤任能，励精图治，整顿朝纲，出现了开元盛世。但他到了后期，变了。以得到杨贵妃为标志，他意志消退，耽于欢娱，无心国事，重用奸佞、宦官，一切坏事都出来了。没有高力士，杨贵妃到不了唐玄宗身边；没有杨贵妃，唐玄宗不会荒淫昏聩到这一步；没有李林甫的阴谋诡计，安禄山不会攫取这么大权力；没有杨贵妃，杨国忠更不可能当上宰相，等等。一环扣着一环，环环相扣，盘根错节，乱势已成，无可挽回。

教训之二，唐朝“以番制番”的边疆政策，自从唐太宗去世之后，陈陈相因，弊端代积，终于酿成了严重恶果。唐太宗奠定的“以番制番”边疆政策，曾为唐朝的强大和兴盛发挥过巨大作用，出现了“中国安定，四夷来朝”的盛况。任用安禄山这样的番将，不能说一开始就用错了。在唐朝无数次战争中，不少番将为唐朝建立过重大战功，如执失思力、契苾何力、仆固怀恩、李抱真（安禄山同族，原名安抱真）等等。但是，任何一项政策，都是“利”与“弊”相依相生的。问题是，如何在实践中发现问题，扬其“利”，抑其“弊”，制定出相关的监督制约机制，使之不断完善。即使是汉臣汉将，也不能没有必要的监督制约机制啊！可是，唐太宗之后，唐朝的历代帝王们，尤其是唐玄宗，只见“以番制番”之“利”，丝毫未察其“弊”。到了奸相李林甫手里，更是把“以番制番”变成了“以番制汉”，使这一政策彻底改变了性质。这时的唐玄宗，只顾同杨贵妃浸泡在蒸汽缭绕的华清池里寻欢作乐，把治国安邦当成儿戏来玩了。只要安禄山能讨得“干妈”杨贵妃的欢心，唐玄宗就把事关唐朝生死存亡的兵权像“糖果”一样给安禄山吃了一颗又一颗。到最后，安禄山身兼三镇节度使等几十项职务，他握有的兵力相当于唐朝总兵力的三分之一，归他管辖的地盘约占唐朝国土面积的五分之一。唐玄宗已经糊涂到了极点，天宝十四年（755 年），他居然同意安禄山的请求，把安禄山军队中的三十二位汉族将领全部换成番将，使安禄山掌握的军队由唐军彻底变成了“番军”！这一变动，使安禄山最后完成了发动兵变的组织准备。就在这一年的下半年，安史之乱爆发了！

逼反仆固怀恩的另一种教训

安史之乱之后，唐朝对待番将的态度，又不分青红皂白地走到了另一个极端：怀疑一切。结果，又酿成了同样严重的恶果——把平定安史之乱的大功臣之一仆固怀恩逼上了反叛之路。判析一下这个例子，可以从另一面看出唐朝中后期，朝廷“治国、治军、治臣”的水平已经退化到什么程度。

仆固怀恩是匈奴铁勒仆骨部人，金微都督府都督仆骨歌滥拔延之孙，世袭都督。唐玄宗天宝年间，仆固怀恩历任王忠嗣、安思顺部下，一向以英勇善战、通晓番情著称。安史之乱爆发后，他一直跟随郭子仪、李光弼战斗在平定安史之乱的第一线，屡立战功。唐肃宗在灵武即位，他跟随郭子仪率朔方五万大军赶往灵武护驾。当时，唐肃宗苦于兵力单薄，仆固怀恩奉命出使回纥借兵。为了完成朝廷交给他的使命，他把两个女儿都嫁给了回纥可汗。回纥的援兵来到后，在郭子仪统一指挥下，唐军与回纥联军收复了两京，取得了平定安史之乱的决定性胜利。仆固怀恩因功被任命为朔方行营节度使，封大宁王，随李光弼驻守河阳，每战必冲锋陷阵，摧寇灭敌，功冠诸将。

唐代宗时期，仆固怀恩又奉命与回纥登里可汗会师太原，说服回纥登里可汗中断了与史朝义的联合，帮助唐朝击败史朝义，重新收复了洛阳。消灭史朝义的最后一仗，也是在仆固怀恩直接指挥下打胜的。仆固怀恩因战功卓著，迁尚书左仆射兼中书令、河北副元帅、朔方节度使。可是，就是这样一位大功臣，最终却被一些小人逼反了。

安史之乱彻底平定后，仆固怀恩奉命护送回纥可汗和回纥军归国，路过太原，太原尹辛云京鸡肠狗肚，“内忌怀恩，以其与回纥亲，疑可汗见袭，闭关不敢犒军”。仆固怀恩无法忍受一位小小太原尹当着他女婿、回纥登里可汗的面，给他这等羞辱，大怒，向唐代宗“表上其状”。唐代宗未做任何答复（太不应该!），仆固怀恩大失所望。

几天后，监军骆奉先到山西，辛云京“因言怀恩与可汗约反状明白”，骆奉先也对仆固怀恩起了疑心。骆奉先又从辛云京处来到仆固怀恩处，仆固怀恩热情接待。按照铁勒人规矩，先“升堂拜母”。仆母见了骆奉先就说：“你与我儿曾约为兄弟，如今怎么和辛云京更亲热了？希望你们二人和好如初。”然后喝酒，“酒酣，怀恩舞”，兴致极高。骆奉先却坐立不安，急着要离开。仆固怀恩想多留他一日，好好叙谈叙谈，让左右把他的坐骑藏了起来。骆奉先怀疑仆固怀恩要杀害他，半夜逃跑。仆固怀恩大惊，急追，把他的马还给了他。骆奉先返京后，“具奉怀恩反状”（《新唐书·仆固怀恩传》）。

仗刚打完，就遇到这样两位小人，仆固怀恩不胜其怒，奏请皇上以诬陷罪“诛云京、奉先”。唐代宗处置这类事毫无经验，想用和稀泥的办法化解这场矛盾，下诏“两解之”，但根本化解不了。“怀恩殃殃，又性彊固，不肯为谗毁屈，无以自解，乃上书陈情”，向唐代宗再次申述内心的种种怨屈。他说，“臣世本夷人，少蒙上皇驱策”，安史之乱起，“先帝委臣以兵，誓雪国仇，攻城野战，身先士卒，兄弟死于阵，子姓没于军，九族之内，十不一在，而存者创痍满身”。又说，我仆固怀恩为朝廷满门忠烈，“一门之内，死王事者四十六人”。又说，我仆固怀恩为朝廷大义灭亲，我的一个儿子仆固玢战败投敌，逃回后，我“舍天姓之爱”，下令将他斩首，传首军中，“以令士众”。又说，我仆固怀恩奉朝廷之命，为了向回纥借兵，把两个女儿都远嫁回纥。又说，我此前已遭到过宦官李辅国、鱼朝恩之谗，今天又遭到辛云京、骆奉先之陷，皇上啊，你还分不分是非啊！“陛下不垂明察，欲使忠直之臣，陷谗邪之党，臣所为拊泣血者也。”（《新唐书·仆固怀恩传》）

唐代宗派宰相裴遵庆“临谕诏旨”。仆固怀恩见到宰相裴遵庆来到他府上，扑通一声跪下，抱住宰相的双脚号啕大哭，诉说心中冤屈。其实，唐代宗知道仆固怀恩并无反叛之心，曾说过：“疑隙之端，起于群小，察其深衷，本无他志。”（《资治通鉴·唐纪三十九》）宰相裴遵庆告诉他，皇上对他并不怀疑，请他入朝。仆固怀恩答应跟裴遵庆入朝。但仆固怀恩的副将范志诚却劝阻他道：“嫌隙成矣，奈何入不测之朝?”第二天，仆固怀恩对裴遵庆直说：“我怕入朝后被杀，不去了。”但他不想得罪朝廷，准备派一个儿子入朝宿卫当人质，又被范志诚制止。在这种敏感时刻，副将范志诚没有起好作用。

就这样，仆固怀恩这个思想疙瘩到底没能解开，终于被逼上了反叛之路。他先叫儿子去攻打辛云京、攻榆次；自己去引回纥、吐蕃军来攻唐，等等。

最后，仆固怀恩在灵武得暴病而死。唐代宗得到仆固怀恩死讯，“为之恻然曰：‘怀恩不反，为左右所误耳！’”（《新唐书·仆固怀恩传》）。

说仆固怀恩一点私心也没有，这也不是事实。平定史朝义最后一仗，是由他指挥打的。他攻克洛阳后，史朝义向河北方向逃跑，仆固怀恩追到河北，看到史朝义自封的节度使甚多，个个握有重兵，如果逐一讨伐，战争的最后胜利将遥遥无期，于是他建议朝廷采用纳降授士之策以分化敌人，朝廷采纳了他的建议。同时，仆固怀恩想到，仗打完后，武将不可能长期“得宠”。尤其看到朝廷内宦官专权，皇帝昏聩，像郭子仪这样的大功臣都遭到猜忌排挤，于是萌生了“固军权以免失势失宠”的想法。因此，史朝义手下几员战将薛嵩、张志忠、李怀仙、田承嗣向他投降时，他都建议朝廷任用这几人为河北诸州节度使。他觉得这样就“有恩”于这几个人，以后便于驾驭他们。朝廷早就“厌兵”，巴不得早一天结束战争，对他的建议都照准。仆固怀恩的“异志”也仅此而已，历史学家对仆固怀恩至今没有从史料中翻出比这更过硬的“谋反”证据来。况且，对几位安禄山降将的任命，既然是朝廷批准的，后来发生问题，主要责任就该由朝廷来承担。

仆固怀恩是少数民族，他脾气“刚决犯上”，向皇上奏表也从来不避冒犯之语，“怨言盈纸”，这当然是他的严重缺点。如何对待和制约他这些严重缺点，这是属于帝王容人胸怀和驭人之术的课题。

仆固怀恩的问题，完全是由于小人猜忌在先，皇帝与朝廷处置不够及时、处置方法又不够恰当造成的，这是“以番制番”政策的另一项重大失误。

至于仆固怀恩最后走上反叛之路，罪责当然只能由他自己承担。他的老母亲听说他反叛朝廷，提着刀追出家门要杀掉他这个大逆不道的儿子，把他的心挖出来交给朝廷。仆固怀恩逃得快，老太太没有追上。

安史之乱，大唐之悲莫大于此矣。

2009 年 8 月

文武失调的宋王朝

宋朝是一个让人爱恨交加的朝代。它经济繁荣，文化灿烂，军事上却屡战屡败。这使得评价宋朝成为一道历史学难题。愈是这样，反倒愈觉得应该对宋朝进行一番分析，看一看宋朝在经济文化上获得巨大成功的秘诀、军事上一败再败的教训。

一

宋朝的经济文化繁荣，首先得益于几个重要的客观条件。其一，北宋虽然未能统一中国，但它结束了五代十国乱世，为发展经济文化创造了基本条件。其二，宋朝的有效统治区域，北宋时在冀中白沟（拒马河支流）以南，南宋时在江淮以南，都是经济发达地区。其三，宋朝的人口大量增加，意味着劳动力大量增加。其四，宋朝虽然长期同辽、金、西夏、蒙古处于交战状态，但在蒙古攻灭南宋以前的三百来年间，长江以南地区遭受战争破坏次数少、时间短、程度轻，江南大部分地区基本未受战争影响。其五，在长期战争状态下，宋朝也有过几段间隙性的和平发展时期，“四方无事，百姓康乐，户口蕃庶，田野日辟”（《宋史·货食上》）。

治国者的主观因素比客观因素更重要。宋朝的经济文化繁荣，首先要感谢宋朝的开国之帝宋太祖赵匡胤。宋太祖为宋朝奠定的治国理念比较温和，他治国比较人性化，因而宋朝总体上人心一直比较安定，这一条是带根本性的。

赵匡胤治国理念的温和色彩，在中国古代封建帝王中是罕见的。北宋建国之初，由于五代十国中的九国在南方，一国在北方（北汉），他首先发动平定南方之战。赵匡胤本人的统帅指挥才能并不十分高明，但他非常注重“战争文明”。他在战争中一再对将帅们强调：一、严明军纪；二、安民为先；三、宽待俘虏；四、不嗜杀戮。这些内容，是宋太祖赵匡胤对中国古代军事思想的重要贡献。王全斌等攻灭了后蜀，将领饮酒作乐，放纵部属掳掠、杀俘，结果引起后蜀战俘暴动，又在蜀国老百姓中引起连锁反应，纷纷起而响应。攻下后蜀只用了六十六天，平定后蜀降卒叛乱却花了两年，教训非常深刻。赵匡胤认真总结教训，对王全斌等重要将领统统给予降职处分。后来讨平南唐时，他向主帅曹彬再三交代，为了减少伤亡和破坏，对金陵不求“急攻”，尽可能以“缓攻”之法降敌。曹彬坚决贯彻这一作战指导方针，围困金陵时间长达一年多，对金陵破坏甚小，宋军纪律又严明，“士大夫赖彬保全，各得其所”，因而南唐小朝廷坚持到最后，“降而心服”。赵匡胤一改五代十国君王们任意杀戮的恶习，以宽容大度的气概，对被他伐灭的南方各个割据政权的亡国之君一个都不杀，统统予以妥善安置，授予一定官职，虽然没有实权，但生活待遇足以保障，名义上又有一定社会地位。因此，平定南方后，江南人心很快就安定了下来。他对王全斌等违反军纪的重要将领，既严肃查处，决不姑息；又一直顾念他们的战功，待他们悔过自新、建立新功后又重新起用了他们。赵匡胤珍惜人的性命，曾对宰相说：“人命至重。”赵匡胤每晚“好读书”，他从阅读《二典》中知道，尧、舜时犯罪的人只指“四凶”，联想到五代十国的君王诸侯飞扬跋扈乱杀人，他觉得这样不行。于是下诏，“自今诸州决大辟，录案闻奏，付刑部复视之”（《宋史·太祖本纪三》）。

宋朝的经济繁荣，尤其是农业的发展，同朝廷的“惜民”思想直接有关。宋朝是文人政权，许多苦读入仕的官员，有不少人来自农村，他们对农民的生存状态比较熟悉和关注。司马光为门下侍郎时，上过一道反映民间疾苦的奏疏，称“四民之中，惟农最苦”。他不仅描述了农民“寒耕热耘”的劳作之苦，还反映了农民遭受“聚敛之臣”的种种盘剥之苦（《宋史·食货上》）。因此，宋朝在结束五代十国战乱后，通过鼓励垦荒、修筑圩田、整修河道、推广灌溉、安置流民、贷款助农、推广农业先进技术、发展经济作物、官方屯田储粮等措施，使农业生产得到迅速恢复和发展。南宋时，“内外用兵，所在多逃绝之田”，朝廷及时出台了恢复性措施。宋高宗绍兴二年（1132 年），“诏两浙路收买牛具，贷淮东人户”，“四年，贷卢州民钱万缗，以买耕牛”（《宋史·食货上》）。

宋朝经济繁荣反映在农业、手工业和商业三个方面，一环带动一环。

宋朝发展农业，一项基础性的措施就是鼓励大面积垦荒。领导垦荒成绩卓著的官员可以奖励晋升，“崇宁中，广南东路转运判官王觉，以开辟荒田几及万顷，诏迁一官。其后，知州、部使者以能课民种桑枣者，率优其第秩焉”（《宋史·食货上》）。宋朝垦荒总面积约在七亿至七亿两千万亩之间（漆侠《宋代经济史》）。当然，垦荒并不是宋朝的发明，它是西汉以来发展农业的一项传统性措施。隋唐的垦荒面积都很大。宋朝的桑、麻、茶、甘蔗等经济作物均有大面积推广。宋神宗年间曾“立法劝民栽桑”。水稻种植从南方推广到了北方；北方的五谷杂粮也推广到了南方山区旱地。宋朝的耕作技术和农业生产工具也有了很大进步，出现了铁犁、秧马、龙骨水车等，促进了农业生产力的提高，粮食产量大幅度增长。

宋朝农业的发展，为手工业发展创造了条件。宋朝的手工业相当繁荣，纺织、印染、制瓷、酿酒、制茶、制盐、造纸、刻印、采矿、冶炼、造船等，许多手工工艺达到了很高水平。宋朝的纺织业是随着桑、麻的普遍种植发展起来的，丝织业成为宋朝最重要的手工业门类。丝绸之路的商贸活动最兴旺的时期是唐朝，但丝织品产量最高的时期却是宋朝。唐宋时丝织行业以绢代税，唐朝岁入丝织品最高的年份（唐玄宗时期）为七百四十多万匹，北宋元祐元年（1086 年）岁入为两千四百四十五万匹，是唐朝最高年份的三倍多（漆侠《宋代经济史》）。宋朝的丝织品种类繁多，有锦、罗、绉、绫、縠、絁等，琳琅满目，精美绝伦。宋瓷同样光彩夺目，蜚声海外。

宋朝的冶铁业，在欧洲资本主义兴起前，居于世界前列（漆侠《宋代经济史》）。宋朝中期，各地冶铁所发展到二百七十多家。宋朝是造纸业、印刷业的大发展时期。宋朝的印刷业包括“刻”与“印”两大相关行业。印书先要刻成雕版，再印刷。毕升在北宋庆历年间发明了泥活字印刷术，但由于汉字数量浩繁、制字困难等原因，小作坊投资不起，活字印刷在宋朝并没有普及。宋朝印刷业大量采用的仍然是雕版印刷。开封、成都、杭州、建州（今福建建瓯）是宋朝的四大刻印中心。

宋朝的农业和手工业的发展，又带动了商贸的发展。宋朝在商贸领域有两大历史性进步，一是不搞重农抑商，二是不搞禁海令。这两项历史性进步意义重大。

宋朝商业的发展，除了有赖于这两大开明政策和农业、手工业为之提供的丰富物质基础之外，还依赖于另外几个必备条件：城市、乡镇、集市的发展，交通运输的发展，商贸政策的宽松，纸币的产生。这些条件，宋朝都具备。宋朝的汴京（开封）、临安（杭州），在当时都是世界级大都市。宋朝的水路交通已很发达。宋朝最早在成都出现了“交子”（纸币），后来由官府正式发行，推广到陕西等地使用，代替分量沉重、不便携带的铜钱、铁钱，大大方便了商贸交易。宋太祖下诏，京城汴京三更不闭市，热闹非凡，呈现出一派繁荣景象。宋朝除了大都市商贸兴旺，在各地城郊和小市镇还有“草市”（定期集市）。同辽、西夏、金各方，在停战期间也开设“榷场”进行边贸活动，互通有无。

宋朝出现了中国古代海外贸易的第一个高潮。由于同北方长期处于交战状态，东南沿海的海外贸易大发展。宋朝的造船业已能建造航海大船。宋太祖时期，就在广州设立市舶司，主管海外贸易。福建泉州港发展为重要的海外贸易港。中国商船来往于东亚、东南亚、南亚、西南亚、非洲东海岸。

随着内外贸易大发展，商税收入在宋朝财政收入中的比重越来越高。宋太宗至道中（995—998 年），商税收入为每年四百万贯；宋英宗治平中（1064—1068 年），每年达到八百四十六万余贯，增长 211.6%（漆侠《宋代经济史》）。

二

宋朝的灿烂文化，可以用“辉煌”来形容。明朝“开国第一文臣”宋濂曾说过：“自秦以下，文莫盛于宋。”陈寅恪也说过：“华夏民族之文化，历数千载之演进，造极于赵宋之世。”

宋朝政治环境宽松，思想不设禁忌，为文化繁荣创造了良好条件。这同样要感谢宋太祖赵匡胤。他尊重读书人，用人“大重儒者”，明确规定“作宰相须读书人”。另据宋人笔记《避暑漫抄》记载，他命人在太庙中秘密刻下他的遗训，立碑于夹室。此碑平时用黄色幔帐罩住，遗训内容不为外人所知。他去世后，每位帝王凡来太庙祭祖，必先入夹室跪读他的遗训。后来徽、钦二帝被金人俘去，其遗训内容才被外人所知，有三项内容：一、“柴氏子孙，有罪不得加刑，纵犯谋逆，止于狱内赐尽，不得市曹刑戮，亦不得连坐支属”（柴氏即五代后周周世宗柴荣的后裔，赵匡胤以此表示他虽篡周称帝建宋，但不忘周世宗的旧恩）；二、“不得杀士大夫及上书言事人”；三、“子孙有渝此誓者，天必殛之”。

宋太祖遗训的核心内容是第二条：“不杀士大夫及上书言事人。”这是中国进入封建社会以来最为开明的一项思想文化政策，非常了不起。宋太祖真心实意保护读书人，真正实行“言者无罪”的方针。参照《宋史》的相关记载，宋太祖的这个遗训应该是可信的。《宋史・曹勋传》中写道，曹勋从宋徽宗被金兵俘虏北去，过了黄河北行十余日，宋徽宗忽然问曹勋道：“不知中原之民推戴康王（赵构）否?”第二天，宋徽宗拿出一件御衣，在领子里写了“可便即真，来救父母”八个字，连同韦贤妃、邢夫人的信一起交给曹勋，让他南返见康王。并嘱咐曹勋说，见了康王对他讲两条：第一，如果他“有清中原之策，悉举行之，毋以我为念”；第二，“艺祖（宋太祖）有誓约藏之太庙，不杀大臣及言事官，违者不祥”。令人遗憾的是，康王（宋高宗）并没有把太祖的这条遗训和父皇的提醒牢记在心，南宋开国伊始，他就在佞臣黄潜善和汪伯彦的挑唆下，把上奏反对南渡、力主抗金的著名太学生陈东和江西抚州进士欧阳澈杀掉了。

但不管怎么说，宋太祖赵匡胤立下的“不杀士大夫及上书言事人”这条遗训，对于促进宋朝的思想文化发展产生了巨大的影响。

宋朝的政治思想和哲学流派之间，虽然也充满着异常尖锐激烈的争论，但宋朝皇帝坚持不杀文人的祖训，不搞文字狱（不能说绝对没有），一般都贬到小地方去做官，或撤职流放。这些人照样可以写诗、作画、写文章，由此造就了多位大文豪，如范仲淹、苏东坡、辛弃疾等。宋朝的大文豪可以列举出一大串光彩夺目的名字。北宋泰斗级的文豪是欧阳修，他是北宋诗文革新运动的领袖，开创了一代新文风。王安石、曾巩、苏洵、苏轼、苏辙等人，都得到过欧阳修的举荐、提拔或文学上的指导。欧阳修还和宋祁共同主持编撰了《新唐书》（由于欧阳修以文章高手自负，随意削删史料，遭到后人非议，致使《新唐书》的史学价值没有超过《旧唐书》）。苏轼被公认为文学巨匠，文学成就辉煌。苏轼门下有“苏门四学士”黄庭坚、张耒、晁补之、秦观。散文“唐宋八大家”，宋朝占了六位。其中一位是王安石，他既是政治家，又是文学家。钱钟书在他所著的《宋诗选注》中说，王安石“在政治上的新措施引起同时和后世许多人的敌视，但是这些人不能不推重他在文学上的造就，尤其是他的诗”，并说宋朝注释王安石诗集的两个人，在政治上都是王安石的反对派。仅从这一点看，宋朝文人的心态是高远明净的，这种心态只有在良好的文化环境中才能形成。

宋朝的文学艺术达到了一个新的高度。宋词与唐诗双峰并峙，铸就了中国文化的辉煌，成为中国灿烂文化的重要标志，后人难以企及。南宋爱国诗人陆游，“六十年间万首诗”，他的诗产生了很大影响。宋朝涌现了四大书法家苏东坡、黄庭坚、米芾、蔡襄。实际上，宋朝书法造诣达到很高境界的远不止这四人。宋朝的绘画艺术同样是一个高峰。宋徽宗赵佶本人就是一位杰出画家（虽然他一门心思画鸭子，把江山画丢了），范宽、郭熙、李唐、马远、夏圭、张择端，都为后世留下了他们的杰出作品。宋朝的文化艺术已经渗透到日常生活领域，活跃在街坊市井的话本艺术、皮影、滑稽、杂技等等，都极大地丰富了普通老百姓的精神生活。

宋朝也是一个发明创造的时代。不过，现在有人把这一点夸大到了不适当的地步，说中国古代四大发明中的三大发明（活字印刷、指南针、火药）都“集体出现在宋朝”。这是一个过于简单化的结论，很可能误导出另外一些片面认识。其实，中国古代的四大发明，从萌芽到成熟应用，都经历了一个漫长的发展过程。四大发明中，除了活字印刷纯属宋朝发明外，指南针和火药的发明都在宋朝以前，造纸的发明更早。“发明”与“完善实用技术”是两个不同的概念。宋朝在指南针和火药领域，是在前人发明的基础上解决了一些实用技术问题。宋朝发明的活字印刷术，也经历了五个多世纪的漫长完善过程，直到明朝才得到广泛应用（罗树宝《中国古代印刷史》）。

然而，我们必须承认，宋朝为后代留下了一大笔文化遗产，至今仍在滋润着中华文明的蓬勃发展。这方面，仅举一个小小的例子就够了：优美的宋体字，至今仍是全世界一切汉字印刷品中使用量最大、电脑汉字输入法中使用最为普及的字体。

三

宋太祖治国理念的温和色彩，既是“宋风”儒雅之源，也是“宋骨”软弱之根，成于斯，也败于斯焉。看来赵匡胤只有“软”的一手，缺少“硬”的一手。结果，宋朝在军事上不行，不是一般的不行，非常糟糕。打不过辽，打不过金，打不过西夏，打不过蒙古。向辽、金割地称侄称臣，纳贡纳币，三百年没有翻过身来，直至灭亡。

这说明，一个国家经济发达，文化繁荣，不等于军事上就能自然强大。宋朝屡战屡败的历史教训说明：普通老百姓“只求和平，不要战争”，这无可指摘。但是，作为治国者，如果只想专心致志发展经济文化，不去重视提高军事实力，一旦战争来了，老天爷不会怜悯你，承受战争灾难、战败之辱的是国家，是人民，是子孙后代。

宋朝在军事上的“软骨病”，找根子同样要找到宋太祖赵匡胤身上。毛泽东在《沁园春・雪》这首词中列举的秦皇汉武、唐宗宋祖、成吉思汗，如果以开国之帝的“雄心壮志”而论，宋太祖赵匡胤是最弱的一位。按理说，经过唐中后期的安史之乱、唐末的藩镇之乱到唐灭亡后的五代十国战乱，国家二百余年间处于分崩离析状态，宋朝开国，赵匡胤应该把重新统一中国作为最高战略目标。但他毕竟是通过兵变篡位称帝的，这是他与秦始皇、汉高祖、唐太宗艰难征战打出一统江山最大的不同点。正是这个不同点，决定了赵匡胤重新统一中国的愿望从来就不那么执着和强烈，他身上缺少秦汉和大唐的豪迈气象。有一个很典型的例子：他发动陈桥兵变称帝后，进行统一南方的战争。宋将王全斌在攻灭后蜀后，立即上奏建议乘胜攻取云南（大理）。赵匡胤却“鉴唐天宝之祸起于南诏”，用玉斧在地图上顺着大渡河一划，指着大渡河以西说，“此外非我所有也”（《续资治通鉴·宋纪四》）。因此，宋朝的西南疆域，西南的吐蕃，南部的大理，都未纳入宋朝治理范围。另一个例子，由于十国中的北汉是辽国的傀儡，宋太祖一开始就对伐灭北汉信心不足，准备用金钱向辽国把北汉“赎”回来，为此专门辟了一个暗室为“赎买”北汉积聚钱财。这说明，赵匡胤从一开始定下的开国基调就是趋向保守的，它预示着宋朝将是一个军事上“萎缩”的朝代。其实，谁也不要求宋太祖去搞扩张，只要求他把祖先开拓的疆域收复、守住，重新统一中国。

赵匡胤生前只统一了中国南方。他也曾想统一中国北方，南方基本平定后，他三次亲征攻打北汉，三次都没有打下来。第三次进攻北汉时，仗没有打完他就病倒，很快驾崩，上帝也没有为他统一中国留下足够时间，这也没有办法。

宋太宗赵匡义，在这方面的差距就更大了。他倾尽全力伐灭了五代十国中最后一个顽固堡垒北汉割据政权，紧接着在毫无准备的情况下匆忙下令伐辽，结果大败而归，碰了一个大钉子。从此以后，在同辽国的交战中连连失败，使他完全丧失了统一中国的信心。

北宋灭亡前的宋徽宗，锦衣玉食，赋诗作画，他从来就没有把统一大业放在心上。

南宋的开国之帝宋高宗赵构，从称帝第一天起就把放弃中原、南渡避战、偏安江南作为他的建国方略，更没有想过要收复失地、统一中国。

帝无雄心，将士奈何？

宋朝在军事上不行，同宋朝历代帝王都削夺和钳制将领权力也有很大关系。赵匡胤是通过陈桥兵变篡位当上皇帝的，他深知手握兵权的厉害。因此，他称帝后千方百计削弱将领手中的兵权。他通过两次“杯酒释兵权”，把高级将领手中的兵权削夺一光。当然，对他这一做法要从两方面去看。一方面，唐末朝廷丧失权威，各地藩镇将领纷纷拥兵割据，五代十国更是四分五裂，赵匡胤不遗余力地“强干弱枝”，加强朝廷和皇上集权，有他吸取历史教训的正确一面。但另一方面，他矫枉过正，搞得将领在军队中毫无权威。

赵匡胤为了不使将领因战功卓著而声望剧升，他有一条治人不着痕迹的办法：每一仗任用不同的将领去担任统帅。例如，开国之初，伐灭广州南汉割据政权时，路途遥远，由潘美独当一面任统帅。潘美战术灵活，应对得当，打得很好。按理说，实战证明潘美是一位堪当大任的帅才，可以继续让他统兵打大仗。可是，平定江南实力最强的南唐政权时，赵匡胤却改用老实本分的曹彬为统帅，让潘美当副帅。他怕潘美内心不服，当着潘美的面，交给曹彬一把尚方宝剑，还有一个信封，对曹彬说，处罚条款都写在里面了，有人违反军纪，副帅以下，不用奏报，按律问斩！吓得潘美“股栗而退”。战后，曹彬和潘美去向赵匡胤复命，南征期间无人违纪，并将那个信封原封不动跪呈于他。赵匡胤当着他们两人的面，拆开信封，抽出一张白纸，上面未着一字（《续资治通鉴·宋纪八》。这就是赵匡胤的权术，靠一张白纸镇住了潘美，镇住了宋军十万士兵。赵匡胤的驭将术，就像驯养猎鹰似的，喂它，但从来不喂饱它，更不肯喂肥它——唐玄宗的教训就是把安禄山喂得太肥了！赵匡胤把这条教训刀刻火烙般记在心里，须臾不忘。后来在同辽国的作战中，证明曹彬不行。潘美虽然一直在前线，但一直不把他放在主要指挥位置上，也不把他放在主要作战方向上。于是，潘美的指挥才能渐渐萎缩了。相反，他心胸狭隘的毛病却变得越来越突出，抗辽名将杨业之死就与潘美处事心胸狭隘直接有关。

宋军作战中还有一条十分糟糕的做法：委派监军。这是从唐朝学来的，有百害而无一利。派监军这一手自宋太宗以后越搞越厉害，其主要目的是分散将领权力，互相制约。派往前线监军的主要是两部分人，大部分是宦官，小部分是皇族纨绔子弟。这些人根本不懂军事，却有权对将领们胡乱指手画脚，搞得将领们手足无措。许多大臣将领一再呼吁，这样搞法不行。但宋朝历史代帝王一直不改。有时偶然改一下，一仗打完，马上又改回去。这也是宋军屡战屡败的重要原因之一。

宋太宗赵匡义是位狭隘多疑之人，他怕将领们在战场上自行其是，发明了一个办法：按照他授予的“图阵”作战，以此束缚住将领们的手脚。

当年，他伐灭北汉后，在毫无准备的情况下从太原就地出发仓促伐辽，攻打燕京。结果在高梁河战役中遭到惨败，混乱中找到一辆老百姓的毛驴车，半夜三更狼狈逃回涿州。前线是不敢继续待下去了，第二天他要返回汴京，临走时给前线将领们留下“图阵”，规定他们必须按“图阵”布阵迎敌，不得擅自行动。可是，战场上的情况瞬息万变，按“图阵”迎敌往往失利。北宋的高级将领私心重、顾虑多，不敢违背“图阵”行动，因而大多数人在作战中无所作为。反倒是有些中下级军官敢于抛开“图阵”，从战场实际情况出发迎击敌人，打胜仗的往往都是这些人。但这些人却得不到鼓励，更得不到提拔。

宋朝历代帝王害怕将领拥兵坐大，甚于害怕辽、金。因此，宋太祖赵匡胤发明的“杯酒释兵权”，成了宋朝帝王的“祖传秘方”。南宋的宋高宗一直在金兵的追打下过日子，金兀术曾一度率领十万金兵过长江，把宋高宗追打得从陆地逃到海上去漂泊。那时候，他是多么感慨苦无良将横刀立马抗金兵啊！可是，当他刚刚缓过一口气来，发现韩世忠、张俊、岳飞三位将领在抗击金兵的战斗中名声越来越显赫，他立即在秦桧的策划下找出“杯酒释兵权”这一“祖传秘方”，以“赐宴”为名，把上述三位著名将领召回朝廷，削夺了他们的兵权。他为了同金国议和，甚至不惜怂恿秦桧以“莫须有”的罪名诬陷岳飞，将岳飞赐死。这件事秦桧是首恶，宋高宗也难辞其咎。所以后来有一首词挖苦他：“宋高宗，一场空。”

宋朝平时搞兵将分离、分兵屯驻、轮流更戍，目的是使“将不识兵，兵不识将”，闹不起事来。所有这些措施，都是为了防止军队“出事”，但这些措施都不利于提高部队作战能力。因此，宋军屡战屡败，毫不奇怪。

北宋军队的军法松弛得不成样子。自古兵无军纪难为战，这是当年孙武同吴王阖闾第一次论兵时就通过训练宫女这一实例来说明的道理。但宋军几乎毫无军法可言，将领之间互相不服、不和，上了战场互不支持，甚至互相拆台，这样的事例屡见不鲜、不胜枚举。更有甚者，有些宋将危急关头怯战避敌，甚至拒诏不战，导致惨败，朝廷却姑息不究。宋军士兵的军纪更差。宋朝实行募兵制，大量地从破产农民、流氓、逃犯和被打散的农民起义军流寇中募兵，其用心是把这些人都“养起来”，避免他们造反闹事。这就直接带来两大弊端：兵员质量越来越差；“冗兵”数量越来越多。宋军由于平时实行将兵分离制度，兵员平日无人严加训练管理，致使他们无所事事，满街游荡扰民。有些士兵连马背都跨不上去，射出的箭二十步就落地。可是“冗兵”数量还在不断增加，这样的军队怎能打胜仗？

还有更要命的一条，奸臣害名将。宋朝前后三百二十年，并不是从来没有打过胜仗的名将。一批后周留下的老将如石守信、高怀德、王审琦、张令铎、赵彦徽等，都被赵匡胤以“杯酒释兵权”之法解除了军职。王全斌、曹彬、潘美、杨业、田重进、狄青、种师道、宗泽、吴玠、吴璘、岳飞、韩世忠、刘锜等，这些人均可列入宋朝名将行列（虽然有的人打的败仗多于胜仗，既有主观原因，也有客观原因）。但是，宋朝出的奸臣、投降派比名将还多，如蔡京、童贯、王黼、梁师成、李彦、朱勔、秦桧、黄潜善、汪伯彦、史弥远等等。奸臣谗害名将和忠臣，这是宋朝黑暗政治的一大标志。

宋朝奸臣的代表人物是蔡京、秦桧二人，这是两个遗臭万年的名字。蔡京是酿成靖康之难的首恶分子。他勾结宦官童贯，得到宋徽宗青睐，予以重用。他大权到手，尽贬前朝老臣，诬称他们都是“奸党”，立“党人碑”，被贬逐者三百零九人，并禁锢其子孙。从此他一手遮天，以“丰亨豫大”之说蛊惑宋徽宗，大肆挥霍国币，大兴土木，劳民伤财，忠良尽贬，武备尽废，毒披全国，被斥为“六贼”之首。

秦桧，靖康之难前为御使中丞，靖康之难中他也反对金人立张邦昌为伪帝，也反对割让三镇，没有人看出他有多坏。后来随徽、钦二帝俘往金国，被金军元帅完颜昌（挞懒）收买。南宋建炎四年（1130 年），金兵攻打楚州（今江苏淮安）时，乘战场混乱把他放回南宋当内奸。他诈称是自己杀死了监守他的金兵后夺船逃回来的，当时就有人对他的说法表示怀疑，但他骗取了宋高宗的信任。绍兴元年（1131 年）拜相，次年被弹劾，罢相。八年后又复相，结纳死党，控制台谏，屡兴大狱，斥逐异己，先后贬逐抗金主战派代表张浚、赵鼎，独自任宰相长达十七年。他一手策划宋高宗向金国求降乞和，为了排除阻力，先是奏请宋高宗罢夺韩世忠、张俊、岳飞三位大将的兵权，继而根据金兀术写给他的信上所提出的“必杀岳飞方可议和”的要求，以“莫须有”的罪名诬陷岳飞，让宋高宗以赐死岳飞为代价，同金国达成称臣纳币的“绍兴和议”，成为国人痛恨千古的罪人。

宋朝为后人提供的是双重启迪，宋朝最成功的经验：思想宽松；宋朝的最大的教训：文武失调。

四

但是，最近几年从海外传入一股热捧宋朝之风，对于宋朝一再战败屈辱之事只字不提，专讲宋朝在经济文化领域的成就，把宋朝描绘成胜过中国历史上所有朝代的“黄金时代”。对此必须保持冷静，不能中了某些西方人热捧宋朝的圈套。

英国历史学家汤因比说：“如果让我选择，我愿意活在中国的宋朝。”热捧宋朝之风的风源盖出于此。美国人罗兹·墨菲在他所著的《亚洲史》中也说，宋朝是“中国的黄金时代”，是中国“一个前所未见的发展、创新和文化繁盛期”。他们这些话，诱发了国内不少人的民族虚荣心。单就汤因比这句话而言，不能说它有什么问题，但墨菲的要害却是要由此推断出如下结论：“中国在宋朝的惊人兴旺，与它放弃建立较大帝国的野心有很大关系”，“宋王朝明智地专心于长城以南汉族中国人居留的高生产力核心地域，甚至用礼物签订一项停战协定，承认异族对今北京地区的控制，用类似协定让另一个异族控制西北干旱的甘肃。这些协定并不造成实质损失”（《亚洲史》中译本第199页）。在他看来，中国不统一反而比统一更好，中国根本用不着统一，一派谬论！

中国自古以来就是一个多民族国家，维护国家统一，历来都是头等大事。墨菲说什么“承认异族”对某些地区的“控制”，对中国“并不造成实质损失”。墨菲的这一观点，足以挑拨中国汉族与少数民族的关系，助长民族分裂主义。

国内有些人，包括某些学者，居然也跟着墨菲喧嚷，网络上、杂志上这方面的文章连篇累牍。他们对宋朝失控大半江山只字不提，专门用许多个“最”字描绘宋朝胜过中国古代所有封建王朝的兴旺景象。有的人为了热捧宋朝，甚至连历史事实都不顾，用现代语言把宋朝吹捧到了不着边际的地步。说什么北宋的人均 GDP 已达到两千两百八十美元，首都开封和西京洛阳的人均 GDP 已经突破四千美元，如此等等。宋朝哪来什么 GDP？有的人干脆说，中国古代的高峰不是唐朝，而是宋朝。

不可否认，宋朝在经济文化上取得了骄人成就，为中国人增添了荣耀。但宋朝作为中国古代一个举足轻重的封建王朝，至少在以下几个基本项目上得分都在及格线以下：一、自始至终没有实现国家统一；二、同四方少数民族关系搞得都很紧张；三、军事上屡战屡败。对宋朝不能只看一面，不看另一面。

皇冠只有一顶。中国漫漫五千年历史，用“盛世”来形容某一朝代某一阶段的社会面貌，这样的例子并不少。但是，对一个封建王朝冠之以“盛”字者，唯有“盛唐”，没有第二例。难道前人没有看到宋朝取得的成就？不是，他们比我们看得更清、更早。例如明朝的宋濂、近代的陈寅恪，都盛赞过宋朝的文化成就。但他们的话都是有根据、有分寸的。难道唐朝就没有问题吗？也不是，唐朝的问题也很多，有些问题还很大。但是，这是对一个封建王朝的综合性评定，不是单项评选。首要标志是国家统一而强大，其次要看政治昌明、经济文化繁荣、民族关系和睦、人民生活安定富足、国际形象良好等等，综合得分最优者才能夺冠。这是历史的评定、时间的评定、千百年来中国老百姓的评定。

还有的人竟把宋朝在军事上的软弱无能，一败再败，向辽、金割地纳款，称臣称侄，当成宋朝治国者的“优点”来讲。甚至说，有人算了一笔账，澶渊之盟后北宋每年给辽国缴纳的“岁币”，平均每人分摊四个铜板，等于一个烧饼钱，“试想一下，每人每年少吃一个烧饼，就可以天下太平了……这等好事又有什么不对呢？”这是什么混账话！按照这种“烧饼换和平”的逻辑，中国自鸦片战争以来的近代史岂不都得重写？

历史研究在不断深入，肯定会不断有新的发现、新的观点。但是，谈论中国历史，不能离开维护国家统一和领土完整这条最基本的底线，这是必须坚守的原则。

当代文人的精神品格，不能跌落到宋朝文人之下。如果宋朝在军事上一败再败、二帝被俘、南渡偏安不是宋人的伤心事，陆游就不会在临终前用诗句嘱咐子孙“王师北定中原日，家祭无忘告乃翁”；辛弃疾就不会“醉里挑灯看剑”，排遣不去欲战不能的内心苦闷；范仲淹就不会发出“进亦忧，退亦忧”的感叹；婉约派女词人李清照更不会因此写出满腔悲愤的诗句：“生当作人杰，死亦为鬼雄。至今思项羽，不肯过江东!”

2010 年 8 月

边　　墙

一

今年夏季，我有机会去西北走了一些地方，从宁夏南部的古城固原，到河套地区，再到河西走廊，一路上屡屡见到那道土筑的明长城。我的思路时时被它牵引着，一步步引向修筑明长城的遥远岁月。在北方，每当见到长城，我心中都会烽烟滚滚，脑子里涌过一阵又一阵历史风云，也闪过一个又一个“假如”：假如秦始皇统一中国后不去兴师劳民修筑万里长城，秦帝国能否避免速亡？假如明代不去重复秦始皇修长城的“错误”，而是沿着郑和开拓的航线去经略海洋，中国能否避免走进闭关锁国的死胡同？或者说，假如中国土地上压根儿就不存在这道万里长城，中原和北方的农牧民族能否在千百年和睦共处中相交相融？要是那样，中国历史将会发展成一种什么样子？

但我知道，历史是没有“假如”的。

长城是中国历史的一根装订线，倘若把长城从中国历史中抽掉，中国这部古老的线装书将散落一地，凌乱得无法收拾。没有长城就没有中国历史。不解读长城，也不可能真正读懂中国历史。

鲁迅先生说过，长城是“伟大而可诅咒”的，这何尝不是鲁迅先生对中国历史文化发出的一声浩叹？长城是一种无可替代的象征，它是中国历史文化的象征。辉煌亦长城，悲叹亦长城。

今天，不管人们从何种角度、用何种眼光去审视长城，如何纷纭评说，长城都是古中国书写在这片土地上的一部大书。战国长城是它的第一版，秦长城是第二版，明长城已是第三版了。战国长城好比是由不同作者写成的一些独立短篇，但它们拥有相同的主题，表明战国群雄们既要互相防范，又要共同提防北方游牧民族南侵。秦长城则将这些独立短篇串连到一起，改写成了一部卷帙浩繁、浑然一体的长篇巨著，表明北方游牧民族已成为统一后的中央帝国面临的最大威胁。此后，中国历代封建帝王将长城这部巨著翻阅了一千五百余年，难免出现卷边、缺角、残破、少页等等。于是，明长城又将秦长城重版了一次，虽然做了不少修订补充，篇幅有增无减，但它除了重复秦长城全封闭型的防御思想，并没有为这部大书增添任何新意。

明代人叫长城为“边墙”。边墙之“边”，当然是边防的意思。明代有“九边”，即在北线设立了九个边镇：辽东镇、蓟州镇、宣府镇、大同镇、山西镇、延绥镇、宁夏镇、固原镇、甘肃镇。“镇”是军事编制，九个边镇也就是九个边防军区。边镇的主要任务是分段修筑和管理边墙，分段负责守边任务。边墙西起嘉峪关，东到鸭绿江，总长一万两千七百余里。朱元璋对“墙”情有独钟，也是有来历的。朱元璋驰骋纵横之时，有位谋士朱升向他献策：“高筑墙，广积粮，缓称王。”朱元璋采纳了他的建议，每打下一座城池，就用“高筑墙”的办法巩固城防，打下一座，守住一座，步步为营，最终夺取了天下。朱元璋当上皇帝后，他把这个带有浓重农民色彩的军事思想加以放大，仍按“高筑墙”的思路来守卫偌大的中国。他上台不久，便开始在北线修补秦始皇留下的那道老墙。

明代国祚二百七十六年，历十六帝，大修长城十八次，小修从未间断过。若从洪武二年朱元璋命徐达修筑居庸关算起，到万历三年戚继光在蓟州沿线修迄一千三百三十七座空心敌台为止，时间跨度长达二白五十余年。事实上，直到万历十四年，宁夏镇还在修边墙。明代修长城修得这么勤，修到最后，努尔哈赤的小儿子多尔衮还是率领清兵从长城外打了进来，明朝还是亡了。

二

在万里长城这根琴弦上，两千多年间弹奏出的都是同一首古歌：问天下谁主沉浮？

中国这片辽阔版图告诉我们，缔造中国古代历史的任务，是注定要由中原农耕民族和北方游牧民族共同来完成的。但是，代表中原农耕文明的历代封建帝王一直思想不通，下决心不让北方游牧民族参与进来，一次又一次地修筑万里长城，高垒深沟，坚决隔离。中原的历代封建帝王，都把万里长城当作他们的生命线。皇上们都讲究“南面而坐”，其实他们内心深处却一个个都面向着北方，把目光死死盯住了那道万里长城，以守住这道防线为基点，来构筑他们的“万年基业”，考虑他们的生死存亡。

而在北方游牧民族看来，他们既然生息在这片穹庐之下，参与缔造中国历史是上苍赐给他们的权利，他们是非要参与进来不可的。正如鲁迅先生所说，靠一道万里长城，“胡人何尝挡得住”。长城好比一道处处渗漏的大坝，总也挡不住北方游牧民族南下的历史之潮。我们不妨翻开中国的历史账本粗略计算一下，秦以前且不去说它，秦汉以降两千多年间，并不都是中原王朝的一统天下，至少有一半时间是与北方游牧民族共享天下。魏晋以后经历的十六国时期、南北朝时期，隋唐以后的五代十国时期、宋辽金时期，在这前后七百余年间，北方游牧民族连连突破长城，涌入塞内关内建立起一个个南下政权，纷纷将他们的名字注册进中国历史。再往后便是蒙、满两大游牧民族先后入主中原，主宰中国历史长达三百五十余年。

蒙元入主中原，是北方游牧民族千百年顽强南下达到的第一个高潮，如果将长城以内比作一个湖，这是北方之潮第一次灌满了这个湖。夹在元、清两朝之间的明朝，则是中原本土之礁对北方之潮的反弹。虽然明朝支撑了二百七十六年，但将它放到历史长过程中去看，这种反弹带有暂时性质。只要长城外积蓄的力量超过关内，北方之潮就必定会再次泻进关内来的。满清入关，便是涌进长城的第二个高潮，再次将湖水灌满。等到湖水在剧烈翻滚激荡中最终将长城内外的“水位”拉平之时，也终于把长城两边各自积聚的力量消耗殆尽了。此后，湖水便渐渐归于平静，最后竟成为一池死水。

到了这时，长城两边你来我往的对手坐在地上你看看我，我看看你，谁也没有力量再站起来继续斗上一个回合。双方脸上都有一丝苦笑：你赢过，我也赢过。你输了，我也输了。谁都没有赢。长城终于成为伟大古迹。可是精力已被它耗尽了，时间已被它耽误了。于是轮到外敌不断前来入侵了。

终于，长城内外的人们满腔悲愤地齐声高唱：中华民族到了最危险的时候，把我们的血肉筑成我们新的长城！

三

朱元璋从开国之初就着手修边墙，当时是出于巩固大明政权的现实需要。大将徐达率领的北伐军攻陷元大都后，元朝是灭亡了，但元朝的残余势力并未彻底消灭。元顺帝带着后妃太子、贵族大臣退往漠北，随时可能卷土重来。朱元璋的思维逻辑也只能如此：北宋是被来自北方的金国势力消灭的，南宋是被来自北方的蒙古铁骑灭亡的，这是刻骨铭心的深刻教训。他自己能否坐稳江山，危险仍然来自北方。怎么办？秦皇汉武为他传下了经验：修长城。

明朝开国之初，作为一个新生政权，毕竟还在上升时期，对北方的防御还不到采取“全封闭”措施的时候。因而洪武年间修长城，主要是修筑了长城沿线的一些重要关隘，以及在重要地段修缮了烽、堠、墩等报警系统。明长城最为著名的几处重要关隘，都是朱元璋下令修筑的。洪武二年，命大将徐达修筑了居庸关；洪武五年，命大将冯胜下河西，修筑了嘉峪关；洪武十四年，又命徐达修筑了山海关。

修筑山海关，是朱元璋为大明王朝埋下的一个不祥伏笔。明朝开国之初，辽东仍掌握在蒙元残余势力手中。洪武四年，盖州牧刘益表示愿意归顺明朝，向明廷纳贡。朱元璋却像接到一只烫手的山芋，有些拿不稳、放不下。他最初将盖州改置为定辽卫，洪武七年又设辽东总兵，洪武八年又改定辽卫为定辽都使，洪武十年又撤销定辽卫所属州县，改设二十五卫。从这些频繁变动中，多少可以看出一些朱元璋的心情，他对东北方向那片天地一直有些放心不下，不知道究竟如何处置才是最为妥帖的办法。他左想不放心，右想不放心，最后决定要在通往东北的咽喉处修筑一座“雄关”。当时明朝立国才十四年，朱元璋似乎已隐隐感觉到东北方向迟早会发生不测，不得不防。不知道他是不是早就预感到，二百六十余年后，明朝统治大厦会从这里溃塌？

朱元璋命徐达将山海关修筑得如此高大，用来掩饰他内心过早出现的一丝惊慌。但他可曾想到，一修山海关，也从此种下了“关内”与“关外”的隔膜。关外的女真人向南一望，发现已被一座山海关挡住了去路，立刻觉得大事不好，大明王朝把他们当成“异己”看待了，将他们“关”在门外了。

今天人们登临山海关，在惊叹其雄伟壮观的同时，不知道有没有觉察到这座“雄关”骨子里的虚弱？如果不是朱元璋内心有些发虚，人们实在想象不出要在这里修筑这座“雄关”的充分理由。是遵循祖传老例吗？不是。秦长城“起临洮，至辽东”，最东头一直修到平壤附近，广大的辽东地面早就包括在秦朝开辟的中华版图之内了，为什么要造一座关卡将它“隔”出去？是沿袭前朝旧制吗？也不是。元朝时，东北方向的岭北行省、辽阳行省，地域之广更是了得，辖境直抵北冰洋海岸。可是明朝开国不久，就从秦长城旧址后撤五六百里，在这里筑起这座山海关，只能说明朱元璋有些小家子气，他对东北方向强悍的女真人早就防了一手。但他哪里知道，他一修山海关，人们的心理被严重误导了。人们从此都把山海关当作了长城的“起点”，把关外早就存在的一千多里秦长城抛弃在“外”了。虽然朱元璋和他的继承者一直有效控制着关外，但由于有了这座山海关，“关内”与“关外”的隔膜感已难以消除。关外的女真人从此就在心里与大明王朝暗暗地较上劲了。他们有朝一日在关外崛起，必定要打进关内来，入主中原，取而代之，这是后话。

封建时代的中原农耕文明作为一个漫长的历史过程，秦朝是它的第一座高峰，明朝已是它的余脉。这种内在的差别，从秦长城与明长城的总体格局上也能反映出来。当然，秦长城与明长城所贯彻的都是内敛型的防御思想，它反映了古代农耕文明的本质特征，与古代游牧民族扩张型的军事思想在本质上是不同的。但是，秦长城毕竟具有一种外向的气势。秦始皇统一六国后，一方面下令废除内长城，“堕坏城郭，决通川防，夷去险阻”，拆除六国间的各种阻隔；另一方面命蒙恬“北逐戎狄，收河南，筑长城”，将秦、赵、燕三国的外长城连缀了起来。秦长城“并阴山至辽东”，“截辽水而入高丽”，从今甘肃临洮一直向东延伸到今朝鲜平壤附近。也就是说，秦朝是把战国长城从“内线”推向了“外线”，而明长城则刚好相反，是把秦长城从“外线”移向了“内线”，处处显出萎缩之相。修筑山海关是一例，从秦长城原址后退了五六百里。我在河套地区见到的边墙又是一例，它比阴山秦长城后退了八九百里。

四

永乐大帝，这位下令编修《永乐大典》的帝王，在明代十六位帝王中，他是很有作为的一位。但后人看他，也不免有些遗憾。修了几千年长城的中国，在永乐大帝手里曾出现过转变思路，不修长城、出海远航的机调，可是机遇从他手中滑掉了。

永乐帝朱棣是朱元璋的四子，十一岁被封为燕王，二十一岁赴北平燕王府上任。在诸藩王中，燕王处在与北元残余势力周旋的第一线，他在北平燕王府度过了二十来年，经历了边关风雨的锻炼，增长了军事才干。有一次，他亲自领兵北出迤都山，擒获北元太尉乃尔不花而归。《明史》说他“智勇有大略”。朱元璋一直觉得立储的皇太子朱标不如他，朱标早逝后继立为皇储的长孙朱允炆更不如他，曾多次动念易储朱棣，均被群臣劝谏制止。朱元璋病重之际，谕敕朱棣：“攘外安内，非汝而谁?”并谕示北线诸塞王和众将领“一切号令悉听燕王节制”。但建文帝朱允炆即位后，听信兵部尚书齐泰等人的计谋，急欲削夺诸藩王权力，并把主要矛头对准权力最大的朱棣。他们调兵遣将，收买奸细，企图里应外合，“生擒燕王”，将他除掉。朱棣在千钧一发之际，以其非凡的胆魄和出众的军事才干，将身边的险情一一化解，并乘势发动“靖难之役”，从北平一路打到南京，一举夺取了帝位。

我们打开史书可以看到，朱棣称帝后，集中精力、国力，投注到了两件大事上：一、巩固北部边防。二、发展航海。据此，我们是否可以这样假设：朱棣曾想转变治理这个古老帝国的思路，首先尽最大努力稳固住北部边防，然后掉转身来，从海路向外开拓发展？当然历史是不能“假设”的。但他派遣郑和太监率领庞大船队下西洋的历史事实，却明白无误地告诉我们，这两件大事一直在永乐大帝手里并行不悖地进行着，而且他是那样的锲而不舍。

第一件大事，巩固北部边防，一直由永乐大帝亲自在操持。他称帝后，立即紧锣密鼓地采取了一系列措施来加强北部边防。并将北平改名为北京，着手建设他这个“龙兴”之地，为日后迁都北京预做准备。他这样做，也许是因为先帝朱元璋曾一再提醒他要“用防边患”；也许是因为他身在燕王府二十余年，对加强北部边防有着更深切的体会；也许是因为他突然离开燕王府到南京称帝而去，对遥远的北部边防愈加放心不下。总而言之，他把巩固北部边防看成是他帝业的根基所系，这对一位从北方燕王府起家的新帝来说，也在情理之中。

永乐帝北部固边采取的是“稳住两翼，中间出击”的策略。

右翼：对辽东地区，他并没有因为朱元璋修筑了山海关而放松对辽东的经略和控制，他的辽东政策是富有开拓性的。永乐元年，他就派保定侯孟善前往辽东，把辽东都司建设成一个强有力的军事机关，使之成为在东北的一个据点。然后向北步步推进，不断延伸有效管辖范围，先后恢复和新设了朵颜山兀良哈三卫、建州女真诸卫、海西女真诸卫、奴儿干女真诸卫，随后又在最北面建立了奴儿干都司，大大加强了对西起鄂嫩河、东至库页岛、南濒日本海、北抵外兴安岭的广阔地域内东北女真各部的有效控制。据《中国军事通史》记载，明朝在最北面的奴儿干地区先后建立了一百八十八个卫所，其中一百五十二个是永乐年间建立的。

左翼：对河套以西地区，建立了赤金蒙古卫、沙州卫、哈密卫，加强对西域各部的控制，保障了河西走廊的安全。

中间出击：即集中力量打击北方蒙古三大势力（东蒙古鞑靼、西蒙古瓦剌、辽东蒙古兀良哈），将此作为北部固边的主要矛盾来对待。

第二件大事，激动人心的航海任务，永乐大帝将它交给太监郑和去担任。郑和是跟随朱棣起兵夺取帝位的心腹之一，鞍前马后，功不可没，故委以重任。郑和原名马文和，小字三保，回族，祖籍云南，祖父和父亲都到过伊斯兰教圣地麦加，他从小就对海外有所了解，充满着向往。朱棣对郑和的身世、志向了解甚深。永乐三年，朱棣刚刚将宫内头绪理清，将北部边防稳住，便命令郑和组织庞大船队出洋远航。要知道，明朝开国之初，朱元璋为了防止“海疆不靖”，实行了非常严厉的禁海政策，“不许片木下海”。朱棣以其超人胆识，改变了先帝旧制，派遣郑和与副使王景弘“率水手官兵二万七千八百余人，乘宝船六十二艘，远航西洋”。当这支庞大船队在喧天的鼓乐鞭炮声中从苏州刘家港起锚，浩浩荡荡向长江口扬帆出发时，永乐帝即使不到现场送行，也能在宫里想见那盛大热烈的场面，为之激动。

郑和航海，是永乐朝的一大辉煌业绩。郑和的航海船队，大体上每次出洋两年，回国后休整一年，然后再进行下一个航次，每三年一个航海周期，就这样连续不断地进行着。永乐大帝多么希望有朝一日与北方蒙古各部相安无事，以便使自己静下心来，听听郑和讲述西洋见闻，多思考一些发展海上贸易之类的事宜。可是，北方边患一直困扰着他，不让他抽出身来把主要精力投入到开拓海洋这件大事上去。

永乐大帝为了巩固北部边防，真可以说到了殚精竭虑的地步。开始是“抚”与“防”两手并举。“抚”就是推行怀柔政策：遣使通好，招附归顺，委官封王，赏赐笼络。“防”就是修边墙。永乐初年，他就命令河北至山西北线“皆修边墙，挖深沟”，沿线修筑烽、堠、墩报警系统。永乐十年，他再次命令北线边将修筑壕、垣，加强边墙防御体系。但是，他这样采取两手并用的政策，有时效果却是相互抵消的。对方正在用猜疑的心态观察他推行的怀柔政策究竟是“真心实意”还是“不怀好意”呢，他一修边墙，等于明白告诉对方说：我压根儿就不信任你们！对方的回答自然也就非常直截了当：你修吧，一道黄土边墙，别想挡得住我们！

当“抚”与“防”都已经不能解决问题时，永乐大帝就只能下决心“打”了。从永乐八年至二十二年，永乐帝连续不断地亲征漠北。第一次亲征，斡难河战役击败鞑靼，得胜而归。第二次亲征，忽兰忽失温战役击败瓦剌，又一次得胜而归。不久，鞑靼复苏，重又南侵，迫使永乐大帝下决心第三次亲征。这一次，他的动作很大，出征前先于永乐十九年九月宣布迁都北京，决心从此坐镇北方，与蒙古南侵势力斗争到底。

这里出来一个问题：永乐大帝下决心将统治中心北移，从表层原因看，这是出于当时斗争形势所迫；从深层原因去分析，却是出于一种“历史本能”。也就是说，历史进程所呈现的客观形势，要求永乐帝找到统治中国这片广阔版图的战略平衡点。自古以来，中国的统治中心一直在东、西之间或南、北之间来回变动。这种来回变动的过程，实际上就是寻找战略平衡点的过程。古代交通、通信手段落后，地缘上的制控能力往往具有决定性意义。早期，主要是在中原农耕文明内部寻找战略平衡点，具体表现为统治中心在东部与西部之间来回变动，从夏商周至两汉都是这种情况。三国时代，中原农耕文明内部开始分解，两晋、十六国、南北朝，统治中心呈“耗散”状态，它标志着由“东西平衡”开始向“南北平衡”过渡。隋、唐时期，中原农耕文明中兴，又回归到寻找“东西平衡”：隋文帝的统治中心在西部，隋炀帝移至东部；唐朝统治中心大部分时间在西部，武周曾一度确定洛阳为东都。宋辽金时代，北方游牧文明崛起，又向寻找“南北平衡”过渡。辽代把北京作为五京之一的“南京”，与北宋都城开封对峙；金代把北京作为“中都”，与南宋都城临安对峙。元朝忽必烈统一中国后，将北京定为“大都”，这是中国历史上第一次在南方农耕文明和北方游牧文明之间找到了一个较为合适的战略平衡点。明灭元，定都南京，重心偏了。坐在南京皇宫里的朱棣，深知巩固北方是他坐稳江山的关键，但他处理北方事务常有鞭长莫及之感。因此，他决定迁都北京，也可以说是奉历史之命，重新找回制衡南北的战略平衡点。这说明了一个什么问题呢？它说明中国历代帝王一直受到北方力量的“牵制”，也就是说，中国的历史走向一直受到北方力量的“牵制”。你想向南发展吗？不行；你想开拓海洋吗？也不行。为什么？因为北方始终有一股强大力量随时都会把你拉回来。

朱棣称帝以后，北方蒙古势力的南侵活动从未停止过。从永乐八年至二十二年，永乐大帝在十四年间连续发动五次亲征，平均不到三年就要出征一次，消耗的精力、国力可想而知。最后两次亲征，均因鞑靼首领阿鲁台远遁避战毫无收获，朱棣自己却被折腾得疲惫不堪。这时一个怪圈已经形成：朱棣越想“吃掉”鞑靼，却越是“吃”不到它；越是“吃”不到它就越想“吃”掉它。他在这个精神旋涡中越陷越深，不能自拔。在第五次亲征返回路上，朱棣病死在榆木川（今内蒙古多伦西北）。永乐大帝的一生，就这样被这个“北方旋涡”吞没了。

永乐大帝病逝在榆木川亲征路上时，恰好郑和第六次航海归来，正在国内休整。朱棣逝世的消息对他的打击有多大，可想而知。郑和偃帆歇船，在极度伤感中为永乐大帝守着长孝。十年后，郑和率领船队重新起锚，去做第七次，也是最后一次远航。不过，要想使他重新振作起建立航海大国的雄心壮志是不可能了，他只是要去完成最后一次追随永乐大帝的感情远航。郑和与他毕生追随的永乐大帝以同样的方式殉国，他于 1433 年死在最后一次航海归国途中。

富有开拓精神的永乐朝就这样结束了；而明朝修边墙，却将从此进入高潮。

五

说到明长城，不能不说说明英宗朱祁镇这个人物。他两度称帝，中间在“土木之败”中被蒙古瓦剌军抓去当了一年俘虏，由此丢掉了皇位，由他的弟弟朱祁钰继任，是为代宗。一年后瓦剌将他放回，他忍气吞声当了六年有名无实的“太上皇”。之后，他乘代宗病重时复辟，处死代宗，杀掉于谦，二度称帝。明朝从他手里走向衰落，明代修边墙却从他之后进入高峰。

明朝是个“早衰”的朝代。永乐大帝之后，朝政迅速走向腐败。英宗第一次称帝的正统年间，大明政权就露出了衰败之相，重要原因是宦官专权，朝政黑暗。明朝开国，朱元璋“鉴前代之失”，曾对宦官干政做过一系列严厉限制，在内宫门口立了一块铁铸的警告牌：“内臣不得干预政事，预者斩。”但令人遗憾的是，这个严厉制度却在永乐帝手里被破坏了。永乐帝在与建文帝争夺帝位的过程中，暗中得到过内宫宦官的帮助，所以他称帝后对宦官“多所委任”。历史证明这是很糟糕的做法，后患无穷。由于这个缘故，有人对永乐帝重用郑和也有不同看法，认为三保太监是个宦官，朱棣对他过于宠信，给他的权力太大了。是啊，如果将永乐帝重用郑和同他宠信宦官的大政策联系起来，的确有了另一种性质。好在实践证明郑和不辱使命，宦官误国与他关系不大。但不管怎么说，永乐帝宠信宦官的先例一开，后面就愈演愈烈。

英宗是永乐的曾孙，他九岁即位时还是个小毛孩子，宦官王振专权，肆无忌惮。英宗成年后仍然唯王振之言是听。朝政昏庸腐败，在军事上带来的严重恶果，就是边防削弱，边备废弛，军纪松弛，军心涣散，士兵大批逃亡。据《明英宗实录》记载，自正统三年至十四年，逃亡士兵达四十余万。结果，北线狼烟四起，风声鹤唳。这时，西蒙古瓦剌部兴起，降服了东蒙古鞑靼部和辽东兀良哈部，控制了西起中亚、东接朝鲜、北连西伯利亚、南抵长城的广大地区。瓦剌首领也先一面接受明廷封号，向明廷纳贡；一面窥探明廷虚实，伺机南侵。

正统十四年，也先“胁诱群胡，大举入寇”，明军全线失利，朝廷一片慌乱。宦官王振将战争大事看得如同儿戏，认为靠皇帝亲征的“威势”就能“吓退”也先，竭力怂恿英宗亲征。主管军事的兵部尚书邝埜、兵部左侍郎于谦等力主“六师不宜轻出”，礼部尚书王直也率朝中百官力谏劝阻。但英宗一概不听，他只听宦官王振一个人的，执意率五十万大军亲征。英宗是昏庸之君，毫无军事常识，一切交给王振指挥。结果，土木堡一仗，明军惨败，英宗皇帝被瓦剌军抓走，当了俘虏。

也先把英宗抓在手里，养着，却不杀。不杀，是因为他不想一刀割断同明廷的关系。他知道，长城两边的关系是永远割不断的。双方打归打，祖祖辈辈已经打了千百年，在这样打打停停中也生存了千百年。从这个意义上说，长城不仅是一道隔离墙，长城也是一条将两边“缝合”在一起的纽带。瓦剌军抓走英宗后，明廷与也先的联络反而变得十分频繁起来，双方使者来往不绝，讨价还价。也先以英宗作筹码，向明廷敲诈去了不少财物。最后，也先以护送英宗回朝为名，长驱直入，诱攻北京，明军在于谦指挥下将也先击退。这时，也先知道英宗已被明廷废黜，再将他羁绊下去用处已不大，第二年将英宗放回，与明廷和解。

“土木之败”，给朱明王朝留下的耻辱感是刻骨铭心的。因此，英宗以后的几个朝代，也就成了明朝修边墙的高峰期。

略举若干记录如下：

成化十年，延绥巡抚余子俊筑宁夏盐池至陕西清水营边墙一千一百七十里。

成化十年，宁夏巡抚徐廷璋筑黄河以东边墙三百八十七里。

弘治十五年，总制尚书秦纮筑宁夏同心至陕西靖远边墙六百里，又向东至甘肃饶阳三百里、铲山崖三千里。

自正德至嘉靖年间，河套地区成为鞑靼南侵的主要地区，历任总制在河套地区反复修边墙，修了外边修内边，因而宁夏镇的边墙重重叠叠修了两千里，是“九边”中最长的。

辽东边墙（自山海关至鸭绿江），正统七年开始修筑，至成化十七年初步完成，历时四十年，全长一千九百五十里。

嘉靖年间，宣大总督翁万达，修筑北京延庆至山西天镇、偏关等地的内边、外边共一千余里。

于是形成一个怪圈：边墙一步步修筑完善，明朝却一步步走向衰落。我们今天在八达岭、山海关、嘉峪关等地看到的明长城是雄伟的，但它不是明朝兴旺的象征，恰恰是明朝走向衰落的象征。

六

明朝修边墙耗费了巨大国力。修边墙对明朝的政治、军事、经济带来了什么影响？我们在史书中可以看到这样一条轨迹：随着明朝的边墙越修越完备，这个朝廷也变得越来越保守，越来越封闭。军事上，到了明朝中期，虽也涌现过像于谦这样的少数几位名将，但随着边墙越修越长、边壕越挖越深，许多明军头目离开了城墙依托已不会作战，明军的战斗力严重退化。

嘉靖二十九年（1550年）发生的“庚戌之变”就很能说明问题。当时，东蒙古鞑靼土默特部首领俺答，为了对付西蒙古瓦剌部，遣使请求明廷通贡互市，以获得他们急需的农产品和手工业品。明廷如果能够因势利导，开放边贸，岂不是好事？但明廷却惊魂乍起，害怕“土木之败”重演，竟杀掉来使，一口拒绝。其实这时离英宗被俘的“土木之败”已经过去整整一百年了，一个一百年都不能适应时变的政权，它能有什么前途？嘉靖皇帝也是一个昏庸之君，朝中奸相严嵩专权，政治黑暗。这时的明长城，充其量只是掩饰明廷虚弱本质的一道“坚硬”外壳，一遇战事，却一触即溃。嘉靖二十九年六月，俺答突破边墙，进攻大同，总兵张达、副总兵林椿战死。八月，俺答再攻大同，因贿赂严嵩之子严世藩而得到宣大总兵一职的仇鸾，惶恐无策，竟然以重金贿赂俺答，请他“移寇他塞”，转攻别处。俺答引兵东去，入古北口，攻掠怀柔、顺义、通州，明军毫无抵抗能力。朝廷急调各路援军，来了五万多援军“皆不敢战”，任凭俺答围着北京城横扫一圈而去，如入无人之境。俺答大摇大摆，仍从古北口班师北去。

这就不能不问：修边墙究竟起到了多大作用？

引起“庚戌之变”的直接原因，是明廷拒绝通贡互市，与此形成鲜明对照的是“隆庆议和”，两种边防政策，两种截然不同的效果。隆庆五年（1571年），在内阁大学士高拱、张居正和宣大总督王崇古等人的共同努力下，主动对鞑靼实行和解政策。王崇古将来降的俺答孙子送回，朝廷封俺答为顺义王，并赐封鞑靼各首领官职，准予通贡互市。从此，保持了北部边境较长时期的安宁。

纵观长城史，总的趋势是越修圈子越小。明长城同秦长城相比小了一圈。明代修边墙的前期与后期相比，也是修了外墙修内墙，修了“头边”修“二边”，一圈一圈往里缩。到后期，其他地方已经顾不上了，只能集中力量对京城外围的边墙加高加厚，增强其防御功能，说明这个王朝也快到尽头了。

明代修边墙的最后一个阶段，集中在隆庆至万历年间。自从“庚戌之变”后，明廷似乎时时刻刻感到来自北方鞑靼的威胁，京城的危机感越来越重。朝廷便把东南沿海抗倭名将谭纶、戚继光调进北京，加强京城防卫；另一位抗倭名将俞大猷继续留在南方。谭纶来京后在兵部主事，他对北京外围东起山海关、西至河北怀来两千多里边墙进行了考察，以军事家的眼光指出了原有边墙在防御上存在的问题，提出了在边墙上加修敌台等改进措施。他把这个任务交给了戚继光。

戚继光是谭纶的属下，统制蓟州、昌平、保定三镇守备练兵事宜。他上任后兢兢业业，对加强京城武备、提高京城防卫部队作战能力，做了大量卓有成效的工作。他在蓟州、昌平一线的边墙上建成了一千三百三十七座空心敌台，台顶能瞭望，台中能住人，“下发火炮，外击寇贼”；并在边墙外侧铲偏坡、挖品坑、掘堑壕，使来犯之敌“马虽强不得驰骤于下，钩竿不能到，云梯不能安”，从而使边墙的防御功能得到明显增强。同时，他还建立了一支由战车营、骑兵营、步兵营混合编成的机动作战部队，并根据南方抗倭战争的经验，结合北方京城守卫的特点，亲自制定练兵条例严格施训，训练出了十万精锐。戚继光在蓟州镇任职十六年，“边备修饬，蓟门宴然”。

可是，戚继光再能干，也只能为明廷解决局部性的问题，他无力解决明王朝兴衰存亡的根本性问题。万历十一年（1583 年），朝廷内全力支持戚继光的首辅张居正去世，他们的政敌立刻活跃起来，戚继光很快被调离北京，去了广东。第二年，他和辽东总兵李成梁都被作为张居正的党羽遭到参劾。万历皇帝完全不念戚继光抗击倭寇、拱卫帝都之功，拿起朱笔一点，将他革职。不久，一代名将戚继光就在极度郁闷中死去，死时一贫如洗，医药不备，闻者无不唏嘘扼腕。

山海关，这是明长城的起点，最后却成了大明王朝的终点。戚继光是公元 1588 年 1 月 17 日死的。就在戚继光死的这一年，山海关外发生了一件大事：明廷的一位关外命官，建州左卫都指挥使努尔哈赤，完成了他打天下的第一步目标：统一了建州女真五部。此后，他经过近三十年奋战，完全统一了东北女真各部。万历四十四年（1616 年），努尔哈赤在关外建立了大金国。万历四十六年，也就是万历皇帝死的前一年，努尔哈赤在山海关外正式宣布：“今岁必征明国！”

长城外，向大明王朝进攻的号角吹响了。

长城内，李自成已在遥望北京，不久，明末农民大起义的熊熊烈火也将燃烧起来。

明代的边墙，尽管一直不停地修了二百五十多年，却并没有围住明朝的“万年基业”。

纵观中国古代存亡之道，有两对因果关系，经常使人思考一些问题：

其一，修长城修了几千年，结果，忽必烈还是从长城外打了进来，努尔哈赤的后代还是从长城外打了进来。

其二，除了永乐大帝有魄力派遣郑和下西洋外，历朝历代的封建帝王都惧怕“海疆不靖”，因而一贯奉行海禁政策，但结果还是被英国炮舰从海上一炮轰开了国门。

七

那天傍晚，我们坐了车子开出银川市区，去看水洞沟古人类遗址。车子过了黄河大桥一路向东，驶进河套，在一个标明“水洞沟遗址”的路牌处向左拐下荒滩，不一会儿就开到了水洞沟边上。沟底卵石缝里有一些细碎的水流，无水的地方积满了淤泥，车子无法继续前进。离原始人居住的洞穴还有一段距离，如果步行前往，到了那里也看不清什么了，只得作罢。

水洞沟的北岸陡峭壁立，我们找到一个小斜坡登了上去。哦，崖顶上原来就是明代修筑的边墙。“这不就是明长城吗！”我登上一座半塌的土筑城垛向两边一望，只见一道破残的土墙串联着一座座半塌的城垛，向东西两边延伸远去。向西去的一头伸进血红夕照下的贺兰山山影，隐没不见了；向东去的一头沿着绵延起伏的山岗蜿蜒而去，消失在暮色朦胧的天际。

边墙外，沙漠里有一个工地模样的去处，建有两座蒙古包式的水泥建筑，场坪里停着两辆黑色卧车和一辆运输卡车。有人介绍说，那是一位个体治沙专业户，在此安营扎寨，投资治沙，搞沙漠开发。这引起了我的兴趣，想去探个究竟。于是走下城垛，从一个豁口处出了边墙，在沙地里深一脚浅一脚地走到了工地。个体户名叫肖大生，呼和浩特人，汉族，挺瘦，却留着满脸胡子，粗犷气质极像蒙古族人。工地里有人在干活，他自己在蒙古包式的水泥屋子里做晚饭。烧的是罐装煤气，铁锅上倒扣着一只脸盆，脸盆上压了一块石头，嗞嗞啦啦往外冒着热气。问他煮的是什么，他说蒸馒头。盆里的茄子切好了，他正在切肉。见我们要和他说话，他笑着迎出屋子，站在门口与我们交谈。

我问："你治沙怎么个治法?"

他答："先打井，撒上草籽，喷灌，草一长出来就行了，再种各种树。"

又问："需要多大投资?"

他答："慢慢来，现在先起步。将来总共需要几千万吧。"

再问："看样子不会马上有收入回报，投入那么多资金怎么办?"

他答："第二年就会有回报，八一电影制片厂明年要拍《生死腾格里》，他们要用我这片场景，我收费。"

旁边有人问他："听说你在二连浩特已搞成了一片，是吗?"

他回答道："是的，现在那里是一个旅游点，主要接待外蒙来的游客。"

我又问："为什么又要来这里开发?"

他说："我看上了这里的发展前景。这段长城上有个缺口，缺口里面有个水洞沟遗址，沟里还有一点水。西部大开发，他们宁夏肯定会把水洞沟遗址开发成旅游景点。到那时，我这里就行了。"

我好生诧异："你怎么说'他们宁夏'，你这里离银川很近，难道不属于宁夏?"

他道："我这里属于内蒙。"

我听了一愣："分界线在哪里?"

他笑道：“喏，长城为界。”

哦，多么根深蒂固的“长城为界”！

不过，我眼前的这位肖大生，从北方沙漠草原来到这个长城豁口前，向长城里面观察西部大开发的动向，他看到了希望。他决心要在长城豁口外的沙漠里播种一片绿色，建立一个前进基地，然后谋求向长城以内发展。

此刻，长城外的内蒙古和长城内的宁夏，正处在西部大开发的同一条起跑线上。

2000 年 11 月

草原上的庙

一

内蒙古大草原，除了敖包多，就是喇嘛庙多。我这次到内蒙古，在河套地区，阴山南北，一路上看了好多喇嘛庙。在四子王旗看了王爷庙、希拉穆仁庙，路过武川县看了召河庙，去白云鄂博途中看了百灵庙。到鄂尔多斯高原去瞻仰了成吉思汗陵，返回时又看了两座重要寺庙美岱召、五当召。从地图册上看，阴山北去，草原上的庙还多着呢，诸如白乃庙、温都尔庙、土格木庙、爱力格庙、白英庙……这些庙，一座座标在地图册上，散落在草原深处，有的也许至今仍保存完好，依旧香火缭绕，有的也许只剩下一座废墟，甚至已荡然无存，只剩下一个地名了。但是，只要留下一座庙，哪怕只留下一个庙名，就会留下一串故事，为空旷草原挽留住许多历史细节。

喇嘛庙是内蒙古草原上的重要历史文化遗存。在辽阔草原，蒙古族的历史以两种方式存在着，一种是诗化的存在，另一种是物化的存在。成吉思汗创造的历史辉煌，是一首壮阔的抒情史诗，世世代代流传在草原牧民的口头传说中，飘荡在悠长的牧歌里，回旋在马头琴的琴声里。而蒙古族的晚近历史，则被岁月沉淀下来，物化为草原上的一座座喇嘛庙。在内蒙古草原上看庙，如同阅读蒙古族历史的一个个片段，思绪会时时融入天苍苍、野茫茫的境界里。

北方草原，在蒙古人崛起前就有崇佛传统。佛教自汉末传入中国，公元5世纪北魏统一了北方，魏文成帝大兴佛事，开凿云冈石窟。回想当年我初次看到云冈石窟时的第一感觉是，北魏政权在山崖上开凿出如此巨大的佛像，主要是给中原人看的，目的是要塑造出一种顶天立地的精神偶像，在心理上慑服中原人。后来北魏政权南下，迁都洛阳，又在洛阳开凿了龙门石窟。北魏政权始终以佛教立国治人平天下，用今天的话说，它们高度重视利用意识形态的力量为巩固政权服务，但北魏很快也亡了。我曾在《云冈石窟》这首诗里写道，“可惜，五万多尊石像／最终未能守住北魏打出的半壁江山／这些佛像们也太大意了／居然没有一位带枪”。

蒙古人崛起得晚，他们性格粗犷豪迈，以武力取天下，原先是不信佛教的。成吉思汗信奉的是北方草原的原始宗教萨满教。他驰骋纵横，征战欧亚，一切假借“长生天”的旨意行事，以装神作法的“通天巫”为工具。成吉思汗也信过道教。他经过长年征战，可能内心的精神饥渴日益加深的缘故吧，在率领远征军西征途中，不远万里派人到山东蓬莱把著名道教领袖丘处机召去，在军帐中向丘处机请教道教教义。据说，成吉思汗在西征途中，对各地宗教均采取了较为宽容的政策，但未曾见过他信奉佛教的记载。

二

喇嘛教是藏传佛教的俗称。据有的学者考证，蒙古族上层直接与藏传佛教接触，始于成吉思汗孙子辈。成吉思汗去世后，三子窝阔台继大汗位。窝阔台死，由他的长子贵由继大汗位，次子阔端在凉州封王。阔端派大将多达那波进军西藏，多达那波从西藏带回消息说，西藏的佛教极为盛行，宗教派别很多。他向阔端建议，为了使西藏真正归顺蒙古，仅仅用武力征服还不够，还必须借助藏传佛教的力量，使他们心服。阔端采纳了多达那波的建议，经过分析比较，邀请西藏佛教教派中最有学问的萨迦派首领班智达前来。班智达带来两个童年侄子，即十一岁的八思巴和他七岁的弟弟恰那多吉。叔侄三人走下青藏高原，来到凉州，为阔端出谋划策，劝说西藏各教派首领和地方首脑臣服蒙古。同时，班智达开始在蒙古上层贵族中传教。

藏传佛教与北方蒙古族的关系，可以说是中国古代史上的奇观之一。它构成的是这样一个历史现象：先是蒙古人举着闪亮马刀，经河西走廊挺进青藏高原，用武力征服了西藏；然后是藏族人手里捻着佛珠走下青藏高原，经河西走廊进入北方蒙古草原，用藏传佛教征服了蒙古人的心灵。

蒙古人的崛起过程表明，在历史上崛起的任何一支力量，无论它的军事实力多么强大，“武”的一手使用到一定时候，都会产生“力不能及”的感觉，都会转向意识形态寻求帮助。当年多达那波建议阔端借用藏传佛教的力量征服西藏，就是一例。

后来，藏传佛教更在元朝取得“国教”地位，那是经过成吉思汗的另一个孙子，即元始祖忽必烈之手来实现的。元朝开国前，蒙古大汗的汗位，已从成吉思汗三子窝阔台系转移到了四子拖雷系。贵由之后，拖雷的长子蒙哥继承大汗位。蒙哥大汗在为统一中国、建立元朝政权的奋战过程中，亲自领兵进军四川，令胞弟忽必烈南征大理国。忽必烈率军南征途经六盘山，听说凉州有位吐蕃高僧班智达，心想大理国盛行佛教，若能将班智达带在身边，一定会有很大帮助，便派人去请。派去的人到了凉州才知道，班智达已经圆寂，他的两个侄子仍在凉州。其时，八思巴已长大成人，佛道渐深。于是，八思巴兄弟俩被召至忽必烈帐下，随军出征。不久，蒙哥大汗在攻打四川钓鱼城时中箭身亡，忽必烈从鄂州前线返回漠南草原继承大汗位，将八思巴兄弟俩带回草原。忽必烈在元上都（今内蒙古锡林郭勒盟正蓝旗）称帝时，封八思巴为“国师”。定都元大都（北京）后，在京城设总制院，又任命八思巴为院使，掌管全国佛教和西藏军政事务。八思巴协助朝廷在西藏置万户，定赋税，设驿站，使元朝中央政府对西藏实施了有效管辖。后来，忽必烈又加封八思巴为帝师、大宝法王，位高至尊，权重一时。

对于意识形态重要作用的认识，成吉思汗尚处在一种朦胧状态，他的孙子忽必烈则已进入自觉状态。忽必烈对意识形态工具的运用，也比祖父成吉思汗自如多了。对于驰骋天下的蒙古人来说，这是一个了不起的大进步。成吉思汗和他的四个儿子轰轰烈烈打出了一片又一片广阔天地，也曾在那些土地上建立过一个个汗国，但最终却未能巩固住千辛万苦创立起来的蒙古帝国政权。后人从中得出结论：马上可以打天下，却难以治天下。直到第三代忽必烈，才把打出的一片天下巩固住，建立了较为稳固的元朝政权，统治中国近百年。

元朝时，藏传佛教在蒙古人中的影响，主要在贵族上层。

明灭元，蒙古人丢掉了全国政权，退回到北方草原，藏传佛教在蒙古地区也随之衰落了。

三

我们到鄂尔多斯高原去瞻仰了成吉思汗陵，从包头返回呼和浩特时，在黄河北岸、大青山南麓，看了一座重要寺庙美岱召。美岱召的建造，成为一个新的起点。美岱召建于明代万历年间，它标志着明代中后期藏传佛教在北方草原重新兴起，形成一个新的弘佛高潮。其主要特点是，藏传佛教开始从蒙古贵族上层走向民间，在北方草原得到广泛传播，以至发展到“遍地建庙”的地步。

这就引出一位关键人物：俺答。

俺答是成吉思汗的十七世孙。美岱召是俺答当年在蒙古族地区大兴藏传佛教的高潮中建造起来的。俺答是明代嘉靖至万历年间塞外蒙古土默特万部户首领，因其势力在蒙古各部贵族争雄中不断扩张，呈强称“汗”，故有的史书上也称他为阿勒坦汗、俺答汗。

俺答在历史上留下的主要印记有：

其一，他是明代嘉靖年间北部“边患之首”。俺答乘明朝严嵩专权、朝政混乱之机，屡屡南进侵扰，以至突破边墙，攻掠大同，横扫怀柔、顺义、通州，一直打到北京德胜门下，然后扬长而去。后来张居正等人主政，对塞外蒙古实行和解政策，封俺答为顺义王，准予纳贡互市，才使北边渐趋平静。

其二，他是藏传佛教在蒙古地区广泛传播的关键人物。起先，俺答并不是北方草原蒙古各部的主宰。由于统领蒙古各部的卜赤汗过于软弱，使俺答在蒙古各部贵族争雄中显示出强劲实力，进而呈强称“汗”。他为了使自己取得“正统”地位，多次派人前往西藏迎请高僧前来蒙古地区传教，诉求于藏传佛教的力量，使草原牧民心服于他。

其三，他还是达赖喇嘛的始作俑者。明万历六年（1578年），俺答亲赴青海迎请西藏著名宗教领袖宗喀巴的三传弟子、哲蚌寺住持索南嘉措前来蒙古地区传教。索南嘉措在青海仰华寺为俺答举行了隆重的入教法会，蒙古贵族受戒者千人。法会上，俺答尊称索南嘉措为“圣识一切瓦齐尔达赖喇嘛”，这便是“达赖喇嘛”称号的最早起源。“达赖”是蒙语，意为“大海”；“喇嘛”是藏语，意为“上师”。索南嘉措自称达赖三世，他的师父根敦嘉措、师祖根敦珠巴，被分别追认为达赖二世、一世。当时，索南嘉措也向俺答回赠了一个“法汗”称号，互相满足了对方的心理上、政治上的需要。

俺答前往青海“迎佛”这件事，当时也牵动了大明朝廷。俺答势力在北方的不断扩张，一直是大明朝廷的心腹之患。当时，朝廷得悉俺答正与西藏索南嘉措会于青海，担心俺答占据青海不走。明神宗想让俺答从青海退兵，苦无良策。但朝廷同时得知，俺答对索南嘉措十分尊重。朝廷于是派出使者，邀请索南嘉措前往甘肃，与甘肃巡抚侯东莱会面。索南嘉措应邀到达甘肃，甘肃巡抚侯东莱向他传达了朝廷的上述意思。索南嘉措让甘肃巡抚侯东莱给宰相张居正捎回一封书信，意思是说，“阁下吩咐顺义王早早回家，我就让他回去吧”。果然，俺答不久就从青海返回了内蒙古。这件事使大明朝廷大为震惊：明神宗苦无良策的事，通过索南嘉措一句话就办到了。于是，朝廷对索南嘉措刮目相看。明神宗嘉封索南嘉措为“大觉禅师”，并赠以僧帽、袈裟、彩缎等物，这使索南嘉措在西藏佛教界地位大大提高。

这就形成了一个连环套：俺答借助索南嘉措在西藏佛教界的影响，来提高自己在蒙古人心目中的地位；而索南嘉措则利用其对俺答的影响力，提高了自己在大明朝廷心目中的地位，又利用大明朝廷对他的嘉勉，提高了自己在西藏佛教界的地位。这就足以说明，政治从来不可忽视宗教，宗教也从来脱离不了政治。

美岱召面对滔滔黄河，背靠巍巍大青山，地处河套以北、阴山南麓东西通衢要冲。在此登高一望，高山大河，森林草原，尽收眼底。庙宇四周，一圈四方形石垒围墙，围墙上有垛口，远望如山谷中一座古代城堡。我们从一个石垒的高大门洞进入寺院，院内当门几棵高大古松，色深如黛，苍苍然一派古意。门楼上镶有一块石匾，它是美岱召现存最早的文物。石匾上刻了四句颂词“呈图巩固，帝道咸宁，万民乐业，四海澄清”。另有小字款刻，记载的是俺答的孙媳五兰妣吉许愿建造灵觉寺泰和门的经过，说是不到一月便告竣工，如有神助云云。落款处还刻有“木作温伸、石匠郭江”两位工匠的名字，这在古代碑刻中很少见。匾文上方，刻有一行横书蒙文，未知何语。从这块石匾上得知，此庙最早叫灵觉寺。

灵觉寺演变成美岱召，又有一段故事。俺答和索南嘉措（达赖三世）相继去世后，为了使藏传佛教在蒙古地区得到更广泛的传播，西藏黄教上层和蒙古贵族上层共同谋划，把俺答的曾孙云丹嘉措寻为达赖三世的转世灵童，成为达赖四世。达赖四世长到十四岁时，被请回西藏哲蚌寺去坐床，离开了漠北草原。为了填补蒙古地区宗教领袖的空缺，西藏僧界指派麦力达活佛前来灵觉寺担任住持。从此，信徒们称灵觉寺为麦力达召。天长日久，口口相传，麦力达召演变成了美岱召。“召”与“昭”同音，西藏有大昭寺、小昭寺。

四

剽悍的蒙古人，出发时手里举着马刀，返回时手里捻着佛珠。

历史似乎证实了这样一个演化过程：藏传佛教一旦在北方草原落地生根，它使蒙古人的情感激流渐渐被一条精神河床所约束，从此不再四处横溢，渐渐进入了淙淙流淌的平静境界。曾经纵横天下的蒙古人，犹如一匹狂奔之后的烈马，大汗淋漓，驻足草原，昂首远眺。正当它渐感疲乏饥渴之际，隐隐听到庙宇间传出阵阵诵经念佛之声。这声音好似来自遥远天穹，使这匹烈马渐渐听得沉醉，渐渐忘却了一路奔突的万般艰辛，也渐渐消弭了火焰般急驰奔突的天性。

当代的蒙古人，回忆起历史上藏传佛教对蒙古族产生的深刻影响，心情是颇为复杂的。无疑的，藏传佛教极大地丰富了蒙古族的历史文化，但它却对蒙古人的性格产生了不小的“软化”作用。有的蒙古族学者就认为，自从北方草原盛行藏传佛教以来，蒙古族“昔日的勇敢善战强健之风渐失，遂化为温和萎靡”。当然，这种观点所包含的情感因素，更多的是在追怀和感叹蒙古人曾经叱咤风云的辉煌历史。蒙古人的历史教训，看来是从一个极端走到了另一个极端，最终又似乎把马刀和佛珠这两件宝物都丢了。不过，从民族心理上说，蒙古族人最终找到了新的平衡，因为他们在参与缔造中华民族历史的过程中，已将本民族的奋斗历程融进了这部完整历史，中国是蒙古族祖先治理过的国家，中国是蒙古族人的祖国，中国历史中包含着蒙古族的血肉精神。至于蒙古族留下的历史教训，当然也要由中国历史的全体继承者去共同记取了。

武力好比是“火”，意识形态好比是“水”，这相克相济的两样东西，哪一样少了不行，过了也不行。冲天大火会把人烧死，滔滔洪水也会把人淹死。一味穷兵黩武，最终可以导致自身毁灭；一味靠倾泻意识形态洪流去荡涤一切、淹没一切，最终也会导致自身毁灭。历史已经不止一次地演化出了这样的规律。文武何以相济，水火何以调匀，乃天字第一号大学问。回过头去看，蒙古人同后来入主中原的满族人相比，在“文”与“化”两个方面都有些差距就是了。

内蒙古草原中部的四子王旗，有一座“王爷府”遗址，实际上只遗存下来一座喇嘛庙。它是四子王时期的宗庙，当地老百姓叫它“王爷庙”，早已败落了。这处遗址我以前随部队开赴内蒙古演习场演习时曾经来过一次，但这次又来，才进一步弄清了它的历史演变过程。四子王旗，它的起源是满清入关前，由皇太极赐封给成吉思汗旁系后裔的一块领地，受封的是成吉思汗胞弟哈斯尔的第十六代孙（脑音岱的四个儿子），当时称四子部落。满清入关，有个先决条件，它必须首先与关外的蒙古各部结成牢固联盟，以便建立一个稳固的后方，消除后顾之忧，然后才可放心大胆地长驱直入，打进关内，以图天下。为此，在努尔哈赤征服东北蒙古各部的基础上，皇太极又采取了一系列联蒙措施。一是与蒙古贵族通婚联姻。皇太极的庄妃（即后来扶持顺治、康熙二帝坐稳天下的那位很了不起的孝庄文皇太后），就是蒙古科尔沁部落首领赛桑的女儿。二是给蒙古各部贵族后裔划地封王进行笼络安抚，皇太极赐封四子部落领地就是这一政策的产物。清廷在关内坐定天下后，又回过头去对蒙古各部分而治之，顺治年间在关外蒙古族地区设立盟、旗建制，四子部落改为四子王旗，此名称一直沿用至今。

我们从包头出发，又去看了另一座寺庙五当召。清王室入关后，把藏传佛教从蒙古人手里接过去，成为清廷治理北方蒙古地区的重要工具，五当召便是与这段历史密切相关的一座重要寺庙。五当召在包头东北方向的阴山深处，山坡上散布着一片高低错落的白色庙宇建筑，被一片葱郁的山林映衬着，景色浓郁而深沉。五当召建于清乾隆十四年（1749 年），乾隆御书寺名广觉寺，蒙古族人则称它为五当召。古代这里是一片原始森林，当时是就地伐木，建造了这座规模宏大的五当召。“五当”是蒙古语“柳树”的意思，当时建庙处有大柳树，故名。想必大柳树附近必有充沛山泉，有水源是建庙的重要条件。现在山谷里已见不到柳树，山上仍有黑森森的零星古松。

中国漫漫几千年封建社会，在中原坐天下的帝王们，都要拿出极大的精力去对付北方“边患”，基本思路都是采取坚决的隔离措施：修长城。但唐朝不修长城，清朝也不修长城。唐朝和清朝对付“边患”采取的是另一种手段：弘佛。康熙有句名言“建一寺胜养十万兵”。清朝的先祖起于北方，世世代代与蒙古族打交道，康熙本人一生中有很多时间用于征服西北叛乱，他对藏传佛教在蒙古地区的影响和作用看得十分透彻。他认定，要想使蒙古人臣服，就要多建寺庙，鼓励信佛。乾隆也说过，“兴黄教即所以安众蒙古，所系非小，故不可不保护之”。黄教，即藏传佛教格鲁派的俗称，蒙古地区的藏传佛教均为黄教。五当召，就是清廷在蒙古族地区大兴藏传佛教的一个例证。

五当召规模很大，与此庙相关的历史人物事件很丰富。包头市组织专家学者对五当召进行了深入研究，现已发展成包头市的一个重要旅游景点。

五

走进草原上的一座座庙，就像走进北方草原的一个个历史场景，心中会时时浮起一缕缕沧桑感。从四子王旗政府所在地乌兰花镇前往航天飞船着陆场阿木古郎草原途中，有一处河湾，河湾里有一个村落，蒙语叫红格尔，那里有一座希拉穆仁庙。庙前山谷中的那条小河，就叫希拉穆仁河。这是一条季节河，夏季雨后水流湍急，平时水流量很小，但河滩很宽。我们见到它时正在化冻，滚满卵石的河滩里有一闪一闪的水流在流动。草原牧民崇拜佛，也崇拜水，干旱的草原上有一条小河流过，珍贵得如同甘露。据说，旧时的希拉穆仁庙香火很盛，殿宇相接，僧众三千，汉族人称它为大庙。但历经清末动荡、日寇侵华、“文革”内乱等几次大的破坏，殿宇建筑已大部被毁。庙中最后一位活佛格拉僧图登布六世，经历风风雨雨，一直活到现在。四子王旗政协为他在红格尔村单独盖了一处房子，将他安置下来，在村中安静度日。我们走进仅剩的一座佛殿，神坛上有信徒前来供奉的零星香火。旗里来的陪同者介绍说，此庙已列入四子王旗文物保护计划，要重修，苦于一时筹集不到这么多资金。走出佛殿，我望着尚未返青的草原，眼前浑黄一片。希拉穆仁河从遥远年代淙淙流淌至今，它流走了千百年沧桑，灌溉着亘古苍茫。

离开四子王旗，在武川县顺路看了一座召河庙。这是一座得到较好维护的寺庙。庙里有一位蒙古族喇嘛，名叫根登。他向我们介绍说，这座寺庙的蒙语名字叫查干哈达，汉人也叫它普会寺。内蒙古草原上的喇嘛庙，同一座庙往往有好几个不同的名字，有的是蒙族与汉族对同一座寺庙的不同叫法，有的是不同历史时期对同一座寺庙的不同叫法。它像一本书的提纲，为你了解历史提供了线索。由于我们要去白云鄂博，急着赶路，对召河庙没有来得及细看细问。

途中经过达茂旗百灵镇，百灵镇上有一座很有名的百灵庙，不能不看。达茂旗的全称名叫“达尔罕茂明安联合旗”，它是由历史上几个不同的蒙古族部落演变而来的。百灵庙规模很大，管理也较严格。门口有个售票窗口，说明它平时是对外开放的。但我们去时却关着门，里面正在整修。百灵庙在内蒙古地区名气很大。一位年纪较大的僧人引导我们参观，进了一殿又一殿，真有些寺深莫测的感觉。正殿很大，立着一排排柱子，中间一条过道，两边放着一排排宽大的木榻，那是供僧人们诵经时盘腿打坐用的。陪同参观的喇嘛介绍说：“过去这些柱子上都包裹有毛毯，‘文革’中一场大火烧了三天三夜，全烧光了。后来这大殿又成了屠宰场，杀牛宰虎的。”我发现这位喇嘛说话用词很善于夸张。好在此庙现已得到了很好的维修和保护，有些地方还在进一步修葺。大殿内，左角上有一个很大的玻璃罩子，里面罩着一件精美的沙雕作品，名叫“坊城”。全部用彩色沙子堆砌而成，城郭楼台，玲珑剔透，色彩绚丽，艺术水平很高。喇嘛说，这座沙雕作品，是庙里上一次举行佛事纪念活动时做的。今年还将举行佛事纪念活动，他们准备再做一座新的沙雕。

中国老百姓有个说法：盛世修庙。依我看，原有的重要庙宇，作为一种历史文化遗存，尽力修复，好生保护，完全应该。但是，毕竟时代在前进，文化需更新，若是再去盖新庙、塑新神，大可不必矣。

2003 年 1 月

遥远的牧歌

回荡在辽阔草原的牧歌为何那么悠长，马头琴为何在草原月夜低回如诉？因为他们先祖的马蹄曾潮水般踏遍古老大陆，在辽阔无比的地域内纵横驰骋，直到另一片海洋。他们的情感活动中永远充满着对祖先的追思，他们常常唱起古老而悠长的牧歌与遥远的历史对话。他们至今仍与蓝天白云为伍，赶着马群和羊群在草原漫游，习惯于在寂寞中仰面苍穹。马头琴声低回如诉，是由于他们习惯在草原月夜倾诉心绪。

因为他们是蒙古族……

一

在我从小建构起来的粗线条的地理概念中，只记住了新疆是维吾尔自治区，一直没有认真注意到新疆地理中还有一个很特殊的问题。天山南麓有一个偌大的巴音郭楞蒙古自治州，面积约四十七万平方公里，占去新疆总面积的四分之一还多，是新疆最大的一个州，相当于内地好几个省。这些年因工作关系，我多次来到巴州，陆陆续续知道了一点西蒙古史，这才使我对蒙古族与西域历史的关系有了更深一层的了解。

粗粗看了一些资料，知道历史上的西蒙古，是指漠西蒙古卫拉特部，主要活动在今新疆、甘肃、青海、宁夏一带。元朝称西蒙古为“斡亦剌惕”。明朝称西蒙古为“瓦剌”，称东蒙古为“鞑靼”。西蒙古内部又分和硕特部、杜尔伯特部、土尔扈特部、准噶尔部，统称卫拉特四部。清代时，称西蒙古为“厄鲁特”。准噶尔部取代和硕特部成为西蒙古盟主后，有时也将卫拉特四部统称为“准噶尔”。

成吉思汗是东、西蒙古各部的共同祖先。

渥巴锡是西蒙古最后一位历史英雄。

渥巴锡这个遥远而陌生的名字，我也是几年前第一次来到巴州时才听到的，过去并不了解这位土尔扈特年轻首领的英雄壮举。我第一次来巴州时，经人介绍认识了巴州文物管理所的何所长，他是位长期工作在巴州的文物考古专家。他很热情地领我去看了三处遗迹，都是与渥巴锡和土尔扈特部落直接有关的。

第一处是土尔扈特部落自伏尔加河流域万里东归后的一片墓葬群。墓葬群位于天山南麓一条宽阔山谷的向南出口处，背靠天山，面向一片广阔的戈壁荒漠。荒漠向南，斜坡底部是时断时续的孔雀河，它表明游牧部落对水源的生死向往。当时踏上这片墓葬群，展现在我眼前的是层层叠叠就地找来石块草草垒成的方形土葬坑，有的一个坑里就埋有好几具尸骨。何所长介绍说，当年渥巴锡率领土尔扈特部落万里东归的艰辛，是常人难以想象的。他们从伏尔加河流域出发时，共有三万三千多户，十六万九千人。这支浩浩荡荡的东归队伍，在万里草原上向东进发，除了沿途连续突围造成重大伤亡外，一路上冻死、病死、累死者不计其数。后来乾隆在他亲笔撰写的《优恤土尔扈特部众记》中说“其至伊犁者，仅以半计”。实际上最后剩下的已不足半数，仅有七万多人回到伊犁。清廷将他们安置在天山牧场后，又发生了一场瘟疫，人员大批死亡，这一点从这片墓葬群的掩埋情形就能得到印证。

第二处是巴伦台黄庙。蒙古族信仰喇嘛教，黄教是喇嘛教格鲁派的俗称。黄庙因黄教得名，它是土尔扈特人进行宗教活动的重要场所。

第三处是立在铁门关山崖上的两块乾隆御制碑刻《土尔扈特全部归顺记》和《优恤土尔扈特部众记》。两篇碑刻记载了土尔扈特东归和安置的详细经过。两篇碑文是乾隆在承德避暑山庄撰写的，因为当年乾隆是在承德避暑山庄接见了万里来归的渥巴锡。他在那里写下了这两篇《记》，并“勒石热河及伊犁”，在两地都立了碑。我看到的这两块碑刻是复制件。

我终于弄清，今天聚居在新疆巴音郭楞蒙古自治州的蒙古族人，就是乾隆时代万里东归后被安置在这里的土尔扈特部落的后裔（其中有一小部分是同时东归的和硕特部落的后裔）。

二

古代的蒙古族，无疑是人类历史上无与伦比的远征民族。他们惊天动地的远征马蹄声驰进了中国史，也驰进了世界史。时至今日，人们仍能从浩瀚的中外史籍中，听到蒙古族远征马蹄的遥远回声。远征，是古代蒙古族人从他们的血统和天性中选择的生存方式。成吉思汗征服欧亚大陆，是一场波澜壮阔的远征；青年首领渥巴锡为了避免灭族之灾，率领土尔扈特近十七万之众，在哥萨克骑兵和哈萨克、巴什基尔等游牧部落军队的围追堵截中一次次浴血突围，自遥远的伏尔加河流域万里东归，又何尝不是一次惊天地、泣鬼神的悲壮远征？

蒙古族人具有强烈的实现英雄壮举的天性。成吉思汗发动西征是为了征服别人，渥巴锡率部东归是为了逃避别人的征服，他们分别处在本民族生存状态的两个极端。但是，在青年首领渥巴锡看来，他虽然已经永远不可能再像他的先祖成吉思汗一样，去攻城略地建立开拓疆域的历史功勋，但率领土尔扈特部落万里东归，同样是一种英雄壮举，因为只有蒙古族人才具备举族大迁徙的非凡胆魄和能力。对渥巴锡本人来说，只有率部万里东归，才能向他的敌人展现蒙古民族永不屈服的英雄性格，他自己也只有到万里东归的厮杀中去实现精神上的超越了。

古代蒙古族的远征史诗，由成吉思汗在肯特山麓挥鞭扬蹄奏响第一个音符开始，驰骋纵横，所向披靡；之后，它时而激越，时而低回，越过了五个多世纪的苍茫时空；最终，由渥巴锡将一个悲壮句号画在了天山深处……

三

天山是神秘的。

白雪皑皑的天山群峰，峰顶终年飘动着神秘的云翳，似乎永远在诉说着风起云涌的历史往事。寒冷的天山美丽而苍凉，苍凉而雄奇。

西蒙古的历史往事，更增添了天山景色的冷峻和神秘。

几年前我第一次来新疆时，从乌鲁木齐去南疆的来回途中，都曾驱车经过天山。由于来回走的是两条不同路线，使我得以从不同方向、不同侧面将天山前前后后打量了一番。当时我曾以写实手法，在一首诗里记下了对天山的第一印象：

我从北麓走近你
你头上那皑皑白雪
如钻石在阳光下闪亮
山坡上的草地那么平坦，挺拔的雪松
每一棵都长得恰到好处
华贵首饰将你打扮出一身贵妇人气质
还有你腹地的牧场、羊群、溪流
我从南麓向你远眺，你却成了威武男性
长久守望着戈壁荒原
头发都熬白了，还那么兢兢业业
天可以老，地可以荒，作为一座山
你硬是不肯擅离岗位
——你就从未想过要到各地去走一走吗？

当时记下的这些句子都是“眼见为实”的景象，写实主义中稍微带了一点点浪漫主义。“还有你腹地的牧场、羊群、溪流”这一句却是虚写；是另外“贴”上去的。因为当时只听说天山腹地的尤勒都斯草原景色优美，特别是巴音布鲁克天鹅自然保护区景色更加迷人，但我没有来得及进入天山腹地去。

今年暮春时节，我又一次来到新疆，如愿以偿，去了一趟天山深处的尤勒都斯草原，并且到了巴音布鲁克天鹅自然保护区。

尤勒都斯草原，就是渥巴锡和他的直系土尔扈特南路四旗的安置地点。

这片仙境般藏在天山深处的高山牧场，多少带点神秘色彩，景色真是美极了。

四

陪同我们进天山的，是我刚结识的当地两位蒙古族朋友，一位是巴州的副州长包热，另一位是和静县县长阿拉西。尤勒都斯草原是和静县的地盘，包热是和静县的前任县长，他升任自治州副州长时，阿拉西接替了他的县长职务。我怕给他们增添麻烦，一再谢绝陪同。包热副州长说，夏季快到了，他们正要进山去检查一下转场情况。阿拉西县长则说："这是我们县的地盘，为远方客人当个向导，这是蒙古族祖先传下的规矩。"

一路上，他们又向我讲起了土尔扈特部落的万里东归，讲起了他们心目中的历史英雄渥巴锡。

我又一次被青年首领渥巴锡的英雄壮举深深感动了。

包热和阿拉西两人真不愧是成吉思汗和渥巴锡的后代，体魄高大健壮。包热副州长是位年轻干部，还不到四十岁，肤色黧黑油亮，腰身粗壮得有些吓人，我冒昧地问了一句："多重?"他一笑："也就一百多公斤吧。"自打第一眼见到他起，我就在心里将他与渥巴锡联系了起来，竭力从他身上寻找渥巴锡的影子。我断定青年首领渥巴锡的体魄定是好生了得，绝对不会比眼前这位包热逊色。我暗想，渥巴锡如若没有像包热这等体魄，谈何万里东归！阿拉西县长虽然不胖，肤色也相对白净，但高大挺拔，即使坐下来也显得比别人站着还高似的。他的话不多，总在静静地观察着周围的一切，总在等待着包热表态说话。他使我联想到渥巴锡东归途中的得力干将策伯克多尔济。包热的随行人员中有一位戴着墨镜跑前跑后的蒙古族人，他一路上只与包热说蒙古语，轻易不与旁人搭话。此人又使我联想起了渥巴锡智囊团中的大喇嘛洛桑丹增，他在东归途中不断地运用他的智谋向渥巴锡提出重要建议。包热的另一名随员是位汉族干部，姓杨，很活跃，不断地主动向我介绍这介绍那。他像渥巴锡身边的哪一位呢？权将他比作达什敦杜克吧！我知道，这样的比附很不合适，它只是我的联想罢了。渥巴锡策划和指挥万里东归的领导核心，连他自己在内，自始至终只有六个人。

公元1770年秋天，渥巴锡从俄国同土耳其作战的高加索前线回来后，在一个夜色深沉的晚上，在伏尔加河东岸一片叫作维特梁卡的白桦林子里，召集策伯克多尔济、舍楞、巴木巴尔、达什敦杜克和大喇嘛洛桑丹增，召开了一次决定土尔扈特部落命运的秘密会议，做出了举族东归的重大决策。会后，紧张而秘密地开始了万里东归的各种准备……

五

我们的车子一路向北，顺着盘山路不断升高。过了巴仑台，也就开始进入天山腹地了。车子在一条峡谷里走了很长时间，驶上了第一个高山达坂，路旁有一座很大的敖包。敖包是牧区边界的标志，说明我们已开始进入天山牧区。包热决定在敖包附近停车，吃干粮。像我这样当了一辈子兵的人，行军途中停下来吃干粮真是太平常的事了。但这次吃干粮，却使我获得了一种全新的感受。包热让人将两纸箱干粮从车上搬下来，打开分发。我一看，愣了。纸箱里装的不是饼，不是馍，满满一纸箱拳头大小的干羊肉块；另一纸箱是黄瓜和西红柿，既当菜，又当水。

“吃吧！”

包热吃得好香。阿拉西吃得好香。那位戴墨镜的蒙古族同胞吃得好香。应该说，我也吃得好香。这才是正宗的原汁原味的蒙古族手扒羊肉，啃着嚼着，那香！我知道，若能将拳头大小的一两块喷香的干羊肉啃下去，赶一天长路再不吃东西绝对不会有问题。但我更知道我的胃绝对消化不了它，我无论多么嘴馋也不敢多吃。这就显出吃肉民族和吃粮民族的差别来了。吃肉食的和吃粮食的，在野外条件下的适应能力、生存能力、行动能力，从食欲上就区分出强弱来了。游牧民族从肉食中摄取的能量，远胜于农耕民族从大米面粉中摄取的能量。因此，在冷兵器时代，成吉思汗统率的蒙古军具有万里远征的超强战斗力，仅从食物结构这一点来看，也是毫不奇怪的。

当年渥巴锡率部万里东归的准备工作之一，就是发动全部落宰杀掉老弱牲畜，统统晾制成干肉，为万里东归备好途中耐饥之食。试想，如果十几万人每顿都要停下来蒸馍煮饭，喝汤喝水，他们在前有哈萨克人和巴什基尔人拦截、后有哥萨克骑兵追击的险恶情况下，在冰天雪地、盐碱沼泽、戈壁大漠、伤残老弱、疾病瘟疫、驱牛赶羊的万般艰难中，怎么能走得完万里东归路啊！

包热看看大家手中的羊肉啃得差不多了，他站起来，打开了一瓶烈酒，开始围着敖包洒酒、转圈。阿拉西等人全都自动跟了上去，围着敖包转了起来。敖包是由一堆大大小小的石块堆成的，石堆上插了许多树枝，树枝上拴了不少红的、绿的、花的布条，在料峭的高山冷风中飘扬。尊重少数民族的风俗习惯是军人应有的常识和修养，我也跟在他们后面围着敖包转了一圈。敖包边上有路人贡献的罐头、酒瓶、食物，有一根羊鞭插在路旁的草地里，附近堆放着几只汽车轮胎。每一位进出这片高山牧场的牧民路过这里，都要在敖包近旁歇脚，围着敖包转圈、洒酒、祈祷、拴布条，寄托他们的情思。它是宗教，又不是宗教，但它绝对是蒙古族牧民一种虔诚的精神活动。他们神情肃穆地围着敖包慢慢走动，用一种只在唇间轻轻滚动的含混的语言念念有词，表达着他们对祖先的缅怀，对山神的祭祀，对上苍的祷告，对鬼神的敬畏。他们围着敖包祈求神灵保佑羊群、消灾避难、祛除疾病。敖包相会的年轻牧民，当然首先要为爱情祝福。

总而言之，它是一种能使人获得强烈感受，却无法说清具体内容的礼仪习俗。

这是从他们的祖先那儿一代一代传下来的。蒙古族牧民离开牧区远行，或从远方回到牧区，都要在牧区的边界处围着敖包做一次心灵的倾诉，接受一次精神的洗礼。他们要从中获得某种心灵感应，以便在精神上同他们的祖先永远保持血脉相连。

我发现，包热副州长围着敖包转圈时非常投入。一瞬间，他身上的领导干部气质暂时隐去了，他与我说笑时的那种随意和洒脱不见了。只见他神色凝重，对祖先传下的礼仪习俗表现得无比虔诚。他的神情中甚至有一缕不易察觉的哀思隐隐升起，如低沉的马头琴声传达的那种神情，隐隐哀思中有一丝坚毅挂上他的嘴角。这时的包热，是一位纯粹的蒙古族牧民之子。此刻从他身上透出的那种蒙古族人的内在气质，是他从娘肚子里带出来的，是从他骨子里自然流露出来的，无法强装，也无法掩饰。我猜想，在他围着敖包转圈的瞬间，他肯定想到了他的游牧祖先，想到了土尔扈特部落首领渥巴锡，想到了一代天骄成吉思汗。他当然更会明白无误地想到，自己是蒙古族牧民之子。

种族、血统、祖先，这些字眼的力量是强大的。

六

五月的新疆，山下的气温已很暖和了。军营里栽种的“馍头柳”已是一团一团的浓绿。荒滩上的一丛丛马兰草，叶丛中都已开出了蓝茵茵的小花朵。路过焉耆湿地，芦苇已经绿得望不到尽头了。

但是，我们的车子越往天山深处去，越往天山高处去，越来越寒冷。天气时阴时晴，一小会儿一小会儿的阳光显得很零碎。时令好像在急速倒退似的，山腰处的草场仍是一片枯黄，像一头冻僵的老牛卧在那里，仍未苏醒。车子终于开上雪线，顺着一处山背转过去，一条山溪突然横在眼前，我们一下子扑进了一片冰雪世界。山溪两岸立着两道高达五六米的雪墙，湍急的水流从两道雪墙中间夺路而去。覆盖在山溪上的厚厚的冰雪是被流水冲开的，说明溪水已经暖了，这是春天的力量，春天毕竟来了。山的背阴处、山坡的低洼处，全是大堆大堆从剖面看上去厚达四五米的积雪。每一堆积雪的边缘都在融化，雪水将山坡上的泥土滋润得发黑，有的地方顺着路面往下淌水，被过往车辆压成烂泥浆。随行的小伙子们大多来自内地，在五月天突然见到这么多冰雪，“哇”的一声全都激动了起来，纷纷跳下车去照相、抓雪，奔到桥下将手伸进溪水中去体验雪水的温度和感觉。在溪边厚厚的雪堆旁，我发现有两片嫩叶和一朵美丽的小黄花从雪堆下顽强地探出头来，旁边又拱出一株肥嫩的不知是什么植物的胚芽，芽尖殷红，天山的草芽也带胎血吗?

包热看我们见了冰雪如痴如醉，他笑着大喊：“走啦，还得赶路哇。

这点冰雪算什么，前面还有好多好多哇!”

大家上车，继续往天山深处进发。

一路上我在想，渥巴锡的东归，以及他先祖的西迁，尽管行动方向相反，但导致这两次大迁徙的根本原因，在许多方面几乎是相同的。其中交织着的几个重要因素是：牧地、祖先、宗教、战争。

七

牧地，是游牧民族赖以生息繁衍的命脉根基。

蒙古族牧民为什么都将敖包堆砌在牧区边界的进出要道旁？因为他们要向路人表明，牧区的边界是神圣的。牧区不仅是他们的生存空间，更是他们神圣的精神家园。他们必须用明确的标志物来标明它、崇敬它，拒绝外人亵渎它、侵犯它。

牧地又总是和祖先们的足迹紧紧联系在一起，因而有时祖先的影响力是无法抗拒的。

土尔扈特万里东归之前，已在伏尔加河流域定居了一个半世纪（1628—1770 年）。人们不禁要问，既然后来要九死一生万里东归，早年又为何要远走他乡万里西迁呢？

是啊，先得问一声：土尔扈特部落早年为何西迁？

答案无非两条：一是在西域原来的游牧地发生了生存危机；二是伏尔加河流域是蒙古族祖先曾经到达过的地方。总之，西迁与寻找新的牧地有关，而下决心到遥远的伏尔加河流域去寻找新的牧地，又是受了蒙古族祖先的影响。

在事关部落生死存亡的抉择关头，特别是在难以做出恰当选择，甚至无可选择的危难关头，踏着祖先的足迹走，到祖先曾经到达过的牧地去，这是游牧部落的一条最高准则。土尔扈特的西迁与东归，都与这条冥冥中的最高准则有关。

明末，努尔哈赤的后金政权兼并了东蒙古（鞑靼）漠南十六部四十九领主。皇太极在关外即皇帝位后，改国号为清，东蒙古漠南各部也就归顺了清朝。而当时的西蒙古，却处在内外双重矛盾的交织之中。在外部关系上，因卫拉特四部人畜繁衍，急欲向外扩大牧地、发展贸易。但由于遭到东蒙古的阻隔，西蒙古与中原地区的交往与贸易几近断绝。欲转向中亚西亚和钦察草原谋求出路，又遇到哈萨克等部封建领主的合力排挤。在内部关系上，西蒙古卫拉特四部之间为争夺盟主地位，争战不断。准噶尔部取代了原盟主和硕特部的地位后，其他三部遭其欺凌，苦不堪言，导致更严重的内乱。

内忧外患，土尔扈特部落的生存与发展日益艰难。首领和鄂尔勒克为了避免与准噶尔部发生更大的军事冲突，以保护部落的生存与发展，于明崇祯元年（1628 年），毅然率领土尔扈特全部，并联合和硕特、杜尔伯特各一部分，共计五万余帐，向西迁徙。历尽千辛万苦，长途跋涉，两三年后陆续到达伏尔加河流域下游地区，在各支流沿岸驻扎了下来。

土尔扈特部落终于找到了新的牧地。

他们希望从此能在这里过上和平宁静的游牧生活。

八

伏尔加河流域下游的这片广阔牧地，是蒙古族祖先曾经到达过的地方。它是 13 世纪蒙古大帝国所辖四大汗国之一的钦察汗国所在地。

关于这片遥远的牧地，《蒙古族简史》等史籍中有如下记载：

钦察汗国，初为成吉思汗长子术赤的封地，领有今额尔齐斯河以西，咸海、里海以北地区。13 世纪 30 年代后，成吉思汗的孙子辈崛起。他们决心继承祖父和父辈们的伟业，再度西征。公元 1235 年，以术赤嫡长子拔都（成吉思汗长孙）为统帅，以老将速不台为先锋，率领察合台长孙不里、窝阔台长子贵由、拖雷长子蒙哥等发动了新一轮西征，并命万户以下各级那颜皆遣长子从征，史称“长子西征”。其中拔都、速不台主力打败了斡罗思钦察联军，将原封地扩大至东起额尔齐斯河、西至多瑙河、南起高加索山、北括斡罗思的广大地域。公元 1243 年，“长子西征”还师后，拔都留驻封地未回，在伏尔加河下游建都萨莱城。他将咸海东北之地分给其兄斡鲁朵，称白帐汗；将咸海以北之地分给其弟昔班，称蓝帐汗；拔都本部称金帐汗，并统领三帐，故又称金帐汗国、钦察汗国。元朝时，钦察汗国接受元朝皇帝的册封和岁赐，属元朝宗藩，有驿路直达元大都。14 世纪末，势力渐衰。15 世纪分裂为克里木、喀山、阿斯特拉罕、西伯利亚等汗国。15 世纪末，被莫斯科公国击溃，遂灭亡。

钦察汗国虽然灭亡了，但祖先的英灵是不灭的，它永远在冥冥中昭示或暗示着后辈子孙们的行动。沿着祖先的足迹走，到祖先曾到达过的地方去，这就是和鄂尔勒克的结论，这就是土尔扈特部众的决心。

作为土尔扈特部落的首领，和鄂尔勒克率部向西大迁徙，绝不是他心血来潮的轻率举动，而是经过深思熟虑、长期准备后做出的决策。土尔扈特在卫拉特四部中力量最为弱小，遭受准噶尔部欺凌最多。面对土尔扈特在西域原牧地不断恶化的生存环境，他一直在苦苦思索着本部落的出路。他早就派出忠实可靠的人员，到里海沿岸和伏尔加河流域下游做了实地调查，为西迁做了十年准备。经实地调查发现，伏尔加河下游这片一望无际的大草原，自从钦察汗国灭亡后，成了诺盖人的牧地。后来诺盖人也迁徙走了，这里成了荒无人烟的、未曾开发的、无主的“瓯脱地”。当时沙俄尚未控制这一地区。实地调查的情况使和鄂尔勒克激动不已，这是神的恩赐，也可以说是祖先留下的遗产。他举杯对天，放声长呼：“上苍啊!”他将一碗烈酒泼向大地，伏地跪下，亲吻着脚下的泥土，默念着祖先的名字，久跪不起。举族西迁的决心就这样定了。和鄂尔勒克的决策明显地得到了祖先的暗示，这就是种族祖先的影响力。

和鄂尔勒克将自己的牙帐建立在伏尔加河支流阿冈赫巴河畔，“置鄂托克，设桑宰”，在原钦察汗国的地域内，开始了创立土尔扈特汗国的艰辛历程。

沙俄把这片草原称作卡尔梅克草原，把土尔扈特人叫作卡尔梅克人。

九

“寻根”这个词，好像最先是由殖民者贩卖到新大陆去的非洲黑奴后裔们创造出来的。这个词饱含着人类历史演进过程中的辛酸成分。

当我翻阅土尔扈特部落西迁的资料时，深深感触到了“寻根”一词的情感内涵。

由于远走他乡是出于被迫，出于无奈，西迁后的和鄂尔勒克，内心从此充塞着排解不去的漂泊感。

故土难离，故土难离啊！

所谓思乡情结，所谓寻根情结，其实是在跨出家门的第一瞬间就结下了的。它随着时日的推移越结越深，愈加难以消弭。

和鄂尔勒克一再告诉子孙和族人们说，蒙古人永远是蒙古人，土尔扈特部落走遍天涯，也永远是卫拉特蒙古的一部分。土尔扈特部落根在东方，根在中国。

好比亲兄弟之间，在一起相处时打得头破血流，背井离乡之后却思念得不行。纵然卫拉特内部、蒙古族内部曾充满着争战、倾轧与残杀，但土尔扈特却永远不愿割断与西蒙古卫拉特部的血脉联系，永远不愿割断与整个蒙古族的血脉联系。因为他们永远属于同一个种族。

土尔扈特人的思乡情结，有两件事最能说明问题。

第一件事，和鄂尔勒克携子赶回塔尔巴哈台（今新疆塔城）会盟。

明崇祯十三年（1640 年）秋，由准噶尔部首领巴图尔珲台吉和喀尔喀部扎萨克图汗共同倡议，卫拉特蒙古和喀尔喀蒙古各部共二十六位首领，会盟于塔尔巴哈台，这是蒙古各部共同的盛会。为了不失去作为蒙古族子孙的资格，和鄂尔勒克带着儿子书库尔岱青，自伏尔加河下游牧地不远万里赶回来参加会盟。这次广泛结盟的直接成果，就是制定了著名的《蒙古卫拉特法典》。参加这次会盟活动回去，远走他乡的和鄂尔勒克在精神上、心理上得到了一些安慰，使他觉得土尔扈特之根仍然深深地扎在蒙古族大家庭中。

在异域异乡创立汗国，谈何容易！土尔扈特汗国从初创之日起，就不断遭到沙俄支持或指使下的哥萨克人、诺盖人、日耳曼移民等等的轮番侵扰攻击。清顺治二年（1645 年），和鄂尔勒克在忍无可忍的情况下，奋起反击沙俄指使下的阿斯特拉罕军队对土尔扈特牧民的恣意烧杀掳掠。和鄂尔勒克壮烈战死在阿斯特拉罕城下。

和鄂尔勒克，这位土尔扈特汗国的创始人，就这样在血泊中倒下了。

他的儿子书库尔岱青在万难中坚持了下来。

他的孙子朋楚克在万难中坚持了下来。

他的曾孙阿玉奇在万难中坚持了下来。

经过祖孙四代人的艰难创业，土尔扈特汗国总算在异乡客地艰难地站住了脚跟。

第二件事，阿玉奇盛情接待清朝图理琛使团。

阿玉奇继承土尔扈特汗国第四代汗位后，正是沙皇彼得一世在位期间。沙俄势力进一步向顿河、伏尔加河、雅伊克河流域的少数民族地区扩张。面对沙俄征服者的威胁，阿玉奇牢记曾祖和鄂尔勒克关于永远不能割断与祖国故乡联系的遗训，一方面与沙俄巧妙周旋，多次“宣誓”向沙皇表示“臣服”，另一方面主动加强了与清政府的联系。清康熙四十八年（1709 年），阿玉奇派出以萨穆坦为首的使团，绕道西伯利亚，历时两年有余，于康熙五十一年（1712 年）春抵达北京。阿玉奇在带给康熙帝的奏文中，有几句话曾引起史学家们的格外注意：“所差之使，乃吾心腹小役，圣祖若有密旨，请赐口谕。”

从这段话的语气可以看出，土尔扈特汗国在沙俄土地上处境艰难，阿玉奇有心里话急于要同康熙皇帝讲。

看来，康熙对阿玉奇的心思完全领会了，他立即派出了历史上著名的图理琛使团对土尔扈特汗国进行回访。

所谓图理琛使团，其实使团首脑是太子侍读殷扎纳，图理琛是副手，共有随员三十二人。图理琛回国后写了一本《异域录》，刊行后被译成多种西方文字，广为流传，享誉中外，人们由此将这个使团称之为“图理琛使团”。

使团于康熙五十一年（1712 年）六月二十三日从北京启程，也走了两年，于康熙五十三年（1714 年）七月十二日到达阿玉奇驻地玛奴托海。使团受到了阿玉奇的盛情款待。阿玉奇与使团讨论了一个很重要的问题：土尔扈特究竟与中国更亲近，还是与俄罗斯更亲近？阿玉奇自己的结论是：

“满洲、蒙古，大率相类，想起初必系同类。”这明显是一句与清廷套近乎的话。阿玉奇还说，从衣帽服饰上看，蒙古人与中国（满洲）人也大体相同，而蒙古与俄罗斯则是“衣服、语言不同之国”，两者“难以相比”（《异域录·卷下》）。阿玉奇心向中国，溢于言表。

难怪后来有位名叫加斯东·加恩的法国学者说：“中国浪子土尔扈特人的归来之事，最初提出于1714年。”他认为，土尔扈特东归，早在康熙时代就提出来了，而且康熙很可能曾对阿玉奇有过“甘言许诺”。后来只是由于清朝发动征讨准噶尔的战争，此事才被拖延了下来。直到18世纪中叶乾隆平定准噶尔后，土尔扈特人的东归愿望才得以实现，这时距最早提出这个问题已相隔近六十年了。

俄国人的确明显地看出了土尔扈特人“身在俄邦心在汉”的思想倾向。他们在评论土尔扈特人的对俄政策时说，阿玉奇及其前辈“坚决地选择了口是心非的政策以对付俄国人”。

没有错，这正是一种“外来户”的心态和策略。阿玉奇和他的前辈们受尽了沙俄异邦势力的欺凌，他们既不愿背叛祖先，又要在异域顽强地立足生存下去，他们没有别的办法，只能这样。

十

阿玉奇去世后，土尔扈特汗国内部陷入了继承汗位的纷争，内部动乱长达四十年之久。这对立国历史很短，又是在异乡客地立足的土尔扈特汗国来说是致命的。

土尔扈特汗国渐趋衰落了。

渥巴锡在这样的背景下继承了汗位。渥巴锡是阿玉奇的曾孙，于清乾隆二十六年（1761年）一月继承了土尔扈特汗位，有的书上说他继位时十七岁，有的书上说是十九岁。

青年渥巴锡面临的形势更加险恶了。叶卡捷琳娜女皇的残暴，比彼得一世有过之而无不及。她对土尔扈特汗国实施压服、控制、削弱、监视，直至“暗行消灭”等等一系列高压政策和险恶计谋。她限制渥巴锡的汗王权力，指派一名俄国军官参加汗王权力执行机构扎尔固，操纵土尔扈特汗国内部事务。她将大批顿河哥萨克移民迁徙到土尔扈特汗国的传统牧区内，“使卡尔梅克的土地逐渐缩小”，“加剧了卡尔梅克居民生活条件的恶化”，导致土尔扈特与哥萨克频频发生冲突，从此失去安宁。

青年渥巴锡面临着同先祖和鄂尔勒克同样的挑战：在伏尔加河流域立足发生了严重危机。他做出了在本质上同和鄂尔勒克同样的抉择：回到祖先游牧过的地方去！

和鄂尔勒克的西迁是漂泊，渥巴锡的东归是回归。但他们都是遵循那条最高准则在行事：回到祖先游牧过的地方去。

十一

我们的车子一直在沿着一条山谷向西，继续往天山深处走，越走越高，越走越冷。左边的山坡背阴，冰雪越来越多。右边的山坡向阳，化雪后的高山草原裸露出陌生的原始景象，一路上给人一种正在“回到古代去”的感觉。

对于冰雪，北方的草原牧民要比我们熟悉得多。他们每年差不多有小半年要在冰雪中度过，一生中差不多有小半生要在冰雪中度过。虽然过于寒冷的暴风雪会给牧民们造成灾害，但牧民们却并不怎么喜欢暖冬。包热说，渥巴锡率部东归的那一年，就赶上了一个不吉利的暖冬，伏尔加河竟没有完全封冻，西岸还有一万一千多户土尔扈特人无法从冰面上过河，没有赶上东归队伍。虽然在渥巴锡率领的东归队伍回到伊犁后的第二年春天，这些人当中又有一小部分陆续回到了新疆，但他们绝大部分已永远留在了伏尔加河流域。

包热告诉我，留在伏尔加河流域的土尔扈特人，现在同他们巴音郭楞蒙古自治州取得了联系，与内蒙古自治区也有联系。中国这边有蒙古族的重大庆典活动，他们也派代表来参加。

这再次说明，时间和空间都难以割断同一个种族间的情感纽带。

十二

著名的巩乃斯沟到了。

车子翻越过一道山脊线后，不断地拐弯下坡、拐弯下坡，气温逐渐升高，周围的积雪渐渐减少，终于不见。路旁星星点点的绿意渐渐多了起来。车子在连续下坡中又拐过一道弯去。

“哇！”

在大家毫无精神准备的情况下，满目新绿突然涌到眼前。悠闲吃草的牛羊们都抬起头来看车，几头小牛犊见了汽车四处狂奔。

一直在头里带路的包热，这时已在路旁停稳了车子，笑盈盈地下车走了过来，不无骄傲地问我：

“怎么样，漂亮吧？”

“没得说！”

好漂亮的草地，好漂亮的牧场。

我和大家一样很兴奋。阿拉西也笑着走了过来，我拉着他以草场、牛羊为背景一起合影。照完相，我急急地走向草地。除了“新绿”这个字眼，我找不到比它更合适的词汇来形容这片草地的迷人色彩。颜色是需要互相衬托的，嫩绿的草地里开着的一朵朵小黄花，像蓝天上缀满了小星星，这些小黄花把遍地草色点缀得更加油绿，绿得人都醉了。

巩乃斯沟的牧民兄弟也真够奢侈，这么娇美的草地，也舍得让牛羊们随意去踩、随意去啃，一点不心疼。

包热和阿拉西向我介绍说，再过些时候来，比现在还要漂亮。阿拉西在一旁用手比画着说：“满山满坡的花哟，草有这么深。啊哟，巩乃斯沟，花的世界嘛！”他的话特有感染力。

新疆普通话的特点，是将每句话头两个音节的间隔拉得很长，后面的音节一秃噜吐出，毫无间隔。前面是单发，后面是点射，听起来有一种特殊的韵味。

十三

包热说，每年最好的季节，巩乃斯沟的景色到底多么美，谁也无法说清楚，只有到实地来亲眼看一看才知道。

“那一年，”他接着说，“班禅大师在世的时候，比现在再晚个把月吧，他到新疆来了。他要去伊犁，从这里路过。出发前，他说在巩乃斯沟稍作停留，吃一顿饭就走。他来到沟里一看，喔哟，遍地的花哟。他不走了，他住下了，他一住住了好几天。”

想想吧，美丽的巩乃斯沟，景色多迷人！

我曾在南部边疆见过“十里不同天，一山分四季”的亚热带垂直分布气候，没有想到天山腹地也有类似景象。高山顶上白雪皑皑，山脚下绿草茵茵，繁花似锦。

蒙古族人历来信奉藏传佛教，班禅是藏传佛教的两大活佛之一。巩乃斯沟的美丽景色令班禅大师倾倒，而班禅大师本人则是蒙古族同胞的精神偶像。对于巴音郭楞蒙古自治州来说，能在自己的辖区内接待班禅大活佛，已是很大的光荣了，班禅大活佛如此留恋巩乃斯沟的美妙景色，在此一住几天，当然更使巴州的土尔扈特蒙古族人感到莫大荣耀。

这使我想到另一个问题：在当年促使土尔扈特部落东归的诸因素当中，绝对不能忽略了宗教的因素。在渥巴锡率领土尔扈特万里东归的六人领导集团中，就有一位引人注目的大喇嘛洛桑丹增。此人在土尔扈特汗国权力机构中占有重要地位，是扎尔固八成员之一。喇嘛教在土尔扈特人心目中是至高无上的。

游牧部落漂泊不定、无着无落的生存方式，决定了他们需要追求一种比较稳定的精神寄托。因此，在牧民中更容易培养宗教感情，牧人更容易对宗教的神秘色彩着迷，更容易对宗教表现出亲近和认同。藏传佛教在蒙古族当中广泛传播，这是毫不奇怪的。

史载：

蒙古族民间早先多数信奉萨满教。元代，藏传佛教（喇嘛教红帽派，简称红教）首先被蒙古族上层接受。元末，红教日趋腐败。明初，青海藏族喇嘛宗喀巴发起宗教改革，创立喇嘛教格鲁派，改穿黄衣、戴黄帽，简称黄教。明代黄教在蒙古族地区广泛传播，有两位关键人物起了关键作用。一位是俺答汗，他是成吉思汗的十七世孙，明代东蒙古漠南土默特的万户首领，是位实力派人物。16 世纪后半期，在俺答汗的支持下，黄教自西藏经青海传入蒙古族地区。另一位关键人物是西藏黄教首领、哲蚌寺住持索南嘉措。俺答汗与他的关系极为密切。俺答汗为了迎接索南嘉措自西藏到蒙古族地区去传教，征得明朝同意，专门在青海建了一座仰华寺，以便中途落脚过渡。明万历六年（1578 年）俺答汗和索南嘉措在仰华寺会面。索南嘉措为俺答汗举行了隆重的入教法会，蒙古受戒者达千人。法会上，俺答汗尊称索南嘉措为“圣识一切瓦齐尔达赖喇嘛”，“达赖喇嘛”称号由此起源。索南嘉措自称达赖三世，他的师父、师祖被追认为达赖二世、一世。万历九年（1581 年），俺答汗去世。索南嘉措于万历十三年（1585 年）到达归化城（今呼和浩特），为俺答汗举行葬礼，并趁此在蒙古族地区传播黄教。索南嘉措为了使黄教在蒙古族中扎下根来，临终前留下遗言，说他自己死后将转世在俺答汗的家族中。于是，俺答汗的曾孙云丹嘉措被寻为达赖转世灵童，成为四世达赖。实际上，这是西藏黄教上层与蒙古贵族上层以此特殊形式达成的一种政治结盟。通过四世达赖，将西藏的宗教权威与蒙古族的正统汗权结合为一体，从此黄教在蒙古族中的传播畅行无阻，深深地扎下根来。

十四

土尔扈特在西迁伏尔加河流域之前，同蒙古各部一样，以黄教为最高信仰，并与西藏黄教上层建立了紧密联系。土尔扈特首领和鄂尔勒克在西迁之前，将自己的一个儿子送到西藏去当了喇嘛。

西迁伏尔加河流域后，因漂泊他乡而滋生的寻根情结使然，土尔扈特竭力维护并设法加强与祖国故乡的各种联系。他们的努力主要反映在三个方面：一是加强与卫拉特蒙古各部的联系；二是加强与清政府的联系；三是加强与西藏黄教的联系。明崇祯十三年（1640 年），和鄂尔勒克带着儿子书库尔岱青赶回塔尔巴哈台参加会盟签署《蒙古卫拉特法典》，再次确认喇嘛教（黄教）为蒙古各部最高信仰。和鄂尔勒克将这条精神准则带回到了伏尔加河流域，带回到了土尔扈特人的精神生活之中。和鄂尔勒克于清顺治二年（1645 年）战死在阿斯特拉罕城下，他的儿子书库尔岱青继承父位后，第二年就从伏尔加河流域不远万里回西藏来熬茶供佛、晋谒达赖喇嘛，以获得黄教神权对他继位的认可和支持。至第四代继承者阿玉奇执政后，更把取得黄教神权的支持视为土尔扈特汗国在异乡生存发展的根本条件之一。为此，他千方百计加强同西藏黄教上层的联系，清康熙二十九年（1690 年），达赖喇嘛赐给阿玉奇“汗”的称号，并给他送去了这一汗号的大印，从而使阿玉奇继承的汗号取得了“神授”的合法地位。

土尔扈特信奉的喇嘛教与沙俄的东正教之间，存在着不可调和的矛盾，冲突日趋尖锐。阿玉奇时期，沙俄就曾诱逼土尔扈特改信东正教，遭到了阿玉奇的坚决抵制。渥巴锡东归前夕，沙俄企图扶植已经改信了东正教的敦杜克夫家族，取代渥巴锡“重建土尔扈特部落政权”。所谓敦杜克夫家族，是原土尔扈特贵族敦罗布旺布的宠妃所生的两个儿子。他们长期生活在彼得堡，接受了东正教洗礼后改姓敦杜克夫。这是沙俄的“一箭双雕”之计：既用傀儡取代渥巴锡，又使土尔扈特人改变宗教信仰。沙俄的阴谋不仅激怒了以渥巴锡为首的土尔扈特上层，而且极大地伤害了全体土尔扈特人的宗教感情。

生存条件日益恶化，宗教信仰又受到严重威胁，在物质和精神双重危机的挤压下，怎能不促使渥巴锡和全体土尔扈特人下定决心万里东归呢！

十五

一个民族或一个部落的宗教信仰和宗教感情，是谁也不能漠视的问题。黄教信仰是土尔扈特人为之牺牲奋斗的精神追求之一。我第一次来新疆时去看的巴仑台那座黄庙建于清光绪十四年（1888 年），这是渥巴锡东归一百多年以后的事了。但为什么凡是来此考察土尔扈特东归历史的人，都少不了要去看一看这座黄庙？因为巴仑台黄庙的建造与保护表明，土尔扈特东归以后的宗教信仰一直得到了较好尊重。

乾隆对这一点是看得很透彻的。他在《土尔扈特全部归顺记》中说：“俄罗斯又属别教，非黄教，故（渥巴锡）与合族台吉密谋，挈全部，投中国兴黄教之地，以息肩焉。”

正因为宗教对土尔扈特人有着如此巨大的影响力，当时乾隆和清廷在处理相关问题时，又做出了一些很微妙的安排。这一点突出地反映在对大喇嘛洛桑丹增的安置上。开始，被派到伊犁去迎接这支东归队伍的清廷官员，对洛桑丹增并未引起太大重视。随后，乾隆了解到洛桑丹增在回归过程中的功绩后，大概一时感动，特准他随渥巴锡一同前往承德避暑山庄觐见。但当他们前来觐见后，乾隆显然和近臣们仔细分析了一个重要问题：土尔扈特回归后，将会完全听命于清廷呢，还是将受到西藏黄教上层的严密控制？乾隆和清廷显然是出于今后更好地控制土尔扈特的考虑，在宴请渥巴锡等人的宴会即将开始的最后一刻，临时通知洛桑丹增“不必赴宴”，让他到皇家寺院内去诵经。此举的目的，显然是为了有意将他排除在土尔扈特领袖人物之外，示意他远离政治为好。

渥巴锡一行返回新疆时，洛桑丹增再没有随同回去，而是被准许随人去了北京，遁归佛门，从此专心念佛去了。

十六

我不时被巩乃斯沟的美丽风光所吸引，走走停停，一次次下车，用傻瓜照相机将沿途景色一幅幅拍摄下来，带走。

公路右侧的山脚下有一条浅浅的湍急的小河，是巩乃斯河的源头。水是从雪山上奔流下来的，水质纯净得让人真想舀一桶带回家去。水流在卵石上跳起一朵朵雪白的浪花，像是迎面奔来的一只只羔羊。水流的平缓处，碧蓝的天空将河水映照成蓝宝石颜色。阳光很好。白云被浸在水里。河水在一处浅滩前很优美地一拐，向下游急走，卷出一串串漩涡。

对岸伸向河心的浅滩上，几棵青松很有风度地凑在一起，像是来到水边聚会的几位绅士。其中有一棵老松将身子倾向水面，将倒未倒，摆出一副倚老卖老的样子。另外几棵毕恭毕敬地站在它周围，似乎公认它是它们当中的权威。看来，它们对是否集体过河一事始终统一不了思想，决心难下，在此犹豫。

艺术中大概天生需要包含一些犹豫的成分。比如这棵老松就这么歪成将倒未倒的姿势，这几棵青松站立的位置眼看就要跨过河去却偏偏不过，如此等等。在艺术领域里，有些东西表达得太明确、太到位，反倒不成其为艺术了。

但在军事领域，情况就完全不同了。有时一个决心下来，可能存在某些考虑不周的缺陷，但它绝对必须表达得明确而坚定。一个虽有某些不周但在总体把握上果断正确的决心，对于某次大行动、某个大战役的成功或胜利，它的作用绝对是第一位的。有时等你把一切都考虑得周全又周全，你的决心反倒可能在种种顾虑中动摇了，或者时机已经丧失，黄花菜都凉了。

我忽然想起了青年首领渥巴锡，想起了他在伏尔加河东岸的维特梁卡树林里召开的那次秘密会议。渥巴锡尽管年轻，但他具有成大事者的气质，关键时刻敢下大决心、死决心。对他来说，那次秘密会议是具有决定性意义的。会议很好地统一了部落核心的思想，参加秘密决策的六个人一致同意东归。如果当年的渥巴锡也像这棵老松似的，已到了垂暮年龄，或者他身边的五个人也像这几棵青松，徒有高雅风度，到了水边还不敢痛下过河的决心，那么，西蒙古历史上就永远不会发生土尔扈特万里东归的悲壮故事，也就不可能产生渥巴锡这位西蒙古最后的历史英雄。

在公路的拐弯处，小河旁出现几间圆木垒成的小屋。河滩里走着一匹孤骑，骑者脸很黑，眼睛很白，从马背上扭过头来看我们。这是我在天山深处见到的第一位土尔扈特蒙古人。我怎么看怎么觉得他好像刚刚从遥远的伏尔加河流域万里归来，尚未下马。

路的左侧，背阴的山坡上都是碧森森的林木，一棵棵高山松都像训练有素又很守纪律的士兵，全都站得笔直。树木们依山就势，高低错落，站出了非凡气势。我们被告知，已进入了巩乃斯林场的范围。我注意到，林木间哪怕只有一小片空地，一个个土窝里都有人工栽种的小小的松树苗儿，收拾得相当精细。

公路与小河之间，长满嫩草的滩地像一条缎带，一直向山里铺展进去。草是少见的嫩，少见的青。牛羊们在草滩里摇着尾巴随意走动，偶尔才低下头去啃上一口，显得漫不经心，逍遥自在。

十七

包热在巩乃斯林场场部下车，有工作要处理。天色还早，他让阿拉西带我们继续向西，拐进巩乃斯沟的一条分岔山沟，名叫阿尔先沟，说是里面有上好的温泉，去洗个温泉澡。讲好晚上回到林场场部吃晚饭。

阿尔先沟是一条比较宽阔的山谷。山谷左侧有一条土路可通汽车。山谷中央是平缓的草地，有一条细流像蛇一样扭着身子从草地里游过，空气很湿润。草地上的牛比羊多。对面沿着山脚一线的丛莽尚未完全长出叶子，但这些灌木丛的梢尖上已笼罩着一层淡淡的绿雾。从山脚往上，山的皱褶处都是一片片笔挺的松树。山上凡是没有长树的地方，全都长满了青青芳草。这里没有秃山。越往里走，沟两边的山越来越高，越来越陡，山谷越来越窄，阳光辐射也越来越强。无处退让的阳光都被挤进车里来了，暖烘烘的，诱人瞌睡。

“看!”

我被一声惊叫唤醒。看见一只活物蹿上山坡，钻进洞里，一身黑毛贼亮。我叫不出它的名字，过去从未见过。只见它一滚一滚的肥胖得不行，好像没有长腿似的。快到跟前时，它紧贴着地皮一蹿，就进了那洞里。然后又掉转屁股从里面冲出来，将小脸缩在洞口，转动着两只乌溜溜的小眼珠子打量着我们。有人说它是獭，有人说它是獾，有人说它是貂。话音未落，又见一只。有人断定它们是一对恋人或夫妻，有人表示同意，有人偏要追问:“何以见得?”这倒好，被这小动物搅和得瞌睡全无。

山坡上还立着不少去年的枯草，草很深。空地上，今年的新草都已在暖烘烘的阳光下拱出地表，多数是我不知其名的阔叶草。肥厚鲜嫩的草叶在松软的泥土里刚刚露头，样子煞是可爱。极像一群戴着头盔、举着盾牌、挺着长矛的古典舞蹈演员，脸上描红涂绿，正在灯光和音乐的调动下慢慢挺立起来，准备演出一场大刀阔斧的战争舞剧。我想象着这些阔叶在夏季狂风急雨中的狂舞场面。

阿尔先温泉在一座高山脚下。它的奇特之处在于山顶上积着皑皑白雪，山脚下流出的温泉却热气腾腾。泉眼旁的一块山岩上，用强烈的色彩、粗犷的线条，画着一幅藏族风格的宗教人物，画前供有香火。温泉也被宗教化、神圣化了。于是，冒着热气的泉水被赋予了神的灵验，被赋予了并不全都灵验的太多的功能。据说阿尔先温泉在这一带很出名，下面建有一排小木板房，是供外地来治病的人洗澡用的。我们被领到最上面的泉眼出口处，山坡上修有一排简陋的水泥池子，但连个换衣服的小棚子都没有，彻底暴露在光天化日之下，不知道这样是否会亵渎“神灵”？好在季节尚早，空谷尚无足音，除了我们几位纯粹的男人，没有异性游人。

我躺在热气腾腾的水泥池子里，望着山顶上的皑皑白雪，冷的意念和热的感觉在意识中打起架来。我来不及从哲学高度对冷与热的辩证关系作周密思考，急于用主观意志将两者统一于亲身体验。我想起来了，有一次去东北，翻过大兴安岭到了一座小小的边城阿尔山，也是蒙古族牧民聚居地区，在那里也洗过一次温泉澡，不过那次是在雾气腾腾的屋子里洗的。那里的温泉群叫哈伦阿尔，是沸腾的神泉的意思。这里有阿尔先沟，那里有阿尔山。这里是古代的西蒙古，那里是古代的东蒙古。两地的蒙古族牧民信仰同样的宗教，都有同样的温泉崇拜。

我泡在热水里，望见雪峰顶上有些风起云涌的征候，便第一个出水穿衣，提醒大伙儿也都快些，该返回了。

十八

洗过温泉澡，驱走了窝在车里颠簸一路的疲乏，身上轻松得真想下车跑步前进。

一霎时，黑云涌满了山谷，车顶上骤然爆发一阵脆响，惊心动魄。铺天盖地的冰雹砸了下来。

好像千军万马踩着冰面在飞奔，白光银屑在山谷里四处飞溅。地面很快堆起雪白的一层。大珠小珠落玉盘，全是上好的珍珠。接着是雨，冰冷的、哗哗的急雨。银白的长长的雨脚从空中斜插下来，万箭齐发，瞄准地面的每一粒珍珠在怒射。地面很快起水，侧面山坡上一条条的小水流汩汩地就下来了。

凭我的军事常识和经验，在高山峡谷中遇到大雨急雨，这就成了兵书上所说的围地、死地，绝不可久留，必须赶快撤出去，越快越好。几辆车子在冰雹急雨中颠簸起伏，车身已被溅得全是泥水，行驶得十分艰难。

架在一条山涧上的一座木板桥，刚才进来时就发现它曾被山洪冲击过，有损坏，车子是小心翼翼地开过来的。但进来时天上有很旺的太阳照着，过桥时虽然有点险，心情却是坦然的。此刻在大雨中要过这座险桥，心情就有些不同了。车子一昂头开上桥去，我一眼就看到了桥面中央那个掉了两块木板的大洞，我怕司机紧张，嘴上对他说“慢点”，心里却希望他快点，怕山洪恰好就在这时冲下山来。

车子好不容易开过险桥，在泥水里一路挣扎。

我想起了渥巴锡率领的东归队伍在雨雪中艰难跋涉的场面。一本名叫《横跨欧亚大回归》的书中，对此有如下描写：

> 土尔扈特人刚刚摆脱了俄国和哥萨克追兵。山上还覆盖着厚厚的积雪，山下水雪混杂的泥地上，已布满了盲目流淌的溪流，像无数个无形而又互相连通的泉眼。早春的融雪和泥泞，使土尔扈特人的迁徙变得越来越困难。车上携带的干草已经吃光，大群大群的牲畜边走边在雪中刨吃枯草，队形散漫，行动迟缓。不断有牲畜倒毙或掉进雪坑。战士们经常要吃力地把大车从雪坑中拉出来。每天夜里都有人冻毙在路旁，狼群闪着绿幽幽的眼睛在周围游动。次日，车辆和牲畜绕过留在雪地上的人和牲畜的尸体，又在雪野上向前慢慢移动，饥饿，疲乏……

十九

我们的车子终于开到了比较宽阔的地带。冰雹停了，雨还在下。沟里的牛羊们都停止了吃草，立在冷雨里不动。它们知道跑也无用，没有地方可供它们躲雨，站着不动是没有办法的最好办法。每一头母牛旁都跟着一头幼崽，紧贴着母牛的肚子在冷雨中苦挨。

快到阿尔先沟出口处的时候，雨停了。说停就停，毫不拖泥带水。

西边的夕阳出来了。

前边有人下车，用手指着天空大叫："啊，彩虹！彩虹！"

大家下车，看彩虹。沟东边山顶上方，水灰色的天幕上有两道彩虹，上下重叠，很艳丽。雨后青山苍翠欲滴，彩虹飞架，美极了。

雨停了，云走了，夕阳无限好，群山静悄悄。

西边的太阳快要落山了。

喔，云又来了……

谁都知道新疆干旱。像南疆的若羌、且末一带的年降水量仅十毫米左右。沙漠戈壁地区的年降水量更是稀少得远远赶不上蒸发量，艾丁湖、罗布泊就这样被烤干了。

天山腹地的特殊气候，与特殊的地形条件有关。天山山脉一般都在海拔三千米至五千米，群峰终年积雪，多冰川。天山腹地的巩乃斯沟和阿尔先沟周围都有终年积雪的高山，沟内地势低洼，空气暖湿。而高空不时有北方冷空气侵入，形成阴晴雨雪变幻莫测的气候特点。天山腹地许多谷地、盆地的气候特点大致如此。天山山区的年降水量可达六百毫米左右，是除了北疆阿尔泰之外雨水最丰沛的地区，凭此养育着一片片丰美的高山草场。

二十

第二天一早，我们从巩乃斯林场出发。一路向西，再迂回向南，去尤勒都斯草原。

我们一头扎进了巩乃斯林海。公路在很窄的山谷里蜿蜒迂回，巩乃斯河一会儿闪到公路左侧，一会儿又闪到公路右侧。两边山上的森林密密匝匝，每一块石头上都长满苔藓，每一条石缝里都伸出各种各样的绿叶，每一片叶尖上都挂着亮晶晶的水滴。路上不时遇到因山坡融雪滑下的一摊摊稀泥。

多年前，在老山前线，一位来自新疆的青年诗人曾告诉我说，内地的江河都向东流，新疆的伊犁河却向西流。他问我知道吗，我说我不知道。岂但不知道，觉得不可想象，难以置信。而此刻，我亲眼看到路边的巩乃斯河真的在向西流去。它从这里出发，一直向西，汇入伊犁河。再向西流入哈萨克斯坦境内，注入巴尔喀什湖。

公路已向南拐弯，开始向上爬坡。我们正在驶出巩乃斯沟，要向南翻过一道道山梁，才能进入尤勒都斯草原。车子又爬升到了积雪的高度。巩乃斯沟已被我们甩到了左边山下。包热停下车，让我们下车看一看。我们脚下站立的这个大坂很像陕北的塬，高峻而平缓，给人以浑厚博大的感觉。这种感觉非常好。一览众山小。巩乃斯美丽而丰饶。当我向北回首巩乃斯沟的莽莽林海时，我心里涌起的也许是和渥巴锡当年告别伏尔加河时差不多的那种心情：我什么时候还能再来？

不知道。

当年踏上东归之路的渥巴锡在回首伏尔加河时，他肯定也在心里向自己发问过：什么时候还能再来？不知道。

人在告别的时刻，感情的流露往往是真实的、真诚的。不管他是在向某个人、某种生活、某块土地告别。告别荒凉，无疑会有一种庆幸之情油然而生；而向一片丰美肥沃的土地告别，心中怎能没有一点留恋和惆怅？

包热对我讲，他曾到祖先生息繁衍过一个半世纪的地方去访问过。他到了伏尔加河下游，到了阿斯特拉罕，到了那片草原。是他坚持向对方提出真诚要求，要到那片草原去看看。他站在那片一望无际的大草原上极目远望，心潮澎湃，胸膛剧烈起伏，在心中反复呼唤着祖先的名字，那一刻他的眼睛湿润了，他说。

包热感叹说："那儿是多么肥沃的土地啊！"

不知是谁插了一句："也真是，回来干什么呢？"

一声感叹，一声问语，我听着有些震撼。是啊，回来干什么呢？

是在向渥巴锡发问吗？

渥巴锡又去问谁？

如果渥巴锡真能听到他的后裔对他的这句发问，那么我想，渥巴锡一定会用无比深沉的目光，痛苦万分地看着他，用颤抖的声音对他说：“是啊，孩子，如果能够不回来，我们回来干什么呢！”

二十一

渥巴锡和土尔扈特部落不得不回来。

他们面临的已经不是一般的生存危机，而是灭族之灾。土尔扈特汗国太弱小了，全部人口不足三十万。这样一个小小的汗国，一个漂泊异域的游牧部落，无论如何也经不起连绵战争的重负和摧残。而穷兵黩武的沙皇俄国，却把土尔扈特挟带进了无休止的战争灾难。

战争，是迫使土尔扈特万里东归的最直接的原因。

土尔扈特汗国的基业创立不久，俄国便进入了沙皇彼得一世和叶卡捷琳娜二世先后统治的向外扩张时期。

沙皇彼得一世和叶卡捷琳娜女皇都酷爱战争。

彼得一世公元 1682 至 1725 年在位。他从公元 1700 年起，先后发动了对瑞典的战争、对波斯的战争、对土耳其的战争，掠夺了大片土地。沙皇对待土尔扈特的基本政策是控制加利用。沙皇彼得一世曾先后五次逼迫阿玉奇“宣誓”效忠，每次“宣誓”都必须包括一条基本内容：汗国承担俄国的兵役义务。阿玉奇一方面与之周旋应付，另一方面则始终坚持一个原则：土尔扈特是俄国的“同盟者”，而不是“臣民”。沙皇为了能从土尔扈特汗国不断地征集到剽悍的骑兵到前线去作战，表面上也不得不做出一些忍让，承认阿玉奇是他的“同盟者”。公元 1722 年沙皇彼得一世亲征波斯经过阿斯特拉罕时，曾“很隆重地接见了阿玉奇”，阿玉奇夫妇以土尔扈特汗国元首夫妇的身份，被请到停泊在伏尔加河的彼得大帝的游艇里会见了他们。

叶卡捷琳娜女皇于公元 1762 年通过政变继位后，公元 1768 年就发动了对土耳其的战争。正是这场战争，成了迫使土尔扈特万里东归的直接起因。沙俄对邻国无休止的战争，对少数民族无休止的征兵，早已使土尔扈特汗国的兵役承受能力达到了极限。仅在叶卡捷琳娜女皇发动的这次俄土战争初期，就使土尔扈特牺牲了七八万人。这对一个不到三十万人口的游牧部落汗国来说，已经超过了“残酷”的界限，达到了毁灭性的程度。而战争仍在继续，女皇进而强令土尔扈特“十六岁以上者尽出兵”，这给每一个土尔扈特家庭都带来了灾难和恐慌。残酷战争和种族歧视把土尔扈特推到了种族灭绝的边缘，“所有的人都为此感到动荡不安”，“这就是为什么不愿意再受俄国人的统治，而希望看到自己的遵守共同法规的同胞和自己原来的故乡”。

是啊，伏尔加河流域的土地那么肥沃，土尔扈特为什么要回来？假如渥巴锡能同包热直接对话，他一定会这样告诉包热：“为了让古老的土尔扈特部落永远生息繁衍下去，不被灭绝，必须回来。”

再没有比种族的延续更崇高、更神圣的目标了。

二十二

出了巩乃斯沟，向南翻越最后一道山口的时候，我们的车子又一次进入了一片冰雪世界。这是一座高山的背阴面，完全照不到太阳，又正好对着北面的一个风口，奇冷。

这一段公路的顶上，像立交桥一样建有一条长长的钢筋混凝土顶盖，被称之为防雪走廊。右侧靠山，左侧悬空，深不见底。走廊顶盖上堆着厚厚的积雪。看来它的主要功能是防止山顶的雪崩将路过的车辆埋进雪里，并不能防止风雪从侧面刮上路面。因而路面虽然被罩在钢筋混凝土梁架之下，积雪仍然很厚，被翻越天山的车辆压得像汉白玉一样结结实实，坚硬奇滑。有几条从山顶下来的山涧水流，在走廊右侧堆筑成一堵堵很厚的冰墙，又顺着公路左侧的悬崖挂向山下。车子整个儿是在一个长长的冰洞里胆战心惊地向前爬行。车轮下一滑，车里的人都会一惊。这时无论展现在眼前的景象多么奇特，也很难激起置身玉宇琼楼的浪漫，担心着假如司机的精力哪怕有一眨眼工夫不够集中，车轮一不小心滑出路面，我等将魂归何处？

这是此次天山之行最险的一段路程，它像一道命运之关，过得去继续走路，一旦过不去也许就此了结。

这又使我联想到渥巴锡率部东归通过奥琴峡谷时的情景。当时同样存在着两种可能，过得去就继续东进，一旦过不去，也许就在峡谷中全军覆没。

对于渥巴锡和土尔扈特来说，为了摆脱战争，却要举族动员投入战争。在他们走出战争的通道上，一路布满战争。

二十三

土尔扈特举族东归，是以武装起义的方式开始的。

为了麻痹沙俄，渥巴锡写信给负责监视土尔扈特的基申斯科夫说，他将“从住地出发去集结军队，因为与俄国敌对的哈萨克人要袭击卡尔梅克人”。渥巴锡制定的军事策略是：乘敌不备，先发制人。首先给敌人以闪电般的一击，然后以最快速度抢渡雅伊克河（即乌拉尔河），迅速摆脱敌人追击。

清乾隆三十六年（1771 年）一月五日开始行动。

渥巴锡首先派出一支精锐分队，突袭了沙俄派驻渥巴锡牙帐的杜丁大尉兵营，一举歼灭之。接着又歼灭了基申斯科夫派来增援杜丁大尉的援军。为了扩大战果，他们分兵袭击了伏尔加河地区的一些俄国村镇。

渥巴锡将三万三千帐近十七万人的东归队伍组成三路大军，渥巴锡亲率二万多人在中间，其余领主驱赶着牛羊在左右两翼，外侧有骑兵分队巡逻护卫。他派出巴木巴尔和舍楞率领精锐部队为前锋，要求他们一路上为东归队伍扫清障碍，赶走哥萨克军，准备抢渡雅伊克河。

由于起义队伍突袭成功，开始时几乎没有受到阻击。他们按计划日夜兼程，两周后抵达雅伊克河沿岸，立即向俄国雅伊克防线诸据点发起进攻，并成功地突破了哥萨克在雅伊克的防线。库拉金城堡的统领在向俄国政府的报告中说，土尔扈特东归队伍“铺天盖地而来，淹没了草原”，他们“手持许多大大小小的旗帜”，赶走牲畜，袭击城堡，“双方用枪炮射击了整整一天，哥萨克把全部弹药都打光了”，一处处前哨和城堡遭到袭击或者被攻克，“伏尔加河卡尔梅克人已渡过雅伊克河”。

到 1 月 21 日，东归队伍全部渡过了乌拉尔河，进入了哈萨克草原，向恩巴河挺进。

由于稍微松了一口气，也由于雪深冰封，行动实在困难，渥巴锡召集扎尔固研究后决定，东归队伍在恩巴河畔休整到 3 月底，在此过了蒙古族新年“查干·萨拉”再走。

二十四

过早的乐观情绪中孕育着莫大危险。正当东归队伍在此为筹备过年忙碌的时候，形势正在变得险恶起来。

接到报告的叶卡捷琳娜女皇，已向全体哈萨克人发出了谕令，要他们堵截土尔扈特人。

奥伦堡省省长接到了追击土尔扈特人的命令。

雅伊克防线驻军和龙骑兵团接到了追击土尔扈特人的命令。

哈萨克小帐首领努尔阿里汗接到了沿途拦截土尔扈特人的命令。

西伯利亚阿布赉汗接到了同样的命令。

在此之前，哈萨克小帐努尔阿里汗的游牧地西邻土尔扈特牧地，双方免不了时有冲突。加上土尔扈特为了储备东归口粮，不久前曾抢掠过哈萨克小帐的牲畜，努尔阿里汗曾要求俄国政府干预，结果不了了之。现在，土尔扈特东归队伍进入了他的领地，即使没有俄国的命令，他也会报复土尔扈特人。

就在土尔扈特人欢庆“查干·萨拉”之夜，传来了部落右翼遭到哈萨克小帐和巴什基尔联军突然袭击的消息，人们被震惊了。渥巴锡立即派出舍楞和巴木巴尔驰往增援。经过浴血奋战，终于将敌人击退，但土尔扈特付出了惨重代价，伤亡达九千人。

大喇嘛洛桑丹增也负了伤。

在打退了哈萨克小帐的连续进攻后，为了减少人员伤亡，渥巴锡致函努尔阿里汗，想用真诚感动他。渥巴锡首先向他陈述了率部东归的理由，告诉他说，土尔扈特自古以来从未承受过如此沉重的税赋和兵役，已经无法再继续承受下去。希望努尔阿里汗不要在这种时候欺负土尔扈特人。但努尔阿里汗回信拒绝放行，要求渥巴锡率部返回伏尔加河，并保证由他出面调解土尔扈特同俄国的关系。

渥巴锡绝对不可能放弃东归决心，当然不会轻易相信他的劝告。

这就决定了双方的进一步战斗不可避免。

二十五

渥巴锡率领东归队伍来到恩巴河以东木哥扎雷山脉的奥琴峡谷。这个险要山口是东归的必经之路，又是唯一通道。

但是，山口已被劲敌努尔阿里汗的哈萨克军队封锁了！

东归队伍到了生死存亡的紧急关头。

渥巴锡作为远征统帅，奥琴峡谷是横在他面前的一道命运之关。

对于一支面临险恶形势的队伍来说，危在旦夕还不等于彻底绝望。因为还有一个可变因素可供挖掘转危为安的潜力，这就是指挥者的才能、智慧和胆识。假如指挥者是个无能之辈，或者他本身的意志十分脆弱，面对险恶形势既拿不出扭转危局的奇谋良策，又不能以顽强不屈的意志去激励部属做殊死搏斗，那么整个队伍就会被彻底绝望的情绪所笼罩，这就真的完了。

眼下，东归队伍迫切需要青年首领渥巴锡显示他的统帅才能。眼前的险恶形势不允许他优柔寡断。否则，在敌人围追堵截的重压下，极可能导致队伍内部人心离散，以致发生不测。渥巴锡没有辜负把生死存亡的命运交到他手上的全体土尔扈特人，没有辜负全体土尔扈特部众对他的信赖和敬仰。他派出策伯克多尔济率领一支精悍队伍，从山涧峡谷迂回到哈萨克人侧后；自己指挥耐得苦战的骆驼兵从正面发起强攻，前后夹击，一举破敌，渥巴锡的指挥成功了！

东归队伍通过了奥琴峡谷，上了图尔盖高原，暂时摆脱了哈萨克军的追击，继续东进。然后折向东南，向巴尔喀什湖西南沿岸前进。

这时，努尔阿里汗的军队与中帐阿布赉汗的军队已会合，实力大增，重新发起追击。

土尔扈特人同他们发生激战，虽然将敌击退，但遭到惨重损失。

在俄罗斯档案中，留下了当时被抓走的一位名叫阿拉斯兰的土尔扈特俘虏的口供资料，他说："卡尔梅克人想摆脱吉尔吉斯哈萨克人，被迫采取急速艰苦的行军，卡尔梅克人精疲力竭了，卡尔梅克人越往前走，他们的处境就越困难。缺少饲料，牲畜枯瘦待毙，途中又极其缺水。"东归队伍到达莫尼泰河休整时，再次陷入了努尔阿里汗、阿布赉汗五万联军的重围。

怎么办?

渥巴锡冷静地分析了形势，不能硬拼，土尔扈特已经无力硬拼，这时再硬拼只有死路一条。

他迅速派出代表与哈萨克人谈判，并同意送还在押的千余名哈萨克俘虏。谈判达成协议，停战三天，准备交换俘虏。渥巴锡利用这一稍纵即逝的宝贵时机，暗中调动兵力，火速做出部署。就在第三天深夜，他亲率主力奇袭哈萨克联军，突出了重围。

意志、胆识、计谋，青年首领渥巴锡的英雄形象终于在全体土尔扈特人心目中树立起来了。

二十六

为了甩掉哈萨克军的追击，原来计划好的路线不能走了。渥巴锡命令队伍向南进入没有河流、没有牧草的"死亡地带"，"选择了一条通过砂石地区的道路"，准备进入无边的戈壁沙漠，同哈萨克军展开一场比残酷战斗更加残酷的意志和耐力的较量。

这时已进入夏天，在烈日烘烤的戈壁沙漠中行进着的是一支伤亡惨重、极度疲惫的队伍。头顶上是炎炎的烈日，迎面刮来的是火烧火燎的热风，脚下是滚烫的砾石。戈壁中没有一棵树木，找不到任何水源。队伍中的每一辆运水车都已空了。每一个土尔扈特人的体能和意志都已支撑到了极点。不断有人员和牲畜倒毙，饥渴至极的土尔扈特人用刀子割开死畜的血管拼命吮吸……

真正的九死一生，艰苦卓绝！

哈萨克军队显然不敢贸然进入眼前的沙漠戈壁继续追击，只能在沙漠边缘继续骚扰偷袭。

渥巴锡率领队伍穿过巴尔喀什湖西南火炉一样的戈壁，越过盐碱苦涩的楚河、塔拉斯河，沿沙喇伯勒向伊犁河流域前进。

在莫尼泰河畔突围时，危急中留下了约两万帐人畜，没有来得及同时出发。他们在诺颜丹增率领下，沿巴尔喀什湖北岸向东进发。他们绕到巴尔喀什湖东岸，向南越过阿亚古斯河、列普瑟河、卡拉塔尔河，也向伊犁河流域前进。

二十七

在包热的带领下，我们的车队终于进入了大尤勒都斯盆地，直奔巴音布鲁克天鹅自然保护区。

远远地就望见一大片雪白的蒙古包群，巴音布鲁克牧区区政府所在地到了。在返青不久的绿色草原上，这片雪白的蒙古包群是多么的夺目，多么的调动人的情绪。车子一直开到蒙古包群跟前，我们被告知，这是一个新建的旅游景点，专供游人来巴音布鲁克天鹅自然保护区观赏天鹅的。蒙古包群前，竖立着一组雪白的天鹅群雕。眼下季节尚早，蒙古包内空无一人。

附近的巴音布鲁克牧区政府所在地，是一个乡镇式的居民地。

天鹅湖在哪里？

“走！”

包热一声令下，又上车，又出发，去山南面的天鹅自然保护区。

翻过南面一个并不高峻的山垭，展现在眼前的是一眼望不到头的大山坡，缓缓地向正南方向倾斜下去。越往下去，草越来越青，草也越来越深。烈日灼灼地照射在斜坡上，车子里越来越热，开始一件一件地脱衣服。远远地望见了一亮一亮的水。包热在前边几次走下车来，回头示意我们别下车，别大声说话，他自己在没有路的草地里找路，看准了方向就左拐右拐地向水边开去。他要领我们去看天鹅。

快到水边时，包热将车子停在一个小山丘的反斜面，下了车等我们。我们的车子开到跟前，他又示意我们别大声说话。他非常想让我们在近距离看看天鹅，又非常担心天鹅受惊飞走。等我们都下了车，他又像开动员会似的站在大家面前低声说，野生天鹅很胆小，一点惊吓都不能有，大家千万小心，千万小声。千叮咛万嘱咐之后，他领我们慢慢转过小山丘，向水边接近。这是一片小水湾，虽然同外面的大河相连，却自成一个小小天地。

“一只!”

“又一只，灰的!”

大家一激动，竟将包热的苦心嘱咐抛到了九霄云外，一声又一声地惊叫起来。包热和阿拉西只好笑笑。

发现那只浮在水面中央的白天鹅不算本事，大家从小山丘背后转过来时全都一眼看到了。那只灰天鹅有保护色，在对岸水边的枯草背景下发现它有一定难度，惊叫一下有些理由。天鹅都是白的，不知为什么那一只天鹅的羽毛有些灰色，是否同孵卵期有关?

一共四只。两对恩爱夫妻，两户小康人家。一个巢筑在水中一个孤立的草墩子上，另一个巢筑在对岸水边的枯草丛中。天鹅们总的来说表现得比较镇定，对我们也还算友好。两只雌天鹅在各自的巢中孵卵，听见动静，都将脖子伸起来观察，警惕地望着我们，并不惊飞。两只雄天鹅在水中游弋，开始有些想飞，又似乎不忍心扔下爱妻，犹豫了一下，又平静下来。过了一小会儿，将头重新插进水下去觅食。

天鹅们对生态环境的考察、对活动区域的划分，都是很讲科学的。这片小小水域，正好可供它们两户人家过上平静的小康生活。再多来一对，就可能出现食物供应不足的问题。

大家的胆子被天鹅的镇定怂恿得大了起来，纷纷站到水边去照相，都想与水里的野天鹅来一张合影。有几位举着相机对天鹅们咔嚓咔嚓照个不停。草墩子上那只孵蛋的雌天鹅终于不耐烦起来，脖子一伸，离巢滑向水面，和雄天鹅一起浮游，歪起脑袋在问："有完没有?"

包热说，这片小水域是近距离观察天鹅的最佳地点，等于看了一个特写镜头，下面再去看看天鹅云集的大场面。

"好，走!"

二十八

的确，对于这两个正在孵育后代的天鹅家庭，不能再继续骚扰它们了。野天鹅虽然不会说话，也明显地在恳求人们不要打破它们的宁静生活。土尔扈特为什么要万里东归?说到底，还不是为了回故乡来重新找到宁静生活，才踏上了千辛万苦、九死一生的万里东归路吗?他们为此付出了多么惨重的代价!

当渥巴锡率领队伍最后到达伊犁河畔时，呈现了极为悲壮的一幕。

渥巴锡双眼深陷，形容憔悴。当他骑马踏上一道高岗，远远望见伊犁河面上跳动闪烁的银色波光时，他的表情如铜浇铁铸般凝固了。顷刻，他的嘴角剧烈地抖动起来，泪水从深陷的眼窝中决堤般涌出。他滚下马背，面向东方双膝跪下，额头贴地，久跪不起。

这曾经是他的先祖和鄂尔勒克告别这片故土时的动作。当时的和鄂尔勒克如此长跪不起亲吻着脚下的土地，在心中请祖先原谅他即将远离这片故土而去。

而此刻，渥巴锡万里归来踏上这片故土，如此面朝东方深深叩拜，他是在心中无愧地告慰祖先："回来了，我们终于回来了!"

渥巴锡身后的土尔扈特东归队伍，剩下的人员已不到一半，一路上几乎丧失了所有牲畜。他们一个个全已形销骨立，如同一个个丢弃了肉体的灵魂，黑压压一片站在岗坡上，一双双大得异样的眼睛，呆呆地望着伊犁河水闪出的光斑，眼窝中闪动着从死亡中刚刚复活的光芒。不知是哪一个"哇"的一声哭了出来，几万人全都疯了一样扑向伊犁河，全都号啕大哭起来。

被派到伊犁河畔去出迎土尔扈特东归的清廷官员舒赫德等人，在向乾隆写的奏报中描述道，他们见到的这支东归队伍是一幅“形容枯槁，衣不遮体，靴鞋全无”“御寒无具”“行走如欲断魂”的悲壮景象。

我在一本书里读到西方著名探险家斯文·赫定在考察土尔扈特东归事迹后，有如下一段描写：“土尔扈特人在逃亡途中曾演出了多少场惨不忍睹的悲剧啊！有多少爱情和幸福永不复返，多少道血泪溪流在这条悲苦之路上奔涌，这路上的座座界石，便是千百个露天坟墓；无数尸体被抛在那儿当了饿狼猛禽的口中食，那些最能讲述动人心弦故事的人死在途中了，那些活下来的人，受不住重提他们经历过的噩梦。他们当然要尽力从记忆中抹去那些恐怖的场面，只是坚定地期望着未来那和平安宁的岁月。”

乾隆三十六年（1771 年）七月八日，策伯克多尔济率领的前卫队伍在伊犁河流域的察林河畔，与前来接应的清军相遇。7 月 17 日，清军总管伊昌阿、索通，在伊犁河畔会见了刚刚抵达的渥巴锡、舍楞等人及其家属。至此，土尔扈特东归远征宣告结束。

二十九

《中国大百科全书·中国地理》中说，尤勒都斯盆地，“汉代为乌孙牧地，清代为旧土尔扈特南路四旗牧地”。这里说的“旧土尔扈特南路四旗”，就是指东归后被安置在这里的渥巴锡嫡系旧土尔扈特南路四旗。

尤勒都斯，是位于天山山脉中段、南天山中的一个高原盆地。盆地周围多为海拔四千米以上终年积雪的群峰，盆地底部海拔二千四百米至二千五百米，系高山牧场。盆地中部有二道东西向的艾温尔根山，将盆地分隔成南北两块，山北为小尤勒都斯，山南为大尤勒都斯。发源于北天山依连哈比尔尕山南坡的开都河，在地势平缓的尤勒都斯南北两块盆地内蜿蜒回流，形成大面积湖沼。尤勒都斯即突厥语满天繁星的意思，形容这里的泉眼、水沼、湖泊多似满天繁星，水草丰美。

东归的渥巴锡和由他亲率的旧土尔扈特南路四旗能在这片美丽的高山牧场安顿下来，实非易事。

三十

土尔扈特的万里东归是结束了，但是渥巴锡的行程却还没有结束，他还要赶到万里之外的热河行宫去朝觐乾隆皇帝，亲自到御前去表示真正的臣服。

热河的木兰围场和避暑山庄，是清王朝精心经营的两个互相关联的特殊场所。每年秋季在此举行围猎是一种准军事活动，避暑山庄又是清帝会见各少数民族首脑的地方。将两者联系起来，不难看出清王朝统治者的良苦用心。

对此，乾隆本人在《土尔扈特全部归顺记》中说得最为明白："夫此山庄，乃我皇祖所建以柔远人之地。"

每年秋季，乾隆来此围猎，各少数民族首领都要来此觐见皇上，进贡表忠。本年度又添新事，渥巴锡率土尔扈特万里来归，更使乾隆感到本朝皇威日隆，四方藩臣来归，皇心大快。他决定抓住这一天赐良机，张扬皇威，宣示皇恩。乾隆要当着前来木兰围场和避暑山庄觐见本朝的各少数民族首领的面，亲自主持接纳和安置土尔扈特，使之不仅在政治上，而且在心理上收到最大、最好的效果。乾隆从北京去热河途中，已对此事谋划了一路。一到热河行宫，他就向赴新疆处理土尔扈特来归事宜的官员下谕说，渥巴锡以下头领"均来避暑山庄朝觐"。

乾隆三十六年（1771 年）八月五日，渥巴锡一行在舒赫德等人的陪同下离开伊犁启程，穿越新疆全境，沿河西走廊一直向东，经大同、宣化、怀安、张家口，一路上又走了两个多月，10 月中旬到达木兰围场。

渥巴锡在木兰围场的伊绵峪觐见了在此围猎的乾隆，并进献了礼品。

乾隆将第一次接见渥巴锡的地点安排在伊绵峪，其中也有讲究。据说"伊绵"就是满语接见归顺者的意思。

有人若问：渥巴锡九死一生万里来归，哪里还有什么礼品可献？有。渥巴锡先后向清廷和乾隆献出了两件土尔扈特部落传世之宝。他一到伊犁，为了向清廷表示来归诚意，立即将明朝敕封土尔扈特首领的一颗玉印献出，通过伊犁将军交给了清政府。现在，他又向乾隆帝献上了曾祖阿玉奇的一把传世宝刀，以表永世成为朝廷臣仆，从此再无兵甲之意。

乾隆则以蒙古族礼仪接见了渥巴锡，特意将接见场所设在蒙古包内，并“以蒙古语垂询渥巴锡”。

次日，乾隆在伊绵峪围猎营地设盛宴招待渥巴锡一行，参加宴会的有当朝大臣、内外蒙古王公、卫拉特诸部首领等共八十六人。

这一年正好是乾隆本人六十寿辰，皇太后八十寿辰。乾隆一心要把接纳和安置土尔扈特当作一件体现皇恩浩荡的大喜事来办，所以布置得格外周密。在渥巴锡一行从伊犁前来热河的途中，清廷要求沿途地方官员做好接待、供应，“俾得所至如归，咸得感悦”。可是，许多地方官员向来对朝廷差事搪塞惯了，这次对渥巴锡一行路过也漫不经心，处事玩忽、接待不周者大有人在，致使乾隆龙颜大怒，被革职的就有总兵阿明阿、恒德，山西按察使德文，口北道明琦，知府博尔敦，怀安知县何燧。对此事未尽职守的山西巡抚鄂宝、直隶总督杨廷璋，虽然逃过了革职厄运，也被皇上“申斥之”。

10 月 25 日，渥巴锡跟随乾隆帝从木兰围场抵达避暑山庄。乾隆在避暑山庄举行隆重仪式，对来归的渥巴锡和土尔扈特头领们逐一加封授爵。赐予渥巴锡的封号仍为“汗”，策伯克多尔济为“亲王”，舍楞、巴木巴尔为“郡王”。经渥巴锡推荐，另一位参加过维特梁卡会议，并在东归过程中起了重要作用的达什敦杜克，被封为“一等台吉”。这样，参加维特梁卡会议的六人当中，只有大喇嘛洛桑丹增一人未赐封号，但按四等台吉的赏格，对他赏银百两以示嘉奖。

渥巴锡和各头领们的御封名分是有了，但对于七万多土尔扈特东归难民来说，最最紧迫的却是生计问题。应该说，乾隆及清廷对土尔扈特东归难民的赈济也是比较及时和尽力的。根据乾隆“口给以食，人授之以衣，分地安居，使就米谷而资耕牧”的旨意，清政府从新疆、甘肃、陕西、宁夏、内蒙古等地募集牛羊二十余万头、米麦四万多石、茶二万余封、羊裘五万多件、棉布六万多匹、棉花三万多斤、毡包四百多顶等赈济物资，帮助土尔扈特东归难民渡过了难关。

向来喜爱树碑立传的乾隆帝，对于安置和优恤土尔扈特这样由他亲自主持完成的善政，当然更不会放过。他没有等渥巴锡离开承德，没有等上述救济物资全部运抵东归难民住地，就兴致勃勃地在避暑山庄内动笔写好了《土尔扈特全部归顺记》和《优恤土尔扈特部众记》，并在避暑山庄和伊犁两地勒石立碑，以志永垂之功。

赐封后，乾隆又多次召见渥巴锡，并与之做过多次长谈。渥巴锡向他回顾了土尔扈特部落祖先的历史往事，讲述了他自己率部东归的悲壮征程。

11 月 6 日，渥巴锡一行从避暑山庄启程，返回伊犁。

他于何月何日返抵伊犁土尔扈特牧地无从查考，可能已是第二年春天了。

但有一点可以肯定，乾隆三十六年（1771 年），渥巴锡全年的时光都是在路上度过的。对他来说，这一年的人生旅途过于漫长了。他一生中最辉煌、最艰难的旅程都集中到了这一年，一生中的大波大澜都集中到了这一年。这一年，青年首领渥巴锡真可以说是“三万里长征未下鞍”：从伏尔加河归来一万里，从伊犁到热河行宫觐见乾隆皇帝一万里，从皇上身边再回到东归难民中去又是一万里。

三十一

包热的车子一直在前头领路，领着我们在这片高山草原上驰骋。在他引领下绕过了几处大坡和几条溪流，开上了一座山冈，他的车子停了。

“到了。”

“天鹅湖到了。”

哦，登高望远，极目天山好。环视四方，远处的群峰顶上全都覆盖着皑皑白雪。向下俯瞰盆地，展现在眼前的是一片蒸腾着雾气的水泊沼泽。这就是“天鹅湖”。其实不是湖，是河。开都河像是盘旋回绕在盆地中央的一条宽阔飘带，先是犹豫不决，缠绵悱恻，然后大模大样地蜿蜒东去，波澜不惊，浩浩荡荡，光滑如镜的水面上泛着银光。低洼的草地中布满了一汪一汪的水沼和一条一条的细流。天山深处的宁静是摄人心魄的。这就是巴音布鲁克天鹅自然保护区。每年冰雪初融，天鹅们就一群一群从南方飞来，它们飞越帕米尔高原而来，沿着伊犁河谷和开都河谷，进入眼前这片尤勒都斯盆地内的水沼地域，筑巢孵雏。4 月中旬开始产卵，一个月后雏鹅破壳而出，不久即可下水浮游觅食。冬季来临，老天鹅再带领已经练硬了翅膀的小天鹅们飞越帕米尔高原，携儿带女到南方去度假过冬。天鹅们也需一年一度来回远征。

藏在天山深处的美丽而神奇的巴音布鲁克天鹅自然保护区，可能是天鹅们在全球已剩下不多的最后几块福地之一了，人们怎能再不悉心保护它们的生息繁衍之地?

这里是天鹅们真正的天堂。

为了不惊扰天鹅们的天堂生活，这里的规矩是只能远望，不得靠近。看来包热对这里的地形了如指掌，我们站立的这座山冈是他选定的俯瞰天鹅湖的最佳位置。四周群山皆白，盆地内郁郁青青，一碧万顷。几位目力好的年轻人，已经望见了水沼地里天鹅云集的壮观景象了，指手画脚，兴高采烈。我举起望远镜由近而远对水沼地进行搜索。哦！我也看到了，我看到了在水中浮游觅食的一只只天鹅了！一群群天鹅在起落，上下翻飞，自由翔集……

看来，设立各种自然保护区，这是人类的一种追悔。人们发现过去有些事情做得太绝，已经追悔莫及。但人类在追悔莫及的时候又必须表示追悔，否则就不配称作人类。设立自然保护区，也是人类从原始植物、野生动物的生存状态反思人类自己。为何人类对动植物的保护意识一定要到它们濒临灭绝时才能被唤醒呢？一旦人类自己濒临灭绝，将由谁去唤醒、谁来保护我们人类？不管怎么说吧，自然保护区毕竟是人类意识表现出的某种觉醒，终于开始懂得各种生命系统其实都十分脆弱，经不得无休止的摧残。

人类找遍了茫茫宇宙，除了地球，至今仍未找到第二个星球拥有生命。

地球本身就是一个最大的生命保护区。

地球是茫茫宇宙中唯一的一个生命保护区。

人类自己明白这一点了吗?

我们站立的这座山冈，是巴音乌鲁牧民乡的管辖地。我们在这里认识了土尔扈特同胞巴都玛拉、敖尤特、依仁且、藏巴等。身穿蒙族服装的东道主以牧民迎客的礼节，热情欢迎我们一行来看天鹅湖，给我们每人献了一条哈达、敬了一杯酒，然后铺开一条毯子，邀请我们席地而坐，用手扒羊肉和草原食品款待我们。我知道，这是包热和阿拉西特意为我们安排的具有地道蒙古族风味的露天午餐。我们向牧民回赠了一些礼物。由于远离繁华都市，东道主的汉语不甚熟练，多用蒙古语同包热和阿拉西交谈。他们是地道的万里东归的土尔扈特部落的后裔，是渥巴锡的正宗嫡系。我忽然想起了二百多年前的土尔扈特东归难民，想起了他们当时那种难以想象的艰难，想起了他们流传至今的那句问候语:“昨夜平安吗?”

三十二

战争、灾荒、饥饿、瘟疫，无时无刻不在吞噬着人类。人类生命除了需要面对自然界的各种威胁，更主要的威胁却是来自人类自身。在人类拥有的各种非凡能力中，相互摧残的能力、摧残其他各种生命的能力实在太强大了。人类创造文明的能力需要高深的知识和复杂的操作技术，太难掌握了；而摧残生命的能力却只要愚昧、霸道和暴行就行，又太便于掌握了。

一个小小的、顽强不屈的土尔扈特部落的命运，颇能说明一些问题。

一场沙俄对土耳其的战争，就使总人口不足三十万的土尔扈特牺牲了七八万人。为了避免灭族之灾，他们决意东归。但东归途中的连续战斗、饥饿、瘟疫，又使土尔扈特人口损失大半，从十六万九千人锐减至七万余人。回归后的第一个秋冬，一场瘟疫（天花）又袭击了土尔扈特。损失最重的偏偏又是渥巴锡的嫡系部众，两个多月时间死亡“已达三千三百九十余人”。渥巴锡的妻子、女儿、母亲、幼子，也在短短两个月内相继死亡，这无疑给他造成了巨大悲痛。

据《卫拉特蒙古简史》称，东归初，清政府在伊犁地区实地调查，渥巴锡直属部众有八千二百五十一户；三万五千九百零九人。而经过那场瘟疫袭击，又几经周折之后，据有关资料介绍，最后被清廷正式安置在尤勒都斯草原的渥巴锡直属南路四旗，只有约“一万人左右”。

两个世纪后，据公元1982年人口普查统计，居住在巴音郭楞蒙古自治州的蒙古族人口为三万七千二百二十五人（其中多数是土尔扈特人，还有一小部分是和硕特人）。

这是东归土尔扈特中的一支，即渥巴锡直属的南路四旗人口演变的一些线索。

三十三

人类永远在追寻和平与宁静的生活环境，但前进路上永远荆棘丛生。

当土尔扈特部落在伏尔加河流域的生存发生严重危机时，渥巴锡的东归决心是如此坚不可摧。为了达到东归目的，付出多么大的代价也在所不惜。

东归后将会遇到哪些新的矛盾和困难，渥巴锡事先肯定不可能设想得十分周详。

生活之树常青，可能恰恰是因为人类生存的本义中就永远包含着挑战和艰辛。

清廷虽然自身也是发轫于北方边疆的少数民族，但当它成为我们这个多民族国家的统治者之后，对其他边疆少数民族却历来采取恩威并施、剿抚并用的政策。对于万里来归的土尔扈特，清廷在悉心安置、慷慨赈济的同时，为了防止它重新强大起来之后难以控制，在具体安置办法上采取了多种限制性措施。

主要的有两条：

一是“务以间隔而居之”。清政府先是将渥巴锡与舍楞分隔开，舍楞被安置在阿尔泰，置二旗，称为“新土尔扈特”。然后又将渥巴锡率领的“旧土尔扈特”分成东、南、西、北四路，由渥巴锡直接率领南路，而将另外三路分别安置在其他三个不同地点，不使连成一片。

“旧土尔扈特”最后安置的情况是：南路由渥巴锡亲任盟长，被安置在尤勒都斯草原，置四旗；北部由策伯克多尔济任盟长，安置在和布克赛里，置三旗；西路由默们图任盟长，安置在精河，置一旗；东路由巴木巴尔任盟长，安置在乌苏，置二旗。此外，由恭格任盟长的和硕特被安置在博斯腾湖畔，置四旗。

二是“导其多加务农”。清廷认为，如果任土尔扈特放牧、狩猎，牲口很快就会繁衍，力量必将逐渐强大，“一旦强大，绝非好事”。用土地上的农事将他们常年拴住，其力量的再生和活动空间必将受到极大限制。这是满清王朝从统治中原汉族中得到的一条重要启示。出于这样的考虑，最初将东归土尔扈特划定在伊犁和塔城南部地区耕牧，想要将他们逐步改造成以农耕为主的归顺臣民。但是，像土尔扈特这样一个古老的传统游牧部落，农耕绝对不是他们的生存本领，务农的结果，使部落的生产、生活很快陷入了困境。这是渥巴锡始料不及的。为了土尔扈特部落的生存和发展，他多次向清廷提出请求，希望寻找新的牧地重新放牧。他亲自选中了天山深处这片气候适宜、水草丰美的尤勒都斯草原。最后，清廷同意了渥巴锡的请求，派出官员与土尔扈特对尤勒都斯草原进行了共同踏勘，准予移牧于此。

三十四

渥巴锡是位悲剧英雄，他的生命艰难而短暂。

东归后三年，渥巴锡病逝，终年三十三岁。

在他年轻生命的最后几年，他承受的精神压力和心灵磨难，是常人难以承受的。率部东归九死一生，耗尽了他的心力。东归途中，部落人畜损失如此惨重，使他内心承受着愧对先祖的自责和不安。东归后的那场瘟疫，接连夺走了他最亲近的母亲妻子儿女四位亲人的生命，对他的精神打击更加难以言表。土尔扈特部众东归后的休养生息，并不如他预想的那样顺利，又使他操劳过度。终于，他年轻而顽强的生命如强弩般折断了……

我站立在天鹅湖畔，默诵了几句悼念东归英雄渥巴锡的诗句：

山冈之上兮，有我站立，
遥望远山兮，追思英雄；
群峰垂首兮，皑皑白雪，
魂魄来归兮，天鹅翔集。

巴音布鲁克天鹅湖之旅，使大家的游兴达到了高潮。天山深处的幽静、神秘、美丽、冷峻，使大家的心情舒畅中有些震悚，均发不虚此行之慨。都说，像这样遥远的地方，一生中极可能只来一次。

而此刻，我的心情却有些沉重起来。我想起了牺牲在东归路上的那么多土尔扈特人，忽然觉得盆地内一群群洁白的天鹅，都是他们的英魂化成的，他们一年一度飞到渥巴锡为他们选定的这片牧地来，前来朝拜他们的英雄渥巴锡。我想起了渥巴锡的英年早逝，觉得四围每一座覆盖着皑皑白雪的山峰，都在悼念西蒙古最后一位历史英雄，悼念渥巴锡这位天山之子。

三十五

这时我猛然感悟到，在日益现代化的今天，人类设立各种野生动物自然保护区，撇开科学和理智等等不说，单从情感角度讲，它是人类对牧歌时代的一种深刻怀念。因为人类的童年和少年，是在牧歌时代度过的。

然而，人类却注定要向牧歌时代告别，而且是永别。永别必定是悲哀的、悲壮的，是充满悲剧色彩的。

渥巴锡的去世具有巨大的象征意义：标志着牧歌时代的终结。

从成吉思汗到渥巴锡，伟大的蒙古族演出了一幕幕轰轰烈烈的历史剧，最后由渥巴锡出场谢幕，向牧歌时代永别。

这最后一幕永别剧极其悲壮。它不是渥巴锡个人的悲剧，也不是蒙古族的悲剧，而是属于整个人类历史进程中必有的悲剧成分。整个人类历史都是一幕接一幕的悲喜剧，没有悲剧也就不会有喜剧，有些悲剧是人类历史的基本情节要求所规定好了的。这不是宿命，是规律。

土尔扈特部落从西迁到东归，时间跨度长达一个半世纪。其实，他们是在充当整个人类的代表，在向牧歌时代举行告别仪式，这个告别仪式漫长而痛苦。他们的西迁和东归，是在东、西方两个强大的封建王朝的挤压下来回奔波。它说明，人类生存方式的流动状态，已经永远地让位于稳定状态。成吉思汗缔造的蒙古大帝国，代表着流动状态的胜利；而在成吉思汗曾经驰骋过的广大地域内，先后崛起的沙俄和满清封建王朝，则标志着人类生存方式的稳定状态占了上风。人类的童年就像一群顽皮贪玩的孩子，到处奔跑，四处游荡，强者为王。进入成年后，都需要稳定下来安家立业了。谁在他们的房子周围吵闹、转悠，都会遭到他们的训斥、驱赶和制服。

渥巴锡在他的搏杀和奋斗中，一直在用他的生命感悟着、纯化着他的精神追求，以至最后在他的心中将这种追求神圣化了。他追求的最高境界可以简化为两个字：宁静。

他把天山深处这片尤勒都斯高山草原看成是久久寻觅的理想境地。这里四面环山，高耸接云，可以远避一切摩擦、纠纷、争战。他第一次骑马进入这片高山牧场时，他一定看到了眼前这幅天鹅翔集的美好景象。一群群天鹅在水草丰美的盆地内浅飞低翔，一定使他想到了洁白的哈达，想到了神圣的教义。他立马远望，面对远处山峰上的皑皑白雪微笑，在心中对自己也是对先祖说：“找到了，我终于找到了！”他终于将土尔扈特带进了这片宁静牧地，心中油然升起一种完成神圣使命的感觉，他可以告慰先祖了。

临终，他告诫土尔扈特部众恪守宁静勿躁的生存原则，向全体土尔扈特人留下了他的遗言：“安分度日，勤奋耕田，繁衍牲畜，勿生事端，致盼致祈！”

渥巴锡宁静地走了。

蒙古族远征交响诗的最后一个音符到此戛然而止。

渥巴锡的英魂就在这些飞翔的天鹅中间，和东归土尔扈特人的灵魂们在一起……

三十六

看过天鹅湖，从那座高高的山冈上下来，我们又随包热和阿拉西到了山北的阿拉腾尕森牧场。这里也是渥巴锡部落的后裔土尔扈特蒙古人。这里呈现着一派节日气氛，一片蒙古包周围彩旗招展。牧民们刚从冬季牧场转到这片夏季牧场来，他们要在这里度过整个夏天和秋天。他们正在为筹备不久将要在这里举行的那达慕大会做准备，演练着赛马、摔跤等各种节目。

将我们迎进蒙古包内热情接待我们的，是一位身材魁梧的年轻人早勒台。

包热向我介绍说："他是中央民族学院的毕业生，在这里当乡长。"阿拉西一直对着这位年轻乡长在笑，看来他对这位年轻乡长的工作很满意。

在毡包内品尝过马奶子酒，年轻乡长邀请我们到草原上去看赛马。参加赛马的有青年，有中年，也有少年。草原上远远地用几面彩旗标出一个大圈，骑手们要策马围着这个大圈飞奔。骑手们上马，站在同一条起跑线上，马儿们已经按捺不住，昂首，喷鼻，刨蹄。忽然一声令下，马儿箭也似的一齐蹿将出去。骑手们一个个踮起屁股，身子前倾，扬手挥鞭。一圈，两圈，三圈，渐渐拉开距离，分出先后。骑手们转过弯道，众人一齐呼唤起来。

终点处，夺得第一名的竟是一位英俊少年！

乡长奖给少年冠军一只羊。

我忽然想起了克隆羊多莉。在人类新的文明进程中，羊仍然是一位重要角色。羊儿们将和人类一同进入信息时代，跨进新的世纪，继续陪伴人类去寻找水草丰美的新牧地。

1999 年 1 月

话说历史错觉

我们中国人，对于中国和世界历史相互关系的认识，通常从康熙时代开始，便会陷入两个相关的“历史错觉”。

错觉之一，认为康熙是清朝最有作为的一位封建帝王。如果把中国的大门关起来看，的确是这样，康熙很有作为；但如果把康熙放到当时的世界范围内去看，则另当别论了。评价一位决定和影响国家命运的历史人物，不能撇开他所处时代的世界发展潮流这个参照系。康熙在位长达六十年（1662 年—1722 年），正处于 17、18 世纪之交。这一时期，外面的世界很精彩。遥远的欧洲，英国的资产阶级革命孕育了工业革命。对于西方世界正在发生的这场历史性巨变，反应灵敏与迟钝，可以举出一例来进行比较。康熙四十二年（1703 年）五月，和康熙同时代的沙皇彼得一世，正在北方海边荒滩上搭建一座小木屋，他要在这个小工棚内住下，亲自指挥大批劳工在涅瓦河出海口的三角洲上建造一座“开放口岸”，以大量引进西欧列强自工业革命以来所取得的各种先进成果。彼得一世登基时，沙俄尚处在封建农奴制阶段，中国清朝的封建制度比沙俄“先进”。但彼得一世受到欧洲工业革命的震撼，激发了他强烈的变革图强思想。为此，他一反历代沙皇认为出访别国是“低三下四”的傲慢传统，隐姓埋名，化装成平民前往荷兰、英国等西欧强国考察。回国后，立即选派大批贵族子弟前往西欧强国学习，等等。这就不难理解，沙俄为何能成为晚清时期不断入侵中国的西方列强之一。

彼得一世建造的这座“开放口岸”，就是现在的俄罗斯历史名城彼得堡（俄罗斯人称之为“圣彼得堡”）。俄国的近代史就是从彼得一世建造这座小木屋的时间算起的。这座小木屋现在还在，俄国人建造了一座大房子，把这座小木屋“罩”在里面精心保护了起来，成为俄国的历史“圣地”。彼得大帝1703年兴建彼得堡，是俄罗斯近代史的起点。

相比之下，康熙对于欧洲工业革命的反应则显得有些迟钝了。虽然中国与欧洲相距遥远，但欧洲工业革命的信息，早在明末就由利玛窦、汤若望等一批西方传教士传入中国，他们以宣扬西方先进科技成果和科学知识为传教开路。康熙登基后，似乎对西方科学知识饶有兴趣，他本人曾专心学习，但却没有把他的个人行为转变为国家行为。这表明，西方传教士们带进中国来的欧洲工业革命信息，并没有激活康熙的变革思想，遗憾莫大于此。

错觉之二，认为中国在“康乾盛世”时仍处于世界领先地位。持有这种看法的人，至今仍大有人在。其实，这是中国人在长期闭关锁国环境中滋长起来的保守自大的“优越感”。它离开了当时的世界发展潮流看中国，没有看清本质。康熙不能把学习西方科学知识的个人行为转变为国家行为，同这种保守自大的“优越感”直接有关。正是这种保守自大的“优越感”，使中国吃尽了西方列强和东方近邻日本侵略者的苦头。

世界近代史的时间跨度，是从公元1640年至1900年。中国近代史的起点是1840年，比世界近代史起点落后了整整二百年，比俄罗斯也晚了一百三十七年。清兵入关是公元1644年，也就是说，清王朝这条东方“龙船”从启航第一天起，就航行在历史迷雾之中，不知道遥远的西方正在发生着怎样的历史性巨变，更不知道西方发生的这场历史性巨变对中国将意味着什么。结果，英国的钢铁炮舰远隔重洋乘风破浪而来，把中国清王朝这条东方“龙船”撞沉了。

中国近代史与世界近代史之间这二百年“时间差”，一旦被落下，中国用加倍的时间去追赶也难以赶上。中国最近几十年改革开放取得飞速发展，其实仍然处在这个追赶过程中，且慢说我们即将成为“老大”或“老二”，那将形成新的“历史错觉”。

康熙在位期间真可谓励精图治，坐稳了大清江山。雍正是个过渡，在位十三年。乾隆在位又是长达六十年。康、雍、乾三朝，的确算得上是清朝的“鼎盛时期”。中国人津津乐道的“康乾盛世”，是中国“醉酒时刻”，自我陶醉在一片“太平盛世”之中。乾隆的奢靡享受，比隋炀帝有过之而无不及。他在宫里天天锦衣玉食，古玩字画玩得腻味了，六下江南，游山玩水，乐而忘返。他沉迷于江南的亭台楼榭、临水长廊、石岸垂柳、软风细雨、繁华市声、婀娜身姿、婉转歌喉、悠扬琴声。他每次南游，陆上车舆，水中龙船，浩浩荡荡，绵延百里。沿途官员搜肠刮肚，想尽点子，各献珍奇，竭力奉迎。沿途百姓挖河、修路、出力、出汗、出银子、挨鞭子。“乾隆皇帝来一趟，一年胜过两年忙；官员搜刮凶如虎，一年三熟也是荒。”乾隆皇帝乐不可支，江南百姓叫苦连天。清朝最大的贪官和珅就出在乾隆身边，这毫不奇怪。任何一个称得上“盛世”的封建王朝，都是统治者在鼎盛时期被自我满足的“优越感”麻痹了神经，听不见时代洪流的怒涛急浪正在日夜不息地滚滚向前，漠视民间疾苦，听不见底层百姓的种种诉求，以及他们对贪官污吏的深恶痛疾，不能自觉地把除弊革新作为常态化的治国之策来实施，于是开始积累社会矛盾，以致积重难返，走向崩溃。

从康熙登基到道光年间爆发鸦片战争，时间相隔一百七十八年。说短不短，说长不长，相当于康熙三个“任期”。对于晚清遭受西方列强和东方日本军国主义不断入侵，清王朝一败再败、不可收拾，清政府一连串割地赔款、丧权辱国的局面，康熙当然已经不会知道。但事情的起因，却是从康熙时代就已埋下的伏笔。

道光年间爆发鸦片战争，中国被英国侵略者一拳打翻在地，“拳击场”上并没有“裁判”站在身旁读秒数数，等候清王朝直起腰来应战，或是当众宣布“不能再战”。于是，西方列强和东方日本侵略者的一套“组合拳”接连打了过来：第二次鸦片战争、中法战争、中日甲午战争、八国联军侵华战争、沙俄入侵东北、英军入侵西藏……直打得清王朝气息奄奄，任人宰割。清末，慈禧太后把偌大中国败得精光之后，在万般无奈之下，被逼以光绪帝的名义颁布所谓“新政”。但这时狂飙已起，山雨已来，危楼嘎嘎摇晃，倾覆只在旦夕之间，呜呼哀哉，一切都已晚了！

孙中山发动辛亥革命推翻腐败无能的清王朝，这是历史发展逻辑的必然结果。

2011 年 9 月

从范蠡说到吕不韦

灯下读史，避开帝王看将相，注意两个人：一个范蠡，一个吕不韦。在漫漫五百年春秋战国这出风云际会的长剧中，这两个人一前一后，一东一西，先后粉墨登场，分别出演过重要角色。范蠡在长江之滨当过越国大夫，吕不韦在黄河岸边任过西秦相国。两人的经历异中有同，同中有异：范蠡先做官，后经商；吕不韦先经商，后做官。在他俩由做官到经商、由经商到做官的过程中，又各有一位他们心爱的绝色女子，为他们的事业或图谋或献身或殉情。

官职、财富、美人，这三件宝贝，哪一件里面都夹杂着善恶并存、祸福相依的成分；倘若再将这“三原色”挤到同一块调色板上，那就对不住，贪婪者志浊情浑地涂抹出一幅幅污浊画面者众，而能以大智大德绘出灿然景致者寡焉。

独独范蠡此人，一生“居高官，致巨富，挟美人”，却能“名垂后世”，千古称奇。他是先做官，后经商。那就先看看他为何做官，又如何做官吧。夫范蠡者，楚国人氏，虽“出身衰贱”，却苦学有成，有奇志大谋，怀治国安邦之志。然其时之楚国，君主无为，贵族专权，国运衰落。他又死也不肯去走权贵们的路子，只得埋没民间，装疯卖傻。当权者清明公正招贤，昏庸徇私纳亲，古今通律，无可奈何。幸而春秋战国时代“人才市场”相当活跃：一些在本国得不到重用的文武人才，反被招纳天下贤士的别国吸引了去，破格重用，位至将相，这样的例子屡见于史。思想上的百家争鸣，组织上的人才竞争，相映成为春秋时代诸侯并起、群雄纷争之际的奇异社会景观。楚国上层的政治腐败，造成本国人才严重外流：伍子胥、伯嚭奔吴，文种和范蠡去越，都到别国去做了“客官”。吴、越两国得了这几位人才，吴越之争也就拉开了跌宕起伏、精彩纷呈的一幕。

这里有个问题：范蠡此人在本国混不到官职，竟跑到别国去做官，“官瘾”如此之大，他不以为耻吗？问得有理。然而叹我人类，为了治理这乱纷纷相争相扰的社会，自古至今，总得有人出来做官。孰荣孰耻，其实并不全在想不想做官，而在为何做官、如何做官。况且当时之楚、越，其实都是中国，范蠡并未出洋。他离楚之前，曾同好友文种做过一次长谈，两人都为楚国的现状和前途忧心。他俩谈论的命题是：为了报效楚国，必须到越国去图谋发展。文种问：“你我离楚，何以反能效楚？”范蠡答：“今楚之危，莫大于东邻日盛之吴。而能牵制吴国西向犯楚者，越国也。你我辅越图强，必能牵制吴国，以轻楚国之危也。”范蠡心系故国盛衰安危，真可谓苦心孤诣。由此可见，范蠡决意到越国去，绝非为了想去混张绿卡什么的，切望诸君稍加留意古今出国之士情怀之高下。

做官，自古就有种种不同做法。单说做官如何做出人格来，仅此一点，就很不易。范蠡恰恰在这一点上表现得相当出众。他认为做官仅仅为了谋取一己的荣华富贵非常容易，但很可耻；他做官的志向是要“有为于天下”。范蠡到越国去上任之始，正值勾践兵败会稽，越国命运危于累卵。他和文种立志要挽救越国于危亡：先避灭国之祸，再重振国运，然后称霸诸侯。他俩主动为越国挑起的这副担子，有多少斤两，可想而知。为了避免越国被灭之祸，范蠡苦苦劝谏勾践采纳了他的“忍其辱，待其时”的著名策略。勾践到吴国去忍辱服刑之时，原想把越国交给范蠡托管。范蠡却说：“兵甲之事，文种不如范蠡；治理国家，亲附百姓，范蠡不如文种，还是让文种在国内留守吧！”他自己毅然冒死伴随勾践“质于吴”。他伴随勾践在吴国服刑期间，吴王夫差从他的老乡伍子胥那里得知，范蠡这个囚徒，怀奇才，有大用。于是亲自出面来拉拢他说：“贞女不嫁破亡之家，志士不官灭国之君。你到我这里来吧，我马上任命你为大夫，如何？”范蠡答：“家破而去之妇非贞女，国亡叛君之徒非志士也！我谢谢大王您的一片好意了……”好个范大夫，太史公奋笔疾书而赞曰：“臣主若此，欲毋显得乎?”《史记》载：范蠡“与勾践深谋二十余年”，终于实现了“灭吴国，临齐晋”的宏图大业，号称一时之霸。

一个人做官做出了如此丰功伟绩，又将何以处身？勾践深念范蠡大功，将他擢为上将军。不料，功成名就的范蠡却日益寝食不安起来。一则，他在长期跟随勾践为越国复兴呕心沥血、赴汤蹈火的过程中，对勾践这个人了解得实在太透彻了，深知此人“可与共患难，不可与之同荣华”。自己二十余年来为了越国的强盛勠力效命，虽然随时可能遇上灭身之祸，却从未有过半点犹豫、退却之心，因为那是为了一个国家的生死存亡，虽死犹荣。再说当时勾践正在患难之中，他的偏狭性格虽然时时发作，但用复国振兴大业为重的道理对他苦苦相劝，他尚能忍耐。如今大业已成，勾践的心境已变，他已不可能再像患难中那样忍辱负重、听从劝谏。一旦君臣发生冲突，由于勾践一己的偏狭性格而使自己遭受杀身之祸，太不值得了。二则，再想想自己，以往二十余年由于重任在肩，壮志未酬，夜寝未敢忘思，日行未敢忘慎，生怕有半点疏忽，故能胜敌一筹，以曲求伸，以弱胜强，终成伟业。如今自己也已功成名就，位高而权重，寝食无忧，即使一日三省，也难免疏忽懈怠，因而深感“大名之下，难以久居”。经过反复深思，他毅然决然向勾践递交了一份情切意坚的辞呈，请求辞官而去。

谁知勾践却大大误解了他的心思，竟对他说：“我愿同你分国而有!”范蠡伏地叩首道：“臣闻‘主忧臣劳，主辱臣死’。昔日大王临灭国大难，臣勠力相助，臣之职也。唯初谋之时，令大王质吴蒙奇耻大辱，臣之死罪，臣请诛!”勾践还是苦苦挽留，范蠡坚辞不悔，乘轻舟浮海而去。如此自觉自愿、干净利落地丢掉已经到手的高官厚禄、盛名荣耀，而且这一切都是因功而得，受之无愧，问千古以来，有几人乎？另一种说法是，范蠡带着爱妾西施到了无锡，在太湖之畔建了一座宅园隐居了一段时间。他和西施隐居的蠡园，现在是无锡的名胜之一。

从此，范蠡坚决同政治“脱钩”，北上齐国，隐姓埋名，领着儿子们“耕于海畔，苦身勠力”，从“居无几何”，到“致产数十万”，勤劳致富。不久，齐国发现了他，再次将他拉去做官，“以为相”。范蠡心中更加不安起来，觉得一个人“富”与“贵”不可兼得，自己一个布衣之人，如今“居家则致数千金，居官则至卿相”，集富贵于一身，物极必反，“不祥”。于是，他再一次毅然决然“归相印，散尽其财”，远走他乡，回归民间。最后游历到定陶一带，定居下来，专心经商，“候时转物”，贸易越做越大，资产“累巨万”。范蠡一生“三迁皆有荣名”，“天下称陶朱公”。

再看看吕不韦。他又是怎样的人格、情怀、志向和手段，从经商走上了从政道路？范蠡死后数百年，吕不韦从卫国阳翟做买卖一路做到赵国邯郸。其时，他虽已“家累千金”，却身无官职，总觉得心里空落落的，缺少点什么。他在长期“往来贩贱贵卖”的经商活动中，积累了“奇货可居”的投机经验。他正是凭着这条经验，终于在邯郸碰上了一桩政治买卖，施展出全部投机手段，从商界一脚踏进政治门槛，步上了从政之路。

一日，吕不韦在邯郸街上闲逛，迎面碰上一位落泊少年，一打听，那少年竟是秦国的王孙，名子楚，在赵国当人质，赵国对他很是怠慢。吕不韦回到商舍，掐指算计了一阵，便同他父亲讨论起各种买卖的获利大小来。他问父亲：“耕种利几倍乎？”父亲答：“十倍。”又问：“贩卖重宝珠玉乎？”答：“百倍。”再问：“拥人立国乎？”他父亲一愣，心想自己做了一辈子生意，还从未听说过有这类买卖，无言以对。吕不韦奸诈地笑将起来，自己做了回答：“万世之利也！”吕不韦真正不愧是经商世家出身，真正不愧是一位满脑子生意经的地道商人，他是早在从政之前，就已算清了“从政获利大于商”！

吕不韦接着仔细算了另一笔“政治账”：子楚的父亲是秦昭王的太子安国君，秦昭王垂垂老矣，安国君迟早要接替王位，安国君虽同众妾生有二十多个儿子，偏偏他最宠幸的华阳夫人膝下无子。安国君一旦继承王位，立谁为太子必有一争。先别看子楚眼下落泊，细细分析起来，他倒具备争立太子的一定条件。因为在华阳夫人进宫之前，子楚的生母夏姬也曾得宠过，幼时的子楚，安国君也喜欢过，父子间有感情基础。故要想为子楚争到太子地位，笼络华阳夫人便是关键所在……吕不韦掐着骨缝儿细细算出了子楚身上的巨大潜在“价值”，不禁大喜：“此乃稀世奇货也！”

两笔账算下来，吕不韦已毫不犹豫，上门拜访子楚。他对子楚说道：

“我可以帮你光大门庭。”子楚对他凄然一笑：“你还是先去光大你自己的门庭吧。”吕不韦说：“不，我的门庭要靠你来光大！”子楚不解，问：“何以见得？”吕不韦对他附耳如此这般说了一通，子楚听罢，不禁热血沸腾，顿足许下大愿：“假如照你的计策能够实现，我将‘分秦与君共之！’”一场空前未有的政治投机大买卖，就此落锤敲定。

商人吕不韦比谁都清楚，“欲获利，先下本”。他先“以五百金与子楚，为进用，迎宾客”，先把子楚的门面撑起来。“复以五百金买奇物玩好”，由吕不韦自己带上，亲自出马，西去秦都，展开活动。他先通过关系找到了华阳夫人的姐姐，托她将礼物送给华阳夫人，并传进话去，说子楚如何如何想念她老人家。从此，华阳夫人不断收到以子楚名义送来的各种心爱之物，不断听到有人在她面前说起子楚如何如何聪明能干。她的姐姐也不断前来为她的前途命运担忧，经常在她面前说些“色衰爱弛”之类，终于使华阳夫人因为自己没有亲生儿子而怏怏不乐起来。眼看时机已经成熟，吕不韦终于把一套编得天衣无缝的“好意”，通过华阳夫人的姐姐搬到了她的卧榻之前：“我看子楚这孩子真是不错，对你比对他的亲生母亲夏姬还好。我看倒不如你自己乘早在安国君面前说句话，把子楚过继到你名下当儿子，将来名正言顺把他立为太子，这才是万全之计。”吕不韦苦心策划的这桩政治投机买卖，华阳夫人轻轻一点头，竟就这么做成了！

吕不韦风尘仆仆赶回邯郸，秦都传来一道玉符：子楚已成了正式的王太孙，吕不韦也被任命为子楚的师傅。大约过了十来年，秦昭王亡，“太子安国君立为王，华阳夫人为王后，子楚为太子”，完全不出吕不韦的预谋！安国君继位只一年，亡，立子楚，“是为庄襄王”，“以吕不韦为丞相，封为文信侯”，“食十万户”，他梦寐以求的“万世之利”终于到手。子楚继位也只三年，又亡，立太子政。嬴政年少，不能亲政，于是“尊吕不韦为相国，号称仲父”，秦国大权落到了吕不韦手里。这里藏着一个非同寻常的千古之谜，牵连到一个风流淫荡的女人。

当年，吕不韦为子楚争到了太子地位，把子楚请到自己府上为他举行庆祝宴会，召来家养舞女跳舞助兴。其中有位名叫赵姬的舞女，姿色“绝好”，吕不韦私与居，有孕。子楚一见倾情，已无心饮酒，举杯为吕不韦祝寿，第二句话便向他指名要这位舞女。吕不韦一听火了，但他那股情火只倏忽一闪，便酸溜溜地往心底压将下去。心想：我既然已把全部家产都押在了他子楚身上，何惜一名心爱舞女？把赵姬献给他，不是更能放长线钓大鱼吗！于是“遂献其姬”，“姬自匿有身，至大期时，生子政”。原来，新继位的少年秦王“政”，即后来不可一世的秦始皇，竟是吕不韦的私生子！

庄襄王新亡，王后赵姬守寡，儿子虽已继承王位，但尚年少。吕不韦一面操纵国政，一面同太后姬的旧时淫情复萌，两人“时时窃私通”。可见，让少年秦王嬴政尊吕不韦为“仲父”，其中奥妙不言而喻。吕不韦灵魂之肮脏，更加表现在下面这件事情上：随着少年秦王嬴政日益年长，吕不韦深恐他与赵姬王太后的性丑闻败露致祸，于是使出一条转嫁危险于他人的阴毒之计。他物色到一位好色之徒嫪毐，养为舍人，将他的眉毛胡子拔掉，对外诈称此人已被“阉”过，送进宫去服侍太后，“太后私与通，绝爱之”。赵姬又同嫪毐生了两个私生子，许多政事“皆出于嫪毐”。

秦王政终于亲政，破了宫内这桩性丑闻大案，镇压了嫪毐的宫廷政变，诛其三族，杀掉了他的两个私生子。吕不韦的龌龊勾当也终于败露，免去相国，逐出京都，后又贬蜀。吕不韦终因干下的丑事太多，“恐诛”，在去蜀的途中自己饮毒酒自杀，不得善终。

吕不韦其人，以无德之身、逐利之心、阴诈手段，弃商从政，直至操纵秦国朝政，弄得秦国宫内丑闻不断，乌烟瘴气，严重污染毒化了秦国政治。秦嬴政是位有大作为的帝王，后来他扫平六合，将春秋战国以来争战不休五百余年的中国归为一统。但为何完成如此空前大业的王朝，竟二世速亡？除了其他种种原因，吕不韦对秦国政治的毒化，是否也是一个小小的内在因素？

回过头来再说范蠡。他也曾施展过美人计，作为他全部政治计谋的重要内容之一，委派自己的爱妾西施到吴王夫差身边去长期潜伏，执行一项从长计议的战略任务。范蠡在这件事情上表现出来的个人情操，则另具一格。他与文种一起到勾践那里去同谋此计时，文种提出，仅有姿色的美女易找，但若无才识，则难以完成这项重大使命。范蠡毫不犹豫地推荐了自己的爱妾西施，说只有她“堪当此任”。文种不忍。范蠡说：“我与西施已经商量过了，她深明大义，愿意为国献身。”西施到了吴王夫差身边，认真贯彻范蠡向她交代的战略意图：劝说夫差西向图霸，向北方用兵，把他的目光从越国身上引开。西施之美、之才，令夫差爱不能离，终日相伴。西施娇嗔地劝他说：“请大王珍重身体，万不可懈怠了称霸雄心。连我都经常在想，我们吴国何时才能称霸中原?”这使夫差对西施在怜爱之上又加了一层敬意。西施不辱使命，成功地把夫差的注意力从越国引开，使夫差屡屡向西、向北用兵。这就使越国获得了“十年生聚，十年教训”的喘息机会，卧薪尝胆，励精图治，积蓄了力量。后来终于在夫差西去黄池会盟称霸之时，越国乘其国内空虚，攻其不备，战胜了吴国。从此，越国开始向外采取战略进攻之势，其中西施功不可没。

今天人们去游苏州灵岩山，尚可见到一些古时吴国遗迹，听到一些关于这段历史的精彩传说。山上有囚禁过勾践和范蠡的石室，有为西施梳妆打扮开凿的西施井。站在山上回首南望，有一条笔直的“一箭河”，从山脚直通太湖。相传：当年范蠡虽毅然辞官而去，但他对西施的真诚爱情不能忘怀。他专程赶到灵岩山来接了西施，怕勾践疑心病起，允诺有变，派人追来，对西施说：“快走!”他从腰间摘下弓来，倏地射出一箭，箭头飞出的方向开出一条河来，他们的小船顺着这条小河驶进太湖，即刻隐没在浩渺烟波之间。

史上，以姿色事敌国之君，而未留恶名者，唯西施一人。

1994 年 2 月

汉初三杰悲情录

今春四月，去汉中，看了几处与汉初三杰张良、萧何、韩信相关的历史陈迹，引发了几多感慨。

刘邦与“三杰”之恩怨

张良、萧何与韩信，辅佐刘邦夺取天下，建立汉朝，功莫大焉。刘邦将自己同他们三人做过一番比较，得出的结论是三个“不如”。他说：“运筹帷幄之中，决胜千里之外，吾不如子房；填国家，抚百姓，给饷馈，不绝粮道，吾不如萧何；连百万之众，战必胜，攻必取，吾不如韩信。”刘邦讲这番话的时候，口气很诚恳，态度很谦虚。但是且慢，假如刘邦真是一位谦谦君子，他绝对争夺不到天下。他接下去说：“三人皆人杰，吾能用之，此吾所以取天下者也。”关键是“吾能用之”这句话，意思很明白，他们三个人的本事再大，也都在我刘邦手心里握着，任我拿捏，为我所用。究竟谁比谁的本事更大，不言自明。刘邦有识人之眼、用人之量，但一切都以“吾能用之”为原则，以“取天下”为目的。一旦天下到手，觉得谁“用”起来再不像原先那么顺手，对不起，他马上会有另一套手段仔仔细细伺候你。随着朝廷内外的形势变化，刘邦与“三杰”之间的矛盾时起时伏，尤其是同韩信的矛盾一直发展到你死我活。

从“三杰”这一面来说，他们如何处理各自同刘邦的矛盾，又因他们三人的出身背景、性格特点、文化修养、奋斗经历、交往人物乃至健康状况等等的不同，采取的态度和方法也各不相同。简言之，张良是“智避”，韩信是“硬碰”，萧何是“隐忍”。这就直接导致他们三人的最终结局各不相同：张良凄凉隐退，韩信悲愤丧命，萧何苟且保身。

天下汹汹，各为其主。刘邦与“三杰”曾经是一个最佳组合。楚汉相争，刘邦的实力远不及项羽，但依靠他们这个最佳组合将能量发挥到极致，终于赢得了这场比赛。比赛一旦结束，促成他们构成最佳组合的客观条件也就不复存在。因为这个最佳组合是打天下的班底，不是坐天下的班底。刘邦为了独掌天下，需要重组班底，这就注定了他们这个最佳组合的倾情演出，上半场是正剧，下半场是悲剧。

“飞鸟绝，良弓藏”，“狡兔死，走狗烹”。刘邦将“三杰”玩完之后，他自己的内心世界就从此消停了吗？不见得。我过去读刘邦的《大风歌》，每每为它的大气磅礴所激动。这次从汉中归来再读《大风歌》，不对了，我忽然读出了刘邦内心的孤独和悲凉，《大风歌》是一位孤家寡人的内心独白。

刘邦对张良：用而不信

从宝鸡去汉中，翻越五百里秦岭，半路上有座张良庙，这是当年张良的隐居处。张良庙坐落在一条山谷里，周围山高林密，浓荫如盖。

张良庙迎门是一座砖砌牌楼，牌楼正中镶有砖刻“汉张留侯祠”五个大字，清道光甲申年（1824 年）蔡文瑾所题。张良庙历经无数次重修，这几个字不知道是第几次重修时的遗物。留侯是张良的封号。张良庙也叫留侯祠，留侯祠在留侯镇，留侯镇属于留坝县。这些地名均因张良而得名。其实留侯之“留”不在此地，在江苏。

刘邦与张良的关系比较微妙。就从刘邦封张良为留侯这件事说起。刘邦得了天下，即行论功封侯。表面上看，刘邦对张良评价很高，封赏最重。实际上，围绕封侯这件事，刘邦与张良展开了心灵“过招”的第一回合。刘邦对张良说：“你有运筹帷幄、决胜千里之功，你可以‘自择齐三万户’，你想要齐国哪一片土地都行，随你挑吧。出乎刘邦意料，张良的回答不是谢恩，而是谢绝，他不要。

在张良看来，刘邦封他齐地三万户，是深藏心计的。张良是韩国贵族出身，祖上“五世相韩”。秦灭韩，张良从博浪沙雇人行刺秦始皇开始，落泊造反，为韩国“复国”做出了不懈努力。张良的身世背景、平生心愿，刘邦一清二楚，但是，刘邦却没有把韩国故土封给张良，而是将他封到齐国的地面上，这绝不是刘邦的疏忽。不是疏忽，就是蓄意。刘邦究竟什么用意呢？齐国这片土地，两年前已经封给了韩信，而且是张良亲手经办的。当时，刘邦被项羽围困在荥阳，韩信在东边打下了齐国，不但不来增援刘邦，反而派人来向刘邦提出要求，希望同意他自立为“假齐王”。刘邦大怒之下，想马上派兵去攻打韩信这狗日的。陈平在桌子底下踩他的脚，张良对他附耳道：“在这危急关头，不如就同意韩信立为假齐王，稳住他，以防小不忍生大变。”刘邦立刻改口骂道：“他妈的，他韩信大丈夫南征北战，出生入死，要做就做个真齐王，哪有做假齐王之理，封他为齐王！”立刻派张良带上印信，前往齐国，封韩信为齐王。张良此刻便想，刘邦今天封他“自择齐三万户”，这是想用一笼锁二虎。把他和韩信封在同一片土地上，无非是想在他们两人之间制造一点不大不小的矛盾，达到“以张制韩”“以韩制张”的目的。

这说明，刘邦不仅对韩信不放心，骨子里对张良也有些信不过。张良对此心明如镜。不过，张良觉得回绝得过于简单了也不好，总得给刘邦留点面子。他对刘邦说：“我在博浪沙雇人行刺秦始皇失败，逃到下邳来避难，最早和你相识于留（‘留’是江苏沛县东南的一座小城），我对那座小城难以忘怀，你实在要封就封我个留侯吧。”刘邦“乃封良为留侯”。张良为什么要向刘邦重提留城，愿封留侯？他是想借此提醒刘邦，希望在他们君臣之间保持一点起事之初的纯朴记忆。回想打天下之初，大家忙于杀伐征战，纵横捭阖，何曾斤斤计较于一得之功、一己私利？可是一旦得了天下，为了争夺各自利益，宫廷内外已是剑拔弩张。

围绕“封功臣”这件事，宫廷内爆发了一场大风波。“上已封大功臣二十余人，其余日夜争功而不决，未得行封。”刘邦发现，文臣武将们每天都在宫道上三五成群，交头接耳，窃窃私议，便问张良：“他们在商量什么?”张良回答说:“在商量谋反!”刘邦大惊,天下刚刚安定,为什么要谋反?张良直言道:陛下也是布衣出身,他们这些人跟随你出生入死,现在你贵为天子,他们也希望论功封赏。可是,目前得到封赏的人,都是萧何、曹参的亲信故旧。被诛杀的都是同陛下及萧、曹他们有怨仇的人。他们都在担心,自己不但得不到封赏,陛下反而对他们处处疑心,随意诛杀,所以逼得他们聚在一起商量谋反。刘邦急问:“奈何?”张良问他:“你平生最恨,而且群臣们都知道你最恨的人是谁?”刘邦答:“雍齿!”刘邦说,雍齿这个人过去曾多次羞辱过他,他曾几次想杀他,都因为念他立过不少战功,没有忍心下手。张良说:“那好,作为一项紧急措施,你赶快先封雍齿,好让大家打消顾虑,先把人心安定下来,后面慢慢再做工作。”

张良的这番分析和建议,可谓“一石二鸟”。一方面,他巧妙地点了一下萧何、曹参的名。那意思,说你刘邦包庇怂恿萧、曹也好,说萧、曹结党营私也好,说张良对此有些看法也好,你刘邦自己去理解吧。另一方面,他也为刘邦解决这场风波献出了关键的一招。这等于告诉刘邦,你身为皇上,用小人之心度我君子之腹,我的肚量比你大,我在人格上决不会输给你。意见要向你提,为臣之责仍然要尽到,此乃堂堂君子之风。

然而,经过这场风波,张良毕竟受到很大刺激,心中有些悲凉。他看到朝廷内各个利益集团、各个门派之间的矛盾已暴露得异常尖锐。自己在刘邦心目中仅仅是一位谋士而已,并非信可托国之重臣。刘邦天下已经到手,再没有多少危急大难需要有人为他出谋划策了。况且自己身体也一直不太好,这个“臣”是不能再做下去了。前思后想,他决心急流勇退,“淡出”政坛。

张良抽身而去,凄凉隐退

张良决心脱离刘汉朝廷,抽身而去,也有他自身的悲剧根源。这同他的身世背景、政治理想直接有关。张良原是韩国的贵族子弟,他的祖父、父亲都曾做过韩国的相国,先后辅佐过五位韩国君主。韩国被秦始皇灭国时,张良家中还有“家童三百人”。当时张良还是一个在校学生,正在准阳“学礼”。他血气方刚，年轻气盛，“弟死不葬，悉以家财求客刺秦王，为韩报仇”。作为一名亡国之士，张良念念不忘的就是要为韩国“复国”。但是，秦虽暴虐，“分久必合”却是天下大势。即使揭竿而起推翻秦朝，走向统一的时代潮流也不可逆转，张良“复韩”的政治理想只能是一种不切实际的空想。这就注定了张良命运中存在着先天的悲剧因素。

从实践层面讲，张良一个贵族书生，势单力薄，在群雄并起的时势下，也不存在他独立奋斗的客观条件，他只能依附于比他更强大的势力。当时“陈涉等起”，风云际会，项梁和项羽、刘邦等都在这时相继起事，张良自己也曾拉起一支小小队伍，“聚少年百余人”。有个叫景驹的，在留城自立为楚假王，张良本想到留城去投奔景驹的，走到半路碰上刘邦。刘邦手下有数千人，势力比张良大得多，张良便和刘邦走到了一起。但是，他们的政治目标并不一致，两人是同路人而已。

一个人最初确立的政治理想，犹如人生初恋，往往难以忘怀。张良虽然加入了刘邦营垒，他心中的“复韩”梦想却难以泯灭，一有机会就会冒出来。项梁与刘邦会合后，为了打旗帜，“共立楚怀王”。张良觉得机会来了，借机说服项梁，把韩国公子成也立为新的韩王，张良本人也被任命为韩国司徒。他和韩王成一起，领着一支千把人的队伍，要去夺取原来属于韩国的地盘。结果当然不会成功，刚刚打下几座小城，被秦军轻而易举就夺了回去，他们的队伍也成了散兵游勇，张良只得重新回到刘邦队伍中来。

刘邦利用项羽正在巨鹿和秦军主力决战的当口，抢先进入关中，占领咸阳，灭了秦朝。项羽随后入关，觉得刘邦投机取巧，十分恼火，“欲击沛公”。张良和项伯从中竭力调解，帮助刘邦度过了鸿门危机。随后，项羽封刘邦到汉中去做汉王，刘邦临走前送给张良“金百镒，珠二斗”，打发他回韩国去，等于把他“辞退”了。张良将金银悉数转赠项伯，只身回到韩国，方知韩王成已被项羽所杀。至此，张良的“复韩”理想彻底破灭，重新投奔刘邦。

张良的以上经历，说明了一个问题：他在刘邦阵营内始终带有“客串”性质。刘邦虽然重其才，用其计，但对他的信任度一直有所保留，始终没有达到倾心相依的地步。刘邦本人粗俗豪放，做泗水亭长时衙役小吏

“无所不狎侮”，做了皇帝仍然“素慢无礼”，对萧何等都是直呼其名，动辄臭骂。张良身上则有一股子贵族书生气质，见解精辟，谈吐文雅。刘邦对张良一直以“子房”称之，始终客客气气，连重话都不曾说过一句。相敬如宾，要害在“宾”。在刘邦心目中，张良这个人“身在汉营心在韩”，并不是死心塌地的追随者。因此，在关键问题上，刘邦对待张良和萧何的态度是有本质区别的。封侯前，刘邦对“三杰”做出评价，第一个就讲到张良，给人以错觉，好像他把张良列为第一位大功臣。实际上，刘邦内心一直把萧何排在第一位，“高祖以萧何功最盛”。只是由于群臣争功激烈，刘邦自己不便直说，“难之”。最后正式排列位次时，关内侯鄂君揣摩到了刘邦的心思，挺身而出，力排众议，发表了“萧何第一，曹参次之”的意见，刘邦立即表态：“善!”加封萧何“父子兄弟十余人，皆有食邑”，赐萧何“带剑履上殿，入朝不趋”，恩宠无以复加。

司马迁有评语：“高祖离困者数矣，而留侯常有功力焉。”刘邦遭遇过很多次危机，危急关头都是张良为他出谋划策，化险为夷，转危为安。刘邦面临重大问题时，也往往都是张良为他做出精辟分析，帮助他做出正确决断。诸如：智击秦将，计取关中；化解鸿门危机；不立六国之后；去汉中以退为进；联合英布、彭越以抗项羽；重用韩信独当一面；主动出击，追击项羽；调动韩信、彭越参加垓下会战；定都关中；不废太子等等。在这一系列重大问题上，刘邦都曾得力于张良的计谋和忠告。人们不禁要问，刘邦既然明确表态“萧何第一，曹参次之”，那么张良应该排在第几位呢？刘邦对此三缄其口，别人也再没有谁提出这个问题。对此，张良内心作何感想？

张良退出政坛，却退不出悲凉

在张良庙的牌楼右侧，立有一块石碑，上面刻的是“汉张良留侯辟穀处”。辟穀，“辟”，通“避”；“穀”，即五谷。辟谷，不吃五谷。据说这是中国古代一种修养健身方法，修养期间只吃药物，不吃五谷，做导引。《史记》《汉书》中都说张良“多病”，“乃学导引轻身”，“不食谷”。张良隐居在这片深山老岭里辟谷修炼，固然有身体长期多病的原因，更为本质的原因却来自政治方面。其一，他曾为之倾家亡命的“复韩”理想已化作云烟；其二，刘邦始终视他为“客”；其三，历朝历代君臣间“同患难易，共荣华难”的悲剧又将在新生的刘汉王朝内重演。综上所述，使他内心感到无比困惑和无奈。正好，自己身体也不好，退吧，退为上策，退，坚决退。他以养病为名，闭门谢客，“杜门不出岁余”，可见他陷入了深深的痛苦之中。后来虽然偶尔露面，也都是以重病号的姿态出现。例如，黥布叛乱，刘邦带病亲征，群臣“皆送至灞上”，张良也不得不来送行。“良疾，强起”，送至曲邮。他对刘邦说：“按理我应该随你出征，无奈我病得厉害。楚兵很是剽悍，你自己多加小心吧。”张良的病是真病，不是假病。但张良需要这“病”，“病”是他的一块心灵盾牌。托“病”躲避政治旋涡，称“病”宣泄难平愤懑，借“病”消释心中郁结，这些都是沉积在中国官场文化中的政治技巧之一，采用者不绝于史焉。

刘邦对待萧何和张良一亲一疏，有一件事最能说明这一点。开国后，张良和萧何两人谁都没有当上相国，这是一件咄咄怪事，其中大有奥妙。这说明，刘邦在处理这些敏感问题时，心是很细的，心计也是很鬼的。让张良当相国，他不放心；让萧何当相国，又怕张良不服。撇下张良用萧何，怕是群臣也不服，不太好办。不好办的事，有时不办就是最好的解决办法：不立相国。刘邦这点心思，哪里瞒得过张良？好吧，我先请个假，养几天病再说，看你刘邦如何动作。刘邦却久久不愿捅破这层纸，晾着，不急。时间一长，张良反倒觉得太没意思：别人还以为是我张良盯着相国这个位子不肯让步，显得我不够豁达似的，岂不低俗？古往今来，将相大臣们要想彻底摆脱地位、权力、名利的羁绊，难。但张良很快从中摆脱了出来，主动为刘邦解开了这个扣子，再一次显示了他的君子风骨。他利用最后一次随刘邦出兵伐代的机会，出奇谋拿下了马邑，顺便劝说刘邦立萧何为相国。

至此，张良觉得平生无愧于己，无愧于人，便和刘邦做了一次告别谈话。他从回顾自己的身世讲起，一席话讲得情真意切。他说：“家世相韩，及韩灭，不爱万金之资，为韩报仇强秦，天下震动。今以三寸舌为帝者师，封万户，位列侯，此布衣之极，于良足矣。”最后，他向刘邦明确表示，“愿弃人间事，欲从赤松子游耳”。赤松子是神话传说中的“仙人”，他要求“仙”去了。就这样，张良毅然决然告别了政治舞台，但话语中也不乏丝丝缕缕的伤感情调。

刘邦对张良“用而不信，疑而不任”的态度，到死也没有改变。刘邦讨伐黥布叛乱时为流矢所中，返京途中箭伤发作，回宫后一病不起，太医百般医治，回天无术。刘邦自己也说“命乃在天，虽扁鹊何益”，不愿再治。吕后到榻前问话：“皇上归天后，哪一天萧相国也死了，谁能接替？”刘邦答：“曹参。”吕问：“其他人呢？”刘答：“王陵可用，但需陈平扶他一把。陈平心里什么都明白，却难以独当一面。”吕问：“还有谁能重用？”刘答：“周勃重厚少文，然安刘氏者必勃也，可令为太尉。”吕后再问：“还有谁？”刘邦答：“再往下我也不知道了。”吕后打破砂锅问到底，问到最后也没有从刘邦嘴里问出张良的名字来。原因很简单，刘邦压根儿就不信任张良。其实，吕后倒是很想请张良再度出山的。刘邦死后，吕后强迫张良进食，并劝他说：“人生一世，如白驹之过隙，何自苦如此！”张良“不得已，强听而食”，但未见他为吕后做过什么事，又活了六年才死。

张良庙内，保留的历代碑刻很多。题刻的内容，都是赞颂张良“功成身退”“急流勇退”的，也有一些赞颂他“智勇深沉”“机谏得宜”“高尚绝伦”等等，溢美之词，累世不绝。许多人来此一游，每每被张良的事迹撩动情怀，引发感慨。每一块碑刻，都饱含着题刻者浓浓的情感寄托。

细想起来，张良用如此方法回避俗世烦恼，他的内心何尝能彻底轻松？俗世之事难，求“仙”之事就不难吗？

走出张良庙，步入古树浓荫，我心中升起一缕淡淡的凄凉。

韩信之悲：有奇才，无大志

汉中市内，有一座汉台，是刘邦在汉中做汉王时的王府遗址。汉台南，不远处有个拜将坛，这是刘邦拜韩信为大将军的地方。进得拜将坛园门，迎面是一座露天方坛，四周有汉白玉栏杆。坛上是一尊韩信扶剑挺立的汉白玉雕像，气宇轩昂中有些忧郁。台阶西侧一通石碑，上刻“汉大将韩信拜将坛”八个大字；台阶东侧也是一通石碑，刻的是舒同书写的“拜将台”三字。拜将坛北面，还有另一座方坛，是当年宫中百官出席韩信拜将仪式的参观台。明代，这个方坛上加盖了个亭子，改成碑亭，镌刻有历代名人题颂韩信的楹联诗词。

韩信出身贫寒，他的人生目标与张良有着天壤之别。张良谋“国”，韩信谋“生”。韩信由于家里太穷，做官不够条件，经商没有本钱，连一日三餐都没有着落。漂母之食，跨裆之辱，辛酸不堪回首。深入韩信骨髓的平生心愿，就是要改变这种艰难屈辱的生存状态。靠什么出人头地？生逢乱世，落草造反，领兵搏杀，未尝不是一条奋斗之路。因此，韩信平时“好带刀剑”，对用兵之道格外用心钻研，后来经过大量的军事实践，造就了他非凡的军事才能。

刘邦破格拜韩信为大将，是韩信一生中遇到的一次最大的机遇。群雄并起，四乡风随，韩信开始是投奔项梁而去的，在那里“杖剑从之，无所知名”。项梁败，从项羽。由于他一心想出人头地，急于找机会表现自己，曾多次向项羽献策，项羽均未理睬。愤而离去，转投刘邦，仍未得到重用。韩信命运中出现机遇，颇有些喜剧色彩。刘邦从关中到汉中去做汉王时，为了麻痹项羽，一边走，一边将身后的栈道放火烧掉，形同一次狼狈败逃，队伍中的悲观情绪迅速蔓延，一路上逃亡将领数十人，大伤元气。为了扭转局面，刘邦急需招募出类拔萃的军事人才，以扩充军队，重振军威，由战略退却转入战略进攻。恰在这时，等待已久仍不见起用的韩信，受到其他逃亡将领的影响，也在一天夜里逃跑了。萧何听说韩信逃跑，拍马便追。有人却向刘邦报告说，萧何跑了。刘邦失萧何“如失左右手”，心痛得顿足。过了一两天，萧何忽然出现在刘邦面前，刘邦又气又喜，骂道：“浑蛋，为何逃跑？”萧何道：“我哪里是逃跑，我是追赶逃跑者。”刘邦问他追的是谁，他说追的是韩信。刘邦又骂：“胡说八道，逃亡将领几十人，你别人都不追，去追什么韩信，骗鬼啊！”萧何力陈韩信是个难得人才，希望刘邦委他以重任。并说：“你如果心甘情愿在汉中永远待下去，不用韩信也罢；你如果想争夺天下，非用韩信不可，你看着办吧。”刘邦被萧何的一席话打动，就说：“好吧，我用他为将。”萧何又说，让他当个小将怕留不住他。刘邦答应拜他为大将，并让萧何马上把韩信叫来，立即起用他。萧何批评刘邦说："你对下级向来傲慢无礼，呼来喝去，拜大将好像呼小儿似的，这不行。拜大将是很严肃的事情，必须举行隆重仪式。"刘邦只好同意："好吧，照你的意见办。"

拜将，乃寄托生死存亡之重任，需要受命者立下誓言，许以生死，不庄重不行。萧何是小官吏出身，在旧县衙混过，知道官场礼节。他一心为刘邦着想，觉得汉王眼下正经历着一个困难时期，需要重振军威，以图大事。他把韩信的拜将仪式筹备得格外隆重正规，"择日，斋戒，设坛场，具礼"。虽然往事越千年，我们那天登上韩信拜将坛，环观四周，似乎仍能隐隐感觉到当年拜韩信为大将时的隆重气氛。这次拜将仪式，实际上成了刘邦重振军威的誓师大会，由此吹响了由战略退却转入战略进攻的战斗号角。

刘邦与韩信，一个为了争夺天下，渴望招募杰出军事人才；一个为了出人头地，苦苦寻找知人善任之主。双方的追求一旦在特定条件下交会到同一个点上，如同引爆一次"热核反应"，立刻产生出巨大能量。时隔不久，刘邦就采用韩信谋略，明修栈道，暗度陈仓，一举打出汉中，重入关中，平定了三秦，重新打出了一个大好局面。随后，刘邦与韩信分兵东向，韩信独当一面，过黄河，虏魏王，擒夏说，下井陉，破赵，降燕，定齐，南摧楚兵数十万，势如破竹，席卷江东，威震天下。可以毫不夸张地说，刘邦的天下，大半地盘是由韩信领兵打下来的。也正因为如此，韩信之于刘邦，形成了"功高震主，拥兵自重"之势。韩信自己却不知道珍惜，不知道警惕，越来越狂傲。而刘邦对他则越来越猜忌，这就形成了他们之间的矛盾对立。再加上其他各种复杂因素不断掺入其中，导致双方关系越来越紧张。

韩信是被刘邦"玩"死的

其实，韩信这个人并没有太大的政治野心。张良重名节，韩信重实利。他母亲死后无钱下葬，自己找了一块荒岗高地将母亲掩埋了。他的理想是有朝一日封个万户侯，母亲坟地旁可以"置万家"。可是，韩信哪里知道，封建君王对"贤将"的要求，只能有"赴死"的忠诚，不能有

“言利”的欲望。在刘邦看来，打出的天下都应无条件归他刘邦一人所有，韩信却总想切下一块蛋糕归自己。

刘邦对韩信的戒心，是从攻打齐国开始的。这也是韩信命运的转折点。在这之前，韩信已创造了一系列辉煌战绩，战功赫赫，威名远扬。刘邦自己在正面战场上却一再受挫，很不顺利。两相对比，刘邦对韩信的军事才能产生了一些妒忌心理，对他执掌的军事实力急速膨胀也有了一些疑虑，于是在行动上开始对他有所掣肘。当时，刘邦正被项羽围困在荥阳；韩信打下赵国后，队伍正驻扎在修武休整，与荥阳隔黄河相望。刘邦由部将夏侯婴陪同，在夜里乔装打扮，渡过黄河，第二天一早潜入韩信营帐，夺走了他的印信，调走了他的精锐部队。又传回命令，让张耳留守赵国，命令韩信收拾残部前去攻打齐国。根据刘邦下达的这道作战命令，韩信把零星部队集结起来，整顿一番，便向齐国进发。不料，半路上得到一个消息，刘邦早已派郦食其前往齐国招降，不费一兵一卒，齐国的问题已经解决。这显然是刘邦使出的一个计谋。一方面，他要借助韩信挥师东征以来势如破竹的声威，让郦食其赶在韩信到达齐国之前，用三寸如簧之舌去“说服”齐国；另一方面，他有意要让韩信陷入一次“无功而返”的局面，削弱一下他锐不可当的气势，为自己担当的正面战场找回一点平衡。

韩信是胜利者，却不是一个清醒的胜利者。他在军事领域深谙兵法玄奥，在政治领域却连“知己知彼”的常识都没有。一方面，“知己”不够。他对于自己实力之强劲、处境之敏感，缺乏清醒的分析和估计，对于盛名之下可能给他带来的种种麻烦甚至危险，更缺乏足够的警惕。另一方面，“知彼”更不够，他全然不知道刘邦已在怎样地疑他、忌他、防他。因此，他不知道决定自己命运的要害在哪里，不知道什么可为，什么不可为，在行动上带有很大的盲目性，过于率性随情，大小举止皆失当。

他先是想，既然齐国已被郦食其“说下”，他攻打齐国的军事行动就可以停止了。不料，齐国有个辩士蒯通，前来投靠他。蒯通此人，窥测天下大势，觉得将来能够掌握天下命运的既不是项羽，也不是刘邦，而是他韩信。他鼓动韩信对齐国应该照打不误。韩信问他此话怎讲，蒯通说：“刘邦既然命令你攻打齐国，暗中又派郦食其来招降齐国，这种做法就不对。郦食其一个说客，凭三寸不烂之舌说降齐国，得到齐国城市七十多座。你率领几万大军打下赵国才得五十多城。将来论功行赏，你还不如他一个儒生的功劳大，岂不是天大的笑话？何况刘邦并没有正式通知你停止攻打齐国嘛，你还有什么好犹豫的，应该毫不动摇，打！”韩信一听，觉得有道理，好，打。这一仗，韩信利用潍河之水，淹杀齐军，攻下了齐国。

韩信打下了齐国，声威更大，更加举足轻重。用蒯通的话说，这时刘邦和项羽的命运都掌握在他韩信手里，他韩信“为汉则汉胜，与楚则楚胜”。刘邦早就看到了这一点，所以既千方百计笼住他，又想出一些办法来掣肘他。项羽也看到了这一点，也在这时派武涉前来游说韩信。恰恰韩信自己看不到这一点，天大的机会出现在他面前，他却“天予弗取，时至不行”。蒯通竭力鼓动他，第一步与刘、项“三分天下，鼎足而居”，然后再图下一步发展，后劲最大的是你韩信。并表示“臣愿披心腹，涂肝胆，效愚忠”，死心塌地要投靠他。蒯通所言，并没有违背当时的造反道德。天下亡秦，群雄并起，谁能把天下争夺到手就是谁的。一不靠公民投票，二不用举手表决，三不需法律程序，只凭实力。同是造反者，同为争天下，韩信与刘邦、项羽拥有同等权力、同等机会。如果韩信当时敢于喊出一声“王侯将相宁有种乎”之类的豪言，最终究竟谁能当上皇帝，真还难说。可是，韩信此人，纵有封侯之愿，却压根儿没有帝王之志。他一再向蒯通表示，“汉遇我厚，吾岂可见利而背恩乎！”蒯通怒其不争，仰天长啸：“时乎时，不再来”，“天予弗取，反受其咎；时至弗行，反受其殃”。说罢，装疯而去。

你说韩信多么昏吧，他既然不忍“背汉”，那就兢兢业业为刘邦把仗打好吧。可是不，他偏偏在这种敏感时刻，向刘邦开价，要求自立为“假齐王”，刘邦怎能不怒火中烧？蒯通鼓动他争天下他不想争、不敢争，又何必伸手去要个什么“假齐王”呢？蠢不蠢啊！刘邦迫于同项羽对峙的困难局面，为了防止不测，作为权宜之计，接受张良、陈平建议，封韩信为齐王。这样一来，局面是稳住了，但刘邦与韩信之间的疙瘩也结下了。韩信自以为从未萌生“背汉”之念，心里坦坦荡荡。可是以后的矛盾发展已由不得他，刘邦从此却要将捆扎他手脚的绳索一步步收紧了。

刘邦的用人之术，是一套将人摆布于生死间的封建权术。韩信在军事上纵有盖世奇才，在权术游戏中根本不是刘邦的对手。韩信是一只猛虎，刘邦也能将它牵在手里转场子赚钱。他可以违心地将韩信封为齐王，让韩信实实在在地感受到“汉王厚我”，使他即使面对蒯通和武涉的左右游说也“不忍背汉”。为了调动韩信参加垓下会战，又可以再次违心地加封给韩信一大片地盘，使他心甘情愿地前来殊死搏杀。可是，垓下会战把项羽彻底打败后，刘邦马上就给韩信颜色看。只是因为韩信立有盖世之功，如果操之过急，将他一棍子打死，恐天下不允，失去人心，所以第一步先剥夺他军权，改封为楚王。随后，又利用韩信狂傲自大、不善于处理人际关系的弱点，以有人告他“欲反”为借口，“用陈平谋”，在云梦将他逮捕，押回洛阳，杀尽他威风，贬为淮阴侯。从此，韩信愤恨难消，人际关系更加紧张，“羞与绛、灌等列”，树敌太多，周围环境对他越来越不利。最后，失去理智，策应陈豨谋反，招来杀身之祸，也是罪有应得。临死，韩信仰天长叹：“吾悔不用蒯通之计！”等他明白过来时，脑袋已经落地。

刘邦信也萧何，疑也萧何

最后说说萧何吧，萧何是“三杰”中唯一的善终者。在汉中，离张良庙不远，旅游图上标有“萧何月下追韩信处”。我问了一下那里的情况，说是现地没有什么标志性建筑，只立了一块石碑，偶然可以拣到几片碎瓦，别的没有什么可看。一想也是，萧何月下追韩信，兵荒马乱，荒山野岭，当时不可能在现地留下什么标记。所谓“萧何月下追韩信处”，也是后人半寻半猜的地点，不去看也罢。

封建制度的用人原则，本质上就是人身依附关系。萧何能够成为“三杰”中的唯一善终者，不是偶然的。萧何与刘邦是真正的老乡，刘邦是“沛公”，萧何是“沛人”。虽说韩信和刘邦、萧何也都是老乡，但彼老乡非此老乡。对刘邦来说，对韩信这样的老乡，可渭“老乡整老乡，杀你没商量”。而对萧何则不同，萧何不会用兵，对他没有“驾驭不住”之忧。

在刘邦心目中，真正知根知底的是萧何。刘邦起事前，就和萧何很要好。《汉书·萧何传》中讲了几件事：一、萧何是沛中小吏，刘邦为布衣时，萧何“数以吏事护高祖”。二、刘邦当了泗水亭长后，萧何“常佑之”。三、刘邦押送徭役去咸阳，别的官吏都给刘邦送钱三百，唯独萧何给了五百。《史记·高祖本纪》中讲了另一件事：吕雉的父亲犯了事，躲到沛县县令处避风。沛中官吏豪杰，听说县令家来了贵客，都备了礼金前来探望。萧何负责收礼接待，他大声宣布：“人太多啦，送礼不满一千的都到堂下去坐。”刘邦来了，分文未带，却写了一个假帖递进去，大声说：“我送一万！”萧何眼皮一翻，将刘邦放了进去。刘邦对所有客人都不放在眼里，径直坐了上座，喝得烂醉，从此与吕公混得烂熟，吕公将女儿吕雉许配给了他。司马迁通过这件小事，将刘邦骨子里的痞子气写得淋漓尽致。萧何是衙役小吏之流，想来与乡里这类痞子是混得稔熟的。刘邦与萧何，这等关系，谁能比得上？

史书上说萧何此人“以文无害”，用现在的话说就是“本事不大，但不坏”。又说他办事认真，负责课税，上缴最多。秦朝的监郡御史经过考察，觉得他很适合到朝廷去当差，准备推荐。萧何不愿离开本乡本土，推辞不去。从这件事可知，萧何很适合干机关工作。他后来跟随刘邦打进咸阳，别人都忙于掳掠金银财宝，他却急往秦宫收集简牍资料、法律文档、地图报表之类，这些东西后来对汉朝开国执政发挥了重要作用。

萧何对刘邦，真可谓死心塌地、全心全意。他把自己的身家性命连皮带骨统统倒进了刘邦的锅里，这一点是他与张良、韩信的根本区别所在。刘邦长年领兵在外与项羽作战，萧何开始几年“留守巴蜀，填抚谕告，使给军食”，很出色地完成了后勤保障工作。后来又留守关中，兢兢业业地“侍太子，治栎阳。为令约束，立宗庙、社稷、宫室、县邑”，并将粮食兵员源源不断从关中送往前线。事无巨细，桩桩件件都考虑得周到细致，只要报给刘邦，全都照准。有些事来不及奏报，他就付诸实行，刘邦回到京城时再补报一下，刘邦也很满意。萧何对刘邦忠到这种程度，刘邦对萧何就丝毫没有戒心了吗？非也！

刘邦的用人原则，“疑人”第一。《汉书·萧何传》说：“汉三年，与项羽相距京、索间，上数使使劳苦丞相。”什么意思？刘邦在前线与项羽对峙，战事艰难，却一次又一次派使者回长安来慰问萧何，说他在后方工作太辛苦啦。有个叫鲍生的，对刘邦这一举动咂摸出了味道，对萧何说：“汉王在前线暴衣露盖，非常艰苦。为了使汉王对你不起疑心，你何不动员你的子孙和亲属中凡是能当兵的都去当兵，使汉王觉得你把全族人的身家性命都交给了他，可以让他彻底放心。”萧何“从其计，汉王大悦”。这件事给刘邦留下了极深的印象。后来群臣争功时，许多人认为萧何一天也没有到过前线，一次仗也没有打过，把他的功劳说得那么大，老子不服！刘邦就说：“你们都只是独自一人跟随我打天下，多的也只有两三人。萧何举族几十人跟随我，你们能和他比吗？”萧何算是认准了一条，他的肉全在刘邦的锅里，有了刘邦的天下，才有他萧何的家业。

常听所谓“疑人不用，用人不疑”之说，帝王中是否真有人能做到这一条不知道，反正刘邦做不到。天下谁对刘邦最为忠心？萧何。可是，刘邦对萧何这样的忠心老臣，也是一疑再疑啊！韩信参与陈豨谋反，吕后串通萧何杀了韩信，刘邦从征讨陈豨的前线传回命令，正式立萧何为相国，加封五千户，专门配备一名都尉带五百名兵丁担任相国府警卫，待遇马上上去了。有个叫召平的，立刻提醒萧何说：“我看你要大祸临头了！如今陛下领军在外，你在宫中留守，一粒小石子也没有打到过你头上，你要什么五百警卫？淮阴侯刚刚闹过一次谋反，陛下为你配备五百警卫，并不是对你的恩宠，而是加倍防备你啊！”他劝萧何谢封勿受，并将自己家中的财物统统献出来，作为军费支援前线，以消释陛下心中之疑，萧何“从其计”。果然不出召平所料，“上悦”。不久，黥布叛乱，刘邦亲征讨伐，又一次次从前线派使者回京看望萧相国，询问他在后方操持国事的情况。又有人提醒萧何说：“我看你糊涂到极点，灭族之灾快了！你不想一想，你现在高居相国之位，一人之下，万人之上。陛下领军在外，担心你倾动关中啊！你现在应该多买田地住宅，让陛下知道你并无谋国之心，他才会对你放心。”萧何又一次“从其计，上乃大悦”。请看看，伴君之人，这叫过的什么日子？如果不是肠子拐了十八道弯的人从旁一次又一次及时提醒，萧何的脑袋能不能保留到最后，很难说。

萧何如此谨小慎微，而且那么大年纪的人了，刘邦居然还斥令毒打过他一顿。那是刘邦平定黥布叛乱后回到京城，许多人拦路告状，说萧相国强买田宅。萧何去宫里叩拜刘邦，见面就拜："皇上辛苦了！"刘邦笑道："看你做的利民好事，这么多人告你状！"说着把一沓状纸扔给萧何道："你自己去平息民愤吧！"萧何乘机向刘邦提了一条建议，说："长安地方狭窄，老百姓田地少，我看皇家猎苑内有不少空地，荒着也是荒着，不如让老百姓进去耕种算了，也不要收他们官税了。"刘邦勃然大怒："你受了他们多少贿赂，竟来动我皇家猎苑的脑筋，拖下去打！"打完关起来。天哪，你打死他萧何，他也不会对你刘邦起二心啊。过了几天，有位近身侍卫问刘邦："萧相国犯了什么大罪，你把他打得这么厉害？"刘邦道："我听说过去李斯做秦始皇的相国，有好事都归秦始皇，有坏事都揽到他自己头上。萧何倒好，为了讨好百姓，竟想拿我的皇家猎苑去做人情，他肯定受了贿赂，我教训教训他。"侍卫说："皇上这几年领兵在外，萧相国留守关中，如果他对陛下不忠，只要在关中稍有动作，关西的地盘就不是你陛下的了。他那样的大利不贪，怎会去贪一点小小贿赂呢？"刘邦被侍卫说得无话可讲，知道错了，赦出萧何。萧何年事已高，一向恭敬皇上，脱了鞋进去向刘邦叩拜谢罪。萧何为什么要脱了鞋进去？因为刘邦有时会怀疑进来的人鞋子里藏有暗器，萧何脱鞋而入，以解除刘邦的疑心。此刻，谁也想不到，刘邦竟会说出下面这样的话来："罢了，相国是贤相。我打你，是为了让天下老百姓都知道我这个皇上不是好皇上。"

屁话，一通屁话！刘邦脸不红，心不跳，用一通屁话将他的疑心病掩饰了过去。刘邦是个疑心病狂，他有一整套疑人术。他怀疑人不要任何理由，怀疑错了说几句屁话就可以掩饰过去，被冤者还得向他下跪谢恩。封建帝王是没有什么廉耻概念的，他们有时是人，更多的时候不是人。偶然也会讲出几句带有友情亲情人之常情的话来，却往往不一定是真心。他们更多的时候不讲人话讲鬼话，前说后赖，眨眼变脸，恬不知耻。一是一，二是二，耿直不阿之人，是做不了皇帝的。

看看刘邦与"三杰"关系的演变过程，我们大致可以知道，封建主义的用人原则是什么玩意儿。一言以蔽之，就是要求绝对的"忠君"，绝对的排斥异己，绝对的人身依附。在这种制度下，必然杀人如麻。从刘邦到吕后，将异姓王一个个斩尽杀绝，血淋淋地向我们展现了封建制度的本质特点。现代文明社会，提倡团结不同见解、不同经历、不同特点的人在一起共事，这大概也是“封建”与“民主”的根本区别之一吧。

2002 年 6 月

周勃、周亚夫父子

周　勃

周勃，沛人（今江苏沛县），刘邦的老乡。周勃的祖籍是卷（今河南叶县西南），是外来户。外来户能在当地找到靠山，一般都能死心塌地，相随到底。周勃是刘邦从沛县起兵时带出来的“嫡系”。他跟随刘邦东征西讨，身经百战，无论顺境逆境，始终如一，忠贞不贰。刘邦的识人之明、用人之量，或者说他的权术，在封建帝王中很少有人能比。哪些人只能暂时利用，不可长期共存；哪些人只可“用”，不可“靠”；哪些人既可“用”又可“靠”，他心里都有一本明细账。在刘邦心目中，周勃是心腹大将之一，绝对可靠，这一点他不会看错。

刘邦最后一次亲率大军平定英布叛乱时中箭负伤，回到长安，老病新伤一起发作，御医回天无术。刘邦认为人寿在天，不肯再治。吕后到病榻前俯下身去，问他：“陛下百岁后，假如萧相国也死了，哪些人可以委以重任，托付国事？”刘邦说：“曹参可以。”吕后又问：“还有谁？”刘邦答：“王陵可以，‘然陵少戆’，缺点心计，可以让陈平辅助他。”陈平这个人心里什么都明白，但软弱，独当一面不行。接着，刘邦重点提到周勃，他说：“周勃重厚少文，然安刘氏者必勃也，可令为太尉。”这是刘邦向吕后交代得最为踏实的一位，明确指示要把兵权交给周勃。其他人一旦握有兵权，说不定会起“谋国”之心，周勃不会，刘邦放心。

周勃投入刘邦起义军之前，以编织芦席苇箔为生，还经常给出丧人家吹箫办丧事。箫是一种高雅的古典乐器，挺难吹。周勃把吹箫当作混饭吃的营生之一，这同他“木强敦厚”的性格不太相符，但也养成了他粗中有细的一面。他投奔刘邦起义军后，成为一名力挽强弩的弓箭手。由于作战勇敢，战功卓著，一步一步被提升到独当一面的大将军，最后当到太尉，后来又当丞相。即使到了这样的高位，周勃说话办事仍然很“粗”。《汉书·周勃传》中说，他每次找文人谋士们来说事，往往一坐下就训斥他们，你们别来之乎者也那一套，老子听不懂，都用土话跟我说，快讲！这同朱元璋当了皇帝之后仍然改不了过去的说话习惯一样，在御批中经常使用一些俚语俗语口头语，令大臣们读之掩口鼻而笑。当皇帝、当将军，能像他们两位这样，当出自己的本色来，不去拿腔拿调，这一条挺可爱。

周勃一生的赫赫战功，可以分成四个阶段。第一阶段，他跟刘邦起兵反秦，艰难转战，胜败交错，从沛县一直打到关中。第二阶段，楚汉战争期间，周勃是平定三秦、巩固关中、打败项羽的主要功臣之一。第三阶段，刘邦称帝后，各地异姓王纷纷叛乱，周勃成为刘邦平定各地叛乱的得力主将。尤其是平定燕王卢绾在代国（都今山西代县）叛乱时，刘邦已经病重，不能亲征。他本来想让相国兼将军的樊哙挂帅出征，有人告发樊哙与吕后结党营私（樊哙是吕后的妹夫，与刘邦是连襟），准备在刘邦死后篡权。刘邦削去樊哙职务，改任周勃为统帅，把平定北方叛乱的军事重任全盘托付给了周勃。周勃认真贯彻刘邦剿抚并举的策略，很快攻克了燕都蓟（今北京丰台），燕国官员将士纷纷倒戈来降。卢绾带着家眷和随从向北逃窜，周勃连续追击，先后攻克了沮阳（今河北怀来），平定了上谷郡十二县、右北平十六县、渔阳郡二十二县、辽西和辽东二十九县。一直在逃的陈豨，也被周勃围堵斩杀于当城（今河北蔚县东北）。至此，代地大定。第四阶段，刘邦去世后，周勃为诛灭诸吕集团起了关键作用。

周勃彻底平定了北方叛乱，回到长安，刘邦已经驾崩。太子刘盈继位，是为汉惠帝。刘盈软弱，大权操在吕后手中。“吕后为人刚毅，佐高祖定天下，所诛大臣多吕后力”，这三句话是对她的正面评价。但另一方面，吕后心狠手辣，千古罕见。刘邦生前宠幸戚夫人，也最喜欢戚夫人生的小儿子刘如意，几次想废太子刘盈，改立刘如意为太子，虽然事情没有搞成，但吕后对戚夫人母子恨之入骨。刘邦一死，吕后就开始报复，先把戚夫人囚禁起来，然后召赵王刘如意进京。赵相周昌知道吕后要杀刘如意，不放刘如意进京。吕后大怒，先召周昌进京，再召刘如意。汉惠帝刘盈心慈，为了保护弟弟刘如意，亲自到霸上去迎接，一起入宫，“自挟与赵王起居饮食”。太后想杀刘如意，无法下手。一天早晨，惠帝起早打猎，刘如意年少贪睡，被吕后逮到机会，派人用鸩酒将刘如意灌死。接着，吕后“断戚夫人手足，去眼，煇耳，饮瘖药，使居厕中，命曰‘人彘’”，然后领着儿子汉惠帝刘盈去看。“惠帝慈仁”，眼看戚夫人竟被母后残害成这样，“乃大哭，因病，岁余不能起”。汉惠帝托人转告母后说：“这简直不是人做的事！我虽然是你的儿子，但我治不了天下。”从此不再听政，纵酒淫乐。

又一次，齐王刘肥来朝，汉惠帝觉得刘肥毕竟是自己的哥哥（异母），以家礼相待，请齐王坐上座，自己坐下座，“燕饮于太后前”。吕后大怒，叫人倒来两杯鸩酒，逼着齐王向惠帝敬酒祝寿。齐王端着酒杯起立，汉惠帝也端着酒杯起立，吕后大惊失色，一甩手把汉惠帝手里的酒杯打翻了。齐王觉得蹊跷，佯装醉酒而去。回头一打听，知道刚才端到手里的果然是杯毒酒。刘肥担心这次是出不了长安了，问计于随他进京的齐国内史。刘肥依内史计，将齐国的城阳郡献给吕后的女儿鲁元公主为“汤沐邑”，并尊鲁元公主为“太后”。“吕后喜，允之”。刘肥与鲁元公主是同父异母兄妹，鲁元公主的丈夫是赵王张敖，他们的儿子张偃被封为鲁王。刘肥尊鲁元公主为“太后”，等于把自己降为与张偃同辈，故意在吕后面前当“矮人”。刘肥这才侥幸脱险，回到齐国。

汉惠帝在位七年，郁郁而死，死的时候只有二十三岁。吕后杀心太重，树敌太多，权欲又太大。刘邦死了，唯一的亲生儿子汉惠帝刘盈也死了，她想临朝称制，担心的事就多了。她为儿子汉惠帝发丧时“哭而不悲，泣而不下”。张良的儿子张辟彊，只有十五岁，是汉惠帝生前的贴身侍中，很聪明。他猜出吕后的心思，对丞相说：“汉惠帝驾崩，太后要临朝称制，怕你们这些开国元勋不服，她正在琢摸对付你们的办法。你们不如请她的几个侄子吕台、吕产、吕禄为将，让他们掌握宫廷禁卫南军和北军，把吕家的其他一些人也都请进宫来当差，这样太后就安心了，你们也可以躲过眼前的灾祸。”大臣们都知道吕后手段毒辣，小不忍乱大谋，就依侍中张辟彊所说的办，去跟吕后一说，吕后这才“哇”的一声哭了出来。

葬了汉惠帝，吕后就动议要封诸吕为王，右丞相王陵坚决反对，刘邦临终前说王陵少点心计，一点不错。他与吕后当面争执起来，吕姓子弟为将可以，但封王绝对不行。他说，高帝生前曾杀白马立下血誓，“非刘氏而王，天下共击之”！吕后又问左丞相陈平和绛侯周勃，陈、周二人却回答说，高祖得天下，封刘氏子弟；今太后称制，封吕氏昆弟诸吕为王，也未尝不可。王陵一听，气得难以形容。罢朝后，王陵去责问陈平、周勃：“高祖生前的约定你们都忘了吗!”陈、周回答说：“你敢于在朝廷上与太后当面争执，这一点我们不如你；但为保全社稷、安定刘氏之后考虑，在这一点上你却不如我们。”陈平、周勃的意思是要从长计议，不可一时冒失。周勃这位会吹箫的粗人，关键时刻显示出他粗中有细的一面来了。王陵一听，无话可说。吕后剥夺了王陵的相权，任命他为“帝太傅”，叫他去当小皇帝的老师，王陵不干，称病回乡。

说起继位的小皇帝，又见吕后的刻薄心计，世上少有。她为了把刘氏江山“嫁接”到吕氏血统上，挖空心思，连伦常都不顾了。当初汉惠帝即位时，她竟把自己的外孙女（鲁元公主的女儿）配给自己的儿子汉惠帝当皇后。可是这位张皇后不生孩子，吕后又想出一计，后宫有位美人，与吕家人私通怀孕，她让张皇后也假装怀孕，那位美人生下儿子后即被杀掉，把孩子抱来冒充张皇后所出，立为太子。汉惠帝死后，太子继位。这位少帝渐渐长大懂事，知道了自己的身世，气愤地说：“等我长大了一定要为母亲报仇。”这句话被吕后知道，少帝被幽禁而死，另立恒山王刘义为少帝。刘义原名刘山，他和刘强、刘不疑等五名汉惠帝的“后宫子”，实际上都是吕氏兄弟子侄淫乱后宫的私生子，被冒充成汉惠帝与宫妃所生，封王的封王，封侯的封侯。以上两位少帝，都是吕后用来当摆设的，在《中国历史年表》中查不到他们的名号。

吕后大封吕氏家族，形成权势显赫的“诸吕”集团，主要人物有：

吕后父亲吕公，追封为宣王。

吕后长兄吕泽一门：吕泽被追封为悼武王；长子吕台被封为郦侯、吕王；次子吕产被封为交侯、吕王；孙子吕嘉被封为吕王；另一名孙子吕通被封为燕王。

吕后次兄吕释之一门：吕释之被封为建成侯；长子吕种被封为沛侯；少子吕禄被封为赵王、吕王。

吕后姐姐的儿子吕平，被封为扶柳侯。

吕后妹妹吕嬃，被封为临光侯。

其他还有：俞侯吕他、赘其侯吕更始、吕城侯吕忿、东平侯吕庄、祝兹侯吕荣，等等，真可谓“一荣俱荣”。

除此之外，吕后还把许多吕家女子强行配给刘姓诸侯王做王后，以便控制。赵王刘友，不爱强配给他的吕王后，爱别的王姬。吕王后向吕后恶告，刘友被吕后幽禁起来，不准给他送饭，活活饿死。刘友死后，吕后迁梁王刘恢为赵王，又把她侄子吕产的女儿强配给刘恢为王后。这位吕王后更厉害，把刘恢的爱姬一个个全都毒死。刘恢心灰意冷，自杀了之。

吕后称制八年，病重而死。她临终前知道情况不妙，嘱咐吕禄、吕产牢牢控制南军和北军，不要为她送葬，不要离开宫殿，以防不测。

实际上，刘氏家族和汉室老臣们同诸吕集团的一场生死决战，早就在悄悄酝酿之中。有位很有学问的太中大夫陆贾，曾跟随刘邦定天下，并对刘邦讲过“马上可以得天下，马上却不可治天下”的著名观点。吕后专权，他告病在家。眼看诸吕横行，陈平忧郁不乐，他知道陈平为什么发愁，上门拜访。他对陈平说：“天下安，注意相；天下危，注意将。将相和，众心齐，才能办成大事。你应当和绛侯周勃将相联手，否则靠你一个人的力量扭转不了局面。”一句话把陈平的心思点透，于是陈平和周勃联手密商，陆贾又从中协助，多方沟通，使汉廷公卿都心中有数。

这时，宫廷警卫军都掌握在诸吕集团手中。吕禄为上将军，控制着北军；吕产为相国，控制着南军。诸吕知道忠于刘氏的老臣们不服，他们准备发动宫廷政变，篡夺刘氏天下。诸吕的密谋计划被吕禄的女婿刘章知道，刘章是刘邦长孙、齐王刘襄的弟弟。刘章派快马把消息送到齐国，让刘襄迅速起兵攻进长安，他与三弟刘兴居在长安做内应，诛灭诸吕，夺回刘氏天下。刘襄早有此心，得到消息，准备立即起兵进攻长安，不料遭到齐相召平的反对，召平派兵把齐王宫廷包围起来，中尉魏勃拥护刘襄出兵，起兵反围召平相府，召平被迫自杀。于是刘襄打出诛灭诸吕的旗号，首先攻打诸吕在东部的据点吕国（原济南郡）。

相国吕产得到刘襄攻打吕国的消息，派大将灌婴领兵前去镇压。灌婴进军至荥阳，停下。派人通知刘襄暂停西进，先与各地刘姓王联络，共商灭吕大计，然后联合行动，以求一举成功。

周勃、陈平也在京城长安开始行动。由于吕禄、吕产牢牢控制着南军和北军，周勃虽是太尉，却无法进入军中调兵。周勃与陈平知道郦商的儿子郦寄与吕禄有深交，把郦商找来，申明厉害，要他让儿子郦寄去说服吕禄交出将印。吕禄想交，遭到吕嬃一顿臭骂，没敢交出。

郎中令贾寿从齐国回来，把灌婴正在联合齐、楚准备诛灭诸吕的消息告诉了吕产，并要他赶快进宫，掌握少帝，控制局面。这些话又被御史大夫曹窋在一旁听到，他火速去告诉了周勃和陈平。

周勃闻讯，立即行动。但他手中没有将军印，忽生一计，求得符节令纪通的帮助，拿了皇帝的手节，假冒“传诏”，得以进入北军官衙。周勃让郦寄和典客刘揭走上前去，诈吕禄说，皇上已经命令太尉领北军，要吕禄赶快交出将印，以免遭杀身之祸。吕禄信以为真，交出将印，周勃终于将北军的指挥权夺到手。周勃手持将军印进入北军军营，当众宣布：“拥护吕氏的袒露右臂，拥护刘氏的袒露左臂！”话音刚落，全体将士全部袒露左臂。军心所向，一清二楚；周勃下令，一呼百应。

这时，掌握南军的吕产不知吕禄已经交出北军，他得到郎中令贾寿从齐国带回的消息后，立即赶往未央宫，准备发动政变。这时陈平派刘章赶往北军协助周勃。周勃一面派曹窋快去通知未央宫卫尉，不得放吕产进入未央宫殿门；一面派刘章带领一千多士兵赶往未央宫去保卫少帝。

刘章带兵来到未央宫前，遇见吕产正在殿外徘徊，刘章下令追杀。吕产逃到郎中府吏的厕所中，被杀。刘章又从未央宫赶往长乐宫，杀死长乐宫卫尉吕更始。然后，刘章赶回北军，向周勃复命。周勃起身向刘章拜谢说：“我最担心的就是吕产，你把他杀了，天下定矣！”

周勃控制了宫廷中枢，也就控制住了全局。他下令搜捕诸吕，将诸吕集团彻底消灭。

大臣们商议，应该废掉汉惠帝的假子少帝，改立新帝。齐王刘襄是刘邦的长孙，又是最早发兵灭吕，功劳最大，有人主张立他为帝。但有人提出，刘襄的母亲也很凶悍，要接受吕后的教训。

商议结果，不少人提出刘邦的四子代王刘恒，是刘邦在世儿子中年龄最大的一位，为人忠厚。都说立长为顺，就立他。刘恒的母亲薄氏出身寒微，品行谨良。从帝、母两方面来考虑，都认为立刘恒比较稳妥。于是迎立代王刘恒，是为汉文帝。

这时刘章三弟刘兴居主动向周勃请战说，消灭诸吕，他还没有立功，要求把驱逐少帝、迎接新帝的任务交给他去完成，周勃说好。刘兴居与太仆滕公一起入宫，滕公对少帝当面宣布："足下非刘氏，不当立。"随即请少帝上车，离开了未央宫。

刘、滕两人又护新帝的皇辇来到代王官邸，迎接新帝刘恒即位。新帝刘恒的皇辇来到未央宫前，原先派往未央宫阻止吕产进入殿门的卫兵还在，他们持戟不让新帝进入。刘兴居迅速向太尉周勃报告，周勃一道令下，立即将他们撤走。新帝刘恒得以入殿即位，周勃为他换上了新的宫廷警卫。

诛灭诸吕的军事行动，周勃是总指挥，立下大功，"文帝即位，以勃为右丞相，赐金五千斤，邑万户"。

但是，在随后的日子里，周勃却进入了他人生达到辉煌顶点之后的尴尬期：心理失衡，进退失据，无所适从。不久就有人来劝周勃说："你灭诸吕、立文帝，居高位、得厚赏，久则必祸。"周勃害怕起来，主动向汉文帝辞去了丞相之位。

一年后，陈平去世，文帝又重新起用周勃为相。又过了十来个月，大概汉文帝觉得周勃使用起来不顺手，就对周勃说："我已下诏，命列侯们去各自封地，有的人不想离开京城。丞相为朕所倚重，希望你带个头，到封地去吧。"

周勃"乃免相就国"，去了绛县（今山西侯马）。

周勃觉得自己已经失去了皇上的信任，从此心里一直很紧张。河东郡郡尉每次巡守各县来到绛县，周勃都以为是来抓他、杀他的，每次都如临大敌，披甲相迎，并让家里人也都“持兵以见”。其实周勃一生没有做过任何亏心事，他莫名的恐惧感，来源于“自古名将少善终”的心理反应。韩信的军事才能和功勋远在周勃之上，被杀了；彭越和英布都参加过垓下会战，也都被杀了。现在他觉得汉文帝也不信任他了，他怎能不紧张？有人根据他的“反常”举止，告发他“谋反”。

汉文帝派廷尉将周勃逮捕，押回长安受审。周勃嘴笨，不知道怎样为自己辩解，狱吏们都污辱他。周勃以千金贿赂狱吏，狱吏在木牍背面写了“以公主为证”几个字，假装看文牍，把背面这几个字亮给周勃看。公主即文帝女儿，许配给周勃长子周胜之为妻，狱吏暗示他请公主出来为他做证并无谋反之意。狱吏哪里知道，公主与他儿子周胜之感情不和。

这时，幸亏汉文帝的舅舅、车骑将军薄昭出来为周勃说情。周勃平时受了封赏，把很多钱财都赠送给了薄昭，两人有交情。薄昭去找他姐姐薄太后（汉文帝母亲）说，周勃是功臣，绝无谋反之事。薄太后觉得儿子办了一桩糊涂事，汉文帝上朝时，她去找儿子，气得她把头巾摘下来向汉文帝扔了过去，怒斥道：“你也不想想，绛侯当时拿了皇帝的手节到北军去夺下吕禄手中的兵权，他当时不反，现在去了一个小小的绛县，无权无势，倒要反了？”文帝知道弄错了，赦免周勃无罪，恢复绛侯爵邑。

周勃出狱时感叹道：“吾尝将百万军，安知狱吏之贵也！”他说，我身为统兵百万的大将军，落在一个小小狱吏手中，他整起人来也不得了啊！

周勃死后，长子周胜之终因与公主婚姻不睦，又牵涉进一桩杀人案子，被杀，爵位被除。

一年后，汉文帝从周勃儿子当中找到一位表现好的河内太守周亚夫，封为条侯，袭其父亲爵位。

周亚夫

周亚夫的人生经历，几乎和他父亲周勃一模一样：西汉名将，官至太尉，当过丞相。周亚夫的生平事迹可以概括为三件大事：从严治军细柳营；平定吴楚七国之乱；晚年在狱中绝食而亡。

周亚夫成名不是在战场上，而是在细柳营兵营内。周亚夫是中国古代从严治军的典范，后人知道得最多的也是他治军细柳营的故事。

汉文帝后元六年（前 158 年），匈奴六万铁骑南下，边燧烽火一路传到长安，朝廷告急。汉文帝对北线防御和京城防卫做出紧急部署："以宗正刘礼为将军，军霸上；祝兹侯徐厉为将军，军棘门；以河内守亚夫为将军，军细柳"（《汉书·周亚夫传》），加强京城长安的防卫。

部署完毕，汉文帝亲临长安周围兵营视察、劳军。他先到了霸上营、棘门营，然后来到细柳营。只见营门紧闭，卫兵披甲执锐，拒不开门。廷尉上前通报说："皇上来了！"士兵回答说："军营只闻将军之令，不闻天子之诏。"

汉文帝只得派人持节进去通知周亚夫本人，周亚夫这才下令打开营门，迎候皇上一行入营。营门卫兵又叮嘱皇上随行人员："军营中不得驱驰。"汉文帝等一行人只骑马缓行。来到中军帐前，周亚夫全身披挂甲胄，对汉文帝揖而不拜道："介胄之士不拜，请以军礼见。"

汉文帝将几处军营内的观感一比较，其他两处兵营内纪律松弛，各色人等随意出入，唯独细柳营威严有加，对周亚夫治军之严大加赞赏，对左右随从说："此真将军也！"这使周亚夫一举成名。

这件事周亚夫带点幸运，他遇上的是性格温和的汉文帝刘恒，如果遇上一位性格暴烈、心胸狭隘的帝王，他这样做，极有可能被扣上"犯上"的帽子，掉脑袋。汉文帝刘恒遭到卫兵阻拦之后，居然还赞赏周亚夫从严治军，有气量，有风度；在这种情况下，一般的帝王恐怕更在意自己的尊严受到了冒犯。后来汉文帝临终前曾向太子刘启（汉景帝）留下遗嘱："即有缓急，周亚夫真可任将兵。"这同刘邦临终前向吕后交代"周勃重厚少文，然安刘氏者必勃也"异曲同工。

周亚夫在战场上出名，是平定吴楚七国之乱。

发动七国之乱的都是刘姓王，这就值得研究。秦始皇早就看清，诸侯王纷争，是战乱不止的根源。所以秦始皇下决心废分封、置郡县，搞中央集权制，以防战乱再起。但由于秦始皇对其他方面的许多问题没有处理好，秦王朝的天下还是很快就被拱翻了。项羽和刘邦从反面接受教训，又回到了分封制的老路上去。项羽天下还没有真正到手，就在戏西分封了十八位诸侯王，结果一场混战起，天下被刘邦夺了去。刘邦得了天下，分封了七位异姓王、一大批刘姓王、一百四十位列侯。刘邦死后，吕后又大封诸吕。历史证明，不管是异姓王、吕姓王、刘姓王，最后都成了引发战乱的根源。

刘姓王势力的形成和膨胀，经过了两个阶段。

第一阶段，形成于刘邦时期。刘邦削平异姓王后，先后分封了十一位刘姓王。

刘邦共八子：长子刘肥（曹夫人所生）封为齐王；次子刘盈（吕后所生）立为太子（即后来的汉惠帝）；三子刘如意（戚夫人所生）封为赵王；四子刘恒（薄夫人所生）封为代王（后来的汉文帝）；五子刘恢（宫妃所生）封为梁王；六子刘友（宫妃所生）封为淮阳王；七子刘长（赵姬所生）封为淮南王；八子刘建（宫妃所生）封为燕王。另外还有刘邦之兄刘喜（又名刘仲）封为代王；刘邦之弟刘交封为楚元王；刘邦堂弟刘贾封为荆王；刘邦长侄刘濞（刘仲之子）封为吴王。

第二阶段，膨胀于汉文帝时期。诛灭诸吕集团后，代王刘恒被立为汉文帝。汉文帝刘恒是个安分守己、胆小怕事的人，他在诛灭诸吕集团中没有任何作为，却让他拣了个便宜，当上了皇帝。其他皇子皇孙内心不服，汉文帝自己也知道这一点。他为了摆平天下，又先后封了十七位刘姓诸侯王，其中大部分已是刘氏皇族的第三代，个别的已是第四代。这些刘姓王都各自为政，势力不断膨胀，与朝廷分庭抗礼，问题越来越大，西汉王朝再次陷入危机。在吴楚等七国叛乱之前，已经发生了两起诸侯王叛乱事件。

第一起，济北王刘兴居叛乱。刘兴居是刘邦长子齐王刘肥的第三子。诛灭诸吕集团时，刘邦长孙、刘肥长子齐王刘襄率先起兵反吕，刘襄的二弟刘章、三弟刘兴居在京城长安协助周勃、陈平诛灭诸吕集团出力最多，功劳最大。诛灭诸吕集团后，曾议定封刘章为赵王，封刘兴居为梁王。但汉文帝处理这件事有些小家子气，他听说刘章和刘兴居曾主张迎立他们的兄长齐王刘襄为帝，心中不快，将二人降格而封，从齐国刘襄名下割出两郡为国，封刘章为城阳王（今山东莒县），封刘兴居为济北王（今山东长清县）。对此，刘襄兄弟三人极为不满。刘章一年后就病死了，没有来得及闹事。刘兴居一直耿耿于怀，咽不下这口气。汉文帝三年（前 177 年），匈奴入侵，汉文帝命丞相灌婴调集大军北上抗敌。刘兴居乘机发动叛乱，准备攻占中原战略要地荥阳。汉文帝怕内乱甚于怕匈奴，立即下诏与匈奴议和罢战，命柴武大将军率十万大军回师镇压刘兴居叛乱，同时对刘兴居手下的官兵实施赦免分化政策，剿抚两手并用，刘兴居叛军顷刻瓦解，刘兴居被俘后自杀。

第二起，淮南王刘长叛乱。刘长是刘邦第七子，一向放纵骄横，“数不奉法”。汉文帝对他宽仁，他跟随汉文帝去皇苑狩猎，与汉文帝同坐一辆皇辇，称汉文帝“大兄”，不称皇上。辟阳侯审食其是朝廷信臣，竟被他一锥击杀。他在自己的封国内赶走朝廷命官，自己任命丞相，自行封爵九十四人（按西汉法律，各诸侯国主要官员均由朝廷任命派驻）。汉文帝让舅父薄昭写信对他进行劝诫，他极为不满。汉文帝六年（前 174 年），他与柴武将军的儿子柴奇等人密谋，准备在谷口（今陕西西安北）发动叛乱，并遣使匈奴、闽越，请他们出兵援助。他的叛乱阴谋被朝廷侦破，汉文帝下诏传刘长进京，丞相张苍等都主张以反叛罪将他处死，但汉文帝“不忍”，仅将其他涉案人员统统处死，赦免刘长死罪，剥夺爵位，流放蜀地。刘长行至雍（今陕西咸阳东南），绝食而死。

这两起刘姓王的叛乱事件，引起朝廷重视，开始了削藩之议。最先主张削藩的是贾谊，他是汉文帝少子梁王刘揖的太傅。贾谊写给朝廷的这篇奏文，议论精彩部分，被后人冠以《治安策》篇名，收进了《古文观止》。贾谊分析了刘邦生前异姓王纷纷叛乱的历史教训，发现一条规律，“大抵强者先反”，“淮阴王最强，则最先反”；“卢绾最弱，最后反”；长沙王吴臣更弱，只有二万五千户，始终未反。据此，贾谊向朝廷提出了一条建议，“众建诸侯而少其力”。也就是说，他建议把现有的诸侯国统统划小、分解，一层层地分封给这些诸侯王的儿子辈、孙子辈。使他们国小人少，想反也难。但朝中的老臣们认为贾谊“年少初学”，照他的主张去做，非把天下搞乱不可。

太子刘启的家令晁错，也上奏朝廷，“请削诸侯”。

汉文帝怕得罪老臣，不敢按照贾谊和晁错的建议大刀阔斧地削藩，只是谨慎地采取了一些相应措施。例如，袭齐王刘肥位的刘肥孙子刘则（刘襄之子）死后无子，汉文帝将齐国一分为六，分封给刘肥的六个儿子（齐王刘将闾、济北王刘志、菑川王刘贤、胶东王刘雄渠、胶西王刘印、济南王刘辟光）。同年，又将淮南王刘喜（刘章之子）迁城阳王。城阳也在齐国境内，这样，实际上把齐国肢解成了七国。淮南王刘喜迁走后，又将淮南一分为三，分封给原淮南王刘长的三个儿子（淮南王刘安、衡山王刘勃、庐江王刘赐）。汉文帝的这些措施，只敢动小刀，不敢动斧子，没有解决根本问题。

汉文帝在位二十三年而亡，太子刘启继位，是为汉景帝。汉景帝起用晁错为御史大夫，晁错竭力主张削藩，尤其主张拿实力最强、野心最大、最不守法的吴王刘濞开刀，“削其支郡”。他认为吴王刘濞“今削之亦反，不削亦反。削之，其反亟，祸小；不削之，其反迟，祸大”。汉景帝年轻气盛，采纳了晁错的建议，削藩！

在着手削藩之前，汉景帝首先对自己的根基进行加固，封六位皇子为王（长子河间王刘德、二子广川王刘彭祖、三子淮阳王刘余、四子汝南王刘非、五子临江王刘阏、六子长沙王刘发）。他把六位皇子的封国变成制衡其他诸侯王的重要力量。

汉景帝开始削藩，先追究了三位诸侯王的旧账。其一，楚王刘戊因上年为薄太后守丧期间私奸，削去东海郡；其二，赵王刘遂两年前也有犯罪行为，削去常山郡；其三，胶西王刘印卖爵，削去六县。

然后，一刀捅向实力最强的吴王刘濞，下诏削去吴国会稽、豫章二郡。这一下，他从老虎嘴上拔下两根须，刘濞哪里受得了这等刺激？“唬”的一下扑了过来！

据《汉书·吴王濞传》记载，刘邦在世时，荆王刘贾在抵抗英布叛乱时兵败身亡后，刘邦觉得东南方向急需有一位“壮王”去填补那里的空缺。当时皇子们大都尚未成年，而长侄沛侯刘濞已经二十岁，就立他为吴王，辖地“三郡五十三城”，仅次于刘邦长子刘肥的齐国，是第二大诸侯国。

任命诏书公布后，刘邦找刘濞去谈话。在此之前，叔侄俩从未见过面。刘邦一见刘濞，“若状有反相”，心里特别后悔。但成命难以收回，刘邦拍着刘濞的后背说，“倘若五十年后东南方向发生叛乱，这就中了邪了。记住，小子哎，你是刘姓子弟，可不能谋反啊!”

刘濞顿首曰:“不敢!”

刘邦死后，一则天下初定，二则吕后忙于弄权，“诸侯各务自拊循其民”，诸侯各国自己想办法解决财政问题。吴国地理条件优越，东临大海，豫章郡（江西）又有铜矿。刘濞广罗天下流寇逃犯，“盗山铸钱，煮海为盐”，搞得比哪个诸侯国都富，“百姓无赋，国用饶足”。这是刘濞长期闹独立性的经济基础，老百姓都拥护他。

刘濞与朝廷闹矛盾，还有一个重要的感情因素。汉文帝在位时，刘濞的太子去京城长安，与皇太子（即后来的汉景帝）一起饮酒赌博，发生争执，吴太子及其随从对皇太子不恭，皇太子竟把吴太子杀了。朝廷方面派人将吴太子尸体运回吴国安葬，刘濞回敬道:“天下一宗，死长安即葬长安!”又把太子尸体运回长安发丧。双方从此结怨，刘濞二十多年称病不朝，不行藩臣之礼。

汉文帝当然很不满意，吴国使臣每次进京，都被朝廷拘押或责罚。有一年，吴国使臣去长安“秋请”（这是西汉诸侯国对朝廷的藩礼制度，一年两次进京，春为“朝”，秋为“请”），汉文帝亲自审问吴国使臣，使臣回答道:“察见渊中鱼，不祥。”意思是说，皇上对下面的事情该糊涂时糊涂一点为好，如果把深渊中的鱼都看得一清二楚，反而不好。吴王称病不朝，他确实是在装病，皇上追查得越紧，他的顾虑越大，心里越来越紧张。这个“结”不能让它越抽越紧，还是由皇上主动把它解开为好。汉文帝一听有道理，于是把拘押在长安的吴国使臣统统赦免放回，并赐给刘濞几根拐杖，捎话给他说，你年纪大了，可以不来朝见。这样一来，汉文帝与刘濞的矛盾暂时得到缓解，二十多年无事。

汉文帝驾崩，太子刘启即位，是为汉景帝。汉景帝比父皇强硬，他采纳晁错的削藩建议，把矛头直指刘濞，使多年压下的矛盾被彻底激化了。

景帝三年（前154年）春三月，削去吴国会稽、豫章二郡的诏书尚未送到吴国，消息已经飞快地传到吴都广陵（今江苏扬州），刘濞当即跳了起来，老子反了！

当时，诸侯各国都被朝廷的削藩举措搞得十分恐慌。刘濞决心联合其他诸侯王共同举兵，与朝廷斗个鱼死网破。他知道胶西王刘印骁勇好斗，因卖爵之事刚被削去六县，对朝廷怨气很大，派人秘密前往，先与刘印取得联络。刘印开始顾虑较大，吴国使者对他说，事成之后，吴王将与他“二主分割，共同称帝”。他经不住诱惑，答应起兵。刘濞为了保险起见，又亲自潜至胶西与刘印会面，敲定起兵事宜。刘印手下的群臣都反对说，如今一个皇帝都乱成这样，将来二帝相争，岂不更要乱套！但刘印反意已决，不听劝谏。

刘濞先后联络了胶西、楚、齐、菑川、胶东、济南、济北、赵八国，加上吴国本身共九国。由于齐王悔约退出；济北王因都城城墙倒塌，被郎中令挟持，推托说要修筑城墙，也没有参加，最后是七国起兵。

楚王刘戊、赵王刘遂对朝廷削地怨气极大，反叛决心更为坚定。楚王刘戊把反对他起兵的丞相张尚和太傅赵夷吾杀掉；赵王刘遂也把反对他起兵的赵相建德、内史王悍杀掉。赵王刘遂提前领兵到赵国西部边界，等待吴王刘濞的军队到来；他还派使者前往匈奴，鼓动匈奴一起出兵攻汉。

朝廷把削地诏书送到吴都广陵，刘濞下令杀使毁诏，并把朝廷派驻吴国的二千石以下官员统统杀掉。当年刘濞六十二岁，少子十四岁。他发布了一道战争动员令，以他父子两人的年龄为上限和下限，征召十四岁至六十二岁的男丁参战，共募集到二十余万人，又从闽越征召十多万人，组成三十万大军，浩浩荡荡，从广陵出发，渡淮西进。

刘濞任命田禄伯为大将军，田禄伯向刘濞建议说：“几十万大军成一路西进，难以成功。我愿领五万兵，从水路西进，收淮南，下长沙，入武关，与大王会师关中。”这个作战方案虽然不算新奇，但也不失为奇正之法，中路为主力，南路为穿插。刘濞本想同意这一方案，但太子私下对他说：“你这次起兵是反叛朝廷，一兵一卒都不能借给他人。假如让田禄伯带走五万人，万一他转过身来反你，为朝廷效命，你怎么办?”于是刘濞不敢分兵。

还有一位年轻的桓将军，也向刘濞建议说："吴楚军以步兵为主，汉军多车骑，步兵利于险地，车骑利于平地。吴楚军西进时，对一路上的城邑都不要去管它，应该以最快的速度去抢占洛阳武库、敖仓粮库及函谷险关。这样，即使不进关中，据险守关，关东的天下也是你吴王的了。否则，如果一路上攻城略地向西推进，许多城邑急攻难以攻下，进军速度太慢，汉军一旦出关，疾驰东下到达梁楚边境，我们就败定了。"

刘濞征求老将们的意见，老将们却说，他一个小毛孩子，让他去打冲锋可以，他懂什么深谋大略。于是，桓将军的这一建议也没有被采纳。刘濞徒有反叛之心，但他本人却毫无军事谋略，又不听部属建议。他亲率几十万大军，一字长蛇阵，遇城攻城，向西缓慢推进。

刘濞起兵时，致书遍告各国诸侯，宣示起兵理由说：晁错贼臣，惑乱皇上侵夺诸侯之地，挑拨刘氏骨肉，绝先帝功臣，诳乱天下，欲危社稷。陛下不能省察，故起兵"请诛晁错以清君侧"。

消息传到长安，汉景帝刘启召来坚决主张削藩的晁错商议对策。晁错建议皇上御驾亲征，他自己留守长安，并准备审讯任过吴国丞相的爰盎，逼他交代吴王刘濞谋划叛乱的内幕，以便进一步采取相应对策。

爰盎和晁错是死对头。此前，爰盎曾向汉景帝力保吴王刘濞不反，被晁错查出他接受了吴王刘濞的金钱财物，汉景帝下诏贬他为庶人。这一次，爰盎听说晁错又要审讯他，以攻为守，通过丞相窦婴的关系，连夜入见汉景帝。他对汉景帝说，这次吴楚七国叛乱，都是因为晁错主张削夺诸侯土地引起的，现在只有一个办法，处死晁错，下诏赦免吴楚七王反叛之罪，恢复其辖地，这场叛乱便可兵不血刃平息下去。

汉景帝刘启心里开始翻腾。一则，他对采纳晁错削藩主张，居然引起这么大的震动，缺乏心理准备，有些慌神；二则，他对晁错建议天子亲征，而他自己镇守长安，十分不快，怀疑晁错心术不正；三则，他对能否战胜吴楚七国叛军心中无底，心里发虚；四则，晁错平时锋芒毕露，树敌太多，这时许多人落井下石，毁谤诬陷，搞得他心烦意乱。汉景帝心里越翻腾越厉害，下诏：将晁错"腰斩于市"。任命爰盎为太常、吴王之侄刘通为宗正，派他俩前往吴国宣诏，赦免吴楚七王反叛之罪，令其罢兵。

这时刘濞已率叛军进至梁国，攻破了棘壁（今河南睢县东南）。爰盎、刘通赶到梁国，向刘濞宣诏。不料刘濞拒不受诏，回答说：“我现在已是东帝，究竟谁拜谁啊！”并要求爰盎留下参加叛军，爰盎拒绝留下，连夜逃跑，潜回长安。

仆射邓公从前线回到长安，汉景帝急着召见，问：“闻晁错死，吴楚罢不？”

邓公说：“吴王刘濞反叛之心已数十年，此次因削地发怒起兵，目标何在诛杀晁错？”汉景帝恍然大悟，后悔不该错杀晁错，于是决心发兵讨伐。

他想起父皇临终遗嘱：“即有缓急，周亚夫真可任将兵。”立即将周亚夫由中尉提升为太尉，统率三十六位将军，讨伐吴楚七国叛军。

周亚夫率军出发前，拟定了一个“牺牲局部，以谋全局”的战略方针，报奏景帝。他说，吴楚兵剽悍轻捷，难与争锋，请批准暂时放弃梁国，让叛军暂时占领，我方迂回到叛军侧后，断其粮道，然后才可将其战而胜之。景帝“允之”。从这个战略方针可以看出，周亚夫指挥作战也是大手笔：不惜小失，以谋全局之胜。

周亚夫乘坐六马快车驰出长安，准备疾驰荥阳与诸将会师。行至霸上，有位赵涉等待在路旁，他对周亚夫说，吴国素来很富，一直在搜罗一些亡命之徒，这次肯定会在函谷关以东的崤渑孔道布下密探伏兵，刺探汉军行动。太尉何不改道向右，走蓝田，出武关，抵洛阳，路程不过多走一两天而已，却可以出敌不意，如天兵天将从天而降。周亚夫采纳赵涉建议，改走武关，果然顺利到达荥阳，一路上未打一仗，未损一卒。周亚夫高兴地说：“我已顺利抢占荥阳这个战略要点，‘荥阳以东无足忧矣’！”

周亚夫在荥阳与众将军会师后，将荥阳交给窦婴镇守，他亲率汉军主力继续东进。至淮阳，遇到父亲周勃的老部下邓都尉，他向邓都尉请教破敌之策，邓都尉的建议和他自己的想法完全一致。于是，周亚夫按原定计划，绕过正在猛攻梁国的吴楚七国叛军，亲率主力直插至东北方向的昌邑（今山东巨野县南六十里昌邑乡），深沟高垒，坚守不出。目的在于让出梁国，用梁国的力量去消耗、疲惫、拖住吴楚七国叛军。同时派弓高侯韩颓当率领一支轻骑精锐，直插至吴楚叛军背后的淮泗口（今江苏淮阴县泗水入淮处），截断吴楚叛军的运粮水道。韩颓当是韩王信的儿子，当年韩王信叛乱被打败，韩颓当逃往匈奴，后来归汉投诚，被封为弓高侯。他在匈奴练就精湛骑术，这次周亚夫正好利用其特长去执行快速穿插任务。

梁王刘武拼死抵抗吴楚七国叛军，双方形成胶着状态，这正是周亚夫所要见到的效果。梁王几次向周亚夫告急，周亚夫不予理睬。梁王刘武是汉景帝亲弟，同母所生。梁王刘武奏请景帝，景帝下诏周亚夫救梁，周亚夫仍按兵不动。因为他事先早已奏明皇上，此战必须“以梁委之”，方可战胜叛军；何况将在外君命有所不受。梁王刘武只得亲率梁兵死守梁都淮阳城，命令将军张羽在梁国东界顽强抵抗吴军。这时，周亚夫命令已经占领淮泗口的韩颓当继续插至下邑（今安徽砀山县），进一步切断吴楚叛军后路。

战事已经进行了两个来月，吴楚七国叛军军粮已尽，急疯了，寻找周亚夫挑战，周亚夫硬是不予理睬。《汉书·周亚夫传》中这一段写得很精彩：

> 吴楚兵乏粮，欲退，数挑战，终不出。夜，军中惊，内相攻击扰乱，至于帐下。亚夫坚卧不起。顷之，复定。吴楚既饿，乃引而去。亚夫出精兵追击，大破吴王濞。吴王濞弃其军，与壮士数千人亡走，保于江南丹徒（今江苏丹徒）。汉兵因乘胜，遂尽虏之，降其县，购吴王（头）千金。月余，越人斩吴王头以告。

至此，吴楚七国之乱被彻底平定，这场内战持续了三个月。战后，众将军一致认为周亚夫的作战谋划和指挥非常正确。

但是，梁王刘武却对周亚夫产生了怨恨。

平定七国之乱后，汉景帝刘启对周亚夫十分器重，不仅任他为太尉，而且让他当了丞相。但几年后，君臣之间在几件事情上产生了矛盾。一件事，汉景帝废太子刘栗，被周亚夫竭力阻挡，景帝开始疏远他。另一件事，梁王刘武每次来朝，都在母亲窦太后面前发泄对周亚夫的不满，窦太后就把这些话搬给汉景帝听。再一件事，过去一向低调谨慎的窦太后，可能经不住别人的求情，提出要给皇后之兄王信封侯。汉景帝开始没有同意，但难驳太后面子，后来同意了。周亚夫又竭力反对，并搬出高祖遗训说："'高帝有约，非刘氏不得王，非有功不得侯'，王信'虽皇后兄，无功，侯之，非约也'。"汉景帝听后"默然而沮"，心里想，你周亚夫也太狂妄了吧，皇上的面子你敢驳，皇太后的面子我都不敢驳，你也敢驳！

又发生了一件事，匈奴徐庐等五位头领来降，景帝想封他们为侯，今后可以拿来做劝降匈奴的例子。周亚夫不同意，他说："这些人背叛他们的主子来向陛下投降，陛下封他们为侯，陛下将来怎么要求自己的臣子守节呢？"汉景帝一听就火了："你讲的都不对！"坚持封五人为侯。

当天，汉景帝刘启请周亚夫到宫中"赐食"，这本来是很高的礼遇，但这顿饭的"味道"却变了。案上放着整块的大肉，却没有切开，周亚夫的座位面前也没有放筷子。周亚夫心里有东西往上直冒，向左右喊道："拿双筷子来！"汉景帝笑道："此非不足君所乎？"意思很明白，我这里大鱼大肉有的是，不想给你吃了！

亚夫免冠谢上。

上曰："起。"

亚夫出。

上目送之，曰："此鞅鞅，非少主臣也！"

汉景帝刘启最后对周亚夫得出的这个结论，同刘邦最后对周勃得出的结论，刚好翻了一个个儿。刘邦对吕后说，周勃厚重少文，安刘必勃，将来要把辅佐刘氏江山的重任托付于他。汉景帝这时却在自言自语地说，我算是看透了，将来太子继位，根本驾驭不了他。

周亚夫的仕途走到了尽头。

周亚夫闲居在家，他儿子孝顺，为他准备"寿事"，购买了一批工艺品性质的兵器，准备将来为父亲陪葬所用。大概没有及时付钱，店主不满，告发他儿子盗卖县里的官器，并购置兵器准备谋反。朝廷立案侦查，把周亚夫牵涉了进去。景帝派监察官下去审讯周亚夫，周亚夫一句话也不回答。

监察官一无所获，回去向汉景帝刘启复命。汉景帝对监察官大骂道："吾不用也!"意思是说，我永远不会再起用他了，你还怕他做什么!

汉景帝改派廷尉下去，廷尉责问周亚夫："你想谋反吗?"周亚夫回答说："臣所买器，乃葬器也，何谓反乎?"廷尉怒责道："你即使地上不敢反，买了这些兵器，岂不是到了地下也要反吗?"

周亚夫与廷尉愈争愈急，廷尉将他逮捕。周亚夫想用剑自杀，被夫人哭着扭住了手，周亚夫没有死成。廷尉把他抓走，投进监狱。周亚夫绝食五天，呕血而死。

周勃和周亚夫父子俩，西汉两代名将，两代军事首领，竟然都没有逃脱"自古名将少善终"这条魔咒。这不是他们个人的悲哀，这是封建时代的悲哀。

2008 年 7 月

曹　操

三国战争中的主要人物，可以单独说说曹操。这里说的曹操，是历史上的曹操，不是小说和戏曲中的曹操。

曹操祖上不姓曹

曹操祖上不姓曹，复姓夏侯。曹操的父亲曹嵩，原是夏侯惇的亲叔父，从小过继给宦官、中常侍曹腾做养子，改姓曹。曹操的养祖父曹腾，在东汉宫中做宦官四十多年，从黄门小太监陪太子读书做起，先后“奉事四帝”（汉顺帝、汉冲帝、汉质帝、汉桓帝），汉顺帝时迁中常侍，汉桓帝时封费亭侯。他一生所得奉禄与赏赐无数，求他说情办事者送礼行贿无数，积聚的钱财多得惊人。他死后，其养子曹嵩袭费亭侯爵位，又以最高价从汉灵帝手中买到一个太尉官职。你看看，汉灵帝当了皇帝还标价卖官，这个朝代还有救吗？太尉是武官最高职务，位居“三公”之首，除“掌四方兵事”外，还与司徒、司空共行宰相之职。

由于曹操的养祖父曹腾是宦官，父亲曹嵩花大钱买高官，这两条经常遭人诟病。曹操与袁绍年轻时是朋友，但袁绍祖上是“四世三公”，门第显赫，他根本瞧不起曹操。后来两人争天下，袁绍在声讨曹操的檄文中痛骂曹腾是“妖孽”，曹嵩“因赃买位”，曹操是“赘阉遗丑”，“鹰犬之才，爪牙可任”（《后汉书·袁绍传》）。但是，论才能，论谋略，袁绍根本不是曹操的对手。

曹操从小酷爱兵法，可能与他父亲曹嵩当过太尉有关。曹操本人与战争相伴终生，对兵法有精深的研究。《孙子兵法》得以传世，曹操功不可没。《孙子兵法》的原稿是写在竹简上的手抄本，从春秋末期开始流传，经过战国秦汉，到东汉末年已变得混乱不堪。《孙子兵法》最早的定本，就是经曹操之手“削其繁剩，笔其精粹”并加注释编定的。《孙子兵法》流传至今，享誉世界，古今中外没有哪一位军事家、历史学家认为曹操对《孙子兵法》编注得不好的。曹操还著有《孙子略解》《兵书接要》等兵法著作，可惜均已失传，只在《曹操集》中保留有这两本书的片言只语，都是从其他古籍中转录出来的。

曹操小名阿瞒，生母早逝，少年时无人管束，“飞鹰走狗，游荡无度”，但机敏过人。稍长，发愤好学，博览群书，却又不愿受儒家传统的束缚，“性不信天命之事”。曹操成年后能文能武，成为东汉末年乱世英雄中的翘楚。

曹操年轻时做官，就显示出魄力。他二十岁以孝廉被推举为郎官，踏入仕途。科举取士制度实行前，优秀青年被乡绅们评为“孝廉”，便可推举为郎官。郎官主要是为朝廷守卫门户，充当车骑驭手、护卫，亦供朝廷随时差遣任用，充当地方行政官员。曹操被任命的第一个官职是洛阳北都尉。洛阳是皇城，划分为东南西北四个区。北都尉，相当于现代大都市中的北城区公安分局局长。皇城内权贵多，治安不好搞。曹操不管这一套，专门制作了执法用的“五色棒”，有犯禁者，不避豪强，“皆棒杀之”。有一次，宦官、中常侍蹇硕的叔父违禁夜行，照样被棒杀。蹇硕是汉灵帝的宠臣，以往蹇硕的叔父谁敢碰他一根毫毛？曹操不怕，认法不认人。从此，京师违禁者敛迹，“莫敢犯”（《三国志·武帝纪》）。

曹操敢于得罪权贵，这一点决定了他的仕途不会一帆风顺。以蹇硕为首的权贵们对曹操既怕又恨，但又不便公开杀他。于是想出一招，向汉灵帝推荐，说曹操很能干，应该提拔，放外任。曹操被挤出京都洛阳，到河南顿丘县去当县令。不久，他的堂妹夫宋奇被宦官找碴杀掉，曹操因亲戚关系受株连，被罢官。

由于曹操祖上有背景，他学识才干又出众，这两条又决定了朝廷不可能彻底抛弃他。时隔不久，因曹操“能明古学”，又被重新召为议郎。议郎的主要职责是“参与议政，指陈得失”。曹操恪尽职守，到职不久就上书汉灵帝，为十多年前在党锢事件中被宦官集团诬陷杀害的大将军窦武、太傅陈蕃鸣冤翻案。但汉灵帝未予理睬。

黄巾起义爆发，曹操拜骑都尉，踏入军界，跟随左中郎将皇甫嵩、右中郎将朱儁前往颍川镇压黄巾起义。初战失利，汉军转移到长社（今河南长葛），顺风放火，发动火攻，反败为胜。

曹操后来升迁为济南相。济南是刘氏宗室的封国，按汉律，封国之君只能享受封国内的税赋收入，没有行政权力，封国的丞相就是最高行政长官。曹操到任后，发现所属十多个县的县吏全都“阿附权贵，脏污狼藉”。他一次就向朝廷奏免了其中八人，引起极大震动，以至“郡界肃然”。

曹操后来在一篇自述中回顾这段经历说，他深知人们对他的偏见甚多，“故在济南，始除残去秽，平心选举，违迕诸常侍，以为强豪所忿”（《曹操集·十二月亥令》）。这说明，他是有意“违迕诸常侍”，要以实际行动同宦党划清界限。他所说的“为强豪所忿”，也是言有所指。主要是指像袁绍这样“四世三公”出身的豪门弟子从来瞧不起他，他硬是要拿点胆量出来给他们看看。曹操做洛阳北都尉、做济南相，都是在为展示自己的才能、横扫瞧不起他的偏见而奋斗。

不久，朝廷要调任他去当东郡（郡治今河南濮阳）太守。曹操眼看“权臣专朝，贵戚横恣”，东汉朝政已日非一日。自己照这样干法，早晚要被权贵谋害，“恐致家祸”。他不愿干，“称疾归乡里”，“秋夏读书，冬春射猎”。他其实是在观察形势，等待时机。

曹操对军权特别感兴趣。河西金城郡的边章、韩遂杀死刺史、郡守，反叛朝廷，叛军发展到十多万人，天下骚动。汉灵帝为了加强京城洛阳的禁军力量，成立西园新军，任命中常侍、宦官蹇硕为上军校尉，统领西园新军。以中军校尉袁绍为副帅。征调曹操入京，任典军校尉。这一次，曹操欣然受命，进京赴任，这是他胸有抱负的一种流露：抓军权。从此，曹操成为“西园八校尉”之一，“与诸将士大夫共从戎事”（《三国志·武帝纪》）。

论学识胸襟，论才略计谋，论文采，乱世群雄中的董卓、袁绍，都无法与曹操相提并论。三国领袖中的刘备、孙权，也都比不上曹操。

许劭对曹操的评价是“治世之能臣，乱世之奸雄”。许劭是位守旧人物，他对曹操使用的这个“奸”字，带有很大偏见。其实，在乱世群雄中，对待许多问题的言行，正派的恰恰是曹操。有一件事很能说明问题，他拒绝出任东郡太守，赋闲在家时，冀州刺史王芬、南阳许攸、沛国周旌等地方豪强，密谋废黜汉灵帝，前来动员曹操参加。曹操说，汉灵帝虽然太昏庸、太贪婪，但身为臣子，密谋废黜皇上是叛逆行为，“非能为也”，他拒绝参加。

曹操成长的时代

曹操是东汉末年乱世英雄之一，先来看看东汉末年的朝政乱成了什么样子。可以概括为三句话：昏君治国、外戚干政、宦官乱政。社会矛盾愈积愈深，像火药桶似的随时要爆炸。

昏君治国，昏到什么程度？东汉中晚期，都是小皇帝当朝，他们不会治国，却都学会了作威作福。东汉共经历了十三朝天子，一岁至十五岁继位的有十位，二岁至三十六岁死去的也有十位。这些小皇帝“生于深宫之中，长于妇人之手”，从小混在宫女和太监堆里学会了纵欲、享受、钩心斗角，也学会了贪婪。第十朝汉桓帝和十一朝汉灵帝在位时，“后宫采女数千人，衣食之费，日数百金”，而老百姓灾民塞道，朝廷和官府却不管不问，“莫之恤”（《后汉书·吕强传》）。汉灵帝除了荒淫，还公开标价卖官，“聚钱以为私藏”。

外戚干政，是东汉朝政的一大特点。东汉的小皇帝都很短命，但东汉的皇后都长寿，而且大都出身名门，有文化，有见识，有才干。一朝又一朝的“童年皇帝”继位后，都由皇太后临朝听政。皇太后则依靠娘家的父、兄、弟、侄等至亲来分掌朝政大权，形成强大的外戚势力。东汉第十朝汉桓帝，十五岁继位，梁太后临朝听政，其实汉桓帝也不是梁太后的亲生子。旧时皇后无子，往往把皇妃或宫女所生儿子抱来充当自己的儿子，以便扶持其继位掌权。梁太后之兄大将军梁冀把持朝政，梁家是东汉外戚势力的典型代表，一门出过七位侯、三位皇后、六位贵人、二位大将军、十位皇帝夫人和尚公主，卿、将、尹、校等五十七人，门生故吏遍天下（《后汉书·梁冀传》）。梁冀专权理朝二十年，先后主持冲、质、桓三帝继立。梁冀一手遮天，“凶态日积”，最后矛盾激化。汉桓帝成年后，依靠另一派宦官集团诛灭了梁家势力。梁冀被诛后，家产被变卖，所得价值相当于朝廷全年税赋收入的三分之一。

宦官乱政，是东汉朝政的另一大特点。外戚干政与宦官乱政两种情况交替出现，这是东汉朝政无比黑暗的突出标志。宦官集团与外戚势力争权，大致有两种情况。一种是，外戚势力与宦官集团的利益尖锐对立，宦官集团假借小皇帝的名义，策划阴谋，诛杀外戚，夺取权力。另一种是，小皇帝成年后，不甘心长期被外戚势力任意摆布，暗中与心腹太监密谋策划，击败母党，从外戚势力手中夺回朝政大权。东汉宦官乱政的乱象接连不断，触目惊心。

引爆三国战争的第一粒火星

以上这一切，最终都转化成了底层老百姓的深重灾难。政治黑暗，横征暴敛，连年灾荒，民不聊生。类似“冀州旱，人相食”的惨状连年发生。生活在社会最底层的广大农民，一旦被逼上绝路，只能揭竿而起，反对黑暗朝廷。汉灵帝中平元年（184 年），终于爆发了黄巾大起义。黄巾大起义的第一个冲击波被镇压下去不久，汉灵帝驾崩。以何进为首的外戚势力，同以蹇硕为首的宦官集团立刻展开了一场宫廷血拼。

这场宫廷血拼，是引爆三国战争的第一粒火星。

汉灵帝死于中平六年（189 年）四月，死时三十四岁，留下两位皇子，长子刘辩十四岁，何皇后所生；次子刘协九岁，王美人所生。由于汉灵帝的头几位皇子都没有养活，何皇后生下长子刘辩后，被寄养在一位道士家中。因为成长环境不同，从小又不在身边，感情隔膜，汉灵帝总觉得长子刘辩“轻佻无威仪”，缺少皇家气质。王美人“丰姿色，聪明有才敏，能书会计”。王美人生下刘协后，何皇后担心汉灵帝改立王美人为皇后，把王美人毒死。次子刘协由汉灵帝母亲董太后在宫中养大，聪明机灵，深得汉灵帝喜欢。汉灵帝生前对立谁为太子一直举棋不定，临终时，他向宦官、中常侍蹇硕交代，传位给次子刘协。

但长子刘辩有后台，他的舅舅、何皇后之兄何进是大将军，这一关不好过。蹇硕打算先捕杀何进，再扶立刘协。他派人去请何进前来，说是有大事要同他商量，准备等他一进门就把他擒杀。何进骑马前往。蹇硕手下有位司马潘隐，同何进有旧交，他迎门而出，用目光向何进示意大事不好，快走！何进大惊，驰马归营，立刻以大将军名义屯兵百郡邸（各地郡王在京城的住宅区），扶立外甥刘辩继位，是为汉少帝。何进的妹妹何皇后成了何太后，由她临朝听政。何进以大将军参录尚书事，控制了朝政。

蹇硕计划落空，“疑不自安”，十分紧张，连忙给宦官赵忠、宋典等人写信，要他们将何进“急捕诛之”。宦官中有位中常侍郭胜，与何进、何太后兄妹是同乡，来往密切。他拿了蹇硕写给赵忠的密信去向何进告密，何进抢先下手，先派黄门令把蹇硕擒获杀掉。

何进的依靠力量是太傅袁隗，以及袁隗的两位侄子袁绍、袁术。袁绍劝何进趁热打铁，“尽除宦官”。何进报奏妹妹何太后，可是何进的母亲舞阳君和弟弟何苗经常接受宦官们的贿赂，母子俩劝何太后说，“大将军专杀左右，擅权以弱社稷”（《资治通鉴·汉纪五十一》）。何太后听信了母亲和弟弟何苗的谗言，不同意哥哥何进诛杀宦官。其中还有一个重要因素，当年何太后下毒手鸩杀王美人，汉灵帝“大怒，欲废后，诸宦官固请得止”，何太后一直把宦官视同救命恩人。

何进是个糊涂虫，他对母亲、弟弟、妹妹的底数都没有摸透，碰了一鼻子灰。这时袁绍又给何进出了一个馊主意：请河西大军阀、并州牧董卓带兵进京，以逼宫形式逼迫何太后同意杀宦官，何进采纳了。何进写信召董卓带兵入京，这不是引狼入室吗！主簿陈琳、侍御史郑泰、尚书卢植等强烈反对，何进不听。董卓的军队开到渑池，快到洛阳了，何进又到长乐宫去向妹妹何太后报奏诛杀宦官之事，何太后还是不同意。这时，有两名宦官张让和段珪，已经提前埋伏在长乐宫门外，要杀何进，为蹇硕报仇。

何进从何太后那里出来，被他们按倒在地，杀掉。何进的部将吴匡、张玮和袁绍、袁术等，听说何进被杀，带兵冲进宫去狂杀宦官，上至几十岁的老太监，下至十几岁的小太监，见一个杀一个，一概不留。有些不长胡须的官员，也被错当宦官杀掉。一共杀掉了两千多人，血溅宫墙，尸首狼藉，马惊人号，惨不忍睹。宦官张让和段珪砍杀何进后，劫持少帝刘辩逃到小平津（今河南孟津县西北黄河渡口），准备北渡黄河。尚书卢植带兵追上，张让和段珪走投无路，跳进黄河自杀。

经过这场血拼，外戚势力和宦官集团同归于尽。这样一来，却激活了各地豪强势力，他们纷纷割据称雄，混战四起，全国乱作一团。

三国战争，就在这样一幅背景下拉开了序幕。

曹操曾是讨伐董卓的急先锋

群雄讨伐董卓，是三国战争的起点。董卓是从东汉末年乱世乍起的混水中摸到大鱼的第一人。他带兵快到洛阳时，得知少帝刘辩已被人挟持逃到小平津，便在途中迎少帝于洛阳北面的北芒，然后“带兵挟帝进洛阳”。这时，大将军何进已被宦官杀掉，朝廷命官中袁绍就成为辅佐少帝的支柱。骑都尉鲍信提醒袁绍说，董卓“有异志”，应该乘他刚进洛阳，立足未稳，将他擒获除掉。袁绍胆小，觉得自己斗不过董卓，不敢下手。其实董卓刚进洛阳时只带了三千步骑兵，进京后，他乘乱迅速收编了何进、何苗的部队，又买通执金吾（京城警备司令）丁原的部属吕布，将丁原杀死，收编了丁原的京城警卫军，董卓的队伍迅速壮大，再想动手除掉他就难了。

董卓是陇西人，河西大军阀。年轻时结交西羌“豪帅”，驰马射箭能左右开弓，一身武夫匪气。后来靠镇压西羌等河西少数民族起家，黄巾起义前，已官至并州刺史、河东太守。董卓在镇压黄巾起义中吃了败仗。不久，河西军阀边章、韩遂反叛朝廷，董卓与皇甫嵩奉朝廷之命领兵前去镇压，将叛军击退，董卓这才“名声鹊起”。董卓在同西羌和韩遂、马腾的作战过程中，拉起了一支由汉族和西北少数民族混编的凉州兵，很有战斗力。朝廷本来想通过提拔他的职务解除他的兵权，任命他为并州牧，让他把兵权交给左中郎将皇甫嵩。但董卓的政治嗅觉很灵敏，他知道乱世即将来临，抓住兵权决不放手，自己走到哪里就把队伍拉到哪里。

董卓果断，残忍，心狠手辣。他总觉得少帝刘辩是何进扶立起来的，终究不是亲手栽的瓜，吃起来“不甜”。他决心亲手另栽，种自己的瓜。他经过一番策划，于少帝光熹元年（189 年）九月废少帝刘辩为弘农王，改立汉灵帝与王美人生的刘协为汉献帝，自任相国。在废立仪式上，太傅袁隗走上前去把少帝刘辩身上的玺绶解下来，双手捧给刘协，然后把刘辩扶下皇帝宝座，凑在他耳边轻声说：“听话，转过身去，跪下，向献帝叩拜！”何太后站在一旁哭泣，却不敢哭出声来。转瞬之间，天塌了，地倾了，何家的命运跌进了万丈深渊。废立仪式完毕，董卓请何太后把一杯鸩酒喝了下去，一命呜呼。又派兵砍杀了何太后的母亲舞阳君，弃尸于林苑荆棘丛中，喂野狗。何苗已死，埋在地下，他也不放过，把何苗的棺材从地下挖出来，从棺材里倒出尸骨，“支解节折，弃于道边”（《资治通鉴·汉纪五十一》）。

董卓篡夺朝政大权，群雄们都不服，但谁都害怕董卓。袁绍、袁术、曹操等人纷纷逃离洛阳，准备起兵共同讨伐董卓。曹操逃回东郡陈留，散家财，募义兵，决心同董卓斗争到底。在陈留人卫兹的帮助下，曹操在陈留募到五千兵员，这是他拉起的第一支队伍，称陈留兵。

可是，群雄怀里各揣一把小算盘，使这场虚张声势的“讨卓之战”，最终演变成了一场三国战争。汉献帝初平元年（190 年）正月，关东群雄起兵讨伐董卓，共推名气最大的袁绍为盟主，动静搞得很大。“名豪大侠，富室强族，飘扬云会，万里相赴”，把“并赴国难”“诛除国贼”的口号喊得震天响。参与“讨卓之战”的群雄军队集结情况如下：一、渤海太守袁绍、河内太守王匡，屯兵河内（太行山南麓、黄河北岸）；二、冀州牧韩馥在邺城留守，为袁绍供应军粮；三、豫州刺史孔伷，屯兵颍川；四、兖州刺史刘岱、陈留太守张邈、广陵太守张超、东郡太守桥瑁、山阳太守袁遗、济北相鲍信、典军校尉曹操等七位，均屯兵酸枣（今河南延津县北）；五、后将军袁术，屯兵鲁阳。总兵力达到十多万人，对洛阳构成了东、南、北三面包围态势。

董卓见群雄来势汹汹，他下令烧毁洛阳的宫殿、官府及大量民宅，没收洛阳富豪财物，并指使吕布盗掘洛阳帝王陵墓，搜寻珍宝，然后驱赶洛阳大批居民随汉献帝迁都长安。他自己坐镇洛阳，与群雄对阵。可是，群雄不“雄”。袁绍召集群雄商议，如何向董卓发起进攻。一个个都觉得董卓的凉州兵很厉害，不好打，没有谁敢奋勇当先去拼杀。董卓好比一只虎，群雄好比一群狼，这群狼拖着尾巴围着这只猛虎团团转、嗷嗷叫，谁都不敢上。身为“讨卓盟主”的袁绍，拿不出任何主张。其实，袁绍、袁术兄弟主要想争夺朝政控制权。其他人则各有各的打算，只图巩固或扩大一点自己的割据地盘，都想保存自己的实力。群雄“讨卓”，声势搞得很大，耗了两个月，仍不见动静。

曹操见群雄迟迟不向董卓发动进攻，心急如焚。他对各路豪强说：“董卓在洛阳烧毁宫室，盗掘帝墓，掳掠百姓，强迫天子和洛阳百姓西迁长安，搞得天怒人怨，正是讨伐他的最好时机，你们还在犹豫什么呀!”但这时的曹操，兵少言轻，群雄们只听袁绍的，没有人理他。曹操于是孤军奋战，率先向董卓发起进攻，但毕竟兵力太少，大败而归。曹操又带兵从陈留前去攻打成皋，想为群雄联军打开进攻洛阳的通路。陈留太守张邈派卫兹领兵协助，其他人谁也不动。曹操进兵至荥阳西南的汴水，遭到董卓部将徐荣迎击。曹操寡不敌众，战斗中为流矢所中，坐骑被砍伤，他从马背上一头栽了下来。他的堂弟曹洪把自己的坐骑让给了他，他才“得夜遁去”。曹操兵败回到酸枣，但他没有输掉信心。他见刘岱等人天天置酒高会，不思进攻，他义正词严地痛斥他们：“正义在我们一方，你们迟疑不进，失天下之望，我为你们感到羞耻!”陈留太守张邈悄悄对曹操说：“袁绍只知道利用盟主身份发展自己的势力，他想做第二个董卓。但袁绍根本不是干大事的材料，虽强必毙。”并鼓励曹操说：“能拨乱反正者，君也!”（《资治通鉴·汉纪五十一》）。群雄耗了四个月，军粮吃尽，各自回撤，一事无成。

曹操觉得再也不能同这些人合作下去了，必须另谋出路。于是带着夏侯惇东下扬州，再去募兵。在扬州募得四千兵员，返回路上逃亡过半，沿途只收拢了一千多兵。他把新招的扬州兵和第一次攻打董卓剩下的陈留兵合到一起，带往河内，投奔袁绍，寄人篱下，实属无奈。在河内，曹操和袁绍有过一次交谈。袁绍问曹操："如果我们这次讨伐董卓不成功，你看应该往什么方向发展？"曹操反问袁绍："你有什么打算？"袁绍说："我南面占领到黄河，北面占据燕代，联络乌桓，然后向南争夺天下。"袁绍以为自己的计划十分周密，大有成功的把握。曹操却回答说："仅凭山川之险占地为王，那是很不够的。如果你要问我有什么打算，我将任用天下人才，顺应时势，因势利导，去开创大业。"两人的胸襟、眼界、见识、志向，高下立判。

在中原打出一片根据地

汉献帝初平二年（191 年），山东青州黄巾军和河北黑山军又像野火燎原般复燃起来。袁绍以讨伐董卓盟主的身份，命令曹操领兵前往东郡镇压黑山军。曹操在河南濮阳击败黑山军一部，得到一块地盘。袁绍送了个顺水人情，任命曹操为东郡太守。过去朝廷曾经任命曹操去当东郡太守，他没有接受。这次袁绍任命他当东郡太守，他接受了。因为曹操心中有了目标，他要在中原打出一片自己的立足之地。

这时，谋士荀彧前来投奔曹操。荀彧出身名门，父亲荀绲曾任济南相，叔父荀爽官至司空。他本人曾任亢父县（今山东济宁市南）县令，董卓之乱起，他弃官回乡。袁绍曾把荀彧召至帐下，厚待之。荀彧通过一段时间接触和观察，断定袁绍成不了大事，转投曹操。曹操见荀彧来投，大悦，把荀彧比作张良："吾之子房也！"那一年荀彧二十九岁，风华正茂。

初平三年（192 年）黄巾军进攻兖州，兖州牧刘岱战死，兖州一时无主。东郡隶属于兖州。东郡人陈宫前往兖州，去对兖州官员和地方大族说，曹操才干出众，如果能把曹操请来做兖州牧，一定能打败黄巾军，保住兖州一方平安。曹操的好友骑都尉鲍信这时也在兖州，一起出面游说。兖州官吏和地方大族被说服，派万潜为代表，跟随鲍信一起来到东郡，把三十八岁的曹操接去当了兖州牧。但曹操当的这个兖州牧，既不是朝廷正式任命，也不是民间选举，等于是兖州地方势力“聘任”了他。

曹操上任伊始，就与鲍信领兵去进攻寿张的黄巾军，鲍信战死。曹操十分痛惜，悬赏购回鲍信尸体安葬而不得，只能刻一个木头人，面目有点像鲍信，权当鲍信尸体安葬，曹操“祭而哭焉”。曹操及时总结教训，明设赏罚，艰苦战斗。青州黄巾军向济北败退，曹操乘胜追击，以武力进攻与劝降、诱降相结合，三十多万青州黄巾军向曹操投降，跟随的眷属百姓上百万。曹操从中挑选出约两万人，成立了一支青州兵。

随后的日子里，曹操为巩固兖州这片立足之地，进行了艰苦卓绝的斗争。

南阳军阀袁术（袁绍之弟），鼓动黑山军残部和南匈奴于夫罗从北面向兖州进攻；袁术从南面向兖州进逼，企图南北夹击，夺取兖州。曹操首先把北面的黑山军残部和南匈奴于夫罗势力击退，然后集中主力，向驻扎在封丘的袁术发起反击。曹操先打驻扎在匡亭的袁术部将刘详，引诱袁术前来救援，在半路布下伏兵，一举将袁术击溃。袁术望风而逃，曹操乘胜追击，袁术一直逃到江西九江。从此，南阳方向的威胁大为减轻。

徐州牧陶谦，也与曹操为敌，不断蚕食兖州。灵帝死后，曹操父亲曹嵩“去官后还谯，董卓之乱，避难琅琊”。初平四年（193 年）夏天，曹操派人到琅琊去接父亲曹嵩及弟弟曹德来兖州。曹嵩父子西行至山东黄县，被陶谦部将张闿袭杀，一百多车财物被抢劫一空。曹操无法容忍陶谦杀父杀弟、劫掠财物之仇，同年秋天，亲率大军东征徐州。曹操怀着强烈的复仇心理，一路攻掠，屠城而进，“凡杀男女数十万人”。这件事曹操过于冲动，失去了政治理智，残杀百姓，不得人心，它成为曹操一生中的政治污点。不久，曹操军队由于军粮吃尽，只得退兵。

第二年四月，曹操再次东征陶谦，大军进入徐州境内，连下五城。正在这时，兖州后院起火，张邈和陈宫在兖州反叛曹操。陈宫曾是促成曹操去当兖州牧的说客，后来在曹操手下为将。由于兖州名士边让“讥议”曹操，被曹操杀掉，引起兖州士人恐慌，陈宫觉得无法向兖州地方势力交代。这时他去鼓动陈留太守张邈，乘曹操东征，内部空虚，反叛曹操。张邈本来是曹操的好友，当初曹操是位“政治流浪汉”，没有自己的立足之地，却为讨伐董卓东奔西走，张邈同情曹操，当面斥责“盟主”袁绍只为自己打算。袁绍愤恨张邈，让曹操杀掉张邈。曹操没有理睬，张邈感激曹操。但自从曹操当上了兖州牧，成了张邈的顶头上司，张邈感到与曹操相处时间一长，产生政见分歧是不可避免的。又想起袁绍曾要曹操杀掉自己，曹操当时没有杀，今后会不会杀他？陈宫跑来一鼓动，张邈就同意反叛曹操。

这时又插进来一个吕布。吕布曾在董卓鼓动下去了长安，在长安却被李傕等击败，出关东来，投奔袁术，袁术不留。又北投袁绍，与袁绍一起在常山郡击败了一支黑山军。但吕布的军队军纪极差，抢掠不已。袁绍觉得迟早要成祸害，准备除掉吕布。吕布察觉，南下投奔河内张扬。陈宫与张邈觉得自己力量不够，派人到河内去请吕布来当兖州牧，顶替曹操。于是，陈宫、张邈、吕布三人合谋，以吕布为将，起兵夺取兖州。陈宫和张邈在当地长期为官，有人望，他们打出反曹旗帜，“郡县皆应”，倒向吕布。兖州郡治在鄄城，荀彧在鄄城留守，鄄城形势危急，他火速把驻守东郡的大将夏侯惇调回鄄城，先把城内响应张邈、陈宫反叛的一些人杀掉，稳住了鄄城局面。程昱是东阿人，荀彧急派程昱回东阿和范县去做工作，说服那里的官吏和守军绝不能向吕布军投降。吕布攻打鄄城、范县、东阿，均未攻下。吕布军西撤至濮阳，屯兵休整，准备再战。

曹操从徐州赶回鄄城，讥笑吕布不会用兵。他说，如果吕布到东面去占领东平，再守住亢父等泰山险要隘口，阻止我西返，我就完了。他屯兵濮阳，说明他不可能有大作为。随后，曹操展开了夺回兖州所失地盘的战斗。兴平元年（194 年）夏，曹操抢收麦子，储备军粮。八月，联络濮阳大姓田氏做内应，从东门攻进濮阳，进城后火烧东门，以示有进无退。吕布的骑兵很厉害，冲击曹操的步兵，曹军大乱，曹操差一点被吕布抓住。曹操冒火冲出东门，收拢部队，赶制攻城器械，再次发动攻城，未攻下。双方对峙了一百多天，由于发生严重蝗灾，老百姓无粮，人吃人。曹操和吕布双方都因没有军粮而罢兵。九月，吕布为找军粮，移师河南山阳。

曹操由于兖州大部分地盘丢失，军队又断粮，几乎无法坚持下去，陷入了严重困难。这时袁绍向他抛出橄榄枝，让他把家眷搬到邺城去。袁绍的用意是以曹操家眷为人质，逼迫曹操为他所用。程昱立即劝阻曹操说：

“袁绍野心太大，智谋太差，他成不了大事。将军你眼下虽然兖州残缺，但你手里还有三座城池一万兵。你有智谋，有才略，还有我和荀彧帮助你。只要咬牙渡过眼前的难关，你就大业可成！”曹操听罢，精神一振。他对程昱说：“你说得对，我同吕布打得不可开交时，袁绍在一旁观战，毫无表示。现在他乘人之危，想骗我上当。”曹操谢绝了袁绍的“好意”，忍痛遣散了新招募来的兵员和力役，到东阿一带去筹粮。经过半年休整，曹操军队基本恢复了元气。

兴平二年（195 年）正月，曹操为收复兖州所失地盘再度发动攻势。首先袭击兖州重镇定陶，吕布前来救援，被击退。闰四月，又在巨野大败吕布，斩杀吕布手下两员大将薛兰和李封。曹操领兵进驻济阴乘氏县（今山东巨野西南），进行休整。这时传来消息，徐州牧陶谦去世。曹操本想乘机夺取徐州，再回过头来解决吕布。他这个危险的想法一冒头，马上被荀彧劝住。荀彧说：“兖州是你安身立命谋天下的根基所在，你在陈留起兵，又在兖州得到发展，兖州是你自己打出来的一片立足之地。想当年，刘邦定关中而得全国，刘秀定河北而得全国。你现在兖州尚未完全恢复和巩固，就想冒险东征徐州，如果吕布乘虚攻占兖州，你回哪里去？兖州地处中原，天下中枢，南北要冲，靠近故都洛阳，这是一块宝地，万不可失。艰难曲折并不可怕，怕就怕东奔西突，没有一块地方扎根。”曹操耐心听罢，东望徐州，一声长叹，多好的机会啊！但荀彧言之有理，先守住兖州，缓攻徐州。

刘备乘机拣了个便宜，填补了陶谦死后的真空，当上了徐州牧。

曹操这个人，与刘邦有同有不同。相同之处在于两人都善纳忠言。不同之处在于，刘邦本人的谋略水平并不十分高明，全靠张良、陈平、萧何等人给他出点子。在关键时刻、关键问题上，他都能听得进劝，压得住火，按照谋士们的意见去办。曹操不同，曹操本人的才智谋略高于一般人。但人都是感情动物，一个人无论才智多高，也会有感情失控、失去理智的时候。曹操经常有耐不住性子、压不住火气的时候，曾由此做出过不少莽撞举动，付出过很大代价。例如，杀掉兖州名士边让，东征徐州时为了替被杀的父亲和弟弟报仇，屠杀了几十万无辜的老百姓，这两件事名声损失太大。但曹操很善于及时总结经验教训，毛玠、荀彧等谋士在关键时刻、关键问题上也敢于向他进言。只要曹操觉得谋士的分析见解高于自己，他就能忍痛割舍自己的意见，按谋士的意见办。

吕布、陈宫再次向曹操发动进攻，曹操组织军队外出抢收麦子，留守兵员不到一千人。吕布见曹军后方林木幽深，疑有伏兵，撤退而去。第二天又来进攻，曹操这一天真的在大堤内布置了伏兵，留一半兵员在堤外。双方交火，曹操伏兵尽出，吕布大败。曹操一举攻克定陶，并乘胜收复了兖州各县。

曹操左劈右挡，艰难地巩固住了兖州这块根据地。从此以后，他结束了东奔西突、寄人篱下的生活。兴平二年（195 年）冬十月，“天子拜太祖兖州牧”（《三国志·武帝纪》），这等于朝廷为曹操正式补办了兖州牧的任命手续。事情似乎历来如此，你只要把仗打胜了，迟早会有你的地位。曹操又乘胜攻占了豫州的大部分地盘，并把本部迁到许县（今河南许昌），在中原占据了更加有利的位置。

挟天子以令诸侯

献帝初平三年（192 年）四月，司徒王允密谋策划，利用吕布在长安刺杀了董卓，除掉了一大祸害，却也引发了长安大乱。董承、张杨、杨奉等人掩护汉献帝逃出长安。一路上历尽艰险曲折，千辛万苦，七月回到了东都洛阳。洛阳宫殿全部毁于兵火，破残得无处安身，献帝被安顿在已故中常侍赵忠的家宅内，“百官披荆棘，依墙壁间”，其他官员只能在外露宿。也找不到吃的，“群僚饥乏”，尚书郎以下自己去挖野菜吃。有的官员“饥死墙壁间，或为士兵所杀”（《资治通鉴·汉纪五十四》）。

各方割据势力早已不把东汉王室当回事了，曹操却不同，他很注意吸取历史经验。他刚到兖州时，谋士毛玠就向他建议“奉天子以令不臣”（《三国志·毛玠传》），曹操一直记在心里。现在荀彧又对他说，“求诸侯莫如勤王”，并且举出历史上一正一反两个例子。一是晋文公救驾周襄王而威望大增，成就了霸业。二是项羽派人杀义帝（楚怀王），刘邦为义帝披麻戴孝搞祭奠，得人心，得天下。荀彧说：“当前普天之下‘义士有存本之思，百姓感旧而增哀’，你如果现在能把落难中的汉献帝迎来许昌，‘奉主上而从民望，大顺也’（《三国志·荀彧传》）。”

曹操立刻把迎献帝这件大事提上了日程。护送献帝从长安回洛阳的主要人物有张杨、杨奉、董承、韩暹、董昭等，他们表面上共奉献帝，暗地里钩心斗角。杨奉带兵驻扎在洛阳外围梁县；韩暹、董承领兵在京师洛阳宿卫；董昭是议郎，侍奉献帝；张杨为大司马，杨奉为车骑将军，韩暹为大将军、领司隶校尉。曹操通过老朋友董昭，先给梁县的杨奉写信，表示愿意和他“有无相通，长短相济”，共辅王室。杨奉正为眼前的重重困难发愁，忽然接到曹操来信，觉得曹操近在许县，有粮有兵，是个依靠。杨奉立即与诸将联名表奏献帝拜曹操为镇东将军，袭其父爵费亭侯。宿卫京师的韩暹、董承两人产生了矛盾。韩暹认为自己护送献帝功大，居功专横；董承内心不满，暗中派人请曹操领兵进京。

八月，曹操领兵开进洛阳，朝见汉献帝。献帝拜曹操为司隶校尉（拱卫京师的警备司令），录尚书事，执掌朝政。曹操既然已经来到朝廷，岂能有权不用？他上奏献帝，列数韩暹、张杨之罪，他们没有把天子侍候好啊！韩暹“惧诛”，自料敌不过曹操，单骑逃出洛阳，投奔杨奉。献帝下诏，韩暹、张杨有“翼车护驾”之功，“一切勿问”，曹操不便再做追究。但挤跑了韩暹，也就笼住了董承。曹操利用手中权力，拜董承为卫将军，并封董承等十三人为列侯。

曹操把这几件事办完之后，又把董昭拉到身边并排坐下，问他：“我下一步该怎么办？”董昭回答说：“最好的办法是把天子迎到许县去。但朝廷在动乱中几度迁徙，现在刚刚回到故都洛阳，又要搬家，恐怕会引起波澜。怎样实施，你自己必须想好对策。”曹操最担心的是屯兵在梁县的杨奉。董昭说：“杨奉其实对你不错，表奏献帝拜你为镇东将军、袭爵费亭侯，都是他的主意，你应该以重礼答谢他，把他稳住。杨奉有勇少谋，不难对付。”曹操照办，派人去答谢杨奉，然后对杨奉说，为了解决朝廷的粮食供应问题，暂时把献帝迎往鲁阳（今河南鲁山县），那里靠许县近，输送粮食方便。杨奉信了，未加阻拦。建安元年（196 年）八月，曹操迎汉献帝从洛阳起驾，到了鲁阳却没有停留，继续往前走，进了许县曹操的兵营。曹操奉汉献帝定都许县，改名许都，“始立宗庙社稷于许”，恢复了朝廷礼仪制度，汉献帝也结束了颠沛流离的生活。汉献帝拜曹操为大将军，封武平侯，总揽朝政。

袁绍见汉献帝落入曹操之手，开始忌妒、后悔，他要求曹操把汉献帝迁往鄄城。曹操哪里会上袁绍的当？曹操以汉献帝的口气下诏，斥责袁绍不兴勤王之师，只知擅相讨伐，先批了他一通；然后诏令他为太尉，以示安抚。袁绍见诏大怒，我的位置怎能摆在他曹阿瞒之下？天大的耻辱！“表辞不受”。东汉官制，太尉是武官最高职务，是朝廷“三公”之首（太尉、司徒、司空）。但大将军总揽朝政，权力高于太尉。大将军一职，始于西汉卫青。但它不是常设职务，因时而异，因人而设。东汉时，窦宪、梁冀等外戚，都被窦太后、梁太后委以大将军之职，总揽朝政，辅佐“童年皇帝”。在东汉人心目中，大将军才是朝廷第一要职。曹操显出气量，不与袁绍争一时之高低，自动让出大将军一职给袁绍，自己“甘居袁下”，改任司空，行使车骑将军的职权。其实，朝廷的人事大权都在曹操手里。曹操把自己的组织系统安排得滴水不漏，朝政要务全在他掌控之中。袁绍要到了一个“大将军”的空名，大笨蛋一个。

黄巾起义爆发，喊出了“苍天已死，黄天当立”的口号，同东汉朝廷势不两立。同黄巾起义军争夺天下的是地主豪强势力，他们与东汉朝廷联手镇压了黄巾起义。然后，地主豪强势力内部再展开争夺，群雄割据，一片混战。曹操“迎献帝以令诸侯”，刘备、袁绍等各派势力都骂曹操“窃国”“汉贼”，其实他们也都打出了“匡扶汉室”的幌子，邀买人心而已。尤其刘备，此人最假。

搞屯田以积军粮

连年战乱和灾荒，生灵涂炭，饿殍遍野，各路豪强均发生了粮荒。曹军在粮荒最严重时，下发的军粮中竟掺杂有人肉干。为了度过粮荒，曹操忍痛遣散了新招募的士兵和力役，甚至一度曾动念想投靠袁绍。在荀彧等人的鼓励下，他把这些困难硬顶了过去。

曹操深知，身处乱世，无兵不成事；有兵无粮，同样成不了事。在中国古代，粮食就是争夺天下的基本战略资源。拥兵无粮，没有分量；拥兵有粮，才有重量。曹操一直记着毛玠“修耕植，畜军资”的重要建议。曹操把汉献帝迎到许县定都后，立即着手在许下开始屯田种粮。这是曹操重视吸取历史经验的又一个例子。他在《置屯田令》中说，“夫定国之术，在于强兵足食。秦人以急农兼天下，孝武（汉武帝）以屯田定西域，此先代之良式也”（《曹操集》）。曹操在兵荒马乱的形势下搞屯田，其功有二：一是以屯田解决军粮，减轻了农民负担；二是利用屯田安置了上百万流民。

他任命枣祗为屯田都尉，任峻为典农中郎将，负责屯田事宜。曹操在青州收编投降的黄巾农民起义军时，相随的官兵眷属和流民有百万之众。许多农民赶着耕牛、扛着犁耙一起跟随曹操军队迁往河南，他们成为第一批“屯田客”。同时还招募各地流民，采用军事化管理方式，每五六十人编为一“屯”，每“屯”设一名屯田司马。“屯田客”不归属郡县，自成系统，直接归典农中郎将（相当于郡太守）和典农校尉（相当于县令）管辖。收获的粮食按比例分成，使用公家耕牛的上缴六成，田户得四成；用自家耕牛的，田户与公家对半分成。屯田户可免服兵役徭役。

许下屯田，第一年就获得了大丰收，“得谷百万斛”（《三国志·武帝纪》），大大缓解了军粮供应的严重困难。随着曹操统治区不断向外扩大，屯田制不断向外推广。曹操搞屯田制，不仅对“强兵足食”、战胜袁绍发挥了重大作用，也使许多流民重新回到了土地上，在兵荒马乱中解决了生计。

官渡之战前的三年准备

曹操在官渡之战中打败实力雄厚的袁绍，这是他统一北方的关键之战。官渡之战前，袁、曹的兵力对比是十比一，袁绍根本不把曹操放在眼里：“你那几个兵，不够老子打！”

曹操为发动官渡之战准备了三年，重在战略谋势，主要包括三个方面：

第一，先攻南方，以消除来自背后的直接威胁。官渡之战前，曹操集中力量打击南方的袁术、吕布、张绣三股割据势力，以加大后方战略纵深。袁术是袁绍弟弟，如果不先把袁术打垮，官渡之战要打袁绍，袁术肯定从背后捣乱，这是曹操的心腹之患。袁术好大喜功，于建安二年（197年）春天在寿春（今安徽寿县）称帝。他称帝后，为了拉拢徐州的吕布，同吕布结为儿女亲家。这时，曹操以献帝的名义给吕布下了一道诏书，任命他为左将军。左将军原来是袁术的头衔，曹操把这顶帽子从袁术头上摘下来，给吕布戴上。吕布这位流寇式的人物，得到朝廷的正式任命，自然高兴。袁术派了大队人马到吕布家中去为儿子娶亲时，吕布翻脸不认账。袁术大怒，派七路大军来攻吕布。吕布买通了袁术手下的韩暹、杨奉二人做内应，大败袁术军，袁术从此一蹶不振。曹操乘机东征，再攻袁术，袁术率军南逃至江西九江，余部被曹操全歼。这时，南方又发生严重灾荒，袁术大量士兵冻饿而死，袁术大势已去，再难复起。吕布一身武功，人格上却是一位反复无常的小人。不久，他又同袁术勾结，攻击驻扎在小沛的刘备。刘备丢了家小，只身前来投奔曹操。曹操采纳荀彧、郭嘉、荀攸等人的建议，决定“先击吕布，后攻袁绍”。曹操亲自东征，在半路上遇到前来投奔的刘备，曹操让他一起去打吕布。曹操得到广陵太守陈登的支援，攻下彭城，围吕布于下邳。连续围攻三个月，终于攻破下邳，将吕布围在白门楼上。曹操一举擒杀吕布，夺回徐州，解除了一大心腹之患。张绣在南阳，离许都近在咫尺，曹操如芒刺背。但张绣的凉州兵很难打，曹操三征张绣，第一次吃了败仗，第二、第三次也没有拿下。荀攸献计说，张绣的凉州兵是为找粮才东下中原，现在靠荆州刘表供应军粮。对张绣硬打不是办法，不如缓一缓，刘表肯定不可能为张绣长期供应军粮。待张绣与刘表之间为军粮供应产生矛盾，就可以为我利用。曹操采纳其计，对张绣变“攻”为“和”，将他拉拢稳住。

第二，争取江东孙策、荆州刘表中立。首先搞定了江东孙策。建安二年（197年）夏天，曹操以汉献帝名义拜孙策为骑都尉，领会稽太守，并与孙策结为儿女亲家。荆州刘表，握有十万大军，袁绍也在加紧拉拢他，但刘表不为所动。曹操派南阳韩嵩、零陵刘先二人前去劝降刘表。对他说，“两雄相持，天下之重在将军”，劝他“择所宜从”，以附曹操。刘表“狐疑不断”。韩嵩“盛称操之德，劝表遣子入侍”。刘表大怒，要杀韩嵩，被刘表的妻子蔡氏劝住。她说：“韩嵩楚国之望也，且其言直，诛之无辞。”刘表虽然没有归附曹操，但他表示袁绍与曹操相斗，他“以观其衅”，保持中立，对曹操已是幸事。

第三，稳定左右两翼。左翼关中，右翼徐州，这是曹操极为担心的两个部位。左翼关中，弄不好会成为袁绍的一个突破口。他最初同荀彧、郭嘉分析敌我形势时就提出，“吾所惑者，又恐绍侵扰关中，西乱羌胡，南诱蜀汉，是我独以兖豫抗天下六分之五也，为将奈何?”荀彧分析认为，关中的各股割据势力各自为政，最强的两股是韩遂与马腾。他们看到关东相争，重在自保，只要施恩抚慰，足以将他们稳住不动。司隶校尉钟繇足智多谋，派他到关中去主政，稳住韩、马，监视益州刘璋，他完全可以胜任。曹操采纳了荀彧的建议，把钟繇派往关中。钟繇出色地完成了这一任务，不仅说服韩遂、马腾遣子入朝为质，而且在官渡之战进行到紧要关头时，从关中送两千匹战马到官渡前线，曹操感动不已。

右翼徐州，是构连南北的战略要地，一旦有失，将成为曹操战略全局中的软肋。曹操消灭吕布后，并没有把刘备留在徐州（刘备此前曾割据过徐州），而是把刘备带回许昌，留在身边，任命他为左将军、豫州牧，让他当了一名挂名大员。刘备当然很不甘心，与董承等密谋行刺曹操。但刘备还没有来得及出手，建安四年（199 年）四月，袁术在南方山穷水尽，准备北上把帝号送给他兄长袁绍。曹操派刘备领兵前往徐州阻击袁术，坚决阻止二袁合流。袁术被迫退回寿春，刘备重新占领徐州。这时的刘备，已如出笼之虎、入水之鱼。他知道曹操正在紧锣密鼓地准备官渡之战，无暇东顾，于是突然亮出旗帜，反叛曹操。曹操派刘岱、王忠东征刘备，毫无进展。这时，董承与刘备密谋行刺曹操事泄，董承被夷三族。曹操决心亲自东征，平定刘备。众将顾虑重重，担心袁绍乘机偷袭许昌。曹操则认为，第一，刘备不除，徐州不重新夺回，同袁绍的对决就会埋下莫大隐患；第二，袁绍多疑，见事迟，行动慢，请大家只管放心。建安五年（200 年）正月，曹操东征，大大出乎刘备意料。刘备毫无准备，被曹操打了个猝不及防，部队溃散，妻子、关羽被俘，张飞落草，刘备只身投奔青州袁绍儿子袁谭，再转投袁绍。曹操平定了刘备反叛，收复了徐州，火速回军，急派振威将军程昱前往鄄城驻守，以加强右翼防线。他自己则把全部精力投入到准备发动官渡之战上来。

这时的曹操，已将劣势一步步转化成同袁绍的均势，可以同袁绍正面对抗了。下一步，他的目标是要把战场上的均势转化成胜势，对袁绍战而胜之。

官渡之战

官渡之战的古战场在哪里？西汉文帝时，黄河在河南开封西北的延津决口改道，往东北方向流去。袁绍在黄河以北，曹操在黄河以南，隔河成斜向对峙。官渡（今河南中牟县东北），因官渡水得名。官渡水是黄河的一条支流，东西流向。官渡是官渡水上的一个主要渡口，官渡正北就是古代黄河南岸的延津渡口。官渡水与黄河形成的夹角地带，水道交叉，沼泽密布。从官渡到延津渡口，是一条沙丘连绵的通道，因而官渡成为军事要地。延津渡口下游约四十里是白马津（今河南滑县东北），白马津下游约二十里是黎阳津，黄河北岸有座黎阳城（今河南浚县），由袁绍军控制。

官渡之战，实际上是袁绍先动手打曹操。发动战争，舆论先行，自古如此。建安四年（199 年）秋天，袁绍请陈琳写了一篇很长的《讨曹操檄》，布告天下，揭开了官渡之战的序幕。陈琳在檄文中把曹操祖孙三代骂得狗血淋头，悬重赏取曹操首级。曹操耸肩一笑，那就战场上见吧。

官渡之战不是一次战斗，是由一系列战斗组成的一场大规模战役。

先说白马城之战。建安五年（200 年）正月，袁绍大军全线出动，先锋开赴黎阳，攻击目标直指黄河南岸的白马城。二月，袁绍命令颜良率领一万二千余人南渡黄河首攻白马城，夺占渡河要点，然后大军从这里渡过黄河，向南岸曹操防御纵深发动进攻。沮授劝阻袁绍说，“颜良性促狭，虽骁勇不可独任”，建议改派其他将领担任先锋。袁绍不听，命令颜良按照原定计划渡河进攻白马城，官渡之战的前哨战正式打响。曹军驻守白马的刘延兵少，坚持到四月，已经支撑不住。曹操准备亲自领兵前往白马城救援刘延。荀攸献计说：“我们兵少，不可与袁绍军正面硬拼。不如佯攻左翼的延津渡口，制造北渡黄河袭击袁绍侧后的假象。袁绍担心侧后遭袭，肯定会分兵至延津，白马城的压力马上可以减轻。这时，我方可迅速挥师向东，直扑白马城，‘颜良可擒也’。”曹操从其计，亲率大军开赴延津渡口。袁绍果然中计，急派骑将军文丑赶往延津阻击曹军。曹操立刻下令，张辽、关羽二员大将急速掉头向东，直扑白马城。关羽在徐州之战中被俘后，曹操把他留在曹营，厚待有加，想竭力拉拢他归顺。关羽的想法是，我为你曹操立一次功，还你的人情，然后再离开。你有情，我有义，谁也不欠谁。所以这次攻打白马城，袭击颜良，关羽冲锋在前。曹军突然出现，颜良猝不及防，仓促应战。关羽“望见颜良麾盖”，拍马突入颜良军中，斩颜良于万军丛中，提了颜良的首级拍马而归，来去如入无人之境。曹军大胜，袁军大败，白马之围解除。

再说延津之战。曹操将白马城内的老百姓全部迁出，沿着黄河南岸向西南方向行进。老百姓扶老携幼，络绎不绝，行进速度很慢。袁绍决定派兵渡河追击，沮授又劝阻道，愤而追击，求敌决战，兵家大忌，怕有不测。袁绍不听，命令文丑、刘备（刘备徐州兵败后投奔了袁绍）率军急速渡河，追击曹军。文丑率领王摩等从延津率先渡河，到达南岸后急追曹军及随军百姓，眼看就要被追上。曹操到达酸枣（今河南延津县）以北的南坂，突然“勒马驻营”，停了下来。他派兵登高瞭望，随时报告袁军到达人数。同时下令骑兵解鞍，将辎重都放在路上。文丑率领的袁军追兵越来越多，争抢辎重。曹操一声令下，突然出击，一举击败袁绍追兵，文丑被斩于阵前。曹操下令回追袁军三十里，歼敌数千，缴获战马几千匹，所失辎重均收回。曹操初战得胜，返回官渡。关羽乘机脱身，离开曹营，追随刘备而去，曹操为之叹息。

白马、延津两场前哨息战，曹军打得很漂亮，连斩袁绍手下颜良、文丑两员大将，大获全胜。

再说后方反骚扰战。袁绍在白马、延津攻曹失利，当然不会甘心。他派人策动汝南原黄巾军将领刘辟、龚都等背叛曹操，在曹军背后发动骚扰战。袁绍又派刘备领一小支部队迂回到曹军身后去配合刘辟、龚都，进攻许昌，好几个县起兵响应。曹操深感忧虑，曹仁分析说，刘备所领之军是袁绍临时调拨给他的，军心未合，只要采取速战速决的办法，不难将他打败。曹操采纳曹仁建议，派曹仁领兵回军南线，迅速平定了汝南叛乱，击败了刘备。刘备被曹军打败后退回河北，一心想脱离袁绍，遭到袁绍斥责，命他再次领兵渡河南下，到许昌以南去向曹军发动进攻。曹操派蔡杨回军南线抗击刘备，蔡杨被刘备打败阵亡。刘备虽然这一仗取得了胜利，但在南线没有掀起大浪。这与曹操在官渡之战前先在南线击败了袁术，消灭了吕布，厚赂稳住了张绣，争取孙策和刘表保持中立有着极大关系。否则，上述几股力量乘机联合行动，曹操将很难对付。这就可以看出曹操战略谋势的成功。

官渡阵地战，是官渡之战的核心战斗。曹军依托沙丘筑垒坚守，转入阵地防御。八月，袁绍大军渡过黄河，“依沙堆为屯，东西数十里，连营而前”，推进至官渡一线，与曹军近距离对垒。曹操“分营抗敌”，要点式抗击袁军进攻。同时，急调于禁从原武南渡黄河，回防官渡，以加强防御。九月初一，曹操出击不利，退回营垒坚守。袁绍命军中起土山筑“高橹”（雕楼状无顶工事），居高临下，万箭俯射曹军。曹操营垒中的官兵只能以盾牌举在头上行动，陷入被动。这时袁绍信心大增，认为曹营必破，给士兵每人发了一根三尺长的绳子，下令谁抓到曹操就将他捆住。曹操命令于禁也在营中堆起土山，并造出一种霹雳车，“以机发石，声如霹雳”，袁绍军构筑的“高橹”全被击毁。袁绍又下令挖地道袭击曹营，曹操命令在营中挖掘长壕，随时发现袁军所挖地道，烟灌火烧，进行封堵。

袁、曹两军在官渡对峙了一百多天，未分胜负。这时，袁绍部将张郃对袁绍说，这样长期僵持下去不是办法，建议迂回到南路，从背后偷袭曹操。袁绍不听，仰仗兵力强大，坚持要从正面突破曹营。曹操军粮即将吃完，深感防御越来越艰难，打算退守许都，写信同留守许都的荀彧商量。荀彧立即回信，鼓励曹操说：“袁绍集中全部兵力在官渡，要与你决一死战，你以他十分之一的兵力，已经顶住了他半年，现在把他阻击在官渡一线，他不能前进半步，这已经是很大的胜利。你目前虽然面临严重困难，但比当年刘邦与项羽在荥阳、成皋对峙的困难小多了。当时刘、项谁都十分困难，但谁都不肯先退，谁先退谁就失败。你现在无论多么困难都要坚决顶住，一旦退却，等于主动把缺口打开，敌人会像决堤之水一样汹涌而入，根本无法阻挡。你只要硬着头皮再顶他一阵子，袁绍阵营内部肯定会出乱子，到那时，你的机会就来了。”曹操又同前线的军师荀攸、参军贾诩一起商量，荀攸、贾诩也持同样看法。于是，曹操重新振作起来，决心对袁军发动反攻。信心一来，办法也来了。

当天夜里，曹操派兵挖渠，引莨荡水灌袁绍军，袁军被迫后撤三十里，曹军压力骤减。这时，曹军抓获一名袁军的仓储官吏，连夜审讯，得到口供，袁军有一批运粮车即将到来。曹操命令徐晃、史涣二将前往必经之路上袭击袁绍的运粮车队，烧毁了袁绍一千多辆运粮车，致使袁绍军中断粮。曹军一次水灌、一次烧粮，重挫袁军锐气，曹军信心大增，士气大振。但是，这时曹军的军粮供应也极端困难，曹操兵力少，不可能将大批兵力用于运粮，只能靠少量士兵运粮，他们来回奔命，艰苦异常。曹操安慰他们说：“我半个月之内为你们打败袁绍，再不用你们辛苦了！”

乌巢烧粮战。十月，袁绍下令用大批兵员车辆往前线运粮，并派淳于琼率一万多兵力北上迎接运粮车队。监军沮授向袁绍建议说，上次运粮车队就遭到曹军袭击，这次运粮车队目标更大，为了以防万一，应当再派一支队伍到翼侧监视曹军，袁绍不屑一听。参谋许攸向袁绍提了另一条建议，他说，曹操全部兵力都在官渡，许都防守空虚，这时可以组织一支轻骑突袭许都，迎献帝，令诸侯，一定可以活捉曹操。即使活捉不了他，也必定会迫使他来回奔波，首尾不相顾，必败无疑，袁绍也没有采纳。

这时恰恰出了一件事，许攸的家人在后方犯法，被邺城留守审配捉拿归案。许攸得到消息，一怒之下，离开袁绍，投奔曹操。曹操听说许攸来投，喜出望外，鞋子都来不及穿，赤着脚拍手大笑而出：“子卿远来，吾事济矣！”子卿是许攸的字，曹操知道通过许攸可以把袁绍的底细弄个明白，这是战胜他的重要条件。许攸问曹操：“袁绍的军势很盛，你同他长期相持，你的军粮还能坚持多少日子？”一句话点中曹操软肋，曹操虚言以答：“还能坚持一年。”许攸说：“你说实话！”曹操改口答：“还能坚持半年。”许攸抓住不放，盯住他说：“你为什么到这个时候还不对我讲实话？”曹操回答说：“顶多还能坚持一个月，怎么办？”许攸说：“你孤军独守，外无救援，军粮将尽，此危急之日也！”他接着告诉曹操一个重要情报：袁绍有一万多辆运粮车扎营在乌巢，袁绍虽然派了淳于琼带一万多兵员前去接应，但戒备不严，你立即派一支奇兵去袭击，烧毁袁绍粮车，不出三天，袁绍必败！

曹操大喜，依计行事。他留下曹洪、荀攸守营，立即挑选步骑精锐五千人，都用袁绍的军旗和暗号，马缚口，人衔枚，手持柴薪火种，亲自率领，连夜出发，奔袭乌巢。半路遇到袁军哨卡盘问，回答道：“袁公担心曹操抄袭运粮车队，派我们前去防备。”袁军哨卡信以为真，一路通行无阻，顺利到达乌巢。乌巢是个大泽，淳于琼的接应部队和运粮车队都傍泽扎营，曹军迅速包围袁军营屯，四处放火。淳于琼营中顿时大乱，曹操急攻。战至天明，淳于琼发现曹军人数并不多，出阵迎战。曹操猛烈反击，淳于琼又被迫退回去保营屯。曹操追击至营前，将淳于琼逼在里面，既救不了火，更退不了敌，急死也无用了。

这时，袁绍吩咐长子袁谭说，乘曹操去进攻淳于琼，我去进攻他的官渡大本营，看阿瞒从乌巢回来他往哪儿去！命张郃、高览再筑“高橹”，向官渡曹营发动攻击；只命轻骑司马赵睿带一支小部队去救乌巢。曹操正在向陷于绝境的淳于琼发起猛攻，来救乌巢的赵睿援兵也已赶到。左右慌忙向曹操报告说：“袁绍的援兵快到了，赶快分出一部分兵力去阻击！”曹操大怒道：“急什么，敌人到了我背后再向我报告！”在交战的紧急关头，曹操的指挥水平高在哪里？高在敢于把全部力量在一瞬间集中到一点，先打败一个敌人，再转身集中全力去对付另一个敌人。这是曹操从小钻研兵法得到的体会，现在已变成了他的实战经验。主帅如此勇不可当，曹军上下殊死战斗。激战中，曹军斩杀了袁绍军中的步兵校尉睦无进、屯骑校尉韩莒、韩莒儿子韩威璜，活捉了淳于琼，歼灭袁军千余人。曹操下令将这些战死的袁军士兵鼻子都割下来，将袁军运粮车队牛马的舌头、嘴唇也割下来，带回去有用。然后一齐放火，把尚未烧完的袁军军粮彻底烧光。这时，曹操才拨马转身，迎战前来救援淳于琼的赵睿，轻而易举，将他斩于阵前。曹操下令集合部队，急回官渡。

前去攻打官渡的张郃，赶到曹营前，天色已经破晓，曹营防守严密，急攻不下。战至中午，曹操已经赶回官渡，张郃知道自己不是曹操对手，向后退却。督军郭图为了推卸自己献计进攻曹营失误的责任，骂张郃对失败不感到痛心，反而感到高兴。张郃一听，大惧，回去袁绍足以要他的性命。顿时横下一条心，当场烧掉进攻的战具，投降了曹操。曹操马上接见张郃，把他比作“韩信归汉”，拜他为偏将军。

这时，袁绍军中开始乱套。都传说，乌巢的军粮已经全被烧光，淳于琼等都已战死，张郃、高览等去进攻官渡曹营，“铁甲万领”，已经全部向曹操投降。所谓兵败如水，这些坏消息就像一股决堤洪水，把袁军的军心一下子冲散了。正当袁军军营内纷纷攘攘之时，曹操派人把在乌巢割下的一堆人鼻、牛舌、马唇倾倒在袁军阵前，又引起袁军一阵惊恐骚动。曹军乘乱向袁军发动猛攻。自古兵败如山倒，袁军大势说去就去。袁绍和长子袁谭，率八百骑败走北去。袁军群龙无首，乱作一团。曹操下令全线追击，追到延津渡口，俘虏袁军十余万，缴获袁军物资“累值巨亿”。

这时发生了一件事：在袁绍遗弃的文书档案中，发现了不少许都官员和曹操军中人物写给袁绍的信件，这是通敌证据，足以杀头。左右谋臣主张把这些信件拣出来，依信查人，追究这些人的通敌之罪。曹操却说，当时袁绍这么强大，连我自己都觉得难以自保，何况众人？他命令将这些书信统统烧掉，不得留下任何痕迹。曹操的这一举动，稳住了许多人的心。曹操的智谋在一般人之上，这是一个突出例证。

曹操俘虏的十多万袁绍士兵，听说袁绍已在黎阳停下，又见曹操军中伙食极差，都在暗中商量准备逃跑。曹操一时弄不到粮食来养这么多兵，便以“伪降”“叛变”为由，坑杀了八万多袁军降卒。曹操大量杀俘，也在战争史上留下了不光彩的一笔。

官渡之战，曹操以一比十的兵力打败了强大的袁绍，成为中国古代战争史上以弱胜强的经典战例。

曹操统一了北方

建安六年（201 年）夏四月，袁绍再次指挥他的军队在黎阳集结，准备进攻曹操。曹操在官渡集结兵力，组织一支轻骑兵诱敌深入至仓亭，大破袁绍军。建安七年（202 年）五月，袁绍吐血而死。袁绍长子袁谭、少子袁尚争立，兄弟失和，但却一致抗曹。曹操攻克黎阳，袁谭退回邺城，袁尚领兵前来接应，也被曹操打败。曹操追击到邺城下，袁谭与袁尚两股力量成犄角之势，一时难以攻下。谋士郭嘉向曹操献计说，袁绍生前喜欢这两个儿子，在传位问题上举棋不定，现在出现二虎相争局面，两人各有党羽。如果急攻，他们会被迫联合自保。倒不如先放一放，他们内部必起争执，到时候一举可定。曹操采纳郭嘉建议，命令贾诩留守黎阳。此时正是麦熟季节，曹操指挥大军抢收冀州麦子，然后回撤。

这时袁谭对袁尚说，乘曹操回撤之机，我们迅速出击，必可大胜。袁尚怀疑袁谭居心叵测，没有表态。袁谭大怒，于是兄弟开战。袁谭败走平原。建安八年（203 年）秋八月，袁尚出兵攻平原，围袁谭。袁谭危急关头派使者向曹操求救，请曹操派兵攻邺城，逼迫袁尚退兵救邺城。曹操帮是帮了袁谭一把，但没有按他的建议去攻邺城，而是出兵黎阳，造成威胁邺城之势。袁尚得到曹操出兵的消息，立即从平原撤围，回军邺城。

建安九年（204 年）正月，曹操从朝歌向邺城开凿沟渠，准备引淇水入白沟，作为运粮渠道，为攻打邺城做准备。袁尚不以为然，觉得从朝歌到邺城相距一百多里，没有一两年时间沟渠不可能挖通。他再次向平原袁谭发动进攻，让审配留守邺城。可是到了四月，曹操命人以巨木为桩，一排排打下去，逼迫淇水改道流入白沟，运粮船可以通了。曹军很快从水道向邺城发动进攻。七月，袁尚从平原回救邺城，在离邺城还有十七里的地方被曹军打败，向幽州败逃而去。曹操一举攻克邺城，自任冀州牧，把他的大本营从许昌搬到了邺城。

曹操召袁谭归降，袁谭不从。曹操又发兵东征平原，攻打袁谭。建安十年（205 年）正月，曹操在南皮攻杀袁谭。曹操尽得袁氏北方冀、幽、青、并四州之地。这时，曹操感到袁绍还有两个儿子袁尚、袁熙逃亡在北方，如不乘胜消灭，必将勾结乌桓作乱，这个问题必须解决。建安十二年（207 年）秋七月，曹操领兵北征乌桓。辽宁白狼山一战，曹操斩乌桓首领蹋顿，俘获胡汉二十余万人。袁尚、袁熙逃往辽东。辽东公孙康将二袁兄弟俩诱擒杀掉，将他们两颗人头送交曹操。至此，曹操统一北方大功告成。三国战争中，曹操统一北方，是他的一大历史功绩。

赤壁之战前，曹操的一系列战略失误

赤壁之战，是曹操一生的分水岭。他一生打了无数次仗，最大的战役有两次，一次是官渡之战，大胜；一次是赤壁之战，大败。由于曹操统一北方后滋生了严重的轻敌思想，导致他在南征军事行动的谋划阶段、初战阶段，出现了一系战略性失误，最终铸成赤壁惨败，从而使他统一中国的战略愿望彻底破灭。

失误之一：南征军事行动操之过急。建安十三年（208 年）正月，曹操从北征乌桓的前线辽宁柳城回到河北邺城，紧锣密鼓地为南征做准备。刚开春，他就组织人力疏浚玄武池训练水军。六月，他撤销“三公”，自任丞相，集军政大权于一身，以适应集中统一指挥的需要，减少掣肘。七月，他就在许都集结重兵，开始向荆州刘表发动进攻。从这个时间表可以看出，曹操太性急了。曹军经过长年累月的连续征战，还没有得到必要的休整，马上转入南征军事行动，明显准备不足。这只能说明，曹操统一中国的战略愿望非常强烈，但是他对如何去实现统一中国这个比统一北方更为宏大的战略目标，战略思考尚不充分，思路尚不清晰，一系列问题都还模模糊糊。他在这种情况下急于南征，注定将付出沉重代价。

失误之二：南征军事行动的首攻目标没有选准。曹操的南征军事行动可以区分为两个阶段：第一阶段是发动荆州战役，攻刘表，取荆州；第二阶段是顺江东下，直取东吴，这就是赤壁之战。曹操南征的第一阶段，他翘首南望，长江中游是荆州刘表，长江下游是江东孙权，长江上游是益州刘璋。他决定从中间突破，先攻刘表，夺取荆州。荆州最早是西汉设立的

“十三刺史部”之一，它的辖区包括今湖北、湖南二省全境，以及河南、贵州、两广的部分地区。东汉末年刘表领荆州牧时，荆州治所在襄阳。曹操决定从荆州中间突破，这个战略突破方向并没有选错。但是，在这个战略突破方向上，首攻目标应该锁定在哪里？不明确。曹操的战略思维本来一向是比较开阔的，开始南征前，他对远在关中的马腾都考虑到了，担心马腾乘他南征之际偷袭许都，逼迫马腾举家迁来许都，调虎离山，让他做了一名空头“京官”，只让他把儿子马超留在关中代管他的部众。其实，最早动念要偷袭许都的不是马腾，是刘备。曹操北征乌桓时，刘备就竭力鼓动刘表乘许都空虚，偷袭许都。刘表胆小，当时没有采纳，后来十分后悔。曹操在谋划南征军事行动时，偏偏把驻在新野的刘备疏忽了。曹操要攻刘表、取荆州，南阳郡是荆州的北方门户，刘备正驻扎在南阳郡的新野，替刘表把守着北大门。曹操却把战略目光从刘备身上跳了过去，直接瞄向了荆州府治襄阳城里的刘表。这是曹操战前谋划中的一个大漏洞。许都、南阳、新野、襄阳，处在一条由北向南的轴线上。从新野到襄阳，中间还相隔一百多里的“间隙”。曹操如果把首攻目标锁定在新野，锁定在刘备身上，凭他当时已经具备的强大军事实力，他完全可以组织精骑，利用新野到襄阳之间的“间隙”，迂回穿插，把刘备兜住、吃掉，然后再攻襄阳，那么，后来的战局发展将可能全部改观。但曹操这次竟没有把刘备当回事，这个“疏忽”太大、太关键了！

失误之三：荆州战役中，对刘备的追击战又半途而废。曹操的大军向南阳开进，刘表立刻收缩防守。他决定放弃南阳郡，以荆州治所襄阳为防御核心，以江陵为后方基地，储备大量军用物资，凭借汉水这条天然防线，做坚守江汉平原的长期打算。刘表命令刘备从新野后撤至汉水北岸的樊城，掩护汉水南岸的襄阳城。正当紧张备战之际，刘表于八月病死。刘表死后，大敌当前，刘琦、刘琮二子相争。次子刘琮是刘表后妻蔡氏所生，在舅舅蔡瑁支持下继任荆州牧；长子刘琦（江夏太守）不服，企图利用赴襄阳吊孝的机会发难。但曹操已大兵压境，外部矛盾上升，内部相斗被压下了。刘琮名义上继承了荆州牧，但威望不能服众，下属各郡不愿抵抗曹操，主降派多，主战派少。九月，曹军进至新野，刘琮暗中派人向曹操投降。刘备觉察苗头不对，派人前去质问刘琮。刘琮只得派宋忠正式通知刘备说，荆州全境已经归降曹操。刘备大怒，举着大刀向宋忠吼道："你们怎么能这样办事，连招呼都不打一个，现在曹操大军说到就到，我逃跑也来不及了啊!"刘备到刘表坟上去大哭"告别"，然后率众从小路向江陵撤退。他命令关羽率领水军（几百艘战船）从汉水南下，到江陵会合。刘备这时的目标是"欲据南郡而居之"（南郡是荆州所属七郡之一，南郡治所在江陵）。撤退途中，一路上不断有不愿降曹的军民加入，到达湖北当阳时，跟随者已多达十万人，队伍前进十分缓慢。曹操占领襄阳后，得知刘备已率众南逃，亲率精骑五千追击刘备，一天一夜强行军三百里。前锋曹纯和文聘在当阳追上了刘备的队伍，这支民多兵少的队伍不堪一击，全部溃散。刘备责令张飞率二十余骑断后，张飞在长坂坡毁桥凭水，阻吓曹军追兵，曹纯和文聘竟被吓住。曹军忙于缴获刘备丢弃的马匹物资，没有迅速强渡或者迂回过河继续追击刘备。就这样，曹操对刘备的长途追击行百步而半九十，前功尽弃。东吴使者鲁肃恰好在当阳遇上刘备，劝他与孙权联合起来抗击曹操，这给陷入绝境的刘备及时送来了一线光明。刘备乘曹军一时松懈，丢下妻子，率诸葛亮、赵云等数十骑败逃南走。他放弃前去江陵的想法，斜走汉津，恰好遇到关羽率领的水军船队，上船东下。从汉水进入长江后，遇到刘表长子江夏太守刘琦率领的一万余人舟师部队，一起到了夏口（今汉口），又继续东下到了樊口（今湖北鄂州）。

失误之四：对孙、刘结盟抗曹出现战略判断上的严重失误。曹操逼降荆州，击垮刘备，四方惊动。益州的刘璋立即派使者向曹操表示，愿意执行他关于征调兵役、力役的命令。刘璋的表态令曹操满意，但江东的孙权尚无反应。曹操从江陵致书孙权，对他进行军事恫吓说，"今治水军八十万众，方与将军会猎于吴"（《资治通鉴·汉纪五十七》）。曹操断定：第一，孙权一定会屈服于他的强大军事压力；第二，刘备失败后没有别的去处，一定会投奔孙权；第三，孙权迫于曹军的强大军事压力，一定会把刘备杀掉，不愿得罪曹操。多数人附和曹操的看法。唯独程昱另有一番见解，他认为：第一，孙权一定不会屈服；第二，孙权一定会联合刘备一起抵抗曹军；第三，孙、刘一旦联合，就很难将他们一举消灭。根据程昱的这一分析，太中大夫贾诩建议曹操“养威持重，缓图东吴”。但曹操不同意程昱的分析判断，更听不进贾诩的缓兵建议。他的战略决策是：立即对东吴发起强大军事攻势，迫使孙权杀掉刘备。孙权必将成为刘琮第二，归降于我。可见，曹操对孙、刘结盟抗曹，完全没有思想准备。曹操在战略判断上的这一严重失误，由此带来的严重后果只能由他自己去承担了。

失误之五：北方士兵不适应南方水战，曹操没有找到解决办法。曹操逼降荆州后，立即顺江东下，准备一口吃掉东吴。虽然他在南征之前也为南下水战进行了一些准备，但他在邺城的玄武池里训练水军，一个小池子能够训练出什么大名堂来？结果，曹军的舟船一进入长江，大风大浪一颠簸，曹军士兵全都“晕”了。为了减少颠簸，曹军竟笨拙地用铁链将舟船首尾相连，以致遭到孙、刘联军火攻时难以分散撤退。“锁船”看来只是一个小小的战术细节，却成为曹军赤壁惨败的重要原因之一。

赤壁之败

孙、刘结盟抗曹，是曹操赤壁之败的根本原因。曹操南征之前，东吴孙权一直在与刘表争夺荆州。鲁肃曾对孙权说，荆州江山险固，沃野万里，士民殷富，若据而有之，此帝王之资也。在曹操发动南征前，东吴已三次进攻荆州的江夏郡。就在赤壁之战前夕，即建安十三年（208 年）春天，孙权采纳甘宁的建议，派吕蒙、凌统、董袭诸将第三次进攻江夏，攻破夏口，斩杀江夏太守黄祖，“虏其男女数万口”（《三国志·吴主传》）。曹操南征，直指荆州，孙权顿感紧张。鲁肃及时向孙权建议，应该立即调整策略，停止争夺荆州，同荆州联合起来抵抗曹操。鲁肃对孙权说：“现在刘表已死，荆州内部情况复杂，刘表二子不和，刘备寄寓荆州，曹操虎视眈眈，形势变化莫测。我请求你批准我到荆州去走一趟，名义上为刘表吊孝，实际上去摸清情况。如果刘备和刘表二子能够在大敌当前的形势下和衷共济，我就以安抚之辞‘与结盟好’；如果他们互不相容，我就说服刘备把刘表的军队抓到手里，与我们结盟抗曹。”孙权采纳鲁肃建议。鲁肃说：“你既然同意，我得马上就走，否则要被曹操抢先拿下荆州了。”孙权同意他马上就出发，并授权他到了荆州可见机行事。

刘备在当阳被曹军打败，落荒而逃。穷途末路之际，经鲁肃游说，刘备投奔孙权而去。

鲁肃刚到夏口，就得到消息，曹操已向荆州发起进攻。鲁肃昼夜兼程，赶到南郡，又得到消息，刘琮已向曹操投降，刘备正在南逃路上。鲁肃折向刘备逃亡的方向，在当阳追上了刘备。鲁肃问刘备："刘豫州准备投奔哪里去?"刘备告诉他，准备投奔旧日友人苍梧太守吴巨。鲁肃对刘备说："吴巨是无能之辈，孙权乃当世英雄，投奔吴巨毫无出路，应该和孙权联合起来共击曹操。"刘备被鲁肃说动，和鲁肃一起从当阳斜走汉津，上了关羽的船队，顺江而下逃到夏口，又继续东下逃到樊口，停下。刘备在此喘息，等待命运之神的眷顾。

曹操拿下了荆州，打跑了刘备，立即将战报"传檄远近"，惊动了四方。益州刘璋立即派出使者到江陵向曹操致贺，接着又派张松送兵贡粮于曹操。东部的孙权仍无反应，他们正在紧急磋商。孙权将曹操从江陵派人送来的书信"以示臣下"，曹操在信上说他如今拥有八十万水军，要与孙权"会猎于吴"。东吴臣子看了一片惊慌，"莫不响震失色"。以老臣张昭为代表的主降派认为，曹操必将统一中国，东吴不是他对手，力主归降曹操。鲁肃站在一旁没有说话。孙权一时难以表态，起身去上厕所。鲁肃追到屋檐下，对孙权耳语道："将军如果归降曹操，将来恐怕连安身立命之地都没有!"孙权叹息："众人之议，甚失孤望。"鲁肃建议他立即召回周瑜，共商大计。周瑜是东吴前部大都督，掌握军事大权，当时正在番阳（今江西鄱阳），应召赶回柴桑（今江西九江）。

周瑜是主战派代表，他力排众议，主张坚决抵抗曹操。周瑜年轻气盛，说曹操"虽托名汉相，其实汉贼也"。他认为曹操南征有四大不利因素，用不着怕他。第一，曹操劳师南征，关中的马超、韩遂是他的心腹之患，他尚有后顾之忧；第二，曹操舍其鞍马，与我斗舟楫，以其之短，击我之长，他不可能占到便宜；第三，季节将入严冬，曹军人马粮秣均将发生困难；第四，北方士兵远涉南方江湖之间，水土不服，疾病流行，战斗力将大大降低。"此数四者，用兵之患也，而操皆冒行之"。他对孙权说：

“将军擒操，宜在今日。”并请命说，“瑜请得精兵三万人，进住夏口，为保将军破之”（《三国志·周瑜传》）。经周瑜这么一分析，孙权心中热血上涌，抵抗曹操的决心已定，拔出大刀砍下桌子一角，吼道：“谁再敢说归降曹操的话，同这桌子一样！”

周瑜深夜又去单独求见孙权，他说：“曹操信上说他拥有八十万水军，大家都被他吓住了。我回到住处经过核实，曹操的全部兵力不过十五六万，而且已是疲惫之师。再加上归降他的荆州刘表七八万部队，加到一起至多也只有二十多万，‘众数虽多，甚不足畏’。”同时，周瑜白天向孙权开口要精兵三万，现在觉得少了，希望增加到五万，以保证战胜曹操。孙权动情地对周瑜说：“老臣们只顾考虑自己的妻子儿女，以家私之见来讨论东吴的存亡大事，使我大失所望。只有你公瑾和子敬（鲁肃）二人，才是真正与我同心同德地考虑问题。可是，你要五万精兵难以凑齐，三万精兵我已经为你选好，船粮战具都已准备齐全。鲁肃、程普为你当助手，我亲自充当你的后援。你在前方，一切由你临机决断。万一出战不利，立即向我靠拢，我将亲自上前与曹操决战！”

这时曹操的大军已经占领江陵，即将顺江东下。诸葛亮对刘备说：“事急矣，请奉命求救于孙将军。”诸葛亮与鲁肃一起前往柴桑会见孙权，经过一番唇枪舌战，终于商定了结盟抗曹大计。孙、刘结盟抗曹，大大出乎曹操的意料。

刘备手下大约有一万人，驻扎在樊口。刘表的长子刘琦手中大约也有一万人，驻扎在夏口，随同刘备参加联军作战。这样，孙、刘联军总兵力约五万人，与曹操的兵力对比大约为一比五。但赤壁之战的结果，孙、刘联军却以少胜多，打败了曹操的二十万大军。

火烧赤壁，其实烧的不是赤壁，烧的是赤壁对岸乌林的曹军水陆连营。赤壁是长江南岸的一座小山，位于今湖北蒲圻（现已改名为赤壁市）西北四十里。赤壁山不高，但长江南岸这一带只有这么一座小山，它的军事意义就显得非常重要了。赤壁山东侧是陆口（陆水汇入长江的河口，河口有个陆溪镇），“陆口为江东锁钥，陆口倘失，孙权必危”。如果曹操的水军从长江经陆口进入陆水登陆上岸，可以直插东吴腹地。因此，陆口一直是东吴必须死守的军事重镇。赤壁山西侧是太平口，从长江经太平口可进入赤壁山后的太平湖（现称黄盖湖），当年黄盖率领的东吴水军就在太平湖内集结待命，只等一声号令，便可驶入长江投入战斗。

赤壁山对岸，是江北一个江边水埠乌林。长江在赤壁山下斜斜地向东北方向拐了一道弯，这就是赤壁江段。周瑜对江南地形了然于胸，他深知赤壁江段是防御曹军顺江东下的关键所在。只要能守住赤壁江段，就能封堵住赤壁山东侧的陆口，阻止曹军进入陆水登陆上岸进入东吴腹地；并能利用赤壁山后的太平湖秘密集结东吴水军，从太平口突发而出，截击顺江东下的曹军。

周瑜率三万精兵从柴桑溯江西上，前去抢占赤壁江段的赤壁山、陆口、太平湖等防御要点。

刘备收拢了一些逃散的残兵败将，驻扎在赤壁山下游的樊口。曹操大军随时可能顺江东下，刘备心里像被掏空了一般，无着无落，盼望东吴大军能早点溯江而上，来到他面前。刘备派出的探哨在江边瞭望，远远望见周瑜船上的旗号，立即飞奔回来报告："来了！来了！"

周瑜的舟师船队到达樊口，刘备派人前往江上慰劳吴军，并邀请周瑜到刘备处议事。刘备在周瑜眼里算个什么人物，周瑜回答说："本人军务在身，怎能离开帅位？如果他不怕屈尊，就请他到我船上来吧！"刘备碰了一鼻子灰，只能"乘单舸往见瑜"。刘备登上周瑜的指挥大船，对周瑜说："今拒曹公，深为得计。"周瑜淡与寒暄。刘备又问周瑜："战卒有几?"周瑜答："三万人。"刘备说："恨少。"周瑜回答说："此自足用，豫州但观瑜破之。"刘备觉得与周瑜话不投机，想叫鲁肃出来说话。周瑜道，军务在身，不得妄自串门约谈，欲见子敬，可另找日子。刘备一听，话中有刺，只得作罢。

周瑜骄傲，刘备狡猾。刘备不太相信周瑜能以三万人抵挡住曹操的几十万大军，所以只带了两千来人，跟在周瑜的舟船大队后面虚以应付，随时准备撤出战斗，逃为上策。建安十三年（208 年）十二月某日①，曹操

① 赤壁江面遭遇战的具体时间：《三国志·武帝纪》及《资治通鉴·汉纪五十七》均记载为建安十三年十二月，没有记载具体日期。《中国历代战争史》记述为"建安十三年十月十日中午"，但未注明出处；《中国古代战争通览》引用此说。

与周瑜两军在赤壁江段相遇，立即交火，打了一场水上遭遇战。这次水上遭遇战，战斗规模并不大，持续时间也不长，各种史料记载都很简单，分别摘录如下，《三国志·武帝纪》：“公（曹操）至赤壁，与（刘）备战，不利。”《三国志·吴主传》：“（孙权任命）瑜、普为左右督，各领万人，与（刘）备俱进，遇于赤壁，大破曹公军。”《三国志·周瑜传》：“（吴军与曹军）遇于赤壁。时曹公军众已有疾病，初一交战，公军败退，引次江北。”《资治通鉴·汉纪五十七》：“（周瑜）进，与操军遇于赤壁。时操军众，已有疾疫。初一交战，操军不利，引次江北。”《三国志·先主传》：“（刘备）与曹公战于赤壁，大破之。”这条记载有些言过其实，赤壁之战的主力是吴军，主角是周瑜，刘备只是个配角。

曹操退兵至江北乌林扎营，与孙、刘联军隔江对峙。曹操鉴于曹军不适应水战，疾疫流行，决定在乌林过冬，进行休整训练，来年开春再战。为了减轻颠簸，曹军舟船都用铁链首尾相连。船队围成大圈，扎成水寨。水寨内用竹筏篾排架成相通道路，士兵们在竹排上训练水战技能。曹操的步骑陆军也到达乌林扎营，与水寨连为一体。

周瑜几次去江北曹营挑战，曹军都闭营不出。周瑜部将黄盖向周瑜献火攻之计。他说：“敌众我寡，长期对峙下去对我方不利，必须速决。曹军舟船首尾相接，冬季气候干燥，用火攻之法定可大破曹营。”周瑜觉得可行，于是开始周密布置实施。使火攻船须靠近曹营，为了骗取曹操信任，黄盖提前给曹操送去一封诈降密信。曹操将信将疑，把送信的人秘密叫去问话：“但恐汝诈尔?”送信人当然不会把实话告诉曹操。曹操对送信人说：“回去告诉黄将军，如果他是真降，吾定将重赏。”黄盖选了十艘轻便快捷的艨冲斗舰，里面装满芦苇枯柴，浇上油，再用篷布蒙上，又插上旌帜龙幡。每艘艨冲斗舰后面都拴了一艘走舸，供船上人员点火后脱身之用。火攻船队向北驶至离曹营二里处，船上人员高喊：“投降来了!”曹营内官兵都出营“延颈观望，指言盖降”。黄盖一声令下，各船同时点火，人员跳上走舸。火烈风猛，十艘火攻船一齐冲向曹营，曹营舟船同时起火，火势很快蔓延到岸上的营落，一时间火光烛天，烟灰飞空，爆裂声、喊叫声响成一片，曹营大乱。周瑜率领大船队在后跟进，鼓声大作，冲杀声声。曹军溃不成军，“人马烧溺死者甚众”，乌林水陆连营顿时化为一片灰烬。这一仗，曹操真是败惨了。

火烧赤壁，是中国古代战争史上的重要历史瞬间：交战双方的胜负就决定在这一瞬间；曹操统一中国的战略愿望就破灭在这一瞬间；三国的基本格局也就奠定在这一瞬间。

曹操赤壁惨败的原因，除了前面所列的五大失误，另外还有一个谜团，就是史书上一再讲到当时曹操军队中已有疾疫流行，部队战斗力大为降低。《三国志·武帝纪》的记载是：“于是大疫，吏士多死者，乃引军还。”看来，曹军中发生的这场流行病造成的后果极为严重，但究竟流行何种疾病，史书中没有明确记载。据今人分析，有三种可能：一为鼠疫；二为伤寒；三为血吸虫病。第三种可能可以排除，当时是冬季，不是血吸虫病流行季节。

曹军赤壁惨败后，立即组织从水陆两路向西撤退。曹操亲率陆上主力从华容道败逃。曹军正从长江开往乌林前线的粮秣辎重船队就地向西返航，乌林水营中没有烧掉的部分船只，也从长江水道迅速往西撤退。孙、刘联军分水陆两路追击曹军。刘备在江北从陆路向西追击，周瑜从长江水路向西追击。

曹操败走华容道，十分狼狈。湖北省地名有多处华容，曹操败走华容道的华容，各种军事书籍上说法不一。经专家考证，曹操败走华容道的华容，在今湖北潜江县西南四十里处，这比较可信。因为曹操是从乌林往西，沿着云梦沼泽湿地的北缘向江陵方向败逃，逃跑距离约三百里。这三百里的路况分为三段，东段乌林路段的六十里和西段江陵路段的一百六十里高爽好走，中间华容路段的八十里泥泞难行。这八十里华容道的泥泞难行状况，《三国志·武帝纪》注中有如下描述：

曹操“引军从华容道归，遇泥泞，道不通，天又大风，悉使羸兵（病号）负草填之，骑乃得过。羸兵为人马所蹈藉，陷泥泞，死者甚众”。

途中经过一片松林，上游山洪暴发，道路被淹，人马不得过。适逢张辽、许褚等率骑兵前来接应，曹操换骑驰过，在张辽等掩护下且战且走，冲出松林。曹操这个人有诗人气质，赢得起，也输得起，又极喜自嘲。他冲出松林，仰天大笑道："刘备与我为仇，可惜他得计总是稍迟片刻，如果他提前在这片松林里放一把大火，我今天真是死路一条了，天不亡我也！"曹操前脚刚过，刘备军后脚赶到，果真火烧松林。但曹操已往郝穴（今湖北江陵郝穴镇）方向奔逃而去了。

华容追击战，关羽并没有参加。这是正史《三国志》与小说《三国演义》关羽事迹的最大不同点之一。据《三国志·关羽传》记载，曹操逼降荆州刘琮后，刘备从樊城南逃时走的是陆路，他让关羽率领水军船队从汉水南下，双方相约到江陵会合。刘备在当阳长坂被曹军追上，只得斜走汉津，恰好与关羽船队相遇。刘备上船，与关羽"共至夏口"。刘备继续东下至樊口，赤壁之战爆发。刘备命关羽率领水军回防夏口，负责封锁汉水，防止襄阳方向的曹军从汉水东下进入长江。后来，襄阳方向的曹军并未东下，使关羽失去了参战机会。这里面也不排除另一种可能：刘备有意不让关羽参加赤壁之战。因为关羽曾被曹操俘虏过，曹操厚待他，拜他为偏将军。官渡之战中，关羽为了报答曹操，冲入万人阵中直取袁绍大将颜良首级，曹操又封他为汉寿亭侯。对此，刘备可能对关羽多了一个心眼，怕关羽在关键时刻再次投降曹操，所以把他留在大后方夏口。罗贯中极有可能揣摩到刘备对关羽的这份疑心，所以在《三国演义》中虚构出关羽在华容道上放走曹操这一重要情节。

曹军乌林水陆连营被烧后，周瑜率领东吴水军溯江西上，追击曹操西逃水军。曹军在败退中，由于疾疫流行加剧，军粮不继，病饿交加，士兵死亡大半。曹操退到江陵后，深感已无力进攻，放弃了灭吴计划，就地转为防御。他命乐进守襄阳，曹仁、徐晃守江陵，自己退回许都去了。十二月，孙、刘联军围困江陵。江陵城内拥有原刘表囤积的大量粮食物资，曹仁在江陵进行顽强坚守，孙、刘联军一时难以攻克。

这期间，刘备要了一个花招，他对周瑜说："我让张飞领一千兵归你指挥，跟你在这里围攻江陵；你派两千兵归我指挥，我去袭取江陵上游的夷陵（今湖北宜昌），以牵制困守江陵的曹仁。”周瑜觉得控制夷陵很有必要，于是同意派甘宁领两千人随刘备西上，去夺取夷陵。刘备上奏朝廷以刘表长子刘琦为荆州刺史，负责略定荆州江北诸郡；自己却从夷陵渡江南下，去袭取荆州江南四郡（武陵、长沙、桂阳、零陵），把夺取夷陵的任务丢给了甘宁。江南四郡太守一个个闻风丧胆，都向刘备投降。刘备命诸葛亮为军师中郎将，征收江南四郡税赋，充实军队。也就是说，赤壁之战虽然尚未结束，但赤壁之战的胜利果实已有一大半提前落入了刘备囊中，他先抢占了大片地盘。

周瑜、程普率领东吴军主力屯兵于长江南岸，与长江北岸的江陵隔江对峙。甘宁很快夺取了夷陵，从上游封锁了长江江面，切断了曹军后方增援。曹操部将曹仁率六千人前往夷陵对甘宁实施反包围，甘宁向周瑜告急。周瑜留下一半兵力交给凌统率领，继续围困江陵；他自己与程普、吕蒙诸将率领另一半兵力前往夷陵，将曹仁军一举打退。周瑜得胜回师，继续围攻江陵。

为了策应周瑜夺取江陵，孙权在淮南开辟了第二战场，以牵制和分散曹操兵力。孙权亲率部分兵力进攻合肥，命张昭进攻安徽当涂。张昭失利退兵，孙权对合肥久攻不下。建安十四年（209 年）三月，曹操命张喜率领千骑前往合肥支援守军，以解合肥之围。合肥城中守将久等张喜援军不来，别驾蒋济献了一计，假造张喜来信，称已率骑兵四万抵达雩娄（今河南商城东北），要求派主簿迎接。并将假信分成三部分，由三人假扮信使，各持信函的三分之一，派一人入城，另两人有意让孙权俘获。孙权根据所缴获的三分之二信函，基本掌握了书信内容，信以为真，认为张喜的四万骑兵很快就会来到，立即烧围撤退。合肥就此解围，曹操在淮南无忧。

江陵被周瑜、刘备军包围了整整一年，曹仁坚守得十分顽强，但伤亡很大，难以再做长久坚守。建安十四年（209 年）十二月，曹操下令放弃江陵，命令乐进、李通南下接应曹仁撤出江陵。李通与插到江陵北部外围的关羽激战，李通勇猛异常，下马拔掉鹿角（战场障碍物）冲入关羽阵中，且战且进，救出弃城而出的曹仁。周瑜乘虚而入，占领了江陵。至此，赤壁之战宣告结束。

赤壁之战后，荆州被肢解成三部分：曹操占有北部一个半郡（南阳郡及南郡的北半部），以襄阳为治所；东吴占有中部一个半郡（南郡的南半部及江夏郡），南郡以江陵为治所，周瑜为太守，江夏郡治所在沙羡（今湖北武昌金口镇），程普为太守；刘备却独占了荆州江南四郡。

谋取荆州，是刘备实现“鼎足而立”战略目标的关键所在。他早就定下的计谋就是要先吃掉荆州刘表，然后再设法去吞并益州刘璋。现在，他已经得到了荆州江南四郡，但不满足，他看上的是江陵这个战略要点。江陵好比整个荆州的心脏，只要江陵控制在东吴手里，他虽然握有荆州江南四郡，向外发展仍受限制。只有把江陵弄到手，他才能真正立足荆州，在长江中游的互相争夺中发挥出战略优势。

建安十五年（210年），刘备亲赴东吴都城京口（今江苏镇江），向孙权开口“借荆州”。刘备提出的理由是，赤壁之战后，周瑜只分给他南郡的一部分地盘，太小，不足以容纳他的部众，要求东吴将整个南郡地盘全都“借”给他。但刘备实际要“借”的是江陵这个战略要点。南郡是荆州七郡之一，郡治在江陵；江陵同时也是荆州治所。刘备若能“借”得江陵，便可控制整个荆州。对此，东吴内部意见不一。周瑜坚决反对，他认为刘备早晚是个祸害，力主孙权将刘备扣留、除掉。

只有鲁肃力劝孙权把江陵“借”给刘备。他的理由是：赤壁之战后，荆州地区的战略态势，曹操在北，刘备在南，东吴夹在中间。这样，东吴直接承受着曹操的全部军事压力，等于为刘备当屏障。如果把江陵借给刘备，就等于把刘备推到了对抗曹操的第一线，成为东吴的一道屏障，可以大大减轻东吴的军事压力。孙权也感到，曹操虽然在赤壁之战中惨败，但军事实力毕竟还是他最强。曹操已把东吴看成是他争夺天下的主要对手，东吴承受曹操的军事压力太大。他内心同意鲁肃的主张，利用刘备，为东吴增加一道防御曹操的屏障。

正在这时，周瑜猝然去世。南郡太守之职由江夏太守程普兼任。周瑜去世，刘备“借荆州”就少了一道最顽固的障碍。不久，东吴正式把江陵“借”给了刘备，这等于把整个荆州都“借”给了刘备。

东吴通过赤壁之战打下了荆州，最后自己只保留了江夏、汉昌两郡。

汉昌郡是从长沙郡分出一部分来新设立的一个小郡。程普仍为江夏太守，驻武昌；鲁肃为汉昌太守，驻陆口。

赤壁之战，失败者只有一位——曹操；胜利者有两位——孙权和刘备。孙、刘联盟，盟主是孙权，但最大的获利者却是刘备。刘备在赤壁之战中借鸡生蛋，实现了利益最大化。

曹操余话

从东汉末年群雄纷争的全过程来看，曹操这位乱世英雄只下了半局好棋。他第一个挺身而出发兵讨伐董卓；他在中原艰难奋战打出了一片立足之地，定许都，迎献帝，“挟天子以令诸侯”；他以弱胜强，消灭了不可一世的北方大军阀袁绍；他征服乌桓，统一了北方。这前半局棋，他每一步都下得很精彩。但长江成了横在曹操面前的一条“汉界楚河”，他雄心勃勃，想一步跨过江去，席卷江南，统一中国。但他刚刚挺卒过河，就碰了一个大钉子。赤壁惨败，狼狈不堪，后半局棋输得一塌糊涂。虽然他的棋子没有被对方吃光，但他深知自己已经不可能把对方将死，只能以守和告终了。

曹操此人，狡黠多计而又豁达开明，能文能武，敢闯敢干，赢得起，输得起，在他身上充满了乱世英雄的各种要素，他是特定时代的综合性人物典型。后世对他充满争议，但最终谁都无法否定他的历史功绩和历史地位。

曹操迎汉献帝定都许昌，“挟天子以令诸侯”，这件事并没有给他带来好名声，各地割据军阀都骂他是“国贼”。曹操身上有知识分子气，很要面子，他不愿戴上“窃国”的帽子，所以直到去世，他一直没有称帝。他在一篇自述中百般表白，他没有野心，他从来不想“窃国”。他的最高理想是“欲封侯作征西将军”，死后能在墓碑上镌刻“汉故征西将军曹侯之墓”几个字，心愿足矣。他说，他现在“身为宰相，人臣之贵已极，意望已过矣”。他甚至说，他经常对他的妻妾们讲这些心里话，希望等他死后，她们都改嫁，“欲令传道我心，使他人皆知之”（曹操《己亥令》）。他并不想成为一名推翻东汉王朝的革命者，而想当一名东汉没落王朝的卫道者——他至少要表现得像一位东汉王朝的忠诚卫道者。其实，东汉王朝已经腐败透顶，不可救药。正如东吴鲁肃得出的结论，“汉室不可复兴”。这个历史趋势已经不可逆转，非改朝换代不可了。刘备之流口口声声“匡扶汉室”，全是骗人鬼话。

建安二十一年（216 年），曹操被汉献帝封为魏王，定都河北邺城，成为魏国的奠基者。

曹操的诗文质朴无华却又文采斐然，玄奥何在？他始终有一颗雄心在搏动，有一个浪漫的灵魂在歌唱。不妨摘录几句：

——“天地间，人为贵。”（诗《度关山》）

——“对酒当歌，人生几何。譬如朝露，去日苦多。慨当以慷，忧思难忘。何以解愁，唯有杜康。”（诗《短歌行》）人们往往只记住他“对酒当歌，人生几何”这两句，曹操岂不成了颓废派？其实这首诗的核心部分在后面几句，他是在感叹人生苦短，壮志难酬。

——“神龟虽寿，犹有竟时；腾蛇乘雾，终为土灰。老骥伏枥，志在千里；烈士暮年，壮心不已。”（诗《龟虽寿》）这首诗的诗意与前面一首完全一致。

再看一篇他册立卞王后的册文，可以了解一下他的基本道德观，了解一下他的独特文风。全文如下：“夫人卞氏，抚养诸子，有母仪之德。今进位王后，太子诸侯陪位群卿上寿，减国内死罪一等。”（以上均引自《曹操集》）

建安二十五年（220 年），曹操去世，享年六十五岁（155—220 年）。

2009 年 5 月

成吉思汗

翱翔的雄鹰

成吉思汗是翱翔在世界历史天空的雄鹰，他是一位具有世界影响的历史人物。有了他，中国13世纪至14世纪中叶的历史才显得那么雄性和豪放。想起他，就会想起辽阔的草原、沙漠、戈壁、如潮的马蹄和万里远征，想起一首雄浑交响的英雄史诗。

蒙古这一名称最早见于《旧唐书·北狄传》，称“蒙兀室韦”。

成吉思汗的先祖起源于一则“苍狼”和“白鹿”的传说，这是被世界各国的传记作家们演绎得扑朔迷离、不着边际的话题。波斯人拉施特在他的《史集》中说，成吉思汗的先祖朵奔伯颜有一个十分贞洁的妻子阿阑豁阿，她为他生了两个儿子，一个名叫别勒古讷台，另一个名叫不古讷台。但朵奔伯颜死后，阿阑豁阿“未经（与男人）婚媾”，有一缕“神”的亮光从帐庐孔顶射入，使她怀孕，生了第三个儿子孛端察儿，他就是成吉思汗的十世祖。阿阑豁阿这三个儿子繁衍的部落，合称为尼伦（尼鲁温）部落。第三个儿子后来当了首领，他的后裔被称为“纯种的蒙古人”。法国东方史专家勒内·格鲁塞在《草原帝国》一书中也说，真正的蒙古人，从狭义上讲，是指成吉思汗所在的部落，“他们在今外蒙古东北，在鄂嫩河（斡难河）和克鲁伦（怯绿连）河之间作季节性的迁徙”。

成吉思汗是蒙古贵族出身。据《元史·太祖纪》记载，成吉思汗的直系祖先如下：十世祖孛端察儿（孛端叉儿）、九世祖八林昔黑剌秃合必畜、八世祖咩撚笃敦（蔑年土敦）、七世祖纳真、六世祖海都、五世祖拜姓忽儿、四世祖敦必乃、曾祖父葛不律寒（合不勒汗）、祖父八哩丹、父亲也速该。其中，十世祖孛端察儿、八世祖蔑年土敦、六世祖海都、曾祖父合不勒，都是蒙古部落联盟首领。

从成吉思汗的父亲也速该开始，他的家族史才变得清晰起来。也速该是乞颜—孛儿只斤氏族的首领，同时掌握着蒙古部落联盟的军事指挥权。由于尼鲁温长房子孙（泰赤乌部）对于推举谁来当部落联盟首领始终达不成共识，而也速该是尼鲁温次房子孙（乞颜—孛儿只斤部），泰赤乌部也不愿推荐他来当部落联盟首领。但也速该掌握着蒙古部落联盟的实权，对此泰赤乌部心怀不满。

过去通常说，成吉思汗出身于蒙古部落联盟的“黄金家族”。据朱耀廷所著《成吉思汗传》一书引用蒙古国学者策·达赉最新考证，成吉思汗出身于蒙古贵族尼鲁温家族，命名为“大可汗黄金氏族”是成吉思汗时代的事，其主体成员包括成吉思汗四兄弟（铁木真、拙赤哈撒儿、合赤温额勒赤、帖木格斡赤斤），以及成吉思汗四个儿子（术赤、察合台、窝阔台、拖雷）和他们的后代，意即“贵族中的贵族”。

北方草原，是中国历史的后院。北方游牧民族，是缔造中国历史的伟大力量之一。成吉思汗出生的时代，蒙古草原部落林立，争战不休。自古以来，匈奴、突厥、东胡三大族系主宰着北方草原，在繁衍中演变，在演变中繁衍，世世代代，生生不息。中国的万里长城，其实是为北方游牧民族建立的一座伟大纪念碑，纪念他们顽强不息地参与缔造中国历史的伟大精神。

成吉思汗出生的年代，契丹（辽）、女真（金），已先于蒙古崛起于北方，建立了割据政权。辽、金都把主要精力投入到同中原宋王朝的战争中，对北方草原各部实行羁縻式松散统治。正是在这种背景下，北方草原出现了五大兀鲁思并立的局面：塔塔尔部、蔑儿乞部、克烈部、乃蛮部和蒙古部。这五大兀鲁思实际上是五个部落联盟，每个部落联盟中又包括着许多同族的部落。蒙古部是后起的，力量并不占优势。

蒙古部内部也充满着矛盾和冲突。蒙古部分为两大类部落，一类部落是“纯种的蒙古人”，即拥有尼鲁温贵族血统的蒙古人部落；另一类部落被称为“一般蒙古人”，他们是尼鲁温蒙古人的世袭奴隶和属民组成的部落。

在尼鲁温蒙古贵族内部，长房俺巴孩汗后裔（泰赤乌部），同次房合不勒汗后裔（乞颜－孛儿只斤部）之间的矛盾也日益加深。在早先，长房和次房是轮流当选蒙古部落联盟首领的，但到了成吉思汗父亲这一代，长房和次房已不再团结和谐。

尼鲁温部落中的札答兰部比较特殊，它是成吉思汗十世祖孛端察儿掳得一名兀良哈孕妇为妻，生下一名兀良哈血统的儿子札只剌歹，这一脉的子孙繁衍成札答兰部（“札答兰”在蒙语中指族外人）。

在“一般蒙古人”部落中，弘吉剌部落是一个独立而强大的蒙古族部落，它有许多分支，与尼鲁温部落世代通婚。另外有兀良哈、斡罗纳兀惕、许慎、速勒都思、亦勒都尔勤和轻吉惕等众多蒙古人部落。这些“一般蒙古人”的共同态度是，尼鲁温蒙古贵族中哪一支实力最强，他们就跟哪一支走。

战神的童年磨难

成吉思汗出生于南宋绍兴三十二年（1162 年），即宋高宗赵构在位的最后一年。《史集》说，由于成吉思汗四十一岁以前的生平事迹“不能逐年地详细获知”，他的出生时间是根据他的去世时间，按他一生中经历的一系列重大事件，用倒推法推算出来的。

成吉思汗的全名叫孛儿只斤·铁木真。铁木真九岁那年（1170 年）秋天，父亲也速该领着他从今蒙古国乞颜部游牧地三河源头，到今我国内蒙古呼伦贝尔草原东部的弘吉剌部去看望他的舅舅，同时为他相一门亲事。也速该为铁木真相中了弘吉剌部德薛禅十岁的女儿。德薛禅是弘吉剌部一个氏族的首领。按照蒙古人的习俗，相亲之后要把儿子留在女方家中，也速该独自返回。

呼伦贝尔来源于两个湖的合称：我国内蒙古东端的呼伦湖、蒙古国东端的贝尔湖（古称捕鱼儿海），两个湖合称为呼伦贝尔，并由此称那片草原为呼伦贝尔大草原。两湖以东是弘吉剌部牧地，以西是塔塔儿部牧地。也速该返回途中，经过塔塔儿部牧区，遇上一户牧民家正在举行庆宴。按照游牧民族习俗，骑马路过这种场合应该下马，以示对主人家的尊重，并可随意入席饮酒。

塔塔儿部和蒙古部是世仇。许多年前，铁木真的堂曾祖俺巴孩汗被推举为蒙古部落联盟首领后，带了几位那可儿（心腹干将）到塔塔儿部去，想挑选一位美貌女子做自己的妻子。塔塔儿人觉得受到了侮辱，把俺巴孩汗一行人抓了起来，交给塔塔儿臣服的金国。由于蒙古部没有向金国臣服，金国下令按照处死反叛者的条律，把俺巴孩汗活活钉死在木驴上。九年前，即铁木真出生的那一年，也速该领导蒙古部落联盟与塔塔儿部打了一仗，塔塔儿部大败，也速该抓获了塔塔儿部的一位氏族首领铁木真，以同样的方式把他处死，为先辈俺巴孩汗报了仇。也速该打了胜仗回到家里，儿子刚好出生，双喜临门，他就用被处死的敌人首领的名字铁木真作为自己儿子的名字，以纪念这次战斗的胜利。

真是冤家路窄。这一天，也速该下了马，席地坐到塔塔儿人中间，和大家一起欢畅痛饮。结果，他被当年参加战斗的几个塔塔儿人认了出来，在酒中下了毒药。也速该走到半路就不行了，伏在马背上坚持了三天二夜，终于坚持到家，立刻把跟随他的另一支蒙古人晃豁坛氏的蒙力克叫来，向他讲述了中毒的经过，请他多多关照他撇下的孤儿寡母，说完就死了。就这样，年仅九岁的铁木真和六个弟妹都成了孤儿（《蒙古秘史》校勘本下册第931—933页，内蒙古人民出版社2007年第二版）。

从此，铁木真的母亲诃额仑领着全家，孤儿寡母，受尽了种种磨难和屈辱，无数次死里逃生，铁木真的童年岁月无比辛酸。

泰赤乌部作为长房子孙，他们对也速该生前掌握尼鲁温部落的实权一直心怀不满。也速该一死，他们就找岔子抛弃也速该一家。也速该死后第二年春天，尼鲁温部举行祭祖活动，主持祭奠的是族中长辈、俺巴孩汗的两位可敦（夫人）。按习俗，祭奠结束后每家可分得一份祭品（牛羊肉及马奶酒等），由于铁木真母子迟到了一会儿，两位可敦没有分给他们。铁木真的母亲诃额仑觉得分不到祭品是奇耻大辱，意味着被祖先抛弃，她就与两位可敦争吵起来。诃额仑说："眼看着茶饭不与了，起营时不呼唤的光景做了也?"两位可敦回答道："你行无情唤的礼，遇着茶饭呵便吃。俺巴孩汗皇帝死了么道，被诃额仑这般说。"（《蒙古秘史》校勘本下册第934页）这是蒙式汉语，大致意思可以看明白。

第二天一早，泰赤乌部就起营搬走了，他们真的没有通知诃额仑一家。也速该生前统领的乞颜部各支的贵族、平民、奴仆、侍卫，全都跟着泰赤乌部走了。只有晃豁坛氏的察剌合、蒙力克父子俩留了下来，因为也速该曾在一次作战中救过察剌合老人的命，蒙力克又受了也速该托孤之嘱。还有也速该家的一位老女奴豁阿黑臣也留了下来。察剌合老人去拉住也速该生前的部属脱朵延吉儿帖的马缰，劝他不要背叛主人，不能丢下诃额仑孤儿寡母一家。脱朵延吉儿帖竟对察剌合老人刺了一枪，决绝地走了。他们甚至把铁木真家的马群和羊群也全都赶走了。

诃额仑是位坚强的女性，她"持纛上马而往"，"麾旗将兵，躬自追叛者"（《元史·太祖纪》）。纛，是乞颜－孛儿只斤部落的标志、也速该生前号令军队的大旗。她追回了一部分本部落人马，但失去主子的部众，靠她一个妇道人家毕竟拢不住，一晚上又都走了。

诃额仑派蒙力克到呼伦贝尔去把长子铁木真叫了回来。当时长子铁木真九岁，次子拙赤哈撒儿（合撒儿）七岁，三子合赤温额勒赤（哈赤温）五岁，四子帖木格斡赤斤（斡惕赤斤）三岁，吃奶的幼女帖木伦还睡在摇车里。也速该还有一位二夫人，她生的两个儿子别克台儿、别勒古台，年龄都比铁木真小。诃额仑成了一家之主，全家三个女人、七个幼儿，只剩下九匹银合马，别的什么都没有了。

诃额仑领着全家在今蒙古国东北部斡难河畔（黑龙江上游，现称鄂嫩河），在辛酸和屈辱中一天天煎熬。他们已经没有牲畜奶肉可供食用，诃额仑领着孩子们拾野果，用树棍掘地榆、野葱和山韭艰难度日。铁木真领着几个弟弟下水淖摸小鱼，进树林逮小鸟，一切为了填饱肚子。

这期间，兄弟间发生了一次悲剧。起因很简单，异母弟别克台儿偷走了铁木真逮到的一只云雀和一条鱼，铁木真在弟弟合撒儿的协助下，“用箭射死了别克台儿”（《草原帝国》第257页，商务印书馆2009年1版9次）。在此之前，诃额仑发现他们兄弟之间有矛盾，曾一再教育他们说，现在咱们家除了影子没有伴当，除了马尾没有鞭子，你们兄弟应当和睦。但铁木真少年无知，报复性极强。这是铁木真少年丧父、受尽欺凌的童年经历对他的性格造成的负面影响。从这件事也可看出，铁木真从小就有十分强烈的征服欲。铁木真兄弟在苦难中一天天长大。“过着粗野生活的年轻的铁木真兄弟变得强壮和无畏”。

泰赤乌部的年轻首领塔儿忽台（铁木真的堂叔），原来以为铁木真一家都死光了。当他得知铁木真已经长大成人，十分不安，担心铁木真对他们进行报复。塔儿忽台带领泰赤乌部对铁木真一家发动了一次突然袭击，准备抓住铁木真杀掉他。铁木真逃进密林藏了九天九夜，最后走出密林时仍被一直守候着的泰赤乌部人抓走了。塔儿忽台将铁木真抓回本部营地，命令本部各营轮流看押铁木真，准备把铁木真关押到农历四月十六日（青草开始返青的初夏第一个既望日），用铁木真的人头祭天。祭祀日的前夜，铁木真乘看守不备，举起锁住他双手的木枷将看守击昏，带着木枷逃进斡难河边的树林。塔儿忽台下令全部落出动搜寻抓捕铁木真。铁木真跳进斡难河，靠着木枷的浮力，露出鼻孔仰卧在河中。泰赤乌部的奴隶锁儿罕失剌发现铁木真躺在河中，他走近铁木真轻声说：“你躺着，我不会告诉别人。”说完就走开了。在这之前，铁木真被关押期间，有一夜轮到锁儿罕失剌一家看守铁木真，锁儿罕失剌和两个儿子赤老温、赤不拜同情铁木真，把他的木枷打开，让他好好睡了一晚，他们之间结下了友情。

当搜捕的人散尽后，铁木真决定躲到锁儿罕失剌家去。锁儿罕失剌全家每天晚上都要为主人家加工马奶食品，常常要点着灯干一通宵。铁木真朝着灯光走去，很快找到了锁儿罕失剌家。锁儿罕失剌一见铁木真撞到他家来，大惊失色，弄不好全家都要送命。他的两个儿子却说：“雀儿躲避老鹰钻入草丛，草丛也能救雀儿一命，难道我们家还不如一丛野草？”老人同意舍命搭救铁木真。兄弟俩立刻帮助铁木真去掉木枷，把他藏到堆放羊毛的后屋，交给妹妹合答安照看。这是一种草原风俗“遇客婚”，让客人与自己的女儿住在一起，表示对客人的真情实意。

泰赤乌人大肆搜捕三天没有找到铁木真，开始怀疑锁儿罕失剌一家，立刻派人到他家来搜查。合答安陪着铁木真被父亲和哥哥埋在闷热难熬的羊毛堆里，惊险万状地躲过了搜查。合答安是铁木真在生死关头遇到的第一位恋人，后来两人虽然未能结为夫妻，但铁木真汗对合答安永生难忘。

老人锁儿罕失剌连夜为铁木真煮了一只羔羊，装了一桶马奶，给他一匹草黄马，没有备马鞍，也没有给他火镰，只给他一张弓、两支箭，立刻叫他上路离开，越快越好。不备马鞍是怕被别人从马鞍上认出主人家；不给他火镰是不让他在路上生火做饭，避免烟火暴露目标；只给一张弓、两支箭，是限定他只能用于防身，不能起性杀人。

铁木真终于逃回家中，诃额仑担心泰赤乌部再来报复，带领全家逃进深山，在不儿罕山深处的一条小河边安顿下来。这是今蒙古国东北部克鲁伦河上游的一条支流，她在那里继续领着孩子们挖野菜、摘野果、捉草原鼠类度日。

不久，泰赤乌部中有一群专以抢劫为生的主儿乞人（也称禹儿乞、主儿勤），抢走了铁木真家九匹银合马中的八匹。铁木真骑上草黄马连续追赶了六天六夜，在途中遇到了牧民纳忽伯颜的独生子博尔术，在他的大力帮助下，终于把八匹银合马追了回来（《成吉思汗传》第 77—81 页）。

一场夺回新娘的战争

铁木真终于在苦难中长大成人，“亥猪多子之年”（1179 年），铁木真已经十八岁，到了婚娶的年龄。母亲诃额仑决定让铁木真到弘吉剌部去完婚，并让铁木真的异母弟弟别勒古台陪哥哥一起去，把嫂子孛儿帖接回来（《成吉思汗传》第 82 页）。

德薛禅见未婚女婿铁木真在颠沛流离中已经成长得如同他父亲也速该一样高大强壮，十分高兴。按照草原婚俗，婚礼要在女方家里举行。德薛禅为铁木真和女儿孛儿帖举办了婚礼，并给了女儿一件珍贵的黑貂皮斗篷做嫁妆。完婚后，老两口送小两口上路返回。德薛禅要照料家庭和部落，送了一程就回去了，孛儿帖的母亲搠擅夫人一直把女儿送到铁木真家。这是铁木真一家遭受劫难以来最大的喜庆日子，全家人都沉浸在欢乐之中。

铁木真想起了好伴当博尔术，打发异母弟弟别勒古台去把他请来喝喜酒。从此以后，博尔术再没有离开过铁木真，一直追随铁木真打天下，后来成为大蒙古国的一员开国大将。

不久，铁木真一家迁移到了蒙古国东北部克鲁伦河源头。这时，铁木真家的世袭奴隶、兀良哈部的老铁匠札儿赤兀歹，把儿子者勒蔑送到铁木真家来当门户奴隶，为铁木真备鞍、开门、干杂活。从此，者勒蔑成为铁木真忠心耿耿的那可儿。后来，者勒蔑也成为大蒙古国的一员开国大将。

正当铁木真满怀喜悦和希望，开始重振家族雄风的时候，灾难再一次降临。由于草原游牧民族同部落不通婚，抢亲成为一种古老的草原风俗流传了下来。铁木真的母亲诃额仑也是呼伦贝尔弘吉拉部人，本来是嫁给蔑儿乞部的也客赤列都的。他们的婚车走到半路，也速该正在斡难河畔放鹰，看到新娘很漂亮，立刻回去叫了哥哥捏坤、弟弟答里台斡惕赤斤，三人骑马前来，把新娘抢了回去。

蔑儿乞人把仇恨在心里埋藏了二十年。现在，听说铁木真也从弘吉剌部娶回了一位漂亮新娘，他们决定报仇，也速该欠下的债，由他儿子铁木真来偿还。那天天亮前，老仆人豁阿黑臣感到大地在颤动，她急促地呼唤诃额仑："母亲，疾快起来！疾快起来！"诃额仑睁开眼睛，听到马蹄声潮水般涌来，急忙把孩子们全部叫醒。

铁木真没有料到是蔑儿乞人来抢他的爱妻孛儿帖，以为是泰赤乌部又来报复。

诃额仑抱着幼女跨上马鞍，铁木真五兄弟和博尔术、者勒蔑等人每人骑上一匹银合马保护母亲向肯特山中逃去。铁木真的新娘孛儿帖、阿勒古台的母亲、老仆人豁阿黑臣三个女人已经无马可骑，豁阿黑臣套了一辆牛车，拉着新娘孛儿帖和别勒古台的母亲往山里走，结果三个女人全被蔑儿乞人掳去。

铁木真为了夺回新娘，开始筹划他人生中的第一场战争。他决定去向两个人借兵。一是克烈部首领脱斡邻勒罕（即后来的"王罕"），他是铁木真父亲也速该的“安答”（结拜兄弟）；二是札答兰部的年轻首领札木合，他是铁木真的“安答”。

铁木真先去克烈部见脱斡邻勒罕，由于他是父亲生前的“安答”，铁木真尊他为义父，并把孛儿帖的珍贵嫁妆黑貂皮斗篷作为礼物送给了他（按照草原风俗，新娘最珍贵的嫁妆应该由儿子转送给父亲）。脱斡邻勒罕与铁木真父亲也速该有着生死之交。脱斡邻勒罕继承其父汗位之初，因残杀兄弟，被家族追杀。他在走投无路之际投奔了也速该，并在也速该的帮助下恢复了汗位，两人从此结为“安答”。脱斡邻勒罕七岁的时候，蔑儿乞人也曾把他和母亲一起抢走，逼他奴隶般干活。因此，他对蔑儿乞人同样怀有仇恨，当场答应帮助铁木真复仇，夺回新娘。

铁木真又去找自己的“安答”札木合。札木合既是铁木真的“安答”，也算是同宗兄弟，更加义不容辞。经过三方协商，脱斡邻勒罕出两万人，札木合出两万人，共同进攻蔑儿乞部。脱斡邻勒罕推举札木合担任总指挥，札木合年轻气盛，当仁不让。在札木合的统一指挥下，四万大军向蔑儿乞部的游牧地色楞格河流域进军。蔑儿乞部首领脱脱的警惕性很高，他知道铁木真肯定会来报复，向四方派出许多打猎、捕鱼者充当侦察，于是及时获得了札木合率领大军前来进攻的情报。他生性狡猾，敌人从东北方向迂回前来，他偏往东北方向逃脱了。蔑儿乞人失去了首领，无人指挥，立刻陷入了一片混乱。铁木真急着呼唤爱妻孛儿帖的名字，孛儿帖在老仆人豁阿黑臣的陪伴下向铁木真扑了过来，哭得泪人儿一般。

脱脱逃跑时，没有通知另一位首领合阿台。合阿台被铁木真擒获，带上木枷。铁木真的异母弟弟别勒古台，他的母亲是同嫂子孛儿帖一起被抢来的，他从老仆人豁阿黑臣口中得知母亲就在合阿台营盘内。他一边呼喊着母亲，一边在人堆里到处寻找。由于他母亲被抢来后配给了下等人为妻，她听到了儿子的呼喊，但觉得无脸见儿子，换上一件破羊皮袄，哭着从另一个门出了营盘，躲进了森林。

铁木真兄弟对蔑儿乞人进行了报复性屠杀，抢掠其财物。兵荒马乱中，他们在蔑儿乞营盘中捡到一个失去亲人的五岁小男孩曲出。按照草原风俗，征服对方时，在对方营盘内见到孤儿，应当收为养子。铁木真把小男孩曲出带回去交给母亲诃额仑做了养子。铁木真在战争中曾先后捡回四个这样的小男孩，他们都成了母亲诃额仑的养子（从蔑儿乞营地捡回的曲出；从泰赤乌营地捡回的阔阔出；从塔塔儿营地捡回的失吉忽尔忽；从主儿乞营地捡回的博尔忽）。后来，曲出成为成吉思汗手下的著名将领之一。

铁木真班师途中，妻子孛儿帖、老仆人豁阿黑臣在车上向他讲述了被抢九个月来的经历。孛儿帖被蔑儿乞部抢去后，首领脱脱强迫她与一位大力士赤勒格儿结了婚。赤勒格儿对孛儿帖倒很敬重，孛儿帖无力反抗，只能苦苦等待铁木真来救她。当铁木真的四万大军前来进攻时，赤勒格儿对孛儿帖说："我不过是一只只配吃残皮剩肉的乌鸦，如今却妄想吃大雁和仙鹤。"说完就逃进峡谷中去了。

走到半路，孛儿帖却生下了一个儿子，他就是成吉思汗的长子术赤。"术赤"的蒙古语意思是"客人"。关于术赤的血统，史学界历来有两种观点。一种观点认为，孛儿帖被蔑儿乞人抢去才九个月，这孩子应该是孛儿帖被抢走之前就怀孕了，是铁木真的亲生子。另一种观点认为，孛儿帖被蔑儿乞人抢去不是几个月，而是几年，术赤是蔑儿乞人的血统。由于《蒙古秘史》和《史集》都没有记载孛儿帖被抢和抢回的具体时间，这一问题至今仍未揭开谜底。由于这一复杂背景，术赤幼年时，尽管铁木真夫妇对他百般呵护，但他的兄弟和亲属们总是对他另眼相看。术赤长大成人后，由此同家族乃至同父亲成吉思汗之间产生了一系列矛盾。

后来，成吉思汗与孛儿帖又生了三个儿子：次子察合台、三子窝阔台和四子拖雷。

年轻的蒙古乞颜部可汗

铁木真成为蒙古乞颜部可汗，是同"安答"札木合分道扬镳开始的。铁木真夺回妻子孛儿帖后，全家与札木合在额儿古纳河（今我国内蒙古东北部中俄界河）杞答兰部牧区共同生活了一年半。这期间，札木合经常以开玩笑的方式，说铁木真"丢了妻子，得了儿子"。铁木真对孛儿帖感情很深，对于札木合的讥笑，内心很不高兴。

约公元 1182 年或 1183 年“夏四月十六日”，即新草开始返青的第一个既望日，牧民们就在这一天转场，从冬牧场转往夏牧场。铁木真与札木合两人同乘一辆车，走在队伍最前面。路上，札木合说：“咱每（们）如今挨着山下，放马的得帐房住；挨着涧下，放羊的放羔儿的喉咙里得吃的。”铁木真一听札木合话中有话，下了车，“噤声立住”，在路旁等候母亲诃额仑的车子上来。铁木真见了母亲，把札木合的话说了一遍，问母亲怎么办。铁木真母亲一听，竟一时说不出话来。铁木真的妻子孛儿帖开口把话点破了，她说：“如今咱每（们）行厌了也恰才的言语，莫不欲图谋咱每（们）的意思有。咱每（们）休下，就夜兼行着，善分离了好。”（《蒙古秘史》校勘本下册第 957 页）

铁木真觉得妻子孛儿帖讲得有道理，就这么办。他通知本部落人员不在这里扎营，“连夜兼行”。他们路过泰赤乌部营地时，泰赤乌人误认为铁木真是来袭击他们的，连夜撤走，前去投靠札木合。泰赤乌部营盘里不知哪一家丢下了一个小男孩，名叫阔阔出。铁木真的部下将他带走，送给铁木真母亲做了她第二个养子。

札木合领着他的札答兰部，从额尔古纳河畔转场到了今俄罗斯境内的鄂嫩河中游。

铁木真领着他的部众继续西上，转场到了今蒙古国境内的克鲁伦河上游，这里是也速该家族的传统驻牧地。

铁木真与札木合分道扬镳是早晚的事。核心问题有两个：一是血统问题。铁木真是“纯种的蒙古人”，是尼鲁温家族的嫡传后代；札木合是兀良哈部血统，是尼鲁温家族的“族外人”；二是蒙古部落联盟首领之争。铁木真当年二十一岁，已进入他一生中立大志、创大业的年龄段。他和他的家族已熬过了最为艰难的日子，已经初步具备了独立创业的基础。札木合则早已当上了札答兰部的年轻首领，大有争当蒙古部落联盟首领之势。铁木真幼年性格中就显露出强烈的征服欲，他虽然与札木合两次结成“安答”，但他绝不会心甘情愿地长期寄居在札木合这样一位“族外人”的屋檐下过日子。

铁木真西上独立扎营的消息传开后，原先投奔在札木合旗下的乞颜部各支的成千上万百姓和奴隶都跟随他西上了。另外，还有来自其他二十七个蒙古氏族和小部落的四十多位有名望的首领和大批部众，甚至还来了不少非蒙古部的其他族群。铁木真身上的吸引力来自两个方面：一是他具有纯正的尼鲁温贵族血统；二是他战胜蔑儿乞人、夺回新娘孛儿帖所显示的英雄气质。

自从也速该被塔塔儿人毒死后，乞颜部蒙古贵族已经二十多年没有产生部落首领了，推举新的部落首领的时机已经来到。这时，出现了一位特殊人物，他就是来自札答兰部巴阿邻氏的豁儿赤，他是萨满教的通天巫。他和札木合一样，是铁木真十世祖孛端察儿掳来的兀良哈孕妇的后裔。铁木真率领部众来到克鲁伦河上游扎下营盘后，第二天一早就到各个营地去挨个看望、安抚大家。当他看到豁儿赤时，又惊又喜："你怎么也来了?"豁儿赤说，他本不该离开札木合，但有神灵在晚上托梦给他，说铁木真汗将要成为可汗，所以他就来了。这说明，外人都在观察，铁木真和札木合的首领之争迟早都要来到，并且认定铁木真将占得上风。豁儿赤对铁木真说："我将这等言语告与你，你若做国的主人呵，怎生教我快活?"蒙古人都相信萨满教，铁木真也希望借助一点"长生天"的力量来实现自己的目标。他回答豁儿赤说："我真的做呵，教你做万户。"豁儿赤说："只与我做个万户呵，有什么快活？与了我个万户，再国土里美好的女子，由我拣选三十个为妻。又不拣说甚言语，都要听我。"铁木真都答应了他（《蒙古秘史》校勘本下册第959—960页）。

豁儿赤关于神灵托梦铁木真要做可汗的话，一传十，十传百，产生了很大的宣传效应。约在公元1183至1184年之间，铁木真在新牧地召集本部落长辈和有名望的人开了一次"库里尔台"（蒙语"选汗大会"之意），协商推举部落首领之事。参加会议的人当中，有铁木真的亲叔父、堂叔父和族兄答里台、阿勒坛、忽察儿、撒察别乞等人，铁木真主动提出由他们中间产生一位部落首领。但他们却一致对铁木真说："立你做皇帝!"（《蒙古秘史》校勘本下册第961页）。

就这样，铁木真成了乞颜部的年轻可汗。乞颜部在相隔二十多年之后，第一次有了自己的部落首领。当时铁木真汗约二十一至二十二岁

（《成吉思汗传》第 110 页）。铁木真称被推举为乞颜部可汗之后，以“子即汗位往告其父”之礼，派人去向克烈部义父脱斡邻勒汗报告；同时以“弟即汗位往告其兄”之礼，派人去向札答兰部首领札木合报告。脱斡邻勒汗表示热诚祝贺、全力支持；札木合则表示大为不满，认为铁木真汗“勾引”走了他的大批部众。

铁木真称汗时，其部众不足三万人。他深知需要经过一番长期的苦心经营，方能有所作为。为此，他定下了四条方略：第一，借重外援。特别是借重克烈部义父脱斡邻勒汗的力量，去对付其他部落。同时，与札木合也尽量保持“安答”关系，不主动与他破裂。第二，组织军队。首先组织近卫队，以确保部落首脑机关的安全。他命令他的那可儿博尔术组织带刀队，负责内卫；者勒蔑组织弓箭勇士队，负责外卫；速不台带领散班，负责巡逻。此外，又组成了“十三翼”军事编制：第一翼由铁木真汗母亲诃额仑率领；第二翼由铁木真汗本人率领；以下十一个翼，分别由投奔铁木真汗而来的尼鲁温部的各部首领，即他的伯父、叔父、堂兄等各位长辈率领（《史集》第一卷第二分册第 112—114 页，商务印书馆 1997 年 5 月 1 版 4 次）。后来这十三翼逐步发展成十三个蒙古军团，成为所向披靡的远征军精锐。第三，增殖人口。人口的自然增殖是缓慢的，主要是安排专职人员负责收留、安置和吸引外来投奔者；甚至通过战争手段抢掠人口。第四，大量繁殖牲畜。特别是着眼战争需要，指定专人负责马群的放牧、改良和繁殖（《蒙古秘史》校勘本下册第 961 页）。

诸事安排完毕，铁木真汗要求本部落大小首领们同心协力，共图大业。这一切，都开始显示出铁木真汗的领袖气质。

十三翼之战

十三翼之战，既是札木合与铁木真争夺蒙古部落联盟首领的战争；同时也是铁木真汗为统一蒙古各部而战的起点。铁木真汗成为乞颜部可汗以后，他产生了统一蒙古各部的强烈愿望。十三翼之战，交战双方都是蒙古族。主动挑起这场战争的是札木合，因为他想争当蒙古部落联盟首领。札木合联合其他十三个部落，向铁木真的乞颜部发起了进攻。

十三翼之战发生在公元1190年。那一年，铁木真汗二十八岁，娶回孛儿帖刚好十年。这十年间，铁木真经历了苦难童年之后的第二个磨难期：娶亲结婚；新娘被抢走；借助外部力量发动对蔑儿乞人的战争夺回妻子孛儿帖；与札木合分道扬镳；西迁至今蒙古国东部克鲁伦河上游独立扎营；被推举为乞颜部可汗。这是跌宕起伏的十年。

铁木真汗率领乞颜部在克鲁伦河上游的发展，使札木合深感威胁。为了千方百计阻止铁木真汗的发展壮大，札木合使出了两手：一是往乞颜部、克烈部派遣奸细，散布谣言，挑拨铁木真汗同克烈部义父脱斡邻勒汗的关系；二是鼓动与乞颜部有世仇的其他各部联合起来对付铁木真汗。

于是，铁木真汗面临的形势变得十分严峻，真可谓“四面皆敌”：东面，是今中俄边境额尔古纳河流域札木合统领的札答兰部；北面，是抱有敌对情绪的同宗长房子孙泰赤乌部和曾经抢走过他新娘的蔑儿乞部；西面，是阿尔泰山地区的乃蛮部；南面，是为金国守边的世仇塔塔儿部。然后，这种严峻形势恰好为铁木真汗磨炼钢铁意志、提高他应付各种复杂局面的能力创造了客观条件。

铁木真汗学会了在困境中求生存的第一手：对金国表示臣服，岁贡不绝。为此，他经常得到金国的赏赐。他的反对者们害怕金国帮助铁木真汗惩罚他们，不敢对铁木真汗贸然进攻。

金大定二十九年（1189年），金世宗去世，金章宗继立。札木合和泰赤乌部都觉得这是对铁木真汗发动进攻的极好机会。泰赤乌部的大小头目们竭力鼓动札木合带领他们向铁木真汗发动进攻。于是，札木合派人去抢劫铁木真汗马群中的马匹，以试探铁木真汗的反应。札木合之弟给察儿的牧地与乞颜部的牧区相邻，他见到札木合派人前来抢劫铁木真汗的马匹，也带人前去抢马。由于铁木真汗有了防备，给察儿被乞颜部的人一箭射死。这件事成了十三翼之战的导火索。第二年（1190年），札木合以此为借口，带领十三部联军三万人，从今俄罗斯境内的额尔古纳河上游向西翻山越岭“要与成吉思汗厮杀”（《蒙古秘史》校勘本下册第964页）。

幸亏札木合联军中有心向铁木真汗的人。亦乞剌思部的木勒客、索罗勒歹二人，把札木合率领十三部联军前来进攻的消息星夜驰报铁木真汗。铁木真汗得到消息，立即把他的十三翼军队召集起来，做好迎敌准备。他的十三翼军队也称十三个“古阑”（《史集》中称“古列延”），意即十三个“圈子”。每个“古阑”仅有兵力一千人，总兵力共一万三千人。

札木合率领十三部联军向西翻越今中蒙边界的两座大山，发现了铁木真汗派出的前哨。联军前进至今蒙古国东北部鄂嫩河支流臣赫尔河附近，与铁木真汗军“大战于答兰版朱思之野”。铁木真汗的十三翼抵挡不住札木合联军的进攻，遭受不小损失，退入峡谷。札木合联军斩杀了铁木真汗军队第十三翼首领捏兀歹察合安。由于峡谷中不利于骑兵展开，札木合宣布退兵，他残忍地“斫断捏兀歹察合安的头，马尾上拖着走了”（《蒙古秘史》校勘本下册第964页）。

札木合发现这次军事行动走漏了消息，回去“将赤那思地面有的大王每（们），教七十口锅都煮了”。札木合如此残忍地对待部众，许多人都愤怒地纷纷离开了他，投归铁木真汗（《蒙古秘史》校勘本，下册第964页）。但《史集》的记载正相反，说是铁木真汗用这十三个“古列延”歼灭了札木合三万骑兵，然后“下令在火上架起七十个锅”，把俘获的敌人都活活煮死了。“照烈惕部害了怕，马上屈服了”（《史集》第一卷第二分册第114页）。看来，札木合和铁木真汗两人都有用大铁锅“煮人”的可能性。一个本质性的判断前提是：当时蒙古族正处在从奴隶制向封建制过渡阶段，许多野蛮习性尚未脱尽。尤其是在铁木真汗尚未完全摆脱困境的情况下，不排除他也会采用野蛮的严厉手段去慑服部众。铁木真汗是人，不是神，他不可能超越人类社会文明进步的一般规律，在这些方面用不着为他“美化”。不过，铁木真汗在战后注意安抚部众，这方面他比札木合得人心，对抗的优势渐渐在向着他这一边转化。

但是，乞颜部内部仍然存在着一触即发的矛盾。十三翼之战后不久，就发生了一件很不愉快的事。当时，经铁木真汗母亲诃额仑提议，在驻牧地一片河谷树林里举行了一次宴会，把投奔在铁木真汗汗旗下的亲属们都请来了。诃额仑觉得儿子当上了可汗，值得庆祝；亲属之间多少年来的恩恩怨怨，也该做个了结才是。诃额仑一片好心，却没有取得好的结果。司厨失丘儿在给各人面前放碗的时候，在铁木真汗母亲诃额仑和主儿乞部首领撒察别乞的大母（父亲的大老婆）忽忽儿真哈敦面前放了一只两人合用的酸马奶木碗；而在撒察别乞的生母（父亲的小老婆）豁别该哈敦面前单独放了一只酸马奶木碗。按理说，让忽忽儿真哈敦与铁木真汗母亲诃额仑合用一只酸马奶木碗，可以理解为是对她的格外尊重。但忽忽儿真哈敦不这么认为，她认为是铁木真汗一家小瞧了她，使她丢了面子，立刻大怒，抽了司厨失丘儿一耳光，失丘儿委屈得号啕大哭。“成吉思汗和他的母亲容忍了这件事，对此什么话也没有说”（《史集》第一卷第二分册第120页）。

一波未平，一波又起，铁木真汗的异母弟弟别勒古台负责在外掌管自家的和客人的马夫们。泰赤乌部播里的马夫偷了铁木真汗家的一个马笼头，别勒古台同他发生了争吵。主儿乞部的撒察别乞和播里一条心，竟抽出长剑砍伤了别勒古台的肩。铁木真汗的那可儿们一见，呼啦一下围了过去。别勒古台竭力劝大家不要把事情闹大，但铁木真汗的那可儿们不干，双方用树枝对打起来。铁木真汗的那可儿们占了上风，把忽忽儿真、豁别该两位哈敦扣留起来，宴会不欢而散。

当天晚上，撒察别乞带着主儿乞部离开了铁木真汗，单独扎营去了。为了缓和矛盾，铁木真汗把两位哈敦放了回去，并派出使者前去协商和解，对方不理。这表明作为“纯种蒙古人”尼鲁温部的向心力、凝聚力还很差。这件事使铁木真汗清醒地认识到，要想统一蒙古各部，首先必须以武力统一“纯种蒙古人”尼鲁温各部，再也不能等待他们“同宗归顺”了。铁木真汗已经把统一蒙古各部的斗争逻辑看得很清楚：统一了同宗的尼鲁温各部，才谈得上统一蒙古其他各部；统一了蒙古各部，才谈得上统一蒙古族以外的其他草原各部。在实战过程中，这两个“统一”又无法截然分出先后，只能针对形势发展，交叉起来进行。

初战世仇塔塔儿部

铁木真汗统一蒙古各部的战争，是从进攻世仇塔塔儿部开始的。这次战争并不是铁木真汗主动发起的，而是奉金国之命，配合克烈部脱斡邻勒汗，从东西两个方向夹击塔塔儿部。

金国消灭辽国之后，以主要精力同南方的北宋王朝争夺中原，对北方草原各部的防御主要采用两种办法，一是西起内蒙古武川县，东至内蒙古莫力达瓦县，修筑了三段互不连接的“金边壕”（又称“金长城”），全长三千余里，以阻挡草原骑兵南侵。二是采取“以胡制胡”方式，将“金边壕”交给三个最早臣服金国的草原部落防守：（一）西段由汪古部防守；（二）中段由塔塔儿部防守；（三）东段由弘吉剌部防守。在金国北疆东部额尔古纳河流域和呼伦湖牧区之间，活动着两个蒙古族合答斤氏和撒勒只合惕氏部落，他们联合弘吉剌部“连岁扰边”（《金史·宗浩列传》）。金明昌五年（1194 年），金章宗派遣尚书左丞相夹谷清臣任总指挥，联合塔塔儿部讨伐上述三部的侵扰。所获牛马物资，金军全部带走，塔塔儿部丝毫未得。塔塔儿部不服，动手抢夺。夹谷清臣下令塔塔儿部全部退还，塔塔儿部拒绝。于是，金军向塔塔儿部开战。塔塔儿部从此反叛金国，不断袭扰金国边境。

金章宗认为左丞相夹谷清臣对这件事处置不妥，将他罢免，改由右丞相完颜襄负责北边防务。金承安三年（1198 年），完颜襄改变策略，联合克烈部脱斡邻勒罕和乞颜部铁木真汗，对塔塔儿部实行东西夹击。克烈部首领脱斡邻勒罕的祖父马尔忽思不亦鲁，也是被塔塔儿部抓住后钉死在木驴上的，他对塔塔儿部同样怀有深仇大恨。因此，克烈部和乞颜部对塔塔儿部打得很坚决。铁木真汗“杀蔑兀真笑里徒，尽虏其辎重”（《元史·太祖纪》）。

战后，金国封脱斡邻勒罕为“克烈部王”，从此以后，他改称王罕，名扬草原。铁木真汗被封为“扎兀忽里”（招讨使），地位比王罕低得多。但铁木真汗从此获得了金国“朝廷命官”的身份，在其他草原部落面前，他的政治地位也大大提高。

铁木真汗在这次战争中的另一个收获，就是顺便消灭了同宗的主儿乞部。铁木真汗与王罕前去攻打塔塔儿部时，主儿乞部却来偷袭铁木真汗老营。主儿乞部与铁木真汗是同一个曾祖父合不勒汗的后代。他们的共同先祖中，曾有两位先祖被为金国守边的塔塔儿部抓住后活活钉死在木驴上。因此，蒙古乞颜部与塔塔儿部结下了深仇大恨。

由于铁木真汗领兵去攻打塔塔儿前不久，与长房子孙泰赤乌部、主儿乞部发生了那次森林宴会上的不愉快打斗。铁木真汗多次派出使者想同对方和解，未能达到目的。当铁木真汗接到金国通知，要他和克烈部一起去攻打塔塔儿部时，铁木真汗心想，这次邀请主儿乞部去攻打共同的世仇塔塔儿部，应该是一次和解良机。可是，铁木真汗派人前去通知了主儿乞部，等了他们六天，连一个影子都不曾出现。铁木真汗有预感，主儿乞部将会利用他带兵出征的机会，前来偷袭他的老营。对此，他提前采取了预防措施。

铁木真汗与王罕击垮塔塔儿部后，王罕领兵向东追击塔塔儿残部，铁木真汗则立刻回军。不出他所料，主儿乞部正在偷袭他的老营。好在他提前将老弱妇幼转移到了别的地方，只留下六十人看营。主儿乞部杀死了其中十人，剥光了其他五十人的衣服，把他们赶出营外。主儿乞部做梦也没有想到，恰在这时，铁木真汗率领大军杀了回来。撒察别乞和泰出兄弟两人骑马逃脱。铁木真汗派他的那可儿乘快马顺着马蹄印紧追不舍，一直追到帖列图口子（今蒙古国境内），将两人擒获，押了回来。铁木真汗审讯他们：“你们家族同塔塔儿部有着深仇大恨，约你们一起出兵去攻打塔塔儿部复仇，你们不去，却来偷袭我的老营，企图杀死我家的老人和孩子。你们开始来投奔我时是宣过誓的，你们做到了吗?”兄弟俩承认没有做到。铁木真汗就说：“那就按誓言办吧!”他下令将他们兄弟俩处死，然后派兵袭击了主儿乞部营地，把主儿乞部的百姓和牲畜全都收归到自已帐下，铁木真汗对主儿乞部百姓加倍安抚。

铁木真汗杀死了两位堂兄弟，灭了同属乞颜部的主儿乞部一支，心里说不上是高兴还是懊丧。但草原民族尚未脱尽原始习性，他们习惯于向暴力屈服。泰赤乌部和主儿乞部都是乞颜部的长房子孙，挑头闹事的往往是这两支。铁木真汗制服了主儿乞部这一支，他的可汗权威初步得到了巩固。这时，札剌亦儿氏的老人帖列格秃领着他的部众投奔铁木真汗来了。这个氏族是乞颜部的世袭奴隶。帖列格秃这一辈，家境已经比较富足，已被称为“伯颜”，但他和他的三个儿子仍要充当主儿乞的属民。他带来了他的两个儿子和长孙木华黎，送给铁木真汗做那可儿（《蒙古秘史》校勘本下册第 968 页）。后来，木华黎成为协助成吉思汗打天下功劳最大的大将。

与王罕并肩征战的岁月

铁木真汗与义父王罕并肩战斗的日子，是他借助王罕的声望和克烈部的力量，为统一蒙古各部而战的重要阶段。

铁木真汗拯救王罕之战——克烈部的西面是乃蛮部，两部虽然都是突厥人，但长期势不两立，争战不断。王罕与铁木真汗共同去攻打塔塔儿部那一次，铁木真汗预感到主儿乞部会来偷袭他的老营，所以及时回撤了；王罕贪图塔塔儿人的财物，向东追击塔塔儿残部，没有及时回撤。王罕有个异母弟弟额儿客合剌投靠在乃蛮部，他请求乃蛮部首领亦难赤汗，利用克烈部后方空虚之机，出兵去偷袭克烈部老营。为王罕留守老营的是他的同母弟札合敢不，他抵挡不住乃蛮部的进攻，逃往北方，出逃时竟没有派人去给王罕报警。王罕抢夺到了塔塔儿部的大量物资，车载马驮，排着长长的队伍往回走。他没有料到，乃蛮部和他的异母弟额儿客合剌正在他的老营张开了口袋等着他。王罕兴高采烈进了老营，遭到乃蛮部迎头痛击。王罕猝不及防，丢下一切，落荒而逃。他估计敌人会在通向铁木真汗乞颜部的路上设下埋伏，于是向南绕过乃蛮部牧地，逃往西域，去投奔西辽耶律大石寻求支援。

乃蛮部控制了克烈部的全部牧地，扶持王罕异母弟额儿客合剌为克烈部新首领。王罕同母弟札合敢不带着克烈部的老弱病残，投奔了铁木真汗。克烈部的另外两个分支秃马兀特部、董合亦特部，不服乃蛮人，奋起反抗，结果被打败，也投奔了铁木真汗。由于克烈部与蒙古部长期为邻，这些人的风俗、信仰、语言和生活习惯均与蒙古人相同，后来他们都成了蒙古人。

王罕到达西辽，耶律大石一心在中亚地区经营他的事业，不想介入东方的争斗，表示无能为力。王罕沮丧东归，狼狈不堪。金承安元年（1196年）春，王罕落脚在古泄兀儿海子（今蒙古国杭爱山南），穷困潦倒，几近绝望。无奈之下，派人向铁木真汗求援，铁木真汗立即派勇士速客该率轻骑前去迎回义父王罕。接着，铁木真汗出兵帮助王罕攻打夺取他汗位的异母弟额儿客合剌。额儿客合剌不堪一击，逃回了乃蛮部。铁木真汗与王罕相会于土拉河（今蒙古国图拉河）边，为他重新定点扎营，并向蒙古各部征收牲畜，支援义父王罕，使他蓄养起新的牧群。王罕在草原多年形成的威望还在，金朝封他为“王”的头衔还在，攻灭世仇塔塔儿的影响还在。因此，克烈部原来的部众纷纷来归。到当年秋天，王罕基本恢复了克烈部，只是人众牲畜数量比原来减少了大半。王罕十分感激铁木真汗的帮助，从此每战必随，东征西讨，共同战斗。

金承安二年（1197 年）秋天，铁木真汗与王罕联兵北征，攻打蔑儿乞四部（蔑儿乞部所属的兀洼思部、木丹部、秃达哈鄰部和亦温部），全被打垮。铁木真汗把这次战争胜利所占领的今蒙古国色楞格河与波戈尔岭之间的牧地全部给了义父王罕。从此，王罕基本恢复到了原有实力。

铁木真汗与王罕联合进攻北乃蛮——铁木真汗一直在寻找机会，要彻底打破“四面皆敌”的被动局面。金承安四年（1199 年）秋天，乃蛮部老首领亦难赤汗死后，两个儿子为了争夺他遗下的一名美貌小妾古儿别速闹翻（草原游牧民族习俗，父死，儿子“妻其后母”）。大儿子台不花继承了父亲汗位，争得父汗小妾古儿别速为妻。小儿子古出古敦负气出走，拉走部分人畜，去了阿尔泰山以北的唐努乌梁海地区。大儿子台不花继承汗位后，占有今我国新疆阿尔泰山以南广大牧地，金国为了拉拢他，封他为“乃蛮大王”，乃蛮人用突厥语意译为“太阳汗”。小儿子在唐努乌梁海地区自称古出古敦不亦鲁，“不亦鲁”是另一位首领的意思。从此，乃蛮部分裂为南乃蛮、北乃蛮。

铁木真汗与王罕分析后认为，乃蛮部兄弟相争之际，正是打击它的绝佳时机。南乃蛮实力强大，又有金国做后盾，不易对付。北乃蛮刚到新牧地，立足未稳，容易得手。于是，铁木真汗和王罕联军长途奔袭，一举击垮了北乃蛮。古出古敦不亦鲁带领残部向北逃往今俄罗斯叶尼塞河流域，投靠了当地的突厥部落。

王罕有个致命弱点：贪心大。他这次又掳掠到北乃蛮大量人畜物资，怕铁木真汗来分他东西，派儿子及其弟押运辎重车辆先回。他们的辎重车队向南走，必从南乃蛮牧区经过。太阳汗听说其弟遭袭，立即派乃蛮部大将撒卜剌黑领兵向北迎击王罕与铁木真汗。撒卜剌黑领兵北行，与王罕部辎重车队相遇。王罕的家眷，他的两个弟弟必勒格、札合敢不等人，全都当了撒卜剌黑的俘虏，所有物资全被抢走。王罕急派儿子桑昆率军前去救援，并派使者急驰铁木真汗部求救。

铁木真汗担心自己后方老营遭敌偷袭，不贪财物，正在紧急回营途中。王罕忽然派人赶来求救，铁木真汗立即派出四员得力大将博尔术、木华黎、博尔忽、赤老温（号称“四杰”）一齐出动前去救援王罕。援军到时，王罕之子桑昆已被南乃蛮军四面包围。铁木真汗派去的四员大将一举击溃撒卜剌黑的乃蛮军，并俘获了不少南乃蛮人员。铁木真汗四将之首博尔术将缴获的全部人畜物资全都交给王罕，王罕对铁木真汗“我儿”感激不尽。

铁木真汗与王罕联合进攻泰赤乌部——金承安五年（1200 年）正月，北方草原尚未回暖，铁木真汗就得到消息，泰赤乌部首领塔尔忽台，正在鄂嫩河沙滩上召集泰赤乌部各氏族首领们聚会，要向铁木真汗发动进攻。铁木真汗命二弟合撒儿留守，他与王罕约定，会师于撒里川（今俄罗斯境内赤塔西南、鄂嫩河以北地区），围攻泰赤乌部。铁木真汗命“四杰”全部出动，在撒里川以东山区设伏，他亲率部分兵力与塔尔忽台接战，且战且退，将塔尔忽台引入设伏圈内。这时王罕部队也已经赶到，从翼侧将泰赤乌军冲为前后两截，使之前后不能相救。泰赤乌部首领塔尔忽台被“四杰”之一赤老温所斩。铁木真汗与王罕乘势追击，汪忽哈忽率领泰赤乌、蔑儿乞残部向今俄罗斯境内的贝加尔湖（古称巴尔古精海子）东北方向远遁，忽里出率数十骑向西逃往南乃蛮。经过这一仗，泰赤乌部首领塔尔忽台被斩，部落失去首领，其残部在草原部落争战中已掀不起大浪。

阔亦田会战

阔亦田会战的提法是我首用，这是铁木真汗统一蒙古各部的一次大会战。为何要用“阔亦田会战”这一概念来叙述这次战役？综合《蒙古秘史》《元史》《史集》等史籍的相关记载，依据如下：第一，北方所有草原部落全被卷进了这次规模空前的大会战。一方是铁木真汗与王罕同盟军；另一方是以札木合为“古儿汗”（意即“王中王”）的蒙古草原大小十二个部落的联军。第二，这次会战持续时间长，战役战斗次数多，从辛酉鸡儿年（1201 年）春天一直持续到壬戌狗儿年（1202 年）冬天，进行了一连串的战役战斗。第三，阔亦田之战涉及的地域范围广阔。东起今中俄边界的额尔古纳河流域，西至今蒙古国鄂嫩河（斡难河）流域；中部包括中蒙交界的呼伦贝尔地区；北起今俄罗斯外兴安岭、贝加尔湖地区，南至今我国内蒙古东乌珠穆沁旗金边壕一线。中心战场在阔亦田，即今我国内蒙古东乌珠穆沁旗东部的乌拉盖郭勒支流色也勒吉郭勒（古称失连真河）地区。“郭勒”是蒙语“河流”的意思。失连真河地区是一片草原沼泽湿地，周边有山岗，靠近“金边壕”沿线的金边堡之一阿兰塞。第四，会战结果，标志着铁木真汗基本上统一了蒙古各部，铁木真汗为可汗的乞颜部已成为草原的主导力量。

阔亦田会战前夕的草原形势——自从铁木真汗联合王罕进攻泰赤乌部，斩杀其首领塔儿忽台后，铁木真汗威震草原。这时，札木合顿感压力，派出使者四方联络反对铁木真汗；塔塔儿、蔑儿乞、泰赤乌等残部也都一致要求札木合牵头组织军事联盟，共同反击铁木真汗。

据《史集》《元史 · 太祖纪》记载，辛酉鸡儿年（1201 年）春天，札木合召集札答兰、合答斤、撒勒只合惕、弘吉剌、亦乞拉思、火鲁剌思、朵儿边、卫拉特、撒儿助特、蔑儿乞、南乃蛮、北乃蛮等十二个部落“会于犍河（今额尔古纳河支流根河）”，共立札木合为“古儿汗”。会盟中，札木合把那些被铁木真汗和王罕打垮的部落一个个重新扶植起来，分别为他们任命了新的首领。他们斩马歃血宣誓：“凡我同盟，有泄此谋者，如岸之摧，如林之伐。”誓毕，“共举足蹋岸，挥刀斫林”。他们约定：泰赤乌、蔑儿乞、塔塔儿等部残余势力从北面进攻铁木真汗；其余各部由札木合统领，自东向西进击铁木真汗。

会战第一阶段——弘吉剌部归降铁木真汗。铁木真汗很快知道了札木合联军的行动计划。《史集》说是札木合阵营中有一位名叫火力台的人来报告给了铁木真汗；《元史 · 太祖纪》说是铁木真汗属下有一位名叫抄吾儿的人，到东边牧区去看望他的亲家塔海哈，“偶往视之，具知其谋，即还至帝所，悉以其谋告之”。铁木真汗马上与王罕联络，集合大军顺着克鲁伦河北岸向东进军，与敌人“逆战于海剌儿、帖尼火鲁罕之地（今我国内蒙古呼伦贝尔湖至海拉尔河一带）”。交战中，突然来了一阵沙尘暴，天昏地黑，双方各自后退。铁木真汗发现对方后退，立即下令回军大战，札木合联军大溃败走。战败的弘吉剌部归附了铁木真汗。这是铁木真汗与王罕同盟军对札木合联军取得的第一次重大胜利。王罕军继续向东追击。铁木真汗料到泰赤乌部等残余势力肯定会来偷袭他侧后，立即回军。

会战第二阶段——铁木真汗歼灭泰赤乌余部。泰赤乌部上次遭到铁木真汗与王罕同盟军毁灭性打击后，远逃至今俄罗斯境内贝加尔湖东北岸地区，推举哈尔罕大石为新首领。经过一年多恢复，又积聚起力量。哈尔罕大石为扩充实力，又分别任命了下属各部残余势力的首领，并西联贝加尔湖西岸的蔑儿乞部，东联塔塔儿余部，共同加入了札木合大联盟。他们从今俄罗斯境内的外兴安岭以西出发，向东南方向进军，准备向铁木真汗与王罕同盟军的侧后发起攻击。他们的行动计划早在铁木真汗的预料之中，这一次他决心对泰赤乌部来个歼灭战，不能让它再次死灰复燃。他派遣主力采取远距离迂回战术去包围泰赤乌部，自己率领部分兵力在正面牵制。铁木真汗与敌人在今蒙古国东北部鄂嫩河南岸相遇，双方展开激战。黄昏时分，泰赤乌军中突然从山上射来一箭，射中铁木真汗颈部，他失血很多，昏迷了过去。部下都在拼死战斗，者勒蔑一人将铁木真汗半抱半拖转移到一片小树林中，用嘴一口一口地吸出铁木真汗伤口中的淤血，为他简单进行了包扎。

铁木真汗半夜苏醒过来，只觉口渴难忍，饥饿感也上来了。这时，战场上敌我混杂，横枕狼藉，都在休息。者勒蔑把身上的衣服脱光，赤身裸体到敌人营地上去为铁木真汗寻找吃喝的东西。他东翻西找，只找到一桶奶酪，又去找水。泰赤乌部营中有人看到了他，都以为是自己一方的人，夜起撒尿或是找水喝，没有理会他。者勒蔑终于找到了一些水，摸回铁木真汗身边，把奶酪调开，喂给他吃，铁木真汗渐渐恢复了体力。

半夜时分，铁木真汗派出的迂回兵力已将泰赤乌余部包围并击溃。敌方百姓知道已经逃不出去，都坐在车旁等待处理。天亮后，铁木真汗得到胜利消息，精神大振，包裹好伤口，骑上马背，去安抚这些泰赤乌百姓，并让他们去把走散的各部百姓都叫回来。铁木真汗将泰赤乌部留下的百姓全部收归到自己的旗下，不让他们再去跟着札木合作乱。

这时，“忽山岭上见一穿红的妇人，哭着大叫铁木真”。原来她就是铁木真汗当年被埋在羊毛堆里遇到的第一位情人合答安，他俩在生死关头产生了恋情，但失散后她已嫁人。这时，铁木真汗的士兵要杀她的丈夫。她大叫着铁木真汗的名字请求救救她丈夫。铁木真汗见了她百感交集，马上跟她去救她的丈夫。但他们赶到时，合答安的丈夫已被杀掉。铁木真汗收留了合答安（后来他们虽然没有成为夫妻，但合答安成了铁木真汗家的奶妈和用人）。铁木真汗通过合答安知道，铁木真汗的救命恩人、合答安的父亲锁儿罕失剌还在。第二天，终于把老人找到，他还带来一位年轻人只儿豁阿歹。铁木真汗责怪锁儿罕失剌为什么不来投奔他。锁儿罕失剌回答说：“我的心早就向着你，但我若投奔你，我怕泰赤乌部杀了我全家。”这时，铁木真汗问那位年轻人：“上次同泰赤乌人作战时，有人射断了我坐骑的脖子，这一箭是谁射的？”年轻人回答道：“是我射来，如今皇帝教死呵，止污了手掌般一块地。若教不死呵，我愿出气力。将深水可以横断，坚石可以冲碎。”铁木真汗说：“但凡敌人害了人的事，他必隐讳了不说。如今你却不隐讳，可以做伴当。”于是为他改名叫者别，“如战马般用着他”（《蒙古秘史》校勘本下册第973页）。后来，者别成为成吉思汗手下一位百战百胜的名将。

会战第三阶段——铁木真汗在阔亦田地区全歼塔塔儿残部。壬戌狗儿年（1202年）秋天，铁木真汗沿着斡难河（鄂嫩河）向东前进，讨伐今蒙古国东端贝尔湖以南地区（靠近阔亦田）的塔塔儿余部。铁木真汗的军队进展顺利，在阔亦田地区全歼了塔塔儿余部主力，剩下的全部当了俘虏。铁木真汗“密与亲族共议”，如何处置这北塔塔儿部俘虏。铁木真汗说：“在先塔塔儿，有杀咱父亲的仇怨。如今可将他男子似车辖（车轮）大的尽诛了。余者各分做奴婢使用。”（《蒙古秘史》校勘本下册第977页）这是铁木真汗对塔塔儿部的一起著名屠杀事件，塔塔儿部凡是长到车轮高的男子全被杀掉。

这次屠杀塔塔儿人时出了一个小插曲：铁木真汗领着众将商议完毕，他的异母弟弟别勒古台从帐内走出去，有个名叫也客扯连的塔塔儿人问他："你们今日商议何事?"别勒古台太老实了，随口说："欲将你每（们）男子但似车辖大的尽诛了。"也客扯连马上把这个消息在塔塔儿人中间传播开来，并对众人说："他若杀咱每（们）时，每人袖着一把刀，也要杀他一人藉背却死。"铁木真汗下令动手时，塔塔儿人果真每人都从袖筒里抽出一把刀来，把铁木真汗的"将军每（们）都杀伤了"，战马也被杀死很多。铁木真汗下令追查，结果发现是自己的异母弟弟别勒古台走漏了消息。铁木真汗于是下令："今后议大事，不许别勒古台入来，只教他在外整治蹠殴盗贼等事。议事后进一钟茶毕，方许别勒古台答阿里台入来。"（《蒙古秘史》校勘本下册第977—978页）

战前，铁木真汗宣布战场纪律，作战中不准私自抢掠，所有缴获人畜物资待战后统一分配。但铁木真汗之叔答里台、堂叔阿勒坛、堂弟忽察儿所属三部分人员违令抢掠，铁木真汗命他们交公统一分配，他们不干。铁木真汗命者别、忽必来将他们抢得的物资夺回，尽分配给参战者。三人怀恨而去，投奔了王罕，并劝王罕进攻铁木真汗后方。这件事后来成为导致铁木真汗与王罕决裂的重要原因之一。

会战第四阶段——札木合联军彻底崩溃。在将近一年的会战期间，铁木真汗借助王罕的力量牵制住了札木合联军的主力，然后采取各个击破的办法，先后消灭了主儿乞、泰赤乌、塔塔儿等各部残余势力。这时，札木合才恍然大悟，深感大祸即将降临到自己头上。正在这时，弘吉剌部背叛铁木真汗，重新归附札木合。札木合认为这是"天助人归之兆"，于是在壬戌狗儿年（1202年）冬十月，他再次以十二部落大联盟"古儿汗"的身份，对所存各残部进行总动员，从东西两个方向同时起兵，夹攻铁木真汗与王罕之军。

札木合联军的西部兵力，以北乃蛮古出古敦不亦鲁为首，再次自贝加尔湖之西向东南方向进军，进攻铁木真汗。当他们越过今中俄、中蒙边境山区时，已是十一月下旬，天下大雪，剧烈降温，将士手脚冻僵，无法操作兵器。山谷道路全被大雪封堵，许多士兵陷入雪窝冻死，跌下悬崖摔死。剩下的人员在前往阔亦田途中，都被铁木真汗在沿途布下的伏兵俘虏，札木合联军的西部兵力没有到达阔亦田地区，已全军覆没。札木合率领东部的所有力量向正在今我国满洲里以东的王罕军发起进攻，忽然得到消息，进攻铁木真汗的西部兵力已全军覆灭，他仰天长叹："天不助我啊！"札木合心灰意冷，丢下联军其他各部，率领札答兰部单独撤走。因札答兰部未带辎重，札木合下令抢夺弘吉剌部的羊群充当军粮。

王罕得悉札木合单独撤退，马上带兵追击。札木合眼看部众溃散奔走，已无心恋战，向王罕投降。跟随札木合的其他各部担心遭到屠杀，也都纷纷向王罕投降。王罕缴获了大量人畜物资，再次暴露出他私心太重的致命弱点，怕铁木真汗来瓜分，命令部属全部运回自己营地。战斗结束后，铁木真汗约王罕在海剌儿河（今我国海拉儿河）上游会面，共同商量开春后再战反复无常的弘吉剌部。王罕心虚，推说西部有警，起兵西归——这是铁木真汗与王罕联军分裂的预兆。

阔亦田会战后的形势——阔亦田会战的结果，对草原形势产生了重大影响。至此，铁木真汗占领了所有蒙古部落的牧地，基本统一了蒙古各部。从此，铁木真汗率领的乞颜部成为主宰北方草原的主导力量。这一重大变化，导致草原各个部落集团开始分化瓦解，重新组合。札木合纠集的蒙古各部大联盟已成鸟兽散。札木合和各部残余势力的大大小小十几位头面人物，全都投奔到了克烈部王罕旗下。这一重大变化，直接导致王罕和铁木真汗的"父子同盟"破裂，双方从义父、义子变成了仇敌。铁木真汗看到了形势复杂的一面：蒙古各部虽然已基本统一，但蒙古各部落的残余势力，大部分寄居在王罕的克烈部内，小部分寄居在乃蛮部内。下一步，同突厥人克烈部和乃蛮部的战争无法避免。

铁木真汗下一步的主要对手是"草原三雄"：他的义父克烈部王罕、南乃蛮部太阳汗、蒙古札答兰部札木合汗。由于札木合寄居在王罕克烈部旗下，铁木真汗的对手形成了"三只老鹰两个巢"的局面。

卯温都山战役

这是克烈部王罕突袭铁木真汗之战，它实际上成为铁木真汗统一草原其他各部的揭幕战。关于这次战役的名称，各书记载不一。《史集》称“合剌阿勒只惕-额列惕之战”；《中国军事通史》《成吉思汗传》称“哈兰真沙陀之战”；《中国历代战争史》称“合剌合只特之战”。

战役名称，一般以交战地点来命名。据《秘史》记载，铁木真汗得到王罕即将对他发动突然袭击的情报后，紧急通知所有部队都以最快速度往卯温都山背后集中，这场战斗就发生在卯温都山地区。《史集》中称“卯-温都山”，并说“这个地方在乞台（契丹）边境上”（指“金边壕”）；《元史·太祖纪》称，当瞭望哨向铁木真汗报告王罕军队来袭时，“帝即驰军阿兰塞”，阿兰塞即金边堡之一，与《史集》说法吻合。以上记载说明，这次战役发生在今内蒙古东乌珠穆沁旗东北部，即阔亦田会战最后决战的主战场附近。战役发生时间：《史集》和《元史·太祖纪》都记载为“岁癸亥”（1203年）春。

铁木真汗与王罕决裂，主要责任不在铁木真汗。铁木真汗尊王罕为义父，而且两人并肩战斗了这么多年，他并不愿意与王罕决裂。尤其眼下有这么多残余势力聚集在王罕旗下，铁木真汗对此虽然有很大怨气，但他清楚地知道，一旦同王罕公开决裂，王罕扶持这些残余势力复辟，这对他将是十分不利的。为了竭力避免这种情况出现，铁木真汗曾想通过“联姻”的办法与王罕消除矛盾，重新和好。他派人去为长子术赤向王罕女儿察兀儿别乞求婚。王罕回应说，他与铁木真汗是“父子”关系，术赤是他的孙子辈，自己的女儿察兀儿别乞是术赤的姑姑，结为夫妻不合适，拒绝了。铁木真汗再派使者去，愿意把自己的女儿豁真别乞配给王罕之孙、桑昆之子秃撒合为妻，双方换婚。王罕父子认为，如果这样换婚，双方关系可以“扯平”，准备同意。但是，札木合却挑拨说，术赤是铁木真汗妻子与蔑儿乞人的私生子，不合适！王罕父子一听这句话倒了胃口，驱逐铁木真汗使者，拒绝联姻。

札木合诡计多端，他进一步挑拨王罕偷袭铁木真汗，王罕却不肯。王罕知道，自己的主要对手是西部的乃蛮部，如果没有铁木真汗做他的后援，他很难斗得过乃蛮部。札木合就去鼓动王罕的儿子桑昆。由于这几年王罕一直领兵与铁木真汗转战在东部，他怕西部的乃蛮部来偷袭，派儿子桑昆带领部分人马在西部山区防守。札木合来到桑昆处，挑拨说："铁木真汗表面上尊你父亲为'父'，暗地里却与乃蛮部频繁来往，正在密谋消灭克烈部，然后他以你父亲'义子'的名义，独吞克烈部人畜物资，你恐怕连脑袋都保不住。因此，你必须先下手为强，消灭铁木真汗，我和你平分乞颜部的人畜物资，将来双方和平相处。桑昆经不住札木合的挑唆，立即去找父亲，用札木合的话劝说父亲进攻铁木真汗。王罕说："札木合，巧言寡信之人，不足听。"（《元史·太祖纪》）

桑昆回去对札木合说，父亲不同意出兵。札木合建议桑昆直接带兵东去，逼迫王罕出兵攻打铁木真汗。如果他再不同意出兵，就说他老了，请他让位，你当可汗！王罕与铁木真汗，虽然谁都不愿公开决裂，但已貌合神离，开始明争暗斗。双方都派了一些人投奔到对方营中充当耳目，探听各种消息，观察对方动静。但铁木真汗没有把诡计多端的札木合对王罕父子的挑拨估计在内，结果他产生了战略误判：他认为西面的乃蛮部是王罕的心腹之患，王罕还离不开自己作为他的后援，尚不至于因联姻不成，反目成仇。因此，金泰和二年（1202 年）入冬前，铁木真汗放心地率领部众到今中蒙边境呼伦湖与贝尔湖之间去准备过冬，打算乘此机会到东部去开辟一个广阔牧场，以安置新归顺的蒙古各部。他还有另一个目的，就是要为明年开春后征服东部反复无常的弘吉剌部做准备。

王罕与札木合以及各部残余势力的头目们聚在一起，日夜谋划如何消灭铁木真汗。王罕儿子桑昆提出狠毒的一计，他说："铁木真汗曾为他儿子术赤向我妹妹求婚，当时没有答应，现在不妨遣使前往，同意这门婚事，邀请铁木真汗前来喝许婚酒。他肯定会来，他一进屋就把他抓起来，袭占他西部老营，再向他东方军团进攻，定可将他消灭。"王罕同意，遣使出发。

铁木真汗果然中计！王罕派遣使者前来邀请，铁木真汗只带了几位贴心伴当和那可儿，连自己共十骑，踏上了西去的路程，前往土拉河（今蒙古国图拉河）南岸黑林中的王罕营地去喝“许婚酒”。这时刚开春，一路融雪泥泞，道路十分难走。但铁木真汗心情不错。他觉得儿子的这桩婚事若能成功，别人就难以离间王罕同他的“义父义子”情义。铁木真汗在冰雪泥泞中跋涉了五天，来到克鲁伦河上游“晃豁坛部人蒙力克别乞－额赤格家里息脚”（《史集》第一卷第二分册第168页）。蒙力克老人是铁木真汗父亲也速该临终托孤之人。蒙力克的儿媳妇是克烈部人，他的亲家合丹巴特儿已提前派人把王罕父子的阴谋告诉了蒙力克老人（《史集》第一卷第一分册第217页）。

夜里，铁木真汗与蒙力克老人坐在火塘边交谈。蒙力克对铁木真汗说：“王罕的女儿，你为儿子术赤主动派人去求婚时，他做大，不肯，如今怎么突然想起要请你去吃‘许婚酒’了呢？这太不正常了！”接着，蒙力克老人对铁木真汗讲了过去塔塔儿如何以“许婚”诈擒杀害俺巴孩汗，又以“许婚”之计诱杀了王罕的祖父马尔忽思不亦鲁，等等。蒙力克老人考虑到自己亲家在克烈部王罕手下，不能把亲家传来的情报直接说出来，否则会害了他们一家，只能用这样拐弯抹角的办法阻止铁木真汗前往克烈部。

铁木真汗听蒙力克老人这么一说，心情顿时紧张起来。于是采纳蒙力克老人的建议，派了两位使者代表他去“赴宴”，并给王罕传话说：刚开春，马太瘦，冰雪泥泞，走不了那么远的路，等马肥了再来拜访。铁木真汗连夜出发，赶回东部营地。桑昆根据札木合的建议，一直在暗中侦察，得知铁木真汗十骑早已西来，并去了蒙力克营地，却迟迟不见铁木真汗前来。直到铁木真汗派遣两位使者前来赴宴、传话，昆桑立刻断定，自己的预谋已被蒙力克和铁木真汗识破，并断定铁木真汗尚未走远，立刻挑选快马精兵，决定明晨一早就出发，追杀铁木真汗。

但克烈部内部有两个人心向铁木真汗，一位叫巴歹，另一位叫乞失里。两人决定赶在桑昆的追兵出发以前，驰马前去报告铁木真汗，争取立大功。半夜，两人杀了一只羔羊，煮熟，吃饱，剩下的打包带上，骑上快马，向东直奔蒙力克营地。可是，蒙力克已拔营撤走。两人又继续向东追赶，下半夜终于赶到了铁木真汗的露营地，如实向他报告了追兵将至的实情。

铁木真汗深感形势危急。他迅速做出判断：王罕父子派兵追击他本人的同时，必定会派兵突袭他属下的乞颜部各个营地。他马上把随行的九人全部叫醒集合，简单讲了一下面临的严重形势，紧急布置大家分头去通知他的几支军队（当时蒙古军尚在兵牧合一阶段）：一、木华黎火速西去通知蒙力克之军；二、孛罗忽勒往北去通知他的三子窝阔台之军；三、孛斡儿出去西北通知他的二弟合撒儿之军；四、最后派出两人到附近各点去通知本部落的其他人，命令他们抛弃一切，全速向阔亦田附近的卯温都山背后主儿扯歹部的冬牧地会合。分派完毕，留下者勒蔑一人负责断后。铁木真汗带着剩下的几人和两位报信的克烈部人，共七骑，向卯温都山方向急奔而去。

派去通知各部的人到达时，各部都已突遭王罕兵袭击，都在奋力突围，损失惨重。

铁木真汗所率七骑刚到卯温都山主儿扯歹部的冬牧地，蒙力克和木华黎也已赶到。独自一人负责断后的者勒蔑，天亮之后，在附近寻找到几处蒙古部落的马群、羊群、牛群。他命令这些牧人把马群以最快速度赶往卯温都山；羊群、牛群走得太慢，统统放弃，牧人跟他一起充当后卫。者勒蔑一共集合起来二十多人，组成了一支小分队。他登上山头瞭望，尚未望见敌人踪影，便率领这二十多人的小分队急奔卯温都山，与铁木真汗会合。

当“太阳升起到一杆矛那么高的时候，双方军队已面对面摆开了队伍”（《史集》第一卷第二分册第170页）。王罕军队多，铁木真汗军队少。铁木真汗同异密们（最信任的人）商量，如何才能打败王罕率领的克烈部。当时“怯台用鞭子抚弄着马鬃，犹豫不决”；另一位异密忽亦勒答儿开口说：“汗啊，我的安答！我飞驰上前把大旗插到敌人后方名叫阙奕坛（阔亦田）的山岗上去，显一显我的勇气！”又一位异密怯儿罕说：“行了！在神的佑护下跃马向他们冲过去吧！”忽亦勒答儿跃马向前，“将大旗插上了阙奕坛山岗”。铁木真汗自己“也与其他异密们一起向敌人冲杀过去”

（《史集》第一卷第二分册第170—171页）。

他们打垮了敌人几个波次的冲击，但敌人的大规模进攻刚刚开始。这时，铁木真汗对主儿扯歹说："主儿扯歹伯父，我欲教你做先锋，你意如何？"没等主儿扯歹回话，忽亦勒答儿抢先回答说："我做先锋，久后将我孤儿抬举！"主儿扯歹接着说："我的兀鲁兀惕、忙忽惕（两部人）做先锋厮杀！"说罢，"他两姓的百姓"就向敌人冲了过去，以密集队形向来敌尘起处迎击，与王罕前锋部队展开激战。这时王罕的先锋将只儿斤冲将过来，很快被击退。王罕儿子桑昆见前锋垮下阵来，亲自率领千余骑投入战斗。主儿扯歹认识桑昆，拉满弓向他一箭射去，正中桑昆面颊，从他左腮穿入，右腮穿出，桑昆当场滚下马背。左右忙着上前抢救桑昆，敌人的前锋暂时被打退了（《蒙古秘史》校勘本下册第987页）。

第二天，敌人发动了更大规模的进攻。由于克烈部人多，"成吉思汗抵挡不住，便退却了。当他后退时，大部分军队已离开了他，他就向巴勒渚纳退去。这地方有几条水不多的泉，泉水不够他们和牲口喝。因此他们从污泥中挤出水来喝"。铁木真汗以寡敌众，避免了全军覆没的危险。当时跟随铁木真汗到达巴勒渚纳"喝过浑水"的人不多，铁木真汗特别看重这批人。他们在任何艰难困苦的情况下都跟随他，铁木真汗称他们为"巴勒只温惕"（《史集》第一卷第二分册第172页）。这些人是铁木真汗时代的"长征干部"，成为他最信任的人。

坚持到第三天中午，从西面奔来一人一骑。走近一看，是前往铁木真汗二弟合撒儿营地送信的孛窝儿出；他与合撒儿在突围时失散了。孛窝儿出下马后听说合撒儿仍未来到，立刻上马要去寻找，被铁木真汗制止了。傍晚时，又见孛罗忽勒和窝阔台两人叠骑在同一匹马上，窝阔台的手脚都垂了下来，晃荡着。铁木真汗以为他死了，流下了眼泪。走近一看没死，脖子上中了一箭，伤得很重。铁木真汗将一把剑放进火里烧红，把窝阔台脖子上的箭伤烙焦，窝阔台发出惨叫。这是草原民族对战伤消毒的古老办法，能使伤口加快结痂愈合。

卯温都山战役是王罕偷袭铁木真汗之战，铁木真汗损失惨重。这一仗一打，双方也就完全撕破脸皮，铁木真汗再没有任何感情纠葛，决心同王罕决战到底。

消灭王罕突厥克烈部之战

消灭王罕统领的突厥克烈部，这是铁木真汗统一草原非蒙古族各部的关键之战。铁木真汗知道，同义父王罕重归于好已经没有可能。现在唯一要做的事情，就是积蓄力量，周密准备，同王罕决一死战。卯温都山战役结束后，铁木真汗采取了多方面的措施：一是让蒙力克老人护送各部老人小孩前往捕鱼儿海子（今中蒙边境的贝尔湖）附近的东部基地去，把他们安顿好；二是派遣使者前去责问王罕，为何抛弃“义父义子”情分，受人挑拨，反目成仇？从舆论上争取主动；三是派出人员到克烈部下属的各部去发动心理攻势，进行分化瓦解；四是让二弟合撒儿向王罕诈降，为奇袭王罕赢得时间。

卯温都山战役时，铁木真汗二弟合撒儿营地遭到王罕军队包围突袭，妻子和三个儿子都被王罕军队俘虏。合撒儿和前去给他送信的孛窝儿出在突围时失散，互相寻找，耽误了不少时间。卯温都山战斗结束后，铁木真汗已经带领部属转移，合撒儿和几个随从转辗各处寻找了几个月，有些日子只能嚼牛皮筋度日。直到夏天才在今蒙古国东北部斡难河（鄂嫩河）边找到了铁木真汗的营地。哥俩见面，百感交集。铁木真汗对合撒儿有些生气，但听完他的讲述又对他十分同情。铁木真汗根据合撒儿所讲情况，决定利用他去向王罕诈降，以麻痹王罕，掩护大军向王罕大营接近。计划商定后，就以合撒儿的名义派了两位使者到王罕大营去传话。大意是说，我的老婆孩子都在大汗营中，我日夜思念他们，急着想同他们会面团聚，我已走投无路，如果大汗允许，我愿意束手来归。王罕正在折折运都山（今蒙古国东部克鲁伦河上游）大营设金帐举行宴会，庆祝胜利。一听使者转告的这些话，认为合撒儿讲的都是实情，十分痛快地说：“果那般啊，教他到这里来吧。”就在宴会桌上取了一只牛角杯作为信物，派了一位使者，跟随合撒儿派来的两位使者前去，向合撒儿传达愿意接纳他的意思（《蒙古秘史》校勘本下册第 995 页）。

铁木真汗以合撒儿名义派出的两位使者出发后，他就率领大军启程，从今蒙古国东北部的鄂嫩河畔向南面的克鲁伦河上游王罕营地前进。铁木真汗向前方派出游骑，把发现的所有牧人都控制起来，防止走漏消息。当铁木真汗统率的大军到达克鲁伦河南岸拐向西去的时候，派出的两位使者正好带着王罕派来的一位使者来到。那位使者准备逃走，被抓住扭送到铁木真汗面前，铁木真汗没有理睬，合撒儿下令把他斩了。当夜，铁木真汗率领大军向王罕大营疾进。

金泰和三年（1203 年）夏季七月十二日深夜，铁木真汗将王罕大营四面包围。天亮时，王罕的人才发现大营被包围了。铁木真汗让人呼唤王罕父子出来，王罕父子哪里敢出来。铁木真汗下令四面同时发起强攻。王罕大营四周的栅栏甚为坚固，不易攻破。有的地方刚被攻破，又立即被封堵上了。双方激战了三天三夜，十六日天亮时，王罕大营内才有人高呼投降。铁木真汗命令营内每一百人为一组分批出来，不得携带任何武器。清点结果，却不见王罕父子。铁木真汗审讯王罕手下的降将，他们都说只有合答黑巴阿秃儿知道。铁木真汗审讯合答黑，他回答说："我于正主，不忍教您拿去杀了，所以战了三日，欲教他走得远着。如今教我死呵便死，恩赐教活呵出气力者。"铁木真汗一听，非但没有生气，反而大加赞扬合答黑道："不肯弃他主人，教逃命走得远着，独与我厮杀，岂不是丈夫，可以做伴来。"不但没有杀他，还叫他领一百人，做了个小头目（《蒙古秘史》校勘本下册第 996 页）。

王罕父子只带了十几个人逃到西部南乃蛮地面，藏在一处树林里。王罕口渴，下去找水喝，被乃蛮部士兵抓住。乃蛮部守将豁里速别赤把他当成奸细审他，王罕自报说："我是克烈部王罕。"豁里速别赤火了："你竟敢冒充王罕!"一刀把他砍了。乃蛮部太阳汗的妻子（即老可汗的那位小妾古儿别速），听说把王罕杀了，就说："不管怎么样，王罕是位老皇帝了，把人头拿来我看看，如果真是，应该祭祀他。"于是派人叫守将豁里速别赤把王罕的头割下来，送给太阳汗的妻子去看。她一看果真是王罕，"于是动着乐器祭祀他"。祭祀时，"王罕头笑了"。太阳汗认为这是不祥之兆，上去一脚把王罕的头颅踩碎了（《蒙古秘史》校勘本下册第 998—999

页）。

王罕儿子桑昆听说父亲已经被乃蛮部人杀掉，带着妻子和十几位随从向西逃跑。他已成了丧家之犬，东奔西窜。投奔西夏，西夏不纳；投奔吐蕃，吐蕃不纳。他只得到处流窜，以抢掠为生。最后逃到今新疆南部，被当地人抓住杀掉了。至此，克烈部彻底灭亡（《史集》第一卷第二分册第185 页）。

消灭突厥乃蛮部之战

乃蛮部是铁木真汗在北方草原的最后一个劲敌。消灭乃蛮部，成为铁木真汗统一蒙古草原各部的收官之战。对于成吉思汗消灭乃蛮部和其他各部残余势力的战斗，各种史籍记载不尽一致。综合各书记载，大致经历了三次重要战役。

第一个战役是纳忽山之战，消灭太阳汗南乃蛮部。

《史集》等书把这次战役称之为纳忽崑之战；《蒙古秘史》中也说战场在纳忽山崖前（今蒙古国境内）。当时，札木合纠集的草原各部残余势力，也聚集到了南乃蛮太阳汗旗下。铁木真汗消灭克烈部王罕，一方面引起了同是突厥人的乃蛮部恐慌，另一方面乃蛮部多数人主张把克烈部的地盘和人众从铁木真汗手中夺回来。南乃蛮太阳汗名声虽响亮，却是一位只知吃喝玩乐、毫无本事的主儿。他知道本部力量打不过铁木真汗，于是派人去通知汪古部首领阿剌忽失，让他从右翼进攻铁木真汗。阿剌忽失不仅拒绝出兵，还派人把消息告诉了铁木真汗。

金泰和四年（1204 年）的春天，太阳汗在哈瑞河（今蒙古国杭爱省哈努伊河）纠集蔑儿乞部、克烈部、斡亦剌部以及札木合统领下的朵儿边、合答斤、珊竹等各部残余势力组织军事同盟，宣誓共同对付铁木真汗。他很轻蔑地说："这东边有些达达（蒙古人）"，"他敢要做皇帝么道？天上只有一个日月，地上如何有两个主人，如今咱去将那达达取了"。他的后母兼妻子古儿别速在一旁娇滴滴地说："那达达百姓歹气息（身上有羊羶味），衣服黑暗（油黑），取将来要做什么，教远着者"，"若有生得好妇女，将来教洗浴了，挤牛羊乳呵中有”（《蒙古秘史》校勘本下册第999页）。总之，突厥乃蛮人很瞧不起蒙古人。

当时铁木真汗已将活动中心移往西部，他正在帖麦该川（今蒙古国肯特山西麓）围猎，得到汪古部首领阿剌忽失送来的信息后，召集部将“大会于帖麦该川，议伐乃蛮”（《元史·太祖纪》）。铁木真汗判断敌人不会马上就到，他抓住时机移军至合勒合河（今蒙古国中央省哈剌河）畔进行整军备战，“立千百户牌子头”（《蒙古秘史》校勘本下册第1000页）。所谓“牌子头”，就是每十户选一人为长，称“牌子头”；百户长领九个牌子头，自兼一个牌子头；千户长领九个百户牌子头，自兼一个百户牌子头，再往上听命于将军。将军中有兼领千户长者为“领千户”。凡“领二千户”以上者，皆由军功卓著的将军担任。将军中有领九个千户长者称“领万户”。同时，对可汗的警卫（宿卫、散班）力量也进行了补充和加强。这样，蒙古军队就有了严密的组织系统，组织指挥大大加强，战斗力大为提高。与此同时，铁木真汗提前派了一些人混进乃蛮部去宣传蒙古军的厉害，展开心理攻势，收到很大效果。整军完毕，“鼠年（公元1204年）四月十六日，成吉思汗祭了旗纛，去征乃蛮，逆着客鲁涟河（克鲁伦河）行了”（《蒙古秘史》校勘本下册第1001页）。

札木合开始也加入了太阳汗的军事同盟，但太阳汗瞧不起他的人格，对他存有很大疑心，并当众侮辱他。札木合于是拉走了他的部队，并派人向铁木真汗通报了消息。上一次阔亦田会战时，札木合开始也和王罕一起来偷袭铁木真汗，王罕想叫他担任总指挥，他觉得自己斗不过铁木真汗，王罕想把他推到第一线，他根本没有取胜把握，中间溜了，并派人给铁木真汗通风报信。札木合这样做，都是为自己“多留一条后路”，是他狡诈过人的表现。

铁木真汗向乃蛮部发起进攻时，命二弟合撒儿率中军，忽必来率左手军，三子窝阔台率右手军，他亲率中军在前，向敌人发起攻击。但太阳汗的联军守在山头上，居高临下，人又多，铁木真汗的军队处在盆地中，向上发动强攻显然不利。有位名叫朵歹扯儿必的人，向铁木真汗献了一计：假装来盆地里牧马，先把马匹在盆地里布满。晚上每人点五堆火，盆地里一片火光。太阳汗没有打过仗，见了这么多火光必然惊疑。这时，马吃了一天草也吃饱了，突然发起冲击，直抵乃蛮部大营，必然可胜，铁木真汗采纳了他的建议（《蒙古秘史》校勘本下册第1002页）。

晚上，乃蛮部的哨兵从山头上往下一望，盆地里全是火堆，误认为铁木真汗开来了许多军队，马上去向太阳汗报告。太阳汗听后果然害怕了，不敢进攻。太阳汗儿子屈出律说他父亲胆小得还不如女人。这话被太阳汗听到了，他很生气地对儿子说："你现在嘴巴硬，一到厮杀的时候你这点勇气就没有了！"乃蛮部大将豁里速别赤，也对太阳汗未战先怯很不满。他对太阳汗说："你父亲亦难赤汗同敌人打仗时，男子的脊背、战马的后臀，都不能让敌人看见（意即"没有逃跑一说"），如今你却未战先怕了，还不如叫你母（妻）古儿别速来指挥，她都比你强！"太阳汗在无奈之下，只得下令进攻（《蒙古秘史》校勘本下册第1003页）。

七月初的某日黎明，铁木真汗"整治军马排阵了，自做头哨，教弟合撒儿主中军"，向乃蛮军山头发起了冲击。乃蛮军已在山头上坚守了两个多月，锐气已耗尽。各部队都在各自驻守的山头上，既不主动出击，也不互相支援。蒙古军将乃蛮军防线冲开一道口子，乃蛮军纷纷逃跑，"人马坠于山崖相压死者甚众"。太阳汗在逃跑时被乱箭射伤，士兵把他扶上马背逃到一处山上，因失血过多，已昏迷过去。突厥人是很能打仗的，将领豁里速别赤对周围的人说："与其围着太阳汗看着他死，不如回身冲杀，使大汗死前知道我们在为他战斗。"于是把古儿别速叫来，让她守着太阳汗，他们回身去战斗。

天亮后，蒙古大军云集，突厥将领豁里速别赤率领的一些人守在山口拼死抵抗。铁木真汗见了勇敢战斗的人就欣赏，让人高呼劝降，对方不听；高喊休战，任他们撤走，对方还是不听，直至全部战亡。蒙古士兵在山顶上将负伤的太阳汗及古儿别速抓住了，押送到铁木真汗面前。铁木真汗问古儿别速道："你不是说达达身上有歹气息吗，你怎么被达达人抓住了？"古儿别速风韵犹存，瞟了成吉思汗一眼。这时太阳汗躺在一边尚未断气，成吉思汗就把古儿别速纳为妃了（《蒙古秘史》校勘本下册第1005页）。南乃蛮灭亡后，原来聚集在札木合周围的各部残余势力，大部分都离开了札木合，投降了铁木真汗。

第二个战役是不黑都儿麻之战，消灭北乃蛮部。

南乃蛮被消灭后，太阳汗的儿子屈出律、札木合和他纠集的最后一些残余势力，都逃往北乃蛮，投奔了古出古敦不亦鲁，图谋东山再起。铁木真汗率领大军一直追击到今我国新疆与蒙古国交界的阿尔泰山地区。这时已是冬天，铁木真汗率领蒙古军“到金山（阿尔泰山）住过冬”。金泰和五年（1205 年）开春后，冰雪开始融化，铁木真汗率领蒙古军“逾阿来岭去”。阿来岭是今蒙古国境内阿尔泰山支脉之一。当时太阳汗的儿子屈出律与蔑儿乞的老首领脱黑脱阿在一起。铁木真汗追上了他们，双方厮杀，脱黑脱阿被乱箭射死，他的儿子无法将他的尸体带走，逃了一程又返回来，将他的头割下带走了。这些人渡过也儿的失水（今我国新疆境内额尔齐斯河）逃跑时，上游山洪暴发，“溺死者过半，余者皆散亡”（《蒙古秘史》校勘本下册第 1007 页）。对于北乃蛮首领古出古敦不亦鲁，有两种说法，一种说法是在这次交战中被袭杀了，另一种说是他在兀鲁塔山打猎时“遭到成吉思汗骑兵队的袭击而被杀”（《草原帝国》第 276 页）。

第三个战役是也儿的失河之战，消灭蔑儿乞等残部。

公元 1208 年秋天（一说春天），“成吉思汗亲自向也儿的石河（额尔齐斯河）上游进军去对付最后的一批‘反叛者’”（《草原帝国》第 276 页）。由于山洪暴发，乃蛮人、札木合等过河逃跑时，人畜大半被山洪冲走淹死。铁木真汗消灭北乃蛮后，太阳汗之子屈出律逃往西辽去了（当时西辽是统治中亚地区的大国）。

也儿的失河（额尔齐斯河）一战，北乃蛮主力被全歼。太阳汗之子屈出律和札木合过河逃脱了。札木合只带领五个伴当逃过河去，在今蒙古国唐努乌山一带以劫掠为生。札木合脾气变得极为暴躁，常拿五个伴当出气。五人商量后，将他捆了，驮在马上，送到了铁木真汗那里，五人想得重赏。札木合不愿被捆绑着去见铁木真汗，叫人向铁木真汗传话说：“黑老鸦会拿鸭子，奴婢能拿主人，皇帝安答必不差了。”意思是说，我看你铁木真汗怎么来处理这件事。铁木真汗说：“自己的正主，敢拿的人，如何留得?”他让人当着札木合的面，把这五人都杀了。接着，铁木真汗让人去对札木合传话，回忆了两人三次结为安答的经历，并对自己同王罕、太阳汗交战时，札木合派人向他报信表示感谢。札木合回答说："我们从小做安答的事，我都没有忘记；现在你做了皇帝，安答做不成了。"札木合最后只提了一条要求，别让他流血而死。不出血而死，这是草原民族的一项古老传统，只有处死国王或亲王时才有资格享受这一待遇。铁木真汗对手下的人说："札木合虽然背叛了我，但也没有存心害我的地方，就依了他这一条吧。"于是"令札木合就那里不出血死了，仍以礼厚葬了"（《蒙古秘史》校勘本下册第1009—1010页）。

登上成吉思汗大位

在阿尔泰山下，蒙古军俘获了太阳汗的掌印官畏吾儿人塔塔统阿。铁木真汗问他为何死抱住怀中的金印不放，塔塔统阿说："是臣之职，欲见故主之子以授之而已。"铁木真汗赞扬他一片忠心，又问此物有何用处。塔塔统阿说："出纳钱谷，委任人才，一切国家政事，均以此印验证。"铁木真汗说，这种办法好。于是铁木真汗劝其投降，帮助蒙古建立这种制度，塔塔统阿同意了。由于实行印证制度离不开文字，塔塔统阿奉命教铁木真汗的儿子及诸王们学习畏吾儿文字，并用畏吾儿字母草创了最早的蒙文。有的学者感叹说，假如铁木真汗最早接触的不是畏吾儿文，而是汉文，他缔造的帝国可能取得更快、更大的文明进步，元朝的国祚也许会更长。但这只是一种好心的猜想，历史永远没有"假如"。

丙寅虎儿年（1206年），铁木真汗回到今蒙古国东北部斡难河（鄂嫩河）源头乞颜部发祥地，登上了成吉思汗大位。我国史书称成吉思汗为元太祖，这一年为元太祖元年。成吉思汗是铁木真的蒙古大汗名号，元太祖是他作为中国元朝开山先祖的名号，这两个名号不能并列使用。

各书关于铁木真汗登上成吉思汗大位的记载，都很简要。《元史·太祖纪》记载："元年丙寅，帝大会诸王群臣，建九斿白纛，即皇帝位于斡难河之源。诸王群臣共上尊号曰成吉思汗皇帝。"《蒙古秘史》记载："至是虎儿年，于斡难河源头，建九脚白旄纛做皇帝，封功臣木合黎为国王。

命者别追袭古出鲁克（屈出律）。整治达达百姓。除驸马外复授同开国有功者九十五人为千户。”《史集》记载：“虎年（1206 年）幸福地莅临时，初春，成吉思汗下令建九脚白旄纛，隆重地召集举行了大忽里勒台（库里尔台）。在这次忽里勒台上他获得了‘成吉思汗’的尊号。”

在成吉思汗所封的功臣中，功劳最大的有木华黎、博尔术、孛罗忽勒、赤剌温、忽必来、者勒蔑、者别、速不台、主儿扯歹等人。他对牺牲的烈士也进行了褒奖，对他们的遗孤进行了优抚。同时，任命孛斡儿出为右手万户，木华黎为左手万户，纳牙为中军万户，失吉忽秃忽为大断事官。

《史集》和《多桑蒙古史》都认为，为“成吉思汗”上尊号的是通天巫豁儿赤。《史集》的说法是：“献上这个称号的是晃豁台部蒙力克别乞—额赤格的儿子，人称帖卜—腾格里的阔阔出。”（《史集》第一卷第二分册第 208 页）而《多桑蒙古史》则否定了这一说法：“1206 年春，遂集诸部长开大会于斡难河附近之地，建九斿白旄纛。珊蛮（萨满）或卜者阔阔出……奉天命命其为成吉思汗”，但“铁木真汗颇恶其人，兹既无须其助”（《多桑蒙古史》上册第 57 页，上海世纪出版集团 2006 年版）。豁儿赤的用意是抢“头功”，便于今后驾驭、利用成吉思汗。成吉思汗早先曾经有过利用他的念头，但后来越来越厌恶他，酝酿着一场不可避免的斗争。

一场汗权与神权的斗争

成吉思汗登上大汗之位后，汗权和神权的矛盾变得尖锐起来。具体地说，就是那位萨满教通天巫豁儿赤，开始同成吉思汗争权，他要求神权与汗权平等，想以此控制成吉思汗。成吉思汗考虑到豁儿赤也曾发挥过一些作用，所以一直忍让着。于是，豁儿赤越发嚣张起来。

有一次，他竟掌掴成吉思汗二弟合撒儿。合撒儿去向成吉思汗诉说，成吉思汗正在为别的事生气，反而批评合撒儿说：“你平时吹嘘谁都打不过你，今天怎么能被他打了耳光？活该！”合撒儿非常生气，几天不愿来见成吉思汗。豁儿赤担心遭到报复，编了一通瞎话去对成吉思汗说：“长生天的圣旨来告说，一次教铁木真管百姓，一次教合撒儿管百姓，若不将合撒儿去了，事未可知。”经豁儿赤这样一挑拨，成吉思汗对二弟合撒儿起了疑心，连夜去捉拿合撒儿。有人立即去向成吉思汗母亲诃额仑报告，老太太连夜叫人驾车往合撒儿那里赶。她赶到时，合撒儿已被成吉思汗剥夺了冠带，捆了起来，正在审讯他。忽闻母亲赶到，成吉思汗大惊。老太太先把合撒儿解了，把冠带还给他。老太太“盛怒盘坐”，敞开胸怀，把两个乳房放在膝盖上，叫成吉思汗看着，对他说：“您见了吗？这是您吃的乳。合撒儿何罪，你自将骨肉摧毁。”又说，“你吃过的这个奶头，你两个小弟弟都不肯再吃，‘惟合撒儿将我这二乳都吃了，使我胸中宽快。为那般所以铁木真心有技能，合撒儿有气力，能射。……如今敌人已尽绝，不用他了’。”这是成吉思汗母亲诃额仑教训“皇帝儿子”的特殊方法，中国历史上仅见此一例。成吉思汗当场被母亲训斥得“怕也怕了，羞也羞了”。但他心中对二弟合撒儿的疑团并未解开。后来他又瞒着母亲，剥夺了合撒儿的百姓和权力。有些百姓眼看合撒儿失势，也都离他而去。“诃额仑得知，内心忧闷，所以早老了”（《蒙古秘史》校勘本下册第1032页）。

做母亲的心痛每一个儿子，不管你成吉思汗做了天底下最大的皇帝，仍是她的儿子，合撒儿也是她儿子。儿子们骨肉相残，最最使诃额仑痛心。强的欺负弱的，她不能容忍。在以后的日子里，诃额仑并不为长子成吉思汗做了草原之王而高兴，而为二儿子合撒儿受了委屈而痛心。一生经历了这么多艰辛都没有把她压垮，这件事却使她愁老了。从这一点上说，诃额仑的母爱之心，比成吉思汗君临天下的征服者之心更伟大。这都是豁儿赤这位“通天巫”在成吉思汗兄弟、母子之间制造的矛盾。

又一次，豁儿赤命令成吉思汗四弟斡惕赤斤向他下跪，承认他轻视“神”的权威的罪责。第二天早晨，成吉思汗和孛儿帖夫人尚未起床，斡惕赤斤闯进去跪在床前哭诉。未等成吉思汗开口，孛儿帖夫人往上拉一拉被子盖住胸口说：“他是如何的晃豁坛，在前将合撒儿打了，如今又要斡惕赤斤跪，是何道理？你今见在，他尚将来你桧柏般长成的弟每（们）残害。久后你老了，如乱麻群鸟般的百姓，如何肯服你小的歹的儿子每（们）管！”她“说罢哭了”。这时，成吉思汗终于表态，对四弟说：“帖卜腾格理（豁儿赤）如今来时由你。”跪在地上的斡惕赤斤一抹泪站起来就走了，他要的就是这句话。他马上去找了三位大力士，准备着。吃饭的时候，豁儿赤往酒桌西边去坐，刚坐下，斡惕赤斤上去一把抓住他衣领拖了出去。豁儿赤帽子掉在地上，蒙力克站起来，捡了他的帽子跟出去，豁儿赤已被三位大力士折断腰骨处死了。蒙力克把帽子盖在豁儿赤脸上（《蒙古秘史》校勘本下册第 1032—1035 页）。

这是一场巩固成吉思汗汗权和大蒙古国新生政权的斗争。虽然斗争形式特殊，但也是你死我活、惊心动魄。

成吉思汗登上大汗之位，标志着大蒙古国的建立（西方史称“蒙古帝国”）。这是一个重要的历史新起点。从此以后，成吉思汗不仅要为中国历史谱写轰轰烈烈的篇章，也将为世界历史打上深深的印记。

后来，成吉思汗的孙子忽必烈推翻南宋建立元朝后，尊成吉思汗为元太祖。在我国史书中，成吉思汗的正式称号是“元太祖孛儿只斤铁木真”。

2011 年 1 月

严嵩倒台

明朝出了个大奸臣严嵩，对明朝的战争破坏之大，史所罕见。军事是直接受政治支配的。朝政清明，出名将，打胜仗；朝政腐败黑暗，任庸将，打败仗，这是一般规律。严嵩奸党，对明朝抗击北方俺答入侵、抗击东南沿海倭寇入侵这两场战争，造成了巨大破坏。一方面，他对主战派肆意诬陷弹劾，枉杀忠臣名将；另一方面，他大肆纳贿鬻爵，遍植奸党，操纵战事，颠倒功过，邀赏讨封，祸国殃民。

严嵩父子

严嵩，江西分宜人。明弘治年间考取进士，授编修。他对这一官职不太满意，借口“有病”，辞官回家，又在钤山（今江西分宜秀江南岸）读书十年，以文辞见称。从钤山还朝，先后任侍讲、南京翰林院事、国子祭酒。嘉靖七年（1528 年）任南京礼部右侍郎时，奉嘉靖帝之命“祭告显陵”。事毕，他向嘉靖帝朱厚熜上了一道复命奏折，用了一堆形容词，“帝大悦”，“迁吏部左侍郎，进南京礼部尚书”。由于明初朱元璋废三省，政归六部（吏、户、礼、兵、刑、工），各部主官称尚书，副职称侍郎，六部尚书相当于国务大臣。严嵩升到尚书，可谓“位高权重”了。明嘉靖十五年（1536 年），严嵩在“贺万寿节至京师（北京）”，当时朝廷正在讨论修改《宋史》之事，“辅臣请留嵩以礼部尚书兼翰林学士董其事”。这样，严嵩就从陪都南京到了首都北京，成为北京礼部尚书兼翰林学士，主管修改《宋史》事。明嘉靖二十一年（1542 年），升武英殿大学士，“入直文渊阁”，参与机务，仍兼礼部尚书。“时嵩六十余矣，精爽益发，不异少壮”，但他“朝夕直西苑板房，未尝一归洗沐，帝益谓嵩勤”。其实“嵩无他才略，唯一意媚上，窃权罔利”（《明史·严嵩传》）。严嵩极善伪装，以事勤、擅写青词、阿谀奉承、低媚迎合，博得嘉靖帝欢心。所谓青词，是指道教斋醮道场所用赞词，内容无非是祈求消灾避难、长生不老之类。嘉靖帝沉迷道教，严嵩擅写青词，成为他的邀宠手段。严嵩入阁二十年，两度担任首辅。第一次是嘉靖二十四年（1545 年）；第二次从嘉靖二十八（1549 年）至四十一年（1562 年），前后共十五年。他一旦大权在握，便结党营私，构陷忠良，擅权纳贿，心狠手毒，贻害天下。

严世蕃，严嵩独子，号东楼。“短项肥体，眇一目”，相貌丑陋。他没有经过科举考试，严嵩把他带往国子监读书，然后利用手中权力直接任用入仕。先任尚宝司少卿，后来以监筑京师外城有功为名，“由太常卿进工部左侍郎，仍掌尚宝司事”。严世蕃“剽悍阴贼”，贪得无厌；同时又狡黠机敏，“颇通国典，晓畅时务”，一时被称为“天下才”。他依仗父亲权势，广揽亲信耳目，深宫秘闻、市井杂事，无所不知。严世蕃凭这些能耐，成为父亲严嵩的得力帮手。严嵩专心在西苑值班伺候皇上，内阁各司有事请示，他一概回答：“以质东楼。”严嵩进入老年后，凡御札下问，辞旨深奥，“嵩耄而智昏，多瞠目不能解”。他就得急忙找儿子，“世蕃一见跃然，揣摩曲中，据之奏答，悉当上意”。因此，“上不能一日亡嵩，嵩又不能亡其子也”。后来严嵩将“朝事一委世蕃，九卿以下浃日不得见”。大臣们不仅见不到皇上，连首辅严嵩也难得一见了。京师称严氏父子为“大丞相、小丞相”。严世蕃更加嚣张，“士大夫侧目屏息，不肖者奔走其门，筐篚相望于道”。他熟知朝廷和外地官员贫富顺逆，“责贿多寡，毫发不能匿”。他在京师的私第“连三四坊”，拥有妻妾二十七人，夜夜纵娼作乐，甚至在母亲治丧期间也如此（《明史·严世蕃传》）。

严嵩是嘉靖皇帝袒护下的“不倒翁”

严嵩的发迹史，也是各级官员对他的弹劾史。在嘉靖帝朱厚熜的袒护下，年年有人告严嵩，越告严嵩越得宠，谁告严嵩谁倒霉，谁告得最凶谁就掉脑袋。在中国历史上，嘉靖皇帝与严嵩的关系，是昏君护贪官的典型例子。从史书中摘引的以下这些事例，将看得你目瞪口呆，看得你切齿发指！

一、桑乔、胡汝霖告严嵩——嘉靖十五年（1536 年）十二月，严嵩刚从南京来到北京任礼部尚书兼翰林学士，正赶上礼部“选译字诸生”，严嵩上任伊始就开口索贿。御史桑乔“列其状，请罢黜之”。严嵩“疏辨求免”，嘉靖帝抚慰挽留。给事中胡汝霖复劾严嵩“秽行既彰”，“饰辞自明”。嘉靖帝乃令“以后大臣被劾，宜自省修，勿得疏辨”。严嵩一时惧怕，从此更加“恭谨以媚上”。十七年（1538 年）五月，通州致仕同知丰坊上言：“请复古礼。尊皇考献皇帝庙号称宗，以配上帝。”嘉靖帝让礼部“集议”。严嵩揣摩嘉靖帝心态，拍了皇上一个大马屁，上奏建议：“尊文皇帝称祖，献皇帝称宗”。奥妙何在？按通例，开国之君称“祖”，以后嗣位之君称“帝”或“宗”。明朝开国之君朱元璋称“祖”，嫡传建文帝朱允炆是太子朱标之后。后来的嗣君，都是朱棣之后。朱棣是朱元璋第四子，历来有“篡夺”之说。严嵩建议称朱棣为“祖”，重新起一个头，以后的嗣君都称“宗”，这样“正宗传承”的伦序就“顺”了。嘉靖帝大悦，从之。朱棣明成祖的帝号由此而来。

二、谢瑜告严嵩——嘉靖十八年（1539 年），“帝南幸，严嵩从”，为诸臣所嫉。十九年，巡按云南御史谢瑜上疏：严嵩被桑乔弹劾以来，不但不自咎责，而且陪伴皇上南巡回来后索贿更甚，痛斥他“奸邪无赖”。内阁知道严嵩已深得皇上欢心，压下不报。

三、叶经告严嵩——嘉靖二十年（1541 年），“交城王绝”（大概是去世后无嗣），辅国将军表佃想谋取交城王封号，派人向严嵩行贿黄白金三千两，又贿赂了其他一批人。东厂破获此案，“受贿者皆戍边，嵩无恙”。同年，永寿共和王庶子惟熜与嫡孙怀熷争立，也向严嵩行贿白金三千两。永寿庄僖王妃派人击鼓上诉，御史叶经上奏弹劾严嵩。“嵩急归诚于帝，帝悯之”，将他保护过关。严嵩对叶经怀恨在心，伺机报复。两年后，叶经监督山东乡试，严嵩从山东考生试卷中断章取义摘录出一些“讽上语，激帝怒”。叶经被押解京师，连监狱都没有进，当场“杖阙下死”。受牵连的“布政使陈儒以下皆远谪”，从此朝野“益侧目畏嵩矣”。

四、夏言告严嵩——嘉靖二十一年（1542 年），严嵩想入阁，被首辅夏言阻挡（没有挡住），两人从此产生矛盾。夏言有一次“失旨”，当罢，想找严嵩去商量，请他帮助挽回（两人是江西同乡）。但严嵩已乘机面见皇上，进谗夏言。夏言知道后对严嵩十分恼怒，发动关系密切者收集证据弹劾严嵩。这时嘉靖帝“已心爱嵩”，告他的人越多，嘉靖帝对严嵩“益怜之”。你们告吧，有皇上袒护，严嵩不怕。嘉靖帝住在西苑，允许内阁大学士骑马前往入直，唯独夏言坐小腰舆让人抬着去，嘉靖帝嘴上不说，心中不悦。嘉靖帝不喜欢戴“翼善冠”，用“香叶巾”裹头，并“制沉水香为五冠”，赐给夏言、严嵩等阁员。夏言说此冠“非人臣法服，不敢当”，嘉靖帝大怒。轮到严嵩召对日，他特意戴了“香叶冠”前往，嘉靖帝一见很高兴。严嵩乘机哭诉夏言如何欺凌他，嘉靖帝怒，立即下敕，罢免夏言，“降调夺秩者七十三人”。夏言没有扳倒严嵩，反被严嵩扳倒。

五、沈良材等人告严嵩——同年八月，严嵩升武英殿大学士，参与机务，仍掌礼部。都给事中沈良材、御史童汉臣等上奏，说严嵩奸诈贪污，“不当乘君子之器”。南京给事中王烨、御史陈绍等也上奏，告发严嵩父子“同恶相济”，贪污索贿“动以千百计”。嘉靖帝以前曾针对严嵩上疏自辨说过，“以后大臣被劾，宜自省修，勿得疏辨”。这次严嵩又“疏辨乞休”，嘉靖帝却忘了自己说过的话，对严嵩“优诏百余言慰留之”。

六、周怡告严嵩——嘉靖二十二年（1543 年）四月，由于严嵩入阁后“窃弄威柄”，各部有事要上奏皇上，都得先告诉他，然后才能上奏；索贿受贿更加肆无忌惮，“副封苞苴，辐辏其户外”。大学士翟銮，资历比严嵩老，却常遭严嵩挤对。给事中周怡为翟銮打抱不平，上疏论之，“语多侵嵩，疏入，下狱”。没几天，严嵩指使人揭露大学士翟銮“二子倖第”（考试作弊），翟銮被“削籍去”。

七、许瓒告严嵩——嘉靖二十三年（1544 年）八月，吏部尚书许瓒、礼部尚书张璧升为文渊阁大学士。严嵩“事取独断”，不同他们商量。许瓒“论之”，要说道说道。十一月，“许瓒削籍去”。

八、夏言再斗严嵩，反被严嵩诬告处死——嘉靖二十四（1545 年）

年，夏言与严嵩的斗争进入第二回合。正月，严嵩成为首辅。“自严嵩入相，同事者多罢去，嵩独相”；太庙建成，严嵩又“加太子太师”。由于严嵩得意得太早，“帝微闻其横，厌之”。同年十二月，嘉靖帝重新起用夏言为首辅，严嵩退为次辅。夏言复相后，太过跋扈，独断专行，不理严嵩。有人向夏言反映，严嵩儿子严世蕃不仅索贿受贿，还贪污各地上交户部的钱粮，夏言准备奏报皇上。严嵩耳目多，得到消息，紧张万分，带着儿子上门去哀求夏言高抬贵手。夏言称病不见，父子俩买通夏言家的看门人，闯进夏言卧室，父子俩跪在夏言床前，严世蕃长哭哀求，夏言才答应不报。父子俩一出门，对夏言恨得咬牙切齿，发誓报复。夏言复相后把严嵩的同党都排挤出朝廷，有些人并不是严党，也受排斥，得罪人太多。有些官员去见夏言，他眼都不抬，不理人家。结果，把许多人都赶到了严嵩那边去了，往严嵩家走动的人越来越多。严嵩表面上对夏言唯唯诺诺，暗地里正在加紧策划毒诏对付夏言。凡是去见严嵩的人，他“必执手延坐，持黄金置其袖中”。于是这些人都争着为严嵩说好话，到处散布对夏言的不满。这时夏言“已老倦”，请人代为起草皇上批答，他又不亲自过目审阅，结果起草人抄袭以前的一些旧稿送进去，皇上每次看后都气得往地上一摔。对于这一切，夏言浑然不知，灭顶之灾正在向他悄悄逼近。严嵩勾结了一位关键人物锦衣卫都督陆炳，一起构陷夏言。嘉靖二十七年（1548年）正月，都御史曾铣提议收复河套地区，夏言支持。严嵩极力反对，话中带刺，指责夏言。嘉靖帝把严嵩单独找去，询问收复河套之事。严嵩乘机诋毁夏言“擅权自用”。接着又上疏称曾铣“开边启衅”，“雷同误国”。严嵩知道皇上已离不开自己，便使出“欲留言去”之计，说是同夏言无法共事，要求罢免离开，以此挑起皇上心火。嘉靖帝“温旨留嵩，而切责（夏）言”。皇上的态度一亮明，早被严嵩收买拉拢的一伙人马上对夏言群起而攻之。嘉靖帝于是下诏：逮捕提议收复河套地区的都御史曾铣；剥夺夏言太师太傅荣誉头衔，以尚书致仕。曾铣押解到京，严嵩令同党仇鸾“讦之”。锦衣卫都督陆炳根据严嵩的旨意，“谓铣行贿夏言，论斩，弃西市”。夏言致仕回乡，坐船行至江苏丹阳，被逮捕回京。夏言“上疏极陈为严嵩所陷，帝不听”。刑部尚书喻茂坚等为夏言辩护，“帝怒，责茂坚等阿附（夏）言”。这时俺答入侵，鞑靼兵已到边境，居庸关报警。严嵩以此作为夏言“开启边衅”的有力证据，弹劾夏言，给夏言以致命一击。老臣夏言“竟坐与曾铣交通律，弃西市”，可见严嵩狠毒到何等地步！

九、厉汝进告严嵩——嘉靖二十七年（1548 年）十二月，给事中厉汝进弹劾严世蕃奸恶，却反被降为典史，继而借大计（考核官员）之机削籍。

十、徐学诗告严嵩——嘉靖二十八年（1549 年），严嵩重新成为首辅。这年年底，嘉靖帝“以俺答故，诏群臣令人人尽言”。刑部郎中徐学诗上疏揭露说，边患之成，与严嵩直接有关。严嵩“位极人臣，贪渎无厌”。他通过儿子严世蕃收受犯罪分子李凤金贿赂，提拔为蓟州总兵。又接受郭琮贿赂，任用他为漕运使，然后通过他假漕运之名往南方私运贪污赃物，“辎车数十乘，骈车四十乘，潞河楼船十余艘，贮载而归，悉假别署封识”。严嵩内结勋贵，外赂群小，“辅政十年，日甚一日。酿成敌患，其来有渐”。并指出，“今士大夫语严嵩父子，无不叹愤，而莫有一人敢抵牾者”，究其原因，皆因严嵩奸党“内外盘结，上下比周，积久而势成也”。今天下之人对严嵩父子“痛心疾首，敢怒而不敢言”。最后要求“亟罢嵩父子，以清本源”。疏入，嘉靖帝却说徐学诗是“乘间报复”，命镇抚司把他抓起来“拷讯”，将他削职为民。嘉靖帝这种“引蛇出洞”、出尔反尔的做法，要想廓清朝政，毫无希望。

十一、沈炼告严嵩——嘉靖二十九年（1550 年），俺答入侵时，锦衣卫经历（官名）沈炼提了不少退敌建议，均不报。沈炼还了解严嵩奸党收受边将贿赂、延误战事、颠倒功过等种种劣迹，于是上疏弹劾严嵩：“嵩受国重任，贪婪愚鄙”，不思治国安边，唯与子世蕃为全家保妻子计，“因列数其十大罪，请戮之，以谢天下”。三十年正月，嘉靖帝见疏，下诏，称沈炼“诋毁大臣，廷杖之，谪佃保安”。三十六年十月，严世蕃指使其亲信杨顺、路楷了结沈炼。杨、路将沈炼扣上“白莲教通叛者”罪名，逮捕下狱。严嵩让兵部论其罪，兵部尚书许论知道沈炼有冤，不予审理。严嵩直接下令将沈炼“杀之，籍其家”。严世蕃仍不解恨，又指使路楷“取炼二子杖杀之”。

十二、王宗茂告严嵩——嘉靖三十一年（1552年）十月，御史王宗茂疏论严嵩负国八大罪行。“帝谓其狂率，谪平阳县丞”。

十三、杨继盛告严嵩——嘉靖三十二年（1553年）正月，兵部员外郎杨继盛“上疏论严嵩十大罪、五奸”。他这篇疏文广为流传，深得人心。事情的起因是：俺答入侵，兵部深知严嵩父子收受大同总兵仇鸾贿赂；仇鸾通敌，暗示俺答入侵北京，然后假勤王之名前往北京“抗敌”等一系列罪恶勾当。杨继盛对严嵩奸党深恶痛绝，他在疏中称：如今外贼为俺答，内贼为严嵩，“未有内贼不去而外贼可除者，故臣请诛贼嵩，当在剿绝俺答之先”。杨继盛在疏末对皇上说：“陛下何不割一贼臣，顾忍百万苍生之涂炭乎？”后面有一句“或召二王，令其面陈嵩恶”。“二王”是指嘉靖帝三子朱载垕、四子朱载圳，两人同日封为裕王、景王。嘉靖帝此前立过两位太子都早夭，他再不立太子。他听信方士之言，“二王皆不得见”，导致父子隔绝。由于载垕、载圳一起出入，穿一样的衣服，不分彼此，渐渐出现风言风语，说四子有取代三子争立之势。嘉靖帝耳闻，信以为真。当他在杨继盛的奏疏中读到“二王”二字，立刻怀疑是否有四子载圳的背景，因而大怒，下令将杨继盛“系锦衣狱，诘讯主使者”。杨继盛回答说：“尽忠在己，岂必人主使乎！”又问，为何引用二王？杨继盛答道，奸臣误国，除了两位亲王，谁不怕严嵩父子报复？谁敢讲真话？锦衣卫问不出结果，“狱具，杖百，送刑部”。刑部尚书何鳌想判杨继盛“诈传亲王令旨”罪，郎中史朝宾表示反对，他说：疏中仅仅提到二王亦知严嵩恶，并没有说受二王指使，“三尽法岂可诬也”！严嵩怒，降史朝宾为高邮判官。侍郎王学益赞同史朝宾的意见，也被捕入狱。杨继盛疏中提到严世蕃通过亲信为自己的儿子、家奴冒功提官。严世蕃亲自写好辨疏草稿，交给兵部武选司郎中周冕，让周冕按此草稿向上写回复。周冕对严氏父子十分厌恶，把严世蕃作弊行为写得一清二楚，然后把严世蕃写好的辨疏草稿附上，一起呈上。嘉靖帝见疏，认为“冕为挟私，逮系诏狱，削籍”。杨继盛在狱中关了三年，嘉靖帝并不想杀他。前一年，大将军仇鸾污行暴露，被削职夺印后忧病而死，死后又被“追戮其尸，传首九边”。嘉靖帝想起杨继盛奏疏中对仇鸾的揭露，谁是谁非世人洞明，于是决定重新起用杨继盛，“改兵部武选司员外”。杨继盛感激思报，他妻子张氏对他说：“你算了吧，你怎能斗得过严嵩父子，快回老家去吧！”但杨继盛不听，又上疏告严嵩父子。上怒，又被抓进去。杨继盛每次戴枷前去受审，“内臣士庶夹道拥视”，都称他为“天下义士”。人言籍籍，严嵩让其子严世蕃同一伙亲信密商，都认为留着杨继盛是“养虎遗患”，必须除掉他。怎么除？当年秋天行大辟，要处死上百人，其中九人是高官，须皇上御批斩决。严嵩将处斩杨继盛的奏章附在处斩原兵部尚书张经、原浙江巡抚李天宠等高官的奏章后面，大约是选了一个皇上潜心斋醮的日子，呈了上去。早已怠于政事的嘉靖帝也没有细看，拿起案上的朱笔一勾，杨继盛就死定了。杨继盛妻子张氏得到丈夫被判死刑的消息，立即上疏，奏明皇上丈夫蒙冤，要求自己顶替丈夫去死。但她哪有回天之力？她的泣血疏状呈上去，被严嵩一把捏在手心里，“奏入，为嵩所抑，不得达”，皇上看不到。杨继盛被冤杀，震动朝野，“杀谏臣自此始，由是天下益恶嵩父子矣”。杨继盛最终被严嵩以阴谋手法报奏处斩弃市，丢了性命，成为弹劾严嵩奸党史上最大的一桩冤案。

十四、吴时来告严嵩——嘉靖三十七年（1558 年）三月，给事中吴时来上弹劾严嵩“辅政十二年，引用匪人，边事日坏。令其子世蕃入直，干预国政……愿皇上察之”；主事张翀、董传策亦交章论之，结果“俱下狱，廷杖，谪戍岭南”。

严嵩失宠

嘉靖四十年（1561 年），严嵩老妻欧阳氏卒。按封建礼仪，其子严世蕃必须奉母亲灵柩回故里丁忧三年。但严嵩却向嘉靖帝上奏说，“臣老无他子，乞留侍”，把儿子留下侍候自己，由孙子严鹄奉祖母灵柩返乡，嘉靖帝准奏。严世蕃守丧期间不回乡，但不能进入直房代议，严嵩应付皇上咨询、票拟批答失去了臂膀。递进皇上御室的票拟草章往往“故步皆失”。嘉靖帝知道问题出在哪里，他让人打听严世蕃在干什么，“颇闻世蕃淫纵，心恶之”。

嘉靖帝沉迷道教，求长生不老之术，有位方士蓝道行很得宠，嘉靖帝视他为“神”。一日，嘉靖帝问蓝道行：“辅臣贤否?”蓝道行干这一行，专靠揣摩对方心理吃饭。他先得把对方的心理揣摩透，然后以“仙人”的口气讲人间之事，把话说到对方心里。他对朝野痛恨严氏父子的情况一清二楚，是惩是纵，此刻皇上内心正在斗争。蓝道行以道教“箕仙”的口气“具言嵩父子弄权状”。皇上问：“果尔，上玄何不殛之?”蓝道行借“箕仙”之口说：“留待皇帝正法。”嘉靖帝听后“默然”。接着，西苑万寿宫失火，皇上的“乘舆服御皆毁”，嘉靖帝只得搬往玉熙宫去住。廷臣请皇上搬还大内，皇上不答。他在大内险遭宫婢谋弑，搬到西苑来的目的就是避灾，再搬回去是不可能了。可是西苑这场火灾，烧得他“邑邑不乐”。严嵩一向善于揣透皇上心思，现在他真是老糊涂了，在皇上面前哪壶不开提哪壶，他请皇上搬往南内。南内是英宗幽禁之所，嘉靖帝听了“大不乐”，对严嵩又增添了一分厌恶感。次辅徐阶与工部尚书雷礼上疏：建议重建万寿新宫，“上喜”。从此，嘉靖帝对军国大事悉咨徐阶。偶尔找一下严嵩，只是一些斋醮符箓之类的事。

嘉靖四十一年（1562年），严嵩父子的灭顶之灾来临了。严嵩入阁二十年来，从得宠到倒台，经历了三个阶段：第一阶段，自从他“眷遇日隆，人言不复入”；第二阶段，自从徐学诗等一大批大臣因弹劾严嵩父子获罪，或杀或戍，“搢绅侧目不敢言”；第三阶段，自从万寿宫失火以来，“徐阶日亲用事，廷臣都知之未发”。大家都看出了变化的迹象，但都在看，都在等，蓄势待发。

十五、御史邹应龙挺身而出告严嵩——由于前面因弹劾严嵩父子反遭杀身、流放之祸的人太多了，邹应龙心里既激愤难抑，又有些紧张。夜里做了一个梦，出猎郊外，对面有座山，东面有座楼，刚要拉弓射箭，醒了，“此小儿东楼之兆也”。邹应龙醒来一想，严嵩之子严世蕃字东楼，这是“神示”啊！这一说法带点迷信色彩。其实邹应龙是在精神高度紧张的状态下周密思考：这次进攻究竟把突破口选在哪里？思考的结果，决定采取“扳倒儿子，牵倒老子”的策略，把突破口选在严世蕃身上，“上疏劾世蕃”。他在疏中“数其通贿赂行诸不法状，乞置于理”；接着笔锋一转，指陈严嵩“植党蔽贤，溺爱恶子”，理顺而章成。他在疏文最后正气凛然地说：“如臣言不实，愿斩臣之首悬之藁竿，以谢世蕃父子。”

这一次，嘉靖帝的态度变了，“帝览之心动”，下诏：一、逮严世蕃下狱；二、严嵩罢职，仍给岁禄；三、擢邹应龙，“嘉其敢言”。诏下，满朝文武，京师百姓，额手相庆。徐阶成为首辅。严嵩终于倒台，朝野人心大快。

严嵩父子反扑

大家不要高兴得太早，这里面仍有两个因素还在起作用。其一，严嵩父子经营了二十年的奸党能量。其二，嘉靖帝抛弃严氏父子，一方面是严嵩已经老迈智昏，再适应不了他的要求；另一方面是严氏父子恶名昭彰，毕竟防口甚于防川。嘉靖帝的弃严之举，实属无奈。故诏书刚下，他就后悔了：“嵩既去，上追思嵩赞玄功（写青词、做斋醮），意忽忽不乐。”嘉靖帝身边的近侍，严嵩父子早已对他们一个个下足了本钱。严世蕃被捕后，立刻通过关节送黄金给内侍，对他们说，邹应龙敢于上疏，完全是被方士蓝道行散布的流言煽动起来的。内侍把严世蕃的话传给皇上，嘉靖帝一听大怒，下令把蓝道行逮捕入狱。这可以看出嘉靖帝的后悔情绪有多么强烈，他沉迷道教二十年，这时连“神仙”都不信了，抓起来！严党爪牙刑部侍郎鄢懋卿、大理卿万寀，到狱中去找蓝道行，要他把责任推到大学士徐阶身上，说是这些话都是徐阶让他讲的，这样他就没有事了，并答应他出狱后可以给他一批黄金。但这时的蓝道行已脱去“仙气”，换了人气，大声说：“除贪官，自是皇上本意，纠贪罪，自是卿史本职，何与徐阁老事！”鄢懋卿、万寀碰了一鼻子灰，眼看唆使蓝道行“反咬一口”的阴谋无法得逞，只能示意法司对严世蕃从轻发落。法司根据授意，做出如下判决：一、没收严世蕃赃银八百两（象征性地表示一下）；二、谪戍严世蕃雷州卫（今广东雷州半岛）；三、严世蕃儿子严鹄、严鸿和爪牙罗龙文等流放边远之地；四、严嵩家仆严年入狱追赃（只拿一个家仆当替罪羊）。

嘉靖帝还是顾念严嵩老迈，赦其孙严鸿削职为民，侍候严嵩。严嵩“知上意已动”，又贿赂嘉靖帝近侍，向皇上谗言方士蓝道行，结果蓝道行

“亦下狱论死”。触到嘉靖帝痛处，他连“神仙”也杀。装“神”的和求“神”的，最后都露出了本来面目。

嘉靖四十二年（1563 年）四月，严嵩上疏：“臣年八十四，惟一子世蕃及孙鹄，俱赴戍千里之外。臣一旦先狗马填沟壑，谁可托以后事？惟陛下哀其无告，特赐放归，终臣余年。”疏入，嘉靖帝曰：“嵩有孙鸿侍养，已恩逮矣。”不赦。但严世蕃并没有到达雷州，走到南雄（今广东南雄）就逃回江西。爪牙罗龙文也在半路潜逃，躲进安徽歙县山中，纠集亡命刺客。一日酒后放言：要取邹应龙和首辅徐阶的脑袋解恨。消息传到京师，徐阶“严为备”。严嵩得到消息，大惊曰：“儿误我多矣！”他认为严世蕃去雷州半岛并不可怕，他正在活动，皇上总有一天会恩准放回。如果去刺杀徐阶，只能制造又一个武元衡事件，招致横尸都门、全族遭殃的恶果。

徐阶是深藏不露之人。他以礼部尚书兼东阁大学士入阁，与严嵩共事十年，忍气吞声，“颇自恭谨”。但严世蕃对他“多行无礼”，徐阶“曲忍”之，也从未在严嵩面前提起过。邹应龙上疏，严嵩案发，徐阶登门安慰严嵩，严嵩“顿首谢”，以身家性命相托。徐阶回到家里，儿子对他说：“大人受侮已极，此其时也。”要父亲乘机报复，徐阶大声骂儿子道：“我没有严嵩哪来今天，人不能没有良心！”徐阶身边布满严嵩亲信死党，他们探听到这一情况，立即回去报告严嵩，严嵩对徐阶放松了警惕。

徐阶也知道皇上内心对严嵩仍有眷恋，严嵩虽然已被罢免，但皇上对他“书问不绝”。所以，徐阶正在慢慢等待，一定要到时机成熟时再出手。不久，严世蕃也放松了警惕，对人说：“徐老不我毒。”于是，他开始放肆起来，在家乡“大治馆舍”，并招降纳叛，“阴贼弥甚”。严嵩“谬示恭谨，而不能禁世蕃，世蕃势益横”。

十六、林润告严嵩——嘉靖四十三年（1564 年），江西袁州推官郭谏臣，因公事路过严嵩故里，发现严家有一千多工匠在建亭园，严嵩的家仆在监工。这位监工的严家仆人见官员来，箕踞不起，有些工匠用瓦砾掷郭谏臣，他也不制止。有的甚至挑衅说“京堂科道官候主人门，叱嗟谁敢动，此何为者？”气焰嚣张。郭谏臣回到官衙，把所见所遇，都以书信告诉了江西监察御史林润。林润过去曾因弹劾严嵩死党鄢懋卿被罢过官，仇在必报。林润上疏，揭露在逃犯严世蕃与罗龙文等人的种种不法行为。疏入，诏“以世蕃、龙文即付润，逮捕至京”。林润命郭谏臣捕严世蕃，徽州府推官栗祁捕罗龙文，“自驻九江，勒兵以待”。

十七、林润再次告严嵩——嘉靖四十四年（1565 年），林润奉命逮捕了严世蕃、罗龙文，他又让袁州府“详具严氏诸暴横状”。林润以此为据再次上疏：严世蕃逃回江西后以谋客彭孔为主谋，罗龙文为羽翼，恶子严鹄、严珍为爪牙，继续横行不法。他们强占会城廒仓，侵吞宗藩府第，抢夺平民房屋，改麓祝之宫以为家祠，在袁州城中开凿穿城之池，建造严氏五府，严嵩、严世蕃、严世蕃三子各占一府，“巍然庙堂之规模”。严世蕃招纳四方亡命之徒为护卫壮丁，俨然分封仪度。所贪财富“已逾天府，诸子各冠东南”；粉黛之女，列屋骈居，朝歌夜弦，宣淫无度，自夸朝廷无如我富，朝廷无如我乐。他畜养的厮徒叛卒击鼓而聚，鸣金而散，昏夜杀人，夺人子女，抢人钱财，半年之内，作案二十七起。而且包藏祸心，勾结典楧、宸濠，聚众以通倭，策划谋反。严嵩知其子未赴戍而逃回，怂恿包庇，不能无罪。

徐阶断案

林润疏入，“帝怒，诏下法司讯状”。严世蕃依然嚣张，狂妄地说：“任他燎原火，自有倒海水。”他聚集死党窃议说，“贿”字恐怕是掩盖不住了，但这一条并不是皇上所深恶；唯“聚众以通倭”之说厉害，需买通言官删去，改填杨继盛、沈炼下狱处死事，以激怒皇上，“上怒，乃可脱也”。谋阴既定，动员其死党四处活动。刑部尚书黄光升、左都御史张永明、大理寺卿张守直“依其言具稿诣徐阶议之”。徐阶已预先知道严世蕃的活动情况，要看稿子，“吏出怀中以进”。徐阶阅毕，当众说：“法家断案良佳。”他这句话是麻痹严世蕃同党耳目的。

徐阶取了稿子入内庭，屏退闲杂，问左右：“诸君子谓严公子当死乎？生乎？”都说：“死不足赎。”徐阶又问，用现在这疏稿呈皇上，“此案将杀之乎？生之乎？”都说：“用杨、沈正欲抵死。”徐阶说：“不对！杨、沈冤案，固然天下人都为之鸣不平，但杨继盛在上疏时提及二王，触怒了皇上；沈炼为抗御俺答入侵事上疏，他的建议违背了皇上‘不启边衅’的圣意。这两个案件都是皇上亲自定的，皇上岂肯自引为过？如果把杨、沈写进疏稿呈上去，皇上肯定会怀疑法司是想借严案归过于他，必震怒，我们这些人谁都逃不掉，‘严公子骑款段出都门矣’。”众愕然，请重议。徐阶说：“且慢，严党耳目太多，议不可泄。先以原稿为主，抓住‘聚众本谋’一事奏之，‘以试上意’。”徐阶说这一稿须大司寇执笔，大司寇“谢不敢当”，大家一致请徐相亲笔。徐阶从袖子内抽出一份底稿请大家过目，说：“拟议久矣，诸公以为如何？”大家都没有提不同意见。徐阶问：“前嘱携印及写本吏同至，宁忘之乎？”回答说：“已到。”马上把写本吏叫进来，关上门，命写本吏疾书抄写，当即“用印封识”。

由于徐阶精心操作，避过了严党耳目。严世蕃的刁钻阴险世上少有，他知道人们都在为杨、沈二案鸣不平，他更知道皇上忌讳提及杨、沈二案，他暗通同党在疏文中写进杨、沈二案，这是十分阴毒的计谋。幸亏徐阶也在揣摩皇上内心好恶，被他识破，没有上当。严世蕃自以为得计，对罗龙文说：“你放心地吃饭睡觉，不出十天，我们肯定出去。出去第一个取徐阶脑袋！”

严世蕃不知道徐阶已经将疏稿改过，内容集中，简明扼要，直指严世蕃死穴：　、逆贼汪直（通倭海盗头日“老船主”）徽州人，与罗龙文姻旧，汪直贿赂十万金于严世蕃，拟为授官；二、凶藩典楧，阴冀非常，严世蕃纳其贿，护持之；三、严世蕃辄自逃归，罗龙文招集汪直余党，谋与严世蕃外投日本；四、严世蕃班头牛信，从山海关逃往北边，拟诱至北寇，相为响应。

嘉靖帝看过奏疏，道：“此逆情非常，尔等第述润疏一过，何以示天下？其会都察院、大理寺、锦衣卫鞫讯，具实以闻。”徐阶尊皇命，袖着手闲逛似的从皇上身边出来，进了法司，法司官已俱集。徐阶“略问数语，速至私第，具疏以闻”，严世蕃“虽善探，亦不得知也”。真正是一场斗智斗勇的较量。

徐阶上疏回复皇上：“事已勘实。其交通倭寇，潜谋叛逆，具有显证。请亟典刑，以泄神人之愤。”皇上“从之，命斩世蕃、龙文于市。二人闻，相抱哭”。严世蕃家人请他写遗书以谢其父，他竟连一个字也写不成，瘫了。严嵩倒台，严世蕃被处决，京师轰动，人心大快，“各相约持酒至西市看行刑”。

北京这座城市，自从元朝起成为中国都城以来，已经有过几次这样的经历：奸党作恶，横行天下，世人侧目，人心怒而无以泄；一旦奸党被除，人们额手相庆，喝酒畅叙，吃螃蟹，放鞭炮，大笑，落泪。曰：天地良心，规律永恒。

有人赞誉徐阶能除大奸，徐阶蹙额曰：“彼杀桂洲（夏言），我又杀其子，人必有不谅者，知我者天也。”徐阶这句话是皱起眉头说的，他知道得罪的严党不在少数，以后对他攻讦的人也少不了。但历史永远记住了徐阶的名字，就凭他以非凡机智粉碎严嵩奸党这件事，已足以列入名相之列。

严世蕃被处死后，抄没严嵩家产，“得银二百五万五千余两（原文如此）。其珍奇充斥，逾于天府”。奸臣严嵩的晚景是凄凉的，八十多岁，风烛残年，无家可归，“寄食故旧以死”。有的书上说他“寄食墓舍，老病死”。他恶贯满盈，千夫所指，罪有应得。

上述记载，均见《明史纪事本末》卷五十四《严嵩用事》及《明史》相关人物传。本文不厌其烦地罗列这些历史记录，想以“摆事实，讲史事”之法，说明三个问题：第一，皇上昏庸，奸臣当道，奸党布满朝野，朝政将会腐败黑暗到什么程度，予国予民将会带来多么大的灾难；第二，奸臣一旦蒙蔽了皇上，要想除掉奸党，难于登天，多少忠良之士为此丢了性命；第三，奸臣插手和控制军队，鬻爵卖官，把一些心术不正之徒任用为重要将领（如仇鸾、赵文华），他们卖国通敌、操纵战事、颠倒功过、诛杀忠良、迫害功臣，导致军队贿赂成风，这支军队将会被腐蚀成什么样子。

2010 年 10 月

孤独的陵园

一

五一放假，几人相约，出京城，向东去，至遵化，游清东陵。清王朝的皇家陵园有多处，关外有“盛京三陵”，关内有河北遵化清东陵、河北易县清西陵。清东陵埋有顺治、康熙、乾隆、咸丰、同治五帝，以及五帝名下的一百三十多位皇后、嫔妃、贵人、常在、答应、福晋，其中包括慈禧；还有十几位格格、阿哥。另外，在清东陵围墙外还埋有一位重要人物，即皇太极的孝庄文皇后、顺治朝的孝庄皇太后、康熙朝的孝庄太皇太后。她是清东陵内所有这些人的长辈。清东陵内埋葬的这些人物，贯穿了清王朝从入关初创，到中兴鼎盛，再到败落衰亡的全过程。

游清东陵，追怀清王朝入关创业之初，必看孝庄文皇后的昭西陵。

孝庄是皇太极之妃、顺治帝的亲生母亲、康熙大帝的亲祖母。她是一位了不起的女性，清室入关后能把天下打下来、支撑住，并把江山坐稳，很快走向盛世，她是个关键人物，发挥了关键作用。史家比较一致的看法，她有三大功劳：一、驾驭住小叔子多尔衮，依靠他领兵入关打下了中原天下；二、扶持六岁的幼子顺治帝坐稳了天下；三、顺治出天花早逝，又扶持八岁的孙子康熙帝登基继承大统。康熙帝十岁丧母，由她一手扶养教诲，终成大器，把大清王朝推向了鼎盛。孝庄如此大功大德，但在浩大的清东陵众多帝后陵园中，昭西陵却是一座“局外之陵”。清东陵在昌瑞山南麓用一道暗红色四十里长墙围成一个大圈子，名为风水墙，所有帝王后妃们的陵寝都在墙圈以内，唯独把孝庄文皇后一个人孤零零地葬在了风水墙外。

出了风水墙大红门向东一拐，有一条窄窄的便道通往昭西陵。它与墙圈内的乾隆裕陵、慈禧太后定东陵等处的热闹景象不同，这是一座孤独的陵园，“门前冷落车马稀”，没有几个游人来。看来，人的习性就是哪里热门往哪里去，活人看活人这样，活人看死人也这样，很难改。神道上有个碑亭，碑已破碎成乱石，互相挤卡在一起，有些已散落在地。据说有一年冬天一个牧羊人在碑亭中生火取暖，引起火灾，将亭和碑烧成这样，一直未修复。进三座门，院内迎面一个废墟，这是在一次地震中被震塌的一座殿宇，房屋已拆去，只剩房基。废墟后面的正殿还在，但香火冷落。在清东陵，孝庄的辈分最高，子孙们都在风水墙内热热闹闹、济济一堂，却让她这位老长辈一个人冷冷清清在大门外看大门，谁看了谁都觉得不可理解，这是为什么？

关于昭西陵的这个奇特位置，众说纷纭，但都难圆其说，已成为清史“疑案”之一。核心的说法是“下嫁”说，即所谓孝庄下嫁给了小叔子多尔衮，不成体统，使皇族子孙“颜面尽失”，使臣民们感到“羞愤”。因此，她死后落得个“进退两难”的悲凉结局。进，无颜再去关外盛京昭陵与皇太极同穴埋葬；退，清东陵风水墙内没有她的位置，免得玷污子孙。孝庄死于公元1688年，享年七十五岁。她死后三百多年来，“下嫁”说盛传不衰，她身后由此遭到严厉的“道德谴责”。这一切，“野史竭力渲染，正史无法回避，专家各持己见，世人莫衷一是”。今天再想去廓清“下嫁”说是真是假已不可能了。假也罢，真也罢，这个“疑案”本身已成为无法抹去又无法修改的历史。问题已不在于它的真假，而在于这种舆论本身，它说明了什么？

不得不令人思索的一个问题是，一则真假难辨的“下嫁”说（仅仅是传说，至今未见真实史料），为什么会造成这么大的历史影响？这个问题的全部深刻性在于：它反映了满蒙游牧文化在与以儒家礼教为核心内容的汉族文化相融过程中的某种不相融。这种不相融的成分，在孝庄身上凝聚成了一个化不开的“结”，最后以一座昭西陵将其固化成一个千古“疑案”，留给后人去思索。它已经成为一种昭示：不同文化在融合过程中必然会遇到一些问题。

人们常将元、清两朝做比较。成吉思汗威震欧亚，但元朝入主中原不足百年就被明朝取代了，一代天骄成吉思汗子孙所开创的伟大朝代何以如此“短命”？教训就在于它没有认真消化吸收汉族文化，没有用汉族文化将自己武装起来，没有把自己融入汉族文化之中，始终有一种“格格不入”的感觉。相比之下，清朝入主中原后能维持近三百年统治，它最大的成功就在于努力消化吸取了汉族文化，并成功地把自己融入了汉族文化之中。但是，长期以来，人们只看到清朝消化吸收汉族文化获得巨大成功的一面，却忽视了它为此付出极大代价的一面。

我们现在见到的许多清代皇家碑刻，都是用满、蒙、汉三种文字镌刻而成的，这是一个不能忽视的历史文化现象。它告诉我们，满清入主中原，在文化上面临的难题是如何把这三种民族的文化融为一体。而这三种民族的文化，有体系上的不同，也有社会发展阶段上的极大差距。有的专家认为，入关前的后金（清）政权，尚处在奴隶制社会末期、封建社会初期（有人甚至认为它“尚未正式进入封建社会”）。但满族是一个非常善于学习消化的民族，它从关外发迹到问鼎中原，完全是一个“边学边干”的过程，一切都带有草创性质。它的文字是努尔哈赤指令额尔德尼、噶盖借用蒙文字母创造出来的，后来皇太极又指令达梅根据使用中出现的问题做了一次修改完善。对满族来说，消化吸收蒙族文化是一回事，而消化吸收汉族文化却是性质完全不同的另一回事。满、蒙两个马背民族在文化上有着相通相承的关系，它们的文字是这样，习俗也是这样，相互间不存在文化上的根本性冲突。汉族文化已是一种严密完备的封建文化，与游牧文化体系不同、社会发展阶段不同。虽然满清皇室力图用汉族文化将自己全副武装起来，使自己全身心融入汉族文化中去，并且做得也很成功，但马背民族某些本色的、质朴的固有习俗，却与汉族文化中的儒家礼教水火难容。这些难以相融的东西，势必会在满人消化力极强的消化道内凝结成几块“结石”——昭西陵就是这样一块“结石”。

如果用一句话来概括一下这种文化现象，它是一种“成功者的尴尬”。

二

孝庄成功地驾驭住了小叔子多尔衮，这是清室入关后能够夺取天下、坐稳江山的关键一环。但她的这一成功，却为她身后带来了莫大尴尬。全部原因在于她背后有一双汉族文化的眼睛，正以儒家礼教的目光紧紧盯着她，望风即捕，见影便捉。

清王朝帝业的开创，经历了努尔哈赤、皇太极、顺治帝祖孙三代人的艰难奋斗。努尔哈赤以“遗甲十三副”起兵，历经三十余年艰苦奋战统一了东北女真各部，在关外建立了后金政权。又十年，势力大振，迁都沈阳，向关内逼近。但努尔哈赤在宁远战役中被袁崇焕击败受伤，不久身亡，未能进关。第八子皇太极继位，改国号为清。皇太极积极吸纳汉族文化，参照明朝的汉族制度，在政治、经济、典章等方面做了一系列改革，为问鼎中原做好了更加充分的前期准备，但他又因脑溢血猝亡，死时五十一岁，也没有来得及进关。清室入关是在顺治元年，但顺治帝福临当时只有六岁，还是上幼儿园的年龄，他也不是真正意义上的开国之君。在顺治帝福临背后，站着一位既顶天立地又不显山露水、极善以柔克刚的关键人物，就是他的亲生母亲孝庄。孝庄是蒙族人，本名博尔济吉特·布木布泰，科尔沁贝勒赛桑之女，生于公元1613年，十三岁嫁给了皇太极，生有三女一子，封为庄妃。小儿子福临继承帝位后，尊为皇太后。入关时，皇太极刚死，她以三十二岁守寡之身，拖着六岁的幼子福临，孤儿寡母，跟在小叔子多尔衮统率的八旗大军后面进了北京。当时，两大难题摆在了她的面前：一、入关后如何驾驭住小叔子多尔衮，把中原天下打下来；二、如何扶持幼子福临把天下支撑住，把江山坐稳。难啊，难乎哉。

多尔衮，清初一代枭雄。他是努尔哈赤第十四子，皇太极异母弟，生于1612年，比孝庄大一岁。努尔哈赤死的时候，皇太极继位，却令多尔衮的生母乌喇那拉氏为努尔哈赤殉葬。实际上，这是在皇太极与多尔衮两位同父异母兄弟之间做出的残酷抉择，使多尔衮失去依傍，确保皇太极立住。皇太极为了化解与多尔衮的矛盾，采用“以情感人”之法，将这位丧母的“幼弟”带在身边征战多年，既让他经受磨炼，又对他悉心呵护，兄弟之间建立起了真诚情谊。皇太极十分赏识多尔衮的聪明勇敢，赐以“墨尔根戴青”封号。“墨尔根”即满语善射者、聪明人，“戴青”即蒙语统率者，连贯起来就是“聪明王”。后来又封他为睿亲王，“睿”即睿智，与“聪明王”同义。皇太极猝死后，围绕皇位继承权又引发了一场激烈斗争。多尔衮以他与皇太极生前的亲密关系，力排众议，并断然诛杀了“跪请”他出来当皇帝的阿达礼和硕托，全力支持皇太极第九子福临继位。多尔衮的举动一举平息了皇族内部的争斗，在满洲贵族中树立了威望。他也由此获得了摄政大权，群臣议定由他与郑亲王济尔哈朗“分掌其半，左右辅政”，待福临“年长之后，当即归政”。

孝庄深知，皇太极死后，他的兄弟辈和子侄辈都想争夺帝位，但在多数人心目中，够格的莫过于多尔衮。多尔衮有胆略，有才干，诸王贝勒都“属意”于他，不少人甚至“跪请”他“即尊位”。虽然他当时义气万丈，“誓死不从”，但日后会不会“帝”心萌动？很显然，能否驾驭住多尔衮，是她扶持幼子帝业成败的关键。孝庄对多尔衮采取的方针是：抓住一条，其余放掉。我可以把清室的军政大权都交给你多尔衮，你可以尽情地去施展你的才能，但大清朝的皇帝必须由我小儿子福临来当，你多尔衮千万不可生二心。由于孝庄既紧紧抓住了主要矛盾，又放开了多尔衮的手脚，使多尔衮获得了施展拳脚的最大空间，多尔衮也就倾心勠力地效忠顺治帝业。孝庄由于在福临继承帝位的问题上得到了多尔衮的全力支持，日后的江山社稷还得靠他鼎力扶持，平时常有军国大事要与他相商，所以“传出懿旨”，令摄政王多尔衮“出入禁中不必避嫌”。如入关前夕，范文程奏请多尔衮发兵入关，“多尔衮夜入深宫与太后相商”，如此等等。多尔衮的这个特殊待遇，后来成为人们议论孝庄“下嫁”多尔衮的口舌之一。

正当李自成攻陷北京、明军与农民起义军混乱交战、明将吴三桂为报私仇前来投清之际，多尔衮抓住千载难逢的良机，率兵入关，日夜兼程，挺进北京。顺治元年（1644 年）五月二十八日清军还在山海关外，六月五日已经抵达北京。第二年，攻灭南京南明弘光政权，并乘胜南下，扫平各地抗清义军。第三年，进军四川，镇压了张献忠农民起义军。至此，大清江山宣告大定，多尔衮立有盖世之功。多尔衮除了具有超人的才干和魄力，另一面就是桀骜不驯、飞扬跋扈。他随着功劳增大，他的另一面表现得更加露骨。他摄政七年，权倾朝野，除了对顺治的帝位没有敢张口外，其余想要的头衔他都要到手了。顺治元年十月封为“叔父摄政王”，顺治五年（1648 年）十二月封为“皇父摄政王”。最后这个头衔，后来成了人们议论孝庄文皇后“下嫁”多尔衮的“铁证”。

三

自古以来，在婚嫁问题上，北方游牧民族与中原汉族的观念是有极大不同的。以王昭君出塞为例，她于汉元帝时自愿远嫁漠北，做了匈奴呼韩邪单于的妻子。呼韩邪单于死后，他前妻生的儿子立为新一代单于。王昭君本想回来，但汉成帝一道圣旨，命王昭君“从胡俗”，再嫁新单于为妻。这样，王昭君先后嫁了单于父子二人，岂不是更失“体统”？但千百年来，人们似乎很少提到这一点，王昭君在人们心目中一直保持着美好形象。什么原因？文化视角不同。人们看待王昭君再嫁前夫之子，是用“从胡俗”的眼光去看的，觉得这是胡人的正常习俗，没有什么。再以孝庄本人为例，她的婚姻状况在不同时期、不同情况下受到的“舆论关注”也完全不同。满族为了夺取中原，有一个先决条件，必须同北方蒙古族结成牢固联盟，以消除后顾之忧。为此，满族皇室都与蒙古贵族通婚。孝庄是蒙族人，她和她的姑姑、姐姐三人都嫁给了皇太极一个人。“姑侄三人嫁一夫”，这在汉族人眼里也几同乱伦，但由于这是清室入关前的事，在汉人眼里那是“胡俗”，因而并没有遭到“舆论谴责”。假设（只是假设）孝庄“下嫁”多尔衮即便真有其事，若按满人固有的习俗去看它，在清室内部也不见得会把它看得多么严重，至少不会把它看得严重到要“葬到墙外去”的地步。但用汉族文化的眼光去看它问题就大啦，不管“下嫁”小叔子是否真有其事，仅这种“传说”就已“不堪入耳”！

特别要看到在这件事情上的政治因素。“下嫁”一事被炒作得如此沸沸扬扬，完全是由明末清初一些具有“复明反清”思想倾向的知识分子一手造成的。明末有位遗臣张煌言，写有《建夷宫词》十首，其中有一首是讽刺孝庄“下嫁”的：“上寿觞为合卺尊，慈宁宫里烂盈门。春宫昨进新仪注，大礼躬逢太后婚。”由于张煌言是明末遗臣，他这首诗历来被当作孝庄“下嫁”的证据拿来引用。有一点必须弄清，张煌言是位反清斗士，他一直坚持“复明反清”立场，顺治年间多次在闽浙沿海一带举兵反清，直到顺治十六年还追随郑成功北伐反清，一直打到南京城下。切齿痛恨清王朝的张煌言，誓与清王朝不共戴天，他以激烈异常的反清情绪写下这首诗，主要目的是大做反清文章，对事情的真实性不会多做冷静求证。据说他诗中提到的慈宁宫，其实失火后当时还没有修好。

到了晚清时期，清廷已腐朽至极，民族危亡，国将不国，中国社会又掀起了另一股“驱除鞑虏”的反清浪潮，清末民初出现的一批野史、演义类小说，也连篇累牍地渲染这件事。可是，人们从现存的清代官书、档案中，找不到孝庄“下嫁”多尔衮的任何记载，找不到足以可信的史料依据。

政治化、情绪化，都助长了对这件事的风传和渲染。当然，从更本质的层面看，还是不同的文化背景在起作用。如果没有儒家礼教与满人婚俗之间的差异，想造这么大的舆论也造不起来。要说乱，汉族历代皇室内不乏其例，秦始皇的母后乱不乱？武则天乱不乱？但儒家礼教在“文化”上却历来是道貌岸然的。

四

孝庄是位有大见识的人。《辞海》对她的历史作用做了这样的评价：“世祖、圣祖均年幼继位，时于军国大事，多所指画。”这个评语无疑是出于某位资深史学家之口。世祖即顺治帝福临，圣祖即康熙帝玄烨。两代幼主，军国大事均仰仗这位皇太后、太皇太后把握调度。顺治十六年（1659年），郑成功率十万大军北伐反清，围困南京，攻克苏皖四府三州二十四县，清廷震动。顺治帝惊慌失措，欲走关外，遭到母后严厉申斥，告诉他这是丢弃祖宗功业的懦弱行为。顺治帝忽又走到另一个极端，发誓御驾亲征，统兵前往讨伐，又遭母后批评，告诉他每遇大事不能如此轻率鲁莽。孝庄亲自参与调兵遣将，打退了郑军，恢复了清廷对江南的统治。郑成功退守厦门后，公元1661年他发兵从荷兰入侵者手中收复了台湾，为民族立了大功。同年，顺治帝出天花，眼看已无救，孝庄主持讨论后事安排。顺治帝本人意欲立皇二子福全。这时，一位德国传教士、钦天监监正汤若望站出来直谏道：为了避免顺治帝出天花不治的悲剧重演，应该挑选一名出过天花的皇子继位。无疑，这是一条讲究科学精神的好建议。孝庄没有因为提此建议的是位外国人而予以否定，她觉得汤若望言之有理，果断采纳，选定已出过天花的玄烨继位，是为康熙。由此足见孝庄的远见、气魄和决断。清王朝入关初创阶段，两位幼帝在她照料下艰难玉成，并非偶然。

康熙大帝对祖母的感情非同一般。他继承帝位是祖母拍板定夺的，他十岁丧母后又是在祖母的悉心关爱下长大成人，直至亲政。康熙平定三藩之乱时，祖母在旁为他操心操劳。康熙道："忆自弱龄，早失怙恃，设无祖母太皇太后，断不能致有今日成立。"康熙二十六年（1688年）腊月，年关前五天，孝庄去世，享年七十五岁。在她弥留之际，康熙"隔幔看护，衣不解带，夜以继日"；至气绝，康熙"擗踊哀号，呼天抢地"。按清廷规制，丧事不逾年。康熙感念祖母辅政功德无量，更念自幼隔代哺育之恩，不忍心在年底前的短短几天内草草料理祖母丧事。大臣们再三进谏，康熙执意不肯，他认为"忌讳"之说不足信，祖宗传下的规制也是可以更改的。除夕、元旦，为图吉利，大臣们奏请康熙帝离开丧仪，回宫居住。康熙回驳道："庶民遭此大故，所居止于一室，又迁避何处？回宫断不可行！"又，清朝祖制，先帝亡，新帝割辫服丧礼；太后亡，新帝不割辫。康熙执意割辫以报祖母深恩，他道："从前后葬虽无割辫之例，太皇太后教育恩深，朕不能报，朕已立意割辫。"

正因为孝庄是一位有识见、有决断的人，她生前处理军国大事是这样，对自己死后的安葬问题也同样，她有她自己的看法，她为自己身后之事做出了决定。她临终前面谕康熙："我身后之事特以嘱汝，太宗文皇帝

（皇太极）梓宫安奉已久，卑不动尊，此时未便合葬。若另起茔城，未免劳民动众，究非合葬之义。我心恋汝父子，不忍远去，务必于遵化安厝，我心无憾矣。”她的这个遗嘱，是关于她死后为何不去东北昭陵与皇太极合葬的最直接的根据。她在遗嘱中讲了四条理由：一、卑不动尊，这是处理这类事情的一条原则。她说，皇太极安葬已久，为了我的安葬再去将他的墓穴掘开不好。二、不要劳民动众，这又是一条原则。既然不合葬了，再去劳民动众“另起茔城”就更不必了。三、心恋顺治、康熙父子。她说，我扶持你们父子两人登基实在不易，我死后也不忍心远离你们而去。就在遵化现有陵区安厝，将来还能和你们在一起，这样最好。四、我意我决。她认为，我这样决定，心中没有任何遗憾。你们安葬的是我，只要我心中无憾就是最高原则，别的用不着多去考虑。孝庄的这个遗嘱，对康熙动之以情，晓之以理，不拘虚名，注重实际，豁达大度，情真意切。而在持“下嫁”说的人看来，却认为她是“有慊于心”，自己不好意思再去和皇太极合葬了。

康熙执行祖母的遗嘱是不折不扣的。祖母生前，他为她在慈宁宫东边新盖了五间大殿，祖母住得非常称心，多次向康熙当面称赞。为了落实祖母要在遵化安厝的遗愿，康熙下令将这五间大殿拆迁到清东陵重建，作为祖母灵柩的“暂安奉殿”。可是，后来问题又出来了，孝庄的棺椁在这座“暂安奉殿”内一放放了三十五年，直到康熙自己驾崩，再没有进一步的说法，既不移灵，也不落葬。对此，有一种看法认为，康熙可能一直在犹豫，究竟是移好，还是不移为好。移，违背祖母遗愿；不移，祖母的陵墓建在清东陵哪个具体位置都不合适，这是一大难题。祖母是老长辈，但清东陵正中间的位置已建了顺治帝的孝陵，左右两边都是她孙子辈、曾孙辈的陵墓用地，把她老人家安插在哪个位置都不合法度，很难摆，不好办，拿不定主意，拖着。而持“下嫁”说的人却认为，康熙自有苦衷，心有难言之隐。孝庄所说的“卑不动尊”，只不过是她的一种遁词罢了，康熙心有灵犀，一点就透。他一直放着不动，也是听听再说、看看再说的一种策略。拖到最后仍然没有找到解套之策，也只能把这个难题留给后辈去解决了。

雍正继位，他是个喜欢快刀斩乱麻的人，处理复杂问题远不像康熙那样有耐心。雍正二年（1724 年），他就把孝庄文皇后的棺椁安葬问题提上了日程。他发布谕旨道：“我圣祖（康熙）仁皇帝继承嗣统……立万世无疆之业，皆我孝庄文皇后福德兼隆之所启佑”，“自孝庄文皇后安奉以来，我圣祖仁皇帝历数绵长（康熙在位六十年）……想孝庄文皇后在天之灵极为安妥”。他经与大臣们会同商议，一致同意把“暂安奉殿”改建为昭西陵，正式安葬孝庄。清朝定制，皇后陵殿都是歇山顶，由于孝庄是德高望重的老长辈，所以昭西陵按最高帝王等级建了重檐庑殿顶。在雍正看来，这就向人们明白宣示，孝庄得到了大清朝的最高崇敬，所谓她辱没皇子皇孙的任何流言都毫无根据。雍正三年（1725 年）二月动工建陵，十一月建成，十二月安葬。真叫快刀斩乱麻，办得十分利索，把康熙拖了三十多年没有解决的难题在一年之内就解决了。常言道，盖棺定论，入土为安。雍正原以为将孝庄以最高规格隆重安葬以后，种种议论可以得到平息了。殊不料，这件事拖着也就拖着，一办就糟。把昭西陵建在清东陵风水墙外，大错而特错矣！原先毕竟是“暂安奉殿”，即使几十年不动也不要紧，它毕竟还留给人们一个悬念，说不定哪一天清廷会将孝庄的灵柩移往关外昭陵与皇太极合葬，要是真那样，到时候种种猜测、流言将不攻自破。但昭西陵正式一建，而且建在风水墙外，坏了。看吧，怎么样，清廷到底没有颜面将她移往东北去和皇太极合葬啦，只能就地安葬啦，“下嫁”之说是铁板钉钉啦。从此以后，覆水难收，一座昭西陵成了反过来证明孝庄“下嫁”多尔衮的“死证”。每一个来看清东陵的人都会发问：为什么把孝庄葬在围墙外？一旁的人会随口而答：因为她“下嫁”给了小叔子多尔衮。

这就是清皇室怎么也摆脱不了的尴尬。或者说，这是清王朝受到的一种“文化煎熬”。你清王朝不是要下决心融入汉族文化中来吗？对不起，汉族文化就要里里外外洗涤你，洗出你的尴尬来。

让我们再提一个“假如”：假如孝庄注重自己身后的名分，名正言顺地嘱咐康熙把她的灵柩运到昭陵去和皇太极合葬，也许她身后的“流言”将烟消云散。但孝庄太不看重自己的名分了，太儿女情长了，太率性随情了。她原以为只要“我心无憾”就行，但汉族儒家礼教却大声告诉她说：

不行！这就是汉族封建礼教文化的特征之一：重“礼”不重“情”。你该争的名分不争，该讲的排场不讲，不该让的东西却让了，那你就自认倒霉吧。谁不深谙汉族封建礼教文化此“精义”，谁就将在它面前碰得鼻青脸肿。

2001 年 6 月

图书在版编目(CIP)数据

青史可鉴 / 朱增泉著. －－ 北京 ：中国文史出版社，2020.12

（政协委员文库）

ISBN 978－7－5205－2333－2

Ⅰ. ①青… Ⅱ. ①朱… Ⅲ. ①散文集－中国－当代 Ⅳ. ①I267

中国版本图书馆 CIP 数据核字(2020)第 184066 号

责任编辑：卢祥秋

出版发行：**中国文史出版社**

社　　址：北京市海淀区西八里庄路 69 号院　邮编：100142

电　　话：010－81136606　81136602　81136603（发行部）

传　　真：010－81136655

印　　装：北京新华印刷有限公司

经　　销：全国新华书店

开　　本：720×1020　1/16

印　　张：24.75　　　字数：365 千字

版　　次：2020 年 12 月第 1 版

印　　次：2020 年 12 月第 1 次印刷

定　　价：68.00 元